新☆ハヤカワ・SF・シリーズ

5035

隣　　接　　界

THE ADJACENT

BY

CHRISTOPHER PRIEST

クリストファー・プリースト

古沢嘉通・幹　遙子訳

TOKYO HAYAKAWA BOOKS

A HAYAKAWA
SCIENCE FICTION SERIES

カバーイラスト　引地 渉
カバーデザイン　渡邊民人（TYPEFACE）

ニーナに

目次

隣接界

第一部

グ《I》レート・ブ《R》リテン・イ《G》スラム共和国《B》

1

写真家

ティボー・タラントは、はるか遠くから長いあいだ移動をつづけてきた。役人に急かされ、数々の国境と戦争地帯を越えた。敬意をもって遇《ぐう》されていたが、それでもひとところからべつのところへとすばやく移動させられた。そして乗り物もさまざまだった――ヘリコプターや、窓をふさがれた列車、なんらかの高速艇、航空機、そしてメブシャー人員運搬車。最終的に、あらたな船に乗せられた。客船で、船室が用意されていたが、船旅の大半、タラントは途切れがちにしか眠れなかった。役人のひとりである女性が道中同行していたたが、彼女はさりげなく近寄りがたい態度を保っていた。一行は、濃い灰色の空の下、英国海峡を進んでいた。遠くに本土の姿が見えた――甲板に上がったときに見えたのだが、風が激しく、霙《みぞれ》まじりで、長くはいられなかった。

およそ一時間後、客船は停止した。船室の窓から、タラントは、想像していたのと異なり、港へ向かっているのではなく、岸から突きでている長いコンクリート桟橋ににじり寄っているのに気づいた。いったいどうなっているのかと不思議に思っていると、女性の役人が近づいてきて、荷物をまとめるように、と告げた。いまどこにいるのか、とタラントは訊いた。

「ここはサウサンプトン湾です。主要港での遅れを避けるため、あなたはハンブル村で上陸します。車が待っています」

彼女はタラントを船の下級船員区にある集合場所に案内した。ふたりの役人があらたに乗船し、タラントはそのふたりに連れられて、仮設渡船橋を通り、吹きさらしの桟橋を陸地に向かって進んだ。女性の役人は船に残った。だれもパスポートを見せろとは言わなかった。タラントは自分が虜囚になった気がしたが、男たちは彼を丁重に扱った。タラントはまわりをほんの一瞬だけ見た――河口は広かったが、両岸に多くの建物と工場があった。タラントが乗っていた船はすでに桟橋を離れつつあった。その船に乗ったのは夜のうちで、いま見ると、想像していたより小さかったことにタラントは驚いた。

そのあとすぐ、車に乗ってサウサンプトンを通り抜けた。自分がどこに連れていかれるのか、タラントは薄々気づきはじめていた。だが、三日間の集中的な旅を経て、自分を担当する人々には質問をしないことを彼は学んでいた。田園地帯を通り抜け、やがて大きな街に到着した。そこはレディングだった。タラントは市の中心部にある大きめのホテルに泊められた。そこは馬鹿馬鹿しいほど贅沢なホテルで、無限とも思えるくらい何重ものセキュリティ・レベルを確保した非常線のなかにあった。タラントはたった一晩しか滞在しなかった。眠れず、輾転反側《てんてんはんそく》を繰り返し、虜囚か少なくともなんらかの一時的な捕虜になった気がした。食べ物とノンアルコール飲料は、頼めばいつでも部屋に届けられたが、タラントはろくに飲み食いしなかった。空調の入った部屋だが、息をするのが苦しく、気持ちを休めようとするのはさらに難しく、眠るのは不可能だった。TVを見ようとしたが、ホテルのTVシステムには、ニュース・チャンネルが入っていなかった。ほかになにもタラントの興味を惹くものはなかった。TVの音を絶えず意識しながら、ベッドの上で、うつらうつらし、疲労に体を強ばらせ、記憶に苛《さいな》まれ、妻メラニーの死を嘆いた。

翌朝、朝食を試してみたが、やはり食欲はほとんどなかった。レストランのテーブルについているあいだに役人たちが戻ってきて、可能なかぎりすぐさま出立する用意をするようタラントに求めた。ふたりの若い男の役人を目にするのははじめてだった。ふたりとも淡い灰色のスーツ姿だった。彼らはタラントのことをほとんど知らないか、ほかの役人たちと同様、この先彼になにが予定されているのか知らなかった。彼らは「サー」をつけてタラントを呼び、丁重な扱いをしたが、彼らが割り当てられた任務をたんに果たしているだけだと、タラントには判断がついた。

ホテルを出発するまえに役人のひとりに身分証明書の提示を求められ、タラントはトルコに旅立つまえに発給された外交官用パスポートを取りだした。その目立つ表紙を一目見るだけで、身分証の求めを満足させるに充分だった。

車はブラックネルにたどり着き、ようやくタラントは自分がどこに連れていかれるのか確信した。街外れにある家で、メラニーの両親がタラントを待っていた。役所の車が走り去る一方、タラントと義父母は家の外の階段で抱き合った。メラニーの母アニーは、タラントが到着するとすぐ泣きだし、義父のゴードンは、目を潤ませてはいなかったものの、最初、なにも言わなかった。ふたりはタラントを家のなかへ誘った。以前に何度も訪ねていることから、タラントにはなじみの場所だったが、いまは冷たく、よそよそしく思えた。表では灰色の空が驟雨《しゅうう》を降らせていた。

いつもどおり、トイレや飲み物などの必要性を丁寧に訊ねられたのち、タラントは義理の両親とともに細長い居間に腰を下ろした。水彩の風景画のコレクション、重厚感のある家具、それらはいずれも前回訪れたときから変わっていなかった。そのときはメラニーがいっしょにいた。タラントの旅行鞄は玄関ホールに置いたままだったが、カメラ機材は体から離さずにいて、足下の床に置いた。

すると、ゴードンが言った。「ティボー、きみに訊かなければならない。メラニーが死んだとき、きみはそばにいたのか？」

「ええ。ぼくらはずっといっしょにいました」

「あの子の身になにが起こったのか、見たのか？」

「いえ。そのときはいっしょにいなかったんです。ぼくはクリニックの本館にいたんですが、メラニーはひとりで外に歩いていったんです」

「あの子はひとりきりだったのか？」

「一時的に。なぜ彼女がそんなことをしたのかだれもわからなかったんですが、護衛隊のふたりが彼女を捜しに出かけようとしていました」

「ということは、あの子は、無防備だったの？」

アニーはすすり泣きを抑えようとして、顔を背け、うなだれた。

「メラニーは危険をわかっていましたし、彼女がどんな人間なのか、よくご存知でしょう。けっして不必要な危険を冒したりしていなかった。われわれは四六時中警告されていたんです――もし警護されている施設内を離れれば、だれも百パーセントの安全を保証されない、と。出ていったとき、メラニーは防弾ジャケットを着ていました」

「なぜメラニーはひとりで出ていったんだ？　きみになにか考えはあるのか？」

「いえ、わかりません。彼女の身に起こったことでぼくはただ打ちひしがれていたんです」

そこまでが義理の両親が最初に訊ねたことであり、とりあえず、それ以上、なにも訊かれなかった。アニーとゴードンは、お茶かコーヒーを淹れると言い、しばらくタラントをひとりにした。タラントは、分厚いクッション張りの肘掛け椅子に腰かけており、カメラ用の大型手さげ鞄の重みが脚にもたれかかるのを感じていた。もちろん彼はメラニーの両親を訪ねるつもりでいたが、その日がこんなに早くくるのは予想外だった。イングランドに戻って、最初の丸一日をここで過ごすとは。まだメラニーの死や、彼女を失った思い、ふたりの計画の突然の終焉に罪悪感を抱えているというのに。

ノンストップの移動と仮の宿での宿泊をつづけたあとだと、見覚えのある家は、安定と落ち着きをタラントに感じさせた。意識して筋肉のこわばりをゆるめ、何日もずっと緊張しどおしだったのに気づいた。この家のなにもかもまえと変わっていないようだったが、それでもここは義理の両親の家であり、タラントの家ではなかった。ここには客としてしかきたことがなかった。

宙を漂う料理の香りにタラントはふと目覚めた。目のまえのテーブルの上には紅茶が入ったマグカップがあったが、とっくに冷めていた。腕時計を見やる。眠っているあいだに少なくとも二時間は経っていた。台所から物音がして、タラントはなかに入っていき、目を覚ましたことを義理の両親に示した。

昼食後、タラントはゴードンと長い散歩に出かけたが、メラニーの死については、話し合われなかった。彼らの家は、ブラックネルのビンフィールド側にあり、古いゴルフ場のそばだった。夏の終わりだったが、おたがい分厚いコートを着ていた。家を出たとき、吹きつける冷たい風に向かって頭を下げなければならなかったが、一時間もしないうちに天候は変わり、ふたりとも上着を脱いで、太陽の灼熱に晒《さら》された。

アナトリアのクリニックにいたときに味わった灼熱を脳裏に浮かべ、タラントはなにも言わなかった。陽が照っているときに外にいるのは心地よいものではなかったが、冷たい風よりはましだった。

ふたりはゴードンがデコイ場と説明した場所まで歩いていった。第二次大戦中、ドイツ空軍の爆撃機を市から遠ざけようとして、ロンドンのまわりに建造された何十カ所もの爆撃誘致場のひとつだった。当時、ブラックネルは、ロンドン郊外から三マイル離れた村だった。デコイは荒野のなかに設置された。いまは、外から見えている部分はあまりなかった——防空シェルターの残骸は、煉瓦で塞がれ、雑草がはびこっていたが、半分見えているパイプは土壌にしっかり埋められていた。こうした古いデコイ場に素人としての興味を抱いていたとゴードンは言い、どのように用いられていたかを語った。ほかのデコイ場を探しにいくこともときどきあったという。大きな工業都市の大半は、一九四〇年にデコイを設置したが、それらのデコイ場のほぼすべてが、それ以降姿を消していた。ここにあるのは、比較的保存状態のよくないデコイ場のひとつだったが、北部にある一部のものはもっと状態がいいそうだ。

家に戻っていく途中で、ゴードンは彼が外科部長をしており、かつてはメラニーもしばらく勤務していた病院を指さした。メラニーとタラントが出会うまえの話だった。ゴードンは、数年まえにおこなった手術についで、長々と話した。ほぼ最初からすべての手順がことごとくおかしくなり、外科チームは取りうる手立てを全部試みたものの、どれだけ努力しても患者がただ死んでしまったという症例のひとつになったという。患者は八時間以上手術台の上にいた。若くて魅力的な女性だった。各地を公演してまわるバレエ団のダンサーで、健康な様子だった。簡単な腹部手術で、感染やその他の合併症のリスクはほとんどなく、死ぬ理由などどこにもなかった。その日、メラニーは、病棟担当看護師から配置換えになり、手術室看護師として研修中だった。一日じゅう、メラニーは父親のかたわらにいた。

「言葉に言い表しようがないほど、わたしはあの子を愛していた」そうゴードンは言った。ふたりの男は黙って丘を下った。家に近づくころには、寒風が戻っていた。手術に関するゴードンの話は、その日の残りにだれかがメラニーのことを話題にした唯一の機会だった。

　翌朝、タラントは来客用寝室で目覚めた。数時間、ぐっすり眠ったせいで元気を取り戻していたが、ロスコー夫妻とどれくらいいっしょにいることになるのだろうとつい考えた。トルコのクリニックから退去させられたときから、タラントの生活は当局に乗っ取られた。彼に同行していた連中は、自分たちが何者なのかけっして話そうとしなかったが、タラントの渡航許可証は、OOR、すなわち海外救援局《ジ・オフィス・オブ・オーバーシーズ・レリーフ》の認可を受けたものであり、自分をせき立てている若い男女は、そこからきたのだろうと推測していた。ここに連れてきたのは彼らであり、迎えにくるのも彼らだろう。だが、いつなのか？　きょうか？　あるいは次の日か？

　ゴードンはすでに家を出ており、病院でオンコール待機をしていた。タラントはシャワーを浴びると、下の階に降りていき、アニーを見かけた。それで、自分がこの家に連れてこられるのを伝えたのはOORなんですかと彼女に訊ねた——彼女はそうだと認めた。いつタラントを引き取りにくるのかについては、なにも言っていなかったわ、と付け足した。

　朝食のあと、そうしたほうがいいという気がして、タラントは訊ねた。「メラニーのことをもっと話しましょうか？」

　タラントを振り返らずに、アニーは言った。「わたしがひとりでここにいるときは、その話はやめてちょうだい。今晩まで待てない？　それまでにはゴードンが戻ってきているでしょうから」彼女にも医療従事者としてのバックグラウンドがあった。ゴードンが指導医を務めていたのとおなじ教育病院に勤務していた助産婦だった。

　タラントは、午前中の残りを来客用寝室で過ごし、旅のあいだに撮影した数千枚の写真の分類という膨大な作業に手をつけた。この段階では、失敗写真やピントの合っていない写真を探して、消去する作業に限定した。幸いにも、ロスコー家の家のなかにいても電波信号は強く、なんの問題もなく自分のオンライン・ライブラリにアクセスできた。三台のカメラすべてを電源に繋いでいた。オンラインの編集作業はあっというまに電池を消耗するからだ。

午後にタラントはまた散歩に出て、家に戻るとゴードンが帰っていた。三人は、キッチンにある無垢の松材でできた食卓を囲んで座った。家族の食事や団欒《だんらん》の場だったが、きょうは、ちがっていた。

ゴードンが言った。「詳細を割愛しようとしないでくれ、ティボー。われわれは細かな説明に慣れている。どのようにメラニーが死んだのか、われわれは知らねばならない」

タラントは、見え透いた嘘から説明をはじめた――自分とメラニーは幸せに過ごしていた、と彼は言った。すぐさまタラントはそう口にしてしまったことを後悔したが、メラニーの両親が知りたがっていることに影響を与えるとは思えなかった。アナトリア東部にあったクリニックの様子をタラントは説明した。街にほど近いところに設置されたが、丘陵地帯の四、五村から通える範囲でもあった。トルコに開設された数多くの野戦病院のひとつだった――個々の野戦病院はたがいに直接の接触はなかった。補給品や交代要員を載せたメブシャーや、追加の薬や食料を積んだヘリコプターが呼ばれないかぎり。

タラントは、写真の一部を義理の両親に見せた。その朝、大量の写真にざっと目を通しているなかで見つけたものを。大半は、ふたりに見せるためにメラニーの写真を選んだのだが、両親にはけっして説明するつもりがなかった理由から、彼らが期待していたであろうほどその写真は多くなかった。ほかに数千枚の写真があり、どれにもメラニーは写っていなかった。その多くは似かよった内容だった。なかには同地域の状況における最悪の犠牲者を写しているものがあった。たいていは子どもたちであり、女性たちの写真だった。地雷のせいで手足を失った人々が無数に写っていた。タラントは、骨と皮だけになった数多くの死体や、病に苦しむ目をした赤ん坊、心身ともに弱り切った女性、死んだ男たちを写真に撮った。ロスコー家は、医療従事者の家庭だったので、タラントは、自分が見たものを夫妻に見せるのに躊躇はしなかった。銃創や爆発物による負傷、脱水症、下痢、コレラ、腸チフスが、もっともありふれた怪我や疾病だったが、治療不可能に思えるほかの恐怖があった。新種のウィルスや、さまざまなバクテリアなど。多くの場合、さらに深刻な疾病に罹患するまえに、飢餓が被害者の命を奪った。

タラントは水の写真を撮っていた——どんな大きさでもたまり水に出くわすと目を惹かれた。木々の下の湿地、汚れた水たまり、捨てられた車輛や錆びたドラム缶や動物の死体が点在する不潔な沼。水が引いて、細かいひびが入り、硬くなった泥の道になってしまった周辺地域にある川。川の中央あたりに茶色い水がときおりちょろちょろと流れていた。川のまわり数マイルは、どこをとっても土埃と風と死体があるばかりだった。

アニーはタラントが撮影した写真の一枚、治療を待っている打ちひしがれた人々に囲まれてクリニックで働いているメラニーが写っているものを高く評価した。メラニーの表情は、冷静で、淡々としたもので、いまやっていることに集中していた。彼女が処置をしている小柄な少年は、頭から長い包帯をほどかれているあいだ、ぐったり横になり、じっとしていた。タラントは、その写真を撮影したときの状況を覚えていた——クリニックで日々起こっていたおぞましい出来事の規模から判断すれば、あまり悪いことが起こらなかった日だった。タラントはメラニーとともに建物のなかに留まっていた。民兵グループのひとつから警告が発せられていたからだ。混乱した一日だった。バルコニーや外の庭で自動ライフルを持った男たちが、代わる代わる職員を威《おど》し、飲み水を要求した。ときおり、比較的若い兵士数人が宙に向かって銃を撃っていた。夕刻、一台のピックアップ・トラックが到着し、民兵の指導者のような人間を運んできた。歓迎の意味で、またしても一斉射撃がおこなわれた。終わりに向かっている印だった――タラントは写真撮影のためにリスクを冒すのはもうたくさんだった。ここにいるのもたくさんだった。銃が撃たれる音やさほど遠くないところで地雷が爆発するのを耳にするのもたくさんだった。

タラントは、アニーが夫をかたわらに置いてデジタル・ビューワーを手にし、写真をフリックして次々と見ていくのを黙って眺めていた。

その写真が撮影された日の夕刻、タラントとメラニーはまたしても辛辣な口論をした。結果的にそれが彼らの最後の口喧嘩になり、そのため、ふたりのあいだにあったあらゆることが怒りで終止符を打たれた形になった。タラントは、自分の苛立ちを思いだした。必ずしもメラニーに対する苛立ちではなかったが、彼女がクリニックにいるせいで彼女に苛立ちが集中していた。タラントはたんに逃れたかった。どうにかしてイングランドに戻りたかった。果てしのない灼熱や、絶望的な光景、自信過剰で行動が予測不能なガンマン、死にかけている子どもたち、脅迫と誤解と手当たり次第の打擲《ちょうちゃく》、陰部に傷を負い、手足が折れている女性たち、トルコ当局というものがまだ存在しているとしてもそこからの支援がまったく欠如していることに、タラントはもう我慢できなかった。もはや中央政府は存在しないとだれもが言っていたが、クリニックの仕事を支援している救済慈善組織は、なにが起こっているのか知っていたはずだ。独力で帰国する術《すべ》をタラントは持っていなかったので、職員集団が撤退するのを待たねばならなかった。そうなっても、メラニーが立ち去ることを決心しないかぎり、タラントは彼らに加われなかった。彼女はけっしてその決心をすまいとタラントは思った。最終的に北部から救済ボランティアのチームが派遣されてこないことにはどうにもならなかったが、だれかがやってくるような気配は一切なかった。

あの夜、自分たちはこのクリニックに永遠に留まらねばならないのだろう、とタラントは確信した。ある意味でタラントは正しかった。なぜなら、その夜がふたりがいっしょにいる最後のときになったからだ。メラニーの死後、ほかの医療スタッフや救済チーム職員は非常に意気消沈し、クリニックを閉鎖する用意をはじめた。現地の人々を灼熱と干魃《かんばつ》と民兵のもとに捨てていこうとした。

メラニーの死体は最後まで見つからなかった。あの日の午後、口論のあとで彼女は出ていった。タラントへの怒りで激昂し、ひとりになりたいと言って。タラントはなにも言わず、メラニーを出ていかせた。ふたりの口論はいつも双方を傷つけた。不和の基礎になっているのは、愛情と長きにわたる献身が生んだ真の絆だったからだ。タラントとしては、野戦病院から脱出したいもっとも切迫した理由が、その不和によって自分たちにもたらされた損傷を修復したいからだった。

だが、その日、タラントがなすすべもなくメラニーを見ているあいだに彼女は、ルールに従って看護師の制服の上に防弾チョッキを羽織り、ライフルを手にし、水筒と無線を持ち、一日のもっとも危険な時間帯に安全な病院施設内から出ていこうとした。すぐ近くで爆発の音が聞こえたとき、いつもの緊急点呼がおこなわれ、メラニーの姿が見えないことが全員に知れ渡った。だれも実際の攻撃を目撃していなかったが、クリニックの雑務職員のひとりが、爆発の直前に、その音がした方角で光の点に気づいたと話した。木の高さよりも高い空中でなにかが光り、目が痛くなるほど眩しかった、と。警備員全員と、医療チームの一部が、強化車輌に乗って、調査に出発した。タラントは先頭車輌に乗っていた。本能的な直感で、メラニーにちがいない、と思っていた。万事休すだ、と。だが、一行が見つけられたのは、大きな三角形の形に黒く焦げた土壌だけで、死体の痕跡はなかった。メラニーの死は、当初、不確かなものに思えた。爆発がもたらした不気味なほど規則的な傷痕だけが残っていた。直線三辺が完璧な正三角形を形成しており、クレーターとしては説明がつかなかった。ほかに破壊された形跡はなく、どこにも血は付いておらず、どこにも人体の一部はなかった。

翌日の終わりごろには、タラントとほかの職員たちは、メラニーが死んだにちがいないと悟った。直近のあらゆるものを消し去ったかに思えるほど強力な爆発をどうにかして生き延びたとしても、メラニーは致命的な負傷を負ったはずだ。治療を受けず、新鮮な水もなく、昼間の灼熱を避けるものがなければ、生き延びるのは不可能だった。

2

翌朝、海外救援局《OOR》の職員がタラントを迎えにやってきた――タラントが用意を整える三十分まえにロスコー家に電話してきて、指定した時間通りに到着した。タラントはまだ二階にいて、慎重にカメラの荷造りをしていたが、家の外に車が近づいてくるのが見えた。

ゴードン・ロスコーとアニー・ロスコーへの別れは、急かされたあまり、だれも満足のいくものにならなかった。ゴードンはタラントの手を握ったが、頭は下げず、タラントをハグした――アニーはタラントをしっかり抱きしめ、涙を流した。

「メラニーの件は、ほんとに心から残念に思っています」タラントはそう言ったものの、正しいことを言えばいいのか、それとも本当のことを言えばいいのか、またしても幾分途方に暮れ、本当のことのほうに落ち着いた。「メラニーとぼくはまだ愛し合っていました」タラントは言った。「結婚してからずっと」

「わかってるわ、ティボー。あなたのことを信じています」アニーはしんみりと言った。「メラニーもいつもそれとおなじことを言っていましたもの」

タラントは車のなかでほかの者たちに加わった。今回、彼の世話人は、一組の男女だった――男性のほうは、灰色のビジネス・スーツ姿で、女性はブルカをかぶっていた。運転手はべつの女性で、車の乗客席とはガラスで仕切られていた。乗客席の後方にある棚にアタッシェケースが一個載せられており、そこにOORの記章が記されていたが、それが車に乗っている人々の正体を示す唯一の手がかりだった。

車に乗っているあいだ、役人たちのだれもタラントに軽口を叩いたり率直な物言いをしたりすることもなく、女性のほうはまったく口をひらかなかった。大半の時間、彼女はタラントの正面に座り、沈黙の殻からタラントをぼんやりと見つめていた。ロスコー夫妻の家をあとにしてすぐ、若い男のほうが口をひらき、いくつか指示を伝えた。

タラントをロンドンに連れていき、そこで共同住宅の部屋に一晩泊まってもらう、と若い男は言った。彼はタラントに鍵を渡し、翌日迎えにきたときにその鍵をどこに返せばいいのかを伝えた。そののち、タラントはリンカンシャーにある任務報告オフィスに車で移動し、そこでトルコでの体験に関する詳細報告を提出する予定になっているとのことだった。それには撮影したすべての写真の原本であるデータファイルの引き渡しをしなければならないことも含まれていた。タラントはむっとした。ふだん利用している通信社とフリーランスの契約を結んでいたからだ。だが、妻の任務に同行するのを許可されるために自分が結んだ取り決めに気づかされた。タラントは写真の商権を保持できるが、発表してはならないものがあるかどうか、後日知らされることになっていた。議論の余地はなかった。

そののち、役人は、タラントがスマートフォンを持っていないことを確認し、新品のスマートフォンをタラントに渡した。そのスマートフォンが取りだされた車輛の後方の区画には、さらに数台の同様な電話機が置かれていた。スマートフォンのもっとも基本的な使い方を習得してから、タラントはスモークガラスの車窓の向こうに目を凝らし、かすんで暗いテムズ・ヴァレーの景色を眺めた。タラントが留守にしているあいだに英国は何度も嵐に見舞われていた——ゴードンとアニーは、つい一週間まえに襲来したとびきり激しかった嵐の話をタラントにした。国の東部と南部で何千本もの木がなぎ倒された。温帯嵐として知られているものだった。新種の低気圧だ。メラニーの両親のもとを訪れたのは、いまでは人生の一回限りのスナップシヨットだったようにタラントには思えてきた――というか、二回限りのスナップショットと言うべきか。もうひとつ古い過去があった。結婚したてのころだ。姻戚を訪ね、メラニーの旧友たちの何人かと短いときを過ごし、彼女の同僚の機嫌を取った儀礼的な訪問。もちろん、そうしたときははるか昔のことだった。そしてより最近のほんの短期間の経験――ロスコー夫妻の家に滞在し、クリニックでの最後の数日、メラニーの死、タラントの突然のIRGBへの帰還を夫妻に説明したこと。そのふたつの時点のあいだにあまりに多くのことが起こっていた。ゴードンとアニーは、タラントのごく一部を目にしただけであり、残りについてはほとんどなにも知らなかった。

車の旅は鈍《のろ》く、バリケードで封鎖されている箇所のせいで、脇道へ入らざるをえず、何度も時間を浪費し、また二度車を停めた。最初の停車は、サービスステーションでの小休止、と男性の役人が呼んだものだった。武装警察が警邏《けいら》をおこなっていた。ロスコー家での軽い朝食以来、なにも口にしていなかったので、タラントは食べ物と飲み物を買いたかったが、その時間はない、と言われた。タラントは自分の金を持っていなかった。物言わぬ女性が数枚の硬貨をタラントに差しだした。彼はキオスクにいき、水のボトルと、なかにナッツが入っているセロファンでくるまれたなにかを買えた。次の停車は、なにかの役所のように見える特徴のない建物のまえで、長く時間がかかった。ブルカをかぶった女性は、そこで車を降り、男性が代わりに乗ってきた。彼はもうひとりの男性よりも年長で、物腰から、若いほうの上司のようだった。ふたりの男は、タラントから離れたところに座り、ひとりはノートパソコンで作業に取り組み、もうひとりは、書類の束をゆっくりと読んでいった。

三時間が過ぎ、ついに自分たちがロンドンに近づいているのにちがいないとタラントが感じたころに、年かさの男が携帯電話をかけはじめた。彼はアラビア語で話した。タラントが話すことも理解することもできない言語で。しかしながら、自分の姓が何度も口にされるのが聞こえ、若いほうの男が自分の様子を窺っているのに気づいた。話されている内容をタラントが把握しているのかどうか確かめようとしているのかもしれなかった。

一行はどんどん建てこんでいく区域を通り過ぎ、首都に近づいた。若いほうの役人が運転席に身を乗りだし、静かに運転手になにか伝えたところ、ほぼ瞬時に、乗客席とのあいだの仕切りガラスを含め、まわりのすべての車窓のスモークガラス効果が濃くなり、外を見ることは不可能になった。車の屋根についたドーム型ライトが灯り、孤立感を完全なものにした。

「なぜこんなことをするんです？」タラントは訊いた。

「あなたの安全保障《セキュリティ》権限を越えているからです」

「機密《セキュリティ》？　ここにはなにか秘密があるんですか？」

「秘密はありません。あなたのステータスでは、外交的事案での自由な移動が認められていますが、国家《ナショナル・》安全保障《セキュリティ》問題は、内政事項なのです」

「でも、ぼくは英国市民ですよ」

「まさしく」

車輛はいまではさらにゆっくりと移動していた。道路の表面は、でこぼこで、車は何度か激しく揺れた。タラントは、暗くなった車窓のガラスに反射する自分の顔が見えるようになり、車がガタゴト進むにつれ、身震いした。

「いまどこにいるんです？」タラントは訊いた。「それは教えてくれないんですか？　それから、この先のルートはどうなるんです？」

「もちろん、お教えしましょう」年かさの男が携帯電子装置を参照していた。「われわれはいまロンドン西部におり、アクトンを通過したところです。あなたをキャノンベリーのイズリントン近くにある共同住宅にお連れする予定ですが、若干、迂回をしなければなりません。ですが、そのあとは、まっすぐ向かえるはずです。あまり時間がありません――あらたな嵐が本日遅くにイングランド南東部に影響を与えそうだと警告されています」

そのとき男の携帯電話が鳴った。しつこくかん高いキリキリ音だった。男はその電話に出て、言われたことを理解したしるしに喉を鳴らして応えると、ふたたびアラビア語で話した。携帯電話を耳に押し当てたまま、彼はもうひとりの男にうなずいた。若いほうの男は運転手と車のほかの部分をわけているガラス板をふたたび軽く叩いた。ドーム型ライトが消え、スモークガラスの不透明感が淡くなった。役人ふたりは、それぞれの座っている側から車の外を見た。

タラントは自分の側から外を見た。ほんの数秒、車の外の景色をかいま見た。黒く焼け焦げ、平らで、特徴のない平地が、見渡すかぎりどこまでも広がっていた。そこにはなにもなかった――なにもかも平らに均《なら》され、変貌を遂げ、消滅していた。空の多くが見え、低い太陽がぎらついているという事実がなければ、タラントは車の窓がまだ真っ暗になったままだと思ったかもしれなかった。

タラントはこれとおなじものを見たことがあった。はるかに小さな規模だったが。メラニーが殺された場所が、車の外とまったくおなじようだった。

タラントは説明を求めてほかの男たちのほうを向いたが、すでに車窓はふたたび不透明なものに変わろうとしていた。彼らの座っている側の空の一部が一瞬見えた――なにか悪いことが起こりそうな深い紫色だった。タラントの座っている側では、荒廃した風景は眩い陽光を浴びていたのに、そちら側では影が落ちようとしていた。

ガラスはふたたびすぐに暗くなり、タラントの視界を閉ざした。

3

キャノンベリー・ロードの共同住宅群の外で車が停まったとき、どんより曇った空から雨が激しく降り注いでいた。大型車は風の衝撃に揺れた。タラントといっしょにきたふたりの男は、建物のメインドアまでやってきたが、なかには入らなかった。タラントは戸口に立ち、通りに叩きつける豪雨のなか、水飛沫《しぶき》を立てながらふたりが足早に車に戻るのを見守った。

共同住宅の建物は古かったが、内部の住居自体は最近手が加わって新しくなっていた。タラントが明かりを点けると、現代的な設備の整った、清潔で暮らしやすそうな空間であるのがわかった。鞄を下ろし、これから数時間は一人きりでいられることをありがたく思った。椅子の一脚に腰を沈め、TVのリモコンを手に取った。

嵐は世界気象機関によって温帯嵐エドワード・エルガーと名づけられていた。TVをつけたときにタラントはそのことを知った。重たい雲の外側の帯はすでにロンドンとイングランド南東部に到達していたが、嵐の中心勢力は、早朝の時間帯にならないと襲ってこない予報だった。嵐の規模は、最高でレベル3ないし4に達すると予想されていた。安全な場所に避難し、嵐の最中に外に出ないようにとの警告が繰り返されていた。ハリケーン規模の暴風が予想され、河川の氾濫《はんらん》や建物への被害はほぼ不可避だった。そのメッセージを強調するため、TV局は、前回の嵐、レベル4の温帯嵐ダニエル・ダリューのニュース報道映像を流した。この嵐は、アイルランドに上陸し、横断して、ウェールズに至り、東へ向かってリンカンシャーにたどり着いてから北海へ抜けた。そこでノルウェー沿岸の水温が低く、深度の浅い海水に出くわして、ようやく消えた。その結果生じたブリザードがノルウェーの街オルスクネスを孤立させた。それがヨーロッパの九月のはじまりだった。

　タラントはキッチンを覗いた――冷蔵庫は動いていたが、なかにまともな食べ物は入っていなかった。壜入りの酸っぱくなった牛乳があり、箱入りマーガリン、卵三個、食べかけのチョコレートバーがあった。タラントは腹が空いていた。キャノンベリー・ロードを見下ろす部屋のメイン・ウインドウに近づいてみると、雨が止んでいるのに気づいた。まだ開いているレストランを見つけられるかどうか、あるいはせめて一晩空きっ腹を保《も》たせることができそうななにかを買える食料品店を見つけられるかどうか、確かめにいこうと決めた。通りに出ると、開いている店がほぼないのに気づいた。たいていの建物は明かりを落としていたり、シャッターを下ろしたりしていた。唯一見つかったレストランは、閉店していた――二筋離れたところにあった小さな食料品店はまだ開いていたが、三人の男が窓に急いで板を打ち付けているところだった。店に入り、タラントは温めればいい調理済み料理を見つけたが、店のオーナーに停電になりそうだと忠告された。一晩かぎりの滞在になるだろうと考えて、タラントは、ロールパン二個と鶏肉の加工食品とオレンジ二個を買った。現金をほとんど持参していないのを遅まきながら思いだしたものの、店のオーナーはタラントのカードを受け付けてくれた。

　タラントが店を出たときに、停電になった。

　戻ってみると部屋は真っ暗で、冷蔵庫も電子レンジも動かなかった。停電はタラントがその部屋に滞在していた残りの時間、ほぼずっとつづいた。滞在は、たった一晩ではなく、二日以上つづく結果になった。タラントには部屋を出ていく術がなかった。嵐は予報通り、彼が滞在した最初の夜の午前二時三十分ごろ、最大規模で襲来した。古い共同住宅の建物は、頑丈に造られており、強風や豪雨、飛んでくる瓦礫には比較的無傷だったが、タラントは寒く、ひもじかった。キッチンの小さな食器棚に未開封の缶詰がふたつ見つかった（ひとつは、ミックスフルーツサラダで、もうひとつはスーパーマーケット・ブランドのチリコンカルネだった）。タラントはそれをできるだけ長く保つようちびちびと食べた。電気が通っていないので、ラジオもTVも視聴できず、アナトリアに向かうまえに利用していたデジタル・ネットワークはダウンしていた。二日めになると、新しく渡されたスマートフォンの電池が無くなり、それを充電する方法がなかった。

あえて外に出るのは無理だった。タラントは窓際に座り、キャノンベリー・ロードを見下ろしながら何時間も過ごした。暴力的なスコールが通りをかん高い声を上げて蹂躙《じゅうりん》し、水やゴミを運んできて、道路の路肩を守っているコンクリートの支柱にぶつけ、古い建物の壁に襲いかかって、滝のように流れ落ちていくのを恐る恐る見ていた。部屋の窓の真向かいにあった小規模な事務所区画は、最初の夜に破壊され、瓦礫や建物のなかにあったあらゆるものが強風に吹き飛ばされてしまった。金属板やケーブル、車体の部品、道路標識、木の枝が絶えず通りを滑っていき、唸りをあげている強風の耳障りな音にさらに騒音を加えた。終わりのない被害の光景は、恐ろしいものだったが、風の金切り音こそ真の恐怖だった。けっして弱まらないように思えた。けっして変わらないように。万一、変わるとしても、手がつけられないくらい悪化するように思えた。

タラントは、この二日二晩ほど自分が孤独で、あるいは無防備でいると感じたことはほとんどなかった。ほかのだれかが自分よりひどい目に遭っていることはなかった。あるいは、そうタラントは想像した。そのことがある種の慰めになった。暴力的な天候にも怪我をせずに、安全で濡れずにいることで、タラントは自分が大勢の人よりもこの嵐をうまく切り抜けたのではないかと思った。建物は被害を受けないままであり、窓は破れもしなかった。あるいは少なくともタラントのいる部屋の窓は。通りの位置よりもずいぶん高いところにいたため、水害の影響も受けなかった。

二晩め、タラントは数時間眠り、目が覚めるとなんらかの奇跡が起こったのか、電力供給が再開され、明かりが灯っているのに気づいた。自分の携帯電話に充電がおこなわれていた――万一、電力が戻ってきた場合に備えて、主電源に差しこんでおいたのだ。食べていなかった食料を全部冷蔵庫から出し、平らげた。そののち、告げられていた電話番号に電話し、必要な暗号を伝えた。

一台のメブシャーがその時点でロンドン北部を通過中だ、とタラントは言われた。彼を回収するためイズリントン地域に方向転換できるようすぐさま手配が整えられた。タラントの居場所は知られていた。彼がしなければならないのは、携帯電話に暗号化されたメッセージが届くのを待つことだけだった。あとは往来に出れば人員運搬車が待ち受けているのを目にするだろう。

タラントは充電器を電源に差し、三時間も経たないうちにメッセージが届いた。通りに降りていくと、一台のメブシャーが待っていた。浸水は引きつつあったが、それでも巨大な車輛の車軸の高さを越えていた。タラントは水をかきわけ、延長アクセス階段に向かった。脚と靴から水を滴らせながら、タラントは車のなかに潜りこみ、席についた。

4

メブシャーは元々軍用に設計されたものだった——ロケット推進擲弾《てきだん》や簡易爆発物を含む激しい攻撃の大半に耐えうる車輛で、敵地を通って兵員や資材を運ぶ手段だ。世界の状況が悪化するにつれて、メブシャーは、支援機関や政府機関にますます利用されるようになり、民生用車輛が開発された。

タラントはメブシャーにはなじみがあった。干魃に見舞われ、反主流派の民兵が丘陵地帯をうろついているアナトリア東部のような場所では、必要不可欠な車輛になっていたからだ。メブシャーの内部は実用一点張りだった。あらゆる金属表面がくすんだ灰色に塗られているか、塗装抜きだった。外部への視界は限られており、ごく少数の窓用開口部には、分厚い強化ガラスがはめられていた。座席の数やタイプには、わずかの相違がつねにあり、車内設備は老朽化したものから、壊れているか、動作しないものまでの幅につねに収まっていた。

タラントが座った座席は、小さな窓の隣だった。乗りこみながら、すでに乗車済みの三人の乗客にペコペコと謝った。旅行鞄とカメラ機材の箱は狭い入り口にはかさばるものであり、水浸しとなったタラントの脚から水が滴り落ち、彼のまわりで水たまりを作っていた。ほかの乗客は、タラントに短く会釈をした。タラントが席につくのとほぼ同時にメブシャーは発進した。タラントは、しばらく、もそもそとして、うしろの棚に鞄を積み、カメラを身のまわりに置くと、なんらかの予備のクッションを探そうとした——手に入るようなものはなにもなかったので、自分の荷物からタオルを取りだして、丸め、ヘッドレストにした。金属の壁に頭をもたれ、目をつむり、緊張をほぐそうとした。車輛はひっきりなしに揺れ、震えていたが、極端な動きはなかった――メブシャーは起伏の多い地形用に設計されていた。乗り心地の悪さは気にならなかった――どこであれ、自分がいるべきとされているところに連れていってほしいだけであり、そこに到着するまでなにかを考えたり、したりする気はなかった。次第に濡れた下腿と足が乾きはじめた。

乗客席内は、いつものようにやかましかった。理屈のうえでは、巨大なタービン・エンジンは防音素材でくるまれていたが、エンジンの唸りを上げる金属音はつねに聞こえていた。乗客から見えない形で車輛の前部にある運転席のインターコムのスイッチがオンになっていた。ふたりの運転者の声が聞こえていた。グラスゴー訛りで話し合っている。ときどき、どこかべつのところから雑音まじりの無線の声がやかましく割りこんできた。

タラントは一時間ほどうたた寝をしたが、ぐっすり寝るのは不可能だった。しばらくぼうっとしていたが、周囲の状況はつねに意識していた。目をひらき、ほかの乗客に目を向け、はじめて彼らをまともに見た。男がふたり、女がひとりだった。

男のひとりは座席の先頭列にひとりで座って、コンセントにノートパソコンのケーブルを繋ぎ、隣の座席にさまざまな書類を広げていた。白髪を短く刈って、服の下には筋肉質な体が隠れているようだった。男はあごにリップマイクロフォンをどうにかして装着しており、ほかのだれも読めないような角度をつけたコンピュータ画面や、書類からデータを読み上げて、マイクに吹きこんでいた。ある種のソフトウェアに適合した認識言語を用いていた。英語でもなく、ヨーロッパで使用されている言語でもなく、一種の機械語、暗号の特殊なものを使っていた。

もうひとりの男と女は、いっしょに旅をしているようだった——ふたりは、タラントの目のまえの列に隣り合って座っていた。ときどき、ふたりは声を潜めて会話をしていた。タラントがふたりを見ていると、男のほうが女からわずかに体を背け、黒い睡眠マスクを付け、イヤフォンを耳に挿した。彼は頭をまえに垂れ、椅子に座った姿勢で緊張を緩めると、メブシャーの絶え間ないガクンガクンという動きに合わせて揺れた。

タラントは女のほうをじっと見た。まだ彼女の顔は見ていない。その顔はスカーフあるいはショールになかば覆われていた。多くの西欧の女性がイスラムの風習に沿うようおこなった妥協の産物だったが、正式なヒジャーブではなかった。女はまだタラントをまともに見ていなかったし、自分の背後の座席列にいることに気づいているそぶりすら示していなかったが、タラントが彼女の存在を意識しているのとおなじように彼女のことを意識しているのが気配でわかった。スカーフで覆われておらず、部分的に露わになっている肩の長さまでの髪は、メラニーの髪をタラントに思いださせた。

畢竟《ひっきょう》、タラントはまたメラニーのことを考えだした。最初に惹かれたのはなんだったのか。メラニーの髪の毛は、ストレートで細く、それほど長くはなく、彼女の顔を形よく包んでいた。タラントは単純にメラニーの見た目を気に入り、写真撮影を終えたばかりのブラックネルの町で、その日の午後、メラニーと話をはじめた。そのとき、ふたりはおたがいのあいだの繋がりに気づき、それがまだ薄いものだったが最初の絆を結ぶきっかけになった——ふたりとも、準外国人だった。

ティボー・タラントは、アメリカ人の父とハンガリー人の母を持ち、イングランドで生まれ、ほぼそこで育ったため、自分のことを英国人だと感じていたが、大陸由来であることを示すファーストネームと、父親が米国東海岸の訛りを消せずに喋っていたせいで、つねにそのことを意識していた。メラニーは、べつの文化の痕跡がもっと薄かった。彼女の祖父は第二次大戦後ポーランドから英国に移住し、英国人の娘と結婚して名前をロジュスカからロスコーに変えた。その息子ゴードンは、ポーランドの背景をまったく知らずに育てられ、父親が亡くなったあと、家族関係の書類ではじめてそのことを知ったのだった。メラニーは自分の遠い祖先について、父親以上に関心が薄く、面白いが重要ではないものとして見ており、タラントと出会うまでそれについて真剣に考えたことは一度もなかった。とはいえ、付き合って最初のころ、タラントは、メラニーの友人たちのなかに彼女を愛情のこもったあだ名で、マリナあるいはマリーと呼んでいるのに気づいた。マリナは、ポーランド語でラズベリーを意味する言葉よ、とメラニーは落ち着いてその名詞を耳障りな音を立てて発音した。出会って数カ月後にふたりは結婚した。

タラントは自分の背景にあまり心地よいものを感じていなかった。部外者だと感じた。その感情が違和感を覚えさせるようになった。子どもの頃からずっとそんな気持ちがしており、父がアフガニスタンで死んだとき、その気持ちが悪化した。父が働いていた米国国務省ですら、どんな状況で父が亡くなったのかけっして説明しなかった。当時、ティボーはまだ六歳の子どもだった。道路の下に隠されていた爆弾が、父親の乗っていた武装ジープを破壊したのだった。ほかの数多くの似かよった事件になじみがあるせいでそれなりにどんなものなのか理解できるものの、起伏の激しい丘陵地帯というそんなところに危険を冒して父親がなぜいたのかという理由はけっして明らかにされなかった。少なくとも、父の家族には知らされなかった。公式には、ティボーの父親は外交官だったが、明らかに彼はそれ以上の存在だった。あるいはそれ以下の存在だった。外交以外のほかのなにかが進行中で、それが父親にある任務に就かせ、それによって山道のその場に彼を送りこんだのだ。まちがった時間のまちがった場所に。

ティボーの母、ルシアも外交官で、その後、英国に留まりつづけた。ロンドンのハンガリー大使館の文化交流担当官を務めていた。そのため、夫と同種の危険に晒されることはけっしてなかったが、彼女も数年後、乳癌の犠牲者となって亡くなった。ティボーが大学を去ろうとしているころのことだった。

その異邦人感は、メラニーと多かれ少なかれ伝統的な結婚生活をはじめると、かなり薄れていった。子どもはできなかった。メラニーはロンドンの病院で働いたが、フリーランスの写真家としての仕事で、タラントは頻繁に旅をし、彼女から離れていることが往々にしてあり、ときには一週間かそれ以上家を留守にした。ロンドンで十年働いたあと、メラニーは病院の仕事のきつい日常に体が保たなくなってきたのに気づいた。彼女は国境なき医師団に加わり、その仕事を愛したが、それによって彼女も家を空けるようになった。一度に数週間ということがよくあった。ふたりの結婚生活は崩れはじめた。国境なき医師団の仕事ではなく、英国政府が設立した新しい支援機関の仕事でアナトリア東部への派遣に応じたのは、ふたりのあいだの絆をもう一度固めようとするための最後の試みだった。

タラントはそばの強化覗き穴から外を見た。うとうとしているあいだにメブシャーはかなりの距離を移動しており、外には田園の風景が広がっているのがかいま見えた。道路沿いの生垣やその向こうの草地。だが、タラントの視界は限られたものだった──郊外の公園かもしれない。二本の木が目に入った。一本は斜めになっており、上のほうの枝が隣にある木の枝とからみあっていた。どちらの木も葉があまりついていなかった。

ガラスに目を押しつけ、タラントはできるかぎり多くを見ようとした。見れば見るほど、嵐の被害がいたるところに現れているのに気づいた。暴風が暴風雨対策を施していない畑を根こそぎにしていったところでは、うわつちや下層土がむき出しになっていた。アナトリアの焼け焦げ、荒れ果てた風景をタラントに思いださせ、心を寒々とさせた。ときどき、メブシャーは、人家や比較的大きな建物のかたわらを通り過ぎた。その大半が被害を受けていた。倒木の幹や分厚い枝、道路に崩れ落ちた建造物の瓦礫の撤去作業に取り組んでいる救助隊のかたわらを通過した。メブシャーはそれらの救助隊各チームのそばを通るとき速度を落とし、車輛は障害物の一部に乗り上げて傾《かし》いだ。大半の箇所で浸水が起こっており、いまではかなり水が引いていたが、泥がいたるところにあった。下水の臭いがメブシャーのエアコンのフィルターを通して入ってきた。

タラントは足下の床に置いた保護ケースのひとつに手を伸ばし、手際よくキヤノンを取りだした。景色を歪ませているガラス越しにカメラを向け、ピントを合わせようとした。カメラは手に自然となじんだ。自分の握りに合わせて成型された薄い手袋のようだった。覗き穴から二枚、写真を撮影してみたが、バーチャル・シャッターを切ったものの、いい写真が撮れていないのはわかっていた。車内はあまりにも振動が激しく、分厚いガラスにはあまりにも欠点が多かった。

カメラを下げると、目のまえの列に座っていた女性がタラントのしていることを見ようとうしろを振り返っていた。彼女の顔を目にしたのはそれがはじめてだった――メラニーと似ているところはどこにもなかった。

「あちこち嵐の被害がありますね」タラントは言わずもがなのことを口にした。

「あなたはそのカメラの許可証を持っているの?」

「ぼくの仕事です」

「カメラを携行する許可をもらっているのかと訊いたの」彼女は一途で融通のきかなそうな表情を見せた。

「もちろん」タラントはカメラを回転させ、底が彼女のほうを向くようにした。〝許可済み〟の文字がそこに刻まれていた。どうしてカメラを使っているのがわかったのだろう、とタラントは訝《いぶか》った——彼女はこちらを向いていなかったし、カメラは無音で作動したのに。「ぼくは職業写真家です。三台のカメラを携行しており、三つの許可を得ています」

「あなたは外交団の一員と伺っています。海外救援局《OOR》所属の」

「ぼくは外交旅券で移動をしています。海外から戻ってきたばかりです」タラントは、OORがメラニーとともに移動することを自分に可能にさせた手段について短く説明した。非医療従事者は配偶者であっても海外への渡航は許されなかった。しかしながら、メラニーの専門家としての訓練と経験が必要とされたことで、メラニーはあらたな赴任を引き受けるにはタラントと同行するのが条件だと明白にした。解決策は、臨時旅券の発給で、それはタラントにとって極めて満足できるもので、彼が必要としていたほぼどんなことにも道を開くように思えた。IRGBへの速やかな帰還は、その旅券とそれが保証している地位がなくては不可能だっただろう。

「あなたが外交官でないのなら、そのカメラを提出したほうがいいですよ」女性は言った。

「ぼくはまだ政府の仕事に就いているんです」

「そのために旅券は要らないでしょう。いまここで電子的にわたしが取り消せます」

「それは止めて下さい。また海外にいくときに必要になるかもしれない。妻は殺されたんですが、遺体は発見されていないんです。ぼくが身元を確認するために渡航する必要があるかもしれないので」

「トルコで殺された女性？　タラント看護師のことですか？」

「はい。どうしてそのことをご存知なんです？」

「わたしたちはその話を聞いたんです。彼女は公務員でした」そう言うと、彼女はふたたびタラントから顔を背けた。

タラントは相手の穿鑿《せんさく》好きな態度にぞっとし、邪魔をされて苛立ったが、彼女の顔を見られた最初の機会だった。顔立ちの整った意志の強そうな顔をしていた。ひきしまった顎、広い額、黒い瞳。彼女が浮かべているしかめ面をタラントは好きになれなかった。まじめくさって権威を押しつける感じがした。彼女は警察の人間かもしれない、とタラントは思った。だが、法律ですべての公務員は一般市民に身分を明かさなければならないことに決まっていた。もし彼女が警官なら、政府のメブシャーに乗っていることで、自分は一時的に一般市民の範疇《はんちゅう》から外れることになるのだろうか、とタラントは考えた。もっとも、彼女は警官ではないのかもしれない。

タラントは手のなかで軽量カメラを軽く包みこんだままでいた。ゆっくりとした旅はつづいた。数分後、運転手のひとりが、乗客席にBBCのニュース報道を流したが、嵐とその被害については、ほとんど言及されなかった。ニュースの大半は、トロントで開催される運びになっている各国首脳が集まる首長国会議についてだった。タラントは興味を失い、小さな窓から見られるかぎりのものを見ようとしつづけた。政治ニュースのあと、ようやく嵐の話題が取り上げられた。

被害状況は深刻に聞こえた。英国南部の州の多くが嵐や高潮の被害を受けていたが、水の多くはすでに引いていた。とりわけ町部や英国海峡沿岸からは。エセックス州の被害が最大だった。州内の河川の増水で、堤防や土手が決壊し、町や村を孤立させ、電力供給ラインを途絶させ、送電所を水没させた。多くの風力発電所が被害を受けたり、使えなくなったりした。エセックス・アーキペラゴに設置された潮汐発電機は、もはや機能していないか、発電力を減らしていた。タラントは、新鮮な水がほとんど手に入らなかった自分があとにしてきた国のことを思いだし、IRGBの諸都市の通りが運河と化し、浸水に伴ってつねにもたらされる静けさや、水がゆっくりと引いていく音、泥と下水と腐敗の悪臭が広がっていく様子を想像した。

いまやあらゆるものの上に、澄みきって雲ひとつないまばゆい青空が広がっていた。嵐の螺旋を描く最後の先導者は、東向きに回転して北海を越えており、アゾレス諸島の温かい大西洋の海水から発生したハリケーンは消えていた。公的には、IRGBは、あまりに北に位置し、あまりに東に位置しているのでけっしてハリケーンの危険には晒されないことになっており、そのため温帯嵐と呼ばれていた。ニュースでは、エドワード・エルガーは当初怖れられていたほどの強さはなかったが、それにもかかわらず甚大なる被害をもたらしたと伝えていた。

あらたな嵐、温帯嵐フェデリコ・フェリーニが、すでにビスケー湾を横断しつつあり、強さを増していたが、英国に到達するころの予想規模はまだわかっておらず、その進路も不明だった。

ラジオは、耳から空気がポンと抜けるような雑音とともに消された。

タラントは、飽きてきて、自分がいる乗客席を見まわした。トルコにいたる旅の大半は、このような車輛のなかにいた——パリでメブシャーに載せられ、イタリアまで下り、列車に乗り換えてトリエステへいき、そこからまたメブシャーに乗ってのろのろとバルカン半島を抜けた。車輛のなかに閉じこめられている退屈さは、大なり小なりどこでもおなじだった。装甲の強靭さゆえに安全を感じたが、ゆっくり移動する人員運搬車輛の光景は、反政府主義者が無視できないほど攻撃意欲をそそられることがままあるがゆえに、じつはずっと攻撃を受けやすいのだった。セルビアを横断しているとき、若者二人組が一行に向かってロケット推進擲弾を放った。一発は外れたが、もう一発は装甲側面に命中した。爆発音は身の毛がよだつもので、タラントは結果的にいまでも耳鳴りがしていたが、メブシャーに深刻な損傷はなかった。乗客――タラント自身とメラニーとふたりの医師――がこうむった負傷は、乗客席内部で激しく揺さぶられたことによる切り傷や擦り傷だけで、それよりも深刻な事態は起こらなかった。その事件のあと、だれも狭苦しいところに閉じこめられていることや、容赦ない熱気や騒音、退屈な食事の文句を言おうとはしなくなった。その代わり、次の攻撃を怖れ、緊張した沈黙のなかで旅をつづけた。

　少なくとも英国では、地方の一部を支配している武装ギャングたちは、たいていグレネード・ランチャーではなく、自動小銃を携行していた。また、英国の夏季の月だと、車内の温度は、耐えられるものであるのが普通だった。金属の外装に照りつける太陽光の強さが、車輛を冷房しておこうとするいかなる試みをも圧倒しているずっと暑い気候では事情が異なっていた。もう一方の苦境もおなじように御しがたかった――いまから三週間も経ち、大寒波の最初の一波がやってきたならば、中古車輛の暖房装置では、ほぼ対処できかねるだろう。イングランド南部の九月は徐々に問題になりかけていた。この時期は気候の大変動の端境期《はざかいき》にあたり、ふたつの明白な気候変動問題の狭間だった。

　一行はようやくベッドフォードに到着した。隔離都市であり、国家非常事態におけるＤＳＧこと、分権《デヴォルヴド》的政府《・シート・オブ・ガヴァメント》の所在地だった。タラントは景色を歪ませる窓から興味津々の面持ちで眺め、都市はあらたな重要性を獲得してどのように見えるだろうと思ったが、数年まえに最後に訪れたときとまったくおなじ様子だった。嵐の足跡からずいぶん遠ざかって移動してきており、建物に被害の様子は見受けられなかった。

　タラントとほかの乗客は内務省の寄宿舎でその夜を過ごした。内務省施設の大半とともに地下に隠された施設だった。どうやらまだ利用されている鉄道の駅のそばのどこかだった。冷たい夜気のなかを歩いてメブシャーから建物に移動するまえに、都市のほかの部分は、ほとんど目にしなかった。

タラントはその夜、シングルの部屋を割り当てられてほっとした。見知らぬ人間と部屋を共有しなければならないというのを我慢できる気持ちではなかったからだ。またしても外交IDが非常に貴重なものになった。まえの席に座っていた女性がそれを遠隔操作で無効にする力を持っていたようなのは心配だったが、少なくとも当面のところは、なんの問題もなくスワイプやスキャンを通り抜けた。

寄宿舎で与えられた部屋は、独房と大差なく、何階か下った地下深くにあった。もっとも空調はまともに働いており、清潔で片付いていた。外の廊下は、古くなった食べ物と塗料と錆と湿気の臭いがした。タラントはおなじ階に食堂を見つけ、たっぷり食べて、食後に果物を少し摂《と》ってから、大容量のよく冷えた新鮮な牛乳を持って、自室に戻った。早くにベッドに入ったが、なかなか眠れなかった。一晩じゅう騒音がつづいた——ドアのバタンバタンという開閉音、廊下を行き交う人の声。換気扇が絶えず低い音を立てており、明け方にだれかが電気掃除機で廊下をゆっくり掃除していった。タラントは午前七時に起こされた。

5

メブシャーで最初に席についたのはタラントだった。ほかの乗客が乗ってきたとき、彼らはタラントのほうをほとんど見なかったが、軽く、儀礼的に会釈はした。女性客が最後に乗ってきた。狭い強化ハッチを通ってくるとき、彼女のショルダーバッグがなにかに引っかかった。それを引っ張って外そうとしたとき、一瞬、彼女はまともにタラントの顔を見たが、引っかかっていたものからバッグを外すとすぐ、なにも言わずに顔を背けた。

「おはようございます」彼女がまえの席に座るとタラントは挨拶をしたが、彼女は返事をしなかった。バッグを開け、なにも無くなっていないことを確認したがっている様子だった。

ほどなく車輌はまた動きだした。メブシャーがゆっくりと街の中心を抜けると、運転クルーのひとりがインターコムで話しだした。型どおりの挨拶だった——御心安らかなれ、アラーは全能なり、ようこそ再びご乗車いただいて、シートベルトは締めて下さい、食事はギャレーにありますが、アルコールは許されておりません、緊急事態には乗組員の指示に従って下さい、神の御心《インシャラー》のままに。一時間ほどすると燃料補給のため短時間停止します。もしご要望があれば、祈りのため、休憩を取ることも可能です、と乗組員は付け加えた。祈りは認められているだけでなく、奨励されていた。最寄りのモスクへ立ち寄るか、あるいはふさわしい停車場所を突き止め、メブシャーをしかるべき方角に停めるために、少なくとも一時間まえの通知が必要とされていた。

昨日、この車輌に乗った際、タラントはふたりのクルーに会っていた。ふたりとも若く、よく訓練され、腕のいい下士官のようだった。制服の色が黒い色をしていることから〝黒い警備隊〟と呼ばれている、英国陸軍スコットランド高地連隊の出身であり、礼儀正しく、頭脳明晰であり、長い乗り心地のよくない旅がつづくあいだ、進んで乗客たちの用に応えようとしていた。

一行は街を抜けて北に向かい、すぐにケンブリッジシャーの平らな田園地帯に入った。タラントは窓から見えるかぎりのものを見ようとした。二時間後、運転手たちは車輛の電池を充電し、さらにバイオ燃料を補給するため、ある補給施設に車を停めた。タラントのまえの座席にいる女性は、乗客区画の下にある小さなサービス・バーに降りていった。彼女は二個の発泡スチロール製のコップにコーヒーを淹れて戻ってきた。一個は自分のため、もう一個はいっしょに旅をしている男のためだった。彼女はタラントのいる方向を見なかった。

昼時に食べる物が必要だとまえもって考え、ほかの乗客同様、メブシャーが動いているあいだに急な階段を降りていくのは気が進まなかったので、タラントはサービス・エリアに降りていき、サンドイッチと真空パックされたサラダを冷蔵庫から取った。

タラントは自分の席に戻り、細い強化ガラス越しにまた目を凝らした。補給ステーションのなかにいる位置からだと、少なくとも一ダースの倒木が見えた。倒れるまえは道路沿いに立っていたにちがいなかった。ひょっとしたら、メラニーの両親が言っていた嵐になぎ倒されたのかもしれない。倒木の根鉢《ねばち》が垂直に立っていた。土と根が固まってできた大きなぼろぼろの円盤。葉や比較的小さな低木や枝やほかのゴミがこしらえる絨毯が補給施設を覆うように広がり、幹線道路にまで達していた。興味を抱いて、タラントは、限定された視界から、この道路の短い幅のなかだけで見える大量の樹木と草木を注視した。何度も襲ってきた嵐のせいで、イングランド南部全体は、おなじように引き裂かれ、倒れた草木に包まれているにちがいなかった。それらが片付けられたとき、草木という貴重な資材はどうなるのだろう、とタラントは思った。

材木やほかの草木の再利用に関する興味は、最後の写真撮影の仕事によって深まった。メラニーとともにでかけた不幸なトルコ訪問がはじまる二週間まえのことだった。撮影先はスペイン中部だった。そこでタラントは、プロイエクト・カルボン・ベヘタル・エスパニョーラスこと、スペイン木炭計画《PCVE》を取材した。スペイン当局は、炭化バイオマスの大量生産に基づく二酸化炭素収支がマイナス《カーボン・ネガティブ》の発電機の広範なネットワークを設立していた。木炭の燃えかすは、地面に埋められ、廃炭は、大気にではなく、土壌に戻される。長期的な尺度では、二十一世紀初頭から砂漠と化していた数十万ヘクタールの国土を肥沃な土地に戻しもするだろう。

悪化する一方の生態学的カタストロフの時期にあって、PCVEは、タラントに楽観的な気持ちを吹きこんだ。ついに有効な手立てが試みられているという感覚を。まわりの倒木を見ていると、英国の人々が近視眼的に今回の嵐やほかの最近の嵐で生じた生物由来のゴミを焼却したり、どこかに積んで自然分解させたりするのでなければいいのに、とタラントは願うとともに、そうはならないだろうと推測した。スペインの木炭バイオマス計画は、まだ西ヨーロッパでは、ただの大型装置に過ぎないが、再生炭と組み合わせたバイオ炭発電装置の巨大コンビナートが中国やウクライナ、ロシア、インド、ブラジル、オーストラリアで建造されていた。

しかしながら、世界の多くの部分で、気候があまりにも極端なものになり、廃物の再利用の緊急性はほとんど理解されず、古い、無駄の多い方法がいまだに採用されていることをタラントは知っていた。

タラントはこの先まだ待ち受けている長時間の移動に耐えられるよう、クッションの薄い座席ができるだけ快適になるよう体を落ち着かせた。退屈が敵だった。退屈が生みだす心のぽっかりあいた穴に、通常なら自分で寄せ付けないようにできるはずの考えが入りこむからだった。メラニーが死んでからまだほんの数日しか経っていなかった。ふたりは十二年以上ともに暮らし、うまくいかなかったいろんなことがあったにもかかわらず、タラントは彼女なしでどうやって暮らしていけばいいのか、いまだにわかっていなかった。

メラニーといっしょに旅をしたのは明らかに間違いだった――野戦病院に到着した瞬間、タラントは、自分がせいぜい不必要な存在であり、最悪の場合、臨床の仕事にとって邪魔な存在だと悟った。カメラを使って忙しくし、できるだけ頻繁に撮影にでかけたが、病院は否応なくそれ自体が注意を惹き、数週間が過ぎるにつれ、外にでかけるのはどんどん危険になっていった。まもなくすると、タラントはおおよそ施設敷地内や、そのなかのクリニック・エリアに閉じこめられることになった。タラントはそのことに腹を立て、夫の存在そのものが、終わることなくずっとつづく腹立ちの原因となり、ふたりの関係に多大な被害をもたらした。

アナトリアへの旅は、ふたりがいっしょに海外へ旅行したはじめての機会であり、当初はその経験がふたりを引き寄せた。何日も、ふたりは荒廃した田園地帯を通り過ぎ、不毛の丘陵や、干上がった湖と川を通り抜けた。悪化した気候の著しい証拠を目にした――鉄砲水や泥流を引き起こす突然起こる破壊的な嵐、そよとも風の吹かない目もくらむような灼熱、陽に焼けた作物の畑、山火事で黒焦げになった森。メブシャーにイタリア北部までゆっくりと運ばれている際、フランス南部を抜け、プロヴァンス地方を抜け、地中海沿岸に沿って進むあいだ、ふたりの目に入ったのがそういうものだった。そういう旅を一カ月以上つづけたのち、タラントの一行は、トリエステでべつのOOR医療チームと合流した。一同は自主的に三日間の休暇を取ることにした。そののちメブシャーの鈍《のろ》い輸送団は、バルカン半島の危険な山間《やまあい》を通っていく旅に出発した。アナトリア東部の病院施設に到着するにはさらに四週間かかった。施設ではすでに仕事がはじまっていた。一行がきたことで交代になった人々はただちにメブシャーに乗って去っていった。高い金を払い、民間のヘリコプター輸送会社によって運ばれてくる断続的な補給に支援され、スタッフは病院を五カ月間維持しつづけた。当初の予想よりも二カ月長かった。だが、終わりに近づくにつれ、仕事のあらゆることが持続不可能になっていった。

　燃料補給が完了すると、メブシャーは旅を再開させたが、はっきりわかるほどそれまでよりも速度が遅くなった。次に停車するまでに二時間が経過した。タラントは、ふたたび、乗客室の後方にある階段を下って、さらなる食べ物と一杯のコーヒーを取ってきた。飲み物を持ってこようかと提案したものの、ほかの乗客のだれも反応せず、タラントは黙って自分の席に戻った。

　同乗しているほかの乗客は、タラントをひどく悩ませた。彼らはずっとタラントを無視していた。彼らが自分たちのあいだでもほとんど喋っていないのをタラントは認めざるをえなかったとはいえ。彼らがいっしょに旅をしているのかどうか判断するのは依然として不可能だった。彼らは役人として共通のバックグラウンドを持っているようであり、あるいは、少なくとも役人のサークル内でざっくり言って同様な役職にあるようだったが。先頭の列にひとりで座っている男は、ノートパソコンの画面に集中しているか、あるいはほんの短いあいだうたた寝するかしていた。ときおり、彼は携帯電話で話していた――それこそ彼が高位の役人であることを示している。メブシャー内では、ほぼあらゆるデジタル・アクセスが禁止されているからだ。防御のため重要な最先端の電子装置のせいだった。いずれにせよ、分厚い外層板は、通常、いかなる信号も外に出ていかせないのだったが、男はなんらかのケーブルで携帯電話を繋いでおり、それがネットワークへのアクセスを可能にしているようだった。ベッドフォードでこの日の朝、メブシャーに乗りこむとき、タラントは、CIAの認識チップの輝きを一瞬捉え、ニューイングランド訛りをつかのま耳にした。男は背が高く、短く刈った白髪は濃く生え、その顔は、タラントがいままで目にしたと記憶しているなかで、もっとも面白味を欠いていた。男の自我没頭は、まるでブラックホールのようであり、接触しようとするあらゆる試みを無力化していた。

ほかのふたりの乗客は、まだいっしょに行動しているようにタラントには思えた。もっともきょうは、ふたりはわずかに離れて座っていたのだが。個人的な関係ではないようだ。男のほうが女より年上だった。この日、タラントに見えているのはほとんど、ふたりの後頭部だった。男のほうは、ほぼ黒髪といっていいくらい色が濃く、頭頂部が薄くなりかけていた。女の茶色の髪は大半がスカーフに覆われていた。左耳のそばの襟の上に隙間があり、そこでスカーフの一部が持ち上がっていた。でこぼこの道路表面に沿ってメブシャーが揺れると、ふたりの頭がいっしょに揺れて動いた。ときおり、女のほうが片手を持ち上げて、耳のうしろで落ちてくる髪の束を指でつまんでいた。

タラントはほかの乗客の写真を何枚か盗み撮った。一枚の写真は女の横顔を撮影したものだった。典型的な仕草をしたところだった——目をつむって首をまえに倒し、一本の指でスカーフの縁を持ち上げて髪の毛に触れている。

女はあいかわらずメラニーのことを思いださせた。そうじゃなければいいのにとタラントは願った。ひょっとしたら罪悪感のせいなのかもしれない。何年も無駄にしたという感覚と、それに対して自分がなにもできなかったという思い。メラニーはいま三十八歳だ。あるいは、先週まで三十八歳だった。彼女の思い出が絶えず蘇《よみがえ》り、気が狂いそうになっていた。タラントは、ときどきメラニーの声が聞こえた気がした。メブシャーのエンジンの騒音に負けじと声を届かせようとしてくる。彼女の匂いがまだ自分の肌に残っている。あるいは、残っていると思っていた。

彼女が殺されるまえの夜、ふたりは愛を交わした。口喧嘩のあとときどきしていることだった。どちらにとっても満足のいかないものだった。ふたりがいた寝床はあまりにも狭く、救援施設の壁は不誠実なくらい薄かった。暑かった。湿気と熱気は、変わることなく、絶えずそこにあった。ふたりは努力をした。自分たちはまだいっしょだとたがいに伝えようとする、言葉を使わない試みだった。だが、ふたりとも自分たちがいっしょではないことを知っていた。肉体的かつ性的に尽力した熱のこもった数分が過ぎ、ふたりのあいだに習慣となっている距離が広がった。現実のバリアではないが、ふたりの結婚生活がどれほど脆《もろ》いものになってしまったかをいつものように心苦しく思いださせるものだった。

暗闇のなかで横たわりながら、ふたりは自分たちがよく知っている幻想を繰り返した。英国に戻るという幻想。休暇を取り、ロンドンやほかの都市にあるいいホテルに数泊して、未払い給料を注ぎこんで、贅沢三昧をするという幻想。だが、そんなことはけっして起こらないとふたりともわかっていた。それでも、翌日がどれほど悲惨なものになるか、ふたりはまったく知らなかった。

メラニーはタラントに腹を立てていた。タラントはメラニーに腹を立てていた。だが、どうやれば看護師に憤《いきどお》れるのだ？　タラントはいくつかの方法を見つけていた。心の防衛装置だ。タラント自身の実際の資格、環境科学での学位は、就職先が確実に得られるものだった。少なくともそういう話だった。大学卒業後、タラントは経験の乏しい熱分析学者になど明白なニーズはないことに気づいた。アメリカ合衆国に一年滞在したのち、タラントは英国に戻った。グレート・ブリテン・イスラム共和国の建国に伴う政治的かつ社会的大変動がまだ進行中だった。その間ずっと仕事は見つからず、タラントは徐々に写真に向かいはじめた。まず大学時代の友人と働きはじめ、のちにフリーランスとしてあらたな活動をはじめた。メラニーと出会ったとき、タラントがしていたのはそういう仕事だった。

写真とは、受動的な行動だと、メラニーはかつて言ったことがある。受容的で、不干渉な行動である、と。出来事を記録するが、けっして出来事に影響を与えることはない。メラニーは、なにごとも実際的でなければ、実践的で、先を見越して行動するものでなければならない、と信じていた。それこそメラニーの本領であり、タラントには無いものだった。タラントは率直な方法と見なしているやり方で――だがメラニーは無駄なやり方と評していた――自己弁護をした。写真はアートの一形式である、とタラントは無駄なあがきながら、反論した。アートには、実践的な機能はない。ただそこにあるだけなのだ。アートはなにかを伝え、あるいはなにかを示し、あるいはたんに存在する。だが、世界を動かしうるものである。メラニーはそんなことを言うタラントを嘲笑し、ルーズネックのシャツの襟をあけ、引き下ろして、肩と上腕を露わにした。そこには、取り乱した患者が汚染した注射針をこすりつけ、自分が罹《かか》っているものはなんであれ、彼女に伝染させようとした傷痕があった。それはメラニーの勲章であり、先を見越した行動の個人的な褒賞だった。

「じゃあ、これを撮影しなさいよ、どうなの?」トルコを横切る二週め、細長い沿岸地帯を越えた高地にある乾ききった砂漠のどこかで、メラニーはタラントに向かって叫んだことがあった。その日、メブシャー輸送団は、水を切らし、補給されるのを待っているところだった。石と干からびた草木からなる厳しい環境のことをタラントはいまでも覚えていた。丘を下ったところにあるハジマの廃墟都市、黄色い岩でできた山並み、遠くにかすかに見える海、吹きつける熱風、雲ひとつない青空。

腹立ちは心を痛めるものだったが、それでもタラントはメラニーをまだ愛していた。タラントはメラニーが忘れてしまったように思えることを覚えていた。付き合いはじめた頃の情熱的な手紙や長電話、それらすべてに伴う昂奮、とてつもない気持ちのうえでの挑戦。愛は腹立ちよりも強い。

だが、いま、タラントは忌々しい受動的な写真に戻ろうとしていた。

6

タラントは目をつむり、しばらくうたた寝した。突然、インターコムから声がした。グラスゴー訛りがある。

「第二運転手のイブラヒムです。みなさまに平安あれ。この車の燃料電池に若干の欠陥があり、不幸にして、通常の充電ポイントの多くは機能しておりません。予定より早く一泊するため停車しなければなりませんので、行き先を変更し、ロング・サットンという名の場所で一泊します。そこで一泊させてもらえます。つまり、また遅れが生じるのですが、たぶん燃料切れよりはましでしょう。その場所で燃料電池を交換できますので、あす、遅れを取り戻します。天気予報では、天候は良好です」

いったん間が空いた。マイクはまだ繋がっていた。通信機器のヒス音の向こうでコックピットのふたりが話し合っているのが聞こえた。タラントのまえにいる女性が通達にはっきり反応し、驚いて顔を起こした。いま、彼女は横を向いて、隣にいる男に静かに話しかけていた。男は首を横に振り、さらに耳を傾けた。やがて男は黙って彼女に同意し、眉をわずかに持ち上げてうなずくと、向こうを向いた。

タラントは乗客席の壁に寄りかかり、狭い窓の外をふたたび覗いた。そうしていると、ふたつのことが同時に起こった。なにかがタラントの手にしつこく、しっかりと、説明のつかぬことながら押しつけられ、彼は反射的にそれを摑んだ。そして、第二の声、運転席にいるもうひとりの軍曹がアナウンスを引き継いだ。

「こちら上級運転手のハミドです」ハミドというのがメブシャーに乗ろうとしたとき、ロンドン北部の浸水から足を抜くのに手を貸してくれて乗車させてくれた若い軍曹であることをタラントは知った。「みなさまに平安あれ。これから立ち寄る先のため、みなさんの安全保障権限を事前に送信するよう命令を受けたことをお知らせします。ご承知だと思いますが、ロング・サットン基地は、通常は立入禁止です。警戒するには及びません——慣例の手順です。本日乗車なさっておられるみなさんは、必要とされる防衛省アクセス・レベルをクリアされています。万一、だれかが懸念を抱いた場合に備えて、このことを申し上げておくべきだと思っただけです。みなさんはチップとIDタグでチェックインしなければならないでしょうが、すぐに返却されます」

何年もまえ、ロング・サットン基地が開設された際、数多くの抗議デモがおこなわれたことをタラントはかすかに覚えていた。当時、そこは、最先端の早期警戒サイトとして米国空軍に運用されていたが、北大西洋《NA》

条約機構《TO》が解体してからずいぶん経った最近では、防衛省によって運用されているようだ。だが、早期警戒とは？ だれを警戒しているのか？

タラントは自身を一種の高官として認識するのにまだ戸惑っていた。高い安全保障権限を持っている役人として。政府部門と過去に接触したのは、断続的なものなので、たいていは内務省ないし首長国渉外局の許可を必要とするイベントを割り当てられたときだった。そのときでも、タラントは、フリーランスの写真家として行動していただけだった。認定評価を必要とするウェブ雑誌やTV局に委任された形で。

車輌が道路に沿ってやかましく動いている間、タラントは無理矢理手のなかに押しつけられた紙片を指先でもてあそんでいた。紙片をひねり、細い円錐形にして、先端を尖らせ、しばらく、それが自分の持ち物になった経緯について考えなかった。やがて紙片をひらき、ふとももの上で広げた。

急いで書き殴ったらしく、筆跡の定まらない手書きの文字で書かれていたのは——**わたしはハルDSGに向かいます。わたしといっしょにきません？ ウォーンズ・ファームの約束はスキップできます。**

目のまえにいる女性が書いたものでしかありえなかった。タラントは紙片をくしゃくしゃに丸め、スカーフで覆われた女性の後頭部をふたたび見た。彼女は片手を首に添えていた。さきほどなにもかもに退屈して、彼女を見ていたとき、せわしなく動く指は、癖であり、イライラしているときに出るものと思っていたのだが、判読不明ながら、なんらかの信号を自分に届けようとしていたのかもしれない、といまになってタラントは思った。

彼女に抱いたはじめの頃の印象をタラントは思い返す。どういうわけか自分を警戒しているのでは、と感じた。タラントに対する表だった態度には冷たさしかなかったが、ところがこのメモだ。じっと向けている視線を外すのが困難になっていた。指の苛立たしげな動きをべつにすると、彼女はほかの動きを一切示さず、タラントを意識している様子は見せていなかった。

もしタラントが手を上に上げれば、その指に触れ、彼女の首と髪の毛を感じ取れただろう。

なにも起こらず、なにも変わらなかった。ほどなくして、タラントはうたた寝をはじめた。夢を見ない半覚醒状態で、周囲の現実にはなかば気づいていた——車輛の動き、エンジンの振動と騒音、ギアが変わったときの急激な前後の揺れ。ぼんやりと目のまえの女性について考えた。こんなにそばにいるのに、こんなに遠く感じられる女性。わたしといっしょにきません？ どこへ？ 疑問符は命令ではなく、提案だった。ハルへいく提案？ ほかの環境であれば、タラントはあのメモを誘いだと見なしたかもしれないが、無愛想に写真家のライセンスを確認したのとおなじ女性から出たものだ。そしてこの瞬間、彼の人生において唯一確実だったのは、リンカンシャー丘陵《ウォルズ》のどこかにある、ウォーンズ・ファームと呼ばれるOORの施設で、任務報告の会議に出席せよとの厳格な指示を与えられているという事実だった。女性のメモは、その会議をスキップできると告げていた。どうやればいいのか、タラントにはわからなかった。

車輛が突然速度を緩め、停止し、エンジンが回転する唸りが消えると、タラントはすっかり目覚めた。目を半分あけ、あくびをしながら、タラントは、軍の存在をかいま見た——ふたりの若い海兵隊員が警備に立っていた。目立たない迷彩服に身を包み、防弾チョッキとパッドを付け、マスクをつけているせいで表情がわからず、自動ライフルをいつでも撃てるように携行していた。

同乗者たちが座席で身じろぎしているのにタラントは気づいた。ようやくメブシャーから出るにあたって、タラントとおなじくらい緊張していた。いまや車輛は沈黙し、静止しており、タラントは罠にかかったような気がした。エアコンが切られ、もはやファンは風を送っていなかった。外は寒そうだった。

窓を再度覗くと、ハミドが外に出て、数多くの書類に署名しているのが見えた。議論が交わされていたが、攻撃的なものではなかった。仕草から判断して、一行が乗っている車輛のなにかについて話し合っていた。

さらに数分が過ぎ、防護服と呼吸装置を身につけたふたりの文官が出入り用ハッチをくぐって、狭苦しい乗客席に入ってきた。狭いハッチのそばに座っていたので、タラントは新鮮な空気が入ってきたのを歓迎した。文官のひとりは男性で、もうひとりは女性だった。女性はヒジャーブをまとっており、酸素マスクと防護眼鏡も加わって、彼女の顔はまったく見えなかった。男性は、胸ポケットのフラップに〝防衛省〟の文字がステンシルで入っている黒っぽい作業上着を着ていた。ふたりとも大きなスプレー缶を手にしていた――男のほうは、乗客席の四隅に細かいスプレーを噴射し、女のほうはそのスプレーを四人の乗客全員に浴びせた。なにが起ころうとしているのか悟るとタラントはすぐ息を止めたが、まず気になったのはカメラを守ることだった。すぐに否応なく息をせざるをえなかった。噴霧されたのは、粉状に乾いたもので、ピリピリする味がかすかにし、肌についたところがチクチクした。タラントとほかの乗客たちが咽《む》せ、咳きこんでいると、女はさらに彼らに向かってスプレーを向けた。

一行は勝手に恢復《かいふく》するに任された。インターコム越しにハミドとイブラヒムが操縦席で同様に咳きこんでいるのが聞こえた。イブラヒムは声に出して許しを乞うていたが、自分が腹立たしく思ったことに対してであり、役人たちの行為に対してではなかった。

一行は降車を許された。ハッチにもっとも近いところにいたが、タラントは、ほかの三人が最初に車輛から出るまで控えていた。例の女性が彼のまえを通り過ぎた。タラントを一顧だにせず、一言の声もかけなかった。

7

メブシャーは煉瓦造りで平らな屋根の細長い建物の隣に停まっていた。いたるところに木が繁っていた。建物のまわりや、施設のほかの部分に繋がっているのが見える二本、ないし三本の線路に沿って立ち並んでいる。そよ風が木々を抜けて吹いてきた。タラントは新鮮な空気を呑みこみ、呼吸を正常に戻そうとした。肺がまだ化学薬品のスプレーでヒリヒリしていた。衣服や髪の毛や顔や唇に薬品が付いているのが、臭いでわかった。その臭いが英国に戻ってきて以来ずっと感じていた感覚を再確認させた。他人が自分の人生を無理矢理奪い、行動を決めているという感覚だ。とはいえ、この数日で出会った人々のだれも、タラントが海外でおこなっていたことについて見当もつかないでいるのに確信があった。向こうではどれほど混乱した出来事が起こっているのか、タラントが目撃したおぞましい光景や、経験した身の毛もよだつ出来事、世界のとても多くの地域が陥っている危険な状態をなにも知らない。ヨーロッパの半分がいまでは事実上居住不可能だった。ここ温帯地帯、すなわち絶えず細くなり、曲がりくねりつづけている北半球と南半球の居住可能な土地で暮らすことができているたいていの人々は、残りの世界からあとずさりし、自分たちが知っている残っているものにしがみついていなければならなかった。世界の居住不可能な部分に関する好奇心は、自己防衛の必要性に覆い隠されて、ほぼ死に絶えていた。

白いジオデシックドームと二本の巨大な衛星放送受信アンテナが、木々の向こうに聳《そび》えているのが見えた。

メブシャーのほかの三人の乗客はタラントのまえを歩いていた。彼は三人のあとについて、警察官が警護しているドアを抜け、廊下に沿って進んだ。例の女性がほかのふたりから遅れ、タラントを振り返った。彼女の顔に浮かんだ表情は、明らかに物問いたげだった。タラントは首を振り、言質《げんち》を取られぬ仕草をしようとした。

彼女はすぐにタラントに背を向け、ショルダーバッグの位置を整えると、先ほどより機敏に歩きはじめた。男性の同僚のかたわらを通り過ぎ、前方にある部屋のひとつに先に立って向かった。

長ったらしい認証手続きがつづいた。IDを提示しなければならないことをべつにして、行動の自由と情報公開法に基づく入手可能情報の権利放棄書に署名させられた。アメリカ人男性は、礼儀正しい言葉で異議を唱え、米国最高裁の判断を口にしたが、それ以上異議を申し立てずに協力した。一行は、それぞれ首にかけるタグを与えられ、四六時中、ベッドに入っているときも身につけているよう指示された。タラントは、撮影機材を調べられたり、取り上げられたりすることがなくて、ほっとするとともに驚いた。

まだ午後だった。一日の残りの時間がたいしてやることもなくまえに立ちはだかっていた。タラントはここに知り合いがひとりもおらず、禁止事項と閉鎖ゾーンに関するロング・サットン基地の独自規則がすべてのドアと大半の壁に掲示されていた。寄宿舎の建物のひとつにタラントは一部屋を割り当てられた――ベッドフォードの地下にあった部屋とおなじように家具がほとんどなく、心持ち狭かった。

タラントは服を脱ぎ、しばらくベッドの上に裸で横になってから、シャワーを浴びた。そのあと、着用が義務になっているタグ以外裸のまま、窓越しに頭上の木々が見えるよう首をのけぞらせてベッドに横たわった。室内が暖かくなりだした気がしたが、室温を調整する手段はなく、窓は封鎖されていた。

タラントは数分間、TVを見た。ニュース番組か時事問題を扱った番組を探そうとチャンネルを次々と替えた。以前によくあったことだが、ホテルの部屋や借りた宿泊施設で五分以上チャンネル探しをしていると、自分が間抜けになったような気がして、苛立つのだった。ニュース報道番組を見つけたが、メイン・ニュースはまたしてもトロントでの会議の話で、タラントはTVを消した。

窓の外を眺め、陽が沈んでいくのに気づき、タラントは服を再度身につけ、寄宿ブロックのすぐ近くをゆっくり歩きまわった。ほかにだれもいなかった。いつものようにタラントはベルトにカメラを取り付けていたが、今回はウールのセーターの下になかば隠しておいた。実際のところ、タラントはこの場所にとくに関心はなかったが、木々の下を歩きまわる機会を楽しんでいた。極度の気候変動が襲ってきたとき、通常、まっさきに姿を消すのは木々だった。山火事や嵐の被害や、燃料用として闇雲に伐採するためだ。とても多くの風景が丸裸にされてきた。ロング・サットンの木々は、タラントに、滅多にない、素朴な喜びを与えてくれた。キヤノンの露光条件を整えてから、タラントは頭上の林冠を数枚撮影した。なにか特別なものでもなければ、絵になるものでもなかったが、葉の繁る環境の記録として撮った。

タラントは歩きつづけ、建物が主に集まりあっている場所から遠ざかった。保安区域と記されている場所には律儀に近づかないようにした。木々の写真をさらに数枚撮影し、遠くに建物の一部が写るように撮った。いくつかの場所では、施設の投光照明を利用するのが可能だった。投光照明は、さして明るくもなく、数が多いわけでもなかった。ここの環境は絵的に刺激的なものではなかったが、タラントは古い勘が戻ってくる感覚を楽しんだ。前景や後景を撮影し、写真の画角を決め、想像力を使って露出を定めた。メブシャーのなかにいないため、遠隔電子ラボへのデジタル・リンクを無線で繋ぐことができた。そのラボでは、個々の写真をタラントの独自のデフォルト設定に従って、ランク付けできた。そののち、何枚かの写真をダウンロードし直し、灰色と黒の深い陰影や、目をみはるような緑色に満足した。画像がラボで再生されたあとでも、より深い色の陰影のなかに電子的なノイズが入っている写真が数枚あった。太陽は沈みかけており、正しい露出を見いだすのは、木々の下でさまざまに変化する光のなかでは難しかった。

タラントが一刻も早く取りかかりたいと思っている仕事のひとつは、アナトリアにいたあいだに撮影した数千枚の写真に目を通すことだった。かの地ではデジタル・アクセスは断続的にしかできなかった。これまでのところ、メラニーの両親のために急いで写真を探す時間しかなかった。ラボにアップロードされたときにちらっと見ることしかできなかった写真だ。それゆえに、カメラで再度まともに作業するのは、タラント撮影し、にとってもうひとつのささやかな喜びだった。ランク付けし、評価し、アーカイブする。写真の対象物は、古い政府の建物やありふれた木々だったが、その処理手続きは楽しいものだった。CCTVカメラがタラントの歩いている場所の大半を画角に入れられるよう密かに設置されており、タラントは自分が監視されているのだろう、と推測した。

8

ようやく腹が空いてきたので、タラントはとぼとぼ歩いて戻り、食事が出されると聞いていた場所にいった。広いホールを見つけ、がらんとしていたが、奥にある厨房で働いているひとりの男がいた。ふたつの料理を選ぶことが可能で、電子レンジがそばにあった。タラントは大豆ハンバーガーを選んだ。再利用可能な紙容器からそれを取りだし、電子レンジが温めるあいだ待って、テーブルのひとつにひとりで座って食べた。メブシャーに乗っていたほかの乗客や運転クルーの姿は見えなかった。タラントがまだ食べているのに厨房の男は部屋の奥の照明を全部消して、立ち去った。

タラントはふたたび涼しい夜に出ていった。外はだれもいないように見えた。いくつかの建物の屋根には金属のフード付き排気孔が載っていて、暗闇のなかでブンブン、ガンガン音を立てていた。排気孔からは水蒸気がもくもくと上がり、すぐに微風に雲散霧消した。今回、タラントは異なるルートを歩き、最終的に境界のフェンスにたどり着いた。侵入者を震え上がらせる、有刺鉄線の輪と、大きなコンクリートブロックと、ランダムに高圧電流が流れている箇所が組み合わされたものだった。侵入を試みようとする者に対する厳しい警告が、五カ国語で目立つ形で掲示されていた。投光照明がフェンスと道路を照らしていた。タラントは数枚写真を撮った。

孤立と孤独の感覚にタラントは襲われた。ここの木々やあの道路、この英国の夕べは、色んな形でとてもなじみのあるものだったが、自分は自宅のそばにはいなかった。いまもまだ立ち向かわねばならないその問題を抱えていた。タラントの実際の家、メラニーとともに暮らした、つまり以前暮らしていた大きな共同住宅は、ロンドン郊外のケント州側にあった。いまではわかっているのだが、その建物は温帯嵐エドワード・エルガーの通り道の真下にあり、たぶんなんらかの構造上の被害が及んでおり、ほかのあらゆることに加えて、対処する必要があるだろう。どんな将来の計画を立てればいいのか、タラントはまだなんの考えもなかった――あの共同住宅の部屋はひとりで住むには広すぎるだろうし、夫婦の荷物でいっぱいだった。とりわけ、いまやメラニーの荷物で。ある意味、リンカンシャーの任務報告オフィスへの強制的なこの旅は、避けがたいものを遅らせるひとつの方法だった。とはいえ、タラントは自宅からあまりにも遠く離れていた。

タラントはたったいま撮影した写真のラボからのリンク付けダウンロード画像にすばやく目を走らせ、投光照明の色温度を整えるための細かな調整をおこなった。この夕方のあいだに自分のなかで膨らんだ孤立感、場違いなところにいるという感覚、遅延感に心が麻痺する気がした。メラニーを失ったことが、止むことのない疼きのようで、事前の警告抜きで、思いがけないときに広がって実際の痛みに変わった。過去数カ月の出来事がどれも起こっていなかったらよかったのにと願った。それ以上撮影することなく、カメラをそっと仕舞った。

突然の悔恨の思いにくるまれ、その場にじっと立っていると、女性の声がかかった。「許可なくわたしの写真を撮ったでしょ」

女は音もなくタラントに近づいていた。彼女の喋り方はどこか特定の地域のそれではなく、教育を受けた者特有のものだった。タラントは振り返って彼女を見た。それはメブシャーにいた女性だった。光が上空から彼女の上で踊っていた。背が高く、攻撃的に見え、片方の脚をもう一方の脚のまえに出すようにして立ち、地面から伸びている大きな木の根元に寄りかかっていた。髪の毛はまだスカーフに覆われていたが、断熱素材でできたダウンジャケットを着ており、フードをスカーフの上に引き上げていた。彼女は右手をまえに差しだしており、タラントがそこになにかを置くのを期待していた。

許可なく写真撮影をされないよう市民を守る人権法がIRGBにはあった。業界のほかのすべての写真家同様、タラントはそのことをよく知っていた。

「テスト撮影を二枚撮っただけですよ」癖になっている半分の真実を口にした。「新しいカメラなので、試していたんです。けっして公表はされません」

「その反論は筋違いだわ」

「外交任務に従事しているメブシャーは、通常、国境の外にいるものとして受け入れられます」

「それも筋違い。あなたはわたしの許可を得ていなかった。写真を寄越してちょうだい」

「写真はもうここにはありません」

彼女は苛立った仕草をした。「あなたが持っているのはわかっている。ここでわれわれが調べられたとき、あなたのカメラが押収されなかったのはなぜだと思ってるの？」

「あなたがそうさせたんですか？」

「ええ、わたしが大目に見てもらったの。わたしにはあの写真をあなたから取り返す必要がある」

「あなたがあのメモを寄越したんですか？」

「ええ」

「なぜハルへいくことをぼくに訊いたんです？」

「あなたはウォーンズ・ファームにいく必要がないからよ」

「妻の死について報告をしなければならないと言われたんです」

「それはわかっている。それが海外救援局《OOR》の規則だから。わたしはそれも大目に見させることができる」

「なぜそんなことをするんです？」


彼女は上着のフードをうしろに払った。フードの下にスカーフをかぶっていたものの、彼女はスカーフを結んでいなかった。顔が露わになり、スカーフの長い端がだらんと肩と胸に垂れ下がった。タラントが自分を見ている様子を見て、彼女はスカーフの一方の端で喉を巻き、反対側の肩にまわした。

カメラは見えないところにあったが、タラントは折り畳みボタンを密かに押し、装置は音もなく平らになり、ウェーハの薄さをしたプラスチックと合金からなる銀色の板になった。タラントはそれをてのひらに隠した。奇術師がトランプをてのひらに隠すように。過去の写真仕事のなかで、タラントは二台のカメラを取り上げられて壊されたことがあった——一度はベラルーシで暴動を起こしている群衆を撮影していたとき、もう一度はフランスのリヨンで私服警官によってだった。最新世代のミニチュア・カメラは、すばやく、効率的に撮影機材を隠すことができなければならないフォトジャーナリストのニーズに見合うよう開発された。

女性はしっかり大地に足をふんばり、タラントをまたまごつかせた。彼女の尊大な態度は、思い通りにすることに慣れている人間のそれだったが、意外にも、一種、身体的な弱々しさを露わにしているようでもあった。タラントは彼女のことをほぼなにも知らなかった。二日間、物理的にはそばにいたとはいえ。ただ、その手と髪の毛と首しか知らなかった。

ふたりは半暗がりのなかでたがいに顔をつきあわせ、距離をおいて立ち尽くしつづけた。彼女の息は荒かった——怒り、疲れ、ストレスのせいだろうか？　吐きだした息の白い雲がふたりのあいだに漂った。

タラントは言った。「ほんとはいったいなにが望みなんです？」

彼女はキヤノンが隠されているタラントの手に視線を落とした。タラントは腕を適当に振り、それが自然な仕草に見えるように努めた。

「あなたが撮影した写真。それをもらわなければならない。セキュリティの問題なの」

「ここにはもうないと言ったでしょ。ぼくが撮影した素材はすべてエージェンシーのラボに送信されるんです。そういうふうにカメラはなっているんです」

「あの車輛のなかからなにかを送信するのは不可能よ」

「あれを降りたときに各コマがアップロードされたんです。自動的に」

「信じられないな。カメラにはメモリーがあるでしょ」

「ええ、だけど、ぼくは使ってません。いったん写真がラボにあがると、メモリーは消去されるんです。いずれにせよ、ぼくはあなたの写真を撮っていません」

カメラはアナトリアを発ってからずっとステルス・モードにしていた。作動音を彼女が耳にしたはずはなかった。

「あなたはほんとうのことを話していない」彼女はスカーフの左側を持ち上げ、首をひねり、耳の真後ろのあたりを軽く叩いた。「あなたがしたことはわかっているの。あなたは立て続けに三枚撮影した。個々の撮影のタイムスタンプ、Ｅｘｉｆデータ、そのときわれわれがいた正確な座標をあなたに伝えることができる」

　彼女はさらに首をひねり、髪の毛を持ち上げた。頭上の投光照明の光が彼女に落ちてきて、タラントはそこに金属製のインプラントの輝きを認めた。銀色の浮きだし模様のついた小さな合金。触知性のキーが三つ付いていた。瞬間的に、タラントは彼女のもとに近寄り、彼女を掴み、優しく首を片方に傾けさせ、その装置をじっくり見たいという不合理な衝動にかられた。彼女の体が自分に触れる感触を想像できた。両手で彼女の体に触れ、彼女の首筋の匂いを嗅ぎ、肩に流れ落ちている髪の毛の軽い手触りを感じ、彼女の唇が自分の唇の間近にあるところを想像できた。

　その思いにタラントはくらくらした。

　彼女はなにも言わなかったが、タラントをにらみつづけた。髪の毛を下ろす。

　タラントは言った。「わかった」いまにも気を失いそうな気がした。まえに歩を進めれば、彼女にぶつかってよろめいてしまいかねなかった。心のなかを探り、これまでふたりが交わした会話に意識を集中しようとした。「撮影した写真はぼくのラボにあります。アーカイブされてしまっているんです。それにアクセスするにはカメラのコントローラーが必要なんですよ。それはほかの撮影機材とともに、ぼくの部屋に置いてあります。いっしょにきてくれれば、ダウンロードします」

　自分の部屋の狭苦しい空間のことをタラントは頭に浮かべた。圧迫感のある壁、風通しの悪い暑さ、狭いベッドのことを。

「それはキヤノン・S-ライト・コンシーラブルでしょ？ プロ用機種の」

「どうして知ってるんです？」

「Exifデータがあると言ったでしょ。そのモデルにはコントローラーは要らないはず」

「写真を見ることはできますが、ダウンロードできませんよ」

「わたしの知らないほかのカメラをあなたは使っている？」

「ニコンとオリンパスが各一台。それも部屋に置いてあります。あなたのご友人が持っていっていないかぎり」

「わたしの友人？」

「いっしょに旅をしている男性のことですよ」

「彼はわたしが勤務している部署から派遣されている警備担当者です。名前はヘイダール。彼の公的な役目は、わたしの世話係ですが、部署ではそういう呼び方をしていません」

「彼はいまあなたといっしょにいるんですか？」

「彼は早くに寝たわ。わたしが自分の部屋にいるものと思っているでしょうね」彼女は秘密を打ち明けるかのようにそう言うと、付け加えて、「わたしが指示しないかぎり、彼はあなたの部屋にはいかない」

ふたりとも言葉にはしない同意によってすでに踵《きびす》を返し、宿泊設備のあるブロックの方向に戻ろうとしていた。彼女はタラントのまえを歩いていたが、建物の入り口が目に入ってくると、意外にも彼女は歩調を緩め、タラントが横に並ぶのを許した。彼女はタラントの隣を歩き、うつむいて地面を見、顔の横にスカーフを垂らした。ふたりは物言わぬ木々の下、あまり整備されていない砂利道を歩いた。木々のあいだから断続的に光がこぼれ落ちてくる。まだカメラをてのひらに隠しているタラントの手は彼女のかたわらで揺れていた。

「名前を教えてくれませんか？」タラントは言った。自分の声のかすれ具合に驚く。

「なぜ知る必要があるの？」

「必要ではないです。知ることができたらいいな、と」

「あとでならね。どの部屋なの、ティボー・タラント？」

「じゃあ、ぼくの名前は知ってるんだ」

「あなたに関するたくさんのことを知ってるわ。たぶんあなたが可能だと思っているよりもたくさん」

「たとえばどんな？」

「あなたはティース・リートフェルトと会ってる」

タラントはわけがわからなかった。いま言った言葉を繰り返してもらった。

「ティース・リートフェルト」彼女は言った。「理論物理学者。オランダ人。どうやらあなたは彼に二十年ほどまえに会っている」

「もしそれがほんとうのことだとしても、ぼくにはその記憶がありません。二十年は長い時間です」

「どの部屋なの？」そう言って、彼女は片手でタラントの上腕を摑んだ。

ふたりは居住区に入るメイン・エントランスを通った。それぞれのＩＤタグに手を伸ばす。タラントが最初にスロットを見つけ、カードを通した。彼女より先にタラントは通りぬけたが、彼女はドアが閉まるまえにタラントの背後に体を滑りこませた。またしても彼女はタラントと並んで歩いた。廊下は狭かった——ときおり、ふたりの体が触れあった。

タラントの部屋には、ふたりの人間がかろうじて立っていられるほどのスペースしかなかった。タラントは彼女に先に入らせ、いまや彼女は細長いカーペットの上に立ち、両脚をベッドに押しつけ、背中をタラントに向けていた。室内は暑く、空気が動いていなかった。ベッドは出かけたときのままで、まえに着ていた服が脱ぎ散らかされていた。タラントは後ろ手にドアを閉めた。

彼女は首をまわして、振り返った。ドアのロックがかかったことを示す小さな深紅のLEDライトを見つめる。

彼女はダウンジャケットのジッパーを下ろし、振り払うように脱いだ。肩からスカーフをスルリと外し、髪の毛を振りほどいた。スカーフはふわっと床に落ちて丸まった。タラントはベッドから自分の服を払い除けた。彼女はまだこちらを向いておらず、背中を向けたままだった。

彼女はあごを下げ、首筋から髪の毛を持ち上げて、インプラントを露わにした。タラントの顔は彼女の顔と指一本程度の間近にあった。頭上の電球の光にインプラントがキラリと光った。彼女はタラントのほうに寄りかかり、背中を押しつけ、むきだしの首を示した。

タラントは唇をひらいて、彼女にもたれかかった。一瞬、製造会社のロゴが目に入った。インプラントの保護面の金属に深く刻まれている——特徴的な形に様式化された小文字の〝a〟を五角形が囲んでいた。それ以外にはなにもなかった。次の瞬間、インプラントの硬くて薄手の円蓋はタラントの口のなかにあり、唇でそのまわりの肌を吸っていた。金属の表面はザラザラしていた。タラントの口が彼女の首や耳を貪欲に動きまわり、彼女を味わい、彼女を濡らし、自分の唇とあご目に彼女の髪の毛が軽く当たるのを感じていると、彼女はタラントの腕のなかで横を向き、力を抜いた。

激しさのあまり、前歯がインプラントの硬い表面に音を立てて当たり、タラントは彼女から体を離した。

「それは傷ついたりしないから」彼女は言った。その声は深さを増し、震えていた。

「きみはどうなんだい？」

「わたしは傷つけられない。いまにわかる」

9

半時間経った。狭いベッドの上で彼女に体を押しつけ、汗でベトベトになった状態で、タラントは手を伸ばし、頭上の照明のスイッチを切った。その明かりのまばゆさの下で、ふたりは愛を交わしたのだった。表の投光照明のひとつが窓のそばに当たっており、ブラインドの上部から強い光がこぼれて入ってきていた。タラントはブラインドの昇降コードに手を伸ばし、どうにかしてブラインドを動かして、強い光が入らないようにした。彼女の四肢、彼女の体はタラントに熱を放射していた。

彼女はもつれあった体をほどき、上半身を起こすと、ベッド沿いにタラントから離れた。彼女は両脚をひらいて、タラントに向き合った。タラントも上半身を起こし、自分の脚を動かして、彼女の体を包むようにした。外からの明かりがあいかわらずブラインドの上部から入りこんでおり、彼女の体に斜めの線を引いた。青白い放射光。彼女もまた汗で濡れていた——髪の毛が顔の両側にべったりくっついている。

タラントは自分の汗が髪の生え際を流れ、顔の横を流れ落ちていくのを感じた。汗の滴を捕らえ、それを彼女の左の乳房になすりつけて薄い線を引いた。むし暑い部屋のなかでタラントは息を切らした。

「窓は開かないんだ」タラントは言った。「さっき試してみた」

「窓はみんな封印されているの。この建物の窓全部。防衛省の規則なの。ドアをあけましょうか？」

ドアの外からは足音や人の声がずっと聞こえていた。

「正気かい？」タラントは訊いた。

「空気を入れ換えたいんでしょ」

タラントは彼女のほうに身を寄せ、両腕で包みこみ、ふたりはつかのまたがいを愛撫しあった。タラントは言った。「こんなことになるとは思ってもみなかった。ぼくらがしたことが起こるとは」

「わたしは思ってたわよ。あなたもわかってると思っていた。あなたが行動に出るのを二日待っていた」

タラントは首を横に振り、メブシャーで過ごした時間を思いだした。彼女から浴びせられた物言わぬ冷たい軽蔑だと解釈していたもののことを。まったく誤解していたのだろうか？　だが、いまはもうどうでもよかった。

まっすぐ彼女を見据えているいま、彼女にはたとえ表面的にでもメラニーと似ているところはどこにもないことにタラントは気づいた。彼女のほうが肩幅があり、背が高く、乳房は心持ち大きく、腰は細かった。彼女はメラニーよりも若いと推測したが、どれくらい若いか判断するのは難しかった。


「まだきみの名前を知らない。きみが何者なのかも知らない」

「知る必要はないわ」

「なぜそんなことを言うんだい？」

「わたしという人間がこうであり、あなたとここにいるのだから」

「じゃあ、きみはどんな人間なんだ？」

「肉体的欲求がある女」

「その理由は？」

「人とおなじ欲求」

「それだけじゃないだろ」

「仕事柄、プライベートな生活を許されていない女性。その場合、肉体的欲求は切迫したものになるの」

「で、きみは手に入れられるものを手に入れる」

「いいえ、わたしは仕事以外の生活がほとんどない。あなたのためにわたしが整えなければならなかった手はずのことなんか、あなたにはわかりっこない。あるいはわたしが冒している危険のことも」

「名前を教えてくれないか」タラントは言った。

彼女は指を立て、個々の指で一本ずつ反対の手に触れた。まるで勘定をしているかのように。笑みを浮かべる。「フロー」彼女は言った。「フローと呼んでいい」

「それがきみの本名なのかい？」

「そうかもしれない」彼女は背中をピンと伸ばし、まっすぐ座って、両腕をまえに伸ばした。指先でタラントの胸に触れる。そしてあぐらをかいた。タラントの視線をじっと捕らえる。相手を苛立たせるような冷静さがあった。内面の落ち着きからくるものではなく、なんらかの方法で自己を厳しく律することからくるもののように思えた。それに反応することで自分が緊張するのをタラントは悟った。彼女がなにをするのかわからなかったからだ。なんらかの理由で彼女にからかわれているのはわかっていた。「フローとわたしは呼ばれていた」彼女は言った。「何年もまえには。いまはだれもその名前を使っていないので、あなたが使えばいい」

「元はフローレンスなのかい？」

「一時期、わたしはフローレンスだった。だけど、それは昔のわたしではけっしてなかった。いまのわたしでもない。そのときも、いまも」名前に関するタラントの質問に明らかに飽きているようで、苛立っているふりをして、タラントの裸の肩を指でピシャリと叩いた。「いまでもあなたが撮ったわたしの写真を返してほしいのよ」

宥《なだ》めようとして、タラントは言った。「二、三枚の写真のため、大変な苦労をしたんだな、フロー」

「ちがうな。わたしはあなたとファックしたかったの。それを苦労と考えるのなら、やらねばならないときに人のためにわたしがする苦労を見るといい。ファックを追い求めるのは、苦労と言いはしない」

「わかった。もう一度ファックをしないか、フロー？」

「ちょっと待って」彼女は姿勢を変え、少しうしろに倒れ、両脚をまえに伸ばした。その脚でタラントの脇腹を押さえつける。「まだ体が火照りすぎている」

フローは体を起こし、タラントの頭のうしろにある窓の留め金に手を伸ばした。動かないボルトに力をこめていると、フローの乳房がタラントの頬をかすめた。窓は封印されたままで、やがてフローは諦めた。

「うちの建物の一部では、窓がまだ開くのがあるんだけど」フローは言った。

「うちの建物？」

「防衛省」

「じゃあ、きみはそこに勤務しているのか？」

「どうしてそんなにわたしのことに興味があるの？」

「自分がだれといっしょにいるのか知りたいんだ。きみについてわかっているのは、世話係といっしょに武装メブシャーに乗って国内を旅しているというだけだ」

「それはあなたもおなじよ」

「ぼくには世話係はいない」

「たまたま、あなたに世話係はいるの。たまたま、それはわたし。わたしはあなたの担当に任命されたの」

「ぼくは言われたんだ――ぼくが乗るはずだった輸送手段を逃したんだ、と。たまたまおなじ地域にべつのメブシャーがいて、遠回りしてぼくを迎えにきたんだと言われた。その話だときみがなにかに任命されたようには聞こえない。きみはたまたま乗りあわせたんだ」

「うちはあなたの居場所を摑んでいた。嵐が過ぎたあと、人員運搬車の一台にあなたを回収するよう指令が出された。その時点で、ハルに向かっているメブシャーが四、五台あった――省内の会議が開かれることになっていたの。回収するのがあなただと聞いて、わたしは自分があなたを拾い上げにいく担当者になると決めた」

「セックスするためにわざわざ苦労はしないと言ったんじゃなかったっけ」

「してない。苦労はわたしが職場にいるときにするもの。わたしはあなたに会いたかった。やりたかったからじゃなく、トルコであなたの身に起こったことのせいで」

「では、どうやってぼくのことを知ったんだい?」

「われわれにはいろいろ方法があるの。あなたは外交官レベルの待遇を受けている。ということはあなたに関するファイルは、われわれの事務局には開示されている」フローは首を少し振って、髪の毛をうしろに流した。インプラントに指を置き、それを示す。「指令の出るまえにあなたに関するたいていのことは知っていた。そして、きょう、残りの情報も突き止めた。あなたの奥さん——メラニー・タラント——の身になにがあったのか、聞いた。あなたが先週までどこにいたかも知っているし、メラニーの身になにが起こったのかも知っている。彼女は暴力的な環境で亡くなった。遺体は発見されていないし、なぜ亡くなったのか説明もされていない。そうね、そのことに関して、いくつか詳細をあなたに伝えることはできる。彼女はアナトリアの叛乱組織の極左勢力に殺されたものとわれわれは突き止めた。彼らは新種の兵器を使用している。われわれはトルコに人を派遣して、その事件を調べさせている。事件の責任者を逮捕したのは知ってる?」


その情報にタラントは驚いた。「いや、知らなかった。いつその逮捕は起こったんだろう?」

「あなたが出発した翌日。その連中をＩＲＧＢに移送しようとしていた——もちろん、有罪と証明されるまで無実であるという前提で。まず彼らにいくつか質問をしたかったの。その途中で、われわれの輸送団を不意打ちしたべつのグループの民兵に彼らは殺されてしまった。こちらの人間もふたり殺され、大勢が負傷した。地域的な紛争だとわれわれは考えている——そこの地域ではふたつの民兵組織が覇を競っている。たがいに相手を攻撃しているの。だけど、あなたはそのことを知っているかもしれないと思っていた」

「その話を聞いて残念だ。さらに多くの人が死んだのは知らなかった」

「連中はあなたのためにあそこにいるんじゃない。叛乱組織がどこで武器を入手しているのか突き止めたかったの」

「新しい兵器だと言ったね。爆発のあとぼくは現場へいき、クレーターを見た。どうやらなんらかの埋設爆弾のようだった。そういうのはしょっちゅう見てきた」

「クレーターについてどんなことに気づいた？」

彼女の口調は冗談めかしたものだった――タラントはおなじ口調で答えそうになった。そうはせず、真顔で訊ねた。「ぼくはなにに気がつけばよかったんだい？」


「あなたは現場にいた」フローは態度を変えなかった。

「なにを見たの？」

「三角形だった。直線三辺があり、正三角形のように見えた」

「それを説明できる？　ほかにだれかその話をしていた人はいた？」

「覚えているかぎりではいない。ぼくはほかのだれかの話を聞いていなかった。メラニーの事件があったあと、ショック状態に陥っていたみたいだ」

「いまわれわれが調べているのがそれ」フローは上半身を乗りだして、狭い部屋を見まわした。「ここにはなにか飲み物はないの？　つまり、本物の飲み物、お酒は？」

「水だけだ。政府の建物のなかにいるんだ」

「半時間待てるなら、手配できるわよ。いずれにせよ、かならずしもすべての政府の建物がおなじではないの」

「きみが働いているところはちがうという意味？」

「いいえ――うちはおなじ。アルコールは禁じられている。だけど、方法はある。いつか、午後にわたしに会いに立ち寄ってくれたら、シングル・モルト・ウイスキーをお出しする」フローは横に転がり、ベッドから降りた。タラントは彼女の長い脚を、引き締まった上半身を、まだところどころで光っている汗を食い入るように見つめた。フローは冷水機の蛇口から二個のプラスチック・コップに水を満たし、ひとつのコップに入った水を立て続けに三口で飲み干すと、もうひとつのコップをタラントに渡した。「いまのところ、この飲み物で充分でしょう」

フローは自分のコップに二杯めを注いだ。冷水に指を浸すと、自分の腕や乳房に水滴を振りかけ、手に掬《すく》った水を腹になすりつけた。フローは狭いベッドにふたたび腰を下ろし、今回はタラントのすぐ隣に腰掛けた。ふざけて彼に水滴を撒き散らす。タラントは自分の手を濡らし、その手で優しく彼女の乳房を撫でると、さらなる水滴を彼女の首のまわりに振りかけた。タラントの指がまたインプラントをこすった。

「ということは、きみが政府の職員であることにぼくらは合意できたんだ」タラントは言った。「どこなのか推測するのは難しいことじゃない。防衛省だ」

「そのようなものね」

「おいおい」

「わたしは公式に答えるのを許されていないの」

「男やもめになりたてのフリーランスの写真家とファックするのを公式に許されているとは思えないな。とにかく、きみはぼくのことをなんでも知っていると言う以上、ぼくの安全保障権限レベルを知っているわけだ。どこで働いているかぼくに話すことでなにを失うんだい？」

「まず最初に、仕事を失うかもしれない。わたしがいまいる立場に女としてたどりつくのは、たやすいことじゃないの」

「ということは、推測させてくれ。防衛省だということは、合意を形成できた。きみは高い役職にいるんだな？　部長クラス？」

「事務次官。秘書室」フローは突然タラントから顔を背けた。まるで役職を明かしたことで恥ずかしくなったかのように。

タラントはなにか言おうと口をひらいたが、また閉じた。

「でっち上げてはいないよ」フローは言った。

タラントは彼女の裸身をじっと見た。もつれあったシーツ類を。暑い部屋には彼女の匂いが広がっていた。およそありそうにもないことだった。

「きみは驚きに満ちているな」タラントは言った。

「きみの正体を知ってよかったんだろうか？」

「知らないでいてほしかったな。わたしたちがやってることを大っぴらにできない」


「きみはイスラム教徒じゃない、それは正しい？」

「ええ、そのとおり。わたしはちがうわ」

「てっきり――」

「男性でもイスラム教徒でもある必要はない。だけど、ほかの省庁にいるわたしの役職の役人を見たら、まさにあなたの思っている通りだけど。でも、女性であり、なおかつイスラム教徒でないことは、たがいに相殺しあうんじゃないか、とわたしはずいぶんまえに思いつき、それを目指した。熱心に働き、いい成績を上げ、無給のインターンとして志願して一年間働きさえした。その結果……わたしは出世していった。わたしには野心があり、急速に出世の階段を上った。わたしが仕えている大臣は、見識の高い人なの。昔なら、西欧化された人と呼ばれたでしょうね。彼はサッカーとクリケットとヘビーロックが好きで、いけるときには劇場に出かけている。自分のまわりに女性を配するのを楽しんでいる。それに自分の下で働いてくれる非イスラム教徒も好んでくれる。わたしのスタッフの大半は女性なの」

「で、きみの大臣はだれなんだい？」

「アマリ殿下」

この二、三分間でフローがいろんなことを口にしていたにもかかわらず、そしてたぶんまた驚くんだろうなと予想していたにもかかわらず、タラントは息を止めそうになった。シーク・ムハマッド・アマリは、防衛大臣であり、たぶん首相の次に内閣で高い位にいる大臣だった。ほっそりとして汗ばんだ体、冷静な手、乱れた髪の毛、素直な瞳と、セックスのあとの目まいがするような芳香の持ち主であるこの女性は、事実上、防衛省を動かしている人間だった。行政上、国軍に責任を負い、委任された強力な権力を持っていた。

タラントは床に落ちた衣服の山に手を伸ばし、自分かフローがせわしなく脱がそうとしたことで裏表が逆になっているズボンを引っ張りだした。キャノンは、ベルトのポーチのなかに入っていた。タラントはそれを取りだした。

「わかった、写真をどうぞ」タラントは言った。

タラントはカメラのスイッチを入れ、広げさせると、入手ボタンを押した。ラボが即座にオンラインに繋がり、タラントが撮影した彼女の写真三枚の場所を突き止めるのにほんの数秒しかかからなかった。タラントはカメラを支えて、フローに見えるようにした。

「あのね、その写真はもう問題じゃないの」フローは言ったが、写真を間近に見ようとしてタラントに寄りかかった。自分の体を支えるため、タラントのひざに片手を置いた。彼女の乳首がタラントの腕を軽くこすった。写真としては、その三枚はなんら特別なものではなかった——一枚はピンボケだった。車輛が急に動いたせいだろう。ほかの二枚は、ガラスのように鮮明だった。この旅のなかでタラントにはなじみになった彼女の横側を写していた。座席に座ってまえのめりになり、左手を上げ、耳のうしろの箇所を軽く指で触れるようにしている。その二枚のベスト写真のどちらでも、彼女の顔ははっきりとは見えていなかった。メブシャーの車内は、暗く、実用本位の色合いをしていた。フローは頭の側面をタラントの頭の側面に預け、髪の毛の束がタラントの肩にこぼれ落ちた。タラントは彼女に片腕をまわし、手を彼女の背中に置いた。カメラの画像はフローの物理的なパラドックスをタラントに思いださせた――熱を発しているように思えるあの冷たさ、物理的にそばにいるのにタラントからは遠く離れているように思えること。そしてこれだ――彼女の温かい、官能的な肉体がタラントに触れており、軽い息が彼の顔にかかっていた。彼女はタラントに自分をフローと呼ぶようにと先ほど言った。

「ぼくじゃなきゃだれもこれがきみだとはわからないだろう」タラントは言った。

彼女の手はタラントの脚に置かれたままだった。指で彼のふとももの下を軽くつかんでおり、その指からリズミカルな軽い圧力がかけられていた。

「わたしはわかる」フローは言った。「それに殿下もわかるわ」

「そうか」タラントはカメラの薄いボディの下にあるコントローラーをはじき、ラボへの接続が確認されるのを待った。三枚の写真を選ぶと、それらは消去されて無に帰した。「コピーはない、バックアップはない、オリジナルもない――ぜんぶ永久に消えた」彼女はなんの反応も示さなかった。「信じてくれないのかい？」タラントは訊いた。

「いえ、信じてるわ」フローはタラントの脚の下から手を抜き取り、耳のうしろのインプラントを軽く叩いた。「消えたのを感じた」

「それっていつも稼働させているのかい？」

「常時。だけど、寝たいときは、止めることができる」フローは手を伸ばし、タラントからカメラを受け取ろうとした。渋々、タラントは彼女に持たせた。フローはカメラを抱えて、いまにも撮影するかのようだった。「レンズがないのにどうやって写真を撮れるのかわからないな」

「レンズはあるけど、光学レンズじゃないんだ。量子レンズと呼ばれている。一年以上、光学レンズのついたカメラを使っていない」

タラントはカメラの正面に三つの小さな欠片が付いていて、そこが奥まっているところを指し示した。レリーズに触れると、音もなく欠片が立ち上がり、マイクロプロセッサ用口径の上に浅い三角錐を作った。自分が愛している対象物について語る、気安い喜びを覚えているのをタラントは感じた。「このセンサーは、粒子レベルあるいは素粒子レベルで働いている。シャッターが開くと、センサーは画像をデジタルにラジカライズする。電子レンズはほぼ自動で作動するんだ——焦点を結び、絞り、シャッター速度などあらゆることをワン・オペレーションで設定する。設定を自分で解除することはできるが、オートに設定していると、すべてのショットがつねにピントが合い、つねに正しく露出されるんだ。カメラを持つ手をメブシャーが揺らすのを止める方法はまだ見つかっていないけれど、それはたぶん次の技術的アップグレードで備わるんだろう」

タラントは気軽に話していたが、顔を起こすと、フローのなかでなにかが変わったのに気づいた——気楽な冗談めかした態度が消えていた。

「それはあなた自身のカメラなの？」フローは訊いた。

「このカメラはそうだ。ほかの二台はメーカーから評価用に貸しだされたものだ」

「その手のカメラを使うのは違法だとわかってるの？」

「所持許可証を持っていると言ったよ」

「所持許可証は関係ない。もしそのカメラが隣接テクノロジーを使っているなら、そのカメラで写真を撮影することは去年禁止されている」

「初耳だよ」

「法の不知は免責されない──」

「ぼくは遠いところにいたんだ」タラントは言った。

「ええ、あなたはトルコにいた──たまたま、そこではその手のカメラを禁じる法律はない。だけど、ほかのヨーロッパのどこでもその手のカメラは使えない」

「どうして禁止されなきゃいけないいんだい？　ただのカメラだろ」

「量子テクノロジーは、有害だと宣言されたの。使用者と、使用範囲内にいるほかのだれにでも健康被害が及ぶことがあると知られている。副作用があまりに多いの」

「そんな話をいま聞いているのが信じられない。ただのカメラに副作用があるなんてありうるだろうか？　それにどんな病気にぼくはかかる可能性があるんだろう？　ぼくはその手のカメラを一年以上使っているんだぜ」

「技術的な議論を全部覚えているわけじゃない。諮問委員会があり、テスト結果が確認されたとき、カリフ代表機関が緊急法を通過させた。その手のカメラを使うことでリスクがあるの。断続的だけど、深刻な被害がもたらされるみたい」

「カメラがどんな害をもたらすんだい？　ぼくにはなんの悪影響も及んでいない」

「どうやってそれがわかるの？　とにかく、あなたはその手のカメラを提出しなきゃならない」

「カメラはぼくの生計の手段なんだ。プロの写真家にはその法を迂回する方法があるはずだ」

フローは首のインプラントに触れた。「わたしに確かめさせたい？　いま調べられるわ」

「いや、そうなったらきみはぼくに権力をふりかざすだろうし、ぼくはカメラを渡さざるをえなくなるだろうから。今回の任務報告を片付けさせてくれ。そのあとロンドンに戻ったら、いっしょに働いている人たちと話をする。必要なら、そこでカメラを替えるよ」

「彼らはわたしとおなじことをあなたに話すでしょうね」

「そうかもしれない。なあ、フロー――きみはいま役所にいるわけじゃないんだ」

フローはカメラをタラントから取り上げようとまた手を伸ばしたが、タラントは相手を空振りさせ、カメラをケースに戻した。それを充電器に接続する。三台のカメラすべてを狭い戸棚に片づけた。フローはその様子を見ていた。タラントが戸棚の扉を閉め、物問いたげに彼女を見、議論をつづけるつもりかどうか、確かめようとした。それどころか、フローの気分が突然また変わった。彼女はベッドの上でタラントの向かいに座り、ひじをついて、リラックスした姿勢でうしろに身をもたれた。

「そういや、もう一度ファックしたいと合意したわね?」フローは言った。

彼女の態度の変化は信じがたかった。「あのあとで服を着て出ていくのかもしれないと思っていた」

「いえ――あなたの言うとおり。わたしはいま仕事中じゃないの。その忌々しいカメラのことでわたしが言ったことは無視して。ときどき、わたしも自分の言ったことを忘れるようにしている。いつスイッチを切って頭を休めたらいいのかわからない。ほんとに残念」

「ぼくは法律をバカにしちゃいけないとわかっているくらい長くフリーランスをしてきたんだ。もし問題があるなら、あとで対処するつもりだ」

「わかってる、わかってる。とにかくそのことを忘れましょう」

「なにもかも忘れるって?」

「いえ、わたしはいまスイッチを切ったの。ここに来た目的をはたしましょう」

10

フローはタラントをベッドに押しつけた。相手の激しい気分の変化にぞっとして、最初、タラントは不安な気持ちだったが、結局、ふたりはまたことを済ませ、今回、ふたりの交情は前回より時間が長く、汗も多くかいた。下にある暖房の噴きだし口が望まぬ温かさを送りこんでくる一方で、ふたりはゆっくりと満足げに呼吸を整えた。肉体的行為がフローの持ちこんだ苛立ちをタラントから追い払ったが、いまタラントは彼女のことを警戒していた。タラントは彼女の上になり、自分の胸で彼女の乳房を押し潰しており、片方の脚は涼しい空気を探そうとして床に向かってそろそろと動かしていたが、タラントは、彼女のせいで、消耗し、疲れ果て、汗だくで、満足し、浮き立っていた。フローは眠っているようだった――タラントの肩に顔をうずめて動いていない。呼吸はゆっくりと安定していた。だが、数分後、いきなり体に力をこめ、タラントの下から起きでようとした。タラントが彼女のためにスペースを空けたところ、彼女は体を起こして、タラントから離れた。ベッドをあとにし、タラントのうしろにあるブースで短くシャワーを浴び、彼のタオルで体を拭いて、服を身につけはじめた。タラントは彼女が服を着るのをじっと見ながら、ことが終わってしまったことに後悔を感じはじめ、今夜残りの時間、いっしょにいてくれたらよかったのにと思った。光の細い箭《や》が室内を照らす唯一の明かりだった。フローがエクササイズで鍛えたすらりとした臀《しり》に下着を穿《は》き、足首までの丈のスカートに脚を通し、クリップで腰に留めるのをタラントは見つめていた。

「あした、また会えるだろうか？」タラントは訊いた。

「無理ね。あなたがウォーンズ・ファームをパスして、わたしといっしょにハルにいきたいと思わないかぎり」

「ぼくは命令を受けているんだ。知ってるだろ。いったいどうしてきみはハルへいかなければならないんだ?」

ほとんどの服を身につけたいま、彼女はまた有無を言わせぬ口調になった。「ハルは分権的《DSG》政府の所在地なの。そこで統合参謀本部との会議がある。こなさなければならない地域評議会との協議があり、諮問委員会との会議が二件、州警察本部長たちとの会合一件、市議会の陳情受け付けなどなど。人員配置や物資の手配。たいていはルーティン・ワークだけど、時間がかかるものなの。警告しとく——わたしには個人生活はない。だけど、あなたをわたしのホテルの部屋に匿《かくま》うことはでき、仕事のあとで会える。夜に」

「確かなことは言えない——」

「わたしはけっして終わりがない問題に対処しなければならない」

「自分自身の問題に対処するのではなく」

「ええ——もちろん、省全部が関係している。だけど、緊急事態が生じているの。ロンドンで起こったことのせいで。現時点では、あらゆることが危機状態にある」

「ロンドンでなにがあったんだい?」

「聞いてるはずでしょ」

「ぼくは数カ月間ニュースから切り離されてきたんだ」

「ロンドンでテロ攻撃があったの。四カ月ほどまえに。小型核兵器ほどの破壊力があった。われわれがまだ理解に努めているなんらかの方法でその攻撃は封じられた。だけど、ロンドン西部の一部地域は完全に破壊された」

タラントは目を丸くして、フローを見つめ、なんとか反応しようとした。

「ほんとにその一件を耳にしていないの？」フローは訊いた。

「そんなことありえない。何千人もの死者が出たはずだ。ありえない！」いまフローが言ったことを聞いたショックで、自分がおなじ言葉を繰り返しているのにタラントは気づいた。ふいに、役人たちに車でロンドンに連れていかれたとき車窓からかいま見た景色をタラントは思いだした――彼らがタラントの視界を制限しようとガラスを暗くし、見せたがらなかった焼け焦げ、平らになった景色。「ほんとに起こったのかい？」聞こえないくらいの声でタラントは訊いた。

「核攻撃が、ロンドンに？」

「五・一〇として知られている。事件が起こった日付で。核攻撃ではなかった。核攻撃の通常の意味では。たぶん、彼らがあなたの奥さんに向けたものの拡大版だったと思われる。あいにく、その手の兵器はますます使われるようになっている。奥さんの身に起こったことは、先月起こった同様の攻撃のひとつだった。だけど、ロンドンのは、これまでのところ最大にして最悪の攻撃だった。これまでわれわれはその攻撃の調査ができている。大半の攻撃では調査できていないのだけど。兵器が用いられた場所のせいで。だけど、そう、ロンドン西部は、はるかに容易に法医学的検査を可能にしているの」

「そんな攻撃が頻繁に起こっていると言ったね？」

「過去四週間で少なくとも十五回起こっている。大半は、アナトリアのような場所で起こっているけれど、英国で二件、同様の小規模な事件が起こった。アメリカ合衆国で三件、スウェーデンで一件起こっている。大半の国民のように、あなたはわれわれが戦争状態にあることをたぶんわかっていないでしょうし、この戦いは、われわれが勝てそうにないものなの。われわれは気候変動に対する戦いにすでに敗れている――そして、いまはこの戦いがある。古い常套句だけど——戦争を終わらせるための戦争。今回は、それが文字通りそうなの。もしあらたな大都市が攻撃されれば、そのあとであらたな戦争は起こらない」

「ロンドンでなにが起こったのか教えてくれ」

「五月十日の昼頃、メイダ・ヴェールの南西で、説明のつかない出来事が起こった。ほぼベイズウォーター地区で。爆発はなかったけど、おなじくらいの影響はあった。いまのところ、通常兵器の攻撃として扱われている。放射能の計測値は、ごく普通と言えるくらい低かったから。それに被害は、核攻撃後に予想されるたぐいのものではなかった。とはいえ、被害は、通常兵器によって起こされたものにしては大きすぎた。それがいったいなんだったのかは、いまだに謎なの」

「死傷者数はどれくらいだったんだ?」その恐るべきニュースに愕然としながら、タラントは訊いた。

「低く見積もっても十万人以上。最終的な数字はその二倍、ひょっとしたらもっと多くなる可能性がある。いわゆるヒロシマ・エフェクトで、殺された人たちだけでなく、彼らの生活の記録の多くも破壊され、彼らを知っているほぼ全員も殺されてしまった。すべてが消滅した——報道機関が使っていたのがその言葉。消滅。人の遺骸は残らなかった。そのため、グラウンド・ゼロでは、親戚をたどったり、友人や知り合いがいた人をたどるのが難しかった。最新の計算では、十二万人以上ということになっている。彼らは行方不明者として表現され、まだ死者として公示はされていない。その数字は氷山の一角になるだろうと、われわれは予想している」

「そんなことがぼくらの耳にまったく届かなかったのは理解できない」その観点から考えれば、どうしても信じがたかった。だが、野戦病院での数週間、外の世界との唯一の接触は、国境なき医師団のヘリコプターがもたらしてくれるたまさかの空輸補給品だった。地上砲火の危険から、ヘリは夜間にしかやってこず、けっして着陸はしなかった。薬品や医療補給品、食料と水は、投下されるか、吊り下げられ、すぐにヘリは飛び去った。

そしてもちろんのこと、タラントの心は激しく乱れ、事件が起きたときロンドン西部で暮らしていたかもしれない知り合いを思いだそうとしていた。

「ぼくは二日まえにロンドンにいた」車から見たもののことをタラントはフローに話し、その被害を受けていた地区は、事件の影響を受けた区域の一部だろう、と彼女は追認した——ベイズウォーター・ロード、ノッティングヒルの大部分、北はウェスト・キルバーンまで、東はほぼメイダ・ヴェールまで。「そのあとでぼくはイズリントンの近くのどこかにある共同住宅に連れていかれた。そこで目にした被害は嵐がもたらしたものだけだった」

「爆発は防がれたの。攻撃は、爆発の専門家のだれも理解できず、ましてや説明はできない特殊な形でおこなわれた」

「防がれたとはどういう意味？」

「爆発区域はある区切りに限定されたの。正確な三角形に」フローはじっとタラントを見て、彼の反応を確かめようとした。「正三角形だった。頂点は直線で構成されており、少しのずれもなかった」

タラントは目をつむり、アナトリアのあの日を思いだした。

「あなたの奥さんの身にも起こったことでしょ？」

タラントは言った。「なぜ三角形なんだ？」

「われわれにはわかっていない」

「正三角形なのかい？」

「あなたが見たクレーターも正三角形だった？」

「三角形のなかにはなにがあるんだ？」

「なにもない。あらゆるものが破壊されていた。消滅していた」

「だれがそんなことをできたんだろう？」タラントは言った。

「われわれはそれもわかっていない」

「犯人が捕まったと言ったじゃないか」

「彼らがだれのために働いていたのかわからなかった。だけど、いま取り組んでいるあらたな諜報材料がある。現時点でのわれわれの主な関心は、防御態勢を保つことなの。二度と起こさせてはならない。あらゆる安全保障策がこの一カ月ほどで講じられ、最高レベルの軍備が整っている――ロンドン西部は、ほぼ封鎖されている。だけど、いまわれわれがしなければならないのは、あらたな攻撃がおこなわれる場合に備えて、予防準備を整えること。それがハルでわたしがやるつもりのことに関する答えよ」

フローは服を着る手を止めていた。彼女はベッドの縁に腰掛け、タラントの隣にきて、彼の膝に手を置いた。

フローは言った。「もうしばらくここにいましょうか？」

「頼む」

タラントは洗面ブースに入り、トイレを使った。そののちシャワーを浴びた。部屋に戻ると、フローは服を身につけ終えていた。彼女はベッドの端に座り、分厚いアウター・ジャケットを膝に置いていた。タラントは彼女の横に腰掛けた。彼はまだ先ほどのニュースに衝撃を受けていた。事件のショックは国じゅうに広がり、まさに世界じゅうに広がったにちがいなく、いま自分が経験しているショックはそれの度合いの小さなバージョンだ、とタラントは悟った。その事件が起こったときには、たんなるショックではなく、影響を受けたあらゆる者にとって深刻な懸念事項であり、また起こるかもしれないという恐怖、怒り、憤り、不安があったはずだ――

少なくともタラントは事件が起こったずいぶんあと

でそのことを知り、二度めの攻撃がなかったことを、あるいはまだ起こっていないことを知っていた。あるいは、大々的なものは。

タラントは、車が速度を落とし、同乗していた男たちが近づいてくる嵐について懸念まじりで話し合っていたときかいま見た説明のつかない光景のことを思いだした。自分がなにを見ているのか知らなかったので、ほんの二、三秒の間に感じたのは印象だけだった――黒さ、目に見える残骸がないこと、暴力的な平坦化。テロリストによる大規模な攻撃が起こった場合、直接巻きこまれていない人々の大半は、ニュースを静かに受け入れるものだ――際限のないTV報道を通して、あるいはインターネットを通して事件のことを学び、考えを表に出さないが、内心、彼らは事件の経験を想像の上で共有しているのを感じる――街中《まちなか》の混乱、次になにが起こるかに関する恐怖、自分たちが直接の影響を受けていないことに対する罪悪感混じりの安堵、実際になにが起こったのかに関する終わりのない疑問。目撃者や生存者の説明に耳を傾け、ついで専門家が、政治家が、代弁者たちが、政府の方針に反対する抗議者がやってくる。攻撃時に起こったあらゆることが説明され、詳しく描写され、それでも説明のつかぬことは依然として残るだろう。事件発生から四ヵ月経ったが、今回の場合は異なっていた――事件そのものは明確で、知られており、ある程度まで理解されていたが、新たな謎が事件を包んでいた。四ヵ月のうちにすら、今回の事件とおなじくらい途方もなく衝撃的なことが戻ってきて、共通の経験、歴史になる。

やがてフローは立ち上がり、言った。「時間よ」彼女が自分のもとに留まっているのは不可能だとタラントはわかっていたが、ひとりになりたくなかった。午前零時をずいぶん過ぎていた。フローは付け加えた。「あしたどうするか決めた？　わたしといっしょにハルへいく？　知っておかねばならないの」

「ぼくは任務報告にいくよ」タラントは言った。彼女と一種のセックスフレンドになり、彼女が軍幹部や兵士や王子たちと親しく交わっているあいだ、ハルのホテルの寝室でぶらぶらしているという考えは、心を惹かれるものではなかった。「できるだけ早く自宅に帰りたい。いずれにせよ、きみには動かしていかねばならない国がある」

フローはその言葉には反応しなかった。

「ウォーンズ・ファームとハルのDSG施設のあいだには補給物資輸送ヘリの定期便がある」フローは言った。「あなたの任務報告が通常の手順——OORが海外赴任地から帰国した外交官に用いている手順——に従うなら、一日か二日で終わるでしょう。わたしはハルに少なくとも四日間いる。試してみたくない？　わたしはあなたにきてほしい、わかるでしょ」

「オーケイ」タラントはそう言ったものの、心のなかはあまりに多くのものですでに満たされていた。フローとの繋がりはタラントの人生を少しも変えるものではなかった。たんに短時間の一時的なものだった。突然、それは終わった。タラントは彼女に去ってほしくなかった。

メラニーを失った悲しみにあらたなものが余計に加わっていた——この女性とベッドをともにしたという罪悪感だ。妻に不実な行為をしたのははじめてだった。あるいははっきりとそう感じたのは。とはいえ、フローにしがみついていたいという衝動を覚えていた。ほかにだれもおらず、また、彼女はタラントを欲していた。そう言ったのだ。タラントの目のまえにある人生は空っぽなものになるだろう。フローがいなくては、無意味なものになろう。彼女をそばに置いておきたいという圧倒的でありながら、不合理な衝動を覚えた。少なくとも彼女がドアを出ていく瞬間を先延ばしにしたいと願っていた。何年もこんな気持ちを覚えたことはなかった。十代ののぼせ上がり、自分を好きだと言ってくれた町の綺麗な女の子への恋慕以来のことだった。「では、あしたメブシャーできみに会えるんだな？」

「会えるでしょうね」

「きみといっしょにいたい、フロー」タラントは言った。「ここにいてくれ」

「おやすみなさい、ティボー」フローはタラントのほうに体を寄せ、軽く口づけした。

なにかほかのものがあった。なにかまだ終わっていないものが。ふたりの短い口づけが終わり、フローが身を引き離そうとすると、タラントは言った。「ぼくに訊いた男って、何者なんだい？　オランダ人の科学者だと言ってたけど」

「名前はティース・リートフェルト。だけど、彼は科学者じゃなかった。あなたがたぶん言っている意味においては。彼は大学教師であり、理論物理学者だった」

「ぼくが彼に会ったという話だったけど」

「あなたのファイルにはそう書かれていた」

「間違いのはずだ。その名前はぼくにはまったくピンとこない」

「ファイルにはそういうことは書かれていないな。ずいぶんまえの話だったみたい。だけど、もしあなたが忘れてしまったとしたら──」

「そんな人と出くわしたことは一度もないはずだ」

「わかった」フローはドアのそばにいて、解錠装置にとりくんでいた。錠のLEDランプが緑色になった。

「わたしといっしょにDSG会議にあなたを連れていくことはできないけど、ウォーンズ・ファームでの用事が済んだら、わたしに会いにきて。あなたの奥さんが殺されたとき、あなたは現場にいたし、あなたはリートフェルトに会っている。わたしにとっては、それがなんとか繋げようとしている鎖の輪なの。リートフェルトは隣接を発見した。そう聞いて、なにか思い浮かばない？」

「いや」

「それがわれわれの取り組んでいるもの。そして空の眩い光。それについてはどうなの？　あなたはその光を見た？」

「病院のだれかが光を見たと言っていた。爆発の直前に」

「それももうひとつの輪なの、ティボー。われわれは爆発の瞬間に頭上で輝いた眩い光のことを知っている。だけど、その正体はわかっていない。未確認飛行物体ではない。隣接と関係しているなにかなの」

「ぼくは光を見た人間じゃない」

「あなたはその場にいた。それだけで充分」フローはドアを手前に引いて開けた。「いずれにせよ、あなたともう一度会いたい。どこにいけばわたしが見つかるかわかるわよね」

「だけど、もしまずい事態になった場合、どうやってきみに連絡すればいいんだ？」ドアは閉ざされていた。「きみは自分の姓すら話してくれなかったじゃないか」タラントは沈黙に向かって話していた。

ひとつの影がベッドのクシャクシャの表面を横切った。風にたわんだ揺れる枝と葉の影が斜めに射しこんでいる細い光の箭に捕らえられた。フローは部屋のムッとする空気のなかに、ベッドのシーツの上に、タラントの心のなかに、芳香を残して立ち去った。彼女がタラントの関心事から消えるのは、関心事になったときとおなじように突発的だとわかっていてしかるべきだった――彼女のしたいように、彼女のニーズに合わせて。だが、体験は共有できた。そこに彼女はいた。もはやそこに彼女はいなかった。彼女の足音が外にまだ聞こえており、廊下を通って、タラントから遠ざかっていく。タラントは、肉体的に消耗していた――揺れの激しい旅、彼女との会話、セックス。だが、頭は冴えており、はっきり覚醒していて、まだ眠る用意はできていなかった。窓辺に近づき、ブラインドを巻きあげ、外部から人工の明かりをもっとなかに入れようとした。窓の留め具を引っ張ったところ、驚いたことに、窓を封印していた塗料がはげて、手のなかで取っ手がふいに動くと、窓が開けられるようになっていた。心地よい冷たいすきま風が狭い開口部から吹きこんできた。外では、風が強さを増して、背の低い建物のあいだを冷たく吹きまくっていた。木々の林冠を吹き抜け、タラントが自分の人生でこの先二度と聞くことはないかもしれないと思ったくらいの葉音が聞こえた。だしぬけに子どものころの瞬間を思いだした。ブルーベルが咲き誇り、母親が待っていた森で遊んでいたときのことを。田園地帯を長々と必死に歩いていたことと関係していたべつの十代の恋愛のことを。ドイツ北部の森で過ごした長い休暇のことを。あらゆる記憶が、背景のヒス音と、緑色の広葉が吹き渡る風に揺らされて立てるカサカサとした音に合わせて思いだされた。

タラントは冷たいガラスに顔を押しつけ、投光照明の向こうへ視線を投じた。下から光は当てられていないが、空を背景に黒い姿で動いている木々の背の高い葉に目を向ける。首や肩に当たるすきま風の歓迎すべき冷たさを感じ、寒い日々のことを、暗い夜のことを、人生の過去の展望について考えた。かつて存在したほかのことを思いだそうとした。それほどまえではなく、自分が生まれてからあったことを。だが、フローに部屋にひとりきりで放っておかれているいま、頭に浮かんでくるのは、アナトリアの暑くて命の危険に晒された日々のことばかりだった。絶望的な終わりのない熱気、木々が失われた丘陵、乾き切った土地、子どもたちの泣き声、ときどき聞こえる地雷の大音声や、傲慢な発砲音、折れたり、欠損した四肢、人の死の音と臭い。

第二部

獣たちの道《ラ・リュ・ディ・ベト》

幻視者

1

ル・アーヴルまで少しあったが、船はエンジンを切り、ゆっくりと停止し、暗い波のうねりの上で揺れた。大勢の船酔いした男たちに囲まれ、紫煙の煙る換気の悪い空気を吸って、主船室で苦しい時を過ごしたあげく、わたしはやかましい甲板下を出た。海軍少佐（臨時）というわたしの役職に多少の特権があることを発見したばかりだった。そのひとつが、この風のきつい甲板に避難できるというものだ。肌寒い十一月の夜遅く、南西から強風が吹いていたが、わたしは扉のすぐ外の暗がりに立ち、澄んだ冷たい空気をありがたく呼吸していた。われわれのほとんどは生粋の船乗りではなく、波の荒い海は不愉快な驚きとしてやってきた。船酔いはそれほどわたしに影響を与えなかったが、船室で繰り広げられている光景や音は、がまんするのがどんどん難しくなった。

わたしは扉から離れ、暗闇のなか手探りで手すりを掴みながら進んだ。甲板上の唯一の光は半月の光だけで、それも分厚い雲が風に流されて時々見えるだけだった。乗客用の座席やデッキチェアがかつてはあったかもしれないが、それらはすべて撤去されてしまったようだ。いまや甲板には軍用物資が積み重ねられていた。昼間、フォークストンでわれわれが乗船する際に、わたしはその物資を見かけていた――トラックや小型車輛、大きな木枠、防水シートの下に隠されていた正体不明の物品。昼間ですら、物資の大半がなんなのか、突き止めるのは不可能だった。それが弾薬でなければいいとわたしは猛烈に願った。

同僚の海軍将校が船室を離れるのはやめておいたほうがいいと警告を発したが、わたしはその選択肢を持っている数少ない乗客のひとりだった。わたしは民間人だった。というか、文官だった。もっとも新調の軍服は、サイズが合ってもいなければ、似合ってもいなかった。自分がバレバレのペテン師のような気がした。周囲の男たち、とりわけこの船の乗組員はだれも、騙されはしないだろうが。

わたしは船首に向かってそろそろと進み、港が見えるかもしれないと期待した。少なくとも陸地の一部が見えないか、と。可能なかぎり早くこの船を離れ、旅の次の行程を進みたかった。手探りで進んでいた昇降階段には、積荷や木枠が積み重ねられており、わたしは二度、すねを擦りむいた。補給係将校からいま着ている防寒外套を支給されていて、そのずっしりした分厚さをありがたく思った。

船の前方にフランスの地はなにも見えなかったので、わたしは注意深く船尾に向かって進み、イングランドの暗い姿を最後に目にしたかった。ひょっとして戻ってくることがあるかどうか、わからなかった。またしてもわたしはすねをぶつけた。急な金属製の階段に出くわしたが、その下になにがあるのかわからずに暗闇に降りていく気にはなれなかった。階段の昇り口で立ち止まり、そこからイングランドの姿が少しでも見えないだろうかと考えた。船のその部分のなんの覆いもない甲板に風が強く吹き付けてきた。ポツポツ降りだした雨や、刺すように冷たい英仏海峡の海水の飛沫が混じっている。故国の海岸を一度も離れたことがなかったので、前方に待ち受けているやもしれない危険が気にかかってしかたなかった。

わたしは船首に向かってゆっくり戻りはじめた。少なくとも風がそれほど強く当たらずに立てる場所があることに気づいたからだ。

船の灯火管制は完璧だったが、淡い月明かりに目が慣れてきた。戻っていくと、先ほど自分がいたところにだれかほかの人間がいることに気づいた。大きな外套を着て、わたしのようにうずくまっており、その体を丸めた姿勢から、わたしとおなじくらい寒くて、みじめな思いをしているようだった。わたしが近づいてくる音を聞いたにちがいなかった。相手はわたしが歩み寄ると、手を伸ばして、友好的にわたしと握手をしたからだ。

われわれは暗闇のなかで握手をし、型どおりの挨拶をぼそぼそとつぶやいた。風に言葉は吹き飛ばされた。おたがいの革手袋がこすれあうのを、聞いたというよりも感じた。

「なにが起こっているのか、考えはありますか？」わたしは声を張り上げた。「なぜこの船が停止しているのかご存知ですか？」

相手の男はわたしのほうに体を寄せ、顔を持ち上げ、声を張り上げた。

「べつの船が沈んだという話を乗組員が話しているのを聞いたよ」男は言った。「ディエップの港の外だという。負傷兵を運ぶ病院船だったと船長から聞いた。船長や、当直のほかの士官たちは、東に閃光を見て、爆発音を聞いたという話だ」彼は、その話が意味する結果に、わたし同様、明らかに慄然として、口をつぐんだ。「ディエップに迂回するつもりだったが、心変わりをしたと船長は言っていたよ」

「潜水艦だったんでしょうか？　Uボート？」

「ほかになんの可能性があるかね？　機雷かもしれない。だが、フランス海峡の港への接近航路の機雷は最近、取り除かれた。このあたりにはほかにも船がある。だから、沈んだのはそうした船のひとつかもしれない」

「病院船が！　なんたることだ」わたしはその知らせに衝撃を受けた。われわれが絶望的な戦争に巻きこまれていることをまたしても思いださせるものだった。

「そんなことは想像できない。それがほんとうだとすれば、なんという悲惨な出来事だろうか」

「気持ちはよくわかるよ」

「戦争がはじまってからイングランドを離れるのは、今回がはじめてですか？」わたしは訊いた。

「いや、二度めだ。数週間まえ、フランスにいたのだ。ごく短期間だったが。そちらはどうだね？」

「今回が最初です」わたしは言った。

わたしは一瞬口を閉ざした。今回の任務を受領したとき、わたしはその件でだれともいっさい話をしないようはっきり警告されていたからだ。わたしが携わることになっている仕事は、最高レベルの機密とみなされており、フランスの目的地に到着するまで、わたし自身、詳しい中身については知らされていなかった。この二週間、家を空ける準備をし、戦争努力に価値のある貢献をどうすればできるのか理解しようとしながら、喋ることに対して心のうちに警戒心を募らせてきた。わたしは五十代なかばで、陸軍や海軍に対してなんらかの役に立つには年を取りすぎていた。あるいは、そうだとずっと思ってきた。だが、わたしの名前が推薦されたのだ。戦時における祖国への忠誠の求めに応えねばなるまい、とわたしは思った。

おおよその物腰から、わたしの話し相手もほぼわたしと同い年だと感じた。それゆえ、現役の士官ではなかろう。われわれはさらに数分、ぎこちなく沈黙したまま立っていたが、ふいに船の伝令器の声がして、ほぼ即座に煙突から火花や煙がどっと上がった。巨大なエンジンがまたガタンゴトンと音を立てはじめ、なじみの振動が船の上部構造に伝わってきた。下の船室から、船がまた動きだしたのを知った兵隊たちが皮肉なまじりの歓声を上げる大きな音が聞こえた。彼らはわたしとおなじように、安全性が増したという不合理な感覚をたぶん覚えているのだろう。動くだけで、自分たちが守られるかのように。船が動かずにいるあいだ、ドイツのＵボートの一団が、魚雷発射管を向けながら、われわれに向かって速度を上げて近づいてきているにちがいないという恐怖を振り払えずにいた。われわれの船はあまりに小さく、積載量過剰で、船殻が薄く、この厄介な海に浮かんでいるあいだ、ほぼどんな攻撃にも脆い存在に思えた。

わたしの話し相手もわたしとおなじように感じているのが明白だった。というのも、エンジン音が戻ってくると、彼はこう言ったのだ――「このほうがはるかにいい。すぐに上陸するだろう。迂回してカレーにいかねばならないにせよ、長い旅にはならない。しばらくは、風の当たらないところに立っていよう。ところで、もし伺っていいのなら、行き先はどこかな？」

「言えません。命令を下されて旅をしているので」

「ちょっと考えさせてもらおう。軍属採用の民間人では？」

「はい」わたしは言った。「戦術顧問と自称してもいいことになっています」

「すばらしい！　まさにわたしもそうだ。フランスへのわれわれの任務は、どうやら似たもののようだね。詳細が異なっているのは明白とはいえ。口をつぐんでいなければなるまいな、大義のために。ドイツのスパイはいたるところにいる。だが、名前を交換しても障りはないのでは」

「えーっと――」

わたしは相手のすぐそばにおり、夜闇に目が慣れてきたため、さきほどよりはっきりと相手の姿を見分けられた。彼はわたしより背が低く、ずんぐりとした体つきで、話をするとき、風変わりだが、魅力的な形で首をひょいひょい動かした。われわれは緊張した状況で知り合いになろうとしている赤の他人だったが、相手が遊び心の持ち主であり、わたしやわれわれの状況をそれほど真剣に受け取ろうとしているのではなさそうだとわかった。口をつぐんでいることに関する警告をわたしは真剣に受け取っていたものの、どう見てもこの人はドイツのスパイには見えなかった。

わたしの職業人としての舞台公演には、読心術の披露も含まれており、それには英語のさまざまな訛りを聞き取るいい耳を鍛える必要があった。この男は、丁寧な言葉遣いだったが、母音やイントネーションのどこかにロンドンのコックニー訛りの痕跡があった。所属している階級への意識や、大学教育の影響で和らげられていたが。彼が手入れの行き届いたロンドンの郊外や、イングランド南東部のどこかにある繁華街に暮らしているところを想像した。興味深い社会的混合の起こっている場所に。そうした断片的な直観と、わたしの場合は他人の立ち居振る舞いを研究する長年の習慣もあって、われわれは初対面の印象を形成するものだ。ル・アーヴルの港の灯りが遠くに近づいてきているその時点で、わたしは寒さに震え、旅の疲れが出て、ひどく腹を空かせていた。精神的な感覚がもっとも研ぎ澄まされていることにしばしば気づいたのは、そうした物理条件のときだった。残りの旅をのんびり過ごすための知的会話に餓《う》えていた。彼に旅の友になってほしかったので、彼のことを気に入りたかった。

一瞬考えてから、自己紹介をしようという相手の提案に従って、わたしは言った。「トムと呼んでもらえればありがたいです」

「トムか！　お会いできて嬉しい」

われわれはまた握手した。「で、あなたは？」わたしは訊いた。

「そうだな。どう呼んでもらいたいかというと……バートだ」

われわれの握手はまえより力強いものになり、より開けっぴろげで友好的なものになった。トムとバート、バートとトム。戦争へ向かう船に乗っているふたりの中年英国人。

われわれは船首近くの半分ほど風雨の凌《しの》げる場所に

立ったままでいた。およそ十分後、船はゆっくりと二枚の巨大な壁のあいだをゆっくり通り抜け、港へ入っていった。われわれはほとんど喋らなかった。ふたりとも、できるかぎりその場所を見ようとして必死だった。伝令器の鐘が鳴りつづけ、エンジンは何度か音を変えた。岸にいる何者かが船橋《ブリッジ》に向かって叫び、われわれの船は二度サイレンを鳴らした。ロープが投じられ、繋ぎ留められ、エンジンは空転し、船殻が波止場に接岸する穏やかでゆっくりとした衝突が何度かあった。

下甲板から騒音や動きが上ってくるのを感知できた。

「荷物を取ってこないと」すぐにバートが言った。

「列車に乗るすさまじい争いが生じるだろう。きみも列車で移動するのでは」

「わたしは一等車で移動する辞令を持っています」わたしは言った。

「わたしもだ」バートは言った。「兵員輸送列車では、一等車の切符はあまり大きな違いを生じないと思うが、少なくとも座席は確保できるはずだよ」

もしできるなら、乗るよう言われているいずれかの列車の一等車輛で、再会しようという約束を非公式の形ですばやくおこなった。二度と会うことがない場合に備えて、われわれは別れを告げ、おたがいの旅の無事を祈り、自分たちの荷物を探しに、暑くて、臭くて、まだ紫煙が充満している下甲板に降りていった。

2

ややあってわたしは船を下り、幅広いエプロンを横切り、押し合いへし合いを繰り返したのち、列車に腰を落ち着けた。時間感覚を失いかけていた――延々と遅延がつづき、疲労と騒音に満ちた夜を耐え忍んでいる気がして、手足と顔が凍えて死にそうだった。

午前零時に近づいていたにちがいない。この日、わたしはひたすら移動していた。早い朝食をとった直後からわたしがしていたことを表すとしたら、そうとしか言えない。

その移動の旅でいまのところもっとも楽だった部分は、ベイズウォーターの自宅からチャリング・クロス駅にたどり着くところまでだった。迅速にかつ、それなりの快適さでわたしと荷物を運んでくれる辻馬車を呼んだからだ。そのあと、なにもかも悪くなる一方で、その日の残りは、地獄さながらだった。最優先を保証する辞令はわたしに一等客車を与えてくれたが、一等とは名ばかりだった。わたしは二十人あまりはいるような、馬鹿らしいくらい若い兵士たちと客室をわかちあった。ピンク色に上気して、表情を輝かせていた若者たち。彼らの大半は地方の訛りがきつく、みなカーキ地のウェビングベルトを締め、巨大な荷物と革紐でくくりつける装備を抱えていた。だが、連中は、意気軒昂で、一様にわたしに〝サー〟を付けて話しかけ、概して言えば、いっしょにいて楽しい連中だった。にもかかわらず、ぎゅうぎゅうに押しこめられており、快適な環境にはほど遠かった。

フォークストンまでの鈍《のろ》い移動は、拷問だった――列車は歩く速度より速く動くことはまれであり、ロンドンとケント州沿岸のあいだにある信号に出くわすたびに停止した。あるいはそんな気がした。ようやく港の駅に到着すると、まずトイレを見つけ、次に一杯のお茶と少しの食事を手に入れるために並ぶ気が狂ったような先陣争いが生じた。われわれは船に乗ったが、それなりの心地よさを手に入れてほっとするどころか、船はすでにわれわれに先だって到着していた兵士たちで混みあっていたのが判明した。われわれの到着は、その混乱に拍車をかけただけだった。こうした若者たちは、自分同様、食事と水を与えられる必要があり、大勢のなかにとどまっていれば、たぶんなにか食べるものを見つける唯一の機会がやってくるだろうと知っていたため、わたしは長いあいだ我慢をつづけた。

船が出発すると、対岸のブローニュへ向かうのではなく、遠回りしてル・アーヴルを目指した。荒い波に大勢の船酔いが出てわたしが上甲板に逃れ、あらたな友人バートと出会ったのはそのときだった。

ル・アーヴルで列車に乗ったとき、バートを見つけられなかった——ひょっとして、席を手に入れようとやっきになりすぎたのかもしれない。しかしながら、バートがやってきた場合に備えて、隣の席を押さえておこうとした。客車はすぐさま一杯になり、隣の座席をずっと押さえておくのは無理だった。まもなくするとランカシャー・フュージリア連隊の若い兵卒がわたしの隣にどっかと腰を下ろした。彼はわたしに一本の煙草と酒壜からの一口を差しだした。彼の名前はフランク・バトラー。十九歳で、ロッチデール出身だった。故郷から離れるのはこれがはじめてだという。ペナイン丘陵を歩いたことを情熱的に語り、一言ごとに三度はわたしを〝サー〟と呼んだ。兵士バトラーがひっきりなしに話しかけてきたものの、わたしはうつらうつらしはじめた。時間がさきほどよりはのどかに過ぎていきだした。

すると、わたしの腕が揺さぶられた。

「トレント少佐ですか?」

目を開けると、背の高い陸軍兵長がわたしのまえに立ち、ごった返している兵隊たちの体越しに身を屈めていた。

「トレント少佐ですか？　科学者の？」

「トレントだ、その通り。だが――」

「この列車のなかであなたをずっと捜していました。わたしの責任においてあなたのお世話をするよう命じられております。あえて言わせていただければ、席をおまちがえです。あなたを本来の席にご案内しないと、わたしの大きな責任になりますし、ミスは許されません」

彼の態度は丁重であり、口調は丁寧だった。彼を面倒な目に遭わせたくなかったので、大変な苦労と、兵士たちの陽気な協力のもと、頭上の棚からわたしのふたつの大きな旅行鞄を下ろした。列車は港の駅をまだ発っていなかった。兵長とわたしは客車の扉を強引に開け、なかば飛び降り、なかば倒れるようにプラットフォームに降りた。

「わたしが少佐を見つけるまで、列車を止めていました」兵長は肩越しに振り返って、わたしに声を張り上げた。

彼はふたつある旅行鞄のうち大きなほうを受け持ち、われわれは足早に列車の側面に沿って歩いた。兵士たちはすべての客車を超満員にしているようで、扉や窓がいまにも外に弾け飛びそうになっていた。

「こっちです。あそこで我慢しておられたのよりずっと快適なはずです。それにもうひとりの方もお待ちですよ」

われわれは列車の最後部の客車にたどり着いた。小さな窓が二、三付いているだけの有蓋車だった。兵長はわたしを急かして、狭い木製の階段をのぼらせた。わたしがまだ自分の旅行鞄を目のまえで押し上げようとしているとき、列車が揺れるのを感じた。列車は動きだした。

客車は、乗務員車輛だった——檻付きの収納スペースと、車掌が使うための様々な旗やカンテラが置いてある広い空間だった。カンテラに照らされ、温かかった。檻付きスペースのなかにある木の椅子にひとりで座っているのは、わが友のバートだった。彼は背をぴんと伸ばしていたが、くつろいだ感じだった。両手で杖に覆いかぶさるようにしており、その手にあごを載せていた。ふたつめの椅子がバートの椅子の隣に置かれていた。

兵長は丁重にわたしを檻のなかへ案内して、鞄を置き、わたしが快適でいられるよう確認してくれた。列車はすでに少し速度を上げはじめており、客車をつなぐ通路がないのがわかっているので、わたしはこの有能な若者の心配をはじめた。一切無頓着のまま、兵長はわたしに新鮮な水の入った大きな壜と数個のグラスや、白いティッシュペーパーにくるまれた二本のフランスパン、チーズ少々、赤ワインのボトルが収まっているキャビネットを示した。「パンはもう若干固くなりかけているかもしれませんが、充分美味しいと思います」まさしく、このうえもなく食欲をそそった。

ギリギリのタイミングで、兵長はわたしにおやすみなさいと言い、列車がベテュヌに着くまで、わたしと大尉のお世話をさせていただきます、と告げた。兵長が階段を降りはじめると、プラットフォームが通り過ぎていくのが見えた。すると、兵長の出ていったのが合図だったかのように、列車は大きなブレーキ音を立てて、いきなり停まった。

そうこうしているあいだにバートは目を覚ましていた。すっかり背筋を伸ばし、目をしばたたきながら、わたしを認めた。われわれはたがいに挨拶をした。「きみがここにたどり着けて嬉しいよ」バートは言った。「てっきりべつの列車に乗ったものと思いかけていたんだ」

わたしはなにがあったのか彼に話した。すると、腹が鳴ったので、わたしは言った。「パンと水をいただきませんか？」

「この檻に入れられている以上、食事の選択としてはそれがふさわしいだろうな」バートは面白がっているように青い目に皺を寄せ、われわれはふたりともキャビネットに向かった。「だが、水の代わりに、ワインを少々というのはいかがだろうか？」

「ええ、いいですね！」

われわれはパンを割り、チーズの塊をそれぞれ取って、ワイン・ボトルから二個のグラスに注いだ。おたがいの席に戻る。

「兵長があなたは大尉だと言っていたのを聞きましたが」

「いかにも。もっと低い階級なら家と家族を置き去りにして、フランスの列車になんぞ乗らなかっただろうな。きみもかね？　そちらは海軍のようだが」

バートはわたしの軍服に目をやった。

「大尉ではありません。少佐です」

「当地で船に乗るには、かなり長い距離、陸地を移動することになるのでは？」

「陸上の施設になると思います」またしても沈黙しなければならない重みを感じ、わたしは言葉を濁した。

「まだ、あまりはっきりしていないのです。あなたは陸軍所属のようですが？」

「そのとおり」バートはパンを嚙み砕き、外皮の大きな茶色い塊を客車の床にこぼした。「将軍を主張し、まあ大佐までは下げられるかなと思っておったんだが、大尉以上の階級を寄越そうとはせんかった。わたしの目から見れば、少々馬鹿げたことだが、それを言うなら、この忌々しい戦争自体、馬鹿げたものだ。はじまろうとしていた二年まえにそのことを伝えようとしたんだが」

「いっしょに移動している若者たちは、馬鹿げているとは思っていないようですが」

「そのとおり。彼らはただの子どもだ——戦争と、その戦士となった若者たちは、永遠の悲劇だ。わたし自身、息子がふたりいる。ありがたいことに、ふたりはまだ学生で、運がよければ、フランスとベルギーの恐ろしいごたごたにかかわらずにすむだろう。この列車に乗っている若者たちが、なにを被らねばならないのか、ご存知か？　あるいは、彼らのうちどれだけがふたたび故郷に戻れるのか？」

「状況はますます悪化するでしょうな」

「そのとおり。憂慮する方向に事態は悪化しつつある。だが、そこがそちらとわたしが登場する場面だとわたしは思っている。連中は、アイデアを欲しているのだ、新鮮なアイデアを」

バートはその話を広げていくようなことはなにも言わなかった。しばらくのあいだ、われわれは黙って座り、美味しいチーズを味わい、ワインを啜《すす》った。しかしながら、疲労がこみあげてきた。わたしは客車のなかを見まわしたが、マットレスや寝床として使えそうなものはなにもなかった。われわれが隣り合って座っている木の椅子があるばかりだった。

バートはわたしが考えていることにはっきり気づいていた。

「どうやら」バートは言った。「この列車はしばらく動きだしそうにない」列車はまだ出発していなかった。

「きみがここにくる直前には、自分の荷物をひらいて、そこの壁際の床に広げられるような服がないか確かめてみようと思いはじめていた。もうくたくたで。頭を横にする必要がある」

「きょうはどこをお発ちになったんです？」

「エセックスからだが、たいした距離じゃない。フォークストンへ向かう列車に乗るまでは悪い旅ではなかった。そちらはどうだったのかな？」

「ロンドンの中心近くからです」わたしは言った。「ベイズウォーター・ロード。ノッティングヒルの近くの」

「そのあたりは多少知っている。そこからあまり遠くないところでしばらく暮らしていたのだよ。カムデン・タウンのそばのモーニングトン・プレースに」

「ああ、あそこですか」

「ロンドンに小さな部屋をまだ持っているんだが、わたしは国の外でほとんどの時間を過ごしている」

寝床をこしらえようというバートの提案は、いい考えだった。われわれはグラスのワインを飲み干すと、ボトルにコルクを挿し直し、自分たちの荷物を探しはじめた。わたしはマントを利用しようとすでに考えていた。ほかの道具とともに鞄のなかに入れていた。マントは最後に荷造りした荷物だった。自分がいく予定になっているところにその実用的な利用方法をどれほど懸命に考えても、なにひとつ思い浮かばなかったが、そのマントがわたしの普段の仕事の一部になっているあまり、それを家に置いていくのは考えられなかった。


偶然にも、差し迫ったニーズにとって、理想的なものになった。

そのマントは、詳しく吟味される用に仕立てられたものであり、当時、多額の金をかけねばならなかった。表側は紫のサテン生地で作られており、裏側は温かい黒のコーデュロイ製だった。隠し層と、縫い付けられたポケットの多さゆえに、分厚い裏当てがなされていた。

わたしはマントを鞄から引っ張りだし、広げ、四つに折り、何層もの厚さのある長い間に合わせのマットレスにした。バートは興味津々の面持ちで見ていたが、なにも言わなかった。彼は自分で床に二枚のコートとウールのセーターを何枚か広げた。わたしは疲労感に目まいがしていた。客車の空気は温かく、隣の車輛の兵隊たちが立てるかすかな物音は、心を慰めてくれるものと言ってもいいくらいだった。わたしはサテンのマントの上にもぞもぞと乗って、防寒用外套を体にかけ、ものの数秒で眠ってしまった。

3

目を覚ますと列車は動いていたが、ごくゆっくりとした移動だったにちがいなかった。車輪からやかましい音はほとんど聞こえず、揺れも穏やかだったからだ。向かい側の小さな窓から日光が降り注いでいた。連れのバートは椅子を窓のほうに移動させ、外を覗いていた。

鉄道の職員がわれわれに加わっていた——車掌だ。彼は暗い色の上着と帽子を身につけ、客車の奥の隅にあるスツールに腰掛けていた。車掌はわれわれのどちらにも興味を示さず、自分のかたわらにある小さな窓から列車の外に目を凝らしていた。車掌の立派に生い茂っているものの、垂れ下がっている口ひげが印象的だった。わたしが目覚めたことに気づくと、車掌は片手を上げて挨拶した。

「ボンジュール！」わたしは言った。

「ボンジュール、ムッシュ！」

そのやりとりで、わたしの知っているフランス語のタネが尽きたので、無愛想に見えないよう、気さくな態度で車掌にうなずくと、立ち上がり、服の皺を伸ばし、バートが座っているほうへ近づいた。バートはいつものざっくばらんな親しみをこめてわたしに挨拶すると、先ほど兵長がここにきて、食事を届ける約束をしていったと言った。彼は、また、有蓋車の隅にある仕切られた狭い場所を指さし、そこにトイレがある、と言った。

すぐあとに起こった身体的解放、すなわち排泄行為は、その場所のぞんざいな設《しつら》えによって、わずかばかり損なわれた――トイレとして、床に円形の穴が開いており、その下に枕木が見えた。そこから列車がゆっくりと動いているのがわかった。低い朝日が斜めに差しこんでいた。しかしながら、素焼きの盥《たらい》の上に冷水の蛇口がついていたので、わたしは喜んで顔と手を洗った。タオルは無かったが。

両手から水滴を振り払いながら檻に戻ると、隣の客車をおそらくはむきだしの連結装置で繋いでいる狭い扉に、兵長が姿を現した。

「おはようございます！」彼は丁寧に挨拶した。「ウエルズ大尉、トレント少佐！」彼は敬礼した。「本日の活力を得るため、古きよき英国の缶詰牛肉をご賞味いただけるものと拝察致します。陛下は出費をお厭《いと》いになられません」兵長は、クロスにくるんだ、蓋を開けた缶詰牛肉を二個、運んできて、われわれのまえに置いた。「若者たちを休憩させるため、あとで一旦停車する予定です。そのとき、全員に出すのとおなじお茶と温かい食事をお出しできます。おふたりは陸海軍の将校なので、一口分のラム酒も出ます」

わたしはパン以外のものが出されて喜んだが、われわれ、バートとわたしは、檻のなかで隣り合って座り、残りのものも平らげた。

食後、口を拭いながら、バートはわたしに言った。

「トレント少佐なんだな？」わたしはそうですと認めた。「トム・トレント？　トマス・トレント？　どこかで聞いた気がする。わたしがその名前を知っていて不思議ではない？」

「そうかもしれません」わたしは秘密を守らねばならない必要性を感じながらもそう言った。「トミー・トレントの名前でいちばんよく知られています」

「ピンときた」バートは言った。

「いいですか、あまり自由に話をしないほうがいいと思います――」

「そこにいるわれらが友のことを気にかけているようだが」バートは振り向き、手をすばやく振って、車掌を指し示した。「きみが起きるまえに彼と雑談を交わそうとした。あの男はきみがフランス語を話すのとどっこいどっこい程度に英語が話せないのがわかった。もっと話せないんじゃないかな」

「そんなはずはないでしょう」

「いや、そのはずだ。さて、トミー・トレント少佐、わたしは秘密主義でいるのを好むような人間ではない。その点で言うなら、穿鑿好きでもない。正しく見極めたなら、きみもおなじ気持ちでいるだろう。だが、おたがいについて多少明らかにしておくべきことがあると思うのだ」

「同感です」

「まさに。あることをお訊ねすることからはじめさせていただきたい。英国軍の戦線に以前にいかれたことはおありか？　前線にという意味だ。そこにわれわれふたりとも向かっているとわたしは推測している」

「ありません」わたしは言った。「あなたは？」

「ある。フランスにいたことがあると話しただろう。

いや、それどころか、わたしはイープル近くの前線にいったのだ。ベルギーの。前線ではどんな状況になっているのかご存知かな？」

「ええ、まあ。新聞は事実をまるごと伝えているわけじゃありませんが、塹壕《ざんごう》は地獄になっていると理解しております」

「地獄というのは控えめな言い方だな。塹壕は筆舌に尽くしがたいところだ。そして言い表しようがないほど危険だ。さて、そこで次の質問だ、トレント少佐。もしきみが海軍将校として西部戦線に出向き、どんな状況であるかについてなんら幻想を持っていないとすれば、いったいサテン地のマントでなにをしなければならないのだろう？」

バートは勢いこんで訊ねてきたが、淡いブルーの瞳に陽気な表情が浮かんでいた。

「説明するつもりはあったんですが――」

「それにこの話題を鑑《かんが》みるに、なぜサテン地のマントに銀と金の星が縫い付けられているのだろう？」

話題の衣服はまだわたしが置いた場所にあり、客車の壁に押しつけられて、丸まっていた。床に敷いたとき、星がつけてあるサテンの側が上にならないよう慎重に畳んだのだが、寝ているあいだに動きまわったと見えて、その衣類のより派手な側が露わになっていた。

わたしはバートの質問に恥ずかしくなった。いまここにいて、まさに戦争劇場のなかにいて、あるいは少なくともその近くにいて、わたしはあらゆるものをあらたな光で見ていた。故国にいるとき、兵隊の慰問のため前線に召集されるのだろうと思っていた。演芸がわたしの仕事であり、わたしの職業であり、わたしの天職だ。前線の兵士たちに芸を披露するため海を渡った演芸場の芸人や歌手や踊り手やコメディアンのことを知っている。もしわたしが自分の芸を見せることになるのなら、通常の装置や仕掛けが必要になるだろうし、それにはわたしのマントも含まれていた。

ふさわしい言葉を探したのち、ようやくわたしは口を開いた。「わたしの名前に聞き覚えがあるとおっしゃいましたね」

「それくらいしか言えないな。詳しくは知らないので」

「では、こういう事情なのです。トミー・トレントは、わたしの本名ですが、芸名として長く使ってきました。わたしは演芸場の芸人です。エンターテイナーです。こう言うと、なにかおわかりですか？」バートは首を振った。「近頃では、わたしは〝謎の王〟の呼び名がついていますが、二年まえまで、〝不可思議の人《ミステリオーソ》、トミー・トレント〟として舞台に立っていました」

「きみはマジシャンなのか？」

「手品師と呼ばれるほうが好きです。あるいは、奇術師と呼ばれるほうが。ですが、はい、そうです」

「こう言ってはなんだが、それで万事説明できるとも言えるし、なにも説明していないとも言える」

「では、われわれは意見の一致を見ましたな」わたしは言った。「わたしは自分がここにいる理由についてほとんどなにも知らないのです。なぜ海軍士官の軍服を着て、西部戦線に向かっているのか」

わたしは手短に次のように自分の話を伝えた。およそ五週間まえ、ロンドン西部のハマースミスにあるリリック劇場で舞台に立っていた。土曜の夜の公演後、控え室でくつろいでいると、劇場職員のひとりが来客を連れてきた。

来客の名前はシメオン・バートレット大尉、王室海軍航空隊の現役将校だった。彼はわたしの舞台を褒め、あるイリュージョンにことのほか強い印象を受けた、と言った。それは通常、ショーのフィナーレに持ってきている手品だった。そのなかで、わたしは美しい若い娘（定期的に共演してくれている姪のクラリス）を跡形もなく消すのだった。

楽屋にやってくる客はたいていお世辞を伝えにくる

のだが、彼らの真の目的は、わたしから秘密を聞きだすことにあるのだと、しばしば気づいた。すべてのマジシャンは、なにもバラしたりしないという職業人としての行動規範に縛られている。それどころか、若い大尉に大きな感銘を与えた手品は、必要とされる装置のせいで、舞台上ではとても複雑なものに見えるが、そのタネは単純なものだった。もっとも印象的なイリュージョンの大半が、とても基本的な仕掛けや手続きに基づいており、観客が実際に起こっていることを信じようとしない場合がままあった。

だが、この場合がそれである。リリック劇場でのあの夜の舞台はまさにそのとおりだった。わたしは警戒心を募らせ、若い将校は感じよさそうな物腰にもかかわらず、手を替え品を替え、なんとしても手品の方法をわたしに説明させようとしてきたが、わたしは一歩も引かなかった。

最後にバートレット大尉は、わたしに言った。「あなたが現実的あるいは科学的方法を用いており、魔法に手を染めているわけではないと断言いただけますか？」むろんわたしは躊躇《ためら》うことなく、その通りだと確認した。「では、近々われわれから連絡があるはずです」

やがて判明したのだが、彼が言おうとしていたのは、翌週の海軍本部からの正式文書の送達だった。彼らの言葉を借りれば、「戦争遂行努力に助力する」ため、短期間の任務をわたしに依頼するというものだった。

その後おこなわれた海軍上級将校との面接で、わたしはまたしても秘密の方法について仔細に訊ねられたが、マジシャンの行動規範を遵守して、わたしに言えたのは、それが彼らの言葉でいう〝科学的〟な方法であるという保証を繰り返しただけだった。

彼らの訊問が執拗になればなるほど、舞台上に設置している照明とガラス板にまつわる科学にわたしはどんどん自信を失っていった。

「では、きみは陸地を基地とする海軍部隊にいくんだ」バートは考えこみながら言った。「ということは、ふたつのうち、どちらかひとつしかありえない。気球あるいは航空機だ。両方とも王立海軍航空部隊が扱っている。とはいえ、なぜきみがそのマントを必要としているのか理解できないのだが」

わたしは言った。「これを持ってきたのは、舞台でこのマントを着てショーをおこなっていたので、これがないと裸になったような気がするからです。ですが、あなたのおっしゃるそぐわなさもよくわかります。気球であれなんであれ、現地に到着すればどうなっているのか、わかるでしょう。あなたはどうなんです？」

「わたしかね？　わたしは気球とはなんの関係もない」

「相手を知ろうとすることについてですよ。こうなれば、わたしがあなたについてもっと知ろうとする興味がわいて当然ではないですか」

「ああ、たいして変わりはないな」バートは言った。今度は彼が困惑する番になっているのがわかったが、理由はわからなかった。

「あなたもマジシャンなんですか？」

「いや、まったくちがう。まあ、一部の人間はわたしに魔法使い《マジシャン》になってもらいたいのかもしれないが、あいにく、わたしはもっとずっと謙虚な人間だ」バートは杖で自分を支えていた。列車はようやく速度を上げはじめており、有蓋車は左右に揺れていたからだ。

「わたしは、おせっかい屋と表現されうる人間かもしれない。わたしの論敵たちのなかには、その名で呼んでいる連中もいる。その言葉がわたしを要約している。なにかをまちがったやり方でやろうとしている人々にわたしはいろんなことを指摘せずにはおれんようだ。問題は、だれも耳を貸さぬことだ！　しかも、連中が実行し、わたしが警告したのとおなじようになにもかもまずくなると、あとになって、わたしを振り返り、もっと強く警告しなかったから悪いのだとわたしを非難するのだ。なので、次の機会には、やり方を変え、ほかの議論を試みるのだが、最終的におなじことが起こる。わたしは冷静になろうと努めているし、つねに相手の理性に訴えるようにしている。だが、わたしは主張をやめない。なぜなら、彼らが言うおせっかいとは、わたしが言うアイデアの表明だからだ。わたしは、人間の精神とアイデアが自分の職業であると信じている者だ。その信念ゆえに、この列車できみと乗り合わせたのだろう。トミー・トレント少佐、魔法の王、ミステリー、なんとでもお好きに呼べばいいが、その人と。それが穿鑿好きでおせっかい屋であることの報酬だ。おそらくは相応の報酬」

「相応の報酬？」わたしは言った。「まるで罰のような口調ですが」

「もちろん皮肉で言ってるんだよ。よろしいか、トム、この忌々しい戦争が勃発した当時、わたしは新聞に小さなコラムを連載していた。わたしは〝確固たる見解《オピニオン》〟を持っていると知られており、今次戦争についていくつかオピニオンを持っていた。のちに、そうしたコラムは一冊の本にまとまった。あることについて、わたしが激昂したとき、それを文書に表すのがそのエネルギーを解放する唯一の方法なのだ。今次戦争が起こるのがわかっていた。何年もまえにわかっていたのだ。

　さて、おわかりだろうが、わたしは戦争の恐怖を知っているが、今次戦争に全面的に反対しているわけでもない。わたしはドイツ国民になんの反感も持っていないが、彼らは双子の悪が台頭するのを許してしまった。彼らはプロシア帝国主義に支配されており、彼らの経済は武器製造業者のクルップに支配されている。クルップと皇帝《カイゼル》は、並び立っている。それが非人間的な制度を生んだ。われわれはそれに対して剣を持って立ち上がらねばならない。平和を求める剣を。わたしはドイツを滅ぼしたくはない。現時点であの国を運営しているいわゆる精神を変えるだけでいい。この戦争が勝利に終われば、われわれがやろうとしなければならないのは、ヨーロッパの地図を描き直し、全ヨーロッパ諸国が集まったなんらかの同盟を形成し、普通の民衆が発言権を有す国にすることだ」

わたしは昂奮と人物識別の思いで彼を見つめていた。「それは『戦争を終わらせる戦争』のなかで出てくる文章だ」わたしは言った。

バートは渋々認めた。

「読みましたよ！」わたしはつづけた。「自宅にその本を一冊持っています。じつに道理にかなった内容だと思いました」

「わたしはもはやそれほど確信はないのだが。実際におこなわれている戦いを目撃したいまとなれば――」

「でも、あなたがあの本を書いたはずがない。H・G・ウエルズが書いた本です！」

ウエルズ大尉は再度うなずいた。わたしは驚いて立ち上がり、不意にまた腰を下ろした。客車が揺れたからだ。わたしは座席の縁を握った。

「では、あなたは……？」わたしは言った。

「頼む――バートと呼ぶのをつづけてほしい」偉大なる男は言った。「そのほうが安全だと思うのだ。もうすぐ停車する頃合いじゃないかな？　うまいお茶と軽食が出たら、ぺろりと平らげてしまうだろうな」

多いひと皿を手に入れようとする気のいい競争をどちらかというと楽しんでいた。相変わらずの列車の混雑にもかかわらず、だれもがどうにかいい雰囲気を維持していた。仮設トイレにたどり着こうとしたり、お代わりを手に入れようとしたりするための押し合いへし合いはあったが、つねに仲間同士の譲り合いがあり、それを見てわたしは胸が熱くなった。

われわれが列車からよろよろと降りるときは毎回、兵長が待ち受けており、飽きることなくわれわれに丁重で、もしわれわれが望めば、つねに多少余計に食事を取ってくれた。最初の停車では、奇跡的にお湯が現れ、シェービングクリームと石鹸と清潔なタオルが用意された。バートとわたしは、ゆったりとした客車を占有し、基本的なニーズがすべて充分満たされていることで甘やかされている気がした。ほかはどこでもどんなに狭苦しい様子なのか知っていたので、わたしはそれ以上なにか求めるのは、気が進まなかった。

4

終日、列車はゆっくりと北フランスを横切った。農地と平らな景色、手作業で働いている農夫、遠くの教会の尖塔をわれわれは目にした。目に見えた唯一の木はポプラの高木だった。バートとわたしは話すことが沢山あったが、われわれは順番に立ち上がって窓からなにが見えるか確かめた。見えるものはけっして多くなかった。

列車は日中に二度停車し、いずれの停車もわれわれの静かな安堵感と、列車本体からのやかましい歓声に迎えられた。両方の機会とも、温かい食事が供され、バートとわたしは、兵隊たちとともにむさぼり食った。最初にお茶を、できるだけたっぷりのスープを、肉のその一方、わたしはわが著名なる旅の友に圧倒され、今回の旅の大半で交わしていた会話を大いに楽しんだ。午後の終わり近くにあった二度めの停車は、地方の小さな駅でだった。無名かつこれといって特徴のない駅だった。客車から降りると、兵長がいつものようにわれわれに挨拶し、われわれはふたりとも雷のような轟きに気づいた。遠くに離れ、かすかだが、止むことなく聞こえた。

バートは真剣な面持ちで言った。「たどり着くまでそれほど遠くない」

わたしの心は沈んだ。「今晩到着するでしょうね」わたしは言った。

「ささやかな慰めはある。少なくとも、いま雨は降っておらず、しばらくは降らない様子だ。泥の状況はすでに悪いとはいえ、さらに悪化することはないだろう。きみはすぐに泥について知るべきあらゆることを学ぶだろう。悲しいかな、あの若者たちも学ぶだろう」

その若者たちは食事が用意されているテントに向かって木製のプラットフォームにもう大挙して押し寄せていた。テントのまわりには蒸気が立ち昇り、冷たい空気のなかに、炒《いた》めたベーコンのほっとさせてくれる匂いを嗅げた。われわれはぶらぶらと歩いていき、二本の列のうち短いほうに並んで、順番がくるのを待った。

遠くの砲撃の轟きはつづいていたが、いまやわれわれは列車からさらに離れており、わたしの耳に鳥の鳴き声が聞こえた。食事用テントの隣の畑では、ふたりの農夫がフランス語でのんびりと話し合っていた。

油のベトベトしている大きなベーコンとまんなかが膨れあがっているバゲットを手に入れ、われわれは歩いて列車に戻り、われわれだけの個室に入った。

真の正体を知っているいま、旅の友を〝バート〟と考えるのは、ますます難しくなってきていた。その思いが強まるにつれ、わたしは彼とその件について話し合った――名前を交換したとき、とまどっていたのだ、と彼は言った。家族と、親しい友だちのだれもが、彼をパーティーの名で知っていると彼は言ったが、われわれが前線にこんなに近づいているいま、その名はふさわしくない気がしたそうだ。一般に知られている名、〝HG〟として呼びかけることができるのなら、嬉しいのですが、とわたしは言った。では、その名で呼ばれれば、返事をしようと彼は言い、面白がっている様子だった。

たがいにどう呼び合っていようと、われらが時代の先見の明ある偉大な思想家のひとりを独り占めして一日を過ごすというのは、いくら高く見積もっても高すぎることのない特権だった。HG自身は謙虚な男であり、いつも自分を卑下しているように思えたが、同時に、自分の見解には確信を抱いていた。ときおり、彼は、愚鈍な軍隊や権力者、あるいは一般市民の探求精神を低く見積もっている連中に対して、面白半分で非難を浴びせることがあった。明るい青紫色の目は、ひたむきさに輝いたり、面白がって輝いたり、悲憤慷慨《こうがい》して輝いたりした。両手を表情豊かに振り回し、無視することなど到底できないようにさせた。彼は尽きせぬアイデアや意見の持ち主で、わたしが提起するほぼどんな問題にでもみごとな回答や提言を口にした。

そうしておいて、不意に話を止め、会話を独占していることでわたしに詫び、わたし自身に関して緊張を和らげるような質問を投げかけるのだった。

彼は、わたしがいままで出会ったなかで、マジックの原理とテクニックを嬉々として話し合うことができる数少ない人間のひとりだった。昔ながらのタネを守ろうとする癖に依然として囚われてはいたものの、彼にごく単純な方法を教えてもなんら害はないとわたしは判断した。トランプをてのひらに隠す方法や、だれかに特定のトランプを引かせる方法や、一本の煙草を倍増させたり、消したりする方法を彼に教えた。これらはすべてＨＧをまるで子どものように喜ばせた。数分間、われわれはわたしの手品の仕掛けで戯れ、客車の隅で旗を手に黙って座り、口ひげを指でもてあそびながら、われわれをまじめくさった目つきで見ている車掌に明白な関心を抱かせた。

だが、マジックはわたしの生業《なりわい》であり、わたしには新奇なものではなかった。ＨＧとの会話のほうがはるかに魅力的で好奇心をそそるものであることにわたしは気づいた。

たとえば、ＨＧは、わたしに〝テルハー運搬装置〟がなんなのか知っているかどうか、と訊いた。わたしは、いいえ、と答え、もっと詳しい内容を教えてくれるよう頼んだ。わたしに教えてくれるかわりに、彼はあらたな質問をした――百貨店で働いたことはあるか、と。いいえ、とわたしは再び答えた。

この回答は、母親にサウスシーの服地販売店に奉公に出されたＨＧの若い頃の暮らしの、無意味でつらかった思い出をたちまち誘発した。身の毛もよだつような、あるいは愉快な逸話が次々と紹介された――冷酷な長時間労働、おそろしくまずい食事、耐えられないほどの退屈、仲間の愚物たち。数年まえに読んだ彼の小説をすぐにわたしは思いだした――『キップス』だ。

「まさにその小説だ！」ＨＧは叫び、その声には昂奮が溢れていた。「あそこに書いたことはみんなほんとのことなんだ！」

不正を働く会計係や不器用な見習いたち、常軌を逸した客たちの逸話が次々とこぼれでた。その大半は聞いていて面白いものだった。フランスの農地が蝸牛の鈍さで過ぎていった。陽が暮れはじめ、夜が迫っており、われわれは戦争にのたのたと近づいているため、ふたりとも農地には目もくれなかった。車掌が客車内のいくつかのランプに火を灯した。

最終的にＨＧはテルハー運搬装置の話題に戻った。

「大きな店の一部で用いられていたシステムなのだよ」HGは言った。「木綿生地や紡績糸の支払いをするとき、販売助手が小さな金属容器に客が支払った金と伝票を入れて、頭上の索道にひっかけ、ハンドルを引っ張ると、それは店の天井まで急速度で持ちあげられ、会計係の机までたどり着く。ほんの少しして、容器はお釣りと領収書とともに戻ってくる。それで取引は完了する」

むろん、それがおこなわれているところは何十回も見た、とわたしは言った。

「その小さな金属容器の正式名称が、〝テルハーだ」HGは言った。「そしてその索道がテルハー運搬装置と呼ばれている」

わたしはさらなる言葉を待ったが、HGはぼんやりと視線を逸らした。ことによると、サウスシーの服地販売店で過ごした日々の出来事を思いだしていたのかもしれなかった。やがて先をつづけるようわたしが促した。

「なんと言うか、すべては泥のことなんだよ」HGはまた集中を取り戻し、彼が繰り返し泥について言及するのは、それが気に入っている話題にちがいないと、わたしは悟った。「自分で経験するまで、前線の塹壕の泥がどれほどたくさんあるか、見当もつかない。泥に関して言うなら、ほかのどこにでもある。最悪なのは塹壕にある泥なんだが、ほんとにどこにでもあるんだ！　なかには膝上まであり、汚く、粘性が低く、臭くて、どこにいこうとピチャピチャ跳ねる泥もあった。イープル突出部を訪れるまで、そこの状況がどれほどひどいものか、わたしはわかっていなかった。そして、最悪なのは、泥が致命的な存在になりうるということだった。わがほうの兵隊たちは、背嚢《はいのう》やライフルやその他たくさんの荷物だけでなく、自分たちが使う弾薬の大半も運ばなくてはならない。兵士たちはクリスマスツリーという名の装置を身につけている。それはなんでも運べるようにさせるベルトだったが、つねに満杯になっており、それ以上なにも吊すことができないため、兵士たちはほかの装備を手に抱えて運んでいた。わたしが気になって仕方なかったのは弾薬だった。ひどく重いのだ。すなわち、現役勤務に就いている兵士の大半は、戦闘がはじめるまえからなかばくたびれはてているのだ。彼らのなかには、余分な何ポンドもの重量を抱えて一マイル以上歩かなければならない者がおり、その大半の行程で、泥に足を取られながら歩かねばならない。もしそれだけの重たいものを引きずっているときに顔から先に倒れたら、埋まってしまって息ができなくなる可能性がある。イープルにいたあいだ、わたしは週に平均三名のイギリス兵が、その手の事故で亡くなっていると聞かされた。泥のなかで溺れるんだ！　胸が悪くなる。そんなことはあってはならん」

HGは先ほどから自分のベーコン・バゲットの一部を食べずにいたが、いまやその端の部分を割り、思案顔で嚙みだした。

「それで次に事態が変わったのは、わたしがロンドンに戻ったときのことだった。ウィンストン・チャーチルと食事をしていた。チャーチルはわたしに――」

「いまチャーチルとおっしゃいました？　政治家の？海軍大臣の？」

「きみはいま海軍所属だから、チャーチルがきみの司令官だな。そのとおり――第一海軍卿だ。あの男は実際には、わたしの親しい友人ではない。あえて言うなら、そんなものとはほど遠い存在だ。間違った印象を与えたくはない。あの男は政治家であり、政治家と食事をするときは、けっして油断や隙を見せてはならない。連中は自分のことしか考えていない。大勢の政治家たちは。だが、連中はわたしのような人間には役に立ちうる。とりわけ、チャーチル氏のように極めて野心的な政治家は。まだあの男は、ときどき二、三のルールを曲げることを意に介さないガキ大将のままだ。あの男はわたしのことをあまり評価していない——それどころか、わたしをおせっかい屋と呼んだ最初の人間のひとりだ。あの男は、わたしがある本を出版したとき、新聞の寄稿のなかでわたしをとりあげ——」

「テルハー運搬装置の話だったと思うのですが」わたしは言った。

「むろんその話だ。ウィンストン・チャーチルは、たまたま、わたしが親しくしている友人、若い女性彫刻家のいとこなのだ。彼女の名前をわたしが口にすると、は思わんでくれ。まあ、ある夜、わたしが彼女と夕食をともにしていると、チャーチル氏が思いがけなく姿を現し、われわれと席をおなじくしたのだ。そのときの話題が、前線に弾薬を運ばねばならない兵隊のことだった。チャーチルはその件をよく知っており、わたしの懸念の一部を共有していた。彼は自分自身塹壕でしばらく過ごしたことがあり、泥の問題をよく心得ている、と言った。

その食事の場で、彼と同席していると、わたしにインスピレーションが閃いた。ふいにテルハー運搬装置のことが頭に浮かんだのだ——弾薬や、ことによると二、三名の兵隊も入れた箱を運べるくらい頑丈なロープと、トラックのエンジンに動力を得た巨大なテルハー運搬システムを設置することができれば、万事ははるかに速く運べるようになり、多くの血と汗を流さずにすみ、泥のなかでもがかずにすみ、わがほうの若者たちをより危険に晒さずにすむだろう。どうやればそれがうまくいくかを考えて、わたしは夜通し起きていた。数日後、わたしは計画を海軍大臣に提案し、チャーチルは個人的興味を引かれ、統合参謀本部の何本かの紐が引かれ、かくしてわたしがここにいる。服地販売店員見習いとしての経験を役立てる途上にある」

HGは、どうやってそれが動くのか、どうやれば運搬可能になるのか、だれがそれを操作するのか、などのさらなる詳細を話しはじめ、わたしは注意深く耳を傾けていたものの、あらゆる種類の関連《アジェイスント》した話題が脳裏を駆け巡っていたと認めざるをえなかった。たとえば、HGとわたしがいっしょに旅をしているというまさにその事実が、彼と同様の任務に自分が関わっているということをほのめかしていると思い当たった。だが、HGと異なり、自分の任務がどんなものになるのか、あるいはなぜわたしが召集されたのか、わたしにはまったく見当がつかなかった。

わたしはHGが同行していることに目がくらんでいた。知性と現実参加の意思が彼から発せられ、なんでも可能なように見せていた。彼は現時点で、たぶんこの国のもっとも有名な作家であったし、ことによると世界一有名な作家であったかもしれない。一方、わたしはと言えば、劇場業界という小さな世界である程度の知名度を獲得していたものの、創造的着想はほとんどなく、どちらかと言えば、先行例の慎重な踏襲者だった。そこがわれわれの相違点だった。

わたしが舞台上でおこなっているのは、奇跡の連続のように見えるよう図られたものだが、現実には、魔法のようなイリュージョンの準備は、無味乾燥な事柄である。手品師がやらなければならないリハーサルの量や、裏でなにがおこなわれているのか、わかっている人はほとんどいない。ひとつの手品には、技術助手が必要なことが往々にしてある。彼らは装置の設計や建造を手伝ってくれる。マジシャンが舞台上でおこなう動きは、観客には自然で自発的なように見せなければならないものの、長く、忍耐強いリハーサルの結果である。言い換えるなら、後天的な実用技術だ。ショーのあいだだけ、スポットライトの眩い光のなかで、マジックは突然の閃きのように見えうる。もっともよいときですら、せいぜい錯覚《イリュージョン》なのである。見た目のようであることはけっしてない。

偉大な人物の伝染しやすい活力にわたしは恐縮する

ことしきりだった。彼の想像力は、このみすぼらしいオンボロの鉄道客車のなかで、明るく燃え盛る松明《たいまつ》のようだった。今次戦争は勝利を迎えようとしていた！　ドイツ軍は打ち負かされ、英国は勝利を収めるのだ！　何千人もの生命が救われた！　万民に栄えあれ。あらゆる人々に民主主義を。科学が進歩を導き、進歩が社会を変革するのだ。

5

西の空に最後の陽光が消えようとしているのと同時に列車はベテュヌの町に到着した。街並みに明かりは灯っていたが、その数は多くはなく、あまり明るくならないようブラインドが下ろされていた。街外れをガタゴトゆっくりと進んでいきながら、HGとわたしはふたりとも小さな窓に目を押しつけて、見えるかぎりのものを目に入れようとした。最初、建物にひどい損傷は及んでいないように見えたが、歩く速さ程度に列車が速度を落とし、町の中心部にある駅に近づいていくと、大砲の砲弾が多くの場所に落ちているのが明らかになった。

わたしがロンドンで送っていた生活は、今次戦争の誤った理解に基づいているのだと徐々にわかりはじめていた。戦争のニュースは定期的に、おそらくは毎日、届いていたが、外国でおこなわれている遠い出来事として通常描かれていた。一般英国人の日々の生活を脅かすやもしれないものとしてではなく。だが、その外国はフランスであり、狭い海峡を越えたところにある国であり、フランスでの戦闘に負ければ、敵外国勢力によるわが国への侵攻と占領にほぼ確実に繋がるだろう。

だれもが若い男たちの不在が増していることを口にしていた。だれもが軍に息子や兄弟や恋人がおり、あるいは少なくとも軍に親しい友人がいた。とはいえ、そのことと差し迫った脅威を結びつけることがけっしてできていないようだった。商店の物資不足は悩みのタネだったが、重大危機を示してはいなかった。気体で飛ぶ空の怪物、ツェッペリンがわれわれの家に千もの爆弾を投下するのではないかという噂があったが、飛行船は姿を見せていなかった。演芸場のコメディアンたちはツェッペリンをからかっていたが、ツェッペリンの脅威は脅威として留まっていた。

そうした漠然たる不安感は、いまでは過去のものになり、現実がわたしのまわりにあった。町外れの先にある暗い田園地帯の空がひっきりなしに閃光に浮かび上がるのが見えた。ベテュヌのいたるところで目に入る破壊された建物や、たくさんある片付けられていない瓦礫の山という議論の余地のない証拠が、いまの戦争がどれほど迫っているのかを明白に示していた。

ようやく列車が停止し、くたびれた様子で兵士たちがプラットフォームに溢れでると、HGとわたしは彼らに加わるまえにためらった。われわれは荷物を詰め直していたが、兵長が姿を現し、次になにが起こるのか話してくれるものとなかば期待していた。

兵士たちはヘルメットをかぶり、背嚢を背負い、肩に巧みにライフル銃を載せて、分隊ごとにプラットフォームに整列しようとしていた。怒鳴り声での命令が、駅の丸屋根に反響し、若者たちの最初の分隊が、印象的なほど規律正しく足並みを揃えて歩み去った。混みあった列車に長く揺られたあとで彼らがどれほど疲れているか、われわれにはよくわかっていたが、彼らはその気配を少しも見せていなかった。

三番めの分隊が行進して立ち去ると、プラットフォームが空いた。車掌は列車が停止するとすぐわれわれのもとから離れていってしまい、HGとわたしは、ふたりだけになった。兵長の姿はどこにもなかった。

「ここでわれわれは別々の道をいかねばならないはずだ」HGがわたしに言った。「わたしはここで人に会うことになっている。少なくともそのように言われた。きみはどうだね？」

「わたしもだれかがここに会いにくると思います」わたしはそう答えたものの、確信はなかった。それに関する情報を持っていなかったからだ。

「けっこう！　万事手配済みのはずだ。では、別れを告げようではないか。われわれは長いあいだともに旅をしてきた。もうくたくただよ」

われわれは友人のように、堅い握手を交わし、HGは列車の外階段を降りて、プラットフォームに向かった。わたしの鞄はまだ背後の床に置かれており、それらをまとめると、彼のあとを追おうとした。階段の上がり口から、高名な友の背中を見た。彼はゆっくりと奥の出口に向かって歩いていた。突然、二度と会えないかもしれないという思いがこみあげてきた。極度の危険がまえに控えているのだ。

衝動的にわたしは呼びかけた。

「ウエルズさん！」

彼はわたしの声を聞きつけ、振り返ると、ゆっくりとした歩みで戻ってきた。わたしはかさばった荷物を抱えてよろよろと階段を降りた。

わたしは言った。「引き留めてすみません、ウエルズさん、つまり……HG。あなたとお会いし、きょうお供できたのは、わくわくする体験であり、喜びだったと言いたかっただけです」

HGは、そのお世辞を肩をすくめてやりすごしたが、陽気な様子で笑みを浮かべていた。

「わたしもきみがいて楽しかったよ。きみの秘密の方法について話してくれたことをけっして忘れない。火のついた煙草を飲みこめる紳士に出会うことは滅多にない」

6

またしても、HGはわたしのまえを歩いていた。わたしは荷物を抱えて難儀をしており、ポーターが見つからないか、空しく願っていた。数分後、どうにか駅の出口を出たときには、HGはいなくなっていた。わたしは幅広い道路脇に立っていた。兵隊の行進するリズミカルな音はすでに遠くに消えかけていた。どこかの迅速で効率的な出迎えの偵察班がHGを待ち受けていて、すばやく彼を運び去ったものとわたしは想像した。

建物の暗いシルエットの向こうに、砲弾の眩い閃光が光り、悪い予感がした。周囲の建物の一部は被害を受けていた——スカイラインが途切れ、屋根や壁の一部、木の根太が突きでているのを見た。雷鳴のような深い唸り音が、街並みの奥から近づいてきた。

　塹壕のなかでしばらく身構えている自分の姿をわたしはすでに思い描いていた。HGの真に迫った描写にわたしはびびってしまっていたが、それに対してなにかするには手遅れだった。わたしはこの事態を志願したのだ。

　ひとりきりで、次にどうしたらいいのだろう、とわたしはぼんやり考えた。ポケットのなかには、送られてきた手書きの命令書があり、その用紙を取りだし、駅から溢れでている淡い光のなかで、畳んでいたそれを開いた。

　海軍省で用いられている印刷されたレターヘッドの下に、だれかが、「ベテュヌ、獣たちの道《ラ・リュ・デイ・ベト》、十七飛行隊」と書いていた。

　獣たちの道だと？　そんな通りをどうやって探しだせばいいのか、わからなかった。わたしはフランス語を話せないし、町の地図も持っていなかった。いずれにせよ、町全体が静まり返っていた。見えるかぎりの建物にほとんど明かりは灯っていない。わたしは自分の置かれている状況に少し怖くなりはじめていた。

「トレント少佐！」

　わたしはくるっと振り返った。若い海軍士官がわたしの背後に現れており、気をつけの姿勢をして、敬礼をしていた。

「列車の到着に合わせてここにこられずに申し訳ありません！」

　わたしは言った。「ありがとう。その……えーっと、楽にしてくれ」わたしは敬礼を返したものの、ぎこちなく、気まずかった。ほの暗い明かりのなかで、彼はわたしと同様の軍服を着ているのがわかった。

「シメオン・バートレット大尉であります」

「はじめまして、かな？」

「以前にお会いしています。覚えていて下さるとありがたいのですが。ロンドンでお会いしてます。楽屋に通していただいたときに。ハマースミスの劇場での公演でした」

「そうだ、そう、覚えています」わたしは言った。

「またお会いできて嬉しいです」

「飛行中隊のヴァンで来ましたので、荷物を充分載せられます。イングランドからの旅は支障ありませんでしたか?」

バートレット大尉の人なつこい態度と気さくだが礼儀正しく、きわめてまっとうな接し方にわたしは感じ入った。ふたつの旅行鞄のうち大きいほうを運んでくれて、彼は茶色に塗られた自動車にわたしを案内した。その車が駅の外に停まっているのには気づいていたが、わたしを運ぶためにそこにあるとは夢にも思っていなかった。

「列車でなにか食事をされましたか?」

「いまはとくに腹は空いておりません」

「けっこうです。あなたをまっすぐ基地にお連れするよう命令を受けております。士官用食堂で夕食を食べていただけるでしょう。ホテル・カフェ・ロイアルで供されるようなものにはほど遠いですが、塹壕にいる可哀想な連中よりは、はるかにましな食事が出されています」

わたしが車のなかに腰を落ち着けると、バートレット大尉は始動ハンドルを何度か勢いよく動かし、少しして、エンジンがかかり、やかましい音を立てた。彼は運転席に飛び乗り、われわれは出発した。町から出ていきながら、彼は色々と話をしてくれた。その間、エンジンは咳きこみ、ゼーゼー喘いでいた。閉めることのできない窓から冷たいすきま風が吹きつけてきた。大尉は、町を通り過ぎるおりにさまざまなランドマークについて言及したが、あいにくと、その一部は「あそこはかつて市場があったところです」といった類の話になった。多くの建物が砲撃で損傷を受けているか、たんに暗くてはっきり見えなかった。われわれはエンジンの騒音越しに声を張り上げなければ言葉が伝わらなかった。ベテュヌの住民の大半は、逃げだしてしまった、と大尉は言った——当初、彼らはドイツのときおりの砲撃に勇敢にも留まっていたが、二、三週間まえ、前線の場所がどんどん町に接近してきて、いまや爆発がさらに頻繁に起こっていた。町は、暮らしていくには、あるいは少なくとも正常な暮らしを送るには、多かれ少なかれ不可能な場所になりつつあった。

わたしは言った。「獣たちの道《ラ・リュ・デ・ベト》はどこにあるんですか？　そこに出頭するようにとの命令を受けているんですが」

「そここそ、これからあなたをお連れする場所です」

町をほぼ外れようとしており、いまは田園地帯を通過しているようだった。あまりに暗くて、確かなことはわからなかった。車はでこぼこ道の上で頻繁に上下左右に揺れたが、縦に並んで徒歩で行進している男たちのそばを通るため速度を落とすたび、移動するのに自分はどちらの方法が好みか、思い知った。

当初、若い大尉の気安げな言葉にわたしは困惑した。彼はしょっちゅう船の話をしているようだった。HGが指摘したように、われわれは陸にしっかり封じられた人間だった。わたしはそれについてなにも言わなかった。海軍のやり方について無知に見えたくなかったし、すべては最終的に明らかになるだろうと思いこんでいた。そのため、船の話の代わりに、自分を悩ませている話題を持ちだした。

「もし伺っていいのなら」わたしはエンジンの音に負けじと声を張って言った。「あなたは大尉なんですね？」

「航空隊大尉です。船に配属された同僚とおなじ階級です。わたしは王立海軍航空部隊の士官です」

「では、中年の市民を平和を愛する生活から引き離し、はるばる西部戦線まで引きずっていく権限を有する王立海軍大尉は何人くらいいるんです？」

バートレットは声に出して笑った。

「われわれのだれもそんな権限は持っていませんよ。わたしの権限は、おなじ階級のほかの連中とおなじですが、ウェスタン・アプローチ管区の参謀将校をしているおじがいるんです。サー・ティモシー・バートレット＝リアドン海軍中将、聞いたことがおありでしょうか？」わたしは暗闇のなかで首を横に振った。大尉には見えない反応だ。「中将とわたしは、海軍の戦略に関して何度もざっくばらんな話し合いをしているんです。もちろん、厳密に言えば非公式のものです。中将は心が広く、大胆な人間です。今次戦争の戦いを操る資質をみごとに備えている。ですが、わたしとおなじように、中将は、ドイツ兵に対する戦いに進展がないことに失望感を抱くことがままあり、われわれの戦争を遂行するあらたな方法を考えたがっているのです。中将とわたしはいくつかのアイデアについて話し合っており、あなたの舞台を見たあとで、わたしはあなたのおこなった手品のひとつについて中将に話をしました。彼があなたの任務の手配をしたのです」

わたしは前方のぬかるんだ道を見つめ、HGがこの道に足を取られながら進んでいるところを上の空で想像した。

「では、今回の件についてわたしはあなたに感謝しなければなりませんな」

「まもなく国じゅうがあなたに感謝することになるとわたしは信じています」

「もしあなたがわたしに望んでいることがわかったなら、大変ありがたいんですが。たんにわたしに兵隊たちを楽しませたがっているものかと思っていました」

「いや、そうではありません。もっと有益なことをわたしは心に抱いています」

バートレット大尉は、彼が拠点としている飛行場にわれわれが向かっているのだと説明した。そこは王立海軍航空部隊が管理していた。前線から充分安全な距離を取っており、敵の大砲の射程距離を外れていた。

「とはいえ、われわれは油断なく警戒しています」彼の声はエンジンの騒音越しにかろうじて聞こえた。「パリを荒廃させうる、忌々しいクルップ社製の巨大大砲の噂が絶えず聞こえています。もし連中がそんなものを手に入れれば、たぶん最初にわれわれのような人間に試してみるでしょう。連中はわれわれがやろうとしていることを気に入っていない」

「で、それはなんですか？」わたしは声を張り上げた。

バートレットは急ブレーキを踏み、ヴァンは路肩に向かって横滑りした。泥がフロントにスプレー状に跳ね上がった。バートレットはエンジンを静かにアイドリングさせた。

「これから言う話を聞き漏らさずにいて下さい。ここだとだれもわれわれの話を聞けないでしょう」バートレットは普通の声で話した。夜がわれわれを暗さと静寂さで包みこんだ。「われわれの飛行中隊は、空中観測の任務に当たっています」話をつづける。「敵の塹壕の上を低い高度でゆっくりと飛びます。そこで目にしたものを覚えているあいだに、塹壕の地図を最新のものにしつづけている担当者に伝え、ドイツ兵がなにをしようとしているのか、その作戦像を描くという考えです。たいていその観測作業を人間の目でおこなっていますが、わが中隊の航空機の数機には、写真撮影機が備えつけられています。わたしに言わせれば、そのカメラがその価値よりもはるかに厄介事の元なのです。重くてかさばり、後部コックピットを塞いでしまう。通常なら、ほかの搭乗員が座っている場所を。パイロットはひとりでカメラを扱わねばなりません。どういうことかと言うと、片手で飛行機を操縦しながら、もう一方の手でカメラを操作しなければならないんです。マシンガンで機体を守ってくれる、背後に座っている仲間はいないのです。そしてその結果は、いつもあまり満足のいかないものです。その写真を現像するのに二日かかり、そのころには敵の塹壕ではあらゆることが変わってしまう可能性があるのです。それにエンジンの振動や、たんに機体の動きだけで、ピンボケ写真になってしまったものがあまりにも多い。われわれはずっと、もっとゆっくり飛ぶための方法を見つけようとしています」

「もっと速く飛んだほうが安全なのではないですか？」

「もちろんです――ですが、その場合、われわれはなにも見えないでしょう」

「ドイツ軍に撃たれもしますしね」

「そうです。しかもやつらの狙いはとても正確です。たいていは小火器なんですが、より大きな火器も使ってます。高射砲と呼んでいるものです。あるいは、アクアクと。地上からの対空砲火です。そんな形でわれわれは数多くの航空機を失いつづけています。より重要なのは、われわれは人も失っているのです――パイロットは貴重な存在なのです。むろん、ほかの搭乗員も貴重なんです。手短に言うと、それが問題なんです。速すぎる速度や高すぎる高度で飛べば、なにも見えないですが、しかるべき高度と、観測できる速度で飛ぶと、必ずやつらはわれわれに正確に狙いをつけてくるのです」

「では、それに対する回答は？」

「そこであなたが登場するのです。わたしはあなたが人を消し去る様子を目にしました」

「ええ」わたしは言った。「ですが――」

「わかっています、職業倫理ですね。やり方をお話しにならないのは理解しています。また、あなたが物質を消せないこともわかっています。物理的に消せないことを。ですが、見えなくする方法をご存知のはず。われわれが望んでいるのはそれです。どうやればわれわれの航空機を見えなくできるのか、そのやり方を教えていただく必要がある」

わたしは言った。「でも、それはただのイリュージョンですよ。わたしは実際には――」

その瞬間、べつの車輌が唸りを上げてわれわれのほうにやってきた。その眩いライトが、車の撒き散らしている泥飛沫を照らしだしていた。バートレット大尉はただちにわれわれのヴァンをふたたび動かし、スピードが出ないとこの車のライトは点かないとわたしに向かって叫んだ。これは事実だとわかった――われわれはどうにか衝突せずにもう一台の車を回避した。わたしは、ふたたびでこぼこ道を揺られながら、必死でしがみついた。

もう一台の車を回避してからすぐ、われわれのヴァンは道路に開いた巨大なクレーターにいきなり出くわし、バートレット大尉は大胆な回避行動を取らねばならなかった。わたしは座り心地のよくない車内で左右に投げだされた。

「あのクレーターはできたてです」バートレットは言った。「お迎えに向かったときにはなかった。流れ弾にちがいありません。スズ帽をかぶったほうがいいですよ」

「それは支給されなかったんです」

「うちの倉庫から一個取ってきましょう。ドイツ軍の銃砲が火を噴けば、どこに鋭い金属片が飛んでくるかわかりゃしないですから」

だが、あえて指摘しなかったが、バートレットもただの海軍の制帽をかぶっているだけだった。それを洒落た角度で斜めに頭に載せていた。

われわれはもはやエンジンの騒音越しに会話をしようとはせず、ただ車を進めた。会話の方向が、自分にとって厄介な話題に近づかなかったことに、わたしはかなりほっとしていた。

バートレット大尉がゲイエティー劇場にやってきた夜、わたしが実演したイリュージョンは、わたしの舞台のトリにたびたび上演しているものだった。姪のクラリスが、命の大変な危機にさらされているように見え、衝撃的に、かつ説明のつかぬことに、空中にかき消えてしまうのだ。舞台はどう見ても、むきだしになっていた。観客は、その事態が起こった瞬間、わたしがクラリスのそばにはいないことを目にしている。驚異のように、奇跡のように見える。だが、舞台上の幻《イリュージョン》想に過ぎなかった。さほど複雑なものでもない。正しく設置された装置を必要とし、劇場の技術スタッフとリハーサルを重ねなければならない正確なタイミングでの照明の合図が必要だが、標準的なマジシャンのテクニックしか使われていない。おなじ方法は、毎週、何十軒もの劇場で、おおぜいのほかの手品師が用いている。だからといって、このマジックのタネは、わたしが明かしていいものではない。

フランスの夜を車に乗せられて、実戦配置中の航空中隊へ運ばれているいまが、この感じのいい知的な若者に、彼が騙されていることを伝える恰好のタイミングではなかったか？　彼はわが愛しい姪が消えたのを見たのではなく、あるいは彼女が不可視になったのでもなく、たんに彼の視野から見えなくなっただけであることを。

わたしは現実にクラリスを消すことはできなかったし、どうすれば王立海軍航空部隊の観測航空機を不可視にできるのか、まったくわからなかった。

わたしの気分はどんどん内省的になった。ほかのマジシャンにも覚えのあるはずの感覚だ。われわれは実際に持っているよりもはるかに大きなパワーを持っていると信じられがちだ。通常、そうした誤解は、説明して解消できうるものであり、あるいは真剣に取り扱われないものだったが、わたしは苦境に陥ろうとしていた。

でこぼこの道路を、多かれ少なかれ列車でやってきた道のり分を引き返すほどの長距離を進んだ気がするとわたしが思っていると、バートレット大尉はいきなりヴァンの速度をゆるめ、ハンドルを鋭く切って、荒れた地面の上でがくんと揺れる乱暴な動きをさせた。前方に低い建物があり、ヴァンのライトで、とぎれとぎれにその姿が浮かび上がった。もう一度急な旋回をしてから、車は出し抜けに停止し、エンジンが止まった。

「やっと着きました」バートレットは言った。「王立海軍航空部隊第十七中隊――あるいは、獣たちの道《ラ・リュ・デイ・ベト》と、われわれは呼んでいます」

「なぜその名で呼んでいるんです?」

「われわれは農地を引き取ったんです。いまの滑走路は、元々、牛が草を食《は》んでいる場所でした。最初は、だれかの冗談だったんですよ。元の地主だった農家はゲートを閉める習慣がなかったので、われわれが着陸したり離陸したりするときに、ときおり、牛がゲートを通って戻ってくることがあり、それ以来、なかば公の名称になりました。いまはゲートを固定して、迷いこまれないようにしています」

われわれはヴァンのうしろへまわり、わたしのふたつの旅行鞄を引っ張りだした。わたしは両腕と背中を伸ばし、風のない空気を吸いこんだ。エンジンの騒音がなくなって、夜の静けさをわたしは味わった。われわれは西の方向のかなり遠くまできており、前線から遠ざかり、夜に光る閃光は遠く、脅威ではなくなっていた。そこに見えているのは、嵐が海へと抜けていき、見えなくなる寸前の姿のようだった。砲火の音が低くゴロゴロと鳴っていたが、戦争の恐怖は遠くにとどまっていた。

「今夜は基地の姿をろくにご覧になれないでしょう」バートレット大尉は言った。「ですが、寝床を、どこか寝る場所を探しましょう。それから手っ取り早く食事ができます。少なくともここのワインは美味しいです。あした、飛行場のまわりをご案内します」

夜は冷たく、星が輝いていた。わたしは若い士官のあとについて、暗闇のなかでかろうじて見えているふたつの建物のうち小さいほうに向かった。

7

わたしは部屋にひとりで泊まった。狭いシングルの寝床と、ベッドの横に小さな食器棚があり、ベッドと壁のあいだに一脚の椅子が押しこまれ、服を吊すことのできるフックが数本あった。天井はベッドの上で急角度のスロープを描いていた。わたしの部屋が仮兵舎の末端にあったからだ。旅行鞄二個を部屋に運びこむと、ほとんど動くことができなかった。できるかぎり荷物を詰め替え、すぐに必要とならないだろうと思ったものはすべて大きいほうの鞄に移し、小さいほうの鞄を空にすると、服の一部を吊し、歯ブラシを取りだすなどして、大きいほうの鞄をベッドの下にどうにか押しこんで邪魔にならないようにした。室内は暖房が入っていなかったので、すばやく服を脱ぐと、ベッドにもぐりこんだ。

これまで目にして、経験したあらゆることの記憶で、心が騒いでいた。とりわけ、H・G・ウエルズとの会話で。だが、きょう一日の終わりにくたびれ果てていた。寒くて、居心地は悪かったが、わたしはすぐに眠ってしまった。

まだ暗いうちに目を覚ました。最初、自分がどこにいるのか混乱したのち、おろおろして、身の危険を感じ、怯えた。まわりのあらゆるものが目に見えず、音も聞こえなかった。すぐに自分の居場所と、どうやってここにきたのかを思いだしたが、未知のものに対する恐怖を覚えていた。

生涯を通じて、こうした夜の恐怖を味わってきた。そういうのはわたしだけではないとわかっている。心理学の専門家は、夜明けまえの時期を、知性と感情がもっとも低迷している期間だとよく説明している。恐怖と後悔がすばやく、ぐいぐい押し寄せてきて、生々しく、差し迫って、不気味に思える。新しい一日の夜明けがやってくると、それらは心なしか後退し、耐えるのが容易になるが、そうした変化はすべて状況によるものだ。夜の恐怖は想像上のものや、誇張されたものではない。心の先端部に位置しているだけなのだ。

わたしは北部フランスの田舎にいて、粗末な部屋でひとりきり、ろくに寝具のないベッドに横たわり、暗闇に包まれている。戦争は数マイル先で進行中だ。巨大クルップ砲についてシメオン・バートレットが言っていたことを思いだした。現実なんだろうか？　パリに照準を合わせるまえに、このような基地にほんとに狙いをつけるのだろうか？　H・G・ウエルズが、クルップ社の権力と影響力について予言的に書いたもののことも思いだした。わたしはすっかり目を覚まし、自分の恐怖にすっかり翻弄されていた。輾転反側し、リラックスして、幸せな眠りに戻ろうとしたが、それは不可能だと判明した。

　わたしは上半身を起こし、枕を膨らませ、ふたたび横になった。多くの思いがぐるぐる頭のなかを渦巻いた。そのいずれもが苦しい思いだった。H・G・ウエルズとの会話――彼はわたしが頭が鈍《にぶ》く、政治的に未経験だと気づいたはずであり、ほかにはまわりにだれもいなかったのでわたしに話しかけただけだと、いまのわたしにはわかる。ベテュヌ駅でウエルズがわたしから急いで離れていこうとしたのを思い返す。高名な作家にその著作についてもっと熱心に話をすればよかったのに。彼が情熱を抱いている話題になにがしかの関心を示せばよかったのに。ところがなんとしたことか、わたしはあの聡明な男に、ウィンストン・チャーチルのような人士の腹心の友に、トランプの切り方や、煙草の消失方法を教えたのだ。なんて愚か者だろう、と彼はわたしのことを思ったはずだ。それからあの兵長がいる――わたしは彼の人のよさを当然のこととして受け取ったが、なんの敬意も礼の言葉も口にしなかった。それに獣たちの道に関するバートレット大尉の軽い冗談を真顔で受け取ったりもした！

　最悪なのは、わたしのマジカル・パワーとされているものに関するバートレットの誤解だ。

　わたしは若い姪を手品のテクニックを使うことで隠したのだが、バートレット大尉は、わたしが彼女を現実に、実際に不可視にできるのだと思っている。わたしにそんなパワーやほかのパワーがあるわけがない！　わたしの姪は不可視になったのではない――そう考えないのは、おかしすぎる。どの舞台でも、きちんと置かれた照明と、計算の上で配置されているガラス板、それに空砲を撃つ銃の発砲音や、よく知られた手品のまじない言葉とを計画通りに用いることで、消えたように見せられる。

　わたしはミスリードし、欺く。それがわたしのやっていることだ。

冷たくて狭い寝床に居心地悪くうずくまりながら、あの夜、バートレット大尉が楽屋へわざわざ訪ねてきてくれたとき、ハマースミスの劇場で自分の体に流れた、まやかしの愛国主義と勇壮さの波を思いだした。おのれの技能を用いて、実際の戦闘をおこなっている勇敢な若者たちを驚かせ、激励することで、ドイツ相手の戦いに自分が貢献するところがふと脳裏に浮かんだのだ。

それはわたしの誤解だった。ひょっとすると、ふたつの誤解のうち、まだましなほうかもしれない。戦争の現実はいっそうはっきりしたものになりつつあった。わたしの誤解は、ベッドの上で輾転反側しながら、新しい一日がはじまるのを待っているあいだに解消された。

だが、そのとき、より大きな勘違いが生じた。わたしはなにかやらねばならないという気持ちになっていたのだ！

ていたはずではないのだろうか？ 観客からなにかを隠すのは、劇場の舞台という管理された環境では、比較的容易に実行できる。演者が目くらましや混乱や遮断の方法を心得ている場所では。現実の航空機、現実の銃砲、現実の砲撃、毎日おのれの命を危険に晒している若者たちという戦争の薄汚い現実――不可能な挑戦事だ。

わたしは冷静になろうとした。この部屋は、むきだしで、寒く、居心地が悪かった。わたしのまえに利用していたほかの人間たちが一時的に滞在した兵舎という感じだ。彼らはどうなったのだろう？ 暗闇に向かって問いかけていると、少なくともそういう嫌な考えを脇にどけることができた。小さな窓を見ると、夜明けが近づいてきて、空にかすかな灰色が浮かび上がっていた。意識的にゆっくりと呼吸をした。舞台に上がるまえにときどきおこなっている緊張をほぐす技だ。

それでも、心のなかは落ち着かずにざわついていた。

主人公キップスのような若いころのみずからの経験を描いたHGの小説を思いだす。何年ものち、餓死しそうな賃金で働く不満を抱いた販売員ではなくなったころ、HGは、現在も多くの英国の百貨店で利用されているテルハー運搬システムの可能性をはっきり見いだしていた。作家として、H・G・ウエルズは、つねにわたしに刺激を与えてくれた――彼との出会いが、新しいぞくぞくするような可能性をわたしが考案するきっかけになりえないだろうか？

わたしがマジックについて知っていることのなかで、バートレット大尉に彼が望んでいるカモフラージュ策を提供できるようななにかがあるだろうか、とわたしは考えはじめた。自分ではあたりまえのものと見なしているテクニックの実用性を懸命に考えようとした。

舞台生活のなかで何度も、自分の公演用の新しいトリックを考えださねばならなかった。家のなかでじっとして、ときには明かりを消した薄暗い部屋で、うまくやる方法を計画し、舞台に立ったときどのように見せたいのか考え、必要になりそうな材料や装置を考えだそうとした。ほかのマジシャンと遠回しな話し合いをすることもあった――けっして直接的な言い方はしない。職業上、秘密がすべてなのだ。ほかの同業者の秘密にも敬意を払うのとおなじように。だが、計画中のことについてあまり詳しく説明するのを避けて一般的な原理について話をするのは、つねに役に立った。マジックの原理は、たいていの人が思う以上に単純なものである――隠蔽となにもないところから物を取りだすこと《プロダクション》などなど。これまでに実演されたすべてのイリュージョンにそれは当てはまった。しばしば観客には新しい手品に見えるものは、そうした原理のひとつのバリエーションなのだ――見慣れたトランプ手品の新しいやり方や、鳩や兎の奇抜な取りだし、なかに入っているわが従順な姪が変身を遂げたかに見える改良済み収納箱。

ここフランスで、わたしは航空機一機をまるごと見えなくさせることを求められていた。操縦する若き飛行機乗りの命を守り、彼らが敵の攻撃をかいくぐる力になれるよう、そして戦争の遂行をより効果的におこなえるよう。そんなことが可能だろうか？

自分の力不足への恐怖をこらえ、わたしは可能性の検討に移った。もっとも明白で、なおかつたぶんもっとも安価で単純なのは、なんらかの形で空に溶けこむよう航空機の色や外見を変えることだろう。銀色か淡い青色に塗る？

それがうまくいくのだろうか？ わたしの経験からすると、たぶんうまくいかないだろう。数年まえ、舞台上での消失の新しい、より賢明な――と当時は思った――方法を創案しようとした。当時のアシスタントを説得して、背景幕とおなじ色でおなじ素材の衣装を着てもらった。典型的な理論倒れのアイデアのひとつという結果になった。動きや照明でどんなに努力しても、アシスタントは観客には目に見えたままだった。真っ白あるいは真っ黒な衣装あるいは通常と変わりない衣装を着ていたときと変わらないだろう。

とはいえ、その考えを航空機に適用したらどうなる？ 上空を飛んでいるとき、カモフラージュ塗装を施された飛行機がどう見えるのか、想像しようとした。たいていの人々と同様、わたしは航空機を間近で見たことはあまりなかった。高名なフランス人飛行機乗りルイ・ブレリオの展示飛行に出かけたことはあったものの。その腕前披露の際、ブレリオの機体は観客の頭上で、ゆっくりと真っ黒にその姿を大きく現した。真っ黒――それがキーワードだ。ブライトン近郊のサウスダウンズでの日当たりのよかったあの日、ブレリオの華奢な小型飛行機は、下にいるわれわれの場所から見上げると、黒い猛禽《もうきん》のようだった。だが、もし空とおなじ色に塗られていたとしたらどうだろう？ その場合、われわれの目にとらえられただろうか？

空の銀色がかった青さとぴったり合う色調や階調を見つけることが可能であり、空が明るく、上層雲に覆われていたとしたら……どうなる？　わたしは目をつむり、その結果を思い描こうとした。

疑念がたちまちやってきた。一機の航空機は、凹凸のない形をした物体ではない。翼があり、エンジンがあり、支柱があり、ワイヤーがあり、下には車輪があり、上部にはコックピットに座っているパイロットと観測要員がいる。しかも識別用マークを付けている。

特定のきわめて限定された環境の下、理想的な空の状態があれば、戦闘機をより気づかれにくくするのは可能かもしれなかった。飛行機が適切な環境にとどまっている場合にしかうまくいかないだろう――朝焼けや夕焼けの空を飛んでいれば目立つだろうし、横から見たら、上から見たらどう見えるだろう？　木々や草やコンクリートや泥を背景にした場合、どうやれば周囲に溶けこむ？

空を飛ぶのは、理想的な環境からほど遠かった。航空機は空を縫うように飛び、プロペラが回転し、エンジンは騒音を立て、間違いなく、排煙をうしろにたなびかせるだろう。

空は明るい。塗料は光を反射する媒体である――空は光源だ。もしわがカモフラージュ塗装済み飛行機が、敵とまばゆい空のあいだを飛べば、ムッシュ・ブレリオの飛行機と同様、その機体は黒いシルエットとして浮かび上がるだろう。その飛行機は、光を遮る物体であって、光を反射する物体ではない。そして、反対の場合、万一空が明るくなく、低くなっていく雲底が雨を降らしそうだとしたら？　わがパイロットが、まばゆい青色と銀色の機体で日中に出撃し、夕暮れのなかを帰還せざるをえなくなったとしたら？

わたしの心は、最初、そうした考えを遠ざけようとしたが、すぐにその周囲をグルグルまわりはじめた。

カモフラージュの科学についてわたしの知識は限られており、ロンドンを発つまえにそれについてもっと学ぶだけの機転がきいていればと悔やんだ。なぜ英国陸軍が兵士にカーキ色の軍服を着せているか、わたしは知っていた――インド土民軍暴動の遺産だった。当時、土っぽい風景に溶けこむように兵士の戦闘服はくすんだ黄褐色に染められた。それまでは、兵士に、赤や青や白といった、はっきりした原色の軍服を着せるのが軍の習慣だった――ひとつには敵に印象付け、威嚇するためだったが、味方の兵士にとって見分けやすくするためでもあった。それがインドでの戦闘で変更せざるをえなかった。機動性が高く、明確な組織を持たない相手に対する戦争で、正規軍が苦境に立たされた。インドで、英国軍は、走っては隠れ、罠を仕掛け、追いかけると裏通りに溶けこみ、地形を熟知し、それを好きなように利用する敵を相手にした。カーキ色の野戦服は、おなじ条件に立って反撃するための試みだった。

船舶に実験的に新種のカモフラージュが利用されているのは耳にしていた――船を隠そうとしたり、背景に溶けこませようとしたりするのではなく、迷彩のテクニックを用いて塗装する設計だった。標的となる船舶がどっちの方向に向かっているのか敵に判別がつけにくくした。英国の商船は、ほぼ開戦当初からドイツの潜水艦に攻撃された。Uボートは標的を探しだし、潜望鏡を用いて海面下から狙いを定める。不格好な光学装置が海面に現れると、英国護衛艦の鋭い目をした見張りがすぐさま潜水艦の存在を見つけるかもしれないので、ドイツの攻撃船は一度にほんの数秒しか潜望鏡を上げられなかった。迷彩の考えは、非対称の外形が魚雷の狙いを定めようとするUボートの船長を混乱させるだろうというものだった。

成功を収めた戦術のようだった。失われた船舶トン数は、迷彩塗装が導入されてから著しく減ったからだ。

そのことがわたしにいくつかの考えを、いくつかのアイデアを、英国の観測航空機にそのテクニックを導入するために取りうる方法をもたらした。

イリュージョニストが用いる古典的な消失テクニックのひとつは、瞬時に消え去る対象物とそれを見ている観客とのあいだに入念に計算された角度をつけた鏡を置くことだった。たとえば、四脚テーブルの下に対角線に沿って置かれた鏡は、そのテーブルがほかのテーブルとまったく変わりない（すなわち、個々の角に一本ずつ脚がある四脚に支えられている）という幻想を与えるだけでなく、鏡のうしろになにか、あるいはだれかを容易に隠しうるスペースを作りだすのだ。

半透鏡だともっと多くのことができるし、普通のガラスでもさらに多くのことができる。背後の暗い空間から正しく光を当てれば、一方向から照明が当たっているときには完璧に本物らしい鏡になるし、べつの方向から突然、あるいは徐々にでも照明を当てると透明になる。

だが、航空機を隠すためにどのように鏡を利用すればいいのか、想像するのは難しかった。その問題は、克服しがたく思えた。ガラスは重く、鏡で飛行機を隠そうとすれば、機体とおなじくらい大きな鏡が必要だろう。現代の戦闘機の吊り下げ荷重をまったく知らなかったが、バートレット大尉と彼の仲間のパイロットたちが、たとえまず第一に巨大な鏡を持って離陸できたとしても、そんな荷物を持っていきたがるかどうか、はなはだ疑わしかった。

そして当然ながら、偽装のための角度という根本的な問題を解決できていない。どうやってその角度を計算し、どうやって望む効果を得られるのか。仮にそれが可能だとしても、航空機の下に水平に運ばれる鏡は、たんに地上の様子を反射するだけだろう。

なにかほかの反射素材が手に入るかどうか、と一瞬思った。軽量羽布《はふ》のようなもの。ガス飛行船に用いられている薄い外皮のたぐい。もしそのようなものに銀色の反射塗装を塗って、真実味のある安定した反射像を得られるくらいピンと張ることができれば……？

二機の飛行機が隣り合って飛び、おたがいのあいだに一定の距離を保つよう慎重に航行し、たがいのあいだに銀色に塗った布を張りつめることができたとしたら？　そうすれば二機の存在をごまかすことができるだろうか？

わたしは輾転反側を繰り返した。らちがあかなかった。

清掃の手が行き届いていない小さな窓のほうを見た。夜明けまえのかすかな明かりがそこに映っていた。この長くて苦しい夜をほんとうに終わらせたかった。じっと横たわり、呼吸を鎮めようとしながら、遠くの戦いの恐ろしいものの、奇妙なことに催眠効果のある音に耳を傾けた。いまいる場所はあまりに遠く離れているせいだろうか、あるいは砲撃がついに収まったのか。

一瞬の静寂が訪れた。あるいは、少なくとも暴力行為の一時的な停止が訪れた。前線にいる不運な男たちのことを思い浮かべた。土の塹壕のなかにうずくまり、泥と汚れに深く沈みこみ、ようやくわずかばかりの睡眠を取れるようになったその姿を。

この静寂のささやかな徴《しるし》は、起きなければならなくなるまえに二時間ほど眠ってみようとしたほうがいいことを意味しているとわかっていたが、べつの考えが頭にこびりついて離れなかった。

なにかを消えたように見せるのにマジシャンが用いている方法がもうひとつある。と言うか、舞台マジックの重要なテクニックのひとつであり、観客が目にする手品のほぼすべてに採用されているものだ。それは観客の関心をほかに逸《ミ》ら《スディレクト》す技だ。

ミスディレクションは、ふたつの形態を取りうる。最初のものは、観客の予想を操る方法で、通常の世界に関する観客の知識を認識させたうえで、そこから、手品の進行中に自分たちが目にしているものにもその世界の規則が当てはまっていると思わせる。

たとえば、鶏の卵でマジシャンがなにかをはじめたとする。たいていの人々は、自分たちが見ている卵が、まったく正常なもので、なにか特別な形で〝用意された〟ものではないと思いこむ。優れたマジシャンは、たとえば卵にひびが入ったり、割れたりしないようそっと扱うことで、あるいは、もしぎこちなく扱って落としてしまったらどうなるかについてささやかな冗談を言うことで、その思いこみを補強する。そうすることでなんらかの下準備の可能性に関する疑念を軽減させ、自分たちが目にしているものの正常さに関する観客の本能的な信念を強化する。イリュージョニストは、自分がやっていることを明示的に説明する必要はなく、卵についてく観客になにか話そうとしなくてもいい。卵の単純で見覚えのある外見が、説明責任を回避させている。その推測が確立し、補強されると、手品師は、手にしている物体でなにか意外なことをやろうととりかかるかもしれない。その物体は卵のように見えるし、卵のような形をしており、だれもがそれが卵だと思っているが、卵では不可能な方法でその卵もどきは、手品の主役を演じるのだ。

まちがいなく手品の最後で、イリュージョニストは、すばやいすり替えをおこない、本物の卵をボウルに割り入れ、観客に彼らは最初からずっと正しかったことをほのめかす。ほんとに普通の卵だったのだ！　イリュージョニストがたったいまやってのけた手品は、いっそう謎めいたものになる。

ミスディレクトのもうひとつの方法は、観客の予想に反するやり方だ。言い換えるなら、観客の注意を一時的に逸らし、意外な挨拶で警戒感を解除し、テーブル上の間違った物体を見させ、あるいは取るに足りない手の動きに注目させ、あるいは違う方向を向かせる――それらはすべて、イリュージョニストがすばやくべつの物体になにかを働きかけたり、反対の手を動かしたり、すぐには気づかれない形で観客の視界になにかを置くための一瞬の間をこしらえる行為である。

マジックショーに出かける観客は、自分たちを演者とのある種の宣戦布告抜きの競争に携わっていると見なしがちだ。演者が〝ほんとは〟なにをしているのかを突き止めようとしょっちゅうしている。そうした観客は、逆説的だが、もっともミスディレクトしやすい層に属している。マジシャンの尻尾を摑もうと熱心になるあまり、彼らは見当違いの行動に集中しがちになるからだ。

注意逸らしは、さまざまなやり方で達成しうる。驚くような衣装交換や、突然のバンという音や閃光、照明や背景幕の変化、気の利いた言葉、予想外に音を立てたり振動したりする物、手品師による意図的な失敗。それらはすべてマジックの標準的なレパートリーのなかに入っている。

そこに可能性がある、とわたしは悟った。バートレット大尉の問題への取り組み方として。この基地で航空機の動かし方や、航空機がどう見えるか、どんな大きさをしているかについてもう少し経験を積み、作戦行動をおこなっているとき航空機がなにをするのか、どのように飛ぶのかを知ることができたなら、戦いのさなかに役に立つであろうなんらかのミスディレクション方法を考えだせるかもしれなかった。

べつの種類のミスディレクションは、隣接性の利用である。マジシャンはふたつの物体をそばに置く、あるいはなんらかの方法で両者を繫いだうえで、ひとつの物体のほうを観客にとってより興味深いものに（あるいはより謎めいたものに、あるいはより面白いものに）する。奇妙な、あるいは扇情的な形をしているかもしれないし、あるいはなかになにか入っている様子であったり、あるいはマジシャンが気づいていなかったような様子で、その物質が突然なにかをはじめるかもしれない。実際の仕掛けは、重要ではない——大事なのは、たとえ一瞬であっても、観客が興味を抱き、間違った方向に向くことなのだ。

練達の手品師は、隣接していることによる注意逸らしの作り方を正確に把握し、そのことが一時的に惹き起こす不可視性をいつ利用すべきか心得ている。わたしの古くからの同業者は、竹の棒の先端で陶器の皿を回し、その棒をテーブルの上に立て、皿をそこで回しっぱなしにするという手品を決まったようにやっていた。皿の回転速度が落ち、どんどん揺れはじめ、いまにも落下して砕け散りそうになると、観客のほぼだれもが、ほかのものを見ていなかった。その数秒間、わが友は、舞台上で効果的に目に見えない存在になり、彼はその時間をうまく利用した。

そのとき、わたしは閃いた！　シメオン・バートレットの問題と、おそらくはその解答が落ち着くべきところに落ち着いたのだ。

一番航空機と二番航空機。一方が他方と隣接している。あるいはひょっとすると、三番めの航空機と——二機の航空機は、たがいに隊列を組んで飛び、その一方で三番めの航空機がほかの二機と隣接している。その余分な三番めの航空機になんらかの意外な方法で関心を向けさせることができれば、ドイツ軍は三番めの航空機に注意を逸らされるだろう——連中は、間違った方向に自分たちの高射砲を発砲するだろう。もしその注意逸らしがどういう方法でか、幻想であるなら、連中は、重要ではないものに、あるいは、そこにあるように見えているだけのものに向かって砲撃することになる。間違った航空機を、あるいはまったく航空機ですらないものを狙っていることになろう。連中はそれから目を逸らすことができないだろうし、同時にそれを正しく見ることもできないだろう。

その手のミスディレクションの手はずを整えるのは容易ではないだろうが、わたしが舞台に立っているたびにやっているたぐいのことのより大規模なバージョンにすぎなかった。わたしはそれを機能させることができる。だが、バートレット大尉と同僚のパイロットたちは、訓練をしなければならない。そこはわたしの発言権のないところだった。王立海軍は、戦争の最中に戦闘機乗りに余分な訓練を受けさせたがるだろうか？

まあ、わたしにできる最善のことは、自分の解決策を提示し、その実行は先方に任せることだった。その一方で、わたしは実際の航空機についてもっと学び、必要な道具をこしらえるのにどんな材料が手に入るのか、突き止めてみる必要があると感じた。

そうした考えにわたしは昂奮したが、もはや心のなかに動揺はなかった。ドイツ軍という敵を欺き、英国人の命を救って、戦争の進行に手を貸す効果的な方法を思いついたと確信したので、冷静な気持ちになっていた。

わたしは寝返りを打ち、硬くておぞましい枕に数度パンチを入れてから、すぐに眠りに落ちていった。

8

繰り返し速度を上げては下げるエンジン音にわたしは目を覚ました。昨夜、バートレット大尉から学んだ、空ぶかしというものだ。ロンドンの往来で何度か耳にしたことがあった。自動車のエンジンが立てる音だった。往々にしてその音に苛立ったが、なんと呼ぶものか知らなかった。いま聞こえている空ぶかししているエンジンは、わたしには調子がよくないように響いた。咳きこみ、口ごもっているように聞こえ、むらのある騒音だった。一、二分後、部屋の窓により近いところで、二番めのモーターが動きはじめ、わたしはベッドを離れ、窓辺に近づいた。

太陽の照っている明るい朝だった。空は、高みにある薄い雲の層で白く、眩しかった。最初、その眩しさに抗《あらが》って目を細くしなければならなかった。部屋の窓から遠くまで草地が広がっており、一面の草原で、はるか彼方に葉を落とした木々が何本か立っていたが、そこまでは遠かったので、木々は小さく見え、早朝の朝靄《あさもや》に半分隠れていた。目のまえに五機の航空機が駐機していた。わたしが寝ている一晩じゅうそこにあったにちがいないが、いまは小さな機体のまわりで作業着を着たおおぜいの男たちが働いていた。嫌な臭いのする煙がわたしの窓のまえにただよっていたが、一機の飛行機の速度を増しつつあるプロペラが巻き起こす風で、すぐに煙は吹き飛ばされた。

わたしは間近でそれらの小型だが、死を招く面構えをした機体をまじまじと見つめた。頭上を飛んでいくムッシュ・ブレリオのか弱き小型機や、雑誌や新聞でほかの航空機の写真を見たことがあった。一度、地元の活動写真館で、海岸線に沿って飛ぶ飛行機の動く映像を見た。だが、五機もの戦闘機をこんな近くで、目のまえにするのは、驚くべき経験だった。なにか恐ろしい未来をかいま見るのを許された気がした。H・G・ウエルズが書いていたたぐいの未来を。そのなかでは、だれもが四方八方に飛び交い、墜落の危険につねに晒されながら、ワイヤーとキャンバス地と木で組み立てられた航空機によって空高く持ち上げられるのだった。身の毛もよだつ考えだったが、率直に言うと、心を奪われもする考えだった。

エンジンを回転させている二機の飛行機のうち近いほうにいる一機には、ふたつあるコックピットの前方のほうに、わたしの知っている男がパイロットとしてすでに座っていた。彼の体の大半は機体の内部にあり見えなかったが、頭と肩だけ、縁から上に覗いていた。革のヘルメットをかぶり、額にガラスのゴーグルを載せていた。背後のコックピットには、わたしにはなじみのない大きな箱型装置が収まっている。

もう一機のほうには、それぞれの座席に人が座っていて、二番めの飛行機乗りは、コックピットに身を沈めていた。いや増すエネルギーにエンジンが咆哮《ほうこう》を上げ、ついによりなめらかで、より強力なエンジン音になりはじめると、作業着姿の男たちのうちふたりが、大きな銃を運んできて、観測担当兵の横にあるラックに取り付けた。作業兵たちが後退すると、観測担当兵は銃を上下左右に回転させる練習をした。彼は、銃身の上に垂直に取り付けられた、鋼線製の斜交平行模様付き円を通して、照準を合わせた。

二機の戦闘機が任務で離陸するところを見ていたかったので、わたしは急いで着替え、外に出た。わたしが姿を現すと、作業兵の数人が仕事の手を止めて立ち上がり、わたしに敬礼した。わたしはこの作戦基地での自分の立場にまだ確信が持てずにいたので、おずおずと手を額のところまでなかば持ち上げて、ほほ笑み、うなずいた。二機の航空機は、すでに草原の中央に向かって移動をはじめており、切りそろえられていない芝生を横切る際に翼が下がり、不安を抱かせるくらいに揺れていた。

パイロットのひとりが、手袋をはめた手を振って、もう一機の飛行機に合図した。三名の男たちは全員目を守るためのゴーグルを引き下ろしており、コックピットに背中を丸めてうずくまった。二機の航空機は、並行して滑走し、まだ低い太陽に向かって加速していった。芝生の上を驚くほど短く滑走してから、二機は離陸した。翼をいまだに不安定に揺らしながら、二機はゆっくりと上昇していき、灰色がかった青色の排煙を背後の澄んだ空気にうっすらと残した。

地上整備兵たちはすでに待機中のほかの航空機に向かって移動していたが、わたしはその場に留まり、見えなくなるまで二機を見つめていたかった。背後にだれかが歩み寄ってくるのが足音でわかった。バートレット大尉だった。革のヘルメットと、黒い色をつけたゴーグルを片手にぶら下げていた。

バートレットは、わたしに敬礼をし、わたしも敬礼を返した。

「おはようございます。わたしはまだ朝食を食べていません。ご一緒いただけるかなと思ったんです。ここの朝食は夕食とあまり変わらないんですが、それでもそれほどまずくはないです」

われわれは士官室に歩いていった——実際には、そこは航空機倉庫を仕切った場所に過ぎず、扉に〝士官専用〟と手書きされた張り紙が貼られていた——そこでは無料の朝食が供されていた。スクランブルエッグ（「またか」とシメオン・バートレットはうめいたが、わたしには美味しく感じられた）と、いくらでも食べていいトースト、それに大きなマグカップに入った紅茶という献立だった。バートレットは、この基地、〝獣たちの道〟をどう思うかとわたしに訊いたが、わたしはまだ彼に見つかるまえのほんの数分しか外に出ておらず、飛行場をまだ見てまわっていなかった。

「あとで基地内をご案内します」バートレットは言った。「あなたがいっしょに働いていけるすぐれた連中がここにはいるんです」

お茶を飲み終わると、シメオン・バートレットは、自分自身のことを少し話した。彼は戦争がはじまるまえに王立海軍に加わった――名誉を尊ぶ家族の伝統であり、海と航海への愛情は彼の性格の一部だった。下級士官として掃海艇要員を務め、ついで駆逐艦に乗ったが、そのあと、ポーツマスの陸上編制軍に配属された。一九一四年夏の戦争勃発時、バートレットはまだそこにいた。すぐにドイツ軍が航空機を用いてわが軍を脅かそうとしているのが明らかになった。海軍の航空部門が迅速に設立された。海にいられず、戦列艦へ配属されることがないことに苛立ち、バートレットは、その新しい任務に志願し、飛行機の操縦方法を学んで、詳しくは語ろうとしない数度の冒険ののち、ここ西部戦線にやってきて、可能なかぎり多くのドイツ野郎を撃ち落とそうと願っている。結婚して一年になり、妻は最近双子の女の子を出産した、とバートレットは言った。殺されたり、重傷を負ったりするのをひどく怖れているが、若い家族のため、いまではいっそうこの戦いに身を委ねるつもりになっている、と彼は言った。ドイツが勝利した場合、想像を絶する結果になるだろうと彼はわかっていた。

士官室をあとにすると、バートレット大尉は、ほかの士官パイロットたちのうち三名をわたしに紹介したが、彼らが醸しだす気安い仲間意識や飛行機乗り独特の俗語、馴れ馴れしいからかい合い、自分たちの仕事の危険性を一種の無鉄砲さで認めていることで、わたしは自分がひどく場違いな立場であるのを強く意識した。四人の若者は、二、三分雑談を交わし、風向きを含めた天気予報について話し合った。みんなつねに予報に注意を払っていた。ドイツ軍が毒ガスを放つかもしれない危険のせいだった。風の状況次第で、ガスの先端がこの飛行場までも届きかねなかった。もっとも、この日後半の予報では、南西の弱い風が吹くことになっているため、少なくとも毒ガスの恐怖は当面和らいでいた。

バートレット大尉は、飛行場にわたしをふたたび連れていき、戦闘機の一機が待機しているところまで案内された。ほかの航空機は大方飛びたっていた――朝食を食べているあいだに飛行機が離陸する音が聞こえていたのだ。その機体に近づくと、航空兵のひとりがかたわらに立っており、翼の下側で作業に取り組んでいる整備兵のひとりに身を屈めて話しかけていたが、われわれに気づくと、すぐに姿勢を正した。彼は気をつけの姿勢を取り、われわれ両方に敬礼した。バートレットは自動的に応答した――わたしは一、二秒遅れて敬礼した。

「彼はわたしの飛行機の同乗員なんです」われわれ三人ともが態度を緩めると、バートレットは言った。「観測員アストラム中尉。アストラム、こちらはトレント少佐だ。カモフラージュ方法の技術顧問として飛行中隊に協力してもらうようきていただいた」

「おはようございます」わたしの登場に目立った驚きを示さずにアストラムは言った。彼は耳に心地よい西部地方の訛りをしていた。部外者意識に加え、わたしの年齢はこれまでのところ基地で見かけた全員のほぼ二倍だった。だが、アストラム中尉は笑みを浮かべ、友好的に手を差しだした。「わが中隊へようこそ」

「アストラムくんは、観測員兼砲手として、わたしといっしょに飛んでいるんです」バートレット大尉は言った。「けさ、われわれは定例のドイツ前線の偵察に出動する予定です。いま、ドイツの前線は、ここから北東にあります。バユ森《ボワ・バユ》という名の特定の地域です。残念ながら、そこにはもう木々が生えていません。そこは高射砲の攻撃が極めて激しいことが常態である区域です。そこではわが方に知られたくないなにかが進行中である可能性が高いというのがわれわれの見方です。敵の攻撃が非常に激しいからです。もちろん、そのせいでそこがいっそう興味深い場所になっており、何度も観測するためそこに戻ることを繰り返さねばならないのですが、毎回、対空砲火は少しずつ激しさを増しています」

アストラム中尉は自分が立っている場所に近い、航空機の水平尾翼のある箇所を指さした。数カ所で、羽布に継ぎが当てられ、塗装がぞんざいに塗り直されているのがわかった。

「これは二日まえに起こりました」アストラムは言った。「バユ森だったところの真上でです。それほど深刻な状況ではありませんでした——われわれを撃ち落とすにはほど遠かったのですが、それなりの被害はありました」

「無事に帰ってこられたのか?」

「無事帰還しました」バートレットはそう言うと、腕時計に目をやった。「試験飛行のため、すぐに離陸しなければなりません。ですが、そのまえに、あなたに取り組んでもらわねばならない問題をお見せしたいのです。裏側を見て下さい」

バートレットは、フライング・ジャケットをかたわらに投げ、わたしの上着も脱いだほうがいいことを示した。彼は背丈の高い草の上に仰向けになり、わたしにも加わるよう合図した。いっしょになって、われわれは複葉機の下の翼の下にもぐりこんだ。それはあらゆる種類の航空機のなかで、もちろんわたしがいままでにもっともそばに近づいた機体だった。ましてや完全武装して、燃料も満タンになった戦闘機のそばにきたのははじめてだった。顔のまえ数インチ足らずのところに翼の表面がきて、わたしはふいにこの機械が怖くなった。翼の羽布を強化するために用いられているニスの刺激臭が、われわれのまわりを漂っていた。ニスには明らかに多くのエーテルあるいはアルコールが含まれていた。バートレット大尉はわたしの反応に勘づいたにちがいなかった。

「この臭いには一日か二日で慣れます」バートレットは言った。「直接吸わないようにしましょう。ですが、このニスがないと、この機体は空中に長く留まっていないんです」

わたしは返事をしなかった。自分のイリュージョンのひとつで同様の臭いのする液体を使っていた。それを使うと、どこからともなく、壮大な炎の塊が現れる（あるいは現れるように見える）。揮発性で、きわめて引火しやすいその液体にはつねに神経質になり、丁寧に取り扱っていた。それなのにここにある航空機は、その液体で、あるいはそれに極めて似ているものでコーティングされているのだ。もし高射砲の砲弾が航空機のそばで爆発したら、あるいは、熱い銃弾が羽布を貫通しただけでも、なにが起こるか想像に難くなかった。

バートレットは翼の下のキャンバス地を指し示し、それがどれくらいピンと張られているのか指先でトントンと叩いた。それは銀色がかった青色に塗られていた。彼らはどうやらわたしとおなじカモフラージュのアイデアを考えだしたようだった。

「われわれがなにをしようとしているのかおわかりですか？」

「ええ、わかります。役に立ちますか？　機体が少しは見えにくくなりますか？」

「われわれにこれまでわかっているところでは、そうなっていません。敵は相変わらずわれわれに狙いを定めつづけています。問題は、異なる色で実験をつづけることができないことです。どの塗装被膜も機体の重量を増し、われわれがキャンバス地に使用しているドープ塗料を軟化させがちなのです。ことによるともう一層の塗装被膜は可能かもしれません。どう思います？」

「わたしは塗装が答えだという確信が持てません」わたしは言った。「第一段階ではありますが、わたしはよりよい方法を知っているかもしれないと思っています」

「それがなんなのか教えていただけますか？」

「まだだめです。若干、調査を試みてみなければ」

「事態は一刻を争います」

「わかっています。急いで取り組みます」

われわれは翼の下から自分たちの体を引きだして、立ち上がった。ドープ塗料の揮発ガスによって惹き起こされた頭がクラクラする感覚が薄れはじめた。バートレットは空に目を走らせ、ドイツ前線から離れてきて、遠くで低い高度を飛んでいる一機の航空機を指差した。

「あれはジェンキンスンくんかもしれません」バートレットは言った。「ジェンキンスン大尉。彼は銃砲試験に出ており、あと一分もすれば頭上にさしかかるでしょう。銀色の塗料が持つ効果をご自分の目で見られます」

なるほど、その航空機は翼を傾け、飛行場に向かって方向を変えた。われわれはジェンキンスン大尉の飛行機がこちらに向かってくるのを両手を目の上にかざして眺めた。ジェンキンスンは軽く上昇気味に入ってきて、われわれの頭上をある程度の高さで通り過ぎた。真上を飛ぶまえから、銀色塗装のアイデアがけっしてうまくいかないことをわたしは自分の目で確かめた。下側の色と関係なく、ジェンキンスンの機体は空を背景にした黒いシルエットを浮かべていた。

「ドイツ軍はもはやわざわざ自分たちでカモフラージュをしようとはしていません」シメオン・バートレットがそう言うと、ジェンキンスン大尉の飛行機が急な方向転換をして、着陸のため飛行場に向かう直線コースに乗った。「やつらは自分たちのクソ飛行機を、考えつくかぎりさまざまな色で塗装しています」

「気づかれずにこちらの前線を観測しようとはしていないのでは？」

「いいえ、わたしがいま話をしているのは、やつらの戦闘機のことです。あれはわれわれにとってほんとうに危険な存在です。だれも高射砲は好きではないのですが、ドイツ軍が戦闘機の群れを送りこんでくると、だれにも頼れない状況になります。われわれはそれに対処できます。イーブンの戦いです。負けずにやりかえしていますが、警戒していないと、やつらは、なんの前触れもなくこっちにやってくることができます。地上の高射砲がわれわれに向かって砲撃するのを止めると、敵戦闘機が近くにいる兆候だと受け取っています。そうなるとわれわれがしなければならないのは、下を見るのではなく、上を見上げることになります」

「あなたご自身は、なんらかの戦闘に携わったことがありますか？」

若い士官は落ち着かない様子を見せ、まるでだれかに盗み聴きされていやしないかと確かめるかのようにあたりを見まわした。

「少々誇張した言い方にはなるでしょう。戦闘はありません。もしわれわれが歩兵隊にいたなら、われわれがいま巻きこまれているものを、小競り合いと表現するでしょう。ここではわれわれは犬の喧嘩《ドッグファイト》と呼んでいます。まるで犬の喧嘩のようなものだからです。数多くの軽いいさかい、牽制しあい、おたがいの尻尾を追いかけまわし、相手が機銃をぶっ放してくるまえにぶっ放そうとする。カモフラージュはそのときには、どうでもよくなります。われわれはみな空の上にいて、双方にとって勝利の確率はおなじだからです」

「で、わたしはなにをすればいいのでしょう？」わたしは訊いた。

「ドイツ前線の観測がわれわれの主要な任務です。多大な努力を要します。地上部隊を支援するためにわれわれはここにいます。最終的に、戦争を勝利に導くのは地上部隊だからです。ですが、ますます偵察が危険なものになっており、効果的なカモフラージュ策を必要としているのです」

バートレットが言ったことを強調するかのように、中隊の飛行機のあらたな一機が飛行場の上を飛んでいった。今回、その機は、合図代わりに翼を上下に振った。その機体が飛行場の中心に接近し、バートレット大尉とわたしが大尉の飛行機のそばに立っているほぼ上空にさしかかると、水平飛行に移るまえに急上昇し、エンジンが咳きこんだ。黒い煙の塊がエンジンの排気口から吐きだされた。パイロットの意気軒昂さを示したその行動が、またしても、地上から見た場合、飛行機の輪郭がどれほど明白なものか、ふたたび示してくれた。

「いいですか、問題の一部は影なのです」わたしは言った。

「影？」

「地上に映る影ではなく、機体の下部に映る影のことです。航空機に光を当てることでそれを変えることができるとわたしは気がついたのです」わたしは脳みそをフル回転させていた。ドンピシャリの考えが出ずともかまわない。「機体の下側にひとつの照明を取り付け、左右の下翼の前縁に沿ってさらにふたつの照明を取り付ける。それでうまくいくでしょう。もはや影は生まれず、見にくくなるでしょう」

バートレット大尉はぎょっとした表情を浮かべた。

「戦闘に照明を運んでいくんですか？」彼は言った。

「まあ、そうですね」

「同意しかねます」

「ですが、もし敵が――」

決まり悪くなり、わたしはこの件を持ちだしたときと同様すぐに、取り下げた。問題解決の難題に取り組んでいることに夢中になって、これがたんなる技術的な問題ではなく、解くためのパズルではなく、あらゆるものを危険に晒している目のまえの若者たちの生命に関わるものであることを忘れてしまっていた。

9

バートレット大尉はわたしに背を向け、アストラム中尉が重たい革製のフライング・ジャケットを着ているところに歩いていった。ふたりは少しのあいだ静かに話をし、その間、シメオン・バートレットは一度ならずわたしを振り返った。その瞬間、わたしはほんとうに行き詰まりを感じた。問題がどれほど深刻なのか思い知り、わたしの愚かしい提案がたぶんバートレットのわたしへの信頼を削り取ったのだろうと悟った。

その瞬間、わたしの気持ちをさらに曇らせることになるのだが、あらたな士官が芝生の上をわたしに向かって大股に近づいてきた。彼はこれまでわたしが出会ったどの飛行機乗りよりも明らかに階級が上だった。

わたしのまわりの地上整備兵たちは体を強ばらせ、敬礼をした。

士官は彼らを無視して、まっすぐわたしのところにやってきた。

「あんたに一言ある」彼は前口上抜きでわたしに話しかけ、攻撃的に指を突きつけてきた。

「はい」わたしは言った。

われわれはバートレットの航空機から少し離れ、周囲のほかの男たちに背を向けて立った。

「あんたが何者か知っているつもりだ、トレントくん」彼の声は権柄ずくで、かん高かった。「あんたは民間人だな」

「ええ、まあそうですが――」

「どうやってわたしの基地に来たのか、わたしの指揮下に入ったのか、あんたの受けた命令がどんなものなのか、わたしは知らん。だが、この基地には民間人のいる場所はない」

「わたしは臨時の任務に就いているのです。それに海軍省の元帥局から出された手書きの命令書を持参しております」命令書は荷物のどこかに入れていた。実際には、到着したときにひとつの鞄からべつの鞄に移したのだ。到着次第この部隊長を探しだし、命令書を提示すればよかったのにと気づいた。海軍省でそれがわたしのやらなければならないことだと言い聞かされていたのに、駅でのバートレット大尉のざっくばらんな挨拶で、この任務の細かな点を見過ごしてしまっていた。「お言葉を返すようですが」わたしは力なく言った。「ここはわたしの最初の任地です。特別顧問派遣兵としてわたしは派遣されました」

「わたしの要請ではない」

「命令書をお届けすればよろしいですか?」

「あとでだ。けさになってはじめて、あんたがここにいるのを知ったのだ。ここにきてやることになっていることだけをやってくれ。邪魔になるな。そのあと、出ていってもらおう。ここの若者たちは毎日危険に晒されている。おのれの力で今次戦争に勝てると考えているどこかの忌々しい手品使いのせいで、連中が任務に集中できなくなってはならんのだ。そこははっきりさせたい。わかったか？」

「わかりました」

だが、彼はすでに芝生の上を大股で横切ろうとしており、次の出撃の用意をして、仮設滑走路に向かおうとしている若いパイロット士官たちのかたわらを通り過ぎる際に、上の空で敬礼した。

この短いが不愉快なやりとりがおこなわれている間に、バートレット大尉は彼の飛行機のコックピットにのぼって入りこみ、背後の観測者席にはアストラムが座っていた。ふたりともヘルメットを被っていた。ひとりの整備兵がプロペラを回すため、そばに立ち、ほかのふたりの整備兵が車輪止めを外す命令を待っていた。わたしは航空機に近づいた。シメオン・バートレットは、わたしのほうに頭を傾けた。

「試験飛行のため、二度ほど周回しなければなりません——制御装置の問題を確認するだけのために。それからここにいるアストラムの代わりにあなたに乗ってもらい、ドイツの前線をそばでよく見てもらおうと考えています。われわれがなにに耐えているのか見てもらおうと」

怖気《おじけ》立って、わたしのなかのなにかが飛びだしそうになった。「きょうですか？　けさ？」

「いまよりほかにありません。事態は急を要しているのです」

「そんなことして部隊長は大丈夫なんですか？」

「ヘンリーはあなたになんと言ったんです？」

「ヘンリー？」

「部隊長ですよ——モンタキュート海軍少佐」

「彼はわたしに失せろと言いました。あんたは歓迎されていないと言われましたよ」

「だとすれば、あなたを戦火のなかに連れていっても、ヘンリーは文句は言えないでしょう！」シメオン・バートレットは皮肉っぽく笑い声を上げた。「彼が言ったことは気にしないで下さい。きのうあなたが到着するまえにわたしはお目玉を頂戴しました。わたしが彼に内緒で海軍省に出かけたのだと勘ぐって。まあ、実際にそうしたんですが。あなたをここに連れてくるべきだと判断したのはティモシーおじなんですから。そのため、わたしはヘンリーに隠れて、あるいは頭越しに出かけたのであり、彼はそれを気に入っていないのです。ですが、海軍省がすでにあなたを承認している以上、ヘンリーにできることはなにもありません。できるだけすぐ手書きの命令書を手渡して下さい。もしヘンリーがその件でこれ以上なにか言ったなら、わたしがあなたの代弁に立ちます。単純な事実は、わたしには海軍に親戚がいて、ヘンリーにはいないということです」バートレットはわたしに傾けていた首を戻し、前方に搭載されたエンジンのカウル越しに目を凝らした。彼は整備兵に向かって怒鳴った。「よしいいぞ、ウォルターズ上等兵！」

正面に立っていた若者が二翼プロペラを勢いよく下向きに回転させると同時に飛び退いた。プロペラは半回転したのち、エンジンの喘ぐような音とともに反対回りに跳ね返った。その動作が何度か繰り返され、ようやくエンジンがかかった。青い煙がエンジンまわりのいたるところから溢れだし、プロペラが回転をはじめた。

わたしが後退しようとした矢先、バートレット大尉が再度わたしのほうを向いた。「飛行服に着替えて下さい！」バートレットは轟音に負けじと叫んだ。「あそこの小屋のひとつに何着か入っています。十分ほどでここに戻ってきますので、それからあなたをドイツ軍のそばまでお連れして、よく見てもらいます」

整備兵のひとりがまえに進みでて、太い銃身の拳銃を取りだした。彼はバートレット大尉の航空機のまえに移動し、周囲三百六十度を見まわしたのち、両手で拳銃を握った。空に向かって一発発射する。真っ赤な光が上に向かって放たれ、陽光のなか、アーチを描いた。その飛翔の頂点で、銃弾は眩く赤い光を花開かせ、ゆっくりと地上に向かって落ちはじめた。

すると若い整備兵はバートレットの航空機のかたわらにすばやく移動した。

「問題ありません！」整備兵は叫んだ。

バートレット大尉は了解の印に片手を振った。エンジン音はゆっくりとしたカッカッという音から、たくましい咆哮に変わりつつあった。機体のまわりで草が激しい気流にさざ波を打って平らになった。バートレット大尉はまわりに立っている男たちになにごとか叫んで両手を振った。上等兵のふたりが車輪を留めている木製の車輪止めを引っ張って外した。

飛行機はすぐに前進をはじめ、飛行場の草の多い地表で揺れながら進んだ。尾部の方向舵が左右に揺れ、シメオン・バートレットは機体を直進させようとしていた。彼は微風が吹いている方向に向かい、飛行場の東端に機体を進ませた。そちらに向かって半分ほど過ぎたところで、機体は百八十度回転して引き返し、止まることなく風に向かって加速すると、でこぼこの地面の上を飛んだり跳ねたりした。少人数のわれわれがいるまえを機体が通り過ぎたおり、搭乗員がふたりともスリップストリームに向かって身を屈めているのが見えた――アストラムの銃はコックピットの縁から上に覗いており、その銃身は空を指していた。航空機はすぐに離陸可能速度に達し、急速に雲に向かって上昇し、その航跡に青く薄い煙をたなびかせた。

機体が空を背景にすると、飛行機はそれが正常だといまのわたしにはわかっている黒いシルエットを浮かべた。またしても、不思議な効果を作りだそうとするのが習い性のわたしの心の一部が、機体の下側に慎重に角度をつけた照明をある程度当てれば、地上から見た機体の見せかけの形を変え、搭乗員たちが比較的安全に通過できるくらいの時間、たぶん敵の砲手たちを混乱させるだろうとわかった。だが、もちろんのこと、シメオン・バートレットがそのアイデアをきっぱり拒絶する可能性を否定できなかった。べつの方法があるはずだ。今次戦争の可能性の限界をわたしは学びつつあったが、少なくとも隣接性と注意逸らしに関して、さらにいくつかアイデアがあった。

飛行場の遠端を越え、バートレットの飛行機は急旋回をし、滑走路に戻ってきながら、上昇した。

わたしといっしょに立っていた地上勤務兵のひとりが突然なにごとか叫んだが、彼がなんと言ったのか、わたしには聞きとれなかった。彼は上の方向を、バートレット大尉の航空機のいる方向を指さしていた。機体ははっきりわかるくらい急な角度で上昇をはじめていた。

ほかのだれかが叫んだ。「なにか変だ！　機首を倒さないと失速する！」

飛行機はほぼ垂直に上昇をつづけており、プロペラの下で回転をはじめていた。機体はわれわれのほぼ真上にあった。わたしのまわりのだれもがその小さな機体を見上げ、指さし、叫び、助けを求めていた。

「あの角度だとオーバーチョークする！」

「機首を下げろ！」

「あのままじゃまずい！」

真っ黒な煙が機体の機首あたりに現れ、即座にプロペラの気流に飛ばされた。だが、飛行機は不規則な動きを示していた――うしろ向きに降下し、エンジンからまたしても濃い煙が現れた。一瞬、機体は正常に飛んでいるように見えた。機首が下を向き、墜落を制御するかに見えた。だが、ほぼ即座に、きりもみ《スピン》をはじめた。制御不能に陥り、地面に向かって速度を増しなから急降下した。機体のうしろで煙が不気味な黒い渦を巻いていた。

飛行機はわれわれに向かって落ちてきた。われわれのグループの全員が走りだし、でこぼこの地面の上を足を取られながらも必死に駆け、上を見、振り返りながら、墜落に巻きこまれまいとした。

落ちてきた機体はどうにかわれわれに当たらなかった。われわれが立っていたところから二十五ヤードほど離れたあたりに恐ろしい速度で地上と激突した。瞬時に閃光が上がり、大きな爆発音がした。そこから発せられた圧力波にわたしは体全体を蹴られたような気がした。白と赤と橙色の炎が四方八方に飛び散った。巨大な煙の雲が、縞模様をこしらえている炎を伴って、もくもくと立ち昇った。

わたしはほかの男たちとともに墜落した飛行機に駆けていき、炎に覆い尽くされないうちに、懸命に残骸にたどり着こうとしたが、近づいていけばいくほど、燃料タンクが衝撃で破れているのが明白になった。燃える燃料の舌が草の上を走り、陽光を浴びていても眩く橙色に光っていて、その上から濃い煙が被さっていた。ほかの航空兵たちは駆けつづけたが、わたしは立ち止まった。わたしは恐怖に打ちひしがれていた。激しい燃焼を怖れているのではなく、最初のとおなじような第二の爆発を怖がっているのでもなく、自分が目撃するかもしれないものへの恐怖のせいだった。

実際に二度めの爆発がつづいた。最初の爆発より規模は小さかった。わたしのまえを走っていた男たちは、爆風のなにがしかを浴びた。彼らは倒れるか、あわてふためいてその地獄から逃れようとした。

わたしは恐怖のあまり声を失って、前方を見つめていた。煙と炎越しに、終生心から消し去ることはできないであろうとわかっている光景を見た。航空機の壊れた残骸から立ち上がり、自由になろうともがいている人間の姿を目にした。彼はなにかに取り憑かれたように両腕を振り回しており、息をするたびに悲鳴を上げていたが、身につけていた衣服の大半はすでに体から吹き飛んだか燃えてしまったのが見えた。生身の体がむき出しになっており、わたしの視線の先で黒くなり、燃えていた。彼は溶けてしまうかに見えた。燃えてパリパリだが、中身が柔らかでしんなりした塊になり、溶け落ちた。わたしが見ていた男がシメオン・バートレットだったのか、同乗者のアストラムだったのかわからなかった。

彼は体をふたつに折り、まえのめりになり、下向きに地獄へと倒れこんだ。

三度めの爆発が起こると、わたしは恐怖のあまり縮こまった。三度のうちもっとも規模の小さな爆発だった。あらたなエンジン音が聞こえ、消防車が草地の上を跳びはねながらやってきた。わたしは力なく座りこんだ。太陽を浴び、そよ風が吹き、燃える燃料と、翼に塗られていたきわめて可燃性の高い揮発性有機溶剤の臭いがただよい、木が燃えてはぜる音、あらたに燃えている残骸にポンプで降り注がれている水の音が聞こえていた。分厚い煙にわたしは包みこまれた。その臭いにわたしは吐きそうになった。

わたしはほかの男たちが立ち去ったあとも飛行場のまんなかに残っていた。火事の熾火《おきび》を消火するのに取り組んでいる消防士たちを眺めていた。救急隊員が搭乗員たちの亡骸をできるかぎり回収しようとやってきたとき、見たくなくて目を逸らした。彼らは基地の建物に向かって走り去っていき、判別のつかない形や翼桁のまだ燻《くすぶ》っている小さな塊となった残骸をあとに残した。

以前に会ったことのない若い士官がやってきてようやくわたしは事故現場を離れた。気を遣いながらも穏やかに彼は、わたしが滑走路のまんなかにいると告げた。次の任務のため、さらに多くの飛行機が離陸しようと待機していた。ほかの航空機も、いつなんどき戻ってくるかもしれず、それらは着陸しなければならない。
戦争はまだつづいているのだった。

10

では、わたしはなにをしたらいいのか？

わたしは眠れない夜を過ごした陰鬱な狭い部屋にショック状態で戻り、寝床の縁に腰かけ、考えようとした。わたしはなにひとつ達成しておらず、自分になにができるのかについて、きわめて漠然として、重い条件付きのアイデアしか持っていなかった。隣接性を利用したミスディレクションの一種に関する漠然としたアイデア。世界の最先端かつもっとも訓練の行き届いた軍隊であるドイツ軍相手に手品をおこなおうというのだ。わたしは奇術で彼らを打ち負かそうと提案した。モンタキュート海軍少佐が言った、ひとりで今次戦争に勝てると考えているイリュージョニストというのは、真実からほど遠かったものの、それでもわたしは傷ついた。わたしのアイデアはすべてたぶんうまくいかないものだと判明するだろう。もっとも単純な手品をやろうとしても、王立海軍航空部隊のパイロットからの多くの友好的な助力と協力が必要になるだろうし、当然ながら、わたしは若い友人のシメオン・バートレットに全面的に依存していた。わたしになんらかの信頼を置いているようだった唯一の人物に。わたしは彼のことをほとんど知らなかったが、彼の突然の恐ろしい死は、想像の範疇を超えた最悪の衝撃だった――彼はとても若く、活力と、勇敢かつ名誉ある戦争を戦うことへの誠実な意志が溢れ返っていた。その彼が亡くなった。

彼がいないと、この飛行場におけるわたしの立場は、控えめに言っても、不確かなものだった。部隊長がここからわたしを出ていかせたがっているのはすでにわかっていた。シメオン・バートレットの死とともに、モンタキュート少佐の態度で、わたしが提供できるやもしれないものへの価値にわたし自身、自信を持てなくなる一方だった。

そのため、体のなかの神経という神経が、荷物をまとめ、この基地を立ち去り、帰宅するようわたしを促した。だが、わたしは、侵略戦争を戦う最中に、王立海軍の特任士官になって、命令を受けて行動していた。どうやってただ歩み去ることができようか？　わたしは脱走兵として扱われるのだろうか？　追われ、捕らえられ、軍法会議にかけられ、銃殺されるのだろうか？

自分自身の運命についてそんな心配をして何分か過ごしたのち、より大きな悲しみがわたしのなかで増大した。無駄死にに終わったシメオン・バートレットの命と、搭乗員の命のことを考えた。事故の悲しさと、それをあれほど近くで目撃した衝撃で惹き起こされた感情の反応は、少し薄れてきたが、人の命が失われたことで起こった感情に取って代わられるものではなかった。わたしは震えはじめ、どうやって止められるのかわからずにいた。ふたりの健康で聡明で、高度な訓練を受け、なかんずく、若い男たちがあんなふうに死ぬのを目にするのは、とても耐えられることではなかった。わたしはあまり涙を流すたちではないが、わびしい部屋のわびしいベッドの上に落胆して腰を据え、恥も外聞もなく、むせび泣いた。

窓の向こうにいくつもの航空機のエンジンの音が聞こえた。始動する音、空ぶかしをする音、金属的なかん高い音を立てたのち沈黙するエンジンもあった。わたしは見なかった。これ以上、飛行機が離陸や着陸するところを見るという考えに直面できなかった。

ようやく落ち着きを取り戻すと、わたしは部屋を出た。あらたな不愉快な面談に対して気を引き締め、モンタキュート少佐を探しに出かけた。結局、彼が目下任務を率いていることがわかった。

わたしは自分の部屋に戻った。手書きの命令書を見つけ、モンタキュート少佐宛ての丁寧なメモを書き記した。そのなかで、わたしの仕事が完了した今、基地を去るようにとの少佐の個人的な命令に従うつもりであり、ロンドンに戻った時点で、臨時任務職を辞するつもりである、と述べた。さらに、知り合うことになったシメオン・バートレットの人生への短いたむけの言葉も添えた。願わくは、部隊長と彼のパイロットたちがおこなっている危険で価値のある仕事への丁重な感謝の言葉として受け取ってもらいたい旨の言葉で締めくくった。わたしは部隊長室へ歩いていき、書類とメモを担当の下士官に渡した。

わたしは荷物をまとめ、部隊長が戻ってくるまでに飛行場から充分遠く離れていようと決心した。衛兵が守っているメインゲートに近づくと、どこへいくのか、なぜ出ていくのかと問いただされるものと覚悟を決めたが、歩哨に立っている兵士はわたしの軍服と記章を目にすると、簡単に門扉《もんぴ》を押し開けてくれた。われわれはたがいに敬礼を交わした。

いったん道路に出ると、わたしは回れ右をして、振り返った。ゲートの向こうに、道路に向かって木製の標識が立てられていた。上のほうに、きちんと印刷された文字で、『王立海軍航空部隊第十七中隊、ベテュヌ』と堅苦しく記されていた。その下に、うまく考えられた田舎の風景の絵が描かれていた――成木に囲まれ、青々とした草地で草を食む牛の姿だ。牛の上空を三機の小さな航空機が周回している。そして下の部分に、またしても印刷されているが、ずっとくだけた形式で、『獣たちの道』と記されていた。その下により小さく――『侵入禁止――当直士官に連絡して下さい』とフランス語で書かれていた。

わたしは道路に足を踏みだし、もし必要なら、ベテュヌまでずっと歩いていくつもりでいたが、数分後、陸軍のトラックが道路に姿を現し、運転手は止まってわたしを乗せてくれた。わたしはうしろの荷台に鞄を放りこみ、運転席の隣に座って、いっしょに先を進んだ。運転手はわたしの戦争経験について、いくつか悪気のない無害な質問をしてきたので、わたしは可能なかぎり言質を取られないやり方で答えた。彼は、自分が土木工兵であると言い、ドイツ前線の下に深いトンネルを掘る困難な計画に携わっていると言った。敵の塹壕の下に巨大な地雷を設置するためだ。自分たちの爆発物を起爆できたことはいままでにない、と彼は言った。なぜなら線上の塹壕は、たえず前後に動きつづけているからだった。彼らは目下新しいトンネルに取り組んでいた。はるかに長く、はるかに野心的なもので――

わたしは前方の道路の粗い表面を見つめ、戦争の無益さと若者たちの死について考えた。英国の戦闘機の一群が飛行場から東に向かって飛びたつのを見た。たがいの距離の短いダイヤモンド形の飛行隊形を取っていた。高層にある明るい雲の下を飛び、初冬の空に黒い姿を浮かび上がらせていた。

11

ベテュヌでわたしは惜しくもカレー行きの列車を逃し、次の列車が来る夕方まで待たねばならなかった。ベテュヌでは英国軍の活動の気配はほとんどなく、駅は安心させられるような民間経営の様子を見せていた。駅の向かいにある建物のなかには、修繕作業が実行されているものすらあった——作業員たちが駅舎のまわりに足場を組んでいた。駅の構内の手荷物預かり所に荷物を預けることができ、わたしは食事場所を探しに歩いて町のなかに入った。

不安を抱えたまま、わたしは午後と夕方を過ごした。待機し、ほんの少し食事を取り、ほんの少し飲み物を口にした。身につけている現金は英国通貨だけだったが、商店主たちはそれに慣れていて、進んで受け取ってくれたものの、換算レートは法外なものだった。英国軍司令部のだれかがわたしに気づいて、なにをしているのか訊ねてきはしないかと、神経がつねにささくれだっていた。王立海軍航空部隊の基地から歩み去ったことで、自分が脱走兵になったという考えを消せずにいた。部隊長との接触の曖昧さはなんの助けにもならなかった。英国軍の軍服を着た男たちを見かけると、かならず不安で体がこわばった。しかしながら、だれもわたしに少しの関心も抱いていないようだった。

　駅に戻ると、すべての列車の運行が中止になっていると告げられた——戦争ですから《セ・ラ・ゲール》、隊長さん《モン・キャピテン》、と、この日これから店じまいをする用意をしていた発券所の職員は言った。わたしはふたたび町を歩きまわって、空いている部屋のあるホテルを見つけた。

　翌朝。いい知らせがあった。列車は運行を再開していた。始発の切符を買った。その列車は時間通りに出発し、すばやく走って、ドーヴァー行きのフェリーに充分間に合う時間にカレーに到着した。海峡にドイツ軍のUボートがいるという報告があったため、乗船手続きは遅れたが、やがて乗客は乗船を認められた。船は混んでいなかった。船室に静かな一角を見つけ、上着にくるまり、頭のなかを空っぽにしようとした。ドーヴァー港の外で短い遅れがあり、着岸するまでには午後遅くになっていた。いったん陸に上がると、またしても列車の問題に出くわした。あせる気持ちを抑えながら、わたしは港に面したホテルを探しだし、そこで一泊すると、翌朝、ロンドン行きの一番列車を捕まえることができた。

　ケント州の田園地帯をなにごともなく通過したのち、ようやく午後二時ごろ、列車はガタゴト揺れながら、テムズ川にかかった長い鉄橋を通って、チャリング・クロス駅に到着した。

　途方もない安堵感を覚えながら、わたしはプラットフォームに降り立った。やりたかったのは、一刻も早く自宅のフラットに戻り、留守にしているあいだに届いたであろう郵便物に目を通し、自分の部屋で静かに何物にも邪魔されることなく腰を落ち着けることだった。駅はのべつまくなしに解放される蒸気と、どこか遠くから聞こえる正体不明の重低音というなじみのある喧噪の場だった。汽笛がかん高く鳴らされた。鉄道員たちが大声で叫んで意思を伝え合っていた。鳩が背の高い、ガラス張りの屋根の梁で羽ばたき、プラットフォームの地面を気取ってやたらと歩いていた。ロンドンに戻ったのは、否定しがたくすばらしいことだった。わたしが王立海軍からの脱走兵であるかどうかという問題は、そのうち解決するつもりだった。いずれにせよ、特務士官としてのわたしの立場は、ますます非現実的なものに思えてきた。彼らは現地でわたしを必要としていなかった。

ポーターが近づいてくるのをプラットフォームで待たねばならなかったが、すぐにターミナルの広いコンコースに向かって歩きだした。

すると、プラットフォームをわたしに先行して歩き、また表の辻車《タクシー》乗り場に向かっている、ひとりの背が低い士官の姿を目にした。彼は大きなスーツケース一個とさまざまな小ぶりの荷物を積んだ手押し車を押しているポーターに並んでせかせか歩いていた。うしろからだと、彼の姿は、駅を大勢行き交っているほかの現役士官たちとあまり変わらなかったが、彼の軍服のズボンが泥で縞模様がつき、泥をこびりつかせているのに気づかずにはおれなかった。

わたしは自分のポーターといっしょにメイン・コンコースを横切ると同時に彼に追いついた。

「HG？」まちがいなく彼だと確信して、わたしは呼びかけた。

彼は前方を見つめていた。反応の欠如をわたしは慎重なしるしだと見なした。

もう一度呼びかけた。「HG？」わたしは言った。

「ウエルズさん？」

今度は彼はわたしのほうを振り返ったが、眉間に暗い表情が浮かんでいた。唐突に呼びかけられたことを喜んでいなかった。だが、すぐにわたしがだれだかわかったようだ。

「ああ、きみか」そう言うと、ふたたび眉間に皺を寄せ、目を細くした。彼はほほ笑みを浮かべたが、ほんの一瞬、型どおりの礼儀としてだった。街中で気づかれることに慣れている人間の態度だった。「魔法使いの外套を持っているマジシャンだ」

「また会えるとは思ってもいませんでした」わたしは言った。

「こんなご時世だ、出発した場所に必死でもどりたいと思えば」ウエルズはなにも説明せずにそう言った。

「お御足《みあし》を止めるつもりはありません、HG」わたしは言った。「ご自宅へ急いでおられるなら、よくわかっておりま――」

「ああ、そうなんだが」

われわれは一時的に歩みを止め、駅構内の向かいに顔を向けていた――そこでは、一頭立て二輪馬車《キャブリオレー》と原動機付きタクシーが客を求めて競い合っていた。ロンドンの主要ターミナルの外では、つねに騒がしい客の奪い合いがあった。ハンサム馬車を引く馬が歩みを止め、やかましい音を立てて、悪臭を放つ原動機付きタクシーと接近したまま、待機しなければならないことに落ち着きなく怯えていた。ロンドンの交通のなじみの光景をかいま見た。トラファルガー広場からゆっくり動いて、ストランド街に入る馬車や自動車の流れ。そして歩道は歩行者でごった返している。ロンドンの往来のはっきりとは言い表しがたいが、ほかに比べるもののない悪臭――石炭の煤煙や馬の排泄物、埃、汗、食べ物、ガソリン・エンジンが混ざりあった臭いであるのはまちがいない。有名なチャリング・クロスがわれわれの上に高く聳えている。

ふたりのポーターは、われわれから少し離れたところで動きを止め、どっちの辻車《タクシー》を雇うかわれわれが決めるのを待っていた。

「故郷に戻ってこられて嬉しいです」わたしは言った。

「同感だ」HGは返事をすると、首都の歓迎すべき混雑ぶりを見まわした。「きみは西部戦線にたどり着いたのか？」

「ええ。あなたは？」

一瞬、先ほど会ったときに見かけた苛立ちの表情がふたたび彼の顔にちらついた。

「あそこはわたしが任務を果たす場所だった」彼は言った。「だが、お終いになったので、あるいは少なくともわたしの仕事はお終いになったとはっきりとした言葉ではないが告げられたので、わたしは自分がいる区域をざっと見渡して、帰路についた。簡単に言えば、わたしは出ていけと言われたのだよ、あまり丁寧な口調ではなかった」

「多少のちがいこそあれ、わたしにも起こったことです」

「だとしても驚きはしないな。わたしが望んでいたことではなかったし、予想していたことですらなかった。さすれば、塹壕でのマジシャンはお呼びではなかったのだね？」

「残念ながら」

「手ぶらで帰ってきたわけだ」HGは言った。

「あそこから抜けだせて、故郷に帰ってこられて単純に喜んでいます。あなたもおなじではないですか？」

「まあ、過去の経験から、ひとつの依頼以外にも引き受けるように必ずしているのだ。今回、わたしにはふたつ、あるいは三つの依頼事項があった。英国陸軍に一時的に入隊することを勘定に入れれば」

「あなたが考えた通信システムの話をして下さいましたね」わたしは言った。

HGは警戒している様子で周囲をざっと見まわし、とりわけわれわれのふたりのポーターのほうを見た。彼らは駅構内と通りからの絶え間ない騒音が無ければ、聞き耳を立てれば聞こえるところにいた。

「きみとわたしはその件に関してなにも知らん」そう言うと、HGの渋面が戻り、秀でた額に皺を寄せた。「軍事機密だ」

「どういう意味です?」

「だれもその件でわたしになにも話そうとしないという意味だ。実験して見たかどうかも話さないし、装置を建造したかどうかすら話さなかった。わたしに付けられた担当の男は、その件でなにも聞いていないふりをしていた。わたしの命令書に名前があがっている士官だったのにな」HGはわたしに身を寄せてきた。顔に険しい表情が浮かんでいる。彼の言葉は静かだったが、むきになっているようだった。「すばらしい装置の発明者であり、ほかならぬチャーチルその人の耳にそれを伝えた当人であるのに、塹壕のだれもその件でわたしになにか言う覚悟ができていなかった。わたしに言わせれば、この件全体が怪しかった。わたしはできるかぎり上の階級の人間と話をしたが、士官のだれもわたしになにも言おうとしなかった。たんに次の列車に乗って家に帰り、けっしてだれにもなにも言うなという強い助言を与えられただけだった」

「装置の証拠をなにか目撃したんですか?」

「そこが怪しいと気づいた点だ。前線全体が、泥とケーブルと穴と色んなゴミが散らかった状態だった。ドイツ軍は、五分おきに砲弾を送りつけてくることで事態を悪化させている。なにもかも吹き飛ばし、さらにひどい散らかり状態を作っている。しばらく現地にいないかぎり、なにが起こっているのか把握するのは不可能だ。だが、そのさなかに、強度の強い大きな柱の高いところにケーブルが張られているのに気づいた。わたしが設計して、送りこんだ装置に似ていた。ほんの数日まえに届いたばかりであるかのようにまだ綺麗なものだった。だが、担当士官にあれはなんだと訊いたところ、野戦電話か、警戒用ケーブルか、そのようなものだと言われた」

「では、なにもケーブルを使って運ばれていなかったんですか？」

「なにひとつ運ばれていなかった」

「それを点検して、改善案を提案するため前線に招かれたのだと思っていました」

「そうだとわたしも思っていた」と、H・G・ウエルズは言った。「だが、相当高い位にいるだれかがわたしのアイデアは、わたしが案を描いた紙屑ほどの価値もないと判断したのか、あるいはドイツ軍に売っぱらったのか、あるいは……わたしは連中に腹を立てている。連中がわたしを見たとき、わたしを信頼するに値しないと判断した、というのが真相だと思う。このわたしをだ！　わたしのアイデアとわたしの計画を」

「それを伺うと、じつに残念です」わたしは言った。

「その通りだ。こういうことも言ってはならないんだな。考えてもだめなのだろう。塹壕にいる不幸な若者たちの指導者たちに問いかける権利すらわたしにはない」

しかしながら、絶望の表情がゆっくりと彼の顔を離れていった。彼を見ていると、彼の経験とわたしの経験はたがいに鏡映しになっている気がした。

「依頼事項はひとつだけではないとおっしゃいましたが」わたしは言った。

「わたしは作家だよ、トレントくん。安定した収入を稼ぐのは難しい。たとえわたしのような人間でもね。過去に何度か人気作を書いて成功を収めた作家であってもだ。それに戦時において、時代の趨勢は作家にはかなり厳しいものになっている。ゆえに近頃では、新聞社、あるいはときには出版社との契約をまず確保しないことにはどこかへいく資金的余裕がないのだ。今回、わたしは《デイリー・メール》紙の特派員として旅をしていた。わたしの経験は、ひとつのオピニオンにまとめられるだろう。一部の人間にとって、わたしはおせっかい屋と思われているが、実際には、わたしのオピニオンは引っぱりだこなのだ。結局おなじことになる。で、わたしはそのタブロイド紙の何十万人もの知的読者のために新しいオピニオンを書くことになり、そののち、あえて言うなれば、そのオピニオンを新しい本のページに移行させる。そうなれば、あらたな読者を獲得できるだろう。その過程で、ひとつないしふたつの提案をわたしは必ず提供する。それのみがわたしの真の基盤なのだ——普通の男女の興味と常識が。もし命を救うわたしのアイデアが軍や政治家のボスどもになんの影響力も及ぼさず、いまから永遠にそれについて語ることを禁じられているのなら、少なくともわたしが目撃したほかのあらゆることについてわたしは強いオピニオンを抱いている。わたしはそれを表現する手段も持っているし、それを読むことで恩恵を受ける大衆もいる。とにかく、それがわたしの信念であり、意図なのだ」

わたしは無言でうなずいた。わたしは、もちろん、戦争についてわれわれを啓蒙してくれるであろう彼の書いたものはなんでも歓迎している大勢の読者のひとりだった。獣たちの道を短期間訪れたものの、わたしは故郷を発つまえより戦争について詳しい情報を得たとは思っていなかった。

HGとわたしが駅構内の片隅で話をつづけていると、大勢の乗客がわれわれを押しのけて通っていった。われわれのポーターはまだ待っていたが、彼らは手押し車の把手から手を離し、そばに立って、煙草を吸っていた。

「きみはどうなんだ、トミー？」HGが言った。「いまのわたしとおなじような気持ちでいるのか、この戦争は勝てそうにないと？　当初あったと思っていた大義名分がとっくに失われていると？」

「フランスで出会った男たちの資質に大変衝撃を受けました。彼らは死すべき運命にある世代であり、そのことを彼らはよくわかっているのに、戦いをつづけています。彼らの勇敢さにわたしは言葉を失っています。わたしの戦闘経験はごく限られたものです。小競り合いや、わたしが出会った人々のひとりの言葉を借りれば、犬の喧嘩《ドッグファイト》の経験すらありません。それでも、今回の経験で、すっかり憂鬱な気分になりました。戦争は怪物なのです！」


自分の言葉は昂奮しすぎに聞こえるとわかってはいたが、どう聞こえるか考えるまえにほとばしりでた。

「さまざまなアイデアを抱えて、ふたりともフランスに渡ったんだと思う」HGは言った。「われわれはそうしたアイデアの価値に失望させられた。戦争はアイデアを発揮する場所ではない。軍隊、戦闘、決意と勇猛さの場所なのだ。きみの意見をそうまとめてかまわないかね？」

「ええ」

「では、そこに恐怖を追加しよう。想像力が死ぬとき、希望も死ぬのだ」


われわれは黙りこくり、たがいの視線を避けた。HGは石敷きの歩道を見下ろしていた。

「塹壕でなにか目撃したかね？」いきなりHGは訊いた。

「いいえ——わたしはほとんどなにも見ていません。わたしは飛行場にいたんです、前線から少し後退した場所にある」

「それは幸いだったたな。だけど、もう充分と思ったのでは？」

「もう充分です」わたしは賛同した。


HGは手を差しだし、われわれはふたたび握手を交わした。今回、われわれの視線はからみ合った。忘れられない青い瞳、その率直な表情ときたら！

「どうやら、ふたりともひとつのオピニオンを持って帰還したようだ。少なくともわたしは自分のオピニオンを発表できる場がある。きみにはそういう場がないと思うが」

「ありません」わたしは言った。

「書いているときにきみのことを考えるよ」

そののち、われわれは別れ、それぞれのポーターが手押し車を辻車《タクシー》の列に押していった。H・G・ウエルズは、最初に来た原動機付きタクシーを選び、わたしはハンサム馬車の一台を選んだ。われわれはロンドンの通りを車で走り去り、二度とふたたび会うことはなかった。

第三部　ウォーンズ・ファーム

1

教師

　ティボー・タラントはメブシャーの外に立っていた。装甲車の背の高く黒い巨体がかたわらにあり、タービンがアイドリングをしつつも、かん高い音を立て、排気ガスを高い背丈の雑草に吹きつけ、横倒しにし、草がこしらえる模様を頻繁に変えさせていた。車輛はシダに覆われた小丘の斜面に停まっていた。車体は斜めに停まっており、右側のほうが左側より高くなっていた。判断を優先させ、運悪く地面をずるずると滑って落ちていかないようにという配慮からだった。

　タラントは、金属製階段の側面にカメラをぶつけないように気を取られたあまり、片手のてのひらの付け根を、車輛本体の外壁に油圧扉を留めている鋭く突きでた留め金で深く切ってしまった。傷を口元に押しつけながら、タラントは、自分を傷つけたものがなんであるか見ようとした——それは留め金自体ではなく、締め具の金属カバーの一部だった。どういうわけか、裂けて、ギザギザの縁の部分が嫌らしく下向きに折れ曲がっていた。

　小さな氷の粒を伴う吹きすさぶ風に晒されながら、タラントは、交代運転手のイブラヒムが、乗客席の下にあるスペースからタラントの鞄を見つけ、苦労しながら引っ張りだすのを、そばに突っ立って見ていなければならなかった。運転担当のこの兵士は、メブシャーが斜めに停車しているせいで、車体についた急な角度に逆らって荷物の取りだし作業をしなければならなかった。

　やっと鞄が見つかり、イブラヒムはそれを外のでこぼこの地面に置いた。彼はおざなりの軍隊っぽい敬礼とタラントには思えた挨拶をしたのだが、充分正確かつ丁寧に口に出して、「インシャラー、タラントさん」と言った。

「きみにも平安あれ」自動的な応答として、タラントはそう言った。

乗務員が扉の機構を操作し、ふたりが見ていると、一体化した階段が畳まれて、消え、扉がバタンと閉まった。ギザギザの部分は、扉の自重でできたものだとタラントは気づいたが、たちまち視界から消えた。乗務員たちにそのことを指摘したほうがいいだろうか、とタラントは自問したが、メブシャーに乗った経験から、通常、運転要員たちは車輌の修理点検を進んでやろうとしないものだと知っていた。

イブラヒムは踵を返し、運転席によじのぼろうとした。

タラントは言った。「ちょっと待ってくれ、イブラヒム。ぼくはどこへいけばいいんだ？」

「スマートフォンにGPSソフトが入っていますでしょ？」

「ああ」

「じゃあ、位置情報はすでに入っています」

「だけど、ここからどっちの方角にいけばいいんだい？」

「この稜線伝いです」運転手は片手で指し示した。先へつづいている古い歩道の跡があった。「ここの道の一部は、この車には狭すぎるんです。残りは歩いていってもらわないと。申し訳ないですが、そんなに遠くありません。ここがあなたを運んでこられる一番近い場所なんです。ここに寄り道することで、われわれは予定より遅れているんです」

「わかった」

イブラヒムは運転席に戻っていった。乗務員がコックピットのチェックリストにひと通り目を通し、すべての機能が正常に作動しているのを確認し、運転速度を上げるための動力を送りこむのに二分ほどかかるのをタラントは知っていた。その二分間を、自分がまだ心変わりをしていい猶予時間だとタラントは見なしていた。

メブシャーが停まっている周囲の地形をタラントは見まわした。自分が立っているところには、身を隠す場がほとんど、いやまったくなかった――車輛は稜線の頂上近くに停まっており、そこから下には耕作地が広がっていた。断続的にうねりがつづいている。生垣はほとんどなく、木もほぼ生えていなかった。メブシャー乗客席内部の暖房のせいで軽装でいて、外出用の服に着替える時間をほとんどもらえなかったせいで、タラントは寒さを覚え、風雨に晒されている気がした。鞄の取っ手のあいだに前回はさんでいたコートを見つけ、タラントはすばやく袖を通した。メブシャーのタービンの回転音は、依然アイドリング速度で、コックピットの確認がまだ終わっていないようだった。

その日の午後、メブシャーのなかに座って移動をしているとき、フローが二度めの手書きのメモをそっとタラントに手渡した。前日の最初のメモと同様、突然の出来事としてやってきたのだ。ロング・サットン基地での関係のあと、フローがひとりでいるところを見ることはなかった。狭い食堂での朝食のときでさえ。タラントがメブシャーに乗ったとき、フローはすでに席についており、なにやらノートパソコンで調査に没頭しているようで、ヘッドセットに向かって静かに話しかけていた。彼女は繰り返し耳のうしろの箇所を軽く叩いていた。断続的だが、一定のビートを刻んでおり、センサー箇所に何本もの指で異なる角度から触れていた。タラントは何度かフローとアイコンタクトを交わそうとしたが、失敗した。そのあと、前日とおなじように、居心地のよくない内省状態に徐々に戻った。

そこへ手書きのメモが届いたのだ――〝計画は変わ

らない？　ウォーンズ・ファームはスキップして、わたしといっしょにこない？　あなたの奥さんについて話せることがある〟。

その紙は、なんらかの公的書類を破いたものだった。上辺隅に、エンボス加工の印章の一部があったからだ。判読できるのは、インターネットか電子メールのアドレスの末尾だけだった――fice.gov.eng.irgb。

タラントはまたしてもフローの後頭部を見ながら、しばらく考えを巡らせた。昨晩言えなかったことで、彼女はメラニーについてなにを言えるのだろう？　その情報は、彼女のデジタル・インプラントをやたら触っている行動を説明するのだろうか？　だが、タラントにとって、メラニーについての関心事はもはや、彼女が無事息災でいるのが発見されたというニュースだけだった。彼女を失ったのはいまでも痛恨事だった。彼女が死んだのはまちがいないとタラントは知っていた。フローがあらたな情報を持っているとしても、メラニーの死に方に関するあらたな詳細か、あるいは彼女を殺した人々またはグループに関する情報でしかないだろう。その手の情報をいまさら自分が望んでいるのか、あるいは必要としているのか、タラントには確証がなかった。

もしかすると、アニーとゴードンのロスコー夫妻は娘の身になにが起こったのか、もっと事実を知りたがるかもしれないが、タラントは、心が麻痺した混乱状態にまだどっぷり浸っており、後悔や罪悪感、彼女がいないことを残念に思い、彼女を欲し、一番いいときの彼女のことを思いだし、彼女を愛し、いっしょに過ごした最後の日にあれほど激しく言い争わなければよかったのにと悔やみ、無力感を覚えていた。とりわけ、罪悪感と愛情が絡み合っていた。なぜなら自分がいなければ、彼女は野戦病院施設の比較的安全な場所から離れなかったのをタラントは確信していたからだ。フローはそれ以上のなにかをタラントに言えるはずがなかった。

海外救援局《OOR》の手でアナトリアの施設から帰国させられることにいったん同意すると、タラントはほかの人間が自分に成り代わって決定をするのを許してしまう誘惑に屈するようになった。どうやら予定表があり、だれかが考えだした計画があり、仕組みがあった——IRGBへのすばやい帰還、メラニーの両親との当人同士だけの面談、そのあとでウォーンズ・ファームなるこの場所での報告会合、そしてようやくタラントは解放され、ふたたび自分の生活を送れるようになるだろう。

そのあとどうなるのか、タラントも完全にわかっているわけではなかったし、いまのところ、考える機会もほとんどなかった——ロンドン南東部にある自分たちのフラットや、メラニーの財産や私有物は整理することになるだろう。少なくともメラニーは遺言書を作成していた。で、そのあとは、どうなる？　タラントはフリーランスとしての仕事を再開できるだろう。ひょっとしたら、ふたたび北米に渡り、そこで仕事を探せるかもしれない。

あまりピンとこなかったが、計画や、現実的な道を前向きに考えるのは、心を惹きつけるものがあった。そうしてどうなるのかは、ろくにわからなかったにせよ。だが、ろくにわからないのは、いまあるもうひとつの選択肢もおなじだった——フローはタラントに同行してもらいたがっている。そこに計画はなく、予定表はなかった。

数分後、タラントは紙片の裏に返事を書いた——

『まだ考え中。きみといっしょにいたい。でも、ぼくがウォーンズ・ファームに行くとしたら、あとでどうやってきみと連絡すればいい？』

座席のうしろからフローの左手がだらんと下がったのを見て、タラントは紙片を彼女に手渡した。彼女はなんの反応も示さず、それからさらに数分間、タラントのまえでじっと座りつづけた。紙片は彼女の指のあいだに置かれたままだった。あまりに長いあいだ彼女がそうしていたので、タラントは彼女が紙片に気づいてすらいないのではないかと思いはじめたが、ようやく彼女は身じろぎをし、片手を自分のひざの上に移動させた。教師が見ていないと思ったときにやっていた授業中のメモ回しをタラントはつい思いだしてしまった。デジタル・テクノロジーの浸透した時代にもかかわらず、人々は紙に個人的なメッセージを記すほうを好むことがままあった。フローは男性の同僚になにかの件で話しかけ、相手が言った言葉に軽く、短い笑い声を上げた。ややあって、紙片を摑んでいた手が耳のうしろのインプラントのところへ持ち上げられた。彼女がそのメモを読んだ兆候が仮にあったとしても、タラントはそれを見逃していた。

その後、タラントは次第に物思いに耽《ふけ》った。くつろげない半覚醒状態で、仮眠を取ろうとするものの、まわりの状況はつねに意識しているという状態だった。メブシャーが停止し、運転手にインターコム越しに名前を叫ばれて、はじめてタラントは完全に覚醒した。タービンが段階的に停止する音を耳にする。タラントがカメラとショルダーバッグを拾い上げようと慌てて動くと、フローが荷物の上げ下ろしの手伝いをするかのように彼に身を寄せてきた。彼女の手がタラントの手に触れ、一瞬、それをギュッと握り締めた。彼女はなにも言わず、なにも彼の手に押しつけてこなかった。ほかのふたりの乗客はその様子に気がついた様子を示さなかった。

次の瞬間、タラントは外に出て風の吹きすさぶ丘に立っていた。身震いしながら、手の傷をいたわり、メブシャーがパワーを上げ、走り去るのを待った。

おのれの優柔不断さにタラントは忸怩《じくじ》たる思いをしていた。もしかするとフローはメラニーに関して重要な新情報をほんとうに持っているのではないだろうか？　海外救援局《OOR》のだれかに言われたから、タラントはウォーンズ・ファームなる場所にいこうとしているだけだった。タラントは一歩まえに進み、片手を上げたが、タービンの回転音が変わったのを耳にした。急いで移動し、運転手たちから見えるはずだと思う場所まで、でこぼこした斜面をよじ登ったが、もう遅かった。

　タービンはさらに回転の速度を増しはじめ、黒い煙の雲が排出口から吐きだされた。もし車輌が方向転換をした場合、排気ガスのそばにいるのを避けるため、タラントは後ずさりせざるをえなかった。最初、メブシャーは、停まっていた丘の傾斜のせいでさらに急な角度をのぼってから、Uターンすると、下向きに左右の高さを水平にした。自動反応サスペンション・システムは、その動きによる重量移動の多くを予期していたが、長い経験から、タラントはなかにいる乗客たちが受ける影響を容易に予測できた。

　タラントは心変わりするチャンスを失った。メブシャーは道のない丘をゆっくり下っていった。左右に揺れつつ、柔らかな大地に二本の巨大な傷を残していく。排出口からの排気ガスが吹き流されてタラントを包んだ。灯油や燃える油、熱せられた金属、焦げたプラスチックとほかの合成物質の臭いがきつい。メブシャーの立てる騒音は凄まじかったが、数秒もしないうちに、重量級の車は、急斜面を下っていき、音量はすぐに小さくなった。いまタラントに襲いかかっているのは風だけで、北から吹いてきて、チクチクする凍雨《とうう》を大量に吹きつけてきた。

　タラントはショルダーバッグの位置を動かし、ストラップを斜めに胸にかけて両手が自由になるようにした。片手にカメラ収納用の大きなケースを持ち、反対の手でスーツケースを持ち上げた。慎重に足を踏み固め、重い荷物のバランスを保ちながら、イブラヒムに指示された小道伝いに出発する。だが、二、三歩進んで立ち止まると、ショルダーバッグをまた下ろした。

渡された携帯電話をバッグのなかからほじくりだし、現住所GPS機能を選択した。それを起動させると、現住所がテキストとして現れた——〝リンカンシャー、ティルビー付近、ウォーンズ・ファーム、ザ・パドック〟

その住所の単純明快な英国然とした並びにタラントは安堵の思いと、漠然とした郷愁の念を覚えた——放牧地《パドック》付きの農場がまだ存在していた時代の記憶が突然蘇った。そして、まさしく、リンカンシャーと正しく呼ばれている州がまだあった時代を思いだす。その記憶のさらに奥の、イングランドが、タラントが子どもも時代を過ごした場所、あるいは子ども時代の一部を過ごしていた場所だった時代の記憶を思いだした。木々がほとんど生えていないまわりの景色をタラントは悲しげに見まわした。

電子地図が呼びだされ、目的地住所とタラントの現在地との位置関係が即座に示された——イブラヒムが言わんとしていたように、とても歩いていけないほどの距離ではなさそうだったが、それでも平坦ではない道を通って荷物を運んでいかねばならない。タラントはすべての荷物を再び拾い上げ、歩きを再開した。カメラを別々に抱えなければならなかったことで、荷物の重量のバランスが崩れ、すぐに腕に重くのしかかってきた。カメラケースのハンドルが指とてのひらに食いこんだ。いずれにせよ、野戦病院に長期滞在して、そこにいるあいだ何週間もぶらぶらしていなければならなかったため、体のコンディションは悪かった。病院にいた最初のころは、短期間だけ、夜間、施設の外に出て運動をするようにしていた。夜のほうが気温が低く、比較的安全だと思いこんでいた時期には。だが、夜の外気温とて、蒸し暑く、木の生えていない丘陵地帯の暗闇は、施設の外を陽光が照らしているときよりもはるかに大きな危険を秘めた場所にしていることにタラントは気づいたのだった。

小道はいきなり急な坂になり、背の高い草や灌木が道に覆い被さり、両側は藪になっていた。GPSの表示は消えたが、タラントは歩きつづけた。衛星の感度はここでは弱くなっているにちがいなかったが、少なくともこの陰になっている箇所では、少し風が弱くなっていた。タラントは百メートルかそこら歩き、また坂をよじ登ると、背の高い金属フェンスに出くわした。巧みにがっしりと造られたフェンスで、頭の高さより上の部分には覆い板がはめられ、その上は金網になって、回転の向きが異なる螺旋状の有刺鉄線が二本取り付けられていた。フェンス越しに前方の様子はろくに見えなかったが、金属板に小さな見覚えのあるシンボルが記されていた――骸骨と骨を交差させた死の危険を示す印と、万国共通の三つ葉の放射能マーク。

タラントの左側でフェンスは丘の形に沿って、木々のあいだを縫っていた――右側では、フェンスは野生のクロイチゴと下生えの生えている場所を下っていっていた。タラントは左側に向かった。丘をのぼり、フェンスから遠ざかる。しばらくすると、あらたな小道に出た。最初の道よりも心なしか広い。その小道を横切り、坂をのぼりつづけたが、それからさほどしないうちに小高い稜線の背に行き当たった。タラントはつかのま、荷物を下ろし、腕を休めた。

のぼってきた坂を見下ろして、西側を見た。メブシャーが向かった方角だ。大型の人員運搬車の姿がふたたび見えるようになっており、タラントからゆっくり遠ざかって、幅広いほぼ長方形の畑を横切ろうとしていた。メブシャーは一本の道路に向かっているようだった。背の高い鉄柱がずっと続いていることで、道路のありかがわかった。鉄柱と鉄柱のあいだには網が張られていた。農業がまだ継続しており、木々が風よけとしてもはや信頼できなくなっている場所の道路沿いにしばしば見られるものだ。鉄柱の網越しにひとつの村があるのがかいま見えた。ここの高さと場所からだと、メブシャーは、のろのろとぎこちなく動くべつの乗り物のように見えた。見慣れた英国の風景のなかでは、異様な存在であり、柔らかな大地を重々しく横切って、地面に植えられている作物があろうとなかろうと根こそぎにしていた。凍りつくような風がその景色に冷たい降水のベールを送り届けた。

タラントが見ていると、メブシャーは、だしぬけに停まった。まるで急停止してスリップしたかのように、やや横に向かって回転した。それはその車ができない動きだとタレントは知っていた。ほぼ即座に、きらきら輝く青白い光の点がメブシャーの真上に現れた。小さいが強烈な明るさで、不気味な光点だった。それがどこから現れたのかわからなかったが、上空をすばやい速さで通り過ぎていく黒い雨雲を背景に、禍々《まがまが》しく、容赦ない光を放っていた。

光はさらに強さを増した。タラントは視線を下げ、目を逸らし、すぐにうしろを見た。目が潰れるようなレーザービームのたぐいを怖れたのだ。だが、目の上に手をかざして、指のあいだから見ようとした。光点は、突然、花火のように炸裂した。地上に向かって三本の角度のついた光の箭をまっすぐ放った。三本の箭は、メブシャーを囲んだ。一本ずつ、車輪から少し離れた地面に突き刺さる。メブシャーの上に、白い光でできた骨組みだけのピラミッドが形成された。正四面体だ。数瞬ののち、中身が真っ白になった。

大きな衝撃があった。爆風だ。タラントは激しくうしろへ投げ飛ばされ、なすすべもなく、稜線の真下にある平らな地面に生えた灌木と雑草の茂みのなかを転がった。爆発の衝撃と凄まじい破裂音に肝を潰され、タラントは動くことはおろか、考えることもできなくなった。わかっているのは、自分がまだ生きていることだけだった。周囲の動きを感じることができたからだ。小枝や千切れた植物や土が地面に落ちてくるのがわかる。爆発直後の記憶が戻ってきて、タラントを怯えさせ、身動きできなくさせつづけた。

徐々に普通に生存している感覚が戻ってきた。タラントはおずおずと四肢を動かし、深刻な怪我をしているのがわかるのを怖れたが、爆風に襲われ、あちこち痛くなっている感覚をべつにすると、どこも折れていないようだった。体のどこかに火傷を負った感じもなかった。爆発の瞬間、むきだしになっていた顔や手すら火傷していなかった。胸が痛かったので、普段より呼吸をするのは困難だった。まともに衝撃をくらっていた。地面の上で転がり、手で体を押し上げ、片膝を立て、反対側の膝も立てると、体重の移動を図った。普段の呼吸をしてみようとしたが、胸が苦しくなった。それ以外には手足にそれほど痛むところはなく、全体的に体が強ばっている感じがしていた。強い圧力での物理的な打撃を食らったような衝撃が残っていた。さらに体を起こし、両手と両膝でバランスを保って、うずくまる姿勢を取った。自分が倒れていた場所では植物がもつれあってひしゃげていた。

這うように歩きながらタラントは、メブシャーが襲われたとき自分がいた場所に向かって、稜線に戻っていった。思っていた以上にかなり飛ばされていたことに気づく。爆風で手から離れたが、どうやらダメージを負っていない様子の荷物のそばまできた。スーツケースは蓋が開いておらず、カメラケースを恐る恐る調べてみたところ、いずれも無傷のようだった。三台のカメラは、短時間スイッチのオンオフを繰り返してみたところ、正常に反応した。

ニコンを手にして、タラントはようやく稜線にふたたびたどり着いた。さきほどそこにいたときは、稜線沿いにあまり多くの木は立っていなかったが、いまはそのすべての木が倒れていた。

襲われたときにメブシャーがいた地点から灰色の煙が立ち昇っていたが、やがてタラントが気を取り直したころには、煙の大半は消えていた。爆発の直後、キノコ雲があがっていたとしても、それも雨雲に紛れたか、風に飛ばされてしまっていた。

地面ではなにも燃えていなかった。

メブシャーの影も形もなくなっていた。メブシャーが動いていたところには、衝撃でできた大きな黒いクレーターがあった。

クレーターの三辺は完全な正三角形を作っていた。

2

タラントはクレーターの写真をたくさん撮影したが、そばで詳しく見てみるため降りていくのは安全だという気がしなかった。両手が震えており、しばらくのあいだ、落ち着こうとして地面に平らに寝そべらざるをえなかった。カメラを置いてきたところに戻り、キヤノンに持ち替え、その若干長い焦点距離を生かして、さらに何枚か写真を撮影した。撮影していると、救急サイレンの音が聞こえ、爆発が起こった畑に沿って通っている道路上を何台かの車輛が急速に近づいてくるのが見えた。

タラントは地面に腰を下ろし、巨大なクレーターの説明のつかぬ形を見つめていた。黒く焦げており、その三角形はまるで精密装置を使ったかのように地面に刻まれていた。アナトリアでメラニーを殺した爆発跡とそっくりだった。それがタラントを震え上がらせた。その謎と、同時にそのなじみ深さ、両方とも自分のすぐそばで起こったという感覚とで。

だが、メブシャーになにが起こったんだろう？　爆発で破壊された——たんにひどい損傷を受けただけではなく、爆発で吹き飛ばされたわけでなく、小さい、あるいは識別不能なほどの欠片に粉々になったわけではなく、まったく跡形も無くなっていた。フローは消滅したという言葉を使っていた。メブシャーの痕跡はまったくなかった。そして車内にいた人々はどうなったのだ？　アナトリアから戻ってきて以来出会った人々のほぼ全員があの車輛のなかにいた。爆発の最初の爆風とおなじように、五人の命がかき消されたと思うと、激しく胸を衝かれる衝撃であり、何度も頭のなかで繰り返される衝撃だった。

とりわけ、フローのことがある。彼女はどうなった？　フローと呼んだほうがいいという事実以外、あの女性についてタラントはなにを知っているのだ？　肉体的に、性的に彼女を知っていたが、ごく短期間の関係だった。彼女に関するより深い知識はまだほとんど謎のままだった。いまやその謎の答はけっして得られないだろう。

下のクレーター現場では、数多くの制服姿の男女が到着し、一、二分おきにさらに車輛が到着していた。完全武装の兵士の一団が五台の武装人員運搬車を降り、ゆっくりと畑に散開し、地面を点検し、四方八方に視線を走らせていた。そのうち何名かは、タラントがうずくまっている稜線に向かって近づいてきた。見つかりたくない、とタラントは判断した。ことによると目撃者として扱われ、連行され、なにが起こったのか、あるいはなにが起こったと彼らが考えているかもしれないことについて訊問されるのはごめんだった。なにが起こったかというたったひとつの質問にすらタラントは答えられるだろうか？　それが発生するのは目撃したが、それを表現したり、説明しようと試みることすらほとんど不可能だとわかるのがおちだ。

下から見られないように後退し、カメラをしっかりケースに収めると、ふたたび重たい荷物を抱え、自分がいくことになっているはずの場所のだいたいの方向だと願っているほうへ出発した。

凍りつくような風がまだ吹いていたが、ついに霙は雨に変わっていた。下生えや雑多な植物がもつれあっているなかを抜けていきながら、タラントは寒さをろくに感じていなかった。小道にたどり着く。二機のヘリコプターが爆発現場に向かって、すばやく、低い高度で通り過ぎていった。ヘリのマークは、空を背景にして機体が暗い影になっているため見えなかった。ヘリは急降下し、すぐにタラントの視界から消えた。

タラントは走りだした。心のなかで徐々にパニックが募ってきて、それに反応する形になった。まわりにあるものすべてが威嚇的で、説明不能で、手に負えないように思えた。どういうわけか、自分に責任があるような気がした。メブシャーの破壊に、フローの命の終焉に、メラニーの命の終焉に、あらゆることに。タラントは三角形のクレーターのイメージに取り憑かれていた。その形状は、それが存在し、タラントがそれが起こるのを見たという事実以外になんの必然性もなかった。荷物の重さにまいりながら、走っていると膝や体側にぶつかってくるスーツケースのかさばる大きさを感じつつ、タラントはこれでお終いだと、自分の人生は終わってしまい、なにも残らないのだという気持ちになった。

それほど遠くまでいくにはおよばなかった。恐怖と混乱を抱えたこの状態で、パニックを起こしそうになり、周囲にろくに注意を払わずにいて、なんらかの逃げ場が見つかる期待を失ってしまったとき、灰色の金属製の大きな建物の屋根を見かけた。その向こうにべつの建物があり、ついで空間があり、その先に背の高い三つめの建物があった。その建物には高い煙突がついていた。葉の大半を剝ぎ取られながらもまだ立っている大木が建物のまわりを囲んでいた。それらの建物がどんなものなのか、なにも期待せずにタラントは立ち止まり、荷物を下ろし、立ったまま、呼吸を整え、落ち着こうとした。心臓がバクバクいっていた。何分か待った。だれかが現れるのを期待して。あるいは自分が正しい場所にいることを示すなんらかの外的な表示が現れるのを期待して。また作動しはじめていたGPS画面を確認した。自分の位置がウォーンズ・ファームと一致していることを画面は裏付けた。

　タラントは体を曲げ、荷物とカメラを手に取り、最寄りの建物を目指して道を急いだ。またしてもフェンスに出会う。おなじように行く手をはばむ。だが、少なくともここにはゲートがあった。入り口の隣にコンクリートと鋼鉄製の台があり、上の面に電子リーダーが組みこまれていた。そのまわりには海外救援局《OOR》の見慣れたロゴが刻まれている。タラントは上着の内ポケットからセキュリティ・カードを取りだすため、ふたたび荷物を下ろさねばならず、カードを見つけてほっとし、ゲートがすみやかに開いてさらにほっとした。荷物を引きずりながら急いで通るとすぐゲートは閉まりはじめた。

　タラントは建物に向かって舗装路を進んだ。最初見たときに思ったものよりもずいぶん大きな建物だった。複数の翼棟と増築部分があり、いずれも異なるときに建造され、いまはメインの建物の奥に延びていた。元々の建物は、特徴のない二十世紀の農場主館だったが、かつてあったかもしれないどんな特徴も度重なる改修で隠されてしまっていた。増築部分の大半は、陸屋根と、窓が単調に並んでいて、コンクリート板とコンクリート矢板で作られたものだったが、それらのコンクリートは何カ所もひびが入っていた。タラントの正面にある主壁には、ジグザグの線が地上から屋根まで走っており、そこから苔やほかの植物が突きでていた。窓には金属の枠がはまっており、何年も清掃の手が入っていないようだった。もっとも窓の一部の向こうには明かりが灯っていた。全体的な印象は、この建物は地面に留められているというものだった――金属製のものもあれば、太いロープで作られているものもある無数の幅広いストラップが屋根越しに回されて、巨大な押さえつける蜘蛛の巣のようにコンクリートの土台にしっかり留められていた。

放牧地のある気配はなかった。建物に近づいていきながらタラントは心に留めた――何台かの車輛が駐車している、でこぼこのコンクリート敷きの広い中庭があるだけだった。メインドアに近づいていくと、薪の煙となにかが調理されている匂いが感じられた。タラントは、ついフローのことを考えはじめたが、苦しみながらも、彼女の記憶を心から追い払った。

3

ブルカをまとった女性がタラントの入館手続きをした。静かに電子分析装置で彼の体と荷物をスキャンし、効率的にかつどうやら知識豊富な様子で、タラントが持参した三台のカメラすべてとそれ以外の撮影機器を吟味した。その間ずっと彼女はなにも言わなかった。タラントが自発的に自分の名前を伝えたとき、タラントがここにくるのが予定されていたのを示すそぶりを彼女はまったく見せなかった。

説明や指示のリストが印刷された二、三枚の紙がふたりのあいだにある机の上に載っていた。分厚い透明の保護シートの下に置かれている。女性は手袋をはめた指の先で関連する語句を指し示し、個々の確認事項の肯定的な結果を黙ってタラントに示した。手袋の小さな換気穴から彼女の青白い肌が覗いていた。そこが彼女の体のなかで唯一外から見える場所だった。文書は四段に分かれていた――アラビア語、スペイン語、ロシア語、英語で書かれていた。彼女は英語の文章が書かれている段落をタラントに示した。タラントは、覆いのベールがかかった開口部の奥で彼女の目がすばやく動くのをかいま見た。あるいは、少なくとも彼女の頭の動きで感じた。はっきりとわかるようなアイコンタクトはなかった。タラントは、彼女やほかの保安担当員がなにに目を光らせるのか知っており、頻繁に旅をしている大半の人間同様、検査されることに異議は唱えなかったが、他人にカメラを扱われるとき、いつも心配になった。だが、女性はカメラを丁寧に扱い、やがてタラントに返却した。

受付エリアは、散らかった、あまり清潔ではない通路であり、照明がなく、入り口の二枚の扉の一枚に組みこまれた窓から入ってくる陽の光が頼りだった。女性は、背丈の低い、散らかった大きな机で業務にあたっていたが、椅子はないらしく、彼女は机のうしろで立っていた。廊下の床は何週間も掃除されたあとがない様子だった――たくさんの壊れた石材の小さな欠片やコンクリートの粉末が、包装容器や紙片、通りすぎしなに落とされ、忘れられた小型の所持品といったよくあるゴミと混じり合っている。この場所の状況は、タラントが何年もまえに手がけた写真撮影プロジェクトのひとつを思いださせた――雑誌用の写真エッセイで、ハートフォードシャーにある町の荒廃した公営住宅を取り上げたものだ。建物のインテリアや公共スペースは、劣悪な環境で暮らす若者たちの手によって、めちゃめちゃに破壊されつづけていた。

「ここはウォーンズ・ファームですか？」タラントは訊いた。女性はその質問が聞こえた気配すら示さなかった。「海外救援局《OOR》のオフィスですか？」

女性は手袋をはめた指で、透明シートの下にある語句のリストを指し示した。タラントは読んだ――〝あなたはグレート・ブリテン・イスラム共和国の東カリフ統治区域にある海外救援局の諜報および資金調達部門にいます〟。そしてウェブサイトのアドレスがつづいて記されていた。ほぼすべてのほかの文章も同様にアドレスが記入されていた。女性の指はべつの行に移動した。〝あなたの要望は、手が空いた当方職員によって対応されます。しばらくお待ち下さい〟。

「ぼくはここに報告にくるよう命じられたんです」タラントは言った。

タラントの書類やプラスチック製の身分証明書類を調べているとき、女性から理解のしるしはまったく示されなかった。彼女の冷淡な沈黙が一、二分つづいてから、タラントは、たったいま目撃した衝撃的出来事のあとで人間らしい接触を欲して、会話を試みようとした。女性はタラントの言葉を無視するか、あるいは文書のべつの行を指さすかのどちらかだった――〝わたしは意思決定プロセスに関わっています〟とか〝お待ち下さい〟とか〝不服がある場合は、わたしの上司とお話し下さい〟などなど。

ようやく彼女はプラスチック製のキー・カードを差しだし、別館の建物の平面図を指さし、タラントに割り当てられた部屋を示した。タラントは彼女に礼を述べ、アラーを称え、目を逸らした。荷物を抱え、短い廊下を渡り、外に出て、屋根のない中庭を横切り、二番めの建物に入る。暖房は入っていなかった。問題なく自分の部屋のドアを突き止めた。

うしろに荷物を引きずりながら背中でドアを押し開けると、温められた空気と食べ物の匂いに襲われた。部屋は暗かった。天井の照明のスイッチを入れる。部屋は明らかに先人がいるようだった――机の上に小型のノートパソコンが蓋を開いて置かれており、スクリーンセーバーが画面上で動いていた。部屋の隅にある小型の流しのなかには使用済みのフライパンが乱雑に積み重ねられ、テーブルの上には黄色っぽいカレーの染みがついた皿があった。脱ぎ捨てられた服がいたるところにあり、いずれも女性の服だった。タラントは室内を見まわし、その部屋にベッドがふたつある事実を確認した。ひとつのベッドはマットレスが剝きだしになっていた。だが、彼はすぐに後ずさった。

部屋のなかの床に荷物を残して、タラントはもうひとつの建物に戻った。ブルカの女性は机の向こうに立っていた。彼女はタラントが近づいていっても反応しなかった。

「あなたに平安あれ」タラントは呼びかけた。隠されている頭がゆっくりとうなずいた。「英語を話しますか？」

彼女は身を屈めて、机のひきだしから一枚の白いカードを取りだした。それをプラスチック・シートの下に滑りこませ、指で示した。タラントはカードに書かれている内容を読もうと腰を折った。

「わたしは、日中、沈黙の誓いを立てており、来客のみなさまには、わたしからの口頭での返事を期待しないで下さい」その文言がほかに三つの言語で繰り返されていた。手書きの文字は、太い鉛筆または柔らかな鉛筆を用いて、大きく線の太いものだった。書いている途中で鉛筆の芯が折れたようで、最後の三つの単語はボールペンで書かれていた。

タラントは窓の外を見た——空はまだどんより曇っていて、薄暗かったが、少なくとも日が陰るまでにあと二時間はあるだろう。

彼女はいま差しこんだカードを取り除いたが、ほかのカードはそのままだった。

タラントは言った。「あなたの誓いを尊重します、ご婦人。ですが、あなたの協力が必要なんです。あなたになにができるのか教えて下さい。とてもささいな問題ですが、わたしにとって早急に解決したいのは、あなたがわたしに割り当ててくれた部屋は、ほかの人間がすでにいるようなんです。女性が。ここに宿泊施設が極端に不足しているのでないかぎり、そしてその女性の許可がないかぎり、あるいはその女性がわたしが部屋にいくことを知っているのでないかぎり、わたしがその部屋に入るのはまちがっていると思うのです」女性は目立った反応をしなかった。「それに可能なかぎりすみやかにここの責任者にお会いしなければなりません。わたしがここに連れてこられたのは、海外勤務ののち、海外救援局《OOR》による事情聴取を受けるためです。ですが、そうしたことよりもずっと重要なのは、ここからそう遠くないところ、稜線のすぐ下で、一種の反乱軍による攻撃があったことです。一時間ほどまえです。爆発音を耳にしたはずです。何人かの人が殺されたと思います。そのうちのひとりはわたしの親しい友人でした。なにがあったのか、もっと詳しい情報を知りたいのです」

女性はふたたびひきだしを開き、あらたな紙片を取りだすと、タラントに見えるよう、シートの下に滑りこませた。

それは印刷された文字で書かれていた――〝外交官資格で海外救援局《OOR》に出向したIRGB市民ティボー・タラント氏、ムッシュ・ベルトラン・ルピュイと面談。最優先〟。

「そう、それがわたしです！」タラントはこの場所のシステムあるいは構造の一部に、自分のことが知られていると知って、予定されていると知って、大いにほっとした。「すぐにムッシュ・ルピュイに会えますか？」

手袋をはめた指がさらに指し示す――「あなたが主張している部屋番号は何号ですか？」

タラントはポケットのなかにあるキー・カードを見つけたが、電子的に暗号化されているもので、そこに部屋の番号は印刷されていなかった。彼女にそのキー・カードを渡されたのと同時に、紙片を手渡されたことを思いだす。ポケットのなかにその紙片があった。

「G27です」タラントは言った。

指が示す――「目下、緊急事態が発生しています。あなたの上司とご相談下さい」

「わたしの上司――それはムッシュ・ルピュイなんですか？　彼に会えますか？　わたしは見ず知らずの他人と部屋を共有するわけにはいきません。ムッシュ・ルピュイはわたしにさらなる情報を与えてくれるのでしょうか？」

指がふたたびおなじところを指し示した。さらに強調するように示す――「目下、緊急事態が発生しています。あなたの上司とご相談下さい」

「わたしが使えるべつの部屋はあるのですか？」タラントは言った。「わたしがひとりで使える部屋が――あるいは、ひょっとしたら、シングル・ルームがないのであれば、ほかの男性と共有できる部屋が？」

日々手に入る材料で調理されるものに限られています。開店時間は――」

「ありがとう」

即答――「いいえ」

「空いていそうな部屋はほかにないんですか？」

「いいえ」手袋をはめた指が印刷された単語の上を三度軽く叩いた。

「じゃあ、すでにG27号室にいる女性はだれなんですか？」

「わたしはその質問に答えることを許されていません」それらの言葉が書かれている上に置かれたプラスチック・シートは、傷つき、半透明になっていた。どの質問よりも数多く利用されてきたかのように。

タラントはつかのま、頭をひねった。「一日じゅうなにも食べられなかったんです。食堂か、喫茶室か、食事を見つけられる場所はありますか？」

指は、あらたなよく使われている文章を指し示した――「われわれのレストランは、パドック・ビルディングの二階にあります。事前の許可がないと、職員は来客をおもてなしできないかもしれません。料理は

4

レストランとは、中央の中庭を見下ろす、がらんとした部屋に置かれた自動販売機であることがわかった。タラントが持っていない硬貨を必要としていたが、セキュリティ・カード用のスロットがあった。そのスロットを通すことで、自販機は選択リストを表示したが、実際に手に入るのは一種類――スパニッシュ・オムレツだけだった。一分後に出てきた。とても熱かったので、タラントは容器である厚紙の袖を持って運ばねばならなかったが、食べられるくらいに冷めると固くて、まずくなった。タラントは窓際にある木製の椅子とテーブルの席につき、餓えと不快の両方を感じながら、料理をつついた。

故障して廃棄処分になった車とトラックを見下ろす。いっしょに集められ、錆びた集団になっていた。その向こうに投光照明に照らされた、なにも置かれていない場所があった。おそらく次第に暮れなずむ黄昏時《たそがれどき》を見越して照らされているのだろう。そのヘリポート目がけて、一機のヘリコプターが旋回し、ホバリングして、着陸した。小型のヘリで、サイドドアを閉ざし、識別マークはついていなかったが、到着が予定されていたのは明らかだ――その着陸と同時にエプロンのまわりにある建物のひとつから、何人かの男たちが急いで出てきて、木箱や梱包荷物を下ろした。その作業がおこなわれているあいだ、ヘリは翼を回転させつづけた。最後の積荷が運び去られると、ヘリは離陸し、急上昇しながら、すでに方向を変えていた。タラントは、トルコ東部での汗ばむ、息をするのも辛い夜に野戦病院を訪れた補給用ヘリコプターの、病的と言っていいほどのせわしなさを思いだした。

二機めのヘリがやってきたとき、タラントはまだ食事をしていた。そのヘリは暗闇を抜けてやってきて、尾翼を下げ、劇的な方向転換をすると、投光照明の眩い光のなかに着陸した。軍用機のようだった。畑の三角形の傷に向かって急いでいたのをタラントが目撃したヘリとほぼ同じタイプに見えたが、この機体には英国陸軍の盾形のマークが付いていた——シミタール刀とライフル銃が交差しており、その下に、信仰告白《シャハーダ》が記されていた。今回、荷下ろしのため走ってきた男たちは、敷地の奥にある比較的小さい建物から姿を現した。彼らは、標準戦闘服を着た兵士で、ヘリパッドの明るい照明に光り輝く高視認性安全服をまとっていた。彼らは効率的に隊列を組んだ。半ダースのキラキラ光る金属製の手押し車をいっしょに運んでいた。ヘリに乗って到着した搭乗員たちの手を借りて、兵士たちは慎重に、ゆっくりと数多くの小さくて、なんだかよくわからないものを下ろし、トラックに載せ、ついで分厚い毛布の下に隠され、固定用の網をかけられた人の形をしたものを載せている細長いストレッチャーが運びだされた。暗闇と慌ただしい動きのせいで、タラントはいくつストレッチャーが現れたのかわからなかったが、少なくとも四本ないし五本はあった。それぞれ金属製の手押し車にそっと置かれ、点滴と酸素マスクがすぐさま、手際よくあてがわれ、早足の速度で兵士たちが現れた建物に向かって負傷者は運ばれていった。

当然ながらフローのことを考えて、タラントはなにがおこなわれているのか悟るとすぐ立ち上がり、窓に顔を押しつけた。ガラスに寄りかかり、両手を丸めて目に押し当てた。手押し車がゴロゴロ押されていき、見えなくなると、ヘリはエンジンを再スタートさせ、離陸の準備をした。フライトまえチェックがおこなわれているあいだ、負傷者を下ろす協力をしていた搭乗員たちは、機体の外に立っていた。彼らは自動ライフル銃で武装していた。エンジンがかかり回転翼がフルスピードで動きはじめると、兵士たちはヘリの床に飛び戻った。それぞれ開いたサイドハッチのそばにしゃがみこみ、足を空中にぶらぶらさせ、銃で地面に狙いを定めていた。数秒後、ヘリは見えなくなった。

タラントはパドック・ビルディングを離れ、宿泊施設に戻った。割り当てられていた部屋を見つける。ドアに近づくと、自分の大きな荷物が廊下に出されているのに気づいた。

キー・カードを滑らせると、赤い信号は頑固に灯ったままだった。カードを抜き、裏返して、もう一度試した。ドアはロックされたままだった。タラントは拳でドアを叩いた。

返事はなかった。それで数秒後、もう一度叩いた。今回、少し待っていると、内側からロックが外される音が聞こえ、ドアがそっと開いたが、チェーンが付いたままだった。人の顔が視界に入った。背後からの照明で部分的に陰になっている顔だ。ぼさぼさの髪をした女性だった。ぶかぶかの型崩れした服がかいま見えた。女性は半月形の眼鏡をかけ、あごをしゃくって、眼鏡越しにタラントを見た。

「あなたの望んでいることはわかっている。なかに入れません」

「ここはぼくの部屋だ。キーをもらったんだ」

「いえ、あたしの部屋。あたしはだれかと部屋をシェアしなくていいと約束されたの」

「シェアしなきゃならないとぼくは言われた」

「おあいにくさま。あたしはひとりでいたいの」

「それはぼくもおなじだ」タラントは徐々に絶望的な気分になりかけていた。「ほかに使える部屋がないので、シェアしなければならないと言われたんだ。きみとおなじくらいぼくもこの事態を望んでいないが、ほかにどこにもいくところがないんだ」彼女がドアをいまにも叩き閉めようとしているのをタラントは感じた。「ひょっとしたら、あしたになったらべつの部屋が空くかもしれない。今晩、床で寝させてくれないか？あるいは余っているほうのベッドで。ひとつ余っているのは知っているんだ」

「空けてあるほかの部屋がたいていあるわ。そっちへいってちょうだい」

彼女はドアを押し閉めようとしたが、タラントは自分の体重を使って、空けたままにさせた。言いたいことを言っておきたかった。「使える部屋はほかにないと言われたんだ。なあ、ぼくはへとへとなんだ。一日じゅう移動をしつづけて、しかもあの攻撃に巻きこまれた」

「攻撃って？」

「爆発音を聞いたはずだよ。メブシャー一台が破壊された。あるいは、ひどく損傷を負った」いましがた負傷者が運ばれているのを見たばかりなので、損傷の実際の程度や深刻さ、あるいは最初に予想したように負傷が致命的なものであるのかどうかは、もはやはっきりとはわからなくなっていた。「それが起こったとき、ぼくは現場にいたんだ。運良く巻きこまれずにすんだ。メブシャーは離れていったが、ぼくはそっちへ戻ろうとしていたんだから。ぼくはもう困り果てているんだ。今晩眠る場所が要るだけなんだ」彼女はなにも言わなかったが、下半分の眼鏡を通して、じっとタラントを見つづけていた。タラントは相手が背は高くなく、金髪で、見た目がいいことに気づいたが、彼女が浮かべている表情は、どうしようもないくらい敵意に満ちていて、譲らない意志を露わにしていた。「お願いだから入れてくれないか？」

「いいえ。ドアを閉めさせて。さもないと警備の人間を呼びます」

「きみにはいっさい近づかない」

「その機会はないから」

彼女はドアを強く押し、タラントは屈した。ドアはやかましい音を立てて閉まり、その向こうで鍵がかけられる音が聞こえ、二本のボルト錠が締められるかん高い音もした。

5

ほかにいくところがないので、タラントは建物を通り抜け、ブルカをかぶった女性と出会った通路に戻った。カメラを抱え、スーツケースを引きずっていた。背中が痛み、両腕と両脚がくたびれ、息をするとまだ痛みがあり、心がなにも感じなくなりはじめていた。休んで、眠れる場所がただひたすら欲しかった——椅子ですらありさえすればよかった。

通路にはだれもいなかった。机から書類が片づけられていた。ひきだしには鍵がかかっていた。壁に注意書きが貼られており、時間外に連絡する電話番号が書かれていたが、だれかが、赤いボールペンでそれを消していた。タラントは次にどうすればいいのか皆目見当がつかなかったが、いまやトイレにいく必要に迫られていた。廊下の端から端まで歩いてみたが、数少ないドアはいずれも鍵がかかっていた。廊下の突き当りは照明が灯っていなかった。

最後の情けないチャンスは、あの部屋に戻り、もう一度、あの女性になかに入れてほしいと頼んでみることだった。そのためタラントはそちらに戻りはじめた。すると、廊下のドアが背後で開いた。少しまえに試してみて鍵がかかっていたドアのひとつだった。ひとりの男が現れた。

「だれかが動きまわっている音が聞こえたと思ったんだが」男は言った。「どうしたのかね？」

「部屋に入れないんです」タラントは言った。「あなたはここの監督官ですか？」

「今夜はわたしが当番士官だが、ここの建物はどれも、先ほどの反乱軍の攻撃のせいで、脅威レベル・レッドに置かれている」男の英語は見事だったが、かすかにフランス訛りがあった。「わたしの名前はベルトラン・ルピュイだ。まず、きみに訊かねばならない。どうやってこの場所に入れたのかね？」

「わたしはここに出頭するよう命じられたのです。わたしが連絡を取る予定だった人物はあなただと思います、ムッシュ・ルピュイ。わたしはメブシャーが攻撃された直後に到着しました。そのメブシャーに乗って、わたしはここまで運ばれてきたんです。ゲートはわたしを通してくれました。わたしはティボー・タラントです。あなたがわたしの上司にあたると理解しています」

「いかにも、タラントくん。われわれはきみがくるのを予定していたのだが、ここへくるかわりにハルDSGへ向かうことになったという電子メッセージを受け取ったのだ。だから、きみの報告を聞くよう命じられていた士官たちはもういない」

「いいえ、わたしはハルへいくつもりはまったくありませんでした」タラントはスーツケースの取っ手を離していた。ケースはいま床の上に斜めになって立っていた。「そのメッセージは誤って送られたものです。もしわたしがメブシャーに残っていたら、わたしは殺されたか、怪我を負った乗員のなかに入っていたでしょう。ムッシュ・ルピュイ、いまこの時点で、わたしがやりたいのは部屋を見つけることだけです。どこか休める場所を。わたしが使うはずだった部屋はすでにほかのだれかが使っているんです」

「それに関してはわたしはなんの手助けもできない」相手の男は言った。「そのもうひとりの人物が部屋を共有してくれるかどうか確かめてみなさい」

「いえ、もう頼んでみました」タラントは言った。

「わたしにできる最善の助言は、もう一度頼んでみなさいというものだ。わたしはこの施設の居住区にはなんの権限も持っていないのだ。心から残念に思う。海外救援局《OOR》に関する限り、きみの件は、防衛省に引き継がれ、きみはハルにいるべきなのだ」

ルピュイは姿を現したのとおなじドアに戻ろうとしていた。

タラントは言った。「ほかになにかわたしに言えることはないんですか？　この場所も攻撃されそうなんですか？　ここは安全なんですか？」

「どこともおなじく非常に安全だよ。そしてきわめて危険だ。われわれはレベル・レッドの態勢にあるんだ。わたしに言えることはそれだけだ。最大限のセキュリティ・レベルにある。危険に気をつけたまえ、タラントくん。もし警報が鳴ったら、きみはほかのみんなといっしょに外に集合しなければならない。どの部屋にも指示が掲示されている」

ルピュイは上品にうなずくと、ドアを押し開け、後ろ手に閉ざした。

6

タラントはもうひとつの建物に戻り、ふたたびG27号室のまえに立った。廊下の壁にスーツケースを立てかけ、カメラがしっかり仕舞われているのを確認してから、ドアに対峙した。今回、部屋のなかの女性にはドアを強引に閉めさせはすまいと、タラントは心に決めた。

ドアの横には手の形をした接触性パッドがあった。まえには気づかなかったものだ。タラントはそれにてのひらを押しつけ、触知情報を読み取っているなじみの感覚を味わってから、待った。一分が経過し、さらにもう一分が過ぎた。タラントはドアに向かって身構えたまま、それが開いて、彼女が閉めようとしたら、体重をかけて防ごうとしていた。

鍵がまわる音が聞こえ、保安用チェーンがガチャガチャと鳴った。今回、ドアはゆっくりと開き、前回同様、彼女の顔を露わにした。

「あっちへいけと言ったでしょ」彼女は言った。

「後生だから。間違った部屋を割り当てられたのは、ぼくのせいじゃない。眠るところがどこにもないんだ。願いはそれだけなんだ。入れてくれないか？」

「ほかのドアをあなたのキー・カードで試しなさい。それでうまくいくことがある」

「そしてぼくを入れたくないほかのだれかとこれを繰り返すんだろうか？」

「部屋のいくつかは、空室よ。五・一〇の攻撃以来、この建物は半分空っぽになってる。作戦行動をここから分権的政府《DSG》に移管させている。ただずっと歩いて、ほかのドアを試してみたら。あなたをここには入れたくないし、あなたはほんとうはここにいる必要はない。

管理担当がヘマをして、あなたをダブルブックしたの。探してみたらほかの部屋が見つかるわ。あたしはしなきゃいけない仕事があるの」

「ぼくは外交官特権を持っている」

「ええ、おたがいそれが戯言《ざれごと》だとわかっている。データバンクのあなたに関する情報を見た。あなたの安全保障権限はOKよ。だけど、あなたは外交官じゃない」

とはいえ、彼女はタラントに向かってドアを押しやりはしなかった。タラントは彼女がそうした場合に備えて、片手を上げ、片足で床を強く踏みしめていたのだった。

タラントは言った。「ぼくの触知プロフィールの情報を読んだのであれば、ぼくが何者なのかきみは知っている」

「だからってなにも変わりはしない」

狭い隙間からタラントは相手をじっと見た。彼女は意図的に表情をあいまいなものにしていたが、もはやドアを無理矢理閉めようとはしていなかった。しばらくのあいだ、ふたりはたがいの目を見つめ合った。それ以上なにも彼女は言わなかった。

タラントは引き下がった。一瞬、彼女の顔に小さな笑みが浮かぶのを見た、と彼は思った。そうすることで彼女がなにを意図していたのか、タラントは知らなかったし、もう気にしていなかった。さらに後ずさり、荷物を手に取った。彼女はまだ戸口に立っており、チェーンのかかった隙間越しに彼を見ようとして移動していた。タラントは彼女を無視し、長い廊下を後戻りした。

彼女に言われた試みをしようとして、タラントは最初に行き当たったドアのリーダーにキー・カードを滑りこませた。即座に赤い施錠ライトが灯ったので、すぐカードを引っこめた。なかにいるのがだれであれ、出くわしたくはなかった。次のドアでもおなじことが起こり、その次も同様だった。廊下沿いのすべてのドアでおなじ反応が返ってきた。階段をのぼって二階に上がり、その階の最初のドアを試したところ、LEDが緑色に灯って、鍵が外れる金属音が聞こえた。

自分の運が変わったことに信じられぬ思いをしながら、タラントはすばやくなかに入り、後ろ手にドアを叩き閉めた。部屋は空室だっただけでなく、清潔で、あらゆるものがきちんと整えられていた。一見すると、ほとんど使われていないかに見えた。すべての家庭用品が揃っていた——台所と調理道具、まともに使えるシャワーとトイレ、衣服を収めるクローゼット、寝具類がきちんと畳まれて置かれているふたつの大きなベッド。タブレット・コンピュータと、スキャナーとプリンターの複合機の載っている机、そのそばにはWi-Fiの利用方法と衛星通信の接続方法が印刷されたカードが置かれていた。その部屋と隣接して、べつの小さな部屋があり、カウチと二脚の座り心地のよさそうな椅子、TV、本棚などが揃っていた。両方の部屋は、適温に温まっていた。

部屋に入って最初に置いたところに荷物の大半を残したまま、服を脱ぎ捨て、熱いシャワーを堪能した。

タラントはベッドに向かった。

翌朝、自分がひとりではないというイライラする気持ちを覚えて、タラントは目を覚ました。部屋に何者かの気配がし、空気が動き、光がわずかに変化し、静かな足音が聞こえた。カーテンのかかっていない窓から射しこむ日の光に反応して、半目を開けた。ふたたび目をつむる。

タラントはじっとしていた。急速に覚醒していたが、まだ寝返りを打ったり、上体を起こしたりはしなかった。部屋にだれかがいるのはわかっていた。対処しなければならないあらたな問題であるのは確かだ。昨日の数多くの出来事がまだタラントのなかで新鮮だった——睡眠はそれらの記憶を和らげはしてくれなかった。

この場所を運営している職員が侵入してきたのを想像する。この部屋にいるはずだっただれかほかの人間が、出ていくよう指示しようと入ってきたのだ、と。

すると、女性の声がした。「もし飲みたいなら、コーヒーを淹れてあげられるけど」

タラントは腹ばいになり、肘をついて体を起こし、中腰の姿勢になった。G27号室の女性だった。彼女はタラントの寝ていたベッドから離れたところに立ち、調理道具が置かれているアルコーブの隣にいた。カップボードの扉が開いていた。彼女の姿勢は攻撃的なところのない、中立的なものだった。コーヒーの提供は、ためらいがちで、事前交渉を試みるようなものだった。

「どうやってなかに入ったんだ?」

「通常の方法。あなたが飲むなら、あたしもコーヒーをいただくけど」

「ブラックで頼む。砂糖抜きで」棚に置かれているコーヒー・メーカーを彼女は下ろした。「どうやってなかに入ったんだ?」タラントは再度訊ねた。

「あなたがあたしの部屋のドアを開けたのとおなじやり方」彼女は片方の腕を上げ、タラントに向かっててのひらを見せた。

「では、ぼくが入った部屋をどうやって知ったんだい?」

「あなたは信号発信装置を持っている」

「カメラかい?」

「どうかな」

「ベッドから出てもいいだろうか? バスルームを使いたいんだ」

「お好きなように」そう言ったものの、彼女は背を向けようとしなかった。タラントは、選択肢がないのを悟り、裸でベッドから出ると、一瞬バランスを崩しかけて、息を呑み、それからバスルームに向かった。胸がまだ痛んだ。数分後、タオルを腰に巻いて、タラントは出てきた——女性はいまや椅子の一脚に腰を下ろしていたが、タラントが服を着替えるあいだ、向こうを向いていた。

「あなたはこれを読みたがるかもね」彼女は言った。二本の指のあいだに軽く挟んで、彼女はセキュリティ・カードを差しだした。指を火傷しそうなコーヒー・カップを持ちながら、タラントはドアの横の壁に設置されているリーダーのところに歩いていき、彼女に関するID情報をダウンロードした。タラントが画面を読んでいるあいだ、彼女は黙って座って、彼の様子を見ながら、自分の飲み物を啜っていた。タラントは目にしたもののハードコピーを取った。

彼女の名前は、マリー＝ルイーズ・ペイマン、イギリス人とイラン人の両親のあいだに生まれていた。両親はふたりとも亡くなっていた。彼女の父親は、テヘランで政府系の科学者をしており、母親はテヘランの英語学校の教師だった。ふたりの死は自然死だと記録されていたが、ふたりとも四十代で亡くなっていた。テヘランは政権交代が起こったとき、反共和国軍に激しい砲撃を受けた――死亡の日付から、両親はその際巻きこまれた可能性があるようだった。両親の死後、マリー＝ルイーズは、IRGBに避難し、学校を出たあと、名前をルイーズ・パラディンと変えた。彼女は友人たちや一部の同僚には、ルーの名で知られていた。ルーはいま三十九歳だった。ロンドンにパートナーとともに暮らしていたが、パートナーに関するすべての言及は、画面上では見えなくなっており、ハードコピーには印刷されていなかった。それは不正確であったり、期限切れだったりすると考えられている情報に対する、データバンクの処置だった。

彼女の職業は、臨時教師と記されていた。十一歳から十八歳の年齢グループに属する、どちらの性の生徒でも、英語とアート、デザイン、現代ペルシア語を教えられる教師である、と。ここ数カ月はフルタイムの教師になっており、海外救援局《OOR》に出向したと記されていた。

　タラントは過去にこうしたプリントアウトを数多く目にしていて、たいていの人間同様、役人の注釈や解釈の裏を読みとろうとするのが習い性になっていた。ルー・パラディンの場合、そうした情報は多くなかったが、海外救援局《OOR》への出向の件は、〝暫定的〟だと注釈があった。

　それやこれやに加えて、タラントにはたいして関心のない、決まりきった詳細情報があった――彼女の出生地や教育、セキュリティ格付け、住所などなど。

　触知データやカードＩＤの読み取りの実用プロトコルでは、ユーザーは、同等のレベルのデータへのアクセスが可能になる――つまり、ふたつのうち低いほうのレベルが、たがいに読んだり、交換したりできる情報のレベルだった。ルー・パラディンは、タラントが彼女のことを知ったのとおなじだけ彼について知っているということだった。あるいはタラントが興味を抱き、最後まで読んだとしたら知り得ることとおなじだけ。

　タラントはＩＤカードを彼女に返した。

「きみは、いつもこの手の情報を見知らぬ人間と共有するのかい？」

「いいえ。だけど、あなたがあたしの部屋のドアにてのひらを押し当てたから、あなたに関して連中が持っている情報をあたしは読めた。あなたもあたしの情報を読むのが公平じゃない？」

「どうだろう。それがここではあたりまえなのかな？」

「そうは思わないな」

「で、きみは教師なんだ。ということは、ここの基地に子どもたちがいるってことだろうか？」

「いまはいないわ。あたしはここから出ていく車に乗せてもらうのを待っているの。だけど、あたしの監督官は、あたしがどこへいったらいいのか、よくわかっていない。当面、ロンドンは立入禁止で、DSGはあちこち展開している。だから、学校はまだ設立されていないの」

「なぜロンドンじゃだめなんだい？」

「あたしがまだ局のため働きつづけたいかどうかによる。もし働きたいと思うなら、あたしは学校の用意が整うまで待たなきゃならない。つまり、ここに滞在しつづけるということ。もしあたしが辞表を提出したら、あたしは好きなときにいつでもロンドンに戻れる。だけど、ロンドンでなにが起こったのか、知ってるでしょ」

「ああ、だけど、きのう初めて聞いたんだ。ぼくはずっと海外にいて、ここで起こったことの情報を知らなかった。きみはロンドンに住んでいたのかい？」

「あたしはノッティングヒルのフラットにいた」

「そこって、もしや――？」

「五・一〇の攻撃に襲われた。ええ。あたしはロンドンへの戻り方を見つけなきゃならないし、そのやり方を知っている気がしない」

「状況はそんなに悪いのか？」タラントは言った。

「個人での移動は規制のため、ほとんど不可能になった。国じゅうで反乱軍の攻撃が起こっているので、いずれにせよ車でいくのは危険なの。たとえ道路の交通が許可されていたとしても。列車は最近まで利用されていた。治安対策に我慢することができたなら。だけど、こないだの嵐が橋や堤防に与えた被害が大きくて。どこから戻ってきたのであろうと、あなたはがっかりするでしょう」

「ぼくはトルコにいたんだ」

「ええ、そうね。読んだ。あなたはアナトリアにいた。それにあなたの奥さんが亡くなったのも知っている。お気の毒に」

　彼女は顔を背けた。風がまた強くなっており、雨が窓ガラスに叩きつけられていた。窓から冷たいすきま風が吹いてきた。

「なぜきみはぼくの部屋にきたんだい?」タラントは訊いた。

「そうね、まず、昨夜の謝罪をしたほうがいいと思ったの。あなたを部屋に入れるのは無理だったけど、もっと穏やかに対処できたはず」

「まあ、結局、うまくいったよ」タラントは自分が腰を落ち着けた満足のいく部屋を見まわして言った。

「逆の立場だったらおなじ対応をしたかもしれないな。なぜ自分がここにいるのか、もうわからない。アナトリアでぼくの身に起こったことに関する、一種の事情聴取がおこなわれるはずだったんだが、それはここの人間の手で中止になったみたいだ。きみとおなじように、ぼくも次にどうするのか決めないと」

ルーはタラントを食い入るように見つめた。

「イギリスに戻ってきたとき、ロンドンを通ってきた?」

「ああ」

「五・一〇の爆心地のそばにいった? ロンドン西部に? ノッティングヒルは通ったの?」

「ロンドンのその部分に近いところを通過したけど、なにも見なかったんだ」タラントは言った。「ぼくは見るのを許されていなかった。車のなかにいたが、窓を暗くされたんだ。ちらっとだけ見た――黒焦げになった地面を見ただけだ」

「ここに来るまえに」彼女は言った。「あたしはノッティングヒルで暮らしていた。そこは多少の違いこそあれ、五・一〇の出来事の爆心地だった。十年以上もそこに住んでいたのよ。お願い、どんなことでもいいから、見たものを話して。知らなきゃならないの!」

「そこに友人がいたのかい?」

「あたしの暮らしてきたすべてがそこにあったの!」

彼女は泣いていた。口と顔に腕を持っていき、荒々しく目を拭うと、顔を背け、あたりを見まわした。彼女は小さな台所にいき、ペーパータオルのロールを見つけると、それを二枚剝がして、顔に押し当てた。ぐずぐず泣いており、なにを言っているのか、もはやタラントには聞き分けられないくらい悲嘆に暮れていた。

自分たちはふたりとも事件の被害者なんだ、と彼女を、この見ず知らずの人間を見ながら、タラントは思った。だが、彼女が見ず知らずの人間であるがゆえに、タラントは自分自身のことを考え、彼女が暮らしてきたすべてと口にしたものについて考えた。彼女の暮らしてきたすべてについて。タラントの暮らしてきたすべてについて。

その暮らしはどれだけ残っているだろう？　タラントの両親はすでに亡くなっており、兄弟も姉妹もいない。ルーツはどこにもなく、子どもの頃は絶えず旅をしていて、名前すらわからなかった数々の町に短期間滞在した。転校を繰り返し、なんとか英語の読み書きを学んだ。それによりタラントは解放されるとともに、言葉の世界へと逃げこんだ。十歳になるころには、どうにか落ち着き、旅をつづける気ぜわしさから解放された。そこから学校を終え、大学を修了し、働きはじめ、フリーランスの写真業に移行し、映像の世界に深く逃げこんだ。それがタラントの職歴だったが、彼の人生とはなんだったのだろう？　ようやく意識するようになった全人生とはなんだったのか？　すべてがメラニーに集中していた。メラニーとの関係に。楽しく過ごした歳月に。関係の悪化したいくつかの期間に。口をきかない怒りと、困難な沈黙のときに。付き合っていた時間を満たす心安らかな思い出に。ロマンチックな年月が最初にあり、ついで諍《いさか》い、涙、性的な仲直り、短い休暇があった。子どもはなかったが、しばらくふたりは作ろうと努めた。お金に関する長年の心配——看護師の給料がどれほど低いかだれもが知っており、タラント自身の収入は、途切れ途切れで、彼を雇い、支払ってくれる他人次第だった。そして海外出張

——最初はタラントの、次にメラニーの。ふたりはあらゆることで言い争った。海外出張は表面的な達成感をもたらし、なにかを実際にやり遂げたという感覚をもたらしたが、実際には、外国訪問がふたりをおたがいに対する異邦人にしてしまった。最終的にアナトリアとあの惨事。それ以降、タラントがいったんあとにして、かつては理解していた正気の世界への帰還は、そこにあるあらゆるものも壊れかけているのに気づくだけだった。平和、社会、天候、経済、法と秩序、合法的政府の社会を安定化させるための軍事力、文民警察、報道の自由——あらゆるものが壊れかけていた。なにも以前とおなじではなく、なにも安全ではなかった。この世界は、わけがわからないことに、破壊をもたらす小さな三角形のエリアに印を刻まれつつあった。まるでけっして解明できない、あるいは治癒できない健忘症の継ぎが当てられているかのように。

この女性に彼女の故郷についてなにを言えるだろう？　ノッティングヒルのどこかに存在し、いまやロンドンという顔の不合理な黒い傷痕になってしまっている彼女の過去の人生すべてについて。

彼女はタラントと窓のあいだにうずくまり、うなだれていた。顔を隠している——泣いているところを見られたくないのかもしれない。濡れそぼったパルプと化しているペーパータオルを脇へ放り、さらに二枚剝ぎ取った。彼女の頭の向こうには、四角い空が窓に浮かんでいた。まだ朝早い時間だったが、空の光はほとんど入ってこなかった。黒い大きな雲があらゆるものを見えにくくしていた。風が強くなりつつあり、通常より強い疾風が外壁にぶつかって、ときおり、建物が揺れた。

女性はタラントのそばに近づくと、彼の脚のそばの床に座った。

「泣いているのね」彼女はそう言って、彼の腕に手を置いた。

「きみもだ」
「あたしは――」
タラントは彼女のほうに腕を伸ばし、肩に腕をまわそうとして体を斜めにした。タラントは涙をこらえようとして、目をかたくつぶった。息をすると、こらえきれずに嗚咽《おえつ》が漏れたが、爆風を受けたあとの痛みがまだ残っており、嗚咽のあいまに息をしようとする変則的な行為のせいで、咳きこみ、痛みで喘ぎが漏れた。椅子の上で腰を滑らせ、降りて、彼女の隣の床に座った。

彼女はいまやタラントの頭を抱き、優しく髪を撫でていた。ふたりはおたがいのことを知らない恋人同士のようにふるまっていたが、そこに愛情はなく、ただ必要性だけがあった――彼女はタラントの顔を引き寄せ、自分の胸に押し当てた。その間、タラントは呼吸を整えようとし、彼女に訊ねられたことがなんだったのか思いだそうとしていた。

タラントが不意に動き、彼女の眼鏡が鼻から外れ、彼の顔にぶつかって、腕を伝い、床に落ちた。彼女はそれを拾い上げる動きを示さなかった。半月形の眼鏡が彼女の脚のそばにあるのをタラントは見た。それは涙で汚れていた。昨晩、彼女がドアを叩き閉めたとき、その眼鏡のレンズが彼女に与えていたきつい、無表情な目つきをタラントは思いだした。だが、いま、彼女はタラントの頭や首を撫でさすり、愛情のこもった手つきで彼を落ち着かせようとしていた。彼女の胸も激しく上下していた。

彼女は言った。「ごめんなさい、ティボー。あたしたちになにができるのか、あたしにはわからないの」

それでタラントは目をつむり、呼吸が収まるのを待ち、またしても自分が過去の固くなった甲殻を割って出ようとしている気持ちになった。未知の未来に弱々しく滑りでようとしていた。いまこの瞬間の現実は、つかのまのもので、理解不能だった。彼の背後には、喪失があり、前方には危険があった。これから起こることはなにもそうあるはずのことにはならないだろうし、もはやなにも確かではなかった。

側頭部に置かれた彼女の手を感じ、指の一本が頬に置かれ、残りの指が優しく唇に向かって伸ばされてくるのを感じながら、タラントは言った。「きみの名前を忘れてしまった」

「ルイーズ。ルー・パラディン」

「ああ、そうだ。ぼくは自分の名前を言ったっけ？」

「もちろん」

外の暗闇が濃さを増した。疾風が激しく当たって、頭上の屋根がキーキー唸るのが聞こえた。たがいに抱き合っているあいだに時が過ぎていく。もはや話をせず、ただ抱き合い、触れ合って、なにかが変わるのを待った。雹《ひょう》が窓をガタガタと揺らした。

第四部　イースト・サセックス

1

アメリカ人

わたしの名はジェーン・フロックハート。キャリアの大半を、ウェブ・ベースの新聞に特集記事を書くジャーナリストとして働いてきた。わたしは、生きているティース・リートフェルト教授と会った最後の人間のひとりだ。彼はわたしがインタビューした日の夕方、自殺を図った。

同僚や友人たちは、その件についてわたしがどう感じているか、ときどき訊ねてくる。彼らが暗にほのめかしているのは、わたしの一連の質問や、攻撃的あるいは対決的姿勢のせいで、偉大な男に一線を越えさせたのではないかというものだろう。リートフェルト教授は、深い幻滅と、自己陶酔と鬱状態の期間に入っており、手紙や電子メールにいっさい答えず、ジャーナリストや研究者仲間にけっして会おうとせず、イギリスの田園地帯のどこかにある小村に身を隠し、偽名で暮らしていると広く思われていた。MI5の諜報員が教授の活動を監視し、見知らぬ人間を追い払っていると報じられていた。

実際には、そうした報道のほぼすべてが事実ではなかった。リートフェルト教授が静かな村にひとりで暮らしているのは事実だったが、彼の正体は村に住んでいる人々には、公然の秘密だった。たまたま、そこは世界から隔絶した辺鄙《へんぴ》な集落ではまったくなく、人口密集地のなかにあるかなり大きな村で、ロンドンの職場に通勤しているシティの会社員にとても好まれているところだった。幹線の駅があり、半時間おきにチャリング・クロス駅行きの電車が走っていた。リートフェルト教授の家は、村のメインストリートにあったが、商店が並んでいるところとはそれほど近くなかった。彼のそばに秘密諜報員はおらず、たぶん一度もいたことはないだろう。彼がジャーナリストと話をしないという件に関しては、わたしはロンドンにある新聞社のオフィスから彼に連絡を取り、自分がだれのために働いているのか明らかにし、インタビューと写真撮影を依頼したと書けば充分だろう。教授はすぐに同意し、わたしは翌週早々に彼に会うため、出張した。

教授の視点から村を見たかったので、わたしは鉄道で出かけた――教授は車を運転せず、車嫌いで知られていた。彼の家に近づくまえに村を歩いてまわる計画を立てた。最寄りの商店がどこにあり、駅まで徒歩でどれくらいかかるかなどを確かめたかった。カメラマンは車でやってきて、あとで教授宅で落ち合うことになった。インタビューの終わりごろに間に合えばよかった。

以前に一度だけノーベル賞受賞者にインタビューをしたことがあった――二〇二三年に平和賞を受賞した、作家であり、哲学者であり、反戦論者であったバイ・クアン・ハンだ。だが、ティース・リートフェルトにインタビューするのは、専門知識のないジャーナリストにとって、はるかに困難な挑戦事だった。およそ二十年まえまで、彼はオックスフォードシャーのラザフォード・アップルトン研究所で理論物理学を研究していた。その後、超微粒子力学の研究で、遅ればせながらノーベル物理学賞を受賞したのだが、その受賞は、より最近の彼の研究で初の成果が出たのとたまたま時期をおなじくした。それがリートフェルトにとって不幸な結果をもたらし、その研究に注目を集めてしまったのだ。それまでは量子場理論科学者たちのチームと共同でおこなわれた、いわゆる、摂動隣接場《PAF》に関するリートフェルトの解析的研究は、秘密のベールに包まれ、ハイレベルの機密保護を受けていた。

ノーベル賞受賞が発表された当時、ほとんどの人がリートフェルトのことを知らなかった——彼は摂動隣接場が開発されていた極秘の研究班に所属している無名の状態から姿を現し、オスロに飛び、オランダ語で短い受賞挨拶をおこなうと、研究所のあるストラスブールに戻った。そのときはじめて、摂動隣接場のことが、きわめて一般的な用語を用いて一般に知れ渡った——大衆紙が、推測と単純化によって、さっそくそれを受動的防衛の絶対確実な武器として表現したのだった。すぐにそれは〝戦争を終わらせる兵器〟として知られるようになった。だが、一年もしないうちに、比較的広範な科学コミュニティに、摂動隣接場研究の結果が伝えられ、それからほどなくして、科学者界隈であまねく理解された。リートフェルトは、控えめにその開発の功績をほかの科学者たちとわかちあったが、彼がノーベル賞受賞者であることから、彼が開発チームのリーダーだと決めてかかられた。実際のところ、彼の理論研究が、実際的な応用の発展に繋がったのだった。

しばらくのあいだ、摂動隣接場は、隣接防衛として知られていた。元々考えられていたように、それは攻撃的な機能を持っていなかった。あらゆる面において受動的な反応物であった。量子物理学者が消滅演算子とときおり呼んでいるものを利用して、隣接場は、物質を異なる、あるいは隣接する領域に転換するために作ることができる。リートフェルト教授が表現していた有名な例を用いると、飛んでくるミサイルを、途中捕捉したり、方向転換したり、破壊する必要がなくなる。隣接する量子次元に移動させることができるのだ。そうすることであらゆる面で、ミサイルは存在をやめるだろう。初期の実用模型では、隣接場を発生させるには、膨大なエネルギーを消費したが、その性質上、できるだけ小さくすることや、大きくすること、繰り返し作動させることが可能だった。結果的にその技術の発展は、この防衛システムをより実際的な装置にするため、消費エネルギー量の削減方向に力が注がれた。リートフェルト教授は、かつて楽天的に、理想の未来世界の実現のため、隣接場が秘める潜在能力について語ったことがある。どの街もどの科学施設もどの家も、あるいは個々人ですら、局所的な隣接場によって永遠に物理攻撃から守られるかもしれないのだ、と。

歴史の教訓、とりわけ最初の核兵器に直接結びついた理論研究であるマンハッタン計画に従事していた先達科学者の経験を生かして、リートフェルトと同僚たちは、自分たちの理論研究を正当化するため、大々的、公式にその原理を明らかにした。摂動隣接場は、攻撃的兵器として利用可能な応用領域を持っておらず、彼らは自分たちの弁明を説明した。その機能はひたすら平和的なものである。世界を不安定化させることはできない。あるいは、どうやったところで、東西、南北のパワー・バランスに影響を与えっこない。イデオロギーや経済システム、宗教的信仰、政治活動はいずれも、摂動隣接場の影響を受けないものであるがゆえに、無傷なままでとどまるだろう。隣接性は殺すことも、毒することもできず、汚染はしないだろうし、放射性廃棄物を吐きだしたことはなく、まちがった人間の手に落ちて悪しき形で利用されることもないだろう。

次に起こったのは、リートフェルト教授にこの世界に背を向けさせ、自発的な流刑者とならしめたことだった。二年と経たず、隣接性兵器の最初の試験がゴビ砂漠でおこなわれた――当然ながら、厳密な〝科学コントロールと倫理的コントロール〟が敷かれていた。消滅という言葉の利用が科学雑誌に派遣されたジャーナリストたちに取り上げられ、それ以降、大衆が理解するにいたった。必然的に、そしてリートフェルト教授とほかの科学者たちが怖れ、食い止めようとしていたものの、拡散がはじまり、すぐに大国や拡張主義者に率いられている勢力が、次々と装置を入手しはじめた。だれもそれを使用すると脅しはしなかった——たんにその能力を所有しているだけで充分だった。受動的反応防御装置としての役割にもはや異論はなかった。

わたしはリートフェルト教授の体調がよくないことを聞き知っていた。病名がわかっていないなんらかの病気の変性状態にあると診断されており、年齢も当年とって八十二歳になっていた。わたしは一《いち》か八《ばち》かのつもりで、連絡を取り、インタビューを申しこみ、そしてかくなることとあいなった。

2

結局、わたしはわれわれの面談に基づいたインタビューの内容を一度も書かず、あるいは公表もしなかった。元々、わたしなりの理由から、インタビューを提案したのだったが——わたしは新聞の社交界欄を担当していたが、ジャーナリストとしての行き詰まりを感じていた。編集主任の同意を得て、芸術や科学分野の著名人に関するまじめな紹介記事を書けることになった。

リートフェルト教授はわたしの最初のインタビュー対象だった——深夜のTV番組で隣接防衛に関する彼の研究内容を耳にして、外務省の親しい役人の紹介を得、放送の翌日、彼に連絡を取った。リートフェルトのことはほとんどなにも知らなかった。わたしには物理学の素養がなく、量子場理論のなにも把握しておらず、これまで同様、真剣なインタビューの準備をろくにしていなかった。週末、新聞のデータベースに目を通したものの、リートフェルトに関して深く知ることはなく、はたまた彼の研究に深く関係していることについてもなにも知らなかった。

リートフェルトは、当初、オランダで暮らし、のちにドイツ、アメリカ合衆国、英国で暮らした——その経歴については充分紹介されていたものの、後年の研究生活での発見に直接関係する情報はほとんどなかった。ノーベル賞受賞と授賞式でのスピーチに関して、膨大な報道記事があり、新聞の科学と技術欄は、ケンブリッジ大学の研究者である社外の寄稿者による長くて詳しいエッセイを載せていた。そのエッセイは、パリティ対称性と弱い相互作用と有効質量を持つ粒子について説明したものだった。リートフェルト教授を称えるホワイトハウスでのディナーの席上、アメリカ合衆国大統領に怒りをぶつけ、その後公の生活から姿を消して以降、リートフェルト教授は、異なる種類の著名人になった——科学的思考組織からの追放者、政治的抗議者、自分の発見を否認しようとしている科学者、世間の注目を拒むだけでなく、自分の研究分野の他の研究者たちとの接触も断った人間。公の生活を送っている人々にしばしばあることだが、当初マスコミの激しい注目を浴びたあとで、リートフェルト教授の居所や活動に関する関心は、ほぼ無くなった。

村にやってきてなにを目にすることになると期待していたのか自分でもわからない——ひょっとしたら、癌と闘病中の肉体的にハンディを負った老人かもしれなかった。あるいは科学機関への憎しみをこめた拒絶。あるいはもしかすると、失望と怒りと誤って記憶している細部にまごついて、途方に暮れている、ただの耄《もう》碌《ろく》し、萎《しな》びた人物かもしれない。

本人に会ってみると、彼は実年齢よりもはるかに若く見えた。変形性関節炎のせいで軽く脚を引きずって歩いていた。巧みな、ほぼ訛りのない英語を話したが、書棚にある本の多くはオランダ語やドイツ語で書かれたものだった。皮肉っぽいが真剣な声で、冗談や控えめな意見抜きで話した。家政婦を雇っていると言ったが、その日は休みにしていたため、わたしは会わなかった。週に一度看護師が訪問し、彼のために処方薬を取ってくる。リートフェルト教授は、わたしに庭を見せてくれた。きちんと管理しておかねばならない気がするんだよ、と彼は言った。そして家のなかを見せてくれた。この家を気に入っているが、片づけておかねばならないとは思わない、と彼は言った——実際にはゴミが散らかったり、汚れたりしている家ではなく、丁寧に使われている場所という快適な感じがした。近所の人間の名前はだれひとり知らないが、いつも気さくに挨拶するようにしている、と彼は言った。妻は亡くなっており、一人娘がいたが、彼女も数年まえに亡くなった、と彼は言った。

リートフェルトは、悲しげでも辛辣でも秘密主義でもなく、ことさら社交的でもなかった。わたしの質問には、はっきりとした真実と誠実さで答えてくれたが、わたしが訊ねる質問が、そもそも一般的なものだったせいで、回答も一般的なものになった。

やがて彼はわたしに量子理論あるいは量子場理論を理解しているかどうかを訊いた。わたしはわからないと答え、すると彼はほっとした様子を見せた。物理学者ではない人間に説明しようとするのにうんざりしているんだ、と彼は言った。それから、なぜ自分にインタビューしようと思ったのだね、と彼は訊いた。そのころには正直に言ったところでなにも失うものはないと思っていたので、勤務している新聞社でもっといい位置に就く方法を探しているんです、と答えた。もしわたしがボソンやグラビトンや超ひも理論に関する詳細な質問で武装して家に現れたのなら、あまり話すことはなかっただろう、と彼は言った。もう何年も研究生活から離れていて、科学記事に発言が引用されるリスクを冒したくないからだという。そんなことになれば、自分が量子理論に関してどれほど時代遅れになっているかバレてしまうだろうから。

われわれはカメラマンの到着にインタビューを中断された。カメラマンはロンドンから車でやってきた。カメラマンは約束の時間通りに現れ、そのことにわたしは驚いた。このようなインタビューの場合、カメラマンは通常、遅れるか早すぎるかのどちらかだったからだ。カメラマンは以前にいっしょに働いたことのない人物だった。アメリカ訛りでしゃべる若者で、うちの新聞社の仕事がフリーランスとしての最初の仕事だったようだ。注意深く、想像力のたくましい職人だとわかった。教授の許可を得て、彼はひとりで家のなかのさまざまな部屋を歩きまわり、ゆっくりと庭をまわり、写真を撮影する際の適切な角度や場所を探していた。

用意ができると、カメラマンはリートフェルト教授を庭に連れだした。教授は、庭に歩いていくまえに、わたしが窓際の棚に置いてあるのが気になっていたピンク色とアンバー色のまじったホラ貝の貝殻を手に取ろうとして、立ち止まった。教授はわたしに向かってかすかに笑みを浮かべながらうなずくと、カメラマンにつづいて庭に出たが、なにを面白がっているのか、わたしにはまるでわからなかった。わたしは広い台所兼食堂に取り残された。そこで食事を毎回食べているんだ、と教授は言っていた——流しには洗われていない食器が積まれていたが、それ以外は清潔で居心地のよい部屋であり、下に庭が見えた。

わたしは若者が被写体とともに撮影をおこなっているのをじっと見ていた。教授に大きな木の陰に佇《たたず》むよう、バラの花壇のまえを通りすぎるよう、やや育ちすぎた芝生のそばにある錆びた椅子に座るよう頼んでいた。夏の盛りだった――花が咲き乱れ、ミツバチが小さなパティオの横に生えているイヌバラやフジウツギのまわりを飛び交っていた。

教授はリラックスし、協力的な様子だった。彼がカメラマンと雑談を交わしているのを見ながら、わたしは彼の研究についてほとんどなにも理解していなくとも、この人物の興味をそそる横顔を紹介する記事を書けるかもしれないなと思いはじめていた。ひょっとしたら、人間臭い記事になるかもしれない――世界でもっとも優れた科学者のひとりが、碧《あお》きサセックスの田園地帯で余生を過ごし、自分が詳細にわたり明らかにするのに力を貸した時代から取り残されているのを感じつつも、野心や後悔や自負をまったく抱かずにいる姿を描く記事に。

ふたりの男たちは熱心に話をしていたが、わたしが立っている窓辺からだと、一言も聞き取れなかった。

教授は空を指さした――アメリカ人は教授が示す場所を見た。すると、教授は庭の一角に歩いていった。そこの芝生の端に教授はホラ貝の貝殻を置いていた。彼は片手に貝殻を持って芝生のまんなかに移動した。そこでこんなふうにポーズを取った――両手を伸ばし、左手は空で、右手で、ほんのりした色合いと目を奪われる螺旋構造が美しい貝殻をバランスを取りながら持っていた。

カメラマンは何枚も教授を撮影した――さまざまな角度から、クローズアップや、可能なかぎり後ろに下がって庭越しに遠くから撮影する。なかほどの距離から、おそらくは全身像を捕らえようとして何枚か撮って締めくくった。

ようやく若いアメリカ人は充分撮影したと満足したようだった。男たちは親しみをこめて握手した。ふたりは家に戻ってきた。教授は貝殻を片手に携えていた。カメラマンは立ち止まり、カメラを掲げると、頭上にあるなにかの写真を撮ろうとした。教授がすぐにカメラマンの動きを止めさせ、相手の両腕をすばやく引っ張り下ろして、いっさい撮影させなかった。

ふたりはいっしょに台所に入った。依然として友好的な態度はつづいており、教授はホラ貝の貝殻を棚に戻した。

わたしはカメラマンに言った。「必要なものは全部撮れた?」

「ええ」彼は内ポケットを探り、わたしに名刺を寄越した。わたしは名刺をちらっと見た。彼の仕事ぶりを気に入り、将来、仕事の機会が生じたときのため、彼の名前を覚えておきたかったからだ。カメラマンは、ティボー・タラントという名だった。ふたつの職能団体の会員であるフリーランスで、住所と連絡先はロンドンだった。「あした新聞社のオフィスでお会いしましょう」彼は言った。「できあがった写真を何枚か持っていきますので、それを見ながら話をしましょう」

それらは、仕事でいっしょに働くよう派遣されてきたカメラマンといつも交わしている、ただの実務的な会話だった。翌日の会議は、たぶんわたしの上司と写真部の部長を交えたものになるだろう。

ところが、そのあと、ティボー・タラントは、「機材を車に戻すのを手伝ってくれませんか?」と言ったのだ。彼はわたしを家の外に連れだした——彼の車は家の外に駐められていた。家を離れるとすぐ、タラントは言った。「あの人はいままでにぼくが会ったなかで最高に驚異的な人です。あんなことが起こるなんて生涯忘れないでしょう。ぼくが彼の写真を撮っていたときに彼がやっていたことを見ましたか?」

「わたしは台所にいたの——あまりよく見えなかった」

「言い表しようがないです。あした写真をお見せします。彼はマジシャンみたいでした——あの大きな貝殻を消したり、また出したりできたんですよ。どうやっててそうしているのかわからなかった」

「わたしはあの窓から見ていた。四目垣《よつめがき》が邪魔になっていたの。彼はあまり動きまわっていないようだったけど」

「まさにそこです。彼は筋肉ひとつ動かしていなかった。なのに、なにか不気味なことが起こっていたんです。ぼくはそれを全部写真に撮りました。あしたお見せしますよ」

しゃべっているあいだに、彼は車のドアを開け、撮影機材を慎重になかに置いた。それからわれわれは握手をすると、彼は車に乗りこみ、走り去った。

わたしは教授の家に戻った。

教授は台所兼食堂にある無垢の松材テーブルをまえに腰を下ろし、両手を組んだ上に額を載せていた。顔を起こす。彼の目は先ほどより充血しているようで、顔色はさらに青ざめていた。

教授は言った。「あの若者のおかげで疲れたみたいだ。これは彼を非難しているんじゃないよ——彼にはやるべき仕事があった。だが、普通の様子を保つには、とても苦労するときがあるんだ」

「リートフェルト教授、カメラマンが到着する直前、物理学についてお話しされていましたね」

「ほんとかね？　あなたが興味を持つとは思っていなかった」

「わたしには量子物理学が理解できません、と言いましたが、だからと言って、あなたの研究があなたにとってどういう意味を持っているかについて興味がないわけではありません」

「わたしの研究はわたしの人生だった」

「そうだと思いました」

「そしてある意味で、わたしの人生はあの賞を貰ったあとで終わってしまった。なぜならあのあとで摂動隣接の秘密を保っておくことが不可能になったからだ。もちろん、マスコミはわたしがしていることに興味を抱いたが、それはわたしの同僚やライバルたちも同様だったのだ。われわれは、準備が整うはるかまえに手の内を明かさざるをえなかった。われわれが発見したのは、理論上、原子核分裂を起こすことよりもはるかに衝撃的ではるかに破壊的なものだったのだ。われわれの発見したものを公表するまえにやりたかったのは、それを制御し、受動的な利用法のみに留めるなんらかの方法を見つけること、あるいは、より困難なことだが、パンドラの箱を閉じることだったのだ」

「隣接性は受動的にしか利用できないとずっと思っていました」

「それは当時われわれが言っていたことだ。もちろん、いったん論文が公表され、レビューされることになれば、どこかべつのグループがありのままの真実を突き止めるのは時間の問題でしかないと、われわれは知っておくべきだったし、実際に知ることになった」

「世界における力の均衡は崩れていないと理解していますが」

「大国の均衡は崩れていないよ、確かに。どれほどわれわれが連中を信頼していることか！　いいかね、カメラを持っていたあの若者に見せようとしたことをきみにお見せしなければならない。わたしといっしょに庭にきてくれ」

わたしは彼に手を貸して椅子から立ち上がらせた。彼は棚にある何冊かの本の隣に置かれていた小さなカードを拾い上げ、わたしが支えられるようわたしに片腕を差しだした。われわれは強い日差しを浴びている庭にいっしょに歩いていった。

「数年まえ、ストラスブールにいたとき、わたしになにが起こったか、きみはよくわかっているだろう。われわれは世間知らずだった。われわれみんなが。とりわけわたしが。われわれは、武器を無効にする技術のブレークスルーを果たそうとしていると思ったのだ。つねに安全に使用でき、攻撃性はまったくなく、被害をもたらすことを取り除くのだから、無害のはずだった。だが、われわれ全員が怖れていたことがすぐに起こったのだ——われわれ以外のだれかが、量子隣接性を戦争の武器に仕立てあげる方法を編みだした。もう後悔しても手遅れだった。われわれは歴史を変えられない。だが、われわれがもっとも怖れていたのは、遅かれ早かれそのプロセスが開発されてしまうことだった。わたしの言っていることがわかるかね。小さなグループやテロリスト、反乱軍、民兵が、小型化され、携行性の増した隣接性発生装置を入手できるようになるかもしれない。そんな連中を相手にした場合、大国の見せかけの責任すら無くなってしまうだろう」

「わかります」わたしは言った。

「この庭にわたしがこしらえたものをきみに見せたい」

彼は上を指さした。芝生の真上に、金属製の小さな装置がぶら下がっているのが見えた。まったくすらっとしたところがなく、職人が製造したもののような光沢はなかった。細い金属ポールから出ている三本の強力ワイヤーで支えられていた。二本のポールは庭の遠い角にそれぞれあり、三本めのポールは家の近くに立っていた。中央にぶら下がっているその物体には、さまざまな金属とプラスチック製の部品がついていたが、中央にあるのはくすんだ灰色をした球体だった。古いアルミの薬罐《やかん》の側面のように見える。直径〇・五メートルほどの大きさだった。

「さて、お訊きしたいのだが、きみは正四面体がなんだか知っているかな?」

わたしは言った。「ある種の図形ですよね?」

彼は先ほど拾い上げたカードをこれみよがしに見せた。それは平行四辺形をしており、三カ所で折り目がついていた。明らかに何度も折っては元に戻すのを繰り返されたものだった。

「これは網と呼ばれている」リートフェルト教授はそ

のカードを示して言った。すばやくカードを折り、立体の正三角形をこしらえた。「ほら、正四面体は、正三角形の形状をした四つの面と四つの頂点なんだ。物理的にとても安定しており、とても強い——どの面が下になっても、つねにおなじ形をしている。これは一部の物理学者が言う相互作用と同様のものだ。この場合は強い相互作用だ。これを壊せるのは、いわゆるボソン場消滅演算子を用いる理論消滅のプロセスによってのみだ。説明がややこしすぎるかね？」

わたしはノートにできるだけ書きこんだ。そのノートからあの夏の日に教授に言われたことをいま書き起こしているのだが、実際に彼が言ったようにややこしすぎて、あまりに性急な説明だった。

「このカードはたんなるシンボルにすぎない。説明のための手段だ」教授はカードの折り目を戻して、ポケットに滑りこませた。「われわれが作りだした量子隣接性は、粒子の正四面体だと考えることができる」教授は頭上の球体を指さした。「あれを頂点として、強い定点として考えてごらん。その下に仮想の四面体がある。すなわち、われわれが立っているところは、地面に記された三角形のまんなかなのだ」

わたしは思わず下を見た。わたしの足下には、芝刈りの必要な芝生があった。

リートフェルト教授は言った。「わたしが話すことを理解してもらわねばならない。きみの記事でそれについて書いてほしいからだ。きみがここで見ているものは武器ではない。これは実験用の装置だ。科学的目的のため、わたしが調節し、計算したものだ。だが、携行可能な隣接性武器は、研究施設の条件で作動しているどんなものよりも粗雑だが、この実験機とおなじように、上方から作動する。目標がなんであれ、真上に置かれねばならない。実際には、怒りにまかせて、飛行機から落とされるかもしれない。迫撃砲や大型銃から発砲されたり、ミサイルで発射されるかもしれない。高い建物から投げられることもあるかもしれない。実際に、すでにそういう形で用いられたものがある——二年まえのインドのゴードラーでの大惨事——それを覚えているね？」

　覚えていた——謎めいた爆発がそのインドの都市の一部を破壊した。その攻撃は、イスラム分離主義者の犯行だとみなされたが、その指摘に確証はなく、実際になにが起こったかに関する詳細の多くは、いまだに曖昧だった。

「隣接性が武器として用いられるとき、量子消滅の正四面体が形成される——正三角形からなる三面のピラミッドと底面に四番めの正三角形がくる。その下にあるあらゆるものが、その正三角形の内部のあらゆるものが、傷つきやすくなるのだ」リートフェルト教授は息切れしながら話し、わたしの腕に手を置いて体を支えた。「そういうことなのだ、ミセス・フロックハート。このテクノロジーは間違った手に渡ってしまった。もしそれが使われることがあれば、平和にとってきわめて恐るべき脅威になるだろう。わたしにはその責任が大いにあるのだ」

3

その夜、家族とともに自宅にいたとき、子どもたちはベッドに入り、夫は家の一番上の階にある書斎で仕事をしていたが、ティース・リートフェルトが亡くなったことがTVのニュース番組で報じられた。当初、彼の死因に関する情報はなかったが、その突然の悲嘆にショックを受けながら、その日、多くの時間をともに過ごした男性の人生は、単純に自然な終わりを迎えたのだろう、とわたしは推測した。インタビューの終わりには、彼は明らかに疲れた様子だった。彼の家をあとにしようと別れを告げたときの老人は、わたしが到着したときに挨拶してくれた陽気で、元気に満ちあふれた八十代の人間とはまったく似ていなかった。

翌朝、新聞社のオフィスに顔を出すと、イースト・サセックスの警察から真実がもたらされた。リートフェルト教授は処方薬である鎮痛剤を自分に大量注射し、少なくともグラス一杯のスコッチウィスキーを飲んだのだ。彼の遺体は、庭で発見された。芝生の中央に横たわっていたという。

家と庭は、どうも警察によって封鎖されたらしい。新聞社の匿名の情報源によれば、実際には治安部隊が彼の家の封鎖を命じたという。

その日の午後、若きアメリカ人カメラマンのティボー・タラントが、予定通り、オフィスにやってきた。当然ながら、彼はそのニュースを聞いていた。前日に撮影した写真を大判にプリントしたものを何枚か持参していた。

教授の横顔について記事を書くわたしの計画は全部中止になり、結局、永遠に中止になった。新聞社は、教授の元同僚による長い追悼記事を載せ、友人やほかの同僚たちからのいくつかの追悼の言葉も載せた。数日後、同時代のもっとも偉大な物理学者のひとりの死は、歴史のなかに消えていった。

だが、あの悲嘆に暮れたひどい一日、ティボー・タラントは、ティース・リートフェルトの人生の最後の午後に撮影した写真を使ってこしらえた、大判の写真作品をわたしに寄越した。それは四枚の別々の写真を、ひとつの長方形のなかにまとめたものだった。

タラントは言った。「あなたはあそこにいました、ジェーン。あなたはぼくが写真を撮影しているのを見ていた。あなたには自分の立っていたところから、教授とぼくがやっていたことが見えたんじゃないですか？」

「見えたわ」

「ぼくが撮影しているあいだ、あなたは教授があのホラ貝を手にし、右手に持って、芝生の上に落ち着いて立っていたところを見ましたね？」

「そのとおり」

われわれはわたしの机の上に置かれている印画紙をじっと見つめていた。

「教授は一度もホラ貝を下に置かなかった。そうですね？」

「ええ」

「教授がホラ貝を片手から反対の手に移すところを見ましたか？」

「いいえ」

「ぼくはこの写真を連続で撮影しています。数秒おきに。いったいなにがあったんでしょう？」

わたしはわからない、と答えた。われわれはそれについてしばらく話したが、そのあとでタラントとわたしは地元のバーが入っている下の階にいき、一本の赤ワインをシェアした。われわれは、ごく短いあいだ出会った興味深い老人の思い出に酒を飲んだ。長居はしなかった——ティボーはほかに仕事の約束があり、わたしたしはオフィスに戻ってやらねばならない仕事があった。

わたしはあの日タラントが撮影した写真をプリントしたものをまだ持っている。美しいホラ貝を持って、芝生のまんなかに立っているリートフェルト教授の写真だ。わたしはその写真をガラスの入った額に収め、机のまえの壁にかけている。四枚の写真のなかで、わたし自身の姿はかろうじて見える程度だ。ミツバチが飛び交うフジウツギの木立ちの向こうにいて、少しピントがズレているが、家のなかに立っていて、窓から下の芝生を眺めているのははっきりわかる。

四枚の写真はひとつの長方形を形作っている。上の段の左枠では、教授はピンクとアンバー色の貝殻を右手に持っている。その隣の写真では、彼はほぼおなじ姿勢だが、ホラ貝は左手に移っていた。下の段の最初の枠では、リートフェルト教授は二個のまったくおなじ形をした貝殻を手にしているところが写っていた。

それぞれ伸ばした手の先に持っている。四枚めの写真では、彼の両手はなにも持っていない。

四枚めの写真だけ、老人はカメラに向かってほほ笑んでいた。

第五部　ティルビー・ムーア

1

計器叩き屋

一等航空機整備兵マイク・トーランス——仲間には〝びしょびしょ《フラッディ》〟トーランスと呼ばれている——は、陽射しを浴びて低空を飛ぶランカスター爆撃機を見るといつも、その美しさに心を動かされた。彼だけでなくほかの整備兵もみな、よそ見をする時間などほとんど持ちあわせていなかったが、ランク（ランカスター爆撃機の愛称）が着陸するときはいつも、手を休めてそちらを見上げた。機体が見えるまえに、まずエンジン音が聞こえてくる。やがて、リンカンシャーの農地をよぎり、さほど遠くないところでランクが低空へと下りてくる。飛行場に向かって降下してくるランクが機体を傾けると、機体上面の濃緑色《ダークグリーン》と茶色の迷彩塗装がちらりと見える。着陸のために機首をわずかに上に向け、滑走路に近づいてくると、夜空に溶けこむように真っ黒に塗装された機体下面しか見えなくなる。ドイツの夜空を飛ぶ際には、下からはまったく見えなくなるだろう。少なくともかなり見えにくくなるはずだ。

ただ実用性のみを追求した質実剛健なつくりが、その機体の美しさを生みだしていた。重爆撃機のすべてのパーツはそれぞれ明確な目的のために設置されており、見た目をよくするとか空気抵抗を減らすとかいった努力とは無縁だった。機首と、二枚の垂直尾翼のあいだと、機体上面にひとつずつ設置された機関銃は、涙滴形の透明アクリル樹脂製の銃塔におさめられており、コックピットの両脇と長い爆弾倉扉の横にも透明な球形観測窓があった。巨大なマーリン・エンジンも機体下面同様、真っ黒に塗装されている。端から端まで百フィート以上もある主翼は両縁が丸く、かなりの厚みをもっており、巡航速度で最大十二時間の飛行を可能にする巨大な燃料タンクをおさめている。機内にも、搭乗員の快適さへの配慮は一切ない。マイク・トーランスたち整備兵にとってもそれはおなじだ。シートのクッションはなきに等しく、機内の暖房もたまにしか作動しない。長い胴体は狭く、さまざまな備品がひしめきあっているうえ、金属部品のむきだしの角やぎざぎざした縁があちこちから突きだしている。ウールの服を何枚も重ね着した上にかさばる飛行服を着こんだ搭乗員は、機内では動きまわるのもやっとだ。パラシュートを装着しなければならないとなると、さらに困難になる。被弾して墜落していくランクの機内――おそらくあたり一面は火の海だろう――を緊急脱出口に向けて進んでいく光景は、地上の整備員たちには想像もつかないものだ。

防音設備はまったくないので、マーリン・エンジンの耳をつんざく轟音はとだえることがない。空に上がれば、あちこちの隙間から冷たい希薄な大気が機内に入ってくる。機体の外側には、センサーやアンテナ、銃眼やハッチがひしめきあっている。ランカスターには必要もなく設置されている部品はひとつもなく、それを隠そうとする試みもなされていなかった。

とはいえ、トーランスにはやはりそれは美しく思えた。なぜなら、北海を越えてドイツの都市を地獄に変える長距離爆撃に世界でいちばん適している航空機がランカスターだと信じていたからだ。一九四三年初頭の冬。それが彼らのしなければならないことだった。

2

イギリス空軍ティルビー・ムーア基地を根拠地とする爆撃機軍団第五群第一四八飛行中隊にとって、ランカスター爆撃機はまだ目新しい機体だった。クリスマス直前まではまだ、古めかしい双発のウェリントン爆撃機がこの部隊の主力だった。マイク・トーランスはちょうどそのころに、ランカスター爆撃機の整備訓練課程を終え、この中隊に配属された。そのころにはすでに、〝ガーデニング作戦〟と呼ばれる機雷敷設《ふせつ》作戦がすでに何度かおこなわれていた。バルト海を出入りするドイツのUボートの動きを阻害するためにデンマーク海峡に機雷を投下する作戦だ。それは危険な任務だった——第一四八飛行中隊はすでに二機のランカスター爆撃機とその乗員を失っていた。

その補塡《ほてん》として、工場で製造されたばかりの新品のランカスター爆撃機が航空輸送予備隊《ATA》(航空機の後方輸送をおこなっていた民間組織)のパイロットによって輸送されてきた。一機ずつ、週に二機か三機のペースで運ばれてきた。整備兵のほとんどは、最初の数機が運ばれてくるまではランカスター爆撃機のそばに寄ったこともなかったが、全員、それぞれに専門の訓練課程を修了していた。

マイク・トーランスは計器整備兵——ほかのクルーからは〝計器叩き屋〟と呼ばれている——で、ランカスター爆撃機の酸素供給設備、爆撃照準器、機載銃の照準器、方位計、高度計、水準器など、機体本体とエンジン、機外搭載装置以外のあらゆる機器を担当していた。そちらのほうにはまた別の整備チームがいる。本体は〝機体屋〟、エンジンは〝エンジン係〟、爆弾や銃弾は〝武器屋〟が担当する。航空機が着陸するとすぐさま、彼ら整備兵と給油車の操作をする〝燃料補給人〟たちが整備にとりかかる。軍用機というものは、作戦活動が開始すればすぐに、いろんな修理が必要になるのだ。

爆撃機の整備兵になるまえ、トーランスは沿岸警備部隊に配属されており、飛行艇の整備を担当していた。そこでは船酔いと海に落とすと取り戻せない道具が命取りになりかねない日常だった。だからランクの整備訓練を受けて地上の基地に配属されたことに、トーランスはほっとしていた。

中隊の計器整備兵の責任者、ジャック・ウィンズロウ空軍軍曹は一九三五年入隊のイギリス空軍の正規兵で、航空機関連の知識では、新米の整備兵にとっては全知全能の神のような存在だった。軍曹の下にはふたりの伍長〝スティーヴ〟・スティーヴンスンとアル・ハリスンがいる。ここまでは自分がなにをやっているかちゃんとわかっている。だがその下の兵員たちはみな、空の戦いにまつわるほんの一端にそれぞれ取り組んでいる有象無象の集団で、内心では自分たちの手腕に見かけほどの自信を持てずにいた。

マイク・トーランスは、空を飛びたいがためにイギリス空軍に入隊したのだが、周囲の若い整備兵たちもみなおなじだろうと思っていた。だが、彼はひょろっとした身長六フィート三インチ（約一九〇センチ）で、背が高すぎた。彼の体格に合う航空機がイギリス空軍には存在しないことがわかったのだ。それが理由で、搭乗員審査の第一次身体検査すら合格できなかった。一般市民時代の彼は、学校卒業後、建築士として修業を積んでいたが、十八歳にして早くもその道に自信が持てなくなっていた。製図は得意だったが、読書や音楽も大好きだったので、小説や詩を書いてみたりもした。勤めていた建築事務所が戦争のための仕事に業務替えしたときに彼は失職し、すぐに空軍に志願した。数カ月後、彼は整備兵になっていた。

ティルビー・ムーア基地にやってきた最初のランク

は、もっとも熟練したパイロットのひとりである中隊指揮官〝JL〟ソウヤーとその乗員たちの乗機だった。ソウヤーはすでに一連の作戦行動を完了し、二巡めの作戦行動の三分の一を終えているベテラン・パイロットだった。新品のランクが到着した翌日、彼と部下たちが試験飛行をおこなった。その機体が到着したあと、整備のため機体にとりつく地上クルーを、トーランスとほかの多くの整備兵は羨望《せんぼう》の眼差しを隠すこともできずに見つめたものだった。

3

最初のランカスター爆撃機が到着してから二週間のうちに、第一四八中隊は定数の機体を持つようになった。装備点検や慣熟飛行などさまざまな準備を数日で終わらせ、中隊は実戦に向かう態勢を整えた。戦争が終わりに向かう気配はまったく見られなかった。地上戦のほとんどは、スターリングラード攻防戦以降もロシア領内でおこなわれていた。スターリンはソヴィエト連邦へのドイツ軍の圧力を弱めるべく、イギリスとアメリカに第二の戦線を開くよう求めていたが、そんなことができると思っている者はほとんどいなかった。連合国側はドイツ本土への容赦ない空爆をおこなうだけで精一杯だった。アメリカ軍第八航空軍はイギリスからの昼間爆撃を開始していたが、ヤンキーたちは恐ろしいほどたくさんの航空機と人員を失っていた。

第一四八中隊は夜間空爆作戦に引きずりこまれることになった。イギリス空軍の記録によれば、ドイツ北西部のルール工業地帯を目標とした一連の空襲作戦は〝ルールの戦い〟と呼ばれている。その年（一九四三年）三月のなかばに開始されたこの作戦で、この中隊のランカスター爆撃機は週に二、三回、だんだん短くなる夜間に飛びたち、北海を抜けてドイツに向かう爆撃機の群れに参加した。当然ながら、中隊は大きな被害を受けるようになり、たくさんの機体と人員が失われていった。

アンディ・エヴェレット空軍大尉が操るランカスター爆撃機が失われたのは、三月の終わりだった。中隊でのコールサインは〝E・楽勝《イージー》〟、トーランスが毎日整備していた機体だった。エヴェレットと搭乗員はデュイスブルク上空で姿を消し、おそらく撃墜されたものと考えられた。数週間後、七名の搭乗員のうち六名が生きているという知らせがティルビー・ムーアの人々に届いた。上面機銃を操作していたカナダ人のケン・アクセントは墜落時に燃える機体から脱出できなかったが、残りの六名はパラシュートで降下し、ドイツの捕虜となった。エヴェレット機喪失の三日後、この喜ばしい知らせをまだ知らないトーランスたち整備兵は、重苦しい雰囲気のなか、補充のランカスター爆撃機を受け取った。新たなランクのコールサインは〝D・掘り屋《ディガー》〟だった。

D・ディガーが到着したのは夕暮れまぎわだったので、そのまま分散待機所に移動された。地上クルーが点検をおこなったのは翌朝になってからだった。その日はどんよりとした雨の降る日で、基地から東のさほど遠くないところにある北海から吹きつける厳しい風を受けて、飛行場のまわりに生えているわずかな木々がなびいていた。マイク・トーランスはこの日はじめて、上官の監督なしで日常点検《DI》をおこなった。機体にはすでにほかの地上クルーが何人も取りついていた。民間人パイロットの手で移送されてきたため、機体はまったく非武装の状態だった。そこでからっぽの機銃座に機関銃を取りつけるのが、武器屋たちの最初の仕事になった。それはやかましい騒音が出る作業で、アクリルガラスの窓をすべて開け放っている機内はひどく寒く、隙間風が通っていた。

　トーランスは狭い機内をコックピットに向かった。移送してきたパイロットから、高度計に異常ありという報告を受けていたからだ。まえもって報告を受けていたので、備品庫からあらかじめ予備の高度計を持ってきていた。壊れた高度計と交換するのは、そう難しい作業ではない。唯一困難なのは、いつものことなのだが、計器盤の裏側がごちゃごちゃしたせせこましい空間であるということで、仰向けになって手をつっこむというやりにくい体勢で作業をしなければならないことだ。こうしたやりにくい作業のくりかえしで、トーランスの両手の指と甲には生涯消えることのない傷があちこちついていた。

　高度計の交換を終えたトーランスは、パイロットからの引き渡し書類に目をやって、ほかに不都合は報告されていないことを確認した。まだ仰向けのままだったので、背中には方向舵《ラダー》ペダルが当たっていた。この体勢になるのはめんどうで、痛い思いをすることも多かったので、必要以上に身動きしたくなかったのだ。だが、引き渡し書類にはただ一行、「高士計／アウト」と書かれているだけだった。

　その手書き文字は子どもが書いたかのようにこわばっていながら丸っこかったが、この手の書類では誤字は珍しくはない。パイロットが大急ぎで、ときには機体を地上滑走《タキシング》させている最中に書きこむのだから、当然だろう。

　日常点検の残りをおこなうため、寝そべった体勢から起き上がろうとしたとき、操縦席と床のあいだになにかきれいな色あいの平たいものがはさまっているのに気がついた。トーランスは手をのばして隙間から抜き取り、立ちあがった。

それは財布のように見えたが、革ではなく頑丈な織物でできていた。押してみた感じから、がさがさする紙が入っていることがわかった。なかのどこかにコインも何枚か入っている。その財布はトーランスが見たことのないやり方で閉じられていた。二本の細い革ひもで何度もぐるぐる巻いてから引き結びで留めてあった。どう見ても私物で、持ち主にとってはおそらくとても価値のあるものだろう——それを手に持って寒いコックピット内に立ち、トーランスはまるで自分が盗んだかのようなうしろめたい気分を感じていた。

規則はよくわかっていた。航空機内で見つけた私物は即刻、上官に報告しなければならない。トーランスはあたりを見まわして軍曹を探したが、どこにもいなかった。航空機のなかや周囲にいる者は全員、自分の仕事に集中していた。

勤務を終えたらすぐに報告するつもりで、トーランスは財布を胸ポケットに入れた。ポケットのボタンを留め、それから日常点検を続けた。

まもなく彼は財布のことを忘れ、財布は夕方までポケットのなかにひそんでいた。夕食をとりに食堂に行こうとしたときに財布に気づいたトーランスは、ほかの仲間を先に行かせた。兵舎にひとり残り、ポケットから財布を出して、あらためてよく見てみた。

札入れと呼ぶのか財布と呼ぶのかよくわからないが、彼が見つけたそれは輝くように色あざやかだった。明るい黄色とオレンジ色の円が散り、その円のなかと周囲に緑色のストライプが織りこまれて、縁どりはあざやかな赤でパイピングされている。そのあざやかな色づかいが、彼の心に過去の暮らしへの痛いほどの郷愁を呼び起こした。さほど遠くない昔だが、もう手の届かないくらい遠くに思えた――子ども時代の毎日長いと思いながら過ごしていた日々、かつて持っていたおもちゃ、花が咲き乱れていた庭の記憶、両親と妹といっしょに暮らした家。いまの彼はくすんだ暗い色ばかりで色彩など存在しない世界で暮らしていた。戦時のイギリスは国じゅうで街路の明かりは消え、窓は黒く塗られて、ネオンサインも消されていた。基地では彼も仲間のみんなも色あせた青い作業着やジャケットに、ベージュかグレーのシャツ、グレーのセーターに紺の略帽といういでたちだ。飛行機は黒か焦げ茶色。飛行場は草が繁っているが、あちこち泥がかぶって模様のようになっている。コンクリート張りの滑走路は、コンクリートのくすんだ細片が長々と続いていた。空はいつもどんよりと雲に覆われているように思える。トーランスが寝起きしているかまぼこ型兵舎《ニッセン・ハット》の金属壁には塗装がまったくされておらず、格納庫は暗色迷彩が施されている。中隊本部のビルは簡素な煉瓦造りで、やはり緑と茶色の迷彩塗装がされていた。

思いがけず強烈な郷愁に襲われながら、トーランスは自分の寝床のわきに腰を下ろし、色あざやかな財布を見つめた。なにか抽象的なもの、ほとんど思いだせないものを失ってもう取りもどせないという実感。彼にとってもこの国の全員にとっても、なんとひどい事態になってしまったことかという感覚。そして戦争のため陰鬱でくすんでいる毎日に耐えて生き延びようとしなければならないのだという好ましからざる事実を改めて思い知らされていた。

しばらくのあいだ、マイク・トーランスはそうした思いにとらわれていた。彼はまだ二十一歳でしかなかった――見つけたいと思っていた暮らしはどこか遠くにすべり落ちてしまっていた。わずかに詰め物が入ったそのかたい物体を手のなかでひっくりかえし、もう一度なかの紙のかたさと丸いコインの重みを感じとる。革ひもの片方を引いて結び目をほどき、財布を開いた。

心のなかに、いましていることに愕然とする部分があった。でしゃばったまねをすべきではない、他人の私物に干渉してはならない——だが、これがだれのものかわかれば、軍の規則であちこちたらいまわしにされることなく返してやれると、彼は考えた。

　財布の中身をあまりじっくり見ないようにしながら、二本の指で探った。小さなかたいカードのようなものが二枚、手に触れた。写真のような手ざわりだった。ちらりと目をやると、つるつるしたコーティングのぼやけた白黒写真だったが、彼はそれ以上は見ようとしなかった。その二枚の下にコインがあった。五枚ほどあったが、総額がいくらになるかはわからなかった。大金だとは思えない。軍で働く者に大金を持ち歩く者はいないからだ。

　あとの中身は紙きれか薄いカードのようなものが数枚で、折りたたまれているものもあった。それ以上詮《せん》索《さく》するのはためらわれたが、持ち主の名前を見つけることができるものなら、それをする必要があった。

　そのとき、財布の本体の片側にジッパーつきの小さなポケットがあることに気づいた。そこに白いカードが一枚入っていた。店のスタンプカードかクーポン券だろうと思ったが、そうではなかった。そのカードには濃い青のインクでマークが印刷されていた。二枚の翼をあらわすマークは中隊のパイロットたちの胸にある記章とおなじだが、その翼のあいだに円で囲まれたATAという文字があった。ふたつの〝A〟は〝T〟の横棒の下に小さくおさまっている。

　そのマークがなんなのか、すぐにわかった。〝ATA〟は航空輸送予備隊——工場で完成した航空機を軍の基地まで輸送するパイロットたちの民間組織——の頭文字だ。整備兵のなかにはATAは〝老いぼれ《Ancient》・ずたぼろ《Tattered》・パイロット《Airman》〟の頭文字だなどと陰口を叩く者もいた。ATAのパイロットの多くが一九一四－一九一八年の大戦時に軍人だった人々で、障害を負っている者も少なくなかったからだ。手足のどれかや片目がなくなっているパイロットが飛行機を運んできたという話を聞くこともしばしばあった。噂では、女性のパイロットもいるようだった。ＡＴＡの志願者の多くは戦争で自国を追われて英国に逃げてきて、ろくに英語も話せない人々だった。

　現役の空軍パイロットたちのあいだでは、ＡＴＡのパイロットの評判は賛否まざっていた。そもそも現役軍人たちは軍用機が民間人に操縦されることに本能的な拒否感を抱いているのだ。だが、四発機のランカスター爆撃機は本来七名の搭乗員で飛ばすものだ。それをただひとり、無線や地図の助けも借りずに目的地まで運ぶのがＡＴＡパイロットの仕事だ。その点に関しては、ＡＴＡパイロットは、その出自がどうであれ、ほかのパイロットたちの敬意を勝ち取っていた。地上クルーはＡＴＡのパイロットと接する機会はほとんどなかった。移送されてきた航空機は、整備をおこなっている場所から遠く離れた分散待機所に地上滑走《タキシング》していく。ＡＴＡパイロットはおそらくその場所からなんらかの手段で基地を離れるのだろう。新しい航空機はそのあと、牽引車によって整備所に運ばれてくる。

　ＡＴＡのマークの下には、〝ＡＴＡ二等乗務員Ｋ・ロズカ〟という名前と、ロンドンにあるＡＴＡ本部の住所が記されていた。その下に、ハンブル交換所の管轄区域内の電話番号が書かれていた。その筆跡は引き渡し書類にあったものとおなじ、子どもの字のような丸っこいものだった。

　トーランスは考えるのをやめ、どうすべきか悩むのをやめて、いますぐ行動することにした。兵舎の外壁に立てかけてある自転車のひとつに乗って、飛行場の管理区画にある陸海空軍協会《ＮＡＡＦＩ》の建物を目指して全力でペダルを漕いだ。その建物の正面入り口のまえにだれでも使える公衆電話ボックスがあるのだ。

　夕闇が深まっており、激しく雨が降っていた——冷そうだった。

たい水滴がトーランスの目を刺し、手と顔を濡らして凍えさせた。

これまで長距離電話をかけたことがなかったので、どうすればいいか交換手に訊ねた。交換手はこの区域に配属されている空軍所属の若者に慣れているようで、値段がどれぐらいかかるか説明し、ぴったりの額の小銭を準備するようにと注意してくれた。いまの彼の所持金ではせいぜい三分ほどしか話せないだろうと、彼に告げた。

トーランスは受話器を置いた。NAAFIの建物に入っていき、意を決してなかのバーでビールをグラス一杯頼んだ。それは勇気をかきたてる景気づけのためもあったが、小銭を手に入れるためでもあった。次の休暇のためにこつこつ貯めてこしらえた、なけなしの十シリング札でビール代を払い、それから慎重に、釣り銭から必要な枚数のコインを数えた。イギリス空軍からもらう給料の一週間分もの大金を払うことになり

4

「相手が出たらAボタンを押してください。それで話ができます」トーランスは交換手にありがとうとつぶやいた。すでに向こう側で電話が鳴るのが聞こえていた。それからカチリと音がして、女性の声がした。

「もしもし？」

トーランスはAボタンを押した。コインがガチャガチャとボックスに落ちていく音が聞こえた。

「もしもし！」トーランスの声はちょっとばかり大きすぎた。

「こちらはハンブル423。どちら様でしょう？」

「ロズカ二等乗務員と話をしたいんですが」おそらくこうではないかと思う読み方で名前を告げた。「K・ロズカです。大至急の用件です」

「どなたですか？　どういう用件ですか？」女性には訛りがあった。〝a〟の音を長く引き伸ばして発音していた。

「こちらはマイク・トラ――ええと、イギリス空軍ティルビー・ムーア基地、第一四八中隊所属のマイク・トーランス整備兵です。至急、ミスター・ロズカに話があるんです」

「わたしがお伺いします」彼女は言った。「なんでしょうか？」

「ええと――ミスター・ロズカはわれわれの基地に運んできたランカスター爆撃機の機内に財布を落とされたんです。それを見つけたので――」

「わたしの財布、あなたが持ってるの？」そのあとの沈黙を、トーランスはどう埋めたらいいかわからなかった。それから、女性はうわずった声で言った。「なんてこと！　あなたが見つけてくれたんですね？」

「パイロットのものだと思います」女性の反応にトーランスは当惑していた。「ATAパイロットの。財布は無事です。ぼくが預かっています」

「引き取りにいきます！　あちこち捜しまわったんです！　あなたのお名前は？」

「名前はさっき言いました」

「もう一度言って。イギリス空軍の方よね？」

ねっとりした声、奇妙な訛り——すべてがトーランスの混乱に輪をかけるものだった。電話のやりとりは彼が思っていたようなものにはならなかった。彼は名前を繰り返し、それから基地名と中隊名を繰り返した。この時点ですでにどれくらい時間を使ったのか見当もつかなかったが、三分という時間は驚くほど短かった。いまになって、あのとき軍曹を探して財布を渡せばよかったと後悔したが、もう手遅れだった。

「ミスター・ロズカはそこにいるんですか？　話をさせてもらえますか？」ばかなことを言っているとは思ったが、この電話のやりとりですっかりわけがわからなくなっていた。トーランスは空いているほうの手をいつの間にかかたく握りしめていた。

「わたしがロズカなの」彼女はその名前を〝ロジュスカ〟というふうに発音した。「あなたが持ってるのはわたしの財布です」

「きみはパイロットなのか？」

「ええ。その財布、なるべくすぐにほしいんです。どうすればあなたに会えるかしら？」

「住所を教えてもらったら郵送できると思ったんだけど。でなきゃきみが所属する基地を教えてもら——」

「だめ、郵便は届かないことがよくあるし、途中で盗まれるかもしれない。そんな危ないことはできません。あなたのいる基地はどこっておっしゃいました？」

「ティルビー・ムーア。リンカンシャーだ」

「そこ、昨日行きました。ランカスターをティルビーに運んだの」

「間違いない」トーランスは言った。「そのコックピットで財布を見つけたんだ」

「ありがとう、ありがとう! ああ本当に、いくら感謝しても足りないくらい!」彼女が深く息を吸いこむのが聞こえた。「ティルビーに行きます、なるべくすぐに。どうすればあなたに会えます?」

「ぼくは〝A〟小隊の計器担当だ」

「パイロットじゃなく?」

「いや、整備兵だ」

ピッピッピッピッという割りこみ音がふたりの声に重なって響き、交換手が割りこんできた。「時間切れです。お金を追加しますか?」

「しない!」トーランスは声を張り上げ、ロジュスカと名乗る女性に向かって叫んだ。「きみが来たらわかるように気をつけるよ!」だが沈黙が続くだけだった。

トーランスは受話器を置いた。電話ボックスの陰気な薄闇のなかにたたずむ。外ではコンクリートの小道に激しく雨が降り注いでいた。少し離れたところに空軍二等兵が立ち、建物のひさしの下で雨宿りをしながら、電話が空くのを待っていた。電話の横の緊急通話時の案内が印字された金属板に、たくさんの電話番号がひっかき数字や殴り書きで書かれていた。ボックス内は古くからの煙草と洗っていない服とそれ以外のなにかの臭いがしていた――戦時のイギリス空軍基地の基調としていつも漂っている漠然としているがなじみのある臭いが。NAAFIの建物内の話し声が、真っ黒に塗りつぶされた窓を通して聞こえてきた。それからさらに二、三分、トーランスは立ちつくしていた。凍えるような寒さを感じながら、すっかり薄くなった財布を握りしめて。

「早くしてくれ、おい!」外で待っている男が言った。

トーランスはすまなそうな顔をしようとしながら、電話ボックスから雨のなかに出た。建物の脇の短い小道を急ぎ、なかに入った。やかましい話し声とピアノの音に圧倒されたが、ドアを通るときに胸ポケットに入れている財布をもう一度見た。輝くような色彩を目にして、一瞬また喜びがこみあげた。わくわくした興奮で目がくらむような気分だった。

5

それから四日後の夜、ドイツの都市エッセンへの空爆で、第一四八中隊はさらに二機のランカスター爆撃機を失った。どちらも墜落する姿をほかの僚機に目撃されており、破壊されたのは確実だった。失われた機の搭乗員はみな、トーランスが基地でよく見かけていた男たちで、そのうちひとりかふたりはファーストネームまで知っていた。トーランスは口には出さなかったが、ほかのみんなとともに彼らの死を悼み、黙々と仕事を続けた。

その一週間後、バルト海の海峡部に機雷を敷設するガーデニング作戦を終えてティルビー・ムーア基地に帰投しようとしていたウィル・スワード指揮のランカスター〝H・ヘンリー〟機が、ドイツの夜間戦闘機型のユンカースJu‐88に撃墜された。そのランクは主滑走路に向けて降下をはじめ、あと三十秒もすれば着陸するというときに夜間戦闘機の銃撃を受けたのだ。目撃者によれば、残っていた燃料に火がついたが、パイロットは滑走路の上から外れずに機を水平に保っていた。次の瞬間、爆発が起こり、破壊された機体は滑走路を飛び越え、尾根の下にあった農地に突っこんだ。搭乗員七名全員が死亡した。

その翌朝、ランカスター爆撃機の残骸を捜索し、乗員の遺品を捜すチームに、トーランスは志願して加わった。一行が到着したときには火災は消え、遺体は収容されていたが、機体の残骸は墜落した場所にそのまま残されていた。墜落時の衝撃で片方の主翼が折れ、つぶれた胴体に重なるようにかぶさっている。水平尾翼も折れ、ぐるりと向きを変えていた。中隊のトラックに乗って尾根を走りながら見下ろすと、めちゃめちゃになった機体は農地の中央に落ちており、黒焦げになった残骸がほぼ完璧な正三角形をつくっていた。作業チームの六人は油まみれの遺品捜索を一時間足らずで終え、通常の業務に戻った。

三日後の夜、さらに一機、ランカスター爆撃機が失われた。これはルール工業地帯のクレフェルト爆撃任務の途中でのことだった。

中隊で働く人々の動揺を麻痺させてくれるようなものはなにもなく、みながこうした日常的なショックを耐え忍ぶしかなかった。日々の仕事の重圧のために、死者に想いを馳せる時間はほとんどなかった。死は日常生活の一部になっていた。マイク・トーランスもまったくおなじで、ひとりひとりの死に胸の痛む深い悲しみを感じていたが、あの電話以来、そうした個々の災厄以外のことも考えずにはいられなかった。ランカスター爆撃機が失われるごとに新たな機体が運ばれてくる。つまり、そのうちに拾った財布の持ち主と会えるかもしれないと思えたのだった。

失われた飛行機は当然ながら補充された。だが新しいランカスター爆撃機が――おそらくATAのパイロットの操縦で――やってきても、即座に遠く離れた分散待機所に送られるのがつねで、トーランスがパイロットと接触する機会はなかった。財布はまだトーランスのもとにあった。プライバシーなど存在しないに等しい兵舎にいるときにはできるかぎりしっかりと隠し、基地内を動きまわっているか仕事をしているときは上着の胸ポケットに入れ、しっかりとボタンを留めて持ち運んでいた。

一週間休暇の順番が巡ってきたので、トーランスはイースト・サセックス州の海辺の町、ヘイスティングズにある実家に帰省した。この帰省で、戦争の被害は実際の戦闘員だけに限られていないことを思い知らされた。ヘイスティングズは、英仏海峡の向こう側にあるフランス北部の基地から発進したドイツ空軍によるヒットエンドラン攻撃――爆弾を落としてすぐに去っていく――を絶えず受けていた。トーランスの両親もいつ犠牲者になるか知れなかった。両親の家がある通りで、すでに二軒が爆撃でつぶされていた。実家から百ヤードも離れていないところだった。父親は哨戒艇のエンジンを製造する工場で働かなければならず、週のうちの大半の夜は夜勤で家を留守にしていた。ある朝、トーランスの母親は、父親が家にいないときにどれほど心細く寂しいか、トーランスに訴えた。妹のエリーは学童疎開でウィルトシャーに避難していたが、最終学年になるので、もうすぐ戻ってくることになっている。母親はエリーに安全な場所で過ごしてほしいと思う気持ちと、手元に置きたいと思う気持ちとに引き裂かれていた。

実家で過ごした日々は静かで落ち着いていた。実家の庭の雑草を刈り、花が咲くように整えた。子どものころに幸せな時間をたっぷりと過ごした庭だった。庭仕事は、あの財布をどうしようかと考える時間を与えてくれた。自分の行動が賢明とは言えなかったことはわかっていたが、よかれと思ってのことだったのだ。それに、財布の持ち主の女性がひどく取りもどしたがっていることもわかっていた。彼にとっては大きなジレンマだったが、一週間の休暇が終わるころには、とにかく手元で保管するのがいちばんいいのだという考えに至っていた。

リンカンシャーの基地への帰路は時間がかかった。重い背嚢に苦労しながら、すべての駅に停まる鈍行列車に乗ってイングランドを横断する旅は、まる一日かかった。定員過剰で混み合う客車に詰めこまれ、ごく短い停車時間にさっとつかめるものをつかまないと、飲み食いできるものはほとんどなかった。休暇を終えて基地に戻ったときのつねで、肩と腕はずきずきと痛み、腹ぺこのうえに喉はからからで、足は靴ずれでじんじんしていた。

だが今回は、煙草の煙がたちこめる兵舎に入っていくと、野卑な歓呼がわきおこった。

「おいでなすった!」

「叩き屋のお帰りだ!」

「今回は覚悟しろよ、フラッディ!」

「いったいなんのことだ?」野次がおさまると、トーランスは用心しながら訊いた。基地を離れているあいだにイギリス空軍のなにかささいな規則を破ってしまうのはよくあることだったからだ。

「たったいま、親方が探してたぜ」トーランスの真上の寝台で寝ているジェイクが言った。親方とは計器整備の総責任者、ウィンズロウ空軍軍曹のことだ。彼が二等兵を探しにくるということは、トラブルを意味していた。

「なんの用か言ってたか?」

「八時までに出頭しろとよ。その時間までに戻ってなきゃ、明朝いちばんだとさ」

時刻は七時半をまわったところだった。トーランスは背嚢を自分の寝台に放り投げると、自転車を借りて全速力で漕ぎ、まっすぐ下士官の食堂に向かった。ウィンズロウ軍曹はダーツをしていて、ゲームが終わるまでトーランスを待たせた。軍曹が勝ったことが、トーランスには一瞬、吉兆のように思えた。

「空軍整備兵トーランスだな」軍曹は言った。「明日一八〇〇時まで任務から解放する」

「自分はなにをやらかしたんでしょうか、軍曹？」

「おれは知らん。明日九〇〇時までに第十一分散待機所に出頭すること。場所は知ってるな？」

「はい、軍曹」実は知らなかったが、それを明かすつもりはなかった。だれかに訊くか、なんとかして自力で見つけるかだ。「どういう用件なのか教えていただけないでしょうか、軍曹？」

「知るもんか。ずっと上の方からの命令だ。基地司令から伝達されたんだ。言われたとおりにしろ、それがすんだら通常業務に戻れ。いいな？」

「はい、軍曹」

「行ってよし――急げ」

トーランスは兵舎に戻るまえに遅い夕食を漁ろうと食堂に向かった。

6

上天気のまぶしい朝だった。早朝の暖かい陽射しが滑走路にあふれていた。だれだかのいいかげんな説明に従って飛行場を半分ほど横切ったあたりで、目指す第十一分散待機所は、到着したATAのパイロットが新しい航空機を駐機させる区画だと、トーランスは気づいた。目を惹くようなものはたいしてなかった。煉瓦造りの平屋の建物が二棟あるだけだ。見慣れた平たい屋根に四角い窓の建物で、それぞれにドアがふたつついている。建物のまえのコンクリートの駐機場《エプロン》には、双発のアヴロ・アンソン機が停まっていた。

借りてきた自転車を建物の裏手の壁に立てかけ、トーランスは駐機場に歩いていった。アンソンのそばに立つと、プロ意識がこの馬車馬のような輸送機の臭いと音に注意を向けていた。エンジンはクールダウン運転の音を立てている。コックピットへの出入り口の床は大勢が出入りしたためにすりきれ、アクリル樹脂のキャノピーの表面には無数の細かなすり傷がつき、日光を乱反射させている。それは何百時間という通算飛行時間の長さを語るものだ。暖かく明るい朝で、朝靄はもう消えていた。空には雲ひとつない。飛行場のどこか遠くから、テストのため始動したランカスター爆撃機のマーリン・エンジンの聞き慣れた音が聞こえてくる。トーランスには容易に想像できた――さまざまな機体に取りつく地上クルーの姿、エンジンカバーがはねあげられ、爆弾倉の扉が開放され、はしご車や台車、備品を運ぶ車があたり一面に散開するさまを。

トーランスがいる分散待機所に向けて、基地の境界に沿った道路を穏やかなスピードで走ってくる一台の車が見えた。風向きが変わり、ランクのエンジン音がいっそう大きく、はっきりと澄んだ音になり、平らな飛行場の上に広がった。ふだん仕事をしているエリアから離れていることで、トーランスの五感はいっそう研ぎ澄まされていた。刈られた草の匂い、野草の花の香りが意識された。建物のうしろには細長く盛りあがった生垣があり、白と黄色の細かい花が靄のように咲いている――基地の境界線の一部がこんな生垣になっているのは、彼の知らなかったことだ。そしてその向こうには、戦争とは無縁のように見える田園地帯が広がっていた。その眺めが彼の胸を強く打ち、またしても遠い過去の日々――はっきりとはしないが強烈な印象をもつ日々を思いださせた。

　車はカーブを切り、建物のすぐまえで停まった。運転しているのは婦人補助空軍《WAAF》の婦人兵だった。助手席側の後部席から出てきたのは、スマートなダークブルーの制服を着た若い女性だった。略帽をかぶり、トーランスのほうに歩いてきた。WAAFの運転手は即座に車を方向転換させ、ふたたび境界線の道路に戻るとスピードを上げて走り去った。

　トーランスは若い女性が自分に敬礼をするか、逆に自分が敬礼をすることを期待しているかどちらかだと思った――それがイギリス空軍軍人の暮らしにしみついている慣習だったからだ――が、彼女は彼からちょっと離れたところで足を止めた。その態度は形式などまったく気にしてはいなかった。彼女はトーランスを見て立ちすくんでいるようだった。顔見知りのような笑みを浮かべてじっと彼を見ていた。それから目に見えてがっかりして両膝を軽く曲げ、両腕を彼に向かって伸ばした。彼女はぼくに見覚えがあるようだな、とトーランスは思った。まるでトーランスも彼女のことを知っていると期待しているかのようだった。彼女は略帽をかなぐり捨てて地面に投げると、足早にトーランスのほうに歩いてきた。両腕は彼を迎え入れるように掲げられていた。

だが、彼女はトーランスに抱きつきはしなかった。大きな声でなにか言った。外国の言葉がほとばしった。最初の言葉だけがトーランスにはわかった、というか、わかったように思えた。それはこう聞こえた――「トーマス！」、それとも「トーランス！」だったかもしれない。

それから、彼女はトーランスのまんまえに立ち、両手をトーランスの肩に置こうとしているかのように伸ばす。にこにこと笑いかけ、キスをするかのように顔を上に向けた。トーランスは当惑のあまり動くことができなかった。抵抗することもあとずさることもできず、ただ彼女のふるまいに驚いていた。

その不思議な一瞬は消え去った。ほんの一秒か二秒が過ぎると、彼女は両手を下ろして一歩あとずさり、顔を背けた。

そして英語で言った。「あなたがマイク・トーランス？」

「そうだ」

「わたしはクリスティナ。クリスティナ・ロジュスカ。本当にごめんなさい――ここにはあなたに会いにきたんだけど、あなたを見た瞬間、奇跡が起きたと思ったの。あなたをほかの人だと思った。あなたは本当に彼にそっくり――」

「きみが〝トーマス〟と言うのが聞こえたよ」

「トーマシュ」〝ト〟が長くのばされ、末尾の子音が外国風の響きを醸しだしていた。彼女は言った。「英語のトーマスとほぼおなじ名前ね、ポーランド語の。わたしは……あなたを見てびっくりしたの。おかしな女だと思われなきゃいいけど――」トーランスからあとずさり、身をかがめて草の上に落ちた帽子を拾い、その縁を手でこすった。「ええと、ポーランドにいたころ、知り合いがいたの。いい友だち、親友だった。その人の名前はトーマシュ。あなたは本当に彼によく似てるのよ。びっくりした！　あなたの髪も目も！

あなたを見たとき、信じられなかったの。ごめんなさい——こんなこと、言うべきじゃなかった。いったいこいつはなにをやってるのかって思ったでしょう」彼女は片手を差しだした。「財布を受け取りにきました。あなたが電話で言ってた財布を。まだ持ってますね？」

「あの財布だよね？　もちろんだ」トーランスはあわてて胸ポケットのボタンを外し、大切に守ってきた品物を取りだすと、彼女に差しだした。あざやかな色彩が陽射しを浴びて輝いた。それはこの五週間近いあいだ、彼がずっと思い描き、夢想していた交流の瞬間だった。そしていま、それは終わろうとしていた。

彼女は財布を受け取り、つかのま胸に押し当てた。「本当にありがとう！　これがなくなってしまったら、どうかしちゃってたかもしれない」革ひもをほどく顔が熱っぽく輝いていた。財布を開くと、彼女は二枚の写真を取りだした。それは以前トーランスが指先で触ったものの、ちゃんと見ないようにしたものだった。

彼女はその二枚にすばやく目をやり、一枚をトーランスに見えるように差しだした。

「これがトーマシュ。あなたにそっくりでしょ？　ほら、兄弟みたい。双子みたい！」

トーランスはそのもろくなった四角形のカードを注意深く受け取り、見つめた。それは大きな写真から切り取ったもののようだった。若い男性の胸から上といっしょに、まわりに立っているほかの男たちも部分的に写っていたからだ。それはなにかのスポーツチームか、友人グループか、トーランス自身も入っているような軍隊仲間の集合写真だろうか。角のひとつにななめの折り目が入っていた。ピントがしっかり合っているとは言えない写真だったが、その若者はハンサムで親しみやすい顔をしていた。頰骨は高く、額は広く、髪は焦げ茶色か黒のちぢれ毛だった。本当に自分と似ているかどうかはよくわからなかったが、だいたいおなじぐらいの年齢で、背も高いように見えた。そして髪が黒っぽくてくしゃくしゃもつれているところは、トーランスに少し似ていた。

「ほら？」

「ああ、うん」トーランスは写真を彼女に返した。彼女はもう一度ちらりとそれに目をやり、財布のなかにしまった。「その人って――？」

「トーマシュ、わたしのフィアンセ。四年まえに結婚するはずだったんだけど、いろいろと問題が起きて。時間があれば話せるんですけど。トーマシュとわたしは長いあいだつきあってて、住んでいたクラクフから出ていこうとしていた。ようやく出ていけると思ったときに、ナチスが――」不意に言葉がとぎれた。「あなたはこんな話、聞きたくないでしょうね」

「聞きたい」トーランスは言った。財布を返したいま、ここでこうして話をつづける口実も理由ももはやなくなっていることがわかっていたからだ。まもなく、彼女は帰っていくだろう。彼女を行かせたくなかった。彼女がフィアンセについてどんなことを話すにせよ、いっしょにいたかった。彼女に気づかれることなく彼女をよく見ようとした。あからさまに彼女を見つめたりはしなかったが、彼女から目を離すことができそうになかった。これまでに知っている若い女性のなかで、これほど興味深く、驚くほどの魅力を備えている女性はほかになかった。彼女のダークブルーの制服も衝撃的だった。トーランスが見慣れているイギリス空軍の標準的な灰青色の軍服にくらべると、はるかに知的で主張がありそうに見えた。彼女の左胸のポケットの上には、二枚の翼のＡＴＡパイロットのマークが刺繍されていた。

ふたりが話しているあいだ、遠くでランカスター爆撃機のエンジン音がずっとやかましくつづいていた。トーランスの基地での毎日の仕事にはつきものの耳慣れた騒音だったが、それがいま、思いがけずぴたりとやんだ。彼と女性はアンソン輸送機の横に立ち、ふたりとも主翼のまえの縁に軽く手をかけていた。

「飛ぶのは好き？」彼女は訊いた。

「もちろんだ！　でもぼくには許されていないんだ——」

「わたし、このアンソンを一日じゅう自由に使えるの。あなたを空の旅に招待していいかしら？　財布を見つけてもらってどんなにうれしいか、どんなに感謝してるかあなたに知ってもらいたいの。許可をとる必要はありません。すべて手配ずみ」

7

ふたりは内陸を横切って、とある臨時飛行場に向かって飛んだ。彼女の話では、その飛行場は夜間の緊急着陸や、悪天候のため編隊からはぐれた機の着陸にしか使われないということだった。以前目的地が霧で閉ざされていたときに着陸せざるをえなくなり、そのときにここのことを知ったのだと、彼女は言った。それはシュロップシャーとウェールズ内陸の丘陵地帯のあいだに横たわる低地にあった。

彼女はトーランスを操縦席の右側の副操縦席に座らせた。コックピット内の、彼女のすぐ隣だ。ランカスター爆撃機では航空機関士の席であり、特別に重要なポジションと見られている。トーランスはランカスターの窮屈な座席には慣れていたが、アンソンの座席はさらにその半分ぐらいしかないように思えた。かたい金属製シートに身体を押しこむと、肩が彼女の肩に押しつけられた。彼女は気にしていないようで、飛行帽をかぶり、ベークライト製の茶色のヘッドフォンをトーランスに渡した。飛行中も話ができるようにするためだ。ヘッドフォンで聞く彼女の声は彼の耳のすぐ間近で親密に聞こえたが、キンキンした金属質の響きも加わって出所不明のようにも感じられた。彼女が言ったことに返事をしたとき、彼女が反応するのが感じられた。

「どならなくてもいい!」彼女は注意を強調するように、親しみをこめて肘で彼をつついた。

トーランスはうしろに寄りかかってくつろごうとした。この空の旅を楽しもうと決めたのだ。最初は、飛行場の上を二、三周まわる程度のもの、パイロットがときたま好意で地上クルーを二、三人乗せてくれる短距離のテスト飛行のようなものだろうと思っていた。だがじきに、彼女が考えているのはそうではないことがはっきりとわかった。飛行前点検を手早くすませ、地上管制員と無線電話で短いやりとりをしたあと、彼女はアンソンをタキシングさせて滑走路の端まで行き、すぐにスロットルを全開にした。轟音を上げ、飛行機はコンクリートの滑走路を走りだした。ものの数秒ぐらいに思えるあいだに、ふたりは空を飛んでいた。彼女は機体を鋭くバンクさせ、西に向かった。

「本当にこんなことをしていいのかい?」トーランスは言った。こんなことをしているのが計器担当の下士官に知れたらどういうことになるかと、急に不安になったのだ。

「心配はいらないって言ったでしょ。きょう一日、この機はわたしのものなの」

「でもいくらなんでも、気が向いたときにイギリス空軍の飛行機を借りだすなんて、できるわけがない」

「できるときもある。あとでどうやったか教えてあげる」

彼女はそれほど高度は上げずに、機体を水平飛行に移した。地上の家や畑、道路や森がはっきりと見てとれた。最初のうち、トーランスはこの体験に夢中になっていて、自分がなにを目にしているのかろくにわかっていなかった。機体の動きや高いところでのめくるめく感覚、機内の機械油臭さ、騒音と振動に魅了されていた。空に上がったとたんにコックピット内はぐんと寒くなったが、キャノピー越しに目のくらむような陽射しが降り注いでいた。高度を訊ねると、彼女はまえにある計器盤の高度計を指差した——何度となく交換したり調整してきた計器だったが、飛行中にそれを見ることとは思い浮かばなかった。高度二千フィートちょっとと表示されていた。

アンソン輸送機は速度が遅いことで有名な飛行機だが、飛行は一時間たらずで終わった。彼女は地図を持っておらず、飛びながらずっと地上を見ていた。ATAのパイロットはみな、主要な運河や川や鉄道の線路といった目印《ランドマーク》を暗記しているんだと、彼女は言った。イングランド全土の地図は頭に入っていると彼女は言った。ときおり無線電話で会話をし、ある管制区域から隣の管制区域に移動する許可を得ていた。そういうときは、右の腿の膝のすぐ上に開いてバンドで留めてあるノートに目をやり、殴り書きされたコードを読み上げていた。それはトーランスが以前見た引き渡し書類の字とおなじ、子どもっぽい筆跡だった。彼女がなにげなくスカートの裾を引き上げたり、コードを読もうとしてトーランスの脚に脚を押しあてたりするたびに、トーランスはいちいち動揺した。

あまりにもあっけなく、目指していた飛行場が見えてきたと、インターコムで彼女が告げた。彼女は前方を指差してから左に動かしたが、トーランスが座っているところからは前方の地面は見えなかった。彼女はスロットルを絞り、まるで空中でブレーキをかけたかのように機体の速度を落とし、急旋回させた。ひと握りの真っ白な綿雲が散っている、深みのある青い空がふたりのまわりでぐるりとまわった。ひどく傾いた地面がちらりと見え、いまにも飛行機がひっくり返るのではないかと思えた。舞い上がるようでもありもんどり打つようでもある感覚に、トーランスは怖さとスリルを味わった。急旋回で身体が彼女に押しつけられたが、彼女は気にする様子はなかった。ほどなく機体は水平になり、前方の草原の黄ばんだ草が刈られて平らな滑走路が造られている細長い部分が見えた。

　飛行機は着陸し、草の上で跳ねながら揺れた。彼女は落ち着き払って、でこぼこした地面の上で機体を走らせた。飛行機は大きく左右に揺れ、そのたびにトーランスの腕と肩が彼女にぶつかった。

8

　まず、形式的な手続きがあった。飛行場の横に一台のハウストレーラーが駐《と》められていて、そこにひとりの空軍准尉が勤務していた。ここに来る飛行のフライトプランを受け取った准尉は、そこに書かれているものを見て驚いた。そしてすぐさま、彼女を〝マアム〟と敬称で呼びはじめた。帰路のフライトプランにもなにも問題はなく、准尉は見るからに急いでそれを受理した。それから、自由に使える車が必要かとか、ランチを出してもらいたいかとか訊ねた。彼女はどちらの申し出も丁重にことわった。准尉はがっかりした顔になった。滑走路はこの日の夜間緊急着陸地に指定されているかと彼女は訊ね、准尉は指定されていると答え

「あなたは好奇心旺盛なタイプじゃないでしょ？」彼女は言った。

「どういう意味だい？」

「ええとね、あなたはひとつ質問をした。そんなことはしないかと思ってたの。でもあなたは、それ以上質問はしていない」

「そういうのは好きじゃないんだ」彼は言った。「というか、訊きたいようなことはなにもない」

「あら、あるでしょ。わたしがあなたをフライトに誘った理由や、これからどこに行こうとしているのか、知りたいはず。どうしてわたしがポーランド人なのか、このイングランドでなにをしているのか、知りたいはず。それになにより、わたしがどうしてイギリス空軍の航空機を借りて、一日中好きなところを飛びまわっていられるのか、知りたいはず。そうでしょ？」

「ああ、不思議に思ってた――ぼくはきみを〝マアム〟と呼ぶべきなのか？」

た。

「マアム、あなたのアンソンには夜になるまでに離陸していただかなければなりません」

「そうします」彼女は言った。

「燃料補給は必要ですか？」

「要りません、ありがとう」

トーランスの耳には、コックピットで間断なく聞いていたアンソンのエンジン音が鳴り響いていた。彼女について、准尉のトレーラーの後方にのびている小道を歩いていき、木のゲートをくぐって狭い田舎道へと出ていった。彼女はキャンバス地のかばんを肩掛けにしていた。田舎道は小さな飛行場の縁と平行にのびていたが、ゲートを抜けたとたん、飛行場など存在しないかのような景色になった。道の両側には高い生垣がそびえ、あたりは穏やかな静寂に包まれていた。さわやかな香りがうっすらと漂っている。輝く太陽に照らされ、トーランスはジャケットのボタンを外した。

彼女は笑った。「まさか、どうぞクリスティナと呼んでちょうだい。わたしは士官じゃありません。イギリス空軍の軍人ですらない。それからあなた、マイク・トーランス――あなたのことは下の名前で呼びたいな。いいかしら、マイク?」

「マイクでもマイクルでも。イギリス空軍に入ってからは、みんなにフラッディと呼ばれてるけどね」

「フラッディ?」

「フラッディ・トーランス」彼女が面食らった顔をしているので、言い添えた。「ニックネームだよ。トーランスから激流《トーレンツ》、洪水《フラッド》っていう連想さ」

「ううん、わからないな。あなたのことはミーキャルって呼ぶことにする」それが彼女の発音するマイクルだった。

「でも、あの准尉はどうしてきみをマアムと呼んだんだ?」

「わたしが見せた命令書の署名を見たの」彼女はジャケットから書類を引っぱりだした。「この名前、知ってるでしょ?」

命令書はタイプで打たれていた。いちばん下に大きなゴム印が押され、この命令が〝爆撃機軍団総司令部第一発令所、在ハイウィッカム基地〟からのものだと明かしていた。殴り書きの署名は判読できなかったが、その下にタイプで〝空軍少将T・L・A・リアダン(バート)閣下〟とあった。トーランスはその名前を見つめた。その名前はよく知っていたが、いまこの瞬間、燦々《さんさん》と陽射しを浴びている田舎道をこの驚くべき若い女性と並んでゆっくりと歩いていると、その意味が理解できなかった。

「リアダン空軍少将」彼女は言った。「それでわからないかしら?」

「リアダン! 爆撃機軍団のトップ、ハリス直属の副司令官じゃないか!」トーランスは言った。「いったい全体、どうしてリアダンの署名なんてもらえるんだ?」

彼女はまた笑っていた。だがそれはトーランスを馬鹿にしているのではなく、彼が驚くのを見て喜んでいるというようだった。

「リアダンのファーストネームはティモシーなの、というか、わたしはティムって呼んでるけど。わたしのルームメイトがリズベスっていうんだけど、彼女もATAで働いている。ハンブルで一軒家をシェアしてるの。そこにATAの基地があって、近くに航空機の工場がある。そこでどういう飛行機がつくられてるかはだれにも言っちゃいけないんだけど、それがわたしたちがそこに住んでる理由。わたしのルームメイトのラストネームはリアダンなの、リズベス・リアダン……彼女のお父さんが少将。彼女はときどき、週末にわたしを実家に連れていってくれるの。一度か二度、少将も在宅してたことがあって、いっしょにトランプをしたり、ジンやウイスキーを飲んだりしたわ。少将はわたしをからかって、一度なんかわたしは彼のために歌ったりもした。そして彼は先の大戦での活躍話を長々と聞かせてくれるの」

「きみはリアダンと知り合いなのか?」トーランスは茫然《ぼうぜん》としていた。

「ええ、わたしはリアダンの知り合い。だからときどき——ひどく頻繁ってわけじゃなきゃ、リズベスのお父さんにどうかお願いを聞いてちょうだいって頼むことができるんだ。そしてきょうは、彼の訓練用の機体をひとつ、何時間か貸してもらえるかしらって訊いたの。理由は言わなかったし、彼も訊かなかった。だからいまここにいるの。あのアンソンを一九〇〇時までにハンブルに返しさえすれば、好きなところに行けるし、好きな人を乗せられるってこと」

「上着を脱いでもいいかな?」トーランスは言った。「ひどく暑い気がする」

「いいわよ、ミーキャル。わたしも脱がせてもらう」

9

ふたりはほどなく村に着いた。テラスハウスや小さな店が並ぶまえを通り、大きな道路に出たところで、彼女は屋根のついた門をくぐって教会付属の墓地に入っていった。トーランスは村で見かけたパブでビールを飲みたいと思ったが、飛んでいるときはアルコールには絶対に近づきません、と彼女は言った。教会墓地には葉を繁らせた木があちこちに生えて木陰をつくっており、それがとぎれているところには日光が明るい斑点を落としていた。古い墓石の多くは灌木や雑草に覆われていた。鳥が歌い、蝶や羽虫が飛びまわっていた。ふたりのほかにはだれも見当たらなかった。

「去年の夏、ここを見つけたの」彼女は言った。「来られるときはここに来る。たびたびというほどじゃないけど。ここが好きなのは、ここがすごく美しいのと、子どものころよく行ってたクラクフの近くの丘にあった場所を思いださせてくれるから。そこでひとりで歩くのが好きだったんだけど、そのあとときどきトーマシュといっしょに行くようになったの」

「トーマシュはいまもポーランドにいるってことかい？」トーランスは言った。彼女がトーマシュの名を口にするたびに、静かな嫉妬のうずきを感じていた。

「トーマシュのことはまたすぐに話す。でもそのまえになにか食べなきゃ。わたし、朝も食べてないの。軽い食べものを持ってきてるから、いっしょに食べましょう。あなたもお腹が空いているでしょう？」

ふたりは教会墓地の奥のほうに歩いていった。そこには三つの大昔のカタファルク（埋葬後の鎮魂ミサの際に置かれる棺に似たもの）に囲まれた小さな空き地があった。刻まれている名前も賛辞も、歳月や風化でぼやけて薄れていた。ここに、灰色の壁と教会の塔に向き合うようにして、低いベンチがひとつあった。壁の向こうの牧草地では、牛が草を食んでいる。彼女がベンチに腰掛け、かばんから包みをふたつ三つとボトル一本を取り出すのを、トーランスは横に立って見ていた。

「チーズは好き？　かたゆで卵は？　すっごい英国ふうのサンドウィッチをふたり分持ってきたんだ」ガラス瓶に入ったキュウリのピクルスも出てきたが、それはトーランスがこれまでに見たことも食べたこともないものだった。

ふたりは並んで腰掛け、無言で食べた。それからボトルに入っていたレモンスカッシュをまわし飲みした。飛行機から降りて彼女とふたりきりになり、平和な教会墓地で静かに座っているいま、トーランスは口が思うように動かなかった。新たに登場したライバル、トーマシュのことは、もうこれ以上聞きたくなかった。だが、それ以外は彼女のことをほとんどなにも知らないのだ。出会ってから一時間ほどにしかならない若い女性をめぐって、だれかをライバルだなどとどうして言えるだろう？　それにイギリス各地の飛行場に軍用機を移送するという彼女の仕事が、方位計を調整したりピトー管を掃除したり、壊れた計器を交換したりする彼の地味な仕事にくらべるとはるかに面白く勇敢であると言えることが、痛いほど意識された。自分のことで、彼女に面白いと思ってもらえるようなことがなにかあるだろうか？

彼女は食べながら横目でトーランスをちらちら見ていた――一度トーランスと目が合うと、彼女はにっこりした。

それから、食べ物を入れてきた紙袋をくしゃくしゃと丸めてかばんにつっこむと、彼女は言った。「これがわたしにとってどんなに大切なことだったか、あなたにはわからないでしょうね、ミーキャル。あなたはトーマシュじゃないってわかってるし、わたしが思ってるようなことを思うのは大きな間違いだってわかってるけど、あなたを見て本当にびっくりした」

「最後にトーマシュと会ったのはいつだったんだ？」

「四年まえ、一九三九年。あなたは――二十二歳？」

「二十一歳だ」

「最後に会ったとき、トーマシュはそれぐらいの年齢だった。あなたはわたしの記憶にある彼に本当にそっくり――気味悪いくらい。でももちろん、四年のあいだになにがあったかはわかりっこない。彼もいまじゃ変わってるでしょうね」

「消息は聞いていないのか？」

「ナチスのポーランド侵攻以来、なにも。言っとくけど、きょうは――あなたに会って、財布を返してもらいたかっただけなの。それから、わたしがどんなに感謝してるか伝えるために、ちょっとした空の旅に連れていきたいと思った。お弁当を持ってきたのはお腹が空くからだし、あなたの分も持ってきただけ。わたしがやりたかったのはそれで全部よ。あなたの飛行場のまわりをちょっと飛んで、サンドウィッチをいっしょに食べて、できたらちょっと散歩しておしゃべりができたらって。すっごく英国的でしょ、わたしはそういうのが好きなの。でもあなたを見るまでは、こんなにショックを受けるとは思ってもいなかった。どうしても聞いてもらいたい話があります」

10

マイクル・トーランス記す――いまは一九五三年、クリスティナ・ロジュスカと出会ってから十年たつ。第二次世界大戦はずっとまえに終わり、過去のものとなった。世界じゅうでなにもかもが変わってしまった。ぼくの人生も、だれの人生も。ぼくはもはや、当時のようななにも知らない青二才ではない――そう願っている。だが一九四三年の初夏のあの暑い日に、クリスティナはどのようにしてイギリスにやってきて、ATAのパイロットになったのか、話してくれた。もちろんそれは彼女なりの話し方、あの愛らしいちょっと訛った英語でだ。その口調をそのまま再現することはできないが、ぼくはすっかり彼女にのぼせあがっていたので、彼女から聞いた話は一言漏らさずぼくの脳裏に焼きついている。彼女の話を忘れたことはない。こういうことはもちろん、当時からあるいろんな話とたいして変わるところはない。戦争中、大勢の若者がつかのま出会ってつきあったものの、最終的に乱暴に引き裂かれた――それもときには手ひどいやり方で。あとになってすぐ、彼女から聞いたことを多少書き留めはしたが、実際には話の内容はぼくの記憶にあざやかに焼きついている。すべてを覚えている――というか、覚えているつもりだ。もうずっと、彼女がした話を書き留めるつもりだったが、ついに実現することができた。できるかぎりありのままに書いた。彼女の言葉をそのまま書こうとした――とはいえ、ぼくの記憶にある言葉を再現するのが精一杯だった。

いつの日かクリスティナがこれを読んで、彼女の人生における戦争による悲劇的な別離はひとつではなくふたつだったのだとわかってくれることを願ってやまない。

11

パイロット

　わたしはクラクフ県の小さな農場に生まれた。クラクフの街から東に二十キロほどのところだ。ポビエドニクという村が近くにあったけれど、あたり一帯、見渡すかぎり農地が広がっていた。わたしには三人の兄弟と妹ひとりがいた。父親はグウィドン・ロジュスカという名前で、母はヨアンナといった。家は貧しくて、わたしはひもじい思いをたびたびしながら育った。両親はわたしを学校に通わせてくれて、わたしは学校が好きだった。

　わたしが十一歳のとき、父が飼っていた牛を一度にたくさん、そのあたり一帯の地主というくらいしか知らない男にうまく売ることができた。転がりこんできた大金はあっというまに両親を大きく変えたけど、わたしにとって、その売買ははるかに重大な衝撃をもたらした。買い手の地主は高位の貴族で議員でもあったのだが、売買の最中にわたしに目を留めたのだ。牛が売れたあと、わたしもいっしょに売られたと知って、わたしは驚愕した。地主の息子の遊び相手として、地主家族に引き取られることになっていたのだ。どんなに恐ろしい思いをしたかわかる？　わたしは両親に拒絶された、もういらないから捨てられたと思った。わたしはすべてにおいてできそこないだったんだと。母は三日三晩泣いたし、父はわたしと口をきこうとしなかった。あとになって、それは奴隷の人身売買みたいなものではなく、いつでも取り消せる自発的な里子出しのようなものだとわかった。見当違いな方向だったとはいえ、大人たちは全員、善意でしたことだった。

でも当時のわたしはそんなことは知る由《よし》もなかった。

それからまもないある日、わたしはいい服を着せられて、クラクフ市街のど真ん中に車で連れていかれた。そして旧市街の、フロリアンスカ門や中央市場広場の見晴らし台からそんなに離れていないところにある大きくてきれいなお屋敷の裏口に降ろされた。

それ以後、そのお屋敷がわたしの家になった。貧しい農家の娘だったわたしは、その家の裕福さに圧倒され、恐ろしいとすら思った。召使いが何十人もいて、屋敷じゅうに豪華な家具が置かれ、贅沢に飾りたてられてた。その日からわたしは新たに教育され、しつけられた。真っ先にたたきこまれたのが、この家族とその暮らしについて一切詮索や口だしをしてはならないということだった。その教えはいまもなおしみついているんだけど、ウォヴィチ伯ラファル・グルジンスキはクラクフでももっとも裕福で権力のある人物のひとりだったのは確実に言える。広大な農地とポーランド北部にあるたくさんの製造会社の所有者ということ以外は、彼について話せることはたいしてないんだけど。ナチスとソ連がわたしたちの国に侵攻してから、彼と奥さんがどうなったかは、まったくわからない。

わたしは教育を受けて、自分の属する階級にふさわしい礼儀作法を身につけ、こぎれいに育った。一九二八年から一九三九年までグルジンスキ家で暮らして、両親に手放されたときに取り決められた役割を果たした。最初のうち、それがどういう役割なのかわからなかったけど、やがて伯爵夫人はひとり息子のトーマシュを産んだあと、もう子どもを持てない身体になったことを知った。

わたしがグルジンスキ家に引き取られたのは十一歳のときで、十六歳のころには伯爵家のりっぱな一員になったと思ってた。心では小作人の娘にすぎないとわかってたけど、身ぎれいに育ててもらったおかげで、見た目はこの社会的にも名を馳せている高貴な家族の一員といっても充分通るようになっていた。

伯爵は熱狂的なスポーツマンとしても名を馳せていた。水泳、乗馬、射撃、ヨットに登山。このすべてに全力で取り組んで、手当たり次第に競技大会に出ていた。ポーランドはたいがい貧しい国だったけど、伯爵はわたしの想像をはるかに超えるお金持ちだった。一九三四年、わたしの十七歳の誕生日のすぐあとで、伯爵は飛行機に関心を向け、小型で高速の飛行機を買い求めて操縦を学びはじめた。そして一年もたたないうちに、ヨーロッパ各地――フランス南部や、ドイツとポーランドのバルト海沿岸地域、オーストリア、スウェーデン、エストニア――で開かれる国際的な飛行機レースに出場するようになった。最初のうちは、一、二週間クラクフから姿を消していたかと思うと、大喜びするか意気消沈して帰ってきていたけど、まもなくそうした競技会に家族の同行も求めるようになった。伯爵夫人はまったく興味を示さなかったため、トーマシュとわたしと召使いたちの一団がサポートチームとして同行することになった。

わたしとトーマシュの関係についても話しておくべきでしょうね。最初のうち、わたしは完全にトーマシュにおびえていた。彼はわたしと同い年でわずか数週間先に生まれただけだったけど、裕福で穏やかな家に生まれついた。気難しくて傲慢なやつだと思っていた。おたがい、心から憎みあってた時期もあったと言っていいと思う。

でも何年かしてウォヴィチ伯のスポーツ競技会に同行するようになると、事態は大きく変わってきた。トーマシュといっしょにいるとただただ幸せだということに気づいた。寄宿学校は別々だったから、そうしたことで何週間も離れているときには、彼のことばかり考えて、いまいる場所からどうにかして逃げだして彼といっしょに過ごすための計画をあれこれ夢想していた。彼もおなじようにわたしのことを思ってるのは、言われなくてもわかってた。わたしたちにとって、伯爵の飛行機競技会に出かける長旅は、何日もいっしょにいられる絶好の機会だった。

最初に行ったふたつの航空レースの旅では——ひとつはモンテカルロ、もうひとつはイタリアのアドリア海沿岸の町だった——どんなことがあったかほとんど記憶にない。とにかくトーマシュといっしょだというだけでうれしかった。どちらのレースもたくさんのボートと大勢の人、熱い陽射しと耳をつんざく飛行機の騒音が入り混じってにぎやかそのものだった。だけど、その次に行ったエストニアのタリンでは、レース自体がヨットセーリングや飛行術の大々的なフェスティバルの一部にすぎなかった。夏の真っ盛りだったけど、ほかの場所よりは涼しくて、集まっている人々もほかとはちがって実際に飛ぶことにはるかに興味を抱いていた。わたしにとっては、最初の一日半のあいだ、伯爵がメカニックたちと飛行機を相手に忙しくしているあいだにトーマシュとふたりきりで過ごせる時間がたっぷりあるのがうれしかったんだけど。

そのとき、それが起きた。伯爵のレース友だちのひとりがトーマシュに、飛行機で飛んでみたいかと訊いた。トーマシュはうんと言って、後部座席に乗りこんで港の上空を一周し、海岸線沿いに飛んでから戻ってきた。それから、わたしの番になった。

離陸してものの数秒で、わたしの人生のなにもかもが単純に変わってしまった。

わたしは飛行機乗りになりたくなった。絶対になろうと思った。わたしはもう一度飛んでほしいと懇願したけど、なにかの理由でそれはできなかった。結局、伯爵と二十数人の仲間たち、競争相手たちが途方もないと思えるスピードで轟音をあげて飛ぶのを見守ることで満足せざるをえなかった。トーマシュも飛び方を習いたくてうずうずしているようで、長いレースを観戦しながらわたしたちは興奮した口調でどうやって習う手はずを整えようかと話しあった。

数週間後、わたしたちはまだクラクフ近郊の飛行場で授業を受けていたけど、伯爵がトーマシュに小さな二人乗りのRWD‐3高翼単発機をプレゼントしたの。

三週間もたたないうちに、わたしはソロ・パイロットの資格を取得した。

それから二カ月後、個人授業の補習をまた一週間受けた終わりに、トーマシュはわたしに打ち明けた。彼にはパイロットとしての素質がないこと、空に上がるといつも気分が悪くなってしまうこと、飛行機の動きも恐ろしいと思うこと、操縦桿《かん》を握ると恐怖ですくんでしまうこと。単独飛行なんて自分には絶対できないと彼は言った。

でも彼は、わたしが生まれながらの空の申し子だということを認めてくれた。その日から、トーマシュの後押しもあって、RWD‐3は事実上わたしのものになった。でもわたしは後部座席にトーマシュが乗ってなければけっして飛ぶことはなかった。

飛ぶことがわたしたちの生きがいになった。クラクフの北東数キロのところにある伯爵所有の細長い土地に、私設の滑走路がつくられた。わたしたちは好きなときに好きなだけ、自由に飛ぶことができて、わたしたちはその自由を満喫した。最初のうちは、トーマシュをさしおいて先に進むことにうしろめたさを感じていた。ポーランドでもほかのどこでも、女性パイロットなどほかにはいなかった。飛ぶことは男のスポーツで、パイロットになるのは男の特権だと考えられていた。ある日、わたしはこうした思いをトーマシュに打ち明けた。彼は即座に、馬鹿なことを言うんじゃないって言った。わたしといっしょに飛ぶのが好きなんだと言ったの。そうすれば恐怖感も飛行機酔いも忘れるし、ふたりきりになれるのは飛ぶときだけだから、だって。

わたしはトーマシュに恋してたけど、飛ぶことにも夢中だった。取り憑かれたと言ってもいいくらいだった。飛ぶたびに、その情熱はいや増していった。

富は、部分的とはいえ、歴史の災禍から裕福な人々を切り離してくれる。だからわたしたちは恋愛にのぼせあがり、ポーランドの空を飛びまわっていたけれど、そのあいだにヨーロッパのほかの国々で起きている数々の危険な政変にはまったく無頓着だった。まったく気づいていなかったわけじゃない。実際、近隣の国々に台頭してきたファシズムと共産主義は真剣に懸念されるものとなって、まもなく無視することはできなくなった。

わたしが心中で願っていたのとはうらはらに――トーマシュはまんざらでもなかったようだけど――伯爵は息子に、ポーランド陸軍在郷部隊の将校の地位を用意した。それでトーマシュはポズナン軽騎兵連隊の一員となった。そのためトーマシュはたびたび遠くに行っていたけど、わたしはどうにか現実を締めだし、彼が屋敷にいるあいだは彼との愛情あふれる関係は続いていた。

次の夏が来て、わたしははじめての飛行機レースにエントリーした。オランダ北西部のゾイデル海と北海を隔てる堤防の上を飛ぶ〈チャレンジ・ツーリスト・トロフィー〉で、わたしは十六位だった。その二週間後の、オーストリアの渓谷で開かれたレースでは、わたしの小さな飛行機はエンジントラブルを起こして途中で畑に緊急着陸をしなくてはならず、そのときに着陸装置を傷つけてしまった。

さらに二週間後、修理を終えた機体で、ポメラニアで開かれたレース、〈IGファルベン・クラシックカップ〉に出場し、五位になった。このレースを終えたころから、わたしは注目されるようになった。出場している唯一の女性パイロットというだけでなく、実際にほとんどの男たちを負かしていたから。新聞にわたしの写真が載ったし、インタビューをしにきた雑誌もあった。トーマシュはこんなに誇らしいことはないって言ってくれた。

その週の終わりに、トーマシュはわたしに結婚を申しこんだの。

まるでこのささやかな愛の告白がきっかけになったかのように、わたしたちを引き裂く激変が立て続けに起きた。トーマシュのプロポーズと時をおなじくして、ナチス・ドイツがポーランド政府に立て続けに要求を突きつけ、ポーランド国民を脅かした。ドイツ国境からドイツ語圏の港グダニスクまでのあいだの細長いポーランドの領土をヒトラーは奪い取ろうとしていた。東から聞こえてくる足音も、もはや安心をもたらしてくれるものではなかった。スターリンはヨーロッパ全土を力ずくで共産主義化すると公言していた。ソヴィエト連邦のすぐ西に接する国々がその皮切りとなった。

おかげで、わたしたちはいやおうなく周囲の世界で起きていることに関わっていかざるをえなかった。でも、トーマシュとわたしの頭はほかのいろんな問題でいっぱいだった。婚約を彼の家族に公表したときには、当然祝福されるものと思っていたのに、彼の両親に大反対されて、わたしたちはショックを受けた。とりわけ伯爵夫人はすぐさま、絶対に許さないと言った。わたしのことを読み書きもろくにできない百姓娘だの宿無し娘だのと呼ばわって、金目当ての泥棒猫などと口汚く罵った。

それが、夢のような幻想の衝撃的な結末だった。生涯で二度め、信じていいと思っていた人に拒絶された──そう思った。幸福な幻想は終わりを告げたけれど、現実は先の見えない暗い日々が続いた。トーマシュとわたしはそれ以上声に出してはなにも言われることなく、クラクフの屋敷で暮らしつづけたけど、口には出されない憤激が立ちこめて重苦しい雰囲気だった。トーマシュとわたしはできるかぎりいっしょに飛行機に乗りに出かけることで逃げだしていたけれど、戦争の脅威が迫ってきて、そういうこともどんどんやりにくくなっていった。

状況がいよいよ危険になってきたのが感じられてきたある日、トーマシュは在郷部隊に呼びだされた。すぐに出かけて、二週間近く帰ってこなかった。ずいぶん気が滅入ったものだった。トーマシュがいないと、屋敷でのわたしの立場はあいまいで弱いものだったから。やがて彼は帰ってきた。軍服に身を包み、軍靴《ぐんか》の音を響かせて屋敷に入ってきた。それまでのトーマシュは名高い伝統をもつポーランド騎兵部隊への忠誠をあまり表面に見せていなかったけど、第一級の乗馬の腕や伯爵の息子という家柄もあり、理想的な士官の卵になっていた。騎馬連隊に所属し、いまや百人を超す部下を持つエリート部隊の指揮官になっていた。

凜々《りり》しい軍服姿のトーマシュを見て、わたしの心はとろけそうだったけど、同時に不安と恐怖でいっぱいになった。ドイツ軍は何百機もの軍用機と何百両もの戦車で攻め寄せてくるというのに——どんなに勇猛果敢でもサーベルと回転式拳銃《リボルバー》しか持たない騎兵隊にどれほどの抵抗ができるというの。

トーマシュはポズナンの軽騎兵連隊に戻っていき、わたしはまたひとりぼっちになった。飛べるときには飛行機を飛ばしたけれど、からっぽの後部座席に募りゆく孤独を思い知らされるだけだった。

八月の終わりに近いある日、伯爵の自家用飛行場に着陸すると、グルジンスキ家にたびたび客として訪れていた男性に出迎えられた。このとき、軍服を見てポーランド空軍の高級参謀だとわかった。ザレムスキ少将という人。胸がどきどきと早鐘のように鳴りはじめた。てっきりトーマシュについてのよくない知らせを持ってきたんだと思った。でもじきにそうじゃないとわかった。

少将は用件を説明した。ポーランド政府は圧倒的としか言いようがないドイツ空軍の脅威をまえにして、すべての軍用機とパイロットの再配備を進めているところだった。ドイツ軍の侵攻はもはや避けられないもようで、政府は政権中枢の諸機能と主要な人員をワルシャワから地方の小都市に急いで避難させようとしていた。そのため、ポーランドを股にかけて旅客や密使や貨物の輸送をおこなう民間人パイロットがかき集められていた。このころにはわたしはこの国最高の優れたパイロットのひとりだったから、作戦の司令官である空軍中将が直々にわたしへの打診を命じたということだった。

もちろん、ザレムスキ少将の話を聞いて、わたしは即座に承諾した。

そのときになって、飛行場の端の格納庫の横に大型の飛行機が駐まっていることに気づいた。そしてこれが、わたしのはじめての任務になったの——ザレムスキ少将を乗せてワルシャワに連れもどすという任務。そちらの飛行機に歩いていきながら、彼はこういう話をした――彼とこの飛行機がどうやってこの飛行場にやってきたのかは訊かないでほしい、と。緊急事態に発令された規則により、高位の士官は自身で操縦してはならないと定められたのでね。わたしはその答えを推測し、なにも言わなかった。

エンジンを温めるあいだ、わたしはRWD‐3を格納庫に入れ、いくつかの制御ワイヤーと点火装置《マグニトー》のケーブルを外して、使えないようにした。それから格納庫に鍵をかけたの。この小さな飛行機をもう一度飛ばす日が来るのだろうか、あるいはまた見る日が来るのだろうかと思いながら。

数分後、空軍の飛行機を離陸させ、ワルシャワに向かった。少将が航法を指示してくれた。双発機を操縦するのはこれがはじめてだとは、わたしは言わなかった。

それから目がまわるような一週間が過ぎていった。さまざまな飛行機に乗ってポーランドじゅうを飛びまわった。旧式機も新型機もあったけど、どれもはじめてのものばかりだった。単発機も双発機も飛ばしたし、ユンカースJu‐52三発機で飛んだことも一度あった。飛びながら学んだの。幹部会議と防衛戦略会議が毎日のようにおこなわれた。密封袋に入った機密書類を運んだことも何度かあった。生まれてこのかた、あんなにスリルのある日々を送ったことはなかったわ！　そして九月一日、空軍からの思いがけない誘いを受けてから六日め、ナチスがわが国に侵攻してきた。国境線をあちこちでいっせいに破って大軍で攻め入ってきた。攻撃の主体は陸軍だったけど、ドイツ空軍もワルシャワをはじめとする大都市に急降下爆撃をおこなった。加えてポーランド空軍を無力化する攻撃もおこなわれて、恐ろしいほどの成功をおさめた。

わたしは毎日飛んでいた。ときには夜間にまでも。わたしたちの田園地帯や農地をドイツ軍の戦車が蹂躙しているのを何度となく見かけた。地上からの対空砲火を浴びたこともたびたびあった。一度なんか、三機のドイツ軍機がわたしの南方の上空高くを飛んでいるのを見たこともあった――その朝はビドゴシュチに六人の衛生兵を運んでいたの。ビドゴシュチの病院は空爆で損傷を受けたけど、まだ機能していて、衛生兵がとんでもなく不足していたから。三機のドイツ戦闘機を避けるために、急降下して掩護《えんご》物を探したけど、向こうはわたしに気づかずに去っていった。一時間後、無事に飛行機を着陸させた。その日の午後は、空の上からの戦場視察のために参謀たちを乗せてワルシャワに戻った。

眠れるときにどこででも眠り、食べる機会があればいつでも食べた。疲労困憊する仕事だったけど、気分は爽快だった。祖国が侵略されるのを防衛するために実際に手を打っているのだと思えたから。でも日ごとにわが国が戦争に負けつつあることが明らかになってきた。ある朝、RWD-14チャプラを与えられて、高級士官をひとり、ワルシャワからキエルツェに運ぶように命じられた。飛んでいるあいだに、その士官が教えてくれたの――ドイツ軍が西からクラクフに進軍しているって。彼を無事に送り届けたあと、わたしは即座にクラクフまで南下した。伯爵の飛行場を目指したの。空から見ると、敵がいる気配はまったくなかったけど、わたしは三周して安全を確認してから着陸した。

飛行場の横にある大きな雑木林までタキシングして、そこに駐機した。大きくてかさばる飛行機は地上にいる者の目からは隠しようもなかったけど、せめて上空からは見つからないようにしたいと思ったから。

少将に徴用された日の朝に飛行場に乗ってきた車が、まだそのまま残っていた。エンジンも難なくかかって、わたしは猛スピードでクラクフ市街に向かった。市の外縁部を走りながら、なにか恐ろしいことがすでに起きているのが見てとれた。遠くのほう、市の西部で、どす黒く渦巻く煙の柱が四本立ち昇っているのが見えた。大勢の人々がばらばらと何列にもなって、わたしがやってきた方向に向かって逃げだしていた。みんなおびえて悲惨な状態にあるように見えた。

わたしは市の中心部に向かって車を走らせた――フロリアンスカ門が空を背景にくっきりと高くそびえているのが見えたけど、その付近のあちこちで火の手が上がっていた。あたりには煙がたちこめていた。

わたしが走っていた中央市場広場への道路は思いもよらないことに、通れなくなっていた――大きな家が崩れて道路をふさぎ、その両側に建っていた二軒の建物から燃える木の破片がばらばらと落ちていた。わたしは車のスピードを落として、その光景を茫然と見つめた。これほどひどい破壊は見たことがなかった。これほどの人命が失われた悲劇の証――壁紙の張られた部屋がむきだしになり、割れた床から家具がぶらさがっている。建物が崩れ落ちたところには煉瓦やその他の瓦礫が大きな山をつくり、それを炎が舐めている。梁や垂木がとんでもない角度で地面に転がり、そのいくつかは黒焦げになって煙をあげている。子どものおもちゃの残骸や服やカーテンや絨毯が湿った枯葉のようにだらりとぶら下がっていた。

わたしはその横を車ですり抜けようとしたけど、車では通れなかった。車をバックさせて駐め、徒歩で進んだ。

中央市場広場にたどりつくまえに、店のなかで燃えはじめた火を消そうとしているポーランド陸軍の一団に出くわした。その店は、わたしが何度も訪れた店だった。わたしは口と鼻に袖をあてて覆い、遠回りに兵士たちを迂回しようとした。そのとき、聞き慣れた声が叫んだ。

トーマシュだった。「クリスティナ！」

だった。軍服を着ているけど、上着は脱いでシャツ姿で、ほかの兵士たちといっしょに働いていた。もちろんわたしは彼に駆け寄り、わたしたちはもう何年も会っていなかったかのように抱き合った。この場所で、わたしたちが住んでいた屋敷のすぐ近くで彼を見つけることができた幸運が信じられなかった。たがいの声が聞こえるように、声を張り上げなくてはならなかった。わたしたちの周囲にはほかのいろんな騒音が盛大に上がっていたからだ。遠くやそれほど遠くもないところでの爆発音、警報の鐘が鳴る音、人々の叫び声、火が燃え盛る音。そしてしきりに聞こえるのが、クラクフの古い木造の建物が次々と炎に内部を食い尽くされて倒れ砕ける、恐ろしくうつろな音だった。火は通りに沿ってどんどん広がり、食い止めることはできそうになかった。

トーマシュは叫んだ。「クリスティナ、ここにいると危険だ。ドイツ軍はもう市内に入ってきてるんだ」

「わたしが危険なら、あなただって危険でしょ」

「ぼくはここにいなきゃならないんだ。命令を受けてるからね。きみはいますぐ脱出すべきだ。車はまだあるんだろう?」わたしは車を置いてきたほうに向かって漠然と手を振った。いまや通りは煙でむせかえるほどになっていた。「じゃあ、その車を使え。ワルシャワはもう陥落した。クラクフもきょうのうちにドイツ軍の手に落ちるだろう。タルヌフまで行けるだけの燃料はあるか? ドイツ軍はまだそこまでは行っていない。ぼくの両親はもう使用人を連れてタルヌフに向かった」

「わたしがいっしょにいたいのはあなたよ。あなたの両親じゃない」

「わかってる、よくわかってるさ。でもタルヌフなら父の名はよく知られてる。きみもそこでならガソリンを買えるだろう。ポーランド政府はルーマニアに亡命することになると上官たちが言ってるのを聞いた。ルヴフからルーマニアへの輸送路があるらしい。だからできるかぎり早くルヴフに行け」

「あなたといっしょじゃなきゃいやよ」わたしは言っ

に向き直った。

「ぼくはあとから行く。もうすぐ撤退命令が出るはずだ」

「いますぐ来て！」走っていく消防車の騒音に負けないよう、わたしは大声を出した。必死だった。

「それはできない、わかるだろう！」トーマシュは兵士たちを指差してどなった。「ぼくには任務があるんだ。でもひとつ計画があるんだ――今夜、われわれの旅団は再結集して南に向かう。ぼくの隊もそれに入ってるんだ。だからルヴフで会える。すぐは無理でも、二、三日中にはね。空軍の知り合いに助けてもらえ」

「トーマシュ、愛してるわ！　ここはどうなるの？　あなたの屋敷には行ってみた？」

「いまはもうだれもいないよ。使用人が三人、家の世話のために残ってたが、けさぼくが逃げるよう命じた――ほかのみんなはルブリンかタルヌフに行った。そこなら安全なはずだ」

話をしながらも、彼は燃え盛る炎に目を向けていた。一刻も早く職務を遂行したいと思っているのがはっきりわかった。

さらに二ヵ所で大爆発が起きた。ひとつはわたしたちの背後の、すぐ隣の通りで、わたしたちが立っている場所からぞっとするほど近いところだった。たくさんの窓ガラスがはじけ飛び、通りに滝のように降りかかった。爆発のすさまじい威力を目の当たりにして、わたしは息もできずにおびえていた。

「フロリアンスカに爆弾が落ちた！」トーマシュはかすれた声で叫んだ。フロリアンスカは、フロリアンスカ門から中央市場広場に通じる大通りの名前で、そこに彼の両親の屋敷が建っていた。「あっちに部下を連れていかないと！」

彼はわたしを置いて、瓦礫の山を乗り越えてさっきの燃えている店に戻り、兵士たちとともに働いていた二人の下士官に次々と命令を下した。それからわたしの手をつかむと、立ち昇る煙の柱のあいだを抜けて走りはじめた。道路のあちこちにできている瓦礫の山──その多くはまだ燃えていた──に邪魔されながら進むうちに、旧市街の中心にある中央市場広場までやってきていた。美しい織物会館は奇蹟的に無傷だったが、そのまわりには濃い煙がたちこめていた。その中世に建てられた建物のわきを急ぎ足で通り抜け、わたしたちは伯爵の屋敷を探した。そして足を止めた。

トーマシュはわたしの横に立ち、前方を凝視していた。

すさまじい混乱のなかで、一瞬すべてが静止したかに思えた。中央市場広場の向こう側で、三軒の家が手のつけようがないほど燃えていた。真ん中の家が伯爵の屋敷だった。三百年以上まえに建てられた壮麗な屋敷──古式ゆかしい窓、彫刻が施された破風、木でつくられた壁──は炎に包まれていた。とても現実とは思えないグロテスクな光景だった──わたしは目をそむけて空を見上げた。市内のありとあらゆる場所から立ち昇る太い渦巻き状の煙の向こうで、空は青く澄んでいた。わたしの目に涙があふれていた。息をすることもできなかった。

「燃えた」トーマシュが言った。

「あなたの家が」かろうじて、それだけが口から出た。

「いいや！」彼はわたしのほうを向き、両腕をわたしにまわすと、胸に抱き寄せた。「ぼくの家じゃない、ぼくが住んでいた場所だ。そしてきみが住んでいた場所だ。きみがやってきて以来、ぼくが望んでいたことはただひとつ、あの家から出ることだった」

屋根の一部が下の炎のなかに崩れ落ち、盛大に火花が飛び散って、灰色の煙が色濃くたちこめた。

「もうおしまいよ、トーマシュ」

「ぼくは両親を愛してるけど、人生のレールを敷かれるのは大嫌いだったんだ」

「おふたりの生き方がわたしたちを出会わせてくれた

のよ」わたしは言った。

「ああ、そうだな。あのときの両親は善意のつもりだったんだ。でもふたりがきみに言ったことは許せなかった」

「本当にあのなかにはだれもいないの？」どんどん高くなる炎をわたしは見守った。隣の家もいまにも崩れ落ちそうに見えた。

「けさ、確認してきた。だれもいなかったし、部屋は全部閉まっていた」トーマシュは炎から遠ざかろうとすでにあとずさっていた。伯爵の屋敷の向こう側の通りで大きな爆発があり、わたしたちは本能的に背を向けて両手で頭を覆った。だがそれでもいろんな破片が宙に舞い、火の玉が膨れあがるのが見えた。どういうわけか、爆風はわたしたちを直撃しなかった。

「もう終わりだ、クリスティナ。ぼくたちのあの暮らしはもうなくなった。この戦争が終わったらすぐにいっしょになろう」


　空高く、ドイツ機の編隊があらわれた。午後の空を背景に黒いシルエットが見えた。ユンカースJu-87スツーカ、悪名高きドイツ空軍の急降下爆撃機だ。編隊は周回をしているようだった。市街の火炎地獄の轟音を上まわり、爆撃機のエンジン音が響き渡った。一機、また一機と編隊を離れて急降下をはじめ、恐ろしいスピードで地面に向かってきた。各機に備えつけられたサイレンがけたたましい音を上げる——わざと残忍な恐怖をかきたてるように配慮された、言葉のないむせび泣くようなサイレン音が。急降下爆撃機が狙っているのは、わたしたちが立っているところから五百メートルほど離れた川沿いに並ぶ建物だった。地上から撃ち返すものはなにもなかった。美しい古い都市は彼らの思うがままで、無慈悲に蹂躙された。

　トーマシュはわたしの手首をつかんで走りはじめた。やってきた道を戻っていく。割れたガラスや砕けた石組みが一面に散らばっていた。一分もたたずにさっきの店のところに来た。だがわたしたちが離れていたごく短いあいだに、店はほぼ完全に破壊されていた。兵士たちの姿は消え失せていた。

トーマシュは動揺した顔つきになった。

「みんなを見つけなきゃ」そう言った。

「きっとどこかに逃げたのよ」わたしは突然、彼を連れて逃げなければという切迫した衝動に駆られていた。

「だめだ、ぼくたちは命令を受けてるんだ。この通りとその向こうの通りを担当してるんだ」

「一緒に来て、トーマシュ。ここは地獄よ」

「部下を見捨てるわけにはいかないんだ！」

「そんなことない。ポーランドという国は終わったの。もう戦う意味なんかない。もうすぐにナチスが入ってきて、軍人はみんな捕まってしまう」

「われわれは最後まで戦う」

また爆発が起きた。中央市場広場の向こう側のどこかだったが、トーマシュはわたしを両腕で抱きしめ、この日会って以来はじめて、わたしたちは深いキスをした。何秒かのあいだ、ふたりだけの閉ざされた愛の世界で、まるで人生がふたたび正常なところに巻きもどされていくような奇妙な感覚があって、なにもかもが遠のいた。だが数秒後、ふたたびドイツ機のエンジン音が聞こえ、急降下爆撃機の新たな編隊が頭上にあらわれた。いまはどんどん濃くなっていく無数の煙の柱のあいだに、とぎれとぎれに見えるだけだ。またしても死の一撃を与えようと、すでに周回をはじめていた。

「急げ、クリスティナ！」トーマシュは叫び、わたしを突き離した。「いますぐに！」

「あなたは？」

「ルヴフで会える。できるかぎり早く、ルヴフに行け！」

そしてわたしたちは別れた。わたしが最後に見たトーマシュの姿は、自分の部隊を捜して走っていくところだった。頭を低く下げ、破壊された通りの瓦礫の山をよけながら走っていくところだった。急降下爆撃機の轟音が迫ってきていたので、わたしも走った。旧市街から出て、車を置いてきたところを目指して。崩れた建物から落ちた破片がボンネットに激突し、フロントガラスにひびが入っていたが、それ以外はそれほどダメージを受けてはいないようだった。わたしはできるかぎりの瓦礫を両手で押しのけた。エンジンは一発でかかった。車を出すには大量の割れたガラスの上を通らなければならなかったけど、わたしはかまわずハンドルを大きく切って車をまわし、アクセルを踏んでそこから離れた。重厚なドア枠が通りに吹き飛ばされており、それに気づいたときには手遅れだった。車はその上に乗り上げ、激しく揺れた。車の下から恐ろしいほどのこすれる音がして、それからやんだ。車はよろめきながら進んだ。どこか近くで爆発があったけれど、それがどこなのか見ることはできなかった——ほぼ同時にスツーカが一機、わたしの車の真上を通ったから。急降下爆撃を終えていちばん低く下がったところだったんでしょうね、機首をもたげてぐんぐん上昇していった。それはわたしの間近を通っていったので、まるで写真でも見るかのようにはっきりと見えた。爆弾が取りつけられていた金属架《ラック》、着陸脚の風除けカバーからのぞく黒いタイヤ、緑色のまだら迷彩塗装、スツーカがくるりと機体を翻して街の上を低空でつっきっていくときにちらりと見えた垂直尾翼の鉤十字《スワスチカ》。スツーカは西に向かって飛んでいった。

わたしはハンドルから身体を離して飛び去っていく爆撃機を目で追った。車の前方は見ていなかった。突然、わたしにとって、それはもはや〝敵機〟ではなく、単なる〝飛行機〟になっていた。いつも飛行機を見るときとおなじように、わたしは魅了されていた。スツーカに乗って飛ぶのはどんな気分だろうと考えた。編隊から離れ、地上のターゲットを目指してフルスピードでまっさかさまに急降下するのはどんな感じなのだろう、けたたましくサイレンを鳴らし、急降下の負荷で機体を揺らし——

車が曲がりはじめていた。道路わきの舗装の敷石にぶつかり、どすんという衝撃でハンドルを取られた。わたしはハンドルを握りしめ、車をまっすぐ進ませようとした。特にどの方向へということも考えず、ただ最悪の爆撃から逃れようと車を走らせた。ハンドルは重くて反応が鈍く、車はぐらついていた——タイヤが少なくともひとつはパンクしているのだろう。燃料メーターを見ると、数リットルしか残っていなかった。たとえ道路が安全で、ずっと車で行けたとしても、タルヌフまでどれぐらいの距離があるのか見当もつかなかった。

わたしから見て南にドイツ戦車が何両か見えた。横一列に車間を大きく空けた隊列を組み、独特の威圧的な動きで市街に向かっていた。わたしは即座にそちらから遠ざかった。

市街を迂回するようにずっと進んでいたけど、いまは気が変わっていた。よその街に車で行くなんて無意味だ——わたしには飛行機があるのだから。わたしは飛行場に向かった。ドイツ軍はまだそこまでは来ていないだろうと思っていた。車のエンジンがガタガタとやかましい音をたてていた。おそらくあのドア枠に乗り上げてしまったときにどこかが壊れたのだろう。車をまっすぐ走らせるのも難しかったけど、わざわざ止まって原因を探す意味はない。

道路を走る車はほとんどなかった。ポーランド陸軍のトラックの列とすれちがったけど、向こうはわたしに目もくれなかった。

飛行場にたどりついた。道路から曲がって見慣れた場内に乗り入れたとたん、そこがあまりにいつもどおりだということに感動した。なにもかも、わたしが離れたときのままだった。その日乗ってきたチャプラにまっすぐ向かい、エンジンをかけて格納庫までタキシングさせる。ここで燃料を満タンにし、それからできるだけしっかりと、安全点検をおこなった。ぐずぐずしている暇はなかった。燃料補給を終えるとすぐ、小さな事務所を漁ってポーランドの地図を見つかっただけすべて持ち、飲み水をボトルに入れて離陸した。

飛行機には無線がついていたので、空に上がるとすぐスイッチを入れ、いろんな周波数帯を流してみた。通常使われている周波数帯が静まりかえっているのが不気味だった。せめて上官に知らせるべきだろうと思い、標準的な連絡用周波数を使ってフライトプランを申告しようとした。応答はなかった。

日が暮れてきて、ルヴフ地域にたどりついたときにはもう暗くなっていた。軍用飛行場を見つけ、無線で着陸許可を求めた。すぐに応答があった。無線電話から聞こえる管制官の声は冷静で、高い職業意識を感じさせた。管制官は滑走路の進入路《アプローチ》に表示される識別符号を丁寧にくりかえし、無線を切った。

それが、わたしの故国にかつて存在した秩序と平和の最後の名残だったように思う。チャプラを着陸させ、指示通りに空軍の格納庫にタキシングさせた。コックピットから出て、革製の飛行帽を脱いで髪を揺すると、働いていた整備員たちがぎょっとしてわたしを見つめた。わたしがいつも飛んでいるところでは、みんなわたしに慣れていた。でもここでは、まわりは知らない人ばかりだった。

朝からまったく休憩を取っていなかったので、疲れてお腹がぺこぺこだった。飛行機が安全な場所に運ばれ、車輪が固定され、エンジンが正しく停止されて、制御パネルのスイッチがすべて切れたのを確認すると、指揮所に報告をしに行った。

ここでいろいろと気がかりな知らせを聞いた。まず最初に知ったのは、その日の夕刻にドイツ軍の数個師団が電撃的な攻撃をおこない、南からルヴフに進軍していることだった。州の南端はすでに制圧され、ドイツ軍が警戒線を張っている。明日の夜明けまえに総攻撃が来ると予想されていた――反撃できるようなポーランド軍はこの近くにはいなかった。亡命政府をルーマニアに送るための中継地としてルヴフを使うプランは放棄されていた。

すべての軍人、官吏、外交団員はとりあえず、はるか南東のカルパティア山脈の山麓にあるチェルニョフツェに避難せよと言われていた。

でも――ルヴフはトーマシュと落ち合う予定にしていた場所なのだ！　パニックがせりあがってくるのが感じられた。トーマシュはクラクフ県のどこかにいる、そして彼らのまえはすべてナチスに一掃されているのだ。

それだけではまだ足りないとでもいうように、ソヴィエト連邦軍がポーランド北部に侵攻したという報告がたくさん上がっていた。噂では、ロシア人はポーランドの〝味方〟であり、わたしたちを助けるためにドイツ人と戦うという名目で侵入してきたということだったが、ポーランド人に根づいているロシア人とドイツ人へのひねくれた不信感から、その噂を信じる者はいなかった。ソ連が侵入してくるのなら、彼らはポーランド人のためになることはしないだろう。もちろんわたしたちが正しかったことはその後の歴史が証明している。

こうしたごた混ぜのいやな知らせをすべて取りこもうとしているときに、不意に告知を受けた。緊急事態のため、わたしはもはや民間人ではなく、ポーランド空軍の中尉として徴用されることになったと知らされたのだ。すなわち、これまでのように一部の高官の非公式の〝依頼〟を受けて輸送してまわるのではなく、あらゆる上官から直接命令を受けるようになったということだった。

その知らせを持ってきた当直士官から、わたしは最初の命令を受けた。直ちに双発輸送機に外交官数名を乗せ、チェルニョフツェに運び、ピストン輸送のために夜明けまでにルヴフに帰還せよと、彼は言ったのだった。

いくらなんでも無理な話だった。わたしは疲れ果てて倒れる寸前だったのだ。二、三時間眠らせてほしいと懇願した。すると当直士官は、夜間飛行ができないというのなら仕方がない、おまえにふさわしい事務方の仕事にまわしてやろうと、遠まわしに言った。わたしは憤然として飛行日誌を彼の目のまえに突きつけ、ここ数日間に何十回もの飛行をおこなっていることを見せつけた。昼だろうが夜だろうが、こんなに疲れきっていては安全に飛ぶことなどできないとわたしは言った。でも睡眠さえとらせてもらえれば、遅くとも夜明けの一時間まえに飛行場に戻ってきます、と。

これまでに夜間飛行をしたことがないことは言わなかった。

そしてよろめきながら、なにか食べるものと二、三時間借りられる寝床を探しに、そこから離れた。

午前四時に目を覚まし、飛行場に戻って報告した。眠っているあいだに飛行場は一変していた。秩序があるように見えていたものがすべて消え失せていた。管制塔の無線電話は応答せず、滑走路の両側に並ぶ照明灯も消えていた。士官の姿もまったく見当たらなかった——少なくとも、なにが起きているかを知っている士官や、わたしに命令を下せる士官はいなかった。遠くのほうで砲声がしていたが、飛行場の近くには落ちてこなかった。不安な気分でスツーカのことを考えたが、夜が明けてしまうまでは攻撃してこないだろう。あちこち歩きまわってなにをすればいいか見つけようとしていると、見るからに過剰積載のポーランド軍輸送機が三機、次々と真っ暗な滑走路にタキシングしていき、ぞっとするほどのろい速度で離陸して、ふらふらと南のほうに飛んでいった。

わたしは自分の判断で行動しようと決めた。チェルニョフッェにひとっ飛びするぐらいなら無事にできるだろうと考えた。それからルヴフに戻ってトーマシュを探すのだ。待機所に行ってみると、大勢の民間人のグループが悲愴な顔つきで寄り集まっていた。周囲には私物を詰めたかばんやスーツケースがたくさん置いてある。彼らはわたしに群がり、いつ避難できるのかと口々に訊ねた。ほとんどは夜通しここで待っていたという。公式のものと思われる身分証や書状を持っている者も何人かいた。わたしがそういうものを読むことにはなんの意味もなかったけれど、状況を丸くおさめるために二通を受け取り、目を走らせた。両方とも、フランス大使館員だった。

駐機所にLW6ジュブル双発機が見えた——新型なのに性能が悪く、だれも乗りたがらないことで知られている機体だ。でも、使えるのはそれしかない。パイロット席のうしろに貨物スペースがあった。整備士をひとり、どうにか見つけると、飛行は可能だが、燃料が入っていないということだった。稼働している給油車を捜してどうにか見つけ、機体をそこまで動かし、翼の上にこわごわよじ登って、自分で燃料を補給した。

東の空が急速に白みはじめていた。

太陽が顔を出しはじめた直後に、わたしたちは離陸した。貨物スペースに民間人五人を無理やり詰めこんだが、荷物は一切持たせなかった。最初はみな抗議した。空軍の軍服を着ていようがいまいが、女性からの命令など聞けるものかという態度だった。わたしははっきりと告げた——人を乗せようが乗せまいがこれから飛行機でここから離れるつもりだ、ただし乗客は五人しか連れていけない。そして飛行機のところに戻って待った。一分後、五人の男がおずおずと出てきて、貨物スペースにぎゅうぎゅう詰めで乗りこんだ。タキシングして滑走路に出たとき、飛行場はまだほとんど闇に沈んでおり、朝霧がたちこめていた。でも、わたしの勘がよかったのか、ただ運がよかったのか、問題なく離陸できた。だが、恐ろしく操縦が難しい飛行機ではあった。

ジュブルをできるかぎりの急角度で上昇させたのは、ドイツ軍がはるか下にいないはずがないと考えたからだ。実際のところは、ドイツ軍は地上にも空にも、気配も感じられなかった。

何時間か眠ったおかげで、わたしは元気をとりもどしていた。早くトーマシュを探しにいきたい一心だった。機体の高度は地上千メートルを保った。早朝の空気は冷たく穏やかで、飛ぶのに最適の天気だった。スピードは痛ましいほどのろく、操縦桿を動かすたびに力ずくで格闘しなければならなかった。つねに地上に警戒の目を向けつつ、頭ではトーマシュのことと、どうすればもう一度連絡をとりあえるかということばかり考えていた。理性的に考えれば、ルヴフで再会することはもう不可能だとわかっていた——あの地で目にしたなにもかもが、あの街は日没までにドイツ軍に占領されるだろうと告げていた。ポーランド軍が抵抗している気配はほとんどなかったからだ。ソ連軍侵攻の噂が本当なら、ものの数時間でポーランド全土が制圧されるだろう。

地図を見ての推測航法でチェルニョフツェにたどりつき、無事に着陸したものの、滑走路上で高度を見誤って骨が砕けるかと思うほどの衝撃を受けた。詰めこまれていた乗客たちは貨物スペースから転がり出て、よろめきながらそれぞれの運命に向かって歩いていった。わたしはこのかわいげのない飛行機をしっかりと駐機し、さらなる情報を探しにいった。

すぐにわかったのは、ポーランドのはるか南東の隅にあるこの田舎町でさえ、だれにとっても——軍人でも民間人でも——もはや安全な避難場所ではないということだった。ここチェルニョフツェでは、噂はすべてロシア人についてのものだった。ソ連軍は五十キロ先まで来ているという噂——百キロ先と言う者もいたし、ほんの二十五キロ先と言う者もいた。赤軍の三個師団がこちらに向かっているという噂――いや、十五個師団だ、二十個師団かもしれない。わたしは噂話はきらいだった――いつもおびえさせられるから。わたしの国は踏みにじられ、破壊されていた。わたしの生命は脅かされており、それはトーマシュもおなじだった。わたしにはどうにか自力脱出する手段があったが、トーマシュは時代遅れでろくな装備も持たない陸軍とともに、世界でもっとも攻撃的な二大軍勢に立ち向かっているのだ。

思いがけないことに、わたしが着陸した半時間後に、ザレムスキ少将が乗った飛行機が到着した。飛行場の建物から、彼が駐機場を歩いている姿が見えた。若い士官たちに囲まれているのは、侵攻についての新たな報告を受けているのだろう。わたしは出迎えに出ていったけれど、彼はわたしに気づかずに押しのけて通りすぎた。そのあと、どうにかチェルニョフツェにたどりつけた空軍パイロットを全員集めて、状況説明会が開かれ、ようやくザレムスキ少将はわたしに気づいた。

われわれは再度脱出することになった、と少将は言った。今度はブカレストに行く。民間人は同行させない――空軍関係者を優先して運び、向こうで軍を再編し、ポーランド空軍独立部隊として故国を占領している敵軍にゲリラ的空爆をおこなうのが目的だ。ザレムスキ少将はルーマニア北部の航空基地の名前をあげ、そこに着陸する許可を得ており、必要な設備はすべてそこにあるのだと言った。わたしには非現実的な話に思えたが、ザレムスキは落ち着いてそつのない態度を見せていた。わたしはほかのパイロットたちといっしょに耳を傾けていたけれど、ここにいるなかで戦闘訓練を受けていないのはわたしだけだということが意識された。

説明会のあと少将はわたしを探して、脇に連れだした。

「きみにはもう一度わたし専属のパイロットになってもらいたい」前置きなしで少将は言った。「実際の戦闘行動に参加してもらうつもりはないが、わたしはこの独立部隊の事実上の総司令官になるだろうから、そのために危険な目に遭うだろう。それでももう一度わたしのために働いてくれるかね？」

「もちろんです」少将をはじめここにいるみんなが狂気のようなものに囚われつつあるように感じられてきたが、わたしはそう言った。ルーマニア国内の基地からポーランド空軍機が攻撃をおこなえば、遠からずドイツ軍とロシア軍の反撃を受けずにはいられないだろう。そしてそれからどうなるだろう？　ルーマニアまで戦争に引きずりこまれることになるのではないだろうか？　はっきりとものを考えるのが難しくなっていた。昨夜からなにも食べておらず、数時間しか眠っていなかった。ほとんど一日じゅう飛びつづけていたのだ。

一時間後、わたしはふたたび空の上にいた。今回乗っているのは新品の飛行機、双発のＰＺＬ．37ウォシだった。乗せているのはザレムスキ少将だけだ。彼はコックピットでわたしの隣に座り、飛行中なにも言わなかった。この飛行機についてはわたしよりずっとくわしいだろうに。わたしはあまりに疲れ果てていたので、操縦以外のことを気にかける余裕はなかった。もしかしたらそのおかげで操縦の腕はより直感的でうまくなっていたかもしれない。少将は航法員を務めてくれた。

カルパティア山脈を越え、岩だらけの険しい土地の上を南西に向かって、だれもいないように見える農地と、ところどころにかたまっている小さな集落の上をゆっくりと低空飛行していった。日が落ちるころ、ようやく目的の飛行場に着いた。またしても疲労が限界に近づきつつあった。ザレムスキ少将の誘導で滑走路への進入経路に乗ったころには、ほとんど夢を見ているような心地だった。けれども、無事に滑走路に降りることができた。指示されたとおりの場所に飛行機をタキシングさせた。

そこでいきなり冒険が終わった。

わたしたちの計画すべてが一瞬で潰えた。ルーマニア政府が、おそらくはドイツからの圧力を受けたのだろう、わたしたちをこの場所におびき寄せたのだと、すぐにわかったのだ。国内で抵抗を続けるポーランド空軍をできるかぎりたくさん集めて排除しようというのが狙いだった。飛行機から降り立ったとたん、わたしたちは武装兵に取り巻かれて拘束された。ルーマニア政府の捕虜として拘束され——彼らは〝抑留〟という言葉を使っていたが、おなじことだ——護送された。

その冬の何カ月かのあいだ、わたしはルーマニア人の教員夫妻がふたりの子どもと暮らしている家で過ごした。わたしはルーマニア語を話せず、彼らはポーランド語の単語をいくつか話すだけだったので、意思の疎通は片言の英語とドイツ語でどうにかおこなった。わたしは夫妻の勤めている学校の英語の教科書をもらい、長く退屈な時間を英語の学習についやした。それは少なくとも無駄にはならなかった。

戦争の状況についての情報はほとんど得ることができなかった。とりわけ、ポーランド国内がどうなっているかはまるでわからなかった。わたしが脱出してから一、二日でポーランド軍の抵抗は終わり、いまはドイツとソ連の両方に占領されていることはわかっていた。トーマシュの消息はまったくわからなかったが、ほかの亡命ポーランド人から気がかりな噂がいろいろ聞こえてきた。ポーランド内に残っていた軍の士官たちが大勢、一網打尽にされて抑留されたというのだ。わたしは不安な思いでBBCの放送に耳を傾けた——たいていは雑音にまぎれていたけれど、週に二回ほどはニュース速報のほとんどが聞けることがあった。それでも、ポーランドの情勢について語られることはめったになかった。まるでわたしの国が存在しなくなったかのようだった。イギリス人はポーランドのために戦争に加わったのに、いまはポーランドのことは無視していた。わたしにとって、BBCの放送の主な効用は英語のリスニングをするチャンスをくれることだった。わたしは聞こえてくる英語を声に出してくりかえし、どんどん覚えていった。

冬はゆっくりと過ぎていった。わたしは毎日トーマシュに思いを馳せていたが、それはひどい苦痛でもあった。思いつくかぎりの住所に宛てて、彼に手紙を書いたけれど、返事はこなかった。

一九四〇年三月のはじめ、思いもよらぬことに、ポーランド軍の制服を身につけた中年の参謀将校が家を訪ねてきた。わたしたちはこれからフランスに避難することになったと告げた。そこにヴワディスワフ・シコルスキがポーランド亡命政府を打ち立てたのだ。空路を使うことは許されなかった――ポーランド軍の飛行機はすべて接収され、あとでわかったことだが、ルーマニア軍が使っていたのだ。長い陸路の旅が待っていた――バルカン諸国を通り、イタリア北部とフランスのほとんどを横断する旅が。

続く何週間かの不愉快な記憶は、いまではぼやけている。果てしのない列車の旅と遅延のくりかえし。ゆっくり眠ることもできず、食事もたまにしか出なかった。それでも、わたしを含め、ルーマニアに拘禁されていた大勢のポーランド人のほとんどが長旅を乗りきり、四月最後の週にパリに着いた。最後の列車からパリのリヨン駅に降り立ったわたしたちは、お腹を空かせ、みすぼらしかった。故郷を恋しく思いながら、不安におびえていた。

わたし自身が体験したこともほかの人たちとたいして変わりはしなかった。パリでの待遇はよく、健康も信頼もいくらか恢復しはじめた。けれども、わたしたちが到着してほんの数日後には、ドイツ軍が低地諸国に侵攻し、パリに向かっているという知らせが入った。それからのなりゆきはわたしたちのだれもが忘れてはいなかった。シコルスキの亡命政府はあわててロンドンに移り、ポーランド軍の最後に残った部隊の代表であるわたしたちも同行しなければならなかった。

三日後、わたしはロンドンに着き、またもや地元の家にやっかいになった。今回はロンドン西部の郊外にあるイーリング区の、十年ほどまえにイングランドに移住したポーランド人家族の家だった。その夏から冬にかけて、わたしはロンドンで過ごした。そのあいだずっと、だれもかれもがドイツ軍のイギリス侵攻を恐れていた。わたしは外国人でしかも女性だったので、ロンドンの街を守るための実質的な仕事は夜間の火事の見張りぐらいしかさせてもらえなかった。戦闘機を一機使わせてくれさえしたら、イギリスの空からドイツ軍を追い払うのに。そういう思いに取り憑かれながら、指示されたとおりに高台や教会の塔やオフィスビルの屋上から火災を見張ることしかできなかった。イーリング区の人々も、ほかのロンドンっ子たちとおなじように夜間の空襲警報に悩まされていたが、ロンドン中心部からかなり西に離れていたおかげで、実際のところは、ロンドン大空襲のあいだに降り注いだ爆弾の数も、市内のほかの部分にくらべればごくわずかだった。

わたしはずっと自分が置かれている状況に苛立っていた。いっしょにイギリスに逃げてきたポーランド人男性の多くがイギリス空軍の再訓練を受けることを許され、じきに戦闘機や爆撃機のパイロットになって戦闘に参加していたのに、わたしにはそういう声はまったくかからなかったからだ。わたしは知り合いのたいていの男たちよりも単独飛行時間が長い正規のパイロットであり、いろんな機種に乗った経験も確実に多いというのに、イギリス空軍は絶対に女性の入隊を認めない男性だけの軍隊だった。わたしに提示された仕事はせいぜいで、婦人補助空軍《WAAF》の連絡係になり、爆撃基地にいるポーランド人パイロットたちのために働くというものだった。なにもしないでいるよりはましだと思ってその話を受けようとした矢先、航空輸送予備隊《ATA》のことを知ったのだった。

最初、ATAもどうせ男性しか入れないのだろうと思っていたが、まもなく女性パイロットも登用されていることがわかった。民間の男性パイロット不足が深刻だったからだ。わたしはすぐさま応募し、永遠と思えるほど待たされたあげく、ようやく面接を受けた。英語を駆使する能力は褒めてもらえたが、パイロットとしては充分とは言えず、さらなる上達を求められた。外国語の習得にわたしほど必死になった人はほかにないだろう。

一九四一年の春、わたしはATAのパイロットとして飛びはじめた。まさに夢がかなったのだ。この戦争が終わるまでこの仕事に就いていられるだろうと思えた。これ以上人生に望むことはただひとつ、トーマシュの確実な消息を知ること、でなければ彼に再会することだけだった。

12

計器叩き屋（承前）

クリスティナの話は終わった。教会墓地の木のベンチに彼女とマイク・トーランスは並んで座っていた——かたい背もたれに寄りかかり、肩を親しげにくっつけあって。トーランスは自分の腕にふれる彼女の腕のぬくもりにうっとりとなり、彼女が感情にまかせて手を振りたてるその動きに密かに胸をときめかせていた。彼女はときおりトーランスの腿に指先を押しつけた。それからわずかに身を引いて彼の顔をまっすぐ見つめ、信念たっぷりに、真心をこめて話しても、また身を寄せてふたたびトーランスに親しげに寄りかかったりした。一度など、クラクフの燃え盛る通りでトーマシュを最後に見たときの話をしたときは、言葉に詰まり、息を震わせて不意に熱い手を彼の手に載せた。トーランスが彼女の肩に腕をまわすと、彼女はさめざめと泣いた。

トーランスはさまざまな思いにわれを忘れていた。ほんの数時間まえに出会った若い女性への愛情と愛しさがうねりのように押し寄せてくることに驚いていた。その女性はまったく見知らぬ他人というだけでなく、彼が生まれてはじめて出会ったイギリス生まれではない人物だというのに。彼は自分の感情の激しさに戸惑っていた。なぜこんなことになったのか、この女性は彼になにを望んでいるのか、ふたりはこれからどうすればいいのか。なによりも、彼女を見るのはこれが最後にならないようにするためにはどうすればいいのか。

時間が刻一刻と過ぎていくのが感じられた。午後の時間が容赦なくすり抜けていくのが。それでも彼女はで、話をつづけた。静かに、熱をこめて、ポーランドで失った恋人のことを、空で過ごした日々と飛ぶことへの情熱を、飛行機とそれに乗って飛ぶことを、危険を、ドイツ軍から逃げるための長くつらかった逃避行を。

もうすぐにでも彼女と別れなければならないこと、ティルビー・ムーア基地での暮らしという現実に戻らなければならないことはわかっていた。クリスティナもそれを意識していることがわかっていた。ちらちらと腕時計に目をやっていたからだ――過ぎた時間を、でなければ時間切れになるときを確認するために。

やがて意を決して、トーランスは言った。「あとどのくらいで戻らなきゃならないのかな?」

「半時間ぐらいかしら」

もうないに等しい! 「またこんなふうにして会えるかい?」トーランスは言った。

返事はなかった。彼女はさっと顔をそむけ、雑草を見下ろした。「それ以上言わないで」

トーランスは言われたとおり、言おうとしていた言葉をぐっと飲みこんだ。もはや無意味だとわかっている言葉を――もっといっしょにいさせてくれ、ずっといっしょにいたい、いっしょに逃げよう。クリスティナは彼から軽く顔をそむけ、がっくりと肩を丸めていた。黒い髪がまえに垂れかかり、顔のほとんどを隠している。だがその左手はしっかりと彼の手を握っていたし、ほどなくもう片方の手がそっと伸びてその手に重ねられた。が、彼女は彼を見ようとはしなかった。

それから彼女が静かにこう言うのが聞こえた。彼女はこちらを向き、彼を見ていた。「あなたはトーマシュじゃないし、彼であるはずがないってことはわかってるの。あなたが彼だったらと願うのはわたしのわがままだってことも、あなたが彼を思いださせるのは背がとても高くて髪がそっくりだからだってこともわかってる。わたしは孤独で必死になってるの。この国でひとりぼっちなの。でもここにいるのはあなたで、トーランスーマシュじゃない。あなたを見るとトーマシュも生きていそうに思えるし、彼のことを思い描く助けになるし、彼を思いだすよすがになる。あなたはなにも与《あずか》り知らぬことだけれど、きょうはあなたのことばかり考えていた。故郷を出てきて以来はじめてのことよ。親愛なるミーキャル、突然あなたはわたしにとってとても大事な存在になりました。トーマシュのことを忘れる日が来るとは思えないけど、いつかトーマシュのこと抜きでここで会える日がきっと来る。でもきょうのところはあなたをトーマシュだと思わせてちょうだい。あなたといっしょにいられて本当にうれしかった――たとえあなたが思いださせてくれるのが思い出の記憶にすぎなくて、なにもかもがおかしくなるまえの日々をとりもどしたいと思い焦がれるだけだとしても。わたしの人生は邪魔されたの。あなたにわかってもらえるかしら?」

「ああ」この一言がなんと不適切に聞こえることかと考えながら、トーランスは言った。「ぼくが知りたいのは、近いうちにまたきみと会えるかどうかってことだけだ」

「努力してみる」

「だめだ――約束してくれなけりゃ気が変になりそうだ」

彼女はふたたび黙りこんだ。それから、言った。

「あなたの気が変になるのは困るわ。約束する」

「すぐに会えるかい?」

「ティルビー・ムーアに配達があれば、明日にでも。でなきゃその次の日か。できるだけすぐに来る」

だが彼女にこう言われても、そういう形で会うことはないだろうとトーランスにはわかっていた。ティルビー・ムーアの飛行場に彼女が何機ランカスター爆撃機を運ぼうと、彼がそれを知ることはないだろうし、彼女に会うために休みをとることもできないだろう。

ふたりがそうして座っているあいだに、太陽は空をよぎっていき、いまやふたりはかたわらにある背の高い木々のひとつの木陰に気持ちよくおさまっていた。彼女の両手はまだ彼の手を握っていた。

「あなたにあげたいものがあるの、ミーキャル。トーマシュも持ってないものよ。それで信じてもらえるかしら、わたしたちがいつかまた会う日が来るって?」

「なんだい?」

「わたしにはお金はないし、あなたにプレゼントできるようなものも持ってない。でもあなたにひとつ秘密を教える。わたしが小さかったとき、母がわたしに特別な名前をくれたの。わたしの実の母のことよ、十一歳のとき以来会っていないほうの。わたしたちは家では愛称を使ってたの、子どもの名前ってことで。母《マトカ》はわたしをマリナと呼んでたの。ポーランドに昔からある名前。ラズベリー《マリナ》という意味の名前。母はラズベリーが大好きだったの。小さかったころ、わたしは髪を長く伸ばしてたの。母はよくわたしを膝に載せて髪を梳《す》きながらキスしてくれて、わたしをマリナと呼んだの。このことはトーマシュも知らない。彼に話したことはないの、だれにも話したことがない」

「ぼくにマリナと呼んでほしいかい?」

「それがわたしの秘密の名前だってことを知ってもらいたかっただけ。わたしたちだけが知ってる秘密よ。もう一度言ってみて」

「マリナ」

「いいわね」彼女はわざとらしく手首を動かし、腕時計を見た。「さあ、そろそろあなたの基地に戻らなきゃ」

13

ふたりは教会墓地の屋根つき門をくぐり、村までのまっすぐな道を戻っていった。歩きながら、トーランスは彼女の手を握ろうとしたが、彼の手が触れた瞬間、彼女はさっと彼から離れた。ふたりとも軍服のジャケットを肩にひっかけており、トーランスは彼女のすぐ横を歩いていたので、ときどきたがいの腕がこすれあった。彼女はそのことを気にしているようではなかった。

「もうすぐ週末休暇が取れるんだ」トーランスは言った。「そのときに会えるかな？」

「わたしには休暇はないの。民間人だから。飛ぶときもあれば、飛ばないときもある。休暇なんてパイロットとか兵士とか——軍人のもの」

「でも非番の日はあるはずだ。どうにか合わせられないか？」

「やってみる」彼女は言った。

「きみは本当はなにがしたいんだ、クリスティナ？」

「約束はしたでしょ、ミーキャル。わたしがしたいことはあなたがしたいこととおなじ。でも休みを合わせるのはそう簡単にできることじゃない。いまこうしているだけでわたしは幸せ」

「それじゃ、どうやってまた会うつもりなんだ？」

「なんとか方法を見つけます」

ふたりは滑走路の敷地を囲むフェンス沿いのところまで道を戻ってきていた。またもや、この彼女といっしょにいられる唯一無二の時間がもうすぐ本当に終わることが思いだされた。ある意味ではもうこれでほとんど終わっていた。アンソンの機内はとてもやかましいから、インターコムを通しての最低限のやりとりしかできないだろう。ティルビー・ムーアに着いてしまえば、当然ながら即座に別れなければならない。戦争にまつわるなにもかもが、戦争のなかで生きているという現実が、ふたりのあいだに障壁のように横たわっていた。

「わたしがなにをしたいのかって訊いたわね」不意に彼女が言った。「本当に知りたい?」

「きっとトーマシュのことなんだろうな」みじめな気持ちでトーランスは言った。そんなことを訊かなければよかったと思っていた。

「ええ、もちろん。いまはあなたもそれをわかってくれてる。でもそれはあなたでもあるのよ、ミーキャル」彼女の手がトーランスの手を取り、すばやく握りしめた。「あなたは——突然、わたしにとって本当に大事な存在になったの。わたしが心のなかでずっと恐れていたのは、トーマシュが殺されているのにわたしがそれを知らないだけかもしれないということだった。

でもきょう、あなたといっしょに過ごして、はじめてトーマシュになにが起きたか現実として考えることができるようになったの。本当のことはどうであれ、わたしは戦争がはじまるまえの暮らしには戻ることができない。ポーランドは滅んだ。トーマシュの家族の特権的な暮らしも二度と戻ってはこないし、たとえ戻せるとしてもわたしは戻したいと思わない。なんにせよ、ほかにも望むことはいろいろある」

思いがけず、彼女は笑った。トーランスの手を放して道端の土手に生えている長い草を摘み取った。それを左右に振って雑草をなでると、周囲に羽虫が舞いあがった。

「ほかに望むことって、どんな?」

「あなたには望みってないの? たとえ小さなものでも、やりたいことってないの? ちょっとそう思うだけでも?」

「あるさ」

「わたしにもある。いろんな夢があるけど、だれにも話したことはない。だからあなたに話すわ。でもきっとあなたは笑うわね。それでもわたしは真剣なの。本当に真剣なんだから！　いつの日かスピットファイアに乗る仕事をもらいたいの。これまでにつくられたなかでいちばん美しい飛行機だもの」

クリスティナはまだ持っていた長い草を高く掲げ、ダーツのように遠くに投げた。土手のてっぺんに向けて。数秒ほどのあいだ、草は暖かな空気に乗って高く舞い上がっていくかに見えた。が、それから茎を下にして土手の上のほうに生えている雑草のなかに落ちた。そのまま二秒か三秒のあいだ、まっすぐ立っていたが、それから揺らぎ、ゆっくりと横ざまにひっくりかえった。クリスティナはトーランスの顔をちらりと見た。彼が自分を笑っているのではないか確かめたのだろう。だが、彼は笑ってはいなかった。


彼女は言った。「いっしょに働いている女の子たちもみんな、おなじ夢を抱いてる。本当に乗ることができた子もひとりかふたりいるけど、しょっちゅうあることじゃない。スピットファイアってすごくセクシーよね、理想の恋人みたいねってわたしたちは言ってる。人間の男じゃないけど、よく馴らして乗りこなさなきゃならない極上の駿馬《しゅんめ》って感じ。でなきゃすごいスピードで獲物を狩るネコ科の大型獣とか。スピットファイアに乗ってるのは男たちだけど、あれは女性のためにあるのよ。わたしたちはあれを身体にぴったり合った服みたいに、もう一枚の皮膚みたいに着こなせる。わたしは部屋の壁にスピットファイアの写真を飾って、あのなかに座りたいって願い焦がれてるの。ＡＴＡの女の子たちのほとんどはおなじことを思ってる。そのことで冗談口をたたいてからかいあってるけど、心のなかではみんな恋い焦がれてるの。ＡＴＡの事務所に行くと黒板に任務割り当て表が掲示されてる。スピットファイアを担当するのは大きな賞をもらうようなものなの、その日その当番になった子は映画スターみたいになるの。みんなにうらやましがられる」

「でもきみはなったことがない？」

「まだね、これまでのところはね。いつかはきっとって願ってるんだけど」

「それじゃ、それが望みなんだね？　飛行機に乗って飛ぶことが？」

「ただの飛行機じゃないわ、それにスピットファイアならなんでもいいってわけでもないのよ。いまつくられてるやつ、マークXIでなきゃ。どういう機体か知ってる？」

トーランスは力なく言った。「ぼくは爆撃機の担当なんだ。戦闘機なんて見たこともない、だからそんなことは――」

「マークXIはスピットファイアのなかでも最高の、いちばん美しい機体なの！　戦闘機じゃないの。写真偵察のために開発された機体だから、高性能カメラを積んでるだけなの。重量を減らすために武器は一切搭載してなくて、航続距離をのばすために予備の燃料タンクがある。とんでもない高高度を飛ぶから敵に発見されることもないし、すごく速いからほかの飛行機じゃとても追いつけないの」彼女は足を止め、狭い道の真ん中に立って興奮のあまり両手を振りたてた。「まさに芸術品なのよ、ミーキャル！　頭上を飛んでいくスピットファイアを見るのは、優れた芸術作品を見るのとおなじなの。まるで自分が変わってしまったように、それを目にしたことでまえより高められたように感じるの。ときどき思うことがある。もしこの戦争がドイツに負けて終わるとしても、イギリスがスピットファイアを設計し開発したことで、結果はすべてよしとされるんじゃないかって。わたし、頭がおかしいのかしら？」

トーランスは言った。「いや、だって――」

「でもわたし、、、自身、、、自分はおかしいって思うもの！　そこがわたしのおかしいところなの、ミーキャル。悪いけど、この国にやってきて、この戦争でわたしが役に立てるのは唯一飛ぶことだけなの。そしてスピットファイアを飛ばすことがあらゆる行為のなかでいちばん偉大なことなの。それが、わたしがいましたいただひとつのこと、わたしがまだやり遂げていない仕事なの。ときどき、ベッドに横になって想像する――長距離型スピットファイアのコックピットに座ってシートハーネスをつけて、高く速く飛んでいくところを。こんな戦争から遠く離れて、ぐんぐん遠ざかって雲のなかに入ってさらにその上に出て、真っ青な空を突っきって、この世界の屋根たる山脈をかすめて永遠に飛びつづける。ドイツ軍もいない、敵もいない、ただ自由な空気と空があるだけ」

そこで彼女は言葉を切り、トーランスを見つめた。その顔は紅潮し、両手はまだ振り上げられていた。その瞬間、トーランスには彼女が手の届かない存在に思えた。彼には手の届かないどこか、日常のよしなしごとなどすべて超越して、終わりのない戦争という苛酷な現実から解き放たれたどこかにいるように。彼女の目に涙が浮かぶのが見えた。彼女は指先でまぶたから涙をぬぐい、顔をそむけた。

「あーあ、ごめんなさい」彼女は言った。「どうしてこんな話をしちゃったのかしら。これまでだれにも話したことがなかったのに」

トーランスは彼女に歩み寄り、両腕を彼女にまわした。彼女は抗わなかった――彼の腕のなかで自分を抱きしめていた。彼女は震えていた。

「ミーキャル、お願い――もう終わりにしたい」

「大丈夫さ」トーランスはキスしようとしたが、彼女は顔をそむけた――彼はどうにか一瞬だけ、彼女の頬に唇を押しつけた。しばらくのあいだ、ふたりはそうして立っていた。だがやがて、どちらからともなく離れていった。そしてゆっくりと歩きはじめた。

「スピットファイアの話をしてたよね」飛行場の入り口に着いたとき、クリスティナは言った。道からはアンソンのずんぐりした垂直尾翼の先が見えた。「でもきょうわたしが飛ばさなきゃならないのはこれ」

セクシーさの欠片もない武骨な飛行機は、彼女が駐めた場所でじっと待っていた。若い一等兵が機体の見張りをしていたが、クリスティナが身分証を見せると敬礼し、事務所になっているトレーラーに入っていった。クリスティナがトレーラーで飛行計画を提出し、最新の気象情報や飛行関連のデータを確認しているあいだ、トーランスは飛行機の横で待っていた。トレーラーから出てきたクリスティナは、すでに革の飛行帽をかぶり、手袋《グローブ》をはめていた。

14

ティルビー・ムーアへの帰路は、来たときとおなじ時間がかかったが、マイク・トーランスにとってはわずか数分に感じられた。飛行場が見えてきたとき、クリスティナは着陸するまえに基地周辺の上空をぐるりとまわり、トーランスが熟知している基地を真上から俯瞰《ふかん》させてくれた——彼が寝起きしている兵舎の列や、彼が働いている格納庫などがすぐに見てとれた。海も見えた。驚いたことに基地のすぐ近くにあった——というか、空から見るとそう見えた。ふだんは、地上クルーはときおり東から身を切るような冷たい風が吹きつけてくるときにその存在を感じるだけだ。こうしてつかのまながら高空から見ると、さらに驚くことがあった。ティルビー・ムーアという名前——〝リンカンシャー丘陵《ウォルズ》〟の西の端——の由来となっている土地の隆起は、空から見るとほとんど感じられなかった。基地の近くにあるマーケット・レイスンという市場町に行った帰りに飛行場まで坂をのぼるのは、パブで酒を飲んだ身には本当にきつく思える。なのに空からだと、丘などまったくないように見えるのだった。

主滑走路の端の広い農地を見下ろし、トーランスは撃たれた〝H・ヘンリー〟が墜落した場所の痕跡がまだ残っているかどうか探して、見つけた。機体の残骸のせいで作物が燃えてできた大きな黒い三角形が見えたが、草が伸びはじめており、近いうちに見えなくなりそうだった。

クリスティナはアンソンを水平飛行させ、エンジンのスロットルを戻して、コンクリート張りの主滑走路に穏やかに着陸させた。すぐさま機体をカーブさせて誘導路に乗り入れ、まっすぐ十一番分散待機所に走行させた。エンジンを切ると、トーランスの知らない空軍二等兵が建物のひとつから走りでてきて、両方の主脚に車輪止めをかませた。

クリスティナは飛行帽を脱ぎ、黒髪をさっと振った。

「それじゃ、お別れね、ミーキャル」

「お別れっていう言いかたはしたくない」トーランスは言った。「もう会えないみたいだ。きみは約束しただろう」

「わかってるわ。でももう行かなきゃ。あなたもでしょ」

「フランス語ではまた会いましょうって言うんだ」

「オー・ルヴォワール《オー・ルヴォワール》、ミーキャル」

「すぐに連絡するよ。手紙を書く。電話もする」トーランスは深く息を吸いこんだ。「クリスティナ、ぼくは——」

「なにかしら？」

「なんて言えばいいかわからない。ぼくに言えるのはこれだけだ」トーランスの心にあるのは愛の告白の言葉だった。それをほとばしらせてしまいたかったが、この狭苦しいコックピットのなかで夕暮れの陽射しを浴び、地上クルーの二等兵がすぐ外に立っているような状況ではとても言えなかった。「きみを失いたくない」そう言った。

「それなら、わたしの本当の名前を覚えていて」

「マリナ」

「そう――わたしたちだけの秘密を忘れないで」

彼女が身を寄せてきたので、トーランスは一瞬、キスをしてくれるのかと思ってうれしくなった。だがそうではなく、彼の膝の上に手をのばしてコックピットの彼の側の扉を押し開けたのだった。突風にあおられて扉が大きく開き、機体にぶつかった。トーランスはシートハーネスを外すと、身体の向きを変えて主翼の上に降り立ち、そこから草の上に飛び降りた。クリスティナは彼女の側から降りていた。

車輪止めをかませた二等兵がすぐ近くに立って、ふたりをじっと見ていた。

彼女とともに過ごした一日は終わった。彼女はトーランスに手を差しだして、形式的な握手をし、それから足早に管制塔に向かって歩いていった。振り返りもしなかった。トーランスは彼女が屋内に消えるまで見送っていたが、それから自転車を置いた場所に歩いていった。あふれるほどの思い出を抱え、かなわぬ願いを夢見て、ところどころの会話を再生し、彼女の顔を思いだしながら、ゆっくりとペダルを漕いで兵舎に戻った。

まだ滑走路わきの道を走っているあいだに、アンソンが主滑走路を加速しながら走り、むらのあるエンジン音を轟かせて風のなかに飛んでいった。トーランスは自転車を止めて片足を地面につき、パイロットに手を振った。クリスティナからの応答がなにかあったとしても、彼には見えなかった。

十分後、地上クルー仲間たちのいるかまぼこ型兵舎《ニッセン・ハット》に――慣れ親しんだ騒がしい世界に戻っていたが、いまや仲間の男たちが胸が痛くなるほど遠くに感じられた。仲間の男たちもそれを知っていた――留守にしていたあいだに整備員のあいだで彼についての下卑た噂が広まっていたのだ。トーランスは消灯時間までからかいや下品な言葉に耐えつづけ、それからありがたい思いで平穏な闇のなかで静かにもの思いにふけった。

ようやくクリスティナのことをしっかり考えられるようになった。彼女の手の感触、彼女の声、彼の耳のあたりにふれる彼女の黒髪のかすかな感触、ちらりと見えた静かな涙。そして外国人ならではの完全で明白な異質さの魅力も。ほぼ夜通し、彼は眠らなかった――心の底から、救いようがないほどに、彼女に恋していた。

15

トーランスがクリスティナに連絡する手段はふたつしかなかった。簡単で安上がりなのは彼女に教えてもらったハンブル地区の住所に宛てて手紙を書くことだった。問題は、イギリス空軍のだれもが知っているように、出される郵便物はすべて、送られるまえに検閲を受けるということだった。このため、手紙を書くときはだれもが慎重になるのがつねだった。空軍の軍人は勤務地も職務の内容も、勤務時間やいつ休暇をとるかというようなことについても、遠まわしにすら書くことは許されていなかった。ほんのわずかでもそうした情報が含まれている言葉は検閲の黒塗りの餌食になるのだ。家族や恋人に宛てたまったく無害に見える手紙も向こうに着いたときには勝手に切り取られたり黒塗りされたりしている部分だらけでほとんど意味が取れなくなっていたという噂が兵舎じゅうに広がっていた。

そもそもATAの職員に連絡を取ることが許されるのかどうかすらわからなかった――彼女の仕事になにか機密がからんでいる可能性だってあるだろう。

理由はどうあれ、彼がクリスティナに書いた手紙――そのなかにはおずおずと彼女にマリナと呼びかけたものもあった――にはまったく返事はこなかった。

もうひとつ、電話という手段があった。とんでもなく高い料金がかかるということ以外にも、克服できそうにない問題があった。最初に財布の件で電話をかけたときはとても運がよかったのだとわかっていた。長距離通話の回線は基本的に公用と軍用が優先されている。クリスティナと会ったあとに何回かかけてみた電話は、交換手に「回線がふさがっています」と言われて終わった。そして一度だけつながったときは、別の女性が出た。その女性は「ミス・ロジュスカは不在です」と言った。クリスティナのルームメイトのリズベスだと思われたが、なまじリアダン少将の娘だと知っているせいで、トーランスは怖気づいてしまった。口ごもりながら伝言を頼んだ――自分から電話があったことと、できればまたかけてみるつもりだということをクリスティナに伝えてほしいと。クリスティナがどうにか電話を返す手段を見つけてくれないかと苛立たしい思いを抱きもしたが、現実には彼が使えるのはNAAFIの建物の横にある薄暗い電話ボックスの公衆電話だけで、地上の整備クルーの勤務時間でないときにはたいていほかのだれかが使っていた。そもそも、どうすればその電話にかかってくるようにできるのかもわからなかった。

もう一度彼女に会いたくてたまらなかった。いつも彼女のことを考えていた。

そうした思いを抱いているのは彼だけではなかった。恋人との別離はイギリス空軍では当たりまえの状態だった。多くの男たちは余暇に手紙を書くか、愛する人からの手紙を何度も何度も読み返すかしていた。クリスティナのことで思い悩んでいるのは自分だけではないとわかってはいたが、だからといってなんの助けにもならなかった。

そうしているあいだにも、毎週毎週航空機は失われていった。そしてそれとともに、うれしくない知らせが入ってきた――また若者たちの一団が捕虜になったとか、もっと悪いことに飛行機が攻撃されたときに負傷したとか。もっとも悪いのは、機体が撃墜されたときや、地面や海に墜落したときに、機内で死んだというものだった。

トーランスは自分の生命が本当に危険に晒されることはないとわかってはいたが、基地にいるだれもが、ドイツ軍機がイギリスの飛行場を襲撃したという知らせをたびたび聞いていたし、〝H・ヘンリー〟の搭乗員に起きた悲劇はまだ生々しい悪夢として記憶されていた。だがトーランスは自分のことではなく、クリスティナのことを心配していた。

夏はどんどん進んで秋になり、それからゆっくりと冬に変わっていった。クリスティナからの便りはなかった。爆撃機軍団がドイツの首都ベルリンへの長期にわたる大規模な冬季空襲を開始していた。爆撃機の搭乗員にとっては、この戦争中もっとも苛酷な爆撃攻撃だった。目標までの往復飛行距離はランカスター機のほぼ限界で、敵の攻撃を受けながら飛ぶ危険な時間も長かった。天候はほぼいつも悪く、雨雲による視界不良や凍結につねに悩まされた。ドイツ空軍の夜間戦闘機はイギリス軍機を攻撃するのにさまざまな新戦術を編みだして効果をおさめていたし、ベルリンという都市そのものが強力な対空砲によってしっかりと守られていた。出撃するたびに死傷者が出るのは避けられず、第一四八中隊もその当時のほかの出撃部隊とおなじように大勢の死者や行方不明者を出していた。

トーランスは感情麻痺状態に陥ってきた。死傷者たちに対する反応という面もあったが、心の底でのクリスティナへの失意への防衛反応でもあった。心のどこかはまだ、もうすぐ彼女から連絡があるかもしれないという望みにしがみついていたが、現実的なところでは、彼女からはもう二度と連絡は来ないだろうとわかっていた。なんにせよふたりのあいだに存在していたものは消えてしまったのだ。

二月一日、中隊はそのまえの日の夜のできごとのせいでとりわけ大きく士気をくじかれた。とんでもない襲撃があり、英国空軍全体で総計三十三機が失われ、そのうちの五機が第一四八中隊のランカスター爆撃機だった。四機は撃墜されたことがわかっていたが、五機めは帰路の長距離飛行中に墜落していた。このころには地上クルーはこうしたできごとを含むさまざまな悲劇に慣れてしまっていた——とはいえ、肩をすくめてやりすごせるというわけではない——が、一夜にして五機を失うというのは士気をくじく恐ろしい打撃だった。失われたうちの一機は〝G・ジョージ〟で、トーランスが何週間も整備を担当していた機体だった。その乗員もよく知っていた。

その日の午後、補充のランカスターが二機、飛んできた。その二機が遠く離れた分散待機所に到着したのは、まさにトーランスがランチを終えて備品庫に向かっているときだった。歩きながら、彼は一台の車が猛スピードで飛行場をつっきってくるのを見た。車は彼が歩いているそばで停まり、乗客が降りてきた。男は基地の司令部棟に向かった。

トーランスはその制服を知っていた。ATAのダークブルーの制服だ。ぴたりと足を止め、見つめずにはいられなかった。パイロットは男性で、長身でやせており、背すじがまっすぐだった。彼はゆっくりと歩いっていった。

トーランスは自分を抑えきれなかった。パイロットに駆け寄り、小走りに並んで歩きながら不格好な敬礼をしようとした。

「すみません、サー！」

パイロットは足を止め、トーランスを見た。トーランスの使いこまれた作業服を目にして、この若者の身分を知ったようだ。

「わたしを〝サー〟と呼ぶ必要はないよ」彼は言った。「わたしはイギリス空軍の軍人じゃないから」

「サー、存じております！」トーランスは二十ヤードほど走っただけだというのに、息切れを感じていた。

「お訊ねしたいことがあるんです」

「きみはわたしを知っていると言ってるのか？」

「いえ、その——あなたがATAのパイロットだと知ってるんです」

「ああ、そうだが」

この瞬間、興奮のあまりトーランスの頭はめまぐるしく回転していた。一瞬、ATAの男性パイロットについて広まっている奇妙な噂がいろいろと思いだされた——みんな怪しげな松葉杖やガラスの義眼や木の義足をつけているという噂だ。この男は五体満足に見えたが、銀髪で中年という以上の年配だった。現役のパイロットでいられる年齢でもなく、管理職として後方勤務をしていられる年齢にすら見えなかった。こうしたことを考えてしまい、トーランスはいっそううろたえてしまった。

「すみません！　なんと言ったらいいか——」

「なにか訊ねたいことがあると言ってたが」

トーランスは深く息を吸いこんで、気を落ち着けようとしたが、緊張しきっていたうえに冬の空気を急に深く吸いこんだために咳きこんでしまった。それからようやく言った。「連絡を取りたい、ゆ、友人がいるんです。ATAのパイロットです。どうすれば彼女に会えるのかわからないんです」

「ATAの女性パイロットかい？」

「イエス、サー」

「女性部隊とはあまり接触がないんだ」男性は言った。

「うちは男女別々にイギリス全土に配備されているからね。その人の名前は？」

「クリスティナ・ロジュスカといいます。二等操縦士で、ポーランド出身です」

「ポーランドね――ああ、たしかにうちにはポーランド人パイロットがたくさんいる。どこの配属かわかるかね？」

「ハンブルです」トーランスは言った。

「わたしはホワイト・ウォルサムなんだ。ハンブルからはかなり離れている。残念ながらミス・ロジュスカのことは知らない。ポーランド亡命政府には問い合わせてみたかね？」

「いいえ。考えつきもしませんでした」

「まあ、きみの知りたいことは教えてもらえそうにないがね。その女性と連絡を取りたいというのは相当な理由があるんだろうね？」トーランスは顔が真っ赤になるのを感じていた。男性は笑みを浮かべた。「その女性にメッセージを届けられるか、やってみようか？」

「お願いします、サー」トーランスはつっかえながら次々とまくしたてた。お願いだからぼくに電話をしてくれるように頼んでください、いや、手紙を書いて、なんとかこの基地に届けてほしい、とても大事なことなんだ、大至急、どうしてもすぐに連絡がほしい。

男性は静かに聞いていたが、それから手帳を取りだした。トーランスのフルネームと階級と認識番号、それから直属の上司になる下士官と士官の名前を訊ねて書き留めた。それからトーランスに自分の名前は一等操縦士デニス・フィールデンだと告げ、連絡先の住所――ホワイト・ウォルサムの飛行場――と、さらにロンドンのATA本部の住所まで教えてくれた――〝もし全部失敗したら〟そこにクリスティナの所在を問い合わせてみるのがいちばんいいだろう。ただし戦時につき、機密保持が重要視されるので軍に関係する特定個人の情報を得るのは難しいだろうがね。

「一等整備兵マイクル・トーランス」フィールデンは書き留めた名前を読み上げた。「相手の女性はきみの名前と階級を知ってるんだな？」

「はい」

「あとはまかせてくれ。ときにはこういうことがうまく行くこともある。わたしは戦争がはじまったときからATAにいるんだ。やり方はわかってる」

仕事に戻っていきながら、トーランスは何週間ぶりかに気分が晴れてきたような気がしていたが、基地全体はまだ重苦しい悲しみに包まれていた。

三日が過ぎたが、フィールデンの自信に満ちた態度のおかげで、トーランスはなにもかもうまく行きそうだと思えていた。四日めの午後、いきなり中隊本部の監理事務所に呼び出された。自転車を借り、急いでペダルを漕いで向かった――これまで監理事務所の付近にも行ったことがなく、本部棟に着いてから訊ねなければならなかった。

教えられた場所のまえの廊下に、ふたりの男性が立っていた。ひとりはデニス・フィールデンで、もうひとりはイギリス空軍の士官だった。トーランスの知らない士官だったが、おそらく監理官なのだろう。歩いてくるトーランスに気づくとすぐに、士官はミスター・フィールデンにうなずき、きびきびとした足取りで立ち去った。ミスター・フィールデンは廊下でトーランスに挨拶し、室内に招き入れた。フィールデンが制帽をかぶっていないことに気づいて、トーランスも制帽を取った。フィールデンはドアを閉めたが、ふたりは立ったままだった。

フィールデンは前置きなしに言った。「トーランス整備兵、ロジュスカ二等操縦士の消息を調べたよ。だが残念ながら悲しい知らせを持ってきた。クリスティナ・ロジュスカは行方不明者リストに入っており、死亡したと見られている。通常業務で航空機の輸送中に予定していた経路からはずれたものと見られる。目的地に到着しなかったのだ。機体は発見されておらず、おそらくどこかの海上に緊急着陸したのではないかと考えられている。彼女が申請していた経路の一部がテムズ河口のそばを通っており、その針路から逸れるとほぼ確実に海上に出てしまうのだ。なんらかの理由により自機の位置を見失い、正しい針路に戻ることができないまま燃料が尽きて墜落したという可能性がある」

トーランスがちゃんと聞いていたのは最初のほうだけで、よくない知らせに頭がくらくらするような感覚が全身を駆け巡っていた。

しばらくのあいだ、ふたりは無言だった。それから、トーランスが言った。「サー、それはいつのことだったんですか?」

「去年だ、八月の終わり近くだ。八月二十七日到着予定の輸送任務にあたっていた」

「彼女が死んだというのは、本当に確かなんでしょうか?」

トーランスはいつしか座っていた——それをした記憶はなかったが、事務室のドアの陰にあったかたい木の椅子に座っていた。ATAのパイロットは彼の横に立ったままで、同情顔でトーランスのほうに身をかがめていた。彼は背が高く、落ち着いていて頼もしかった。彼はトーランスの肩に手をのせた。

「マイクル、心より本当に残念に思う」フィールデン一等操縦士は言った。

「ありがとうございます、サー」

フィールデンが立ち去ったあと、トーランスはすぐに仕事に戻る気にはなれなかった。監理事務所を出て廊下を歩き、つきあたりに空いている部屋を見つけた。そこに入り、ドアを閉めて、ひとりそこに身を隠した。

16

一九四四年の夏、マイク・トーランスはイタリア南部のイギリス空軍基地に転属となり、合衆国空軍が運用するP‐51ムスタングやP‐38ライトニングの整備に従事した。ドイツの降伏までその部署で過ごしたのち、イングランドに戻って、一九四六年に除隊となった。

一九四八年に妻のグレニスと出会い、ロンドン南東部郊外、ケント州寄りの地に居をかまえ、二男一女に恵まれた。戦後しばらくは職を転々としたが、一九五四年にノッティングヒルにほど近いベイズウォーター・ロードにある中規模の広告代理店で働きはじめた。コピーライターの見習いからはじめ、その仕事を刺激的でクリエイティブだと思った。何年かのあいだ広告業界で仕事を楽しみながらしっかり働いたが、やがてコピーライト業が袋小路のようなものに思えてきた。このころにはもっとちがうタイプのもの書きに食指が動いており、自宅に近いブロムリーにオフィスをかまえるアメリカ資本の化学薬品会社の子会社に移って、出版責任者になった。そこで、無味乾燥な製品の説明書から、広告チラシや毎月出される社内報に至るまで、あらゆる印刷物の文責及び製作責任を負った。

そして数年後、書く仕事の楽しさと自分はそれに長けているという自信に後押しされて、トーランスは完全にサラリーマンをやめ、自主独立のフリーランス伝記作家として新たなキャリアに踏みだした。最初のうちは穏当に、第二次世界大戦中に類まれな勇敢、勇壮な行為をおこなった軍人の短い伝記を次々と書き、委託を受けた軍事史専門の出版社から本を出した。その後、政治家などの著名人の伝記にも手を広げ、じきに伝記作家という分野で権威と言われるようになった。

このころには、クリスティナ・ロジュスカのことはめったに考えることがなくなっていた――仕事は充実しており、子どもたちが成長していくのを見守るのに夢中になっていたからだ。やがてついに引退を考える年齢が近づいてきた。

フリーランスにとって、定年日は厳密にカレンダーによって決まるものではなかった。フリーランスの作家にとって、いつ仕事をやめるかは自由裁量で決まるものであり、やめる必要もない。彼は健康で、仕事の契約はまだいくつも抱えており、これまでとおなじようにこれからもまだまだ本を出していくつもりだった。

とはいえ、なににつけても全体的にのろくなってきているのが意識され、これまでよりも自分の心のなかに目が向くようになってきていた。通常の仕事はふつうにこなしながらも、一九四三年のあの夏に思いを馳せることが多くなっていた。クリスティナ――ポーランドから来たパイロット、彼の手を握って泣いたあの若い女性――と過ごした短いロマンティックなひとときに。長年、彼女が打ち明けてくれた秘密――母親がつけた愛称――のことを考えたことはなかったが、突然それがよみがえってきた。マリナ。彼はそっとその名前をつぶやいてみた。クリスティナがしていたポーランド語の発音で、真ん中の〝リ〟の音を少し長めに、強調して。

さらに注意深く、集中して彼女のことを考え、当時の自分を静かに思いだした。当時の年齢だった自分を――いかにも若く内気で、うぶで未熟な青二才で、彼女のような苦労人の女性の相手にはとうていならなかったことを。そして考えはじめた――当時の彼は彼女の目にはどう見えていたのだろう？　遅まきながら、彼女がどんな苦労をくぐり抜けてきたかがわかってきた。祖国の防衛の一翼を担う活躍をした彼女の強烈な独立心と勇猛果敢な決断力。ドイツ空軍の急降下爆撃機が町を襲い、戦闘機が獲物を探して飛びまわっている空を飛ぶ、危険に満ちた何時間もの飛行。侵攻されるたびに脱出を重ね、ヨーロッパ全土に戦火が広がるなか、安全を求めて何ヵ国も横断する悪夢のような長旅。彼女と出会ったときの彼はまだほんの青二才でしかなく、家族から離れて戦時のイギリス空軍基地の生き馬の目を抜くような世界に放りこまれ、どうにか毎日をやりすごしているだけだった。当時の自分を思いだし、トーランスは恥じ入った。井の中の蛙のように狭い世界しか知らずに育ち、もっと広い世界があるなどと夢にも思わず、女の子とつきあった経験もない。最初のうち、クリスティナは彼のなかにほかのだれかの面影を見ていた。だが、あの一日が終わるころには、なぜかはわからないがそれはもはやそれほど重要なことではなくなっていた。クリスティナは彼を――ほかのだれかの面影ではなく、彼を見ていたのだ。そうトーランスは確信していた。

第二次世界大戦が終わったとき、トーランスは、当時その戦争に囚われていた大勢の人々とおなじように、その記憶をわざと脳裡に押しこめた。当時の彼は、戦争も、イギリス空軍での暮らしも、もうたくさんだった。自分が経験したことを口にすることはほとんどなかった。グレニスと出会ったときでさえ、空軍で働いていたことを口にしたのは六ヵ月が経ってからだった。しかも具体的なことは最小限しか言わず、それ以後二度と口にしなかった。伝記作家だったころに仕事で退役軍人と手紙のやりとりをしたり、ときにはインタビューしたりしていたが、そのおかげで、彼がクリスティナと出会ったころに経験したことはまったく珍しいことではなかったとわかっていた。あのころ、戦争に従事していた人々の多くが若かった。戦争に出て顕著な功績を挙げた軍人たちも若かったのだ。ほとんど全員が生まれてはじめて家族から離れて管理された混沌のるつぼたる軍隊生活に投げこまれていた。多くの者は、戦闘に引きだされるという見込みと死の恐怖のために、友情や愛を切実に求めるようになっていた。そしてその結果の別れ、涙、後悔、再会、希望。単に自分が死ぬことを恐れるだけでなく、知り合いや愛する人やただの仕事仲間の死までも恐れていた。大勢が肉親と死別し、さまざまな理由で家族が引き裂かれ、さまざまな不義密通や情事があった。そして新たに出直し、虚しい願いを抱き、痛ましい結末を迎えた。

クリスティナとの出会いは、彼の心にはっきりと刻まれた戦争中のひとつの経験だった。彼はクリスティナが語ったポーランド時代の話を思いだし、一九五三年、まだ満足のいく仕事ができていなかった時期にそれを書き留めていた。その当時は、そうすることであのできごとを整理し、完結させることができるのではないかと思えたのだ。そしてその点では成功していた。長年のあいだ、そうして書き留めた手記を読み返すこともなければ、それについて考えたこともなかった。

彼は部屋じゅうを探した。デスクを、戸棚を、昔の非効率的なファイルを探し——ついに見つけた。彼の妻が裏面がまだ使えるものと取り分けた紙を入れてあるボックスファイルのなかに詰めこまれていたのだ。彼はそれを救いだし、読んだ。

当時の記憶がどっとよみがえり、クリスティナが死んだと聞いたときのことが思いだされた。

彼女の死に方についての説明になにか足りないものがあるように思えてならなかった。あの温厚なATAのパイロット、デニス・フィールデンが語ったことをそのまま事実として受け入れながらも、あの最初の瞬間から、それが話のすべてであるはずがないと感じていた。戦争中に経験したことすべてを意識的に封じこめる過程のなかで、この小さな疑問までも過去のものとして押しこめていたのだ。何百万という人間が死に、しかもその多くはよくわからない状況で死んでいる——それが戦争というものなのだ。暴力と突然訪れる死、残虐な行為、秘密保持。

だがいま考えても、クリスティナが位置を見失ったり、予定経路をはずれたりするなどありえないように思えた。もちろん、彼女が墜落したという可能性はある。機体の故障とか、敵の攻撃や、悪天候のためというような理由で。だが、彼が知っている彼女がただ単に針路を見失うなどということはありえないのだ。機体が発見されていないということは、彼女が予定していた経路上ではなにも発見されなかったということだろう。彼女の操縦ぶりを見て、彼はその腕前に惚れ惚れした。彼女は天性のパイロットなのだ——その決断力、心の強さ、個性、彼女の抱いている希望も願望もすべて、彼は見たのだ。彼女が予定経路からはずれたのだとしたら、それにはなにか理由があったはずだ。

その理由がなんだったのか見つけようと、トーランスは決意した。もの書きになったおかげで、いくつかの技能は身につけていた。なかでも調査と検索の能力、埃まみれの書類が詰まった箱を探る能力、新聞社のライブラリーを漁る能力、役所が隠し持っている情報をひっぱりだす能力が役立つはずだった。彼にはたくさんのコネと友人があり、たくさんの方法や手段が身についていた。ポーランド語を話せれば役に立つとわかっていたし、その取得が長年温めていた野望でもあったので、ポーランド語の通信講座を受け、それから個人レッスンも受けた。

調査は、最初に考えていたよりも楽だった。戦後の時の流れのなかで、非公開だったたくさんの公文書が公開されていたし、ソヴィエト連邦崩壊後はさらに多くの情報に接することができるようになっていたからだ。このおかげで実際にポーランドに行く必要性はほとんどなくなった。研究者にとって重要なのは、情報が存在するかどうかを探すことではなく、その情報がどこにあるのかを正確につきとめることだからだ。イギリスでは航空機の製造会社が、製造した航空機の製いっ造番号や仕様、いつ完成してどこに送られたかといった膨大な情報を公開していた。また、多くの公的機関とともに、ATAも各種の保管記録を公開しており、パイロットたちの飛行記録や輸送スケジュールも閲覧できた。ごくわずかながら、パイロットが任務中に死亡したり行方不明になったりした場合に、手紙などを含む私物が保管されていることもあった。クリスティナの私物もかなりの数が保管されていた。その手紙のなかに、トーランスが彼女宛てに書いたものが二通あった。彼女が返事を書かなかった手紙だ。最初の手紙をトーランスは読みはじめたが、その日付が彼女が行方不明になった二日後だと気づくと、最後まで読むことができなかった。保管箱のなかには、小さな財布があった。すべてのはじまりとなったあの財布が。いまは空っぽだった。あの色というものが感じられなかった戦時中に彼を魅了したあざやかな色彩は色あせ、赤いパイピングはほつれてきていた。彼はしばらくのあいだそれを手に持ち、記憶の奔流のなかで立ちすくみ、それから悲しく元に戻した。

クリスティナについてトーランスが最初に発見したのは、彼女のフルネームだった。クリスティナ・アグニェシュカ・ロジュスカ。英国外務省の記録によると、彼女は最初、難民としてイギリスに入国し、次にポーランド亡命政府指揮下のポーランド空軍の一員として登録されていた。こうした記録が、クリスティナが彼に語った身の上話を裏づけていた。彼女の実の家族についての情報はまったく出ていなかった。彼女の話の残りの部分もだいたいにおいて裏づけがとれた。ポーランド空軍の一部がルーマニアに逃げたものの、装備を押収されたことも、一九四〇年のはじめごろに国外に出たと言われていることも。

ロンドンのポーランド大使館でも、クリスティナについて彼が知らなかった事実が判明した。彼女はポーランド空軍で階級を与えられていた。おそらく、彼女が言っていた空軍少将によってだろう――暫定的付与ながら、ポルチュニク（イギリス空軍なら大尉だ）・ロジュスカ。そう書かれていた。イギリスで暮らすようになってしばらくしてから、彼女はようやくポーランド亡命政府からいくばくかの未払い給与の支払いを受け、毎週わずかながらの俸給ももらっていた。だがそれはATAに入隊したときに停止されていた。

さらに興味深いのは、ポーランド亡命政府のシコルスキ首相が、ドイツ軍の侵攻時におこなわれた飛行任務によって、彼女に勇猛大十字章――ポーランド語で、クジィージュ・ザェルフギ・ザ・ジェルノシチ――を授与していたことだ。その表彰状にはこうあった。『ポルチュニク（仮）・K・A・ロジュスカ――きわめて困難な局面にあって、国土及び市民の生命と財産を守るべくおこなわれた無私の勇敢な行為に対して』

クリスティナの話の背景には、いくつかの暗い影が横たわっていた。最初の影は特に問題とはならないものの悲しいものだった。それは何十年もたったいまでも強い影響を及ぼし、トーランスに激しい嫉妬を抱かせた。クリスティナは彼に話してはいなかった――話す義理もなかった――が、彼と出会うよりちょっとまえに、サイモン・バレットという若いイギリス空軍のパイロットとつきあっていた。ATAの保管遺品のなかに、トーランスはバレットが彼女に書いた短い手紙をいくつか見つけたのだ。それは無邪気で楽しげでジョークもまじっている、戦時中の短命な恋愛をうかがわせるものだった。ある手紙では、サイモン・バレットは彼女に〝過去のことはもう忘れて〟くれと懇願していた。その後トーランスはイギリス空軍省の公式記録のなかにサイモン・バレット少尉を発見した。サイモン・バレット少尉二十一歳はハリファクス爆撃機のパイロットで、一九四三年三月のシュトゥットガルト空襲に出撃し、帰ってくる途中、北海上空で撃墜され、搭乗員は全員死亡していた。

クリスティナがポーランドに残してきた恋人、トーマシュについては、さらに悲惨な話になっていた。ポーランドの崩壊に続いて、邪悪なできごとがいくつかあったのだ。その当時クリスティナが知っていたのかどうかも、少しあとになってから知ったのかどうかもマイク・トーランスには定かではないが、おそらくポーランド難民たちのあいだで噂になって密かに危惧されていたから、彼女も聞いていただろう。一九四〇年の四月から五月にかけて――ちょうどクリスティナがフランスからイングランドに向かって旅をしていたころだ――ポーランド東部を占領していたソ連の高官の指示により、捕虜となっていたポーランド陸軍と空軍の将校すべて、総計約二万二千人が集められ、ロシアのスモレンスク近郊のカティンの森に移送され、皆殺しにされたのだ。大量の遺体が埋められているのが発見されたのが一九四三年、トーランスがクリスティナといっしょに過ごしたあの夏の日とだいたいおなじころだった。発見された遺体のほとんどは、後頭部に一発、銃創が残っていた。この忌まわしい発見のニュースが公式に西側諸国で報じられたのは、戦争が終わってからのことだった。

クリスティナは残虐な悲劇からどうにか逃れることができたが、トーマシュはどうだったのだろう？　カティンの森の虐殺跡のどこかに、かつてライバルだと思っていた若い貴族の遺体が人知れず埋もれているのではないかと、トーランスには思えてきた。

イギリスにいながら調べられることは、それ以上はたいしてなかった。ポーランド貴族の家系についてのウェブサイトをいろいろ調べると、グルジンスキ家の最後のウォヴィチ伯爵位継承者は、ブロニスワフの息子ラファルだということがわかった。ラファル・グルジンスキは一九四〇年に死亡したと見なされており、伯爵家はそこで断絶していた。トーマシュという名の息子やほかの子どもたちについての資料は一切なかった。

イングランドで入手可能なこうした記録を調べはじめて、一年が過ぎた。シコルスキの亡命政府は終戦後にはほとんどなんの痕跡も記録も残していなかった。さらに詳細な情報を得るためには、ポーランド陸軍や騎兵連隊の記録だけでなく、当時の新聞や公文書にも当たってみなければならないことはわかっていた。だが、ナチスの何年もの占領支配、一斉検挙と国外追放、強制収容所と絶滅収容所送りというすさまじい苦難を耐えてきたポーランドに、そういった資料がどれだけ残っているだろう。とにかく、実際にポーランドに行く必要があった。

妻のグレニスがこの世を去った数カ月後、トーランスはずっとまえから計画していたポーランド旅行を決行した。この旅行は仕事の出張というあつかいにした——調査が好きなのと同様、彼は海外旅行も大好きだった。現在直接仕事に結びつくものでなくても、実地で体験したことはいずれ著作に役立つものだからだ。だが今回は時間を最大限有効に使って、入手できるかぎりの記録を徹底的に調べたかった。ひとつには、クリスティナが生まれ育った国を実際に見てみたくてうずうずしていた。一九九九年の終わりに、トーランスはクラクフに旅した。そのとき七十六歳で、海外旅行をするのはほぼ確実にこれが最後になるだろうとわかっていた。

現地での調査ではすでにわかっている事実に付け足せることはほとんどなく、困ったことにさらに謎が深まった。

まず最初に、クリスティナの生家の件だ。トーランスはクリスティナが言っていた村、ポビエドニクに行った。実は村はふたつあった。大ポビエドニクと小ポビエドニクという村が近距離に並んでいたが、どちらの村にもロジュスカという名前の家族がいた痕跡はなく、トーランスが話を聞いた現在の住民のなかにも、その名字を聞いたことがある者はいなかった。ポビエドニクに飛行場があることに、トーランスは興味を惹かれた。地元の飛行クラブが所有する小さな飛行場だった。一九三〇年代にそれがあったかどうかは確認できなかったが、地元の人々はなかっただろうと言った。

トーマシュ・グルジンスキ、もしくはトーマシュ・ウォヴィチについては、なにも見つからなかった。トーランスはあちこちの図書館やデータベースを調べてみたが、なにもわからなかった。クラクフの旧市役所内の公開公文書室で二日間費やした結果、ラファル・グルジンスキがおこなった土地売買や彼が利益を得ていた商取引、彼が払った税金や結婚した女性、付与されたいくつかの称号、ナチスに接収された財産や美術品についての記録はたくさん見つかったが、彼の子どもたちに関する記録は一切見つからなかった。確認できたかぎりでは、ラファル・グルジンスキに子どもはいなかった。ウォヴィチ伯爵家はラファルの代でとだえることがすでに決まっていたのだ。それも戦争がはじまるまえに。

クリスティナが具体的に名前を挙げていたポズナン軽騎兵連隊の記録を調べにいくと、一九二〇年から一九三九年――この年、ドイツの占領によって騎兵連隊は解隊された――までに任官されたすべての騎兵将校の氏名と詳細情報が残っていた。リストにはトーマシュという名前がたくさんあり、グルジンスキという名字もいくつもあったが、トーマシュ・グルジンスキという名前はなかった。

カティンの森虐殺事件については、ポーランド政府が長年にわたって全犠牲者の氏名を同定する作業を進めていたが、トーランスはここでもその膨大なリストのなかにトーマシュ・グルジンスキという名前を見つけることはできなかった。少なくとも、その名前の将校も、それに近い名前の将校も、探している男性とおなじ出生履歴を持つ将校も見つけることはできなかった。

ポーランド旅行を終えて故国に戻ったころには、トーランスはほぼ確信していた。トーマシュは――若いころ、彼があれだけうらやみ恐れていた男は――歴史から存在を抹殺されてしまったか、でなければ――はるかに不可解な結論になってしまうが――そもそも実在していなかったのではないかと。

クリスティナのポーランド時代についての調査はそこまでだった。

だが、彼は少なくとも、クリスティナの最後になにが起きたかについては見つけ出していた。それにはクラクフに行く必要はなかった。ＡＴＡの記録と飛行記録があれば充分だった。

一九四三年八月二十七日――トーランスと彼女が会った日からだいたい五週間後だ――サウサンプトン近郊にあるスーパーマリン社の工場から、イースト・アングリアのイギリス空軍基地まで新たに完成したスピットファイア・マークⅪを移送する任務の割り当て表にクリスティナの名前があった。マークⅪはまさに、彼女がトーランスに話したとおりの飛行機だった。長距離高高度偵察機として設計され、高性能のカメラと予備の燃料タンクを備えていた。武器は一切ついていなかった。

その日の彼女の飛行計画は、複雑なものではなかった。イングランド南部を横断するほぼ一直線の経路で、予想される飛行時間は一時間足らずだった。

航空管制所の記録によると、彼女は離陸してほどなく、予定の針路から逸れたようで、ロンドン方向に向かっていた。彼女の機は、ロンドン中心部を一万フィート以上の高度で通過するまではレーダーで追跡されていた。次にレーダーにとらえられたのは、ロンドン上空から離れてテムズ河口域沿いに北海方向に向かっているところだった。そして最後にレーダーに映ったときには、機体は徐々に高度を上げており、針路は一、二度左寄り、機首角度は約八十度だった。スピットファイアはそれ以後一切レーダーに映っておらず、何十年もまえにデニス・フィールデンがトーランスに言ったとおり、機体は発見されていない。

本当はなにがあったかを想像できるのは自分だけだと、トーランスは信じていた。彼は思い描く――ダークブルーの制服を着たすらりとした体格の若い女性が、人目を惹く焦げ茶色の髪を飛行帽のなかに押しこみ、これまでつくられたなかでもっとも美しいと考えている飛行機の狭苦しいコックピットに座ってシートハーネスをつけ、機体をもう一枚の皮膚のように着こなしながら、はじめてそれを飛ばすところを。おそらく、自分がなにをしようとしているか、まったく意識はしていなかったのだ。本能に身を委ね、有頂天のあまりに恍惚となって思考が舞いあがっていたのだろう。願いがかなった幸福感に包まれて、スピットファイアをすばやく夏の空のなかに舞いあがらせたのだ。高く速く飛んでいき、戦争の軛《くびき》から解き放たれて、白い雲を貫き、真っ青な空をつっきって、この世界の屋根たる山脈をかすめていつまでも飛びつづけたのだ。故郷に向かって、ただ自由な空気と果てしない空しかない世界で。

第六部　冷蔵室

1

六番め

温帯嵐フェデリコ・フェリーニの中心が南西からこの国に上陸し、現在はリンカンシャーの大半とヨークシャー南部が勢力圏内にあった。いちばん外側の降雨帯ははるかテムズ河口域まで延びている。北海沿岸は暴風に襲われ、北海の向こう側のデンマークでは山のような大波と沿岸防衛への相当な被害が報じられている。ティボー・タラントが避難所にしているウォーンズ・ファームでは、稲妻が炸裂するまばゆい雷雨のあとに、つかの間の明るい陽射しと嵐のまえの静けさが訪れた。最初に降水セル《ストーム》（低気圧を構成する空気の塊）の前縁での暴風がウォーンズ・ファーム施設を襲ったのは、朝の早い時間だった。施設の建物の上空に強風が吹きこみ、壁を揺るがし、雨と氷の粒を窓に叩きつけはじめたとたん、タラントはその音で目覚めた。強風があげる金切り声と、嵐にあおられた瓦礫の欠片が補強された外壁にぶつかって揺るがす絶え間ないドンドンという音におびえ、暗がりのなかで寝具の下にもぐりこんで身体を丸めて、縮こまった。ルー・パラディンが自室を出て彼の部屋にやってきたときには、彼は恐怖のあまりすすり泣いていた。彼女は夜明けまでタラントのそばにいた。

その次の日は寄り添ってすごした。建物の外側は嵐に乱打され、タラントはじわじわと神経衰弱に蝕《むしば》まれた。嵐本番の夜、ルーはタラントとおなじベッドで並んで眠ったが、それはただ、おたがいの安らぎと安心のためだった。じわじわとたまって膨大な量になった神経の疲れにひとたび屈服すると、タラントはなすすべもなく病み臥《ふ》し、もはやコントロール不能となっていた。彼の心のごく小さな一部は起こっていることの激しさに驚きを感じる程度に乖離《かいり》できていたが、知力は恐怖にはとうてい立ち向かえなかった。ほとんどの時間、彼はそれに屈していた——泣きわめき、肉体の痛みに悶え苦しみ、意味をなさない言葉を口走った。現実から遊離しはじめたという自覚はあったが、起こっていることにおびえるあまり、コントロールしようと奮闘できなかった。何時間も、目を覚ましたまま横になっていた——眠ったとしても、うつらうつらした浅い眠りだった。一貫性のあることをしゃべれず、食べたものは吐いてしまい、ものを考えられなかった。アナトリアで目にしたすさまじい暴力の記憶に蹂躙されていた——病気に苦しむ幼い子どもたち、手足を切断された女性たち、あちこちで起きていた冷酷な復讐劇、とてつもない耐えがたい暑さ、民兵たちの残虐な行為、制服を着た兵士たちの無関心な冷淡さ、死にゆく者と死者の臭い。

彼のカメラはそのすべての画像を記録していた。彼の記憶はそれ以上に強烈だったが、彼の心は危機に瀕していた。

二日めの朝、獰猛《どうもう》に荒れ狂うフェデリコ・フェリーニにいっときの凪《なぎ》状態が訪れた。ルーはタラントのためにミルクを温め、彼はゆっくりとそれを飲んだ。三十分たってもまだ、どうにか吐かずにいられた。ルーは彼にビスケットを二枚かじらせ、それもまた吐かずにすんだ。

正気を失いかけているわけではないと、かなり確信できてはいたが、それでもしばらくのあいだは理性的な思考に見放されていた。なにごとにも集中することができなかった。ルーがしゃべるたびに耳を傾け、自身の混乱ともつれた思考から彼女の言葉を解きほぐそうとした。

「嵐はきょう遅くに通りすぎるでしょう」彼を包んで

いる沈黙に向かってルーは話しかけたが、戸外で絶え間なく猛り狂っている嵐の音に負けじと声を張り上げていた。「もうじきまたひどくなる。嵐の後縁がこの真上を通るから。でもまえほどひどくなることはなさそう。この嵐はすでに衰えてきてる。でもこれのうしろにもうひとつできてて、こっちに向かってるところだって」

幅広の金属ストラップがたくさん窓から見える。この建物の屋根から下にのび、地面のどこかに固定されているものだ。その一本が吹きつけてくる風を受けてたわみ、悲鳴を上げた。

ルーが言った。「ここにいれば安全。外に出なきゃいいのよ。ここの建物はレベル5かそれ以上のサイクロンにも耐えるって話。あのストラップのおかげで屋根が飛ばずにすんでる」

彼女は博識ぶった様子でタラントに向かい、ゆっくりした口調でしゃべっているようだった。なにか重要な市民情報を公開しているラジオのアナウンサーのように。だがそれでも、タラントは彼女の話についていくのが難しかった。またもやメラニーのことを考え、彼女が死んだと知ったときの苦悶を思いだした。それから、フローのことも。あの車が破壊されたとき、彼女はどうなったのだろう？　ふたりはおなじ爆発で殺されたのだろうか？　もはや知るすべはなかった。ルーが彼の顔の横側をなでていた。

外で起きていることが見える高さにベッドから上体を起こすたびに、タラントはいくつかの建物にはさまれた方形の広い中庭に落ちている瓦礫の多さに驚愕した。たくさんの枝や灌木や、折れたりちぎれたりした草木とおなじほど大量に、大きな金属片——折れ曲がったりねじれたりした薄手《シート》の板状のものもあった——や割れた木の梁や、割れたガラスの無数の破片が落ちていた。風に飛ばされたこうした物体がたびたび、雨が筋状に流れる窓にぶつかった。タラントはベッドのわきの窓を押し、強度を試した。

ルーが落ち着かせようとするように、彼の腕に手を置いた。「窓は割れやしないわ。そのためにガラスがこんなに分厚い。外がゆがんで見えるでしょ」

そのとき、タラントは思いだした——整合性のある記憶がちらりと閃いたのだ——メブシャーのなかから見えた光景の、壜ガラスを通したようなゆがみを。メブシャー——そう呼ばれていたもののことを、彼は思いだしていた。その言葉を口に出そうとしたが、声にならなかった。

彼が眠っているあいだに、ルーはどこかに行ったにちがいなかった。目が覚めたとき、彼はひとりきりだったからだ。それからほどなく、彼女は戻ってきて、飲料水を渡してくれた。自分が無力で看護を必要としていると思いたくはなかったが、かたわらに彼女が座ると、タラントはほっとした。彼女が温めてくれた缶詰のスープを、彼は残さず飲んだ。どういうふうにしてか、彼女は焼きたてのパンも見つけていた。

建物の横のほうに、なにか大きなものがぶつかった。つかの間、室内の照明が明滅した。ふたりともびくっとしたが、ルーはタラントを落ち着かせた。「予備回路《バックアップ・サーキット》は三つある」そう言った。「照明が消えることはまずない。ついさっき、TVのニュースを見たんだけど、見つけられたニュースチャンネルはヘルシンキからの放送だけだった。大西洋からこっちに来ている次の嵐は温帯嵐グレアム・グリーンと名づけられたそうよ。この嵐の二日ぐらいあとにやってくるんですって。そのときはレベル3と予報されてたから、サイクロン級のものだとしてもそれほどの被害は起きないでしょう。でも通りすぎる速さは、さらにのろくなるかもしれない。それに、その嵐はこの国のこのあたりからは逸れる可能性があるとも言ってた。いずれにせよ、あたしたちにとってはたいした問題じゃない」

「ぼくはここから出なきゃならない」タラントは言い、まるまるひとつの文章を言えたことに気づいた。

「あたしたちみんなじゃなくて？」

「ぼくはグレアム・グリーンの著作はひとつも読んでないんだ」タラントはつけ加えた。何日ぶりかに感じられたが、はじめて一貫性のある思考ができていた。それは彼の内にはなかった考えだった――自分が強迫観念や恐怖や、論理的思考の喪失に降参していたというのは。「いや、あった、ような気がする」ブライトンのことを書いた古い本が思いだされた。

「あたしはグリーンの小説を二冊読んでる」ルーが言った。「それに短篇もいくつか――何年かまえにそれで授業をしたの。でもフェリーニの映画は全部見てる」

「ぼくはまたしゃべれるようになった」

「あなたはずっとしゃべってたのよ」ルーが言った。

「熱を出して何時間もしゃべってた」

「ぼくはなにをしゃべった？　筋は通ってたか？」

「いいえ」

「聞いてたけど理解できなかったという意味、それともぼくに言いたくないという意味なのかい？」

「聞いてた。でもそのほとんどは理解できなかった。そんなことは問題じゃない――ショック状態から恢復する人々は見慣れてるし。何年もまえだけど、あたしは看護師の訓練を受けた」

「ぼくの妻は看護師だった」

「それはメラニーのこと？」

「どうしてメラニーのことを知ってるんだ？」

「あなたはずっとその名前を言ってたのよ。あなたの奥さんが死んだことは知ってたけど、名前はデータベースには載ってなかった。たしかあなたは、奥さんがだれかに殺されたと言ってたと思う。それは最近のことなの？」

「先週だ」タラントは言った。「でなきゃ、そのまえの週かもしれない。ぼくはこの世界と同期がとれていないんだ。何日分か、日付も含めて抜けてる」

「お気の毒に」

「ありがとう」

「あなたはトルコにいたと言ったわよね。それはそこで起きたことなの？」

「テロリストの攻撃みたいなものがあったんだ。メラニーはたまたまそれに巻きこまれた」

タラントは黙りこみ、自分が以前なにを言ったのか思いだそうとした——熱に浮かされていたときだけでなく、この女性とはじめて会ったときも含めて——が、思いだせなかった。そういうふうに考えること——思いだすこと——は難しかった。最近のできごとについての記憶は混乱していたからだ。メラニーのことは愛情と悲しみとともに思いだせた。だが、わたしをフローと呼んで、としか言わなかった女性のことも思いだしていた。彼女の本当の名前はなんだったのだろう？

それを見つけだせたのかどうかは思いだせなかった。頭の機能不全は彼にとって新たな種類の魅力で、彼は自分がそこに滑りこんでゆくのを感じた。混乱を抱きしめたかった。

ルーはなにかを感じたにちがいなかった。彼の頭に両手をあて、彼が目を開けるまで抱きしめた。なにが起きたかに気づき、彼は何回か深呼吸をした。

「きみはいま、なにを看護してるんだ？」彼は言った。正常に聞こえるように、がんばった。

「ちがう——言ったでしょう、あたしは教師なの。看護師じゃない。あたしは十代のころから出てきたのよ。試験のほとんどに合格して、それから転職するまえに一年ほど、ある機関に雇われてた。唯一見つけられた職は外国のものだったけど、あたしはこの国から出たくなかった。あなたの奥さんが外国に行ったのは、それが理由なの？」

「ぼくはそんなことも言ったのか？」

「トルコでしょ」

「くそ、そうだよ。すまない。きみになにを話したか、覚えていないんだ。トルコはぼくの身に起きたことの一部だ。ぼくはずいぶん長いあいだ向こうにいたようなんだ。帰国したいま、この国が見る影もなく変わってしまったように感じてるからね。きっとぼくのいまの見方のせいにすぎないと思うけど。ぼくは過去に囚われているような気がするけど、どうかすると、それはぼくが本当に知ってる過去とはちがうように思えて、すっかり混乱するんだ。でもそれも気のせいなのかもしれない。いや、メラニーは変化を求めたんだ。彼女は手術室看護師で、何年も経つうちにその仕事がひどい重荷になった。それで救援事業をしようとしてた。ぼくは彼女といっしょにいたかったから、いっしょにトルコに行った。ぼくが働いてるシンジケート用に写真を撮ればいいと思ったんだ。なんにせよ、ぼくはなにが起きているのか知りたかったんだ。でもそれから、ぼくたちはどちらも確かに知り、その結果、ずっとここにいればよかったと思ったような気がする」

「どれぐらい長く行ってたの？」

「思いだせないんだ。ぼくたちはずいぶん長いあいだ旅をして、それから野戦病院で何ヵ月も過ぎていった」

「英国がいろいろ変わったと思うのはどうしてなの？」

「口では言いづらいな。長いあいだ故郷を離れていると、残してきたものについて偽りの記憶を作りあげるようになるんだ。故郷について考えるのは最良か最悪のことばかりだから。ごく平凡な暮らしのごくふつうの毎日の営みは、はっきりした記憶は保てない。ごくふつうの日常では、ただそれをこなすだけだから。トルコでは、ぼくたちにとってはなにもかもが本当にひどかった。つねに危険で気が滅入り、恐ろしくてたまらず、そのすべてに終わりがない——メラニーは一日に十六時間働くことがよくあった。だれにとっても長すぎる労働だ。彼女にくっついてあんなところに行ったのは間違いだった。ふたりで出発するまえに、そのことに気づくべきだった。最初の二、三日が過ぎると、ぼくは時間を持て余すようになった。何時間もひとりきりで過ごしたよ、来る日も来る日も。ぼくは退屈するようになったけど、日常は危険で不快だった。ほとんどの時間、ぼくは敷地内にこもって過ごした。そして考えたんだ――もう一度子どもに戻って、そのころやっていたことができたらと――海を見たり、森を散歩したり、ほかの子たちと遊んだり、とにかくただ幸福で安全に暮らしたい、と。いかにも幼稚に聞こえることはわかってる。でも現実のぼくの子ども時代は特に幸福だったわけではなく、思い返しても実際にそういうことをしたという記憶は一切ない。だからこれは一種の偽りの郷愁なんだ。きっと借り物か、ぼくが捏《ねつ》造《ぞう》したものなんだろう。もしかしたら、以前映画で見たか、本で読んだかしたのかもしれない。ぼくの父はぼくが幼いときに死んだ。ぼくはしばらくまえに英国の市民権を取得したけど、半分はアメリカ人で半分はハンガリー人なんだ。ぼくがこの国で育つあいだ、ぼくの母はロンドンで働いていた。子ども時代の大半、ぼくはロンドンにいた――海に行ったことなんて一度もない。でも特にそういう子ども時代を過ごしたわけじゃなくても、昔を思い返してどんなにいい暮らしだったかと考えるのはごく自然なことに感じられる。いい暮らしだったかもしれないとか、ことによるとぼくがいい暮らしだったはずだと思っていたものだったかもしれないとか考えるのは」

ルーは彼のかたわらに座り、無言で自身の両手を見下ろしていた。その手はかたく握りあわされ、甲の皮膚には圧迫のため皺が寄っている。皮膚の下で指関節が強ばって白くなっていた。

「ここに戻ってきたとき」タラントは言った。「ぼくは無意識にそれを探していたんだと思う。野戦病院は地獄だった。メラニーやほかの医療職員がそこで働くのも地獄だったけど、単にそこにいてそれを経験するのもおなじようにひどいことだったんだ。トルコは砂漠化しつつあった——気候の変化は、あの地域の外にいるだれが知っているよりも大きかったんだ。地中海という容れ物全体が、人が住むにはふさわしくないものになりつつあった。その地に住む人々の苦しみは、本当に暑い気候になっていまではおおむね居住不能になっているほかの場所と変わらないだろう。アフリカやアジアのどの地域がそういうふうになってるかは、見当もつかない。メラニーが殺されたあと、ぼくは政府の手でまっすぐ英国に送還された。それは別世界にやってきたようなものだった。ところで、この嵐だけど——いつもこれぐらいひどいものなのかい？」

「最近はそうよ。去年の後半には甚大な被害をもたらした嵐がふたつか三つあった」

「英国の天候はいつもジョークのネタになってたけど、以前はこんなことはなかった。これはただの気候の変化にすぎないのか、それともその裏になにか別のものがあるんだろうか？　ここに連れてこられたとき、ぼくは装甲した軍用の人員運搬車で運ばれたはずなんだ。そういう車輛は暴動が活発化している場所でだけ使われるものだと思ってた。本当に保護される必要があるときにね。救援隊は日常的にそういう地域のどこにでも行くんだ。ここでメブシャーが使用されていたとは知らなかった。事態がこんなにひどくなっていたとは。メブシャーのなかにいたときに外を見てみたが、まるで不毛の地のただなかを運ばれていってるようだった。建物は崩れ落ち、いたるところ冠水して、ほとんどの樹木が破壊されていた。そしてロンドンだ。その段階で、ぼくは自動車に乗った。メブシャーに押しこまれるまえに、なんらかの理由でロンドンを通り抜けなくてはならなかったんだ。でも当局が車の窓を黒塗りしていて、外を見ることはできなかった。彼らはなぜそんなことをしたと思う？　ロンドン市内でぼくが見たものはすっかり変わっていた。国じゅうがおなじ状態だ。いたるところに軍隊がいる、警察も。それからこの政府移転の動きだ。あらゆる官庁が地方に移転してるじゃないか」

「宣戦布告のない戦争が進行してるの」ルーが言った。「ここの人たちの話だと、このまえの戦争がずっと続いてるそうよ、すべてを終わらせる戦争が。反政府分子たちはなにか新型の兵器を手にしてるらしいわ――あたしたちがとうてい身を守ることのできないような兵器を」

2

またもや飛ばされた瓦礫の欠片がどすんと強く屋根に当たり、ふたりはなにかの物体が実際に部屋に飛びこんできたかのような反応をした。その数秒後、大きな枝が窓の向こうをかすめて落ち、半分がいちばん近くの金属ストラップに当たって、外の庭に激突した。

タラントは自分がしゃべりすぎているとわかっていた。まるで、内なる障壁《バリアー》がゆるんだかのようだった。彼はもう冷めているスープを最後まで飲むことに意識を集中した。横にルーが座っていた。ほとんどなにも言わずに。タラントはメラニーのことをずっと考えていた。この最終戦争の犠牲者として。

その日遅く、風がようやく勢いを失いはじめたころ、自身のコントロールが戻ってきているように感じられてきた。ルーは自分の部屋に戻っていた。アナトリアで撮った写真をさらに色々と見てみたが、それをすると気が滅入った。長いあいだその作業を続けることはできなかった。インターネットに接続し、報道のチャンネルやサイトを探したが、インターネットの政府統制が厳しく、見つかるのは外国のものだった。どのサイトもチャンネルもプラットフォームもすべて、現在は機密レベルによってランク分けされている――タラントが海外渡航に際して与えられた安全保障権限《セキュリティ・クリアランス》はインターネットには適用されなかったし、海外渡航中に彼のインターネットのステータスコードは失われていた。いまや、彼がアクセスできるものはなにもないと言ってよかった。彼はルーのところに行った。彼女に依存するようになりつつあり、それはよくないことだとわかってはいたが、話をする必要があった。それは絶対に必要なことだった。そのことに罪悪感を覚えたが、それについて彼にできることはなにもなかった。彼女はいまのタラントにあるすべてだった。彼の頭は、またもや混乱を感じはじめていた。

　ルーの部屋に入れてもらったとたん、彼は抵抗できないほど強烈な眠気にとらわれた。ルーは彼を自分のベッドに寝かせた。

　何時間も経ってから、彼は目覚めた。風の音がしていたが、いまはずいぶん静かになっていた。ルーの部屋の明かりはみなついており、料理の匂いがした。バスルームのドアは開いていたが、そのなかの照明は消えていた。窓の外は夜で真っ暗だった。ルーは部屋の向こう端で椅子のひとつの上に横座りをしていた。膝に本が載っていたが、頭はまえに垂れている。眠っているのだ。奇妙な目覚め方をしたせいでわけがわからなくなり、ベッドから出るのに数分かかった。彼はそっとルーを起こしてベッドに連れていき、彼女が横になるのを見守った。

しばらくのあいだ彼女のそばにいたが、じきに自分の部屋に戻った。ふたりは異なる時間帯に暮らしているのだ。彼はしっかりと目が覚めていた。シャワーを浴び、ひげを剃って清潔な服を着た。それから病んでいたあいだに散らかっていた部屋を片づけた。

もっとも性質《たち》の悪い恐怖は、また後退していた——それらを客観的に思いだせるような気はするのだが、自分を苦しめている問題のひとつを分離してきちんと考えられるようにまえに引きずりだしてくるたびに、理解不能だとわかるのだ。

その日遅く、ルーが彼のところに戻ってきた。彼女と会えたのがうれしかった。ルーが彼の部屋の戸口にやってきたとき、ふたりは抱き合った。彼女は食べるものと赤ワインの小瓶を持ってきていた。自動販売機がなぜか補充されていたので、いまのところは選択の余地が広がっていると、彼女は言った。

「ルー、きみはノッティングヒルに住んでいたと言ってたよね」タラントは言った。「生まれてからずっとそこにいたと」

「ノッティングヒルには何年も住んでた。最後に働いた学校がそこにあったから。でもそれから、あの五・一〇の攻撃があったの。あたしのそこでの人生はもう終わってしまった」

「ノッティングヒルに友だちはいた？」

「何人かね。本当に大事だった人はただひとり、あたしの連れ合い《パートナー》だった。あの日、彼はあたしたちの共同住宅にいたの」

「それじゃきみは、彼になにが起きたのか、ちゃんとわかったんだな？」

ルーは自暴自棄という感じで、両手を大きく広げた。

「そんなこと、だれも知りやしないわ。あのあたりにあったなにもかもは完全に壊滅しちゃったんだから。最初は、彼が逃げられたはずがないと思ってた。でもあの爆発のあと、死体はひとつも発見されなかったのよ。ある意味、発見されていたほうがよかったかもしれない。最悪のことがちゃんとわかったほうがよかったのかもしれない。あれが起きたときは、あたしはもうこのウォーンズ・ファームに来ていた。最初のうちは、真実を見つけようとする気にはとてもなれなかった。ある意味で、いまとなってはそれはいっそう難しくなってる、TVチャンネルがたくさん閉鎖されちゃったから。でもここはしょっちゅう人々が行き来してるから、そうした人たちから聞いていろんなことを知ることができた」

「きみは五月からこの農場にいたのか？」

「四月の終わりにやってきた。リンカンの政府学校に着任しようとしてた矢先に、あの攻撃が起きたの。すぐになにもかもが麻痺したけど、あたしは踏ん張った——そうすべきだと考えたから。おなじ立場にいる者ならだれもがそうするでしょう。あたしはデュマカ——それがあたしのパートナーの名前——と連絡を取ろうとしつづけた。あれが起こったときに彼は共同住宅から離れたところにいたのかもしれないという望みにすがったけど、いまとなればそうじゃなかったのがほぼ確定してる。あの人は英国にはそれほどたくさん友だちはいなかった。でも連絡がついた彼の友人たちは、あたし同様ほとんどなにも知らなかった。やがてあたしは、あの人はあれに巻きこまれたにちがいないと考えるようになった」

「その人のことを話してもらえるかな？　デュマカのことを？」

「彼はナイジェリアからの難民なの——内務省の職員のなかには不法滞在者と呼ぶ者さえいるような存在。居住許可がもらえず、彼は身を隠した。最初のうちは、彼のことを訊かれるのが怖かった——五・一〇のあとは。もし彼がまだ生きていて当局に突き止められたら、国外退去させられるってわかってたから。いまの規則がどんなものか、あなたも知ってるでしょ。彼は十五年近く英国にいたけど、その点ではなにひとつ変わっていない。彼はお兄さんといっしょにこの国に来たんだけど、お兄さんは査証《ビザ》を持ってたからなんの危険もなかった――あたしがデュマカと知り合ったのは、彼が学校に来て仕事の話をしたとき。彼は宝飾品を作っているの、美しくて繊細な作品を。そのとき、彼はロンドンで作品を展示会に出してた。見つからないように、いつもお兄さんの名前で仕事をしてたんだけど、お兄さんはそれに乗り気じゃなかったし、デュマカもおなじだった。最近じゃふたりはほとんど口もきかなくなってた。デュマカはここに長居すればするほど安全になったように思ってたけど、そういう問題じゃなかった。それはともかく、あたしたちは知り合ったあと、いっしょに暮らすようになった。一年か二年はいっしょにいられて幸せだったけど、それからいろいろとまずいほうに向かいはじめた。あたしたちの仲のことじゃない。ユーロ＝ポンドの暴落のせいで、だれも宝飾品なんか買わなくなったし、それからあたしは教職を失った。ロンドンの人口がここ数年間、減ってきてるって知ってる？　学生数が激減したせいで教室がたくさん閉鎖された。あたしは余剰人員と見なされた教師のひとりだった。それで政府の仕事をはじめたわけ。デュマカを残して家を出たんだけど、それはほんの一時だけというつもりだった。せいぜい三、四週間ぐらいの。あたしが職場で安定した地位におさまったら、彼はすぐにも追いかけてくるつもりだった」

話しているあいだ、彼女は彼から顔をそむけていた。両手はまたもやかたく組まれていた――腕の筋肉が張りつめているのが、タラントにも見てとれた。彼女の顎の曲線の上に、ひと粒の涙が現れた。彼女はそれを手でぬぐった。タラントは悲しさを覚え、突然、自分がいかに自分本位だったかに気づいた。彼は自身の悩みにのめりこむあまり、この女性の人生について――それがどういうものなのか、どのようなものだったのか——思いを馳せたことすらなかったのだ。

彼女は半月形の眼鏡を外し、ティッシュでふいた。

「あなたはノッティングヒルを通ったって言ってた」

彼女は言った。

「見えなかったと言ったはずだが——」

「もう一度話して。あたしの人生でいちばん大切なことなの」

「話せることはほとんどなにもない。ぼくは車のなかにいて、海外救援局《OOR》の職員たちがいっしょだった。彼らの任務には、ぼくがあまりいろんなものを見ないようにすることと、たくさん質問をしすぎないようにはからうことがあったように思う。窓は黒塗りにされてたから外は見えなかったんだが、ある時点で嵐が来そうだという心配が出てきたんだ。そのとき彼らは窓をまた透明に戻したんだ、嵐雲がわきあがるのが見えるように。それで外を見ることができた。ほんの数秒だったけど」

「それはどこだった？　なにを見たの？」

「ロンドン西部のどこかだったということしかわからない。彼らがそう話していたから。でもぼくの妻が殺されたばかりで、ぼくは何日間も旅をしていてあまりよく眠れておらず、方向感覚もすっかり失ってたんだ。本当はどこにいたのか、まったくわからない」

「でもなにか見たんでしょ」

「いや——ほとんど文字どおり、なにも見なかった。外は真っ黒だったんだ」

「夜だったの？」

「いや、日が暮れようとしているころだった。陽光はまだあった」

「それじゃ黒く見えたのはなんだったの？」

「まさに、すべてだ。自分がなにを見ているのかわからなかった、だから基準になるものがなにもなかったんだ。考えてみてくれ——窓が黒塗りの車に乗っていて、それから窓の色が消えたのに見えるものがすべて黒かったんだ。そしてほぼ瞬時に、職員たちがまたガラスを黒くした」

「それが三角形を作ってたかどうかは見えた？　彼らが言ってるようなものは？」

「わからない。見えなかったんだ。本当にすまない。もっとたくさん知ってたら、もっといろいろ話せるんだが」

「あれは隣接性兵器だって聞いたわ。あなたの奥さんを殺したのもそれだったんでしょ？」

「ああ」タラントは言った。「メラニーも」

3

ふたりはいっしょに自動販売機のところに行ったが、それを使うまえにルーが、おなじ廊下をさらに進んだ先にある簡易食堂が再開したと教えてくれた。そこにはびっくりするほどおおぜいの人がいた――タラントには驚きだった。ウォーンズ・ファームにいるのは自分たちふたりだけなのではないかと思いはじめていたからだ。まだ居住している労働者には定員があるのにちがいないと、彼は気づいた。外では激しい雨が降っていたが、風はもはや破壊的とは言えなかった。すれちがう人々のなかに、ルーの知り合いが数人いたが、ルーはそのだれにもタラントを紹介する労をとらなかった。タラントははじめてやってきたときに会ったあのフランス人に気づいた。ベルトラン・ルピュイに。向こうはタラントに気がついていないようだったが、目を合わせたとたんに視線をそらした。

食堂の厨房は簡素な温かい食事を出す用意をしていた。肉のシチューかベジタリアン用パスタの二択だった――タラントはシチューにし、ルーはパスタにした。代金はかからなかったが、飲み物については支払ってくれと言われた。タラントは現金を持ち合わせていなかったので、ルーがふたり分を支払った。

そのあと居住棟に戻ってきたとき、なじみ深い孤絶の感覚がよみがえった。これまでに見かけたほかの人々はおそらく、おなじ自給自足区域のようなところに住んでいるか、ほかの建物で働いているのだろう。居住棟の静まりかえった長い廊下には、ほかの人々があたりにいるという気配がまったくなかった。

ふたりはちょっとのあいだ廊下で立ち話をしたが、それからルーは自分の部屋に戻った。タラントも自分の部屋に行った。あとで顔を出すと、ルーは言った。

タラントはしばらくのあいだ、方形の中庭に集まった瓦礫を見つめた。だが彼が窓ぎわに立っているあいだにも、トラクターに乗った作業員たちが地面をきれいにしはじめていた。太い大枝は一方向に運び去られ、それ以外はすべて、建物の向こうの集積場のようなところに向けて運ばれていた。

この部屋からの眺めは、中庭をはさんでいる自動販売機の横の窓からの眺めとは角度がちがい、ヘリコプターが着陸するのが見えていた。あれはいつのことだった？　二日まえの夜か、それとも三日まえ？　そのころ、彼の時間感覚は完全に失われていた。彼の部屋からは、ヘリコプター・パッドの一部がほかの建物のひとつに隠されていた――夜間離着陸用の投光照明器を備えた目標塔《パイロン》と、高くせりあがったヘリパッドのコンクリート製のプラットフォームの一部がちらりと見えていたが、ほとんどは視界から隠れていた。ちょうど見ているときにヘリパッドにヘリコプターが載っていたとしても、彼には判別できなかっただろう。だが、方形の中庭の向こう側にある建物ははっきりと見えた。彼が見ている人々が手押し車を押して向かっていくその建物は、現代的な建築で、いかにも公共施設というように見えた。一階建てのむきだしのコンクリート造りで、巨大な半円筒形の建物だ。どうやら嵐の暴風に耐えるように設計されているようだ。フェンスを巡らせているわけでも、障壁の奥にあるわけでもないが、タラントが立っているところから見える唯一の出入り口のまえを、武装した警備員が何人かゆっくりと行き来していた。

彼が知るかぎり、嵐がはじまって以来、このウォーンズ・ファームの複合施設にヘリの発着はなかったから、あの人々はまだその建物のなかにいるにちがいなかった。そこは診療所か、おそらくは小さな救急病院のようだが、その目的をほのめかすものは外側にはなにもなかった。そんなことを考えても意味がないとわかっていた。彼が知っているのは、ストレッチャーに載せられた人々があのなかに運びこまれるのを、以前に見たということだけだ。

彼の頭の状態は正常に戻りつつあった――快方に向かっていることを示すものは、そうなりつつあるという内なる確信以外にはなにもなかったが、頭がすっきり晴れてきたように感じられた。彼は窓から離れ、部屋に備えつけられている大きな椅子に腰を下ろした。そして何十時間ぶりかに、フローとしてしか知らないあの女性のことを考えた。

ヘリコプターからあの中庭の向かい側の診療所に運ばれるのを彼が見た人々のなかに、彼女はいたはずだった。負傷して痛みに苦しんで――だが、それはひどかったのだろうか？　彼が見ていたストレッチャーに載せられた人々は即座に酸素マスクがあてがわれていた。それはもちろん、彼らがまだ生きていることを示している。だが彼はまた、メブシャーへの壊滅的な攻撃の目撃者でもあった。彼が見た光景から考えて、乗っていた者は全員、即死したはずだ。メラニーについてもおなじことが言えるのだろうと彼は考えた。

4

ドアをノックする音が聞こえた――タラントはルーだと思い、ドアを開けには行かなかった。おたがいの部屋のドアには手のひら認証が設定され、双方を認識するように調整されているからだ。ノックが繰り返されたので、ドアまで歩いていき、歓迎の笑みを浮かべてロックを解除した。

立っていたのは男だった。驚いたことに、それがだれかわかるまでに一、二秒かかった。それはベルトラン・ルピュイだった。

「タラントさん」男は言った。「記録ではきみは別の部屋にいることになっているが、そこには別の人が住んでいた。その女性がここを教えてくれた。入ってもいいかな？」

「どうぞ」

タラントはドアを広く開けて支えた。男は廊下の左右にさっと目を走らせ、それから入ってきた。タラントがドアを閉めるのを待ち、それから口を開いた。

「タラントさん、確かにきみだと確認する必要がある」

「でも、ここに来たでしょ。あなたはぼくがだれなのか知っていて、ぼくを見つけたんでしょう」

「頼む——身分を証明してくれ。ここには公用で来てるんだ」

渋々ながら、タラントは要請に応じ、IDカードをリーダーに押しつけた。写真が現れた。この国を出るまえに海外救援局《OOR》の記録装置により撮影されたものだ。

「よし、ありがとう。単なる形式だ、安心してくれ。タラントさん、われわれの頼みを聞いてもらえないかとお願いをしにきたんだ」

「そっちがこっちの頼みを聞いてくれるなら」

「どういう頼みだ？」

「どうすればこの場所から出られるか知りたい。ぼくはここにいるべきじゃないと言ったのはあなただ」

「ああ、確かに。きょう遅くか明日の早い時間に移送を予定している。きみをそれに含めることは可能だろう」

「よかった！　それとぼくの友人——あなたが行った部屋にいた女性、ルイーズ・パラディンもだ」

「彼女もここから出したいというのか？」

「そうです。彼女はとても家に帰りたがってる」

「可能かどうか調べてみよう」

「だめだ。ぼくになにかしてもらいたければ、それがこっちの求める条件です。あいまいな約束じゃだめだ。おわかりですか、ムッシュ・ルピュイ？」

「そもそもきみがなにかを要求できる立場にあるとは思わないがね。きみはウォーンズ・ファームにいるべきではない。ここは安全が制限されている施設《サイト》なんだ」

「あなたがぼくに頼みを聞いてもらいたいと言ったんです。ここから出られるなら、喜んで頼みを聞きますよ」

「よくわかった」ルピュイは言った。「きみとその女性は次の機会がありしだい、出ていけるだろう」

「ありがとう。それはヘリコプターで出るってことですか？」

「いや、ちがう――人員運搬車だ。ヘリコプターは職員の移送に使われることはない」

「メブシャーってことですか？　それでわれわれをロンドンに連れていってくれるんですか？」

「ロンドンは――当面無理だな」

「われわれはそこに行かなきゃならないんです」

「ここからきみたちをハルのDSGに連れていくことができるだけだ」

「でもぼくはロンドンに住んでるんです。ルイーズ・パラディンも」

「タラントさん――お願いだ！　きみたちは最初の機会がありしだいここを出ていけると、わたしは言った。だがまずはきみの助けが必要なんだ。きみはタブイェブ・マリナンと面識があるだろう」

タラントは首を振った。この男のかすかなフランス訛りのせいで、言葉がぼやけているように聞こえた。

「申し訳ありませんが、その名前をもう一度言っていただけます？」

「すまん。タブイェブ、もしくはドクター・マリナンだ」ルピュイはゆっくりと言った。「きみが自分の予定を変更し、われわれがきみをここに置くのは望ましくないというメッセージを寄越したのだよ、タブイェブ・マリナンが」

タラントは言った。「ドクター・マリナンというのは防衛省の高官ですか？」

「そうだと思う。では、彼女を知っているんだな？」

「ええ――ですが、それがぼくの考えている人物だとすると、彼女の名前を聞くのはこれがはじめてです。彼女が医師だということも含めて」

「こちらがきみに求めることを言わせてくれ、タラントさん。ある不運な事故が起きて、大勢の人々が死んだ。ドクター・マリナンもそのなかに入っていると考えられるんだが、遺体を引き渡すまえに予備的な身元確認をしておく必要がある。正式な身元確認はのちほど、おそらく家族のだれかによってなされるだろうが、内政上の事情で防衛省が確認する必要がある。彼女が本当にわれわれの考えている彼女なのかをね。われわれは彼女の身元についての意見を求めているんだ。ひとつの意見《アンナヴィ》をね。それが手に入れば、彼女の遺体を引き渡せる」

「それじゃ、彼女は死んだんですか？」

「そうだ。残念ながらそう告げなければならない」

「それはあのメブシャーが攻撃されたときのことですか？」

「詳細は知らない。彼女はほかの人々とともに軍用ヘリでここに運びこまれた」

「それが到着するのは見ました。でも、職員たちが犠牲者たちをまるで負傷者のように扱っているのも見ました。まだ生きているような扱いようでした」

「いや――断言するが、運ばれてきた人々は到着した時点で死んでいた」

「わかりました」

「よかった」すでにドアのほうに戻っていたルピュイは、内開きのドアを開けた。「これはかなり差し迫った事態なんだ」手で指し示した。「頼む《ジュ・ヴ・プリー》、ムッシュ」

タラントは男について廊下を歩き、階段を降りた。ルーの部屋のまえを速足で通りすぎる。ドアは閉まっていた。タラントは知識を整理しようとしていた。いまや確実となった、フローはあのメブシャーへの襲撃で殺されたという知識を。確実にわからなかったからこそ、彼は無意識のうちに、彼女もほかの人々もどうにかして生きのびているというかすかな希望にすがっていた。だが、いまやその希望は潰えてしまったようだ。

ふたりは居住棟から出て、屋外に出た。まだかなり風があったが、大きな被害をもたらしたあの強風とはちがっていた。大きな瓦礫はすべて片づけられていた。中庭の片隅で、トラクターが数台、まだ働いている。そちら側にある建物のうしろ側の区域に、なにもかもを押しやっていた。

湾曲したコンクリートのファサードを持つ建物の入り口に近づくと、ルピュイはふたりの警備員にIDカードを見せ、それから別のカードでドアを作動させた。このカードには電子縞《ストライプ》がついていた。ルピュイはタラントに道をゆずり、先に入らせた。ドアが閉じて外部から隔てられると、まったく静かだった。風の音も一切聞こえない。この場所のくぐもった音響が、すべての音が消されているという印象をもたらした。ルピュイが頭上の照明のスイッチを入れた。

そこは開放型間取り《オープンプラン》のオフィスのように見えた。ふたりにいちばん近い側面にいくつもの作業ステーションが整然と並んでいる。向かい側の壁にはカーテンで仕切られた個室が並んでいた――こちらはオープンにされ、いつでも使って下さいと言わんばかりだ。診察用ベッドがむきだしで置かれ、それぞれの個室のわきに金属性の酸素ボンベと医療用キャビネットが並んでいる。

ルピュイが言った。「わかってもらえるかな、この施設は臨時に、もしくは緊急時に使うためだけに保持されているんだ。この施設には救急救命看護師がひとりいるが、医師はひとりもいない。このところの危機がはじまって以来、われわれはここを待機所として扱っていて、一次救急以上の手当てが必要な場合はノッティンガムやリンカンの病院に大至急で運ばれているんだ」それからタラントを案内してこのエリアを出ると、ドアを通って仕切られたセクションに入っていった。「遺体安置所はないんだが、冷蔵室がある。だから遺体はしばらくのあいだそこに安置される。なかは極低温になっているが、まあ長くかかるとは思えないからね。わたしたちのどちらも防寒服は着ていないから、どうか手早くすませてくれ」

大きな断熱扉をルピュイは引いて開け、なかに入った。内部の空気は本当に凍えるほど冷たかった。

その室内のほとんどは食品のケースや中身のわからない密封ドラム缶で占められていた。タラントはそちらにはちらりと目を向けただけだった。冷気で喉が削られるようだった。生まれてこのかた、こんな寒さは知らなかった。側面の壁ぞいにとりつけられたベンチの上に、遺体がずらりと並んでいた。それぞれが白いシーツで覆われている。まえはそこに積まれていたドラム缶や箱やコンテナが、いまは下の床にじかに置かれていた。

ルピュイはその中央の遺体に向かった。床に積まれた箱のためにすぐ近くまで行くことが難しく、まえに身を乗りだしてバランスをとらなければならなかったが、彼はシーツをはがして顔を露わにした。

「これが、タブイェブもしくはドクター・マリナンだろうとわれわれが考えている女性だ」彼は言った。

ルピュイがうしろに下がり、タラントは彼のいた位置に進みでた。まえに身を乗りだし、見た。この知らせと、この部屋の畏敬の念を喚起するような寒さのうえにこれが最終決定だと実感することで、すでに動揺していたが、フローだった。彼女は――遺体は――目を閉じて横たわっていた。だが、傷はまったくなかった。顔には火傷も傷痕も創傷もなかった。爆破によるあおり傷も、あざも、外見を損ねる傷も、まったくない。不意にタラントは思いだした。彼女がまったく異なる文脈で言っていたことを──わたしは傷つけられない、いまにわかるわ、と。いま、彼はそれを目にしていた。それも彼女が言ったとおりだ。彼女が死んだときになにがあったにせよ、彼女にその痕はつかなかった。というより、彼女の顔には痕がつかなかったのだ。ルピュイは彼女の頭と両肩がタラントに見える高さ以上には、シーツを上げなかった。

タラントは、彼女の凍りついた姿に拒絶されたようには感じなかった。彼女の死という事実にも、喪失感にすら、そんなことは感じなかった。なぜなら、彼女とのあいだに起きたことはつかの間のできごとだったとまえから気づいていたからだ。だが悲劇の感覚が心の内にわきおこってきた。ひとつの生命がむだ使いされたという意識が。知的で興味深い女性が突然殺された。意味もなく消滅したのだ。

「彼女の身元確認をしてもらえるかね、タラントさん？」

「ええ。彼女です」

「彼女の名前を言ってもらわなければならない」

「彼女のことはフローとしか知らないんです。それがこの女性のファーストネームじゃないんですか？」

「それよりももっと確かな身分確認が必要なんだよ」

「あなたはこの女性のファーストネームを知っているんですか？」タラントはもう一度言った。「彼女はフローと呼ばれていたとぼくが言って、あなたがそのことを知っていたら、それで充分でしょう？」

「頼むから彼女の身元確認をしてくれ」

タラントは激しく手を振った。この男の相手をしなければならないことへの苛立ちもあったが、突然経験した絶望を身体で表現する手段でもあった。「ぼくは彼女をフローとしてしか知らなかったんです。彼女から聞いた話では、彼女は防衛省の上級公務員で、大臣の秘書室に勤務していて、大臣のシーク・アマリと密た人たちなら、顔はわかります。運転士ふたりの名前はハミドとイブラヒムでした。そのふたりは陸軍の兵士でした。スコットランド高地連隊の。将校ではなかったですが、実際の階級は知りません。同乗していた乗客のひとりはヘイダーと呼ばれていましたが、それがファーストネームなのかラストネームなのかはわかりません。彼はフローの同僚でした。もうひとりの男性はアメリカ人でしたが、それ以外はなにも知りません」

「きみが彼らを確認できれば、きみの言うこともひとつの意見として記録する」ルピュイは言った。

タラントは列に沿ってぎこちなく動いた。床に積んである箱を避けなければならなかったからだ。次の四体の遺体をすばやく見て、全員を知っていると認めた。彼に見えたかぎり、どの遺体にも物理的なけがの痕跡はまったくなかった。全員が蠟人形のような死に顔だった。ぞっとするような空白、生命力の欠如、存在の欠如に。だからといって、彼女が友人だったわけじゃない。一度会っただけで、彼女は友人だったわけじゃない。

接に仕事をしているということだった。彼女と親しい友人だったわけじゃない。一度会っただけで、彼女はフルネームを教えてくれなかった。フローという名前は本名じゃないとほのめかしすらした。でも、ぼくには確かに彼女だとわかります。これはぼくが知っていた女性です」

ルピュイは彼女の顔の上にシーツを下ろし、両側をきれいに整えた。

「いまので足りたんですか？」タラントは言った。

「ひとつの意見として記録できるからね」

「でも、それで足りるんですか？」

「意見がひとつあれば、遺体を引き渡せる」

「わかりました。では、ここを出られますね？　この寒さには耐えられない」

「ほかの遺体を確認してもらえるかね？」

「その人たちの名前なんて言えません」タラントは言った。「でも、もしメブシャーでいっしょに旅してきた欠如。スコットランド人兵士ふたり、フローの同僚のヘイダー、名前も知らないアメリカ人。そして六番めの遺体があった。やはりシーツをかけられていたが、ベンチのいちばん遠い端にあり、床に置かれたさまざまな荷物のせいで、大きなコンテナをいくつかどけなければそこに行くことは不可能だった。タラントの両手は強烈な寒さのために震えていた。

「メブシャーに同乗してたのは五人だけだった」余分な遺体を指差し、タラントは言った。

「最後の人物については、きみの意見は必要ない。彼はすでに身元確認がされているんだ。きみとわたしに関係があるのは、こっちの五人だけだ」

「ぼくから聞きたいことはこれで全部ですか？」

「ありがとう、ミスター・タラント。大変助けになった」

「もう出てもいいですか？」

「もちろんだ」

タラントがほっとしたことに、ルピュイは速足で冷蔵室から出ると、扉を押して閉めた。

「これで終わりですか？」タラントは身震いしながら言った。肌にふれる服は氷のように冷たかった。まぶたが凍りついたように感じられた。

「もう一度言うよ、ありがとう、ムッシュ。必要な意見はもらったので、ここの遺体はもう棺に納めて、なるべく早く遺族に返されるだろう。もう部屋に戻るのなら、ふさわしいメブシャー移送の用意ができたとわかりしだい、知らせよう」

「ロンドンに？」

「ハルのDSGにだ」ルピュイは言った。「もっと先への旅の手配はそこでできるだろう」

5

タラントはまっすぐルーの部屋に行った。

「いまから二十四時間以内にここから出られると思う」彼は言った。「ベルトラン・ルピュイと話をしてきたんだ。だれのことかわかるかい？」

「統合参謀本部作戦部長でしょ。フランス人。知ってるけど、好きな人じゃない」

「すぐにここを発つ準備はできるかい？」タラントは言った。

「本当にそんな手配をしたの？」

「ルピュイははっきりした出発時刻を教えてはくれなかったが、次のメブシャーでここから出ていけると言った。もうじき一台出そうなんだ。きょうはもうちょっと遅くなったから、たぶん明日のいつかだろう。ロンドンには行けないんだ。ハルまで運んでもらえるだけのようだ」

「なんだって、いつまでもここでぼうっとしているよりはましよ」

「いったんハルに行けば、なにかできることがあるだろう。ぼくもロンドンに行きたいから、きみがよければいっしょに行ってもいい」

「行きたい」思いがけないことだったが、ルーは彼のところに来て温かく抱きしめた。「これがあたしにとってどれだけの意味をもつか、あなたにはわからないでしょうね、ティボー」

「ここにきみの持ち物はたくさんあるね」タラントは彼女の部屋を見まわした。間取りは彼の部屋とおなじだ。

「そんなこと、問題じゃない――おおかた残していけばいい。でも、ルピュイの作戦指揮のやり方は知ってるわ。彼はきっとまえもっては教えてくれない。だからいますぐ荷造りをしなくちゃ」

タラントはいまだに乗り継ぎ客のような気分でいた。ウォーンズ・ファームにやってきたときから、ほとんど荷ほどきをしていなかった。なにか食べようと簡易食堂に行った。ルピュイはいなかった。自分の部屋に戻ると、タラントはベッドに入った。

それから、闇のなかで、はっと胸を打たれた。フローは死んだのだ。メラニーとまったくおなじように突然に、意味もなく。メラニーのことはまだ愛していたから、悲しみも深かった。だがフローは彼の興味をそそり、刺激した。どちらも、無作為の暴力行為によって殺されたのだ。ふたりを狙ったわけではない、政治的、宗教的な野望だか怨恨だかを追い求めた暴力行為によって。ふたりはおなじように殺された。

喪失感はすさまじかった。自身のはらわたにずしりとかかる重石のように感じている彼自身の喪失ではなく、彼女たちの喪失だ――ふたりともまだ若く、将来の計画や未来の人生があったし、ふたりともすでに成功した女性だった。彼にははっきりとわかっていた。もしメラニーが死んでいなければ、フローと関わることもなかっただろう。あの一夜、あの一度きりの短い契《ちぎ》りも。彼はずっとメラニーに忠実だった。のちに、いろんなできごとが吹き抜けていったあと、彼は有罪を宣告されたように感じた。自分では気づかなかったが、メラニーの死を引き起こしたのは自分だったにちがいない――彼女が施設から出ていくことになったあの諍いはおおむね彼のせいだったのだから。そしていまはフローもだ。彼が出た、あのときに、おなじようにメブシャーを出るように彼女を説得しようとするべきだったのだろうか？　あのとき、彼女はとうてい動かせないように思えた――職務遂行の意志にからめとられていた反面、タラントにいっしょに車に残ってほしがっていた。彼女は彼の精神のバランスを崩した――

——メブシャーが走り去ったそのときまで、タラントは彼女について決断を下せなかった。エンジンが全開になるまでの最後の数秒間が思いだされた。あの急斜面の上で、自分はどっちに行くべきかと考えていたことが。自分は彼女の心を正しく読みとっていただろうか？　もしかしたら、事態はちがっていたかもしれない。生き残ったパートナーがもう一方の死について責任を感じてしまうのは、悲しい話だ。そうわかってはいた。理性的に考えて、それで衝撃が少しも薄れるわけではないとわかってはいるとはいえ。

孤独だった。望むのはただ、できるだけ早くロンドンのあの古い共同住宅に帰ることだった。そしてそこをどうにかしたかった——売るなり、リフォームするなり、ふたりの荷物を一掃してことによるとふたたびやり直すなり——が、本質的なところでは、そこに身を置いて自分のために人生を取り返したかった。

眠るのは難しかったが、ついにきれぎれに目が覚める状態に落ち着いた。身体は横になっていながら、周囲への意識は残っていた。目を開けてベッドの横のデジタル時計の表示を見るたびに、思っていたよりも時間が経っていた。つまり、ごく浅い眠りしか取れていなかったが、思っていたよりはましだった。夜明けの光が射すころには、落ち着かない気分は眠れない苛立ちのようなものに変わっていた。

シャワーを浴び、着替えて荷造りをした。ルーの部屋に行って旅立つ用意ができているか確認しようかとも考えたが、おそらくまだ眠っているだろうとわかっていた。朝の七時を数分すぎたところだった——まだ日が昇ったばかりだ。窓から見下ろすと、嵐の残留物を中庭から片づける作業はすでに終わっていた。中庭にはだれもいなかったが、診療所の武装警備員は残されていた。とはいえ、警備員たちはもはや戸口に立ってもいなければ、歩いてもいない。入り口のすぐ横に警備員詰所《つめしょ》があり、その小屋の内側から明かりが見えていた。

タラントはキヤノン・コンシーラブルを取りだし、バッテリーがフルチャージされていることを確認すると、建物内を歩いて中庭に出た。

歩きながら何枚か撮る。動きによるぶれはスタビライザーが補正してくれるとわかっていた。中庭を半分近く突っ切ったところで立ち止まり、カメラを適切に調整した。あたりを見まわして光の加減を見る。低い陽射しが建物に当たり、中庭の凹凸のあるコンクリートの表面に不規則な影をつくっていた。

警備員がふたりとも、すばやく小屋から出てきた。一切のためらいなく小銃をかまえ、タラントに狙いをつけた。タラントはぎょっとしてあとずさり、カメラを高くかざして振ることで、言いたいことはよくわかった、これ以上写真は撮らないと伝えた。ふたりの男は彼に狙いをつけたまま、じっと動かずに立っていた。

それから、銃をわずかに低く下げた。ひとりは小屋のなかに戻っていく。その手が電話の携帯機《ハンドセット》を取り上げるのが、タラントに見えた。少しして、もうひとりの警備員も小屋に向かった。

ふたりがタラントに向かってきたときの様子には、妙におかしなところがあった。警備員詰所から出てきたときの動きはいくぶんぎくしゃくしていたし、小銃をかまえるのがあまりにすばやすぎた。反応があまりに速すぎたのだ。数秒ほど、タラントは彼らが次になにをするのか、本気で不安になっていた。だがそれから、写真を撮りたいのだとすぐに彼らに伝えなかった自分に毒づいた——通常なら、現地の官憲が人々のカメラ使用について疑心暗鬼になっているような場所では、そうするのがこの職業の安全則なのだ。あの小銃は装塡されていたと思われた。だが、それから思い直した。警備員は警告の文句をどなりもしなかったし、彼のほうに走り寄ってきたりもしなかった、そしていかなる形の威嚇もなかった。あのふたりはまるで、教練をしているように見えた。形式だけの対応をしているように。

タラントはしばらく待った。だらりと垂らした腕にカメラを持ったまま。それから撮影するつもりだった建物のほうを向き、ふたたびカメラをかまえた。

まさにその直前に、警備員が反応した。詰所から走りだしてきて――ふたりの脚は滑稽なほどこわばっていた――小銃をかまえた。だが、タラントがふたたびカメラを高く掲げて写真を撮るつもりはないと示すと、すぐさまふたりは銃を下ろした。ひとりは詰所に戻りながら、電話の携帯機に向かってしゃべっている。少しすると、もうひとりも戻っていった。

タラントはふたりから離れ、中庭の居住棟のある側に向かった。カメラをかまえたが、警備員たちは詰所から走りでてはこなかった。

その場所から高速連写で何枚も撮り、それから向きを変えてさらに何枚も撮った。警備員は反応しなかった――タラントがそちらのほうに歩いていき、開けた庭の中央付近に来たときだけ、ふたたび詰所から走りでてきて、小銃で無言の威嚇をした。

タラントはふたたびあとずさったが、実験のおかげで警備員たちを反応させることなく診療所の建物に近づけるぎりぎりの距離が判明した。

ある建物の存在がタラントの興味を特にそそった。それは中庭の南側に位置し、この施設のゲートつきの出入り口のすぐ横にあった。変わっているのはその形と大きさと物理的な状態のためで、見るからにほかのどの建物よりもはるかに古かった。それは煉瓦造りの高い塔で、四角く頑丈だった。少なくとも三十から四十メートルの高さにそびえている。それは多少なりとも放置されていた。壁のあちこちで、煉瓦を繋ぐモルタルが腐食してはがれているのが露わになっている。縦長の細い窓枠がいくつかあったが窓はない――少なくとも窓枠にガラスははまっていなかった。てっぺんに近づくにつれ、外壁にはコンクリートの上塗りが施されていたが、それはほとんど全部はがれ落ち、その下に組まれている煉瓦がほかの部分よりさらにひどい状況にあることが見てとれた。

その塔は危険で不安定に見えた。いまにも崩れ落ちそうだったが、どうやら最近の温帯低気圧の嵐に耐えたようだし、おそらくはルーが話してくれたほかのいくつもの嵐にも持ちこたえたのだろう。温帯低気圧の嵐は時速百マイル——時速百五十キロメートル以上——を超える風速がたびたび記録されている。温帯嵐フェデリコ・フェリーニは、タラント自身が中庭で見た、目に見える被害から判断すると、確実に最近の嵐のなかではかなり凶暴なもののひとつだろう。だがこのとても古い塔は天候をものともせずになぜか生き延びていた。

とがめられないとわかっている域内から出ずに、タラントはその塔を何ショットかカメラにおさめた。その外観に——周囲に立ち並ぶ現代風の建物の上に黒々とそびえ立つ風情に魅了されていた。望遠レンズを使って、塔の老朽化した素材のクローズアップ・ショットも撮った。

ふたりの警備員は彼がしていることにまったく関心を示さなかった。

このころには太陽は高く昇っており、夜明けごろにしばしば現れるあの独特の微妙な光加減は、ありふれた平板な陽光のそれに変わっていた。空は晴れ渡り、嵐雲の気配はみじんもなかった。

タラントはカメラをしまい、居住棟の建物に戻った。

6

部屋の端末機の上にルピュイのオフィスからの伝言メモが載っていた。『ご要望のハルのDSGへの移送は一一〇〇時に利用可能。荷物制限適用。制限：スーツケース一個と手荷物。作戦部長B・Lのオフィスより』

これを見て、タラントは鞄をひとつとカメラのセットを持ち、ルーの部屋に向かった。彼女にもまったくおなじ文面が送られていた。彼女は荷造りを終えていた——なにもかも大型の車輪つきスーツケース一個に詰めこんで。クローゼットにはいくばくかの服が残され、調理器具も大半を置いていくつもりのようだ。長い棚にずらりと並んだ本も置いていかれる。

「とにかくロンドンに戻りたいの」彼女は言った。「ここにあるもののほとんどは借り物か、引っ越していった人たちから受け継いだものなの。残していってもいい。あたしにとって大事なものは入ってない」

ふたりは朝食をとりに簡易食堂に行き、ぐずぐずとコーヒーを飲んでから、ルーの部屋に戻った。メブシャーの準備ができると言われた時刻まで、まだ一時間半はあった。彼女の部屋で、ふたりは寄り添って座り、おしゃべりをして時間をつぶした。

タラントはあの古い塔のことを彼女に話した。あれがなんだったのか、かつてなにに使われていたのか、いまはなにに使われているのか、彼女が知っているのではないかと思ったのだが、彼女はタラントがなんの話をしているのかわからないようだった。彼女の部屋にいるいま、ここの窓からはあの塔は見えないことを、タラントは知った。

「見せよう」彼はキャノンを出し、遠隔ラボにログオンして、その朝撮った写真をすべて見るための要請コードを送信した。数秒後、緑色のライトが点滅した。タラントはLCDモニターのスイッチを入れ、ふたりいっしょに見られるように掲げ持って、言った。「けさは早起きしたので、これを撮った」

撮影したショット写真を早送りした。最初に突っ切って歩いた中庭、地面に落ちる低い陽射しによる影、早朝の陽射し、屋根の上から撒かれている噴霧水《ミスト》、診療所にどこまで近づけるか調べたときに適当に撮った診療所の建物の写真。そのあとに——居住棟、簡易食堂、彼には使い道のわからない大きな建物ふたつ、それからついに、あの塔だ。

だが、塔の写真はなかった。写真は終わっていた。

タラントは急いで使っていたカメラ設定を確認し、もう一度ラボにログオンし直した。おなじ写真をもう一度呼びだしたが、ふたたびカメラに送られてきた写真に、彼が撮った塔の写真はやはりなかった。

「十枚以上撮ったんだが」彼はルーに言った。

「どの建物のことを言ってるの？」

「古い塔だよ、南側に立ってる。ゲートのそばだ」

ルーは首を振った。「やっぱり、あなたがなんのことを言ってるのかわからないわ」

タラントはカメラに腹を立てた——このカメラが彼を裏切ったのは、これがはじめてだった。バッテリーをチャージしているかぎり——もしくは予備バッテリーを携帯しているかぎり——この小さなキヤノンは信頼できる馬車馬だった。最近の新しいカメラは可動パーツが少ないため、いったん製造会社の品質検査を通れば、機械が故障する可能性はほとんどない。この問題で考えられる原因はただひとつ、撮影を止めるキーボタンをうっかり押してしまったというものだ。だがこのカメラはもう何カ月も使っており、これの操作はもはや第二の天性と言えるほどだった。そんな結果をもたらす操作をした覚えは一切なかった。

彼がカメラ設定をいじくり、消えた写真を見つけようとしているあいだ、ルーは辛抱強くかたわらに座っていた。

そして言った。「その塔は刑務所の一部だったという可能性はないかしら？」

「そういうふうには見えなかった。刑務所には塔があるものなのかい、教会にあるやつみたいに？　それより、ここが刑務所だったなんて知らなかった」

「しばらくのあいだね。開かれた刑務所だったの。一度、この場所の経歴を研究したことがある。ここに何カ月も閉じこめられてると、時間が重くのしかかってくる。だからあれこれ調べはじめた」

なぜ塔の写真が失われたかを知りたくて、まだカメラを調べながら、タラントは言った。「話してくれ」

「そうね、ここは長年、農場だった。ことによると何百年も」

「それがここの名前の由来なのか？」

「いいえ、名前はあとからついたの。最初に本当に変わったのは第二次世界大戦中に爆撃基地がここに造られたとき。英国空軍《RAF》ティルビー基地と呼ばれていた。いや、RAFティルビー・ムーア基地だったかもしれない、どっちだったかな。戦争中ほとんどのあいだ、作戦行動中の中隊ふたつがここを基地にしてたの。そのあと何年かは飛行場として残されて、航空省所属のままだったけど、だれもそこから飛び立つことはなかった。そのあと一九四九年ごろ、農場に戻すことが許可された――滑走路は取り壊されて除去され、二、三年もすると跡形もなくなった。その当時、農場には旧RAF時代の建物がたくさん残されていた。そのなかには管制塔と格納庫のひとつ、給水塔が含まれてた。それらは倉庫としてや、動物を飼うのやなんやかやに使われてたけど、しばらくすると荒れてきたの。インターネットで当時の写真を見つけた。取り壊されるちょっとまえに撮影されたものをね。

そのときにウォーンの農場《ウォーンズ・ファーム》という名前がつけられた。おそらくウォーンというのは農夫の名前なんでしょうけど、それがしっくりと張りついたようね。長年、混合農場だったようだけど、二〇一八年にこの一帯が政府に買いもどされて、いまここにある建物のいくつかが建てられた。当時は陸軍の新兵の訓練所に使われてたの。そして二〇二五年にはまた変えられていた。そのときに、刑務所になった。確定した施設ではなかったけど、非暴力的な囚人や長期収容の囚人を入れてたの。新しい建物がさらにいくつか加えられ、古いもののいくつかは補修された。二〇三六年に刑務所は閉鎖され、防衛省が入ってきた。そしていまもずっと運営してる。部分的にはイングランド北部の管理区域だけど、一マイルほど離れたところにも閉鎖された建物群があって、なにかの実験だか開発だかの事業がおこなわれてる。あたしはそこには行ったことはないんだけど。いまあたしたちがいるこの建物は、陸軍の訓練場だったときに建てられたものだと思うけど、内装は完壁に改装されてるわね」

タラントはカメラを保護ケースに戻した。結局どこがおかしくなっているのかはわからなかった。

「この部屋からはあの塔は見えない」タラントは言った。「外に出たら指さして教えるよ」

「給水塔ってことはない？　爆撃基地の飛行場だったときからの？」

「それはまだここにあるのか？　ずっとまえに取り壊されたと、きみは言ったぞ」

「ウェブサイトにそう出てた。RAF時代の建物はいまはもう全部なくなってるだろうと思ったんだけど」

「あとで見せてあげよう」タラントは立ち上がり、室内を歩きまわった。十時三十分を過ぎていたが、ルピュイのオフィスからも、ルピュイ本人からも、なにも知らせは来ていなかった。中庭にもメブシャーの気配はなかった。ルピュイに連絡を取って予定を確認するべきだろうかと、タラントは考えた。窓のまえに立ち、両手を窓の下枠にのせて、巨大なコンクリート敷きの広場を見下ろした。

「ちょっと散歩してこようかな」タラントは言った。「きみも来ないか？」

「いいえ――あたしはここで待ちます。あなたはすごく緊張してるから、あたしまで神経質になりかけてるの」

「すまない。ぼくはただ、ここから出たいだけなんだ。荷物を持って降りていく。人員運搬車がやってきたら、きみを連れに戻ってくる。でなきゃ、車が到着した音が聞こえたらきみが中庭に降りてきて、そこで落ち合ってもいい。メブシャーのエンジンはものすごくやかましいからね」

彼は部屋を出て、中庭に出ると、鞄をかたわらに置いた。カメラケースを肩に掛けたまま、このウォーンズ・ファームの施設にやってきたときに通った道を探した。居住棟の建物を通り抜けて戻らなければならず、それから隣の建物を抜ける廊下を歩いた。この廊下から砂利を敷いた歩道に出、メインフェンスのほうに進んでいく。以前使ったゲートはセキュリティ装置でロックされていたが、彼のIDカードで開いた。彼はそこを抜けた。

このまえここにいたときは、メブシャーが襲撃されたときに目撃した光景のせいで、強い影響を受けていた。ルーの部屋を出たときには、ふたたび稜線までのぼって、あの襲撃現場をもう一度見てみるつもりだった。あの日見たことは、すでに信頼できない記憶のように感じられていた。それは突然に起きた、説明不能の恐ろしい出来事だった。あのときは冷静な思考を保っていると思っていたが、いまはあの事件が引き金になって、精神錯乱状態に追いこまれたのだとわかっていた。あの大惨事の現場をもう一度見にいきたいという誘惑に駆られていたものの、いざ本当にそれをするという見通しが立ってみると、彼は強烈な、だが原因不明の恐怖の感覚に襲われていた。

　ゲートを出てすぐのところで、彼は立ち止まった。ゲートは彼の背後で閉じていた。彼の周囲は木立ちで、樹木の多くは嵐の強風でひっくり返り、土を巻きこん《ルート》で球状に固まった根《ボール》をむきだしにしていた。そうでない木々のほとんどは枝が折れて飛び、葉が消えており、幹が裂けていた。先の嵐の暴力を経験していた彼は、ダメージを受けたとはいえ生き延びている木々がたくさんあることに驚いていた。少なくとも、この木々は次の嵐は免れていた。けさ早く、彼はラジオのニュースを聞いたのだ。夜のあいだに温帯嵐グレアム・グリーンは思いがけないことに南東に逸れていき、ビスケー湾を突っ切って、フランス本土に上陸するとほぼ同時にその威力のほとんどを失っていた。少なくともイギリス諸島では、差し迫った温帯低気圧はもうなさそうだった。だが、地吹雪を伴う大雪の早期警戒警報が出ていた。まだ九月下旬だったが、冬は——予測不能のうえ危険なことも多い不機嫌さをたたえて——すぐそこまで来ていた。

7

そのとき、脈打つような低く深いエンジン音が聞こえた。ガチャガチャという やかましい音にタービンのかん高いうなりが重なっている。タラントは即座に振り返り、IDカードをスキャナーにかざした。かなり長い間があり、もしかしたら締め出されたのではないかと不安になってきたころ、電動ゲートがふたたび開き、彼は施設構内に戻った。南のほうを見渡すと、まだ立ったまま残っているわずかな木々のあいだ、ウォーンズ・ファームの最初の建物の向こうにメブシャーの巨大な黒い姿が見てとれた。ゆっくりとメインゲートのほうに進んでゆく姿が。それを見てタラントはほっとして歩道を急ぎ、建物のあいだを抜けて中庭に出た。

メブシャーはすでに保安柵を通っており、入ってきて停まった。運転士は黒塗りの強化フロントガラスの向こうに隠れて見えなかったが、診療所の建物の近くに車輛を停止させた。エンジン音は徐々に落ち、タービンは静まりつつあったが、ディーゼル発電はアイドリングしたままだ。黒い排気煙が風に吹かれて、タラントが立っているところまで漂ってきた。なじみのある燃料臭は、ロンドンから北上する長旅のあいだずっと、呼吸のたびに吸っていたものだ。おかげでメブシャーのなかに監禁されていたときの埋もれていた記憶が呼び覚まされた——あまりに長時間じっと座っていることにうんざりしていたこと、激しい揺れへの不快感、ささやかな気晴らしにまえの席にいる女性についてあれこれ憶測を巡らせたこと。

診療所の入り口わきの警備員詰所から制服を着た警備員がぞろぞろと出てきて、ゆるく一列に並んだ。そのなかからひとり、将校がまえに進み出ると、メブシャーの側面に溶接されたぞんざいなステップを使って、高い位置にある運転席のほうにのぼっていった。フロントガラスの横の翼板が開き、会話が交わされた。ほどなく、審査用の書類が渡された。

審査がおこなわれているあいだに、タラントはルーのことを思いだした。人員運搬車が着いたと教えに彼女の部屋に戻ろうと向きを変えたところで、彼女が居住棟から出てくるのが見えた。大きなスーツケースのハンドルを持って引きずっている。彼女は歩いてくると、彼の横に立った。

メブシャーでは、警備員が翼板窓ごしに、運転士に書類を戻していた。将校は車輛から飛び降り、もうひとりの警備員を連れて足早に診療所のなかに入っていった。メブシャーのエンジンがまわりはじめ、タラントが見守るあいだに、巨大な輸送車輛は運転士の操作により、じりじりと診療所のほうに向きを変えた。

「出発する準備はできてるかい？」タラントはルーに訊いた。

「待ちきれないわ。あなたは？」

「ああ」

車輛の前面にある乗務員ハッチが開き、内側にいた乗務員のひとりが開口部から上体を出し、縁を下に押す腕の力をてこにして通り抜け、外に出た。そして車輛の前面にある覆いに軽々とよじのぼっていった。

細身の陸上選手のような身体つきをした長身の若者だった。着ている迷彩服は英国陸軍が国内での活動のときに好むタイプのものだ――むらのある暗い緑色に茶色、黒、ちょっと明るい緑色の斑点が散っている。標準仕様の軽量自動小銃が、いつでも手に取れるように肩掛けしてある。帽子の下の若い兵士の頭は剃られていたが、まばらな黒い顎ひげは長く伸ばされていた。兵士はサングラスをかけており、両手を腰に当てて身体をまわしながら、ぐるりと周囲全体に目を走らせた。

タラントはカメラをかまえ、すばやく連写して兵士を撮った。若者に備わっている自信に満ちた慎重な態度に敬服していた。

今度は診療所から四人の警備員が出てきた。彼らの肩には棺がかつがれていた。四人は歩調をそろえてゆっくりと歩いていた。頭を垂れ、メブシャーの貨物室まで棺を運んでいく。油圧軸の上でハッチが開く――ゆっくりと、きわめて慎重に、四人の男は棺を貨物室に送りこんだ。次の棺はすでに、別の警備員グループによって診療所の建物から運び出されていた。

車輛のまえに立っているさっきの若い兵士がその様子を監視していた。そしてある時点でまえに身を乗りだし、もうひとりの乗務員に話しかけた。それは運転席内部からは見えないところだ。

ひとつ、またひとつと棺が診療所から運びだされ、車輛に載せられた。ほどなく全部が載せられた。六番めの棺は慎重に入れなければならなかった。貨物室内のスペースのほとんどがすでに埋まっていたからだ。

このとき、若い兵士が地面に飛び降り、警備員たちがすでに入っていた棺を動かして位置を変えるのを手伝った。

「あたしたちが持っていける荷物に制限があるっていうのは、きっとこれが理由なのね」このゆっくりした慎重な行為を見つめながら、ルーが言った。「スペースなんてほとんど残らなそう」

「できるときにきみのスーツケースを貨物室に入れておけ」タラントはルーに言った。「ぼくの荷物は持ちこむよ。乗客席の配置はよく知ってるから、うしろのほうのどこかにぼくの鞄を押しこんでおける」

棺の積みこみは表向きは敬意を払い、けっして偽りではない儀式の雰囲気をもっておこなわれていたが、じっと見ていると、棺が運びだされてくるごとにタラントの心のなかで苦痛と悲嘆が大きく膨らんでいくのが感じられた。あの棺のどれかにフローの遺体が収められている。それがわかっていた。

これから足の下に収容された棺とともに旅をするのだとわかると、落ち着かない気持ちになった。

ルーは車輪つきスーツケースを貨物室の入り口に転がしていった。彼女がスーツケースをなかに押しこもうとするのを見て、若い兵士がまえに進みでて、手伝った。ほとんど余分なスペースは残っていなかった。ということは、スーツケースは棺のどれかの上に載せなければならないということだ。兵士はルーからスーツケースを受け取ると、いかにもたくましくひょいと持ち上げて、棺に載せた。それから地面に飛び降り、もうひとりの乗務員に扉を閉めるように合図した。

兵士は背すじを伸ばしてあたりを見まわし、はじめてまっすぐタラントを見た。ふたりの男はじっと見つめあった。

ハミドだった。タラントをここに運んできたメブシャーの運転士のひとりだった若いスコットランド人だ。

反射的にタラントは片手を上げて挨拶したが、その瞬間、兵士は背を向けた。そして車輌の前方に戻っていき、覆いの上の先ほどいた場所までよじのぼった。

タラントの手が脇に落ちた。この若者に再会したことに驚き、まえに進みでた。

「ハミド？」タラントは呼びかけた。

車輌のそばに警備員がひとり立っていた。「下がってください。これは軍用車です」

「ぼくはこの車に乗っていくんだぞ！」タラントは叫び、干渉されたことに苛立って、尻ポケットから外交パスポートを出し、その特徴的な白い表紙を警備員のほうに突きだした。

「すみません。ですが、だれもこの車輌に近寄らせるなと指示を受けているんです」

「ぼくはここから乗っていくんだ。ミスター・ルピュイに確認してもらっていい」

「わたしにその指示をしたのはミスター・ルピュイで

運転士だったんじゃないか？」

「自分はたったいま着いたところです」グラスゴー訛りもおなじだ。

「二、三日まえの話だ。ぼくは先週末はロンドンにいたんだ、そのときほかの乗客といっしょになった。道路が冠水して、きみはぼくがメブシャーに乗るのを手伝ってくれた。結局ロング・サットンの基地に行ったんだが、その翌日、きみはここからそれほど遠くないところでぼくを車輛から下ろした」

「自分は経路に厳密に従わなければなりません。われわれはロンドンから来たのではありませんし、自分はあなたがおっしゃった基地にいた覚えもありません。ロング・サットンは閉鎖されています」

「今回のことじゃないんだ。ほんの数日まえのことだ。本当に覚えてないのか？」

「ここには資材の回収と運搬をしにきました。乗客ふたりもです。インシャラー」

す」

タラントは苛立ちの仕草をした。「ああ、だがぼくはこの車で旅をする許可を得ている。ミズ・パラディンもだ」

ルーがまたもやタラントの横に立っていた。

「そこで待ってて下さい」警備員は携帯通信機《ハンドセット》になにかしゃべりかけ、返事を待った。

「ハミド！」タラントは声を張り上げた。

若い兵士はそれを聞いてタラントのほうを向いた。またもやふたりの目が合ったが、兵士はタラントを知っているそぶりはまったく見せなかった。やはりおなじ男だとタラントは確信した。ルーから離れ、メブシャーのほうに向かった。今度は警備員は邪魔しようとはしなかった。

「はい？」

「あなたの上に平和がありますように」タラントは言った。「きみはぼくをここに連れてきたメブシャーのおそらくふたりの声の調子を聞いたのだろう、もうひとりの乗務員が開いたハッチから上体を乗りだした。そしてタラントを見つめた。

「イブラヒム！」タラントは言った。「あなたの上に平和がありますように。ぼくを覚えてないかい？」

彼はタラントを見つめ返したが、なにも言わず、漠然と首を振った。乗務員ふたりはたがいに短く言葉を交わし——静かな隠語のやりとりだった——それからハミドがすばやく地面に降り立った。いまは車輛の側面から三メートルもないところにいるタラントを無視して、メインハッチの外側のスイッチを作動させた。なめらかな機械音とともに、油圧軸の上でハッチが持ち上がった。内蔵されているステップも開き、コンクリートの地面まで下がってきた。タラントはなかを見ようと下から見上げたが、ハッチは地面から高すぎるところにあるために、内装以外はほとんどなにも見えなかった。

警備員が近づいてきた。ハンドセットはしまっていた。

「ミスター・ルピュイはこのふたりの乗客を人員運搬車に乗せることを認めた」警備員はハミドに言った。「ふたりはハルのDSG基地まで運ばれる」

「インシャラー」

タラントはルーに言った。「お先にどうぞ」

ルーがまえに歩いてくるとともに、タラントもメブシャーのハッチのほうに一歩踏みだした。ここまで近づくと、乗客席から流れでてくる空気の臭いがわかった。彼にはひどくなじみ深いものだ——なかにいる人々の、再循環処理している空気の、地金の、シートに張られた古い生地の臭いが、内部の狭苦しさ、かたいシートや蛍光灯という心理的イメージをもたらした。ルーがタラントの横を通りすぎた。

「鞄をあなたも来るんでしょ？」

「あっちに置いてあるんだ」タラントは言い、居住棟のすぐ脇の、先ほど鞄を置いた場所を指さした。

「あれを取りにいかなきゃ。すぐに戻ってくる」

ルーはステップを上がり、頭を低く下げて乗客室に入った。彼女が内側に入ってすぐ足を止めるのが、タラントに見えた。一瞬後、彼女は向きを変え、外側に身を乗りだしてウォーンズ・ファームの施設を見渡した。最後の一瞥だ。彼女は笑みを浮かべ、タラントを見た。

「ありがとう、ティボー」彼女は言った。

ルーは乗客室のなかに進んでいったが、すぐあとで別のだれかが戸口にやってきてハッチから身を乗りだし、外に出てきてステップのいちばん上に立った。その女性はつかのま、タラントをにらみつけるように見下ろしたが、すぐさままた顔を背けた。頭にスカーフをかぶり、左手を左耳のうしろのあたりに軽く押しあてている。フローだった。

ハミドに向けて、彼女は言った。「どうしてここを出るのが遅れてるの？」

「すぐに再始動しますよ、マダム」ハミドは言った。

「乗客をふたり乗せなきゃならないんです」

「遅れるじゃないの。閣議まであと二時間もない」

「はい、タブイェブ・マリナン。これ以後はもう遅延はありません。すぐに出発いたします」

そのとき、フローはまっすぐタラントを見た。

「あなたはこの車輛に乗る許可を得ているの？」彼女は言った。

「フロー？」タラントは言った。心臓が早鐘のように打ちはじめた。

彼女はまじまじと彼を見つめた。「なぜわたしをそう呼ぶ？　あなたはだれ？」

まるで本当に彼など知らないという口ぶりだった。タラントはショックを受けて、彼女を凝視した。信じられなかった。恐怖すら感じていた。正気をつかんでいた手がほどけていくのが感じられた。つい昨日の晩、診療所で――

メブシャーの貨物室に――

タラントは弱々しく言った。「ぼくを覚えていないのか、フロー？」

「どうしてわたしが？」

「ぼくたちは何日かまえに出会ったんだ。旅行中に」

「わたしは――あなたが呼ぶ旅行というものはしていない。あなたはいったいここでなにをしている？　アクセス権限証を見せなさい」

タラントはほかの人々を意識していた。客室にいるルーは、おそらくこのやりとりを聞いているだろう。イブラヒムとハミドは彼のすぐうしろにいたし、警備員もいた。フローは大きな声でしゃべっている。権威者然とした支配的な口調で。

「フロー――きみはフローだ、そうだろう？　きみはぼくにラストネームは教えてくれなかった、でもいまはマリナンだと知ってるぞ」タラントはまだ白い表紙のパスポートを手に持っていた。だから彼女に見えるように、それを高々と掲げた。「ぼくはティボーだ。ティボー・タラント。きみとは知り合いだ。きみはぼくに――」

「ここには内閣の仕事で来てるの？」

「いや」

「これは公務に就いている政府の車輌だ。あなたのせいでわたしは遅れている」

「ぼくは政府のために旅行してたんだ」

「あなたはなぜわたしのラストネームを言ったんだ？　わたしはあなたを知っているのか？　あなたとは以前に会ったことがあるのか？」

「ああ、別のメブシャーで会ったんだ、あの襲撃のまえに」

「なんの襲撃？」彼女はほかの男たちに目を向けた。

「こちらのことは放っておいて」横柄な声で言う。

「これは極秘の会話だ」

彼女は不動の姿勢で立ち、待っていた。ハミドとイブラヒムは車輛のまえにまわりこみ、迅速に運転席によじのぼっていき、警備員は診療所のほうに戻っていった。タラントは建物のほうを振り返った。ほかの人たちがなにごとかと出てくるのが見えるのではないかとちょっと期待していたが、中庭はどの方向を見てもだれもいなかった。一瞬後、運転席のハッチが閉じ、しっかりと密閉された。

フローが言った。「そのパスポートを見せて」

タラントはパスポートを彼女に渡した。ごく一瞬、ふたりの指先が擦れあった。彼女はパスポートを開き、表に記載されている情報を読むと、うしろのほうのページのなかにあるタラントの写真を見た。それと同時に、耳のうしろに隠されたインプラントを二本の指で押しつけたが、肘を上げて自分がしていることを隠そうとした。

彼女はパスポートをタラントに返した。

「あなたがだれなのか、わたしは知らない、ミスター・タラント」彼女は言った。「ここであなたがなんの仕事をしているのかも知らない。だが、あなたはそのパスポートを違法に用いている。あなたには外交的な資格はないし、わたしの知るかぎり、海外救援局《OOR》にも防衛省にも合法的な商売などありはしない。そのパスポートはわたしが無効にした。だからもし海外に旅行したければ、あなたは新しいパスポートを申請しなければならない。さて、わたしにはしなければならない仕事がある」

「フロー、頼む！」

「なにがしたい？」

「内密に話ができないかな？」

「これは内密の会話だ。わたしはまえにあなたと会ったことはない。どういう状況で、あなたはそのパスポートを発行された？　それにあなたはなぜわたしのラストネームを言ったのか、話していない」

「本当にぼくを覚えてないのか?」彼は言った。衝動的に、彼はキヤノンを取り上げ、彼女に向けて速写で三枚撮った。彼女はわずかにしりごみした。「量子レンズだよ、フロー。まえにきみに警告された」

「あなたにそんな権利は——」

「それはきみが以前に言ったことだ。それにリートフェルト——彼にも言われたんだ、ずっとまえに。いま思いだした。彼に警告されたんだ、量子隣接は危険だと。きみは言った、ぼくがティース・リートフェルトに会っているって。そしてきみは正しかった」

フローの背後で男が動いた。フローより背が高かったが、メブシャーの乗客席内にいるせいで、それがだれなのかはよく見えなかった。男はフローの肩の上——インプラントが埋められているすぐそば——でカメラをかまえ、タラントに向けた。シャッターが開き、閉じた。

男はうしろにさがり、タラントにはそれ以上見えなくなった。

フローは耳のうしろに手を当てた。しばし待って、それからかすかに頭を傾けた。「本日そのカメラを差しださなければ、没収されることになる」彼女は叫んでいた。「これ以上言うことはなにもない」

彼女はタラントに背を向けると、首を縮めて乗客席に戻った。衝動的に、タラントは両側の支えの手すりをつかみ、彼女を追って短いステップを駆け上がった。フローはすでに乗客席のまえのほうに行き、身をかがめて、ヘイダーと呼ばれているとタラントが知っている男と話をしていた。ルー・パラディンはハッチの横の列のシートに座っていた。パニックに襲われて目を大きく見開き、彼女はタラントを見ていた。彼から身を遠ざけ、距離を置こうとしているように見えた。

そのとき、タラントは鞄を忘れてきたことに気づいた。鞄はまだ、中庭の遠い側に置かれたままだ。それを取りに戻らなければならない。メブシャーのエンジン音が回転速度を上げていき、黒い煙を彼に吹きつけてきた。

頭がぼやけてきた。自分が経験していることが理解できなかった。自分が本当はなにを見ているのかも。

彼は見た——

ルーの隣に男が座っているのを見た。それはフローの背後でメブシャーの出入り口に向かっていた男だった。いくつものカメラのストラップを肩に掛け、両手でカメラを持っている。キヤノン・コンシーラブルを。男はカメラをタラントの顔に向け、シャッターボタンを押した。

その男の横で、ルーは混乱と恐怖に圧倒されているようだった。彼女はタラントを見つめた——彼にそっくりに見える男を。それからタラントに目を戻した。

タラントはあとずさった。上のほうで油圧扉が動きはじめるのが感じられた。不安になってステップを降りたが、最後の一段でよろめいた。ステップはすでにコンクリートの地面を離れ、格納部に向かってせりあがっていたからだ。あわてて地面に降りたときに手のひらのつけ根になにかが当たるのを感じ、痛みに顔をしかめた。

いくぶんよろめきながらコンクリートの上を歩いたが、恢復するとストラップで肩に掛けていたカメラのひとつをつかみ、シャッターを立て続けに押して秒速三コマのスピードで撮った。メブシャー、どんどん小さくなっていく乗客席の暗い内部、煙、油圧軸の上を下がっていくハッチ。扉が定位置におさまったとき、なにかからちぎれたぎざぎざした金属の欠片がハッチの重みではさまれていたが、扉が完全に閉じたときにその鋭い欠片はふたたびはずれて突きだし、メブシャーの外皮のなめらかな金属面から飛びでていた。

車輛は走りだした。タラントはそれ以上写真は撮らなかった。メブシャーはセキュリティ・ゲートのほうにぐるりと向きを変え、タラントはあとずさった。

メブシャーがでこぼこした地面の上をがたがたと揺れながら進み、入り口ゲートを抜けるのを、タラントは立ったまま見ていた。崩れかかった塔がその上に高くそびえていた。手の切り傷から流れる血を、タラントは吸った。まえとおなじ箇所で傷口がまた開いたのだ。メブシャーは連絡道路に出ていた。そこの表面はもっとなめらかなので、走るスピードが上がっていた。

タラントはじっと見送った。ようやく気がつき、理解して受け入れたものの、まだ信じることができなかった——メブシャーの貨物室におさまっている六番めの棺に入っているのがだれの遺体なのか。

第七部　プラチョウス

1

フェンス

　この諸島《アーキペラゴ》のすべての島々と同様、プラチョウスは中立地帯である。が、この諸島のすべての島嶼《とうしょ》国家のなかで、もっとも峻厳に独立している。ここはつねに閉ざされた島だった——プラチョウスという名前は島方言《ことば》で〝フェンス〟という意味なのだ。来訪客は厳密に審査された短期滞在ビザで入島を許されるが、この島に永住することは禁じられており、もう何世紀ものあいだ自前の海軍は国境を守るためのものだとプラチョウスは主張してきた。なんにせよ、ここは船でたどりつくのは難しい島だ。海図に載っていない海底の岩礁や浅瀬が複雑に入り組んだ海域にあるからだ。プラチョウスのまわりの水域には予測不能の潮流がたくさんあり、沿岸湿地や潮目による汎濫原《はんらんげん》がかなりの広さにわたってあるものの、プラチョウスの海岸線のほとんどは高く切り立った断崖で、そのところどころに岩がちの水の流出口がある。この島の南の海岸に沿って、四つの主要港があるが、そのうちのふたつはプラチョウス領主海軍が使えるように保全されている。

　プラチョウスの北側に位置するグローン共和国は、北方大陸塊にある好戦的な国家で、ずっと戦争をしているが、その戦争はあまりに長期にわたりおこなわれているので、そのはじまりを覚えている現存者はいない。戦争の終わりはまったく見えていない。それは〈戦争の終わりの戦争〉として知られており、双方ともに負けるわけにはいかないと思いこんでいる。休戦交渉や和平交渉がなされたことは一度もない。戦闘をおこなっている相手はファイアンドランドという遠く離れた国だ。それはこの世界の反対側にある国だが、やはり大陸の沿岸にある国家でもある。グローンとファイアンドランドはそれぞれに多数の同盟国や条約調印国、共同交戦国を有しており、大雑把ながら東と西に分かれているが、それは厳密な区分ではない。そうした戦闘は平和な島であるプラチョウスの暮らしに直接的な影響を及ぼすことはないが、グローンに近いために、プラチョウスの外交政策に間接的ながら緊張をもたらすことがたびたびある。すべての島嶼国家とおなじように、プラチョウスも戦争には関わるまいと決めており、その要望の実現については大いに成功をおさめている。

プラチョウスの内陸部のかなり広い部分を砂漠が占めている。この砂漠部分は地勢的にはグローンの沿岸部の砂漠——そこに面して隣国がひとつある——の一部によく似ている。緯度が南になるため、プラチョウスの気温はだいたいにおいて非常に高い。乾季にはことさらだ。沿岸にはふたつの大山岳地帯があり、砂漠地帯の北に、高い中央山塊がそびえている。北西の沿岸地域と南部一帯には肥沃《ひよく》な平野が広がっている。プラチョウスは食料面ではおおむね自給自足できている。豊かな島なので、たくさんの珍味をほかの島々から輸入している。グローンからも。

プラチョウスには単独の領主はいない。土地も鉱業権も税もプラチョウス領主族の多くの家系で分け合っており、彼らの秘密は島の海岸線とおなじくらい厳しく警護されている。経済的には、領主制というのは名ばかりで、閉鎖的な封建的社会ではあるが、指導的立場にあるプラチョウス領主族のいくつかの家系は、その多彩な商業活動と広告手法とで諸島じゅうの伝説となっている。諸島世界の大手の営利会社の多くはプラチョウス領主族の持ち物だ。プラチョウス領主族はこの諸島最大の雇用主として、鉱業採掘業、造船業、船会社（島嶼間航行フェリーのほとんどを含む）、建設業、IT、インターネット及び活字メディア、そして何千ヘクタールもの農業用地からの利益を受けている。

プラチョウスは宗教を持たない島である。宗教的発言は大目に見てもらえるが、奨励されているわけではない。

プラチョウスはこの諸島中、二番めに大きな島だと考えられているが、きちんと測定も測量もされたことがない。地図制作用ドローンがプラチョウスの領空内にうっかり入りこんだときは、必ず撃ち落とされる。

2
御言葉《みことば》を広める者

早朝、最悪の暑さがはじまるまえに、彼は砂漠の野営地を出て、南に歩いていた。彼にはガイドの女性伝道師が同伴していた——彼女はこれまでに何度となくこれとおなじ旅をしていた。ふたりとも太陽の熱気から保護してくれるゆったりした軽量のローブをまとっていた。この服がふたりの顔のほとんどを覆っているため、トマク・タラントは二日めまでその女性の顔をちらとも見ることがなかった。初日には、ふたりは初日の長丁場の歩きに充分な量の食料と水を持っていた。途中でさらに補給できるものと思っていたが、初日には集落のある気配が皆無だったばかりか、小川にも水たまりにも井戸にも出くわさなかった。

女性は彼のまえを歩き、ふたりが通る地面をじっと見つめている。初日全体で彼女が発した言葉は、通り道にあるゆるんだり埋もれたりしている石ころについての静かな警告だけだった。

彼女は左手に教典を持っている。一切質問に答えず、質問をすることもなかった。最初の一時間で、タラントは会話をしようとするのをあきらめた。気力をくじく絶え間ない熱気のなかでは、どのみち呼吸するのも困難だ。太陽はぎらぎらと照りつけ、岩だらけの風景に見えるものを白っぽくしている。だがタラントは休憩で止まるたびにたくさん写真を撮ることにしていた。カメラや付属機器はいつもとおなじように保護ケースに入れて背負っていた。すべて軽量の素材でできてはいるものの、だんだん重く感じられてきていた。片手には水の大瓶を持ち、もう一方の手には所持品を入れたバッグを持っていなければならない。タラントは頻繁に水の大瓶を取り替えていた——女性伝道師は水の入った水筒をひとつといくばくかの食料を持っているだけだった。

ふたりは午後の休憩を取っていた——オーバーハングにそそり立つ岩の下の岩棚を見つけたのだ。そこは、あたりに散らばっている紙や、食べ物や飲み物の空になった容器から考えると、旅人が休憩する定番のスポットのようだった。タラントは日陰で大の字になって、痛みで疼く手足をありがたく休めていたが、女性は脚を組んで座り、身体のまえに教典を捧げ持っていた。彼女の頭はずっと、白い木綿の頭巾の下でまえに垂れていたが、教典を読んでいるとしても、目に見える気配は一切なかった。彼女はページをめくってもいなかった。

タラントは無音に設定したシャッターで彼女の写真を何枚か撮ったが、彼女は彼がなにをしているか感づいたにちがいなかった。もしくは彼の動きに気づいたのか。彼女は空いているほうの手を彼に向けて苛立たしそうに振った。

タラントは謝って、カメラをケースに戻した。彼女はそれに気づいたようなそぶりはまったく見せなかった。

ふたりはうだるように暑い、かぐわしい空気のなか、旅を続けた。道の表面はいまやだいぶなめらかになり、そのおかげで歩きやすくなっていた。ゆるい丘陵が連なっているのを登らなければならなかった。丘のてっぺんに来るたびに、タラントはなんらかの目印のようなものが頂上から見えるのではないかと期待をふくらませたが、目のくらむような白っぽいまぶしさのなかで、まったくとぎれ目のない風景が前方に続いているだけだった。なぜだか、彼はいつも遠くの海がちらとでも見えないかと探していた。一陣の冷たい風を――海風を、どこかよそからの風を、彼は渇望していた。

太陽が地平線に向かって低くなりはじめてくると、女性は歩くスピードを速めた。彼女は前方にシェルターがあるのを知っているのだろうと、タラントは考えた。疲れ切っていたが、ほっとして彼女に追いついた。なにもない砂漠のまんなかで一夜を過ごさなければならないのではないかと恐れていたのだ。

ほとんどなんの前触れもなく、なんの標識もなしに、道は不意に右に折れ、道は岩壁にはさまれた隘路《あいろ》になった。ようやく日陰に入れて、タラントは身体にエネルギーがいくらかよみがえってくるのを感じた。彼の足は道のぐらつく小石や頁岩《けつがん》を踏んで横すべりしたりこすったりしたうえ、両側に突きでている岩に何度となくぶつかった。女性は彼の前方をどんどん先へと歩いていた。

細い道がぱっと開けて深い峡谷に入っていった。そこには木ややぶが生い茂っていた。雑草が繁茂し、白い岩壁の手前に黒々とした水たまりがあった。そこからちょっと離れたところに、つくりのいい木造の小屋《キャビン》がいくつか、半円形に並んでいた。女性伝道師はすでに地面に身を投げだし、水たまりに顔を近づけて、両手で水をすくって口に運んだり、首のうしろや頭に水をかけたりしていた。印刷された張り紙に、旅行者は井戸の水だけを飲んだほうがいいという警告が出ていたが、タラントは彼女のところに行き、冷たく澄んだ水にありがたく頭を突っこんだ。それから上半身を起こして座り、ローブの下の胸と背中に水が流れ落ちる甘美な感触を楽しんだ。

それからほどなくして闇が下りてきて、つかの間の黄昏になった。周囲を取り巻く木々に潜む虫たちがかん高い耳障りな音を立てはじめた。タラントと女性はそれぞれキャビンを選んだ。タラントのキャビンには、簡素なベッドがひとつと、食べ物のパッケージとミネラルウォーターの未開封ボトルが並んだ棚があった。内部に照明はまったくなかったので、ローブを脱いで裸でベッドに横たわった。夜中に一度だけ目が覚めたが、それは砂漠の寒さがしみこんできたからだった。薄いローブは身体を温める役にはほとんど立たなかったが、彼は長時間歩いて疲れ果てていた。

朝になってキャビンを出ると、女性伝道師はキャビンの外に出ていた。陽射しが峡谷に照りつけ、空気はすでに暑くなっていた。彼女は水たまりの横にあるなめらかな岩場の上に正座していた。背すじをぴんとのばし、頭はまっすぐ起こしている。教典を顔のまえに捧げ持っていたが、その顔はもはや頭巾に隠れてはいなかった。タラントはしげしげと彼女を見つめた。彼女は厳格で凛々しい顔をしていた。高い頬骨、高くとがった鼻、強靭な顎。瞳は焦げ茶色、というよりほとんど黒に近い。彼女は一心不乱に教典を読んでいた。

タラントは礼儀正しくじっと待ったが、女性は彼の存在に気づかなかった。

「あなたの写真を撮ってもいいですか？」タラントは

言った。彼女はまったく聞こえたような様子を見せなかったので、もう一度質問を繰り返した。今度は彼女は空いているほうの手を上げ、ゆっくりと耳の上に置くという反応を見せた。最初、タラントは、彼女が彼の声を締めだしているのかと思ったが、実際には彼女の手は耳を覆っているわけではなかった。彼女の指は耳のすぐうしろの乳様突起の上に軽く置かれている。これは象徴的な仕草で、彼にしゃべるなと頼んでいるのだろうと、タラントは受け取った。彼女はゆっくりと手を下ろし、元の姿勢に戻った。

タラントはいちばん小さく静かなカメラを選び、さまざまな角度と距離から彼女の写真を十数枚撮った。彼女は、彼を意識している気配はまったく見せなかったし、それを言うなら、彼がしていることに嫌悪を感じたり喜んだりしている様子も見せなかった。

「ぼくはプロの写真家なんだ」カメラをしまいながら、彼は言った。「きみが望むなら、この写真をプリントしたものを喜んで見せるよ。でもそのためにはきみに連絡のとれる住所を教えてもらう必要がある」

彼女はまたもや空いているほうの手を上げて耳の上に軽く押しあて、教典を読みつづけただけだった。

タラントはキャビンに戻り、食べ物を少し口に入れると、真水の井戸まで歩いていき、澄んだ水を水筒に入れた。それから水たまりの向こう端に行き、手短に水浴びをして、頭と身体にローブをゆるく巻きつけた。女性はじっと彼を待っていた。それ以上言葉を交わすことなく、ふたりは南に向かう旅を再開した。

3

一時間ほど歩いて、海岸までふたりを乗せて運んでくれる車が待っている場所に着いた。それは使い古されたバスで、側面に並ぶ窓のほとんどはガラスが割れているか閉まらないかのどちらかだった。座席は木の羽目板でできていたが、その多くは割れるか無くなるかしている。窓枠のいくつかは、脇にずたずたに裂けたカーテンの残骸がぶら下がっていた。床は積もり積もった埃とこぼれた液体でねばついている。バスの外側はもともとは、ところどころにまだかいま見える銀色に塗られていたのだろうが、その上に数多の宗教的なことわざや格言が書き散らされていた。運転手はまえの木の箱に座り、運転中たびたび立ち上がった。そしてときどき、かけているやかましい音楽に合わせて両腕を振りまわした。

乗客はタラントと女伝道師だけだった。バスは人の住まない田舎の広い地域を突っ切るように走っていった。女性はタラントから離れて座った。タラントがまえのほうの席を選べば、うしろのほうに行き、タラントが休憩のあとで席を替えると、おなじように彼から離れる席に移った。タラントはガラスのない窓から入ってくる空気の流れと、絶え間ない暑さからの少しばかりの解放を味わった。次から次へと瓶入りの水を飲み、バスに置かれていた木箱を自由に使った。

ときおり、彼は座席から身を乗りだし、すぐ近くの窓ごしに風景の写真をたくさん撮った。だがそれはたいして変化のある風景ではなく、ところどころの地域で高くなっているか岩がちになっているか、砂っぽいか砂利っぽいかという程度の問題だった。南に進むにつれて、気温は着実に上がっていったが、呼吸はしやすくなっていくように感じられた。生えている樹木や低い灌木がどんどん増えてきて、ときおり高いところにある白い雲がつかの間ながら太陽をよぎるようになったからだ。バスがカーブを切るときにタイヤが散らした砂利が飛んでくるたびに、彼はさっと内側にひっこんだが、それは顔や腕よりもカメラを守るためだった。なるべく頻繁に席を替えるようにしていたのは、反対側からならもっといろんなものが見えるにちがいないと思ったからだ。伝道師の女性がずっと彼から距離をとっているのは、絶えず意識されていた。彼女は冷静に背すじをのばして座り、バスの動きに合わせて身体を揺らしながらまっすぐ前方に顔を向け、両手はそっと教典を包むように持っていた。

三日めになった。前夜は道路わきにある一見大きな木造の掘建て小屋のような建物のまえにバスが停まった。そこは宗教団体が運営する旅人用の簡易宿泊所だとわかった。エアコンがあって温度調整がなされており、職員がいて、ふたりに調理された料理と冷たい飲み物を出してくれた。現在、この道路を旅しているのも、あちこちの宿泊所を使っているのも、このふたりだけだ。タラントは大広間のベンチでひとりで眠った――女性は建物の奥にある小さな個室のひとつですごした。運転手はバスのなかで寝たようだった。

朝になると風が出てきて、安堵感をもたらした。だが運転手はいらいらしており、早く旅の残りをはじめたいと言った。

バスが出るまでの短いながら静かな数分間に、タラントは道路から離れることができた。ひとりきりで立って風の音に耳をすませ、思いを遡《さかのぼ》らせて記憶をたどった。どこか遠くから、ヤギの群れの鳴き声が聞こえた。虫の音はしていなかった。宿泊所を出たときは、太陽はまだ低かったが気温はどんどん上昇していた。

旅を再開してからほどなく、道路は丘陵地帯に入り、長くゆるい坂を上りはじめた。砂漠の地面はしだいに濃く多くなってくる植物に覆われ、花もちらほらと現れた。空気は昨日にくらべ、はっきりわかるほど涼しくなっていた。丘陵は特に高いようにも見えなかったが、道路は一時間以上、着実に上りつづけていた。急なカーブをまわり終えるたび、地面から突きでた岩をまわりこむたびに、新たな視界が開け、前方にまだいっそう高い地面が続いている。遠くの山脈が見え、曲がりくねりながら着実に上に向かっている狭い道がかいま見える。タラントはバスの前方をじっと見すえ、心は先へ先へとはやっていた。次の障壁の向こうにまわれば、もうすぐ海が見えるにちがいないと確信できたからだ。

だがそうはならず、丘の最後の頂上からは眼下に広がる平野が見え、道路は曲がりくねりながら下りはじめた。丘陵のこちら側は密集した森になっていた。タラントはさらに何枚もの写真を撮った。風景の変化を堪能《たんのう》し、終わりがないように見えた砂漠が終わったことにほっとしていた。

バスはどんどん下っていった。丘陵のこちら側の道はひどく急になっていた。道路の柵もない路肩から落ちていくような恐ろしい急勾配のカーブがいくつもあった。タラントは窓から身を乗りだし、カーブをまわるごとにカメラを使って、急流の川や木々、岩だらけの崩落跡をはるか下に見つけた。

とうとう道路はふたたび平らになり、木をたくさん伐採した跡がある森を抜けていった。切り株と下生えだけになり、あたり一面に折れた枝が廃棄されている地域があちこちにあった。森の跡地に数本だけ残った若木がほっそりと立っていた。道路脇には樹皮を剝いだ幹がたくさん積み上げられ、あたりの空気には煙が漂っていた。

最初の掘建て小屋は森のなかに現れた。最初、それらの小屋は伐採業者が使う待避所のようなものだろうとタラントは思っていたが、それからほどなく、バスが瞬時に通りすぎていくときにそこの住人たちがちらりと見えた。小屋のいくつかのまわりに男たち女たちがいて、子どもたちもいた。バスは森を出て、また別の灌木や藪の繁る地域に入っていった。ここを突っ切ると、バスは掘建て小屋が立ち並ぶ町の主要部分に入っていった。

いっとき、バスは開けた田園地帯、というよりその名残のような地域を走っていたが、それから突然、わずかに高くせりあがった轍《わだち》のついた狭い道になって、急ごしらえの住居が何千と立ち並ぶなかを走っていた。道の両側にこうしたみじめったらしい小屋がひしめきあっていた。それは一時しのぎの材料を必死で寄せ集めて造られていた——帆布《キャンバス》やタール塗りの防水シート、錆びた波型トタン板、古い厚板やコンクリート板《スラブ》、自動車のタイヤ、折れた枝の欠片などだ。実際、その辺で見つかったなんでもかんでもを引きずってきて、間に合わせの住居を建てるのに使っていた。いまや、何百、何千という人々が目に入っており、バスのなかに下水や洗っていない身体、汚物やぬかるんだ地面、漂っている煙や動物の糞の悪臭が充満していた。外からの騒音——見えないところで驀進《ばくしん》している機械の哮《たけ》りのような音、録音された音楽、いろいろなものが叩かれたり、こすりつけられたり、引きずられたりする音、そしてそれらすべてのやかましさをしのぐ、騒音に負けじと張り上げられる大声——が開け放たれた窓からバスに入ってきて、エンジン音をかき消していた。

タラントも女伝道師も、いまやバスの窓から外を凝視していた。なかば魅了されていただけでなく、狼狽してもいた。なぜなら、この掘建て小屋の町はつねに、いまにも大きな変化が——暴動といったものが——起こりそうな状態にずっとあるようだからだ。タラントは、反射的にシャツの袖を鼻に押し当ててフィルター代わりにしている自分に気づいた。そして腕を下ろした。

通っていくバスは——道路の状態のせいで運転手はやむを得ず、ほとんど歩くのとおなじ速度までスピードを落としていた——掘建て小屋の住民たちにとって、激しい興味と好奇心の対象だった。何十人という小さな子どもたちがバスの両側に危険なほど近寄ってきて、走りながら手を伸ばし、叫び、食べ物やお金や煙草をくれと執拗にせがんでいた。バスの前方には、大人の男のグループがふたつ、三つと路上にかたまっており、バスを妨害しようとしているように見えた。バスが近づいていくと、そうしたグループは脇によけるので、実際になにかが起こりそうな恐れはないのだが、それでもタラントは不安のあまり身体がこわばるのを感じた。このだだっ広い集落に入ったとたん、写真を撮りはじめていたのだが、そうすることで注目を集めていることに、すぐに気づいた。そしてカメラを膝の上に置き、窓の下枠よりも下にして隠した。結局さらに何枚か撮っただけで、そのあとは時たま撮るだけだった。

女性伝道師も膝の上に経典を横たえており、一度だけ外の世界に目を向けていた。彼女もこの巨大なスラム街を見て、はっきりと威圧されているようだった。スラム街は果てしなくだらだらとのび、両端はかすんで消えていた。どちらの端も見渡すかぎり、その広がりは果てしないようだった。

バスはごろごろと進んだが、たびたび一時的に停まって本道をいったんバックしたり、だましだましの運転でふたたび進めるようにしなければならなかった。一度本道から逸れて困難な迂回を余儀なくされ、そちらの道がたくさんの掘建て小屋のあいだを抜けて未舗装の泥道に変わったときがあった。ここで、バスはほとんど身動きがとれなくなった。水がたまった路面の穴に次々とはまりながら危険な感じでぐらぐらと揺れ、空回りするタイヤが一面に茶色く悪臭を放つ飛沫をはね上げているバスを救出しようとする運転手の必死の奮闘が、野次馬の群れを引きつけた。

このときまで、タラントはこの集落の存在に気づいていなかった。彼がこれまでプラチョウスについて知っていたのは、海岸沿いか山岳地帯の近くに建てられた快適で豊かに繁栄した市街のことばかりで、島内のどこにもこんなぞっとするような規模と状態のスラム街の存在を示唆するものなどなにもなかった。実際、これまで訪れたほかのどの島でも、こういうものは見たことがなかった。訪れた島そのものはわずかにすぎないが、一時的な掘建て小屋集落はこの諸島では――ほとんど制限のない居住可能空間と安心できる暮らしを保証してくれるこの王国では――場違いだった。彼はまた、疑問も抱いた。こうした場違いな人々はどういう出自の人たちなのだろう――どうやってこの島に、移住制限法が厳格に行使され、移住を絶対的に阻止する根拠として使われているこの諸島の一部分に、やってくることができたのだろう？　タラント本人で言えば、この島への移住権を獲得するどころか、仕事での比較的短期の滞在許可を手に入れることも、ほとんど不可能に近かった。彼の訪問の条件も厳しいもので、行く先々の町すべてで領主警察に登録しなければならないという項目も含まれていた。

そういったものが彼の記憶にあることだった。

この掘建て小屋に住む人々は生まれながらのプラチョウス人なのだろうか、それとも移民としてこの島にやってきたのだろうか？　どうやって入国審査を通ったのだろう？

本道からやむなく逸れざるを得なくなったあと、運転手はスピードを上げたが、それでもまだ、以前よりたいして速くもなっていなかった。

一度、進んでいる道の東の向こうに、ついに海が見えた――というか、少なくとも反射した空の銀色がかったきらめきが見えた。海岸のほうに運ばれているとわかっているので、ようやく見えたこの眺めが、長旅の終わりが近づいているしるしなのだろうかと考える。

タラントは無言ながら、意志の力で運転手に海に向かえと念じた。だがバスはどこまでもだらだらと広がるスラム住居のなかを進んでいく。やがて、遠くに見えていた海は建物や土地のでこぼこした起伏に隠されてしまった。

三時間ほどすると、道路はわずかに広くなり、掘建て小屋の群集の圧迫感も和らぎはじめた。それから少しして、スラム街はうしろに過ぎ去り、バスはふたたびまともなスピードで農場地帯のなかを走っていた。この旅がもうすぐ終わるという希望がタラントの頭いっぱいに広がった。だが、三日めの夜がやってきた。

4

そこはホテルだった。というか、外壁に取り付けられたペンキ塗りの看板にそう書いてあった。だが、建物の正面は無料のバーになっていた。バスが着いたときには太陽は沈んでいたが、ホテルのまえの地面を平らに均《なら》した広場は酔客で混み合っていた。低い投光照明が広場全体に投げかけられていたが、光はちらちらと不安定で、たいして明るくはなかった。大きな翅を広げた虫がランプのまわりに群がっていた。あちこちにテーブルや椅子が置いてあったが、酔客のほとんどが立っていた。運転手はバスを道路からその広場に乗り入れ、片側に寄せて停めた。そのせいでいくつものグループが寄らざるを得なかった。

ホテルの建物に入ると、タラントと運転手と女性伝道師はそれぞれ別の部屋を割り当てられ、それから食事が出た。食事のテーブルは建物の横手にある開放ベランダにあった。頭上で電動の天井扇風機《シーリングファン》がまわっていた。タラントはあまりお腹が空いていなかったのでゆっくりと食べたが、バーから取り寄せたビールは二杯飲んだ。ビールはキンキンに冷えていて、グラスの側面に指が張りつきそうだった。グラスに凝集した水滴が流れてテーブルの上に小さな水たまりを作るもの の、じきに暖かな空気のなかに蒸発していく。伝道師は水を飲んでいた。なにも言わないが、タラントに関するなにもかもに不満を持っているのを、タラントは感じとっていた。そののち、運転手はひとりでバーに飲みにいった。タラントと女性伝道師は食事をしたテーブルにじっと座っていたが、どちらも口をきかなかった。女性はいつもの習慣どおり、うつろな表情でただ彼と目を合わせないようにしていた。

自分に不利な判定を下されているのを感じながら、タラントはじっと座っていた。自分はこの女性が厳格に固執している道徳的、宗教的規範に沿って生きているわけではないと思いながら座っていたが、ビールを飲み終えるともう一杯飲むことにしようかと考えた。

その夜は静かで蒸し暑かったが、あたりじゅうで虫が耳障りな羽音を立てていた。風はまったくなく、アルコールと煙草の煙の臭いがあたりにたちこめて、閉め切った部屋にいるように感じられた——シーリングファンはまわっていたが、空気がきれいになるわけではない。遠くのほう、はるか地平線のほうではスラム街からのぎらつく光で空が照らされていたが、タラントが思っていたほど遠くはなかった。彼は二度ほど会話をしようと試みたが、女性はそのたびに完全に彼を黙殺した。

タラントはビールを飲み終えた。最後の試みで、彼女に声をかけた。「どうしてぼくと話をしてくれないのかな？」

彼女は彼のほうに顔を向け、まっすぐ彼の目を見つめた。長い間を置いたのち、彼女は言った。「それはあなたがまだ一度も、少しでもわたしが興味を持つようなことをしたり言ったりしていないからです」

「きみはまったく無反応じゃないか！　ぼくがなにを言っても気にかけてないように見えるぞ！」

「それなら、わたしたちは同意見ですね」

「きみが興味を持つようなことって、なにをすればいいんだ？」

「わたしはあなたの名前を知りたいです。それでいろいろと変わるでしょう。それにあなたはわたしの名前も聞いてない」

「ぼくの名前はトマクだ。トマク・タラントだ」

「それじゃ、あなたはプラチョウス人じゃないんですね」

「ちがう。きみは？」

「わたしは国籍には縛られていません。わたしは御言葉のために生きています、御言葉を広めるために」

「それじゃきみの名前を言ったことにはならないぞ」

「わたしは〈御言葉を広める者〉です。あなたが知るべきことはそれだけ」

タラントは立ち上がった。ちょうどこのとき、もうビールのおかわりはするまいと決めていた。彼はテーブルの横に立ち、彼女より高い位置を得た。三日間の旅で塗り重なった汗のねばつきを感じ、虫刺されのかゆみと肌に触れる垢じみたローブのすりきれた布を感じ、いまやこの女性にほとほとうんざりし、苛立っていた。ホテルの部屋の隅に古いシャワー室があった。久しぶりにひとりきりになって冷たい水の下に立つのはどんなに気持ちいいだろうと、彼は考えた。

「ぼくは部屋に行く」タラントは言ったが、彼女は返事をしなかった。彼女の表情はまったく変わらなかった。「どうやらこれもきみが興味を持つことじゃなかったようだな」苛立ちを抑えようとしたが、まるでうまくいかなかった。「きみは名前を教えてすらくれない。きっときみにはきみなりの妙な理屈があるんだろうが、ぼくはただ単に退屈で失礼な女性だと思うよ。おやすみ」

彼女は返事をしなかった。そこでタラントは歩きはじめた。

そのとき、集まった酔客の騒々しさにまぎれて、彼女がなにか言うのが聞こえた。タラントは足を止め、振り返った。

「なにを言ったんだ？」

「わたしの名前をあなたに教えました」女性は言った。

「聞こえなかった。ここはすごく騒々しいんだ。もう一度言ってくれ――お願いだ」

「失礼なことをするつもりはなかったんです、トマク・タラント。謝ります。わたしは慎み深くふるまうという誓いを立てているんです。人がいる場所で自分の名前を口にできるのは一度だけなんです、だからいまくりかえすことはできません。わたしは一介の〈御言葉を広める者〉、それが自分に許している唯一の身分証明なんです」

タラントはもどかしげに手を振り、立ち去った。バーの外の広場にいる群集を押しのけて進み、ホテルに入るドアを見つけた。

5

部屋は汚れていて暗かった。照明は、天井の真ん中に薄暗い裸電球がひとつぶら下がっているだけだった。ベッドは鉄製の枠にしみだらけのマットレスがむきだしで載っているだけで、やはり色あせたよれよれのシーツが一枚、マットレスにかけてあった。マットレスの端に、小さなタオルが一枚、たたんで置いてあった。床はカーペットなしの板張りで、ところどころ薄板で継ぎが当ててあった。壁はもう何年も、ペンキの塗り替えも掃除もされていないようで、汚れかかびか、それとも長年手入れをしていないせいでただくすんでいるのかわからないが、灰色をしていた。少なくともシャワー室は最近掃除されたように見えた——たとえ蛇口とパイプがゆるんでいて、シャワーヘッドがへこんでひん曲がっていたとしても。タラントはローブを脱ぎ捨て、ベッドの横の床に落とした。

シャワーの水は予想していたとおり冷たいというよりは生ぬるかったが、ちゃんと水圧が保たれていたし、色がついてもいないようだった。タラントは何分間もその下に立っていた。顔を仰向けて飛沫を浴び、閉じたまぶたの上を、肩や胸や腿の上を水が流れるにまかせた。水は耳に流れこみ、開けた口に入って、また出た。水のせいでなにも見えず、耳のなかに水が流れこんだせいでなにも聞こえなかった。とうとう、名残惜しさを感じながら、彼は蛇口をまわし、飛沫が止まった。彼は指先で目をぬぐった。

そのときはじめて、自分がもはやひとりきりではないことに気づいた。伝道師の女性が知らないあいだに彼の部屋に入ってきて、閉じたドアのまえに立ち、じっと彼を見ていた。タラントはベッドの端にあった、覆い隠すには不適切な小さいタオルをつかみ、大事なところを覆うように広げた。

「わたしの部屋にはシャワーがないんです」彼女は言った。「あなたのを使わせてもらえたらと思って」

彼女はじっとタラントを見つめつづけ、あからさまに彼の全身に、上から下まで目を走らせた。そのあまりにも率直な視線にタラントはうろたえ、身体をふたつ折りにしてタオルをあまり動かさないようにしながら、身体を拭こうとした。

そして言った。「ぼくはすぐに終わる。そしたらここから出ていくから、きみはこの部屋を使ってくれ」

「わたしはずっとあなたを見ていました。あなたもわたしを見ていいですよ」

「いや、ぼくはそんな——」

「あなたにいてほしいんです」

タラントはタオルで隠そうというむだな試みをあきらめ、タオルを脇に投げると何日も着ていたローブをつかんだ。女性はすでにローブのまえのひもを解いており、ゆるい服がはだけていた。

「きみに恥ずかしい思いをさせたくはない」タラントは言った。「きみは敬虔《けいけん》な女性だろう——」

「わたしは巫女でもなければ尼僧でもありません。わたしが立てた誓いはどれも、個人的なものなんです。わたしは外まわりの勤めを果たしている平信徒で、単独で旅をしています。読むのは携帯しているこの聖経典に書いてあることだけ。わたしは真正の〈御言葉を広める者〉、そのことを否定もしなければやめるつもりもありません。でも同時に健康な一女性でもあるんです。肉体的な欲求があるんです。そしてときどき、そうした欲求がどうしようもなく昂《たか》ぶることがある」

タラントはいまはローブを着ていたが、身体の大部分がまだ濡れているため、薄い布地が脚や腕にべったりと張りついていた。背中と胸にも、そして勃《た》ちあがった局部にも。彼女はタラントを押しのけるようにしてまっすぐシャワー室に入り、蛇口をひねった。ローブを着たまま飛沫の下に踏みだし、それから向きを変えて水の下に身を乗りだして、ローブの布を捧げ持ち、洗いはじめた。布地がくまなく濡れると、彼女はローブを脱ぎ、シャワー室の床に横たえて、裸足で踏みしめた。水飛沫のなかで身体をまわしながら顔と両腕を上げ、髪の毛を指先でこすり、太腿のあいだを、乳房の上を、わきの下をせっけんで洗っていく。飛沫を浴びながら目は閉じたままで、室内にいるタラントの存在はまったく気にしていないように見えた。

タラントは彼女を見つめながらだんだん近づいていき、シャワー室の開いた戸口のすぐ脇に立っていた。

彼女はタオルを持ってきていなかったので、タラントは自分が使ってまだ湿っている小さなタオルを彼女に差しだした。彼女はそれで顔と髪をふき、それからかたわらに投げ捨てた。それからタラントのほうにやってきて、ぞんざいな動きで彼のローブをばっと広げ、身体からはぎとった。ふたりはベッドの上で愛しあった。

そのあと、彼女は眠りに落ちたようだった。少なくとも静かに横たわり、目を閉じて乱れのない呼吸をしていた。肌は汗でつややかな光沢を帯びていた。

「ぼくはまだきみの名前を知らない」彼女の横に寝そべり、片手で乳房の片方を包みこみながら、タラントは言った。彼はしっかりと目覚めていた。彼女のやわらかな肌は彼の指の下で熱を帯び、彼がもてあそんでいた乳首はついにやわらかくなってしぼんできたようだった。彼女の額の脇に汗の玉がひと粒浮かび、肩へと流れて汚れたマットレスに落ちるのを、タラントは見守った。彼女の身体の甘い香りを、彼は懸命に吸いこんだ。壁の上のほうにひとつある窓はガラスのない円形窓で、外の中庭の酔客たちの立ち騒ぐ音が部屋に流れこんでいた。ふたりの身体の甘い匂いにかぶさるように、強い酒と煙と、洗っていない他人の汗の臭いがしていた。

「一度言ったでしょう」彼女の目は開かなかったが、声は完全に起きていた。

「でもきみがなにを言ったか聞こえなかったんだ。あそこはやかましすぎたから。いまならふたりきりだ」

「わたしの名前はフィレンツァ。というより、それがあなたが知るべきわたしの名前。あなたは他人がそばにいるときにわたしをフィレンツァと呼んではならない。わたしは慎み深くふるまうという誓いを立てたとあなたに言いましたけれど、それはわたしをこの伝道の任務に送りだした人々との単純な約束にすぎません。御言葉は、どんな約束もした以上は守ることを要求しているの」

「ぼくがきみの写真を撮るのは気にかけなかったよね」

「あのときは、写真は気にならなかった」

「写真はきみの慎み深さを脅かしたりしないのか？」

「わたしが慎み深くするのは言葉づかいです、行為ではありません」

「きみの裸の写真をぼくが撮ったら？」

「わたしが慎み深くするのは言葉であって、行為じゃありません。あなたの好きなどんな下劣な状況でも、わたしを好きなようにしてかまわない。わたしは肉体の慎み深さについてはなにも知らない。それはわたしの身体は単純にただ与えられたものだからです。わたしを恥知らずと考える人たちもいます。でもその人たちはまちがっています。だってわたしは、たとえばついさっきあなたといっしょにやったことを表現する下卑た言葉を口にすることはできないからです。でも肉体的な行為となると話は別。口に出さないことは判断したうえでの選択だから。それがわたしの選択なんです。わたしは口に出して言うことができないことを喜んでしています」

「ああ」タラントは思い返しながら言った。

「おなじ使命に従っている人々の多くはおなじようなものです」

「きみは御言葉を広めてる」

「そうです」

彼女は目を開け、身体をまわしてタラントの手がもう一方の乳房に移されるように姿勢を変えた。タラントはのばした二本の指で軽く乳首をはさんだ。

「ここがどこなのか知ってるかい？」彼は言った。

「それは感情的なことを訊いてるんですか、それとも物理的なこと？」

「ぼくが言ってるのは――ここはどこなんだ？　プラチョウスのどこにぼくたちはやってきたんだ？　もう海岸は近いのかな？」

「海には明日着きます。いまわたしたちがいるのは――正確なことはわかりません」

「ぼくたちが通ってきたあの掘建て小屋街というか、あの集落、スラムというか。あんなものはこれまで見たことがなかった」

「あれはこの島最大の集落です」

「まえにもあそこに行ったことがあるのか？」

「去年、アジェイスントに御言葉を運びました。もう二度とやるつもりはありません」

「脅されたのか？」

「無視されたというのがもっと正確な言い方ですね」

「どれぐらいあそこにいたんだ？」

「まる一年耐えました。二度と戻るつもりはありません」

「プラチョウス・シティがこの島最大だと思ってたよ」

「あそこは首都です。でもアジェイスントのほうが人口は多い」

「きみが使ってるその名前はなんなんだ？」タラントは言った。

「あのスラム街はアジェイスントという名前で知られ

ているんです」

「なにに隣接《アジェイスント》してるんだ？」

「知りません」フィレンツァはまたもや姿勢を変え、平らでないマットレスの上に仰向けになった。「ついさっきやったことをもう一度やりたくないですか？」

「言葉のないことを？」

「言葉はあります。でもそれをあなたに言いたくない。ねえ、もう一回します？」

「ああ、でもまだだ」

「あなたはその気だと思ってました」

「もうすぐだ。アジェイスントのことを話してくれ」

「あなたに話せることはなにもありません。解決法がまだ見つかってない社会問題なんです」

「あのスラム街はどれぐらい大きいんだ？」

「突っ切って抜けるのにどれぐらい時間がかかるか、きょうご覧になったでしょ。あの街はこの島の南東の角の大部分に広がってます。絶えず新たな人々がやってくるから、総人口を推し量るのは不可能に近い。去年わたしがあそこにいたときには、だいたい百万人ぐらいと考えられてましたけど、いまはきっともっと増えてるでしょうね」

「あれはどういう人たちなんだ？」タラントは言った。「どこからやってきたんだ？ 入国審査を通るのは不可能のはずだ」

「アジェイスントの人々は抜け道を見つけてるんです。理論上は、あの人たちは全員、国外追放される危険を冒している」

「それじゃ、彼らはどうやってるんだ？」

「わかりません」

「きみはあそこにいたと言ったぞ。彼らに訊かなかったのか？」

「いろんな答えを聞いたけど、ひとつとして理解できなかった。どのみち、本当の話はひとつもなかったんだと思う。自分自身に訊いてごらんなさい、トマク。

あなたはどうやってプラチョウスに来たの？　わたしたちが出会うまえはどこにいた？」

タラントは冷たい、なじみのある内なる不安のようなものを感じた。ずっと避けようとしてきたものだ。彼女の身体から手を離して身を起こした。外の庭でだれかが叫んでいて、たくさんの声がどなり返していた。不意に音楽のボリュームが上がった。笑い声が聞こえた。酔客たちの騒ぎが遠のいていき、透明な幕の向こうに隠されたように思えた。何週間ぶりかに、彼は寒気を感じていた。この女性、フィレンツァは彼のかたわらで身を起こしてはいなかったが、顔をそむけて天井を見上げていた。力強い顎と広い額が見てとれた。彼女は落ち着いて、彼が話すのを待っていた。

「なぜきみはぼくにそんなことを訊くんだ？」彼は言った。

「あなたは答えを知らないし、わたしも知らないからです。あなたはここにいて、わたしもここにいる。わたしたちはほとんどおなじなの」

「ぼくはずっとここにいた」彼は言った。

「わたしも。あなたの記憶はどれぐらいまで遡れるの？」

「ずっとだ」

「子どものころ？」

「いや。そこまでじゃない」

「なら、それよりはあとだったわけね」彼女は言った。「プラチョウスにやってきたとき、あなたは何歳でした？」

タラントは両脚をさっとまわすようにしてごつごつしたマットレスの横に下ろして座り、背すじをのばした。合理性が記憶によって試されているように感じられた。自分はプラチョウス人ではないとわかっていたが、彼はいつもこのプラチョウス島にいた。過去に何度となく、ここにはいなかったことがあったが、彼の記憶は平板で中断されることもなくなめらかに続いていた。彼は不確かさに苦しんでいた。記憶が合理性によって試されていることに苦悩していた。

　彼は立ち上がった。

「ここがどこなのか、あなたは知らない」彼女が言った。「あなたはこれまでに、アジェイスントに行ったことはない。あなたはプラチョウス・シティを知らない、もし知ってたらそんな名で呼ぶはずがないから。あなたは海がどの方角にあるのかすら確信が持てなくなっている。こういうことはみな、島民にはよくあることで、だからあなたは最近やってきたんだとわかる。わたしもそうなんだと思う」

「でもきみは去年ここにいたんだろう、あのスラム街で仕事をしていたんだろう」

「わたしはアジェイスントに御言葉を広めてた。それは本当です。それについては確信があります。あなたが自分の記憶に確信があるのとおなじように。あなたは内なる平穏を探し求めている。わたしはどうすればそれをあなたに差しだせるか知ってます。言いたくてたまらない言葉があるんです」

「ぼくは言ってほしくない」

「それならわたしに、わたしがあなたに訊いたのとおなじことを訊きなさい」

「きみはどうやってこの島に来たんだ？」タラントは言った。いまはベッドの脇に戻り、彼女の横に裸で立って彼女を見下ろしていた。天井の裸電球の光で、彼女の胸の上に自分の影が投げかけられているのが見えた。「きみはプラチョウス人じゃない」

「わたしは〈御言葉を――〉」

「やめろ、そんなのはただの言い逃れだ。きみは本当は何者なんだ、フィレンツァ？」

「あなたもそうやって言い逃れをしている。わたしたちはどちらも、自分の人生が思っているとおりのものじゃないのを受け入れまいとしているんです。もう一度わたしのそばに来て横になりなさい。わたしたちがここにいるのは、いっしょにあれをするためでしょ。それにわたしの欲求はまだ切羽詰まってるの」

「その言葉を言えよ」

「いやです」

「それじゃ、記憶についてきみが言ったことをもう一度言ってくれ。あれは本当っぽかった」

「わたしたちがどういうふうに出会ったか覚えています？」フィレンツァは言った。

「ぼくたちは砂漠でいっしょに歩いていた、南に向かって」

「でもそのまえは？　砂漠のまえは？　あなたはどこにいたの、そしてなにをしていたの？」裸電球の弱々しい影つきの光では、彼女はよく見えなかった——いま、彼女は片膝を立てており、いっそう影に沈んでいた。彼女の顔は全部見えたし、外の投光照明の光がいくらか、彼女の背後の壁に反射していた。彼女の身体はタラントの興味をそそったが、彼女にはなにか、タラントには理解できないものがあった。「そのまえは、トマク？」ふたたび、彼女は言った。

「ぼくの妻だ。ぼくの妻といっしょにいた、あの場所で。きみとぼくがいっしょにあとにしたあの砂漠のなかのあの場所で。あのときぼくたちがいっしょにいたんなら、きみもあそこにいたはずだ」

「いいえ、わたしはそこにはいなかった。あそこは軍の駐屯地だった。いたるところ兵士だらけだった」

「きみもぼくとおなじで自信がないんだろう。あそこは病院だったとぼくは思う。野戦病院だった。ぼくの妻は看護師だった。いや、看護師だ。妻になにかが起きたんだ。きみはぼくの妻を覚えてるか？」

「わたしたちが出てきたときには看護師なんていなかった。医者も。病人もいなかった。ただ兵士たちがいただけ」

「ぼくは兵士なんて覚えてない」タラントは言った。「民兵だったと思う。それから、野次馬がちょっと」

「だが彼らはだれだったんだ？　プラチョウスは裕福な島だ、厳重に統制されている。私兵を雇う必要なんてどこにもない」

「あそこにいたあいだ、写真を撮らなかったの？」

「撮ったとも。彼らの姿もまだぼくのカメラに入ってるさ」

だが彼のカメラは三台ともケースにしまわれていまは彼のバッグにおさまり、部屋の向こう側の壁ぎわに置かれている。それを取りにいくには、彼を求めているこの女性に背を向けて荷物をかきまわし、密閉袋やファスナーをいじくって三台のカメラを調べ、いつどれを使ったかを思いださなければならない。

「明日だ」彼は言った。「明日、見せてあげる」

「それじゃ、まだはぐらかしてるのね。わたしのそばに来て横になりなさい、トマク」

つかの間、彼女の表情に、タラントが感じているのとおなじような不安が見てとれた。タラントの記憶には隙間がある。記憶喪失の期間があったようなものだが、実のところはその逆だ。隙間ではなく〝存在〟、充填材のようなものだ。タラントには多すぎるほどの記憶があるが、そのどれもが正確ではない、というより、もはやまさしく彼自身の記憶だとは断言できない。それらは現実ではない――ただの、たくさんのいい体験談にすぎない。たしかだと彼にわかっているのは、この興味をそそる女性とともにすごした、ここ三日間の体験だけだ。そしてさらに正確なのは、ここ数分間のことだけなのだ。

「今夜はここでぼくといっしょにすごすかい？」タラントは彼女に言った。

「そうしてもいいですよ」

「そうするかい？　そうしたいのか？」

「もうひとりきりになりたくない」

タラントが彼女のかたわらに身を横たえると、彼女は手をのばして彼の下腹部をなでた。両脚のつけ根のあたりを。彼女に煽《あお》ってもらう必要はなかったが、両腕を彼女にまわし、古いマットレスの上にふたりとも長々と横になったとき、タラントは彼女の両手が背中にまわされるのを感じた。いましばらくは、現実とは背中にまわされた彼女の力強い両手と、肌にくいこむ彼女の指の爪の感触だった。彼は外からの騒音がどこか遠くに流れていくにまかせ、ふたりが寝ている部屋のむさ苦しさは無視した。片方の手が彼女の頭のうしろに軽く当てられ、指がフィレンツァのショートカットの巻き毛に埋められた。彼は彼女の唇に唇を押し当てた――もう一方の手が乳房の片方を軽くつかみ、愛撫した。しばしのあいだ、彼はわれを忘れた。前途には――おそらく明日には海辺に着くだろう。海の近くのどこかに。そして風に当たり、唇に塩の味を感じ、波の音を聞いて、この気難しい島を取り巻いているかの名高い珊瑚礁と礁湖《ラグーン》を見るだろう。彼は夢見た――港を、そして自分を運び去ってくれる船を見つけることを。またはのんびりと怠惰に寝そべっていられる砂浜《ビーチ》を。もしくは港のそばの村の賃貸共同住宅を。でなければ妻との再会を。この島のどこかにいる妻と。妻の名前を思いだせたら。そう願った。

6

復讐する者

　プラチョウスを統率する五つの家系は、ドレネン、ガルハンド、アセンティア、マーシア、ウェンタヴォーと呼ばれている。これらの名前はこの島に住む者全員に知られているが、これらの家系の一員と実際に会う可能性のある一般人はほとんどいない。世評によると、この五つの家系はずっとたがいに、根深く凶悪な争いをしており、現在ではある種の休戦状態に至って、それぞれ好き勝手にふるまえるようにしている。これら領主族のなかにはほかの島に永住している人々もいれば、広汎な実業界での利益を追い求めて旅をしてまわる人々もたくさんいるが、ほとんどは城砦《じょうさい》のなかで暮らしている。城砦とは島内の近寄りがたい地域にある、それぞれの家系の広大な所有地のことだ。この主要五家系はおたがいにはほとんど連絡を取ってはいない、もしくは一般にそう信じられている。

　この五家系の経歴が、大まかながら、この諸島じゅうにプラチョウスの悪名を高めている刑事裁判法をつくりあげた。

　プラチョウスは封建社会なので、私的所有というものは存在しない。すべての土地、インフラ、公共事業、商取引、住宅及び個々の物品にいたるまで、最終的にはこの統治五家系のどれかの所有になる。それらの使用料は税によって支払われる。この税は年に一度、厳密な執行規則にもとづき、専門職の手で管理されている徴税代理業者を通して徴集される。文民警察は逮捕、拘留、起訴において広汎かつ弾圧的な権力を有しているが、うっかりミスやごくささいなことがら以外で地域法を犯そうとする、むこうみずなプラチョウス住民はほとんどいない。プラチョウスは疑問を許さず、上の者にこびへつらう、物質主義的な社会だ。おとなしく受け入れれば報われ、権威が脅かされることはめったにない。

もちろん、軽微な犯罪はたくさんある。そのほとんどは、個人間でのいさかいや酔っ払ったときの不品行や、軽度の器物損壊だが、もっとも頻繁なのは交通上や運転上での違反行為だ。こうしたことはどんな社会でも避けられないものだ。プラチョウスでは、このようなことは刑法では扱わない。加害者に対処する伝統的な手段は、被害者に報復させることだ。

当然ながら被害者が個人である場合もよくあるが、地域社会《コミュニティ》全体が被害を申し立てることも多々あり、そういう場合は市民による報復が許されている。たとえば、アルコールや薬物を摂取した状態で車を乗りまわすことを禁じる法律はない。だからもしだれかがそういうことをして逮捕されれば、警察は民事問題として扱い、運転手は男女を問わずその隣人たちに引き渡される。

プラチョウス人は全員、比例的報復という原則を知っており、よく理解してそれに従う。報復は加害の程度に相応したものでなければならない――もし報復がその比率度合いを越してなされれば、その後相手側に報復の権利が生じる。

プラチョウスの学童が必ず習うことだが、この島の現地語での呼び名のひとつは〈復讐する者〉という意味である。

そういうわけで、プラチョウスは人々の懸念によって規制された、慣行に従う社会だ。プラチョウス人は暮らしを楽しんでいる――ほかの島に移住する者はほとんどいないし、そうしようとする者もいない。徴税による規制が移住を阻んでいるのだが、そもそもそういう意志がないのだ。プラチョウスで暮らすのは悪くない。島のほとんどは風光明媚《めいび》だ――とりわけ山岳地帯は。島の内陸部は暑いが、熱帯性気候は沿岸部の集落の主な地域では、冷たい海流と卓越風のおかげで和らげられている。あちこちにある街は清潔で安全で栄えているし、いたるところにスポーツや娯楽の施設がある。プラチョウス人は島内のどこにでも自由に旅行できるが、当然ながら統治五家系が特別に保有している地域内は別だ。プラチョウス人は言論及び表現の自由、集会の自由、意見表明の自由をまったく制限なしで享受している。インターネットは領主族の代行組織によりコントロールされ監視されているため、広くは使われていない。封建制度の日々の効果のおかげで、物質的所有物ならほとんどどんなものにも簡単にアクセスできる。プラチョウス人は快適で満ち足りている。

プラチョウスは宗教を持たない島である。宗教的発言は大目に見てもらえるが、奨励されているわけではない。

文化的な面では、プラチョウスはいくぶん停滞気味である。プラチョウスの芸術家たちへの資金援助枠は確かに存在する――ガルハンド家とアセンティア家が匿名で資金提供をしている――が、それを利用している芸術家はほとんどいないようだ。利用可能な資金のほとんどは、地元のアマチュア劇団や夜間学級や自費出版のベンチャー事業に渡されている。プラチョウスの作家や音楽家、画家、作曲家などの芸術家は他島に移住しないようにという働きかけを受けているが、移住している者はたくさんいる。プラチョウスの書籍や映画のほとんどは他島で制作され、プラチョウスをいくぶん残念な筆致で描いている。そのためその作者たちは報復法のせいで故郷の島に戻ることが難しくなっているのだ。舞台芸術は、慣行による形式的なものではあるが、手厚い支援を受けている。実験的な作品は奨励されているわけではない。

7

奇跡師《ソーマチャージ》トム

奇跡師トムはワーランサーのプラチョウス人街で生まれた。ワーランサーは北の海岸にある退屈で平凡な場所だ。トムが生まれたころのワーランサーの主産業は、漁業とその関連産業――魚の燻製《くんせい》、缶詰製造、冷凍といったもの――それに周囲の丘陵に眠る貴重な鉱物資源を軸に成長した鉱業及び多数の製造業だった。トムにとってはそこは逃げだしたい場所であり、十七歳のいま、彼はそれを実行したのだった。巡業の一座がおこなったダンスとパントマイムとマジックのライブショーが、トムの芸人になりたいという衝動に火をつけた。そのショーはたった一度の開催で当局に打ち切りを命じられ、一座は街を出た。だが彼らはトムの人生を変えるに足りる業《わざ》を見せたのだった。

トムはできるかぎり急いで、旅の一座のあとを追いかけはじめた。一座はプラチョウスの沿岸の街をまわっているのだろうと信じて――それはちがっていたことがのちに判明したのだが。トムはこの島の風光明媚とは言えない北側の海岸沿いに西に進み、ライネック・ポイントを越えてカーブする海岸に沿って南に向かった。立ち寄るすべての町で旅の一座について訊ねながら。

出発した方角がまちがっていたか、ワーランサーでの敵対的な応対を受けて、一座は解散してしまったのかもしれないとトムが考えるようになるまで、それほど長くはかからなかった。一座を見かけることも、噂を聞くことも、二度となかった。このころには、彼は落胆という域を超えていた。気ままな旅の自由さが好きになっていたのだ。進んでは見てまわり、どんなものでも簡単な仕事が見つかればそれでどうにか食べていくことが。ときどき、通りかかった劇場や演芸場や映画館で臨時の仕事や季節仕事が見つかることもあったが、最初の何年かのあいだに見つけることができた半端仕事のほとんどは、建設工事現場や厨房でのものだった。なりゆきで十以上の種類の仕事の初歩を学んだが、わかったことは、プラチョウス社会は芸能分野には、よくてもほとんど興味がないということだった。

だが、彼は幸福で満ち足りていた。旅をしながら独学で演劇の技能を学び、ダンスや朗読やマリオネット使いを習い、六種類の楽器をそこそこ演奏できるようになった。パントマイムも、火食い術も、それほど高度でないアクロバットも学び――一輪車に乗ることも木製棍棒《クラブ》を使ったジャグリングもできるようになり、少しのあいだならその両方を同時におこなうこともできた。わずか数週間ではあったが、旅まわりのサーカス団で働き口を見つけたこともあった。それは至福の日々だったが、そのサーカスは諸島の別の島からやってきていた。サーカスの興行ビザのため、彼らがプラチョウスに滞在できる時間は短かった。トムが団員たちと別れるとき、彼らはこれから蒸気船でサーレイという遠くの島に行く予定だと教えてくれた。

二十代なかばになると、トムはいっぱしのプロのマジシャンになっていた。中産階級《ブルジョワ》のプラチョウスの街にいる保守的な中産階級市民たちはマジックのライブショーを見るのをまだ喜んでいるとだんだんわかってきたため、島外に出たいという気持ちはそれほどでもなくなっていた。

さらに何年か経つと、彼の奇術の腕はさらに磨かれ、熟達して、どんなタイプの客の期待にも応えられるようになった。気晴らしを求めてやってくるビジネスセミナー参加者を沸かせるのと、海辺の町で暮らす隠退した人々に見せるのとは、おなじ演目ではないのだ。

放浪の暮らしの魅力はしだいに失せてきて、二十五歳の誕生日を迎えたのちはビサーンという東海岸の町に共同住宅を見つけ、徴税の担保としてめったに使うことのないマジックの道具に囲まれて暮らし、実家を出て以来はじめて、そこに定住するようになった。

ビサーンでの暮らしは彼に合っていることが判明した。それはトムが洗練された価値観と考えるものに近かったとはいえ、劇場はその限りではなかった。〈イル・パラッツ・デュカト・アヴィアトール〉、すなわち〈偉大な飛行士の宮殿《ザ・グランド・アヴィエイター・パラス》〉という奇妙な名前の劇場は、設備もよく整っていたが、管理側はポップス音楽バンドと福音伝道師と有名シェフを際限なく順にまわすような運営をすることを旨としていた。年に一度か二度、大々的なバラエティ・ショーを開いていたが、演目は面白みがなく繰り返しの多いものだった。映画館もあったし、本を借りることのできる大規模な図書館も、レコード店も書店もあった。

しばらくのあいだ、認可を受けた大道芸人として、彼はパートタイムで働いていた。歌い、演奏し、ときどきジャグリングを披露し、いつも路上マジックを演じた。ビサーンではよく知られるようになったが、彼はいつも、劇場から出演を請われたいと願って欲求不満に陥っていた。ときどき、近隣の町でちょっとした出演を果たすことはあった。パーティーやイベントで、ときには会員制の酒を飲むクラブや賭博クラブで。そして一度か二度は、ステージで演じるチャンスもあったが、〈イル・パラッツ〉は相変わらず手が届かない存在だった。

だがある日、奇跡師トムがついに芸能活動から隠退しようかと考えていたとき、地元の新聞に出ている投書が目に留まった。そして、彼はあることを思いついた。

8

その手紙は、夢幻諸島《ドリーム・アーキペラゴ》をしばらく旅してまわっていた男からのものだった。旅のあいだに、男は真に不可解な謎と言うべきものを見たということだった。

パネロンという島で、彼とその家族は奇跡と思えるものを目撃していた。ある巫女《シャーマン》だか行者だか、もっとほかの原始的な宗教の狂信者のような者がふつうでない状況で幼い男の子を視界から消すのを、彼は見たのだ。その手紙には、詳細についてはあまり正確に書かれていなかったが、それが起きたのは野外の最近刈りこまれた芝生の上で、アシスタントはひとりもおらず、周囲を大勢の観客が取り巻いていたということだった。

その手紙は、起きたことのタネ明かしをしてくれる方がいれば、新聞気付で連絡を下さいという請願で結ばれていた。

この男が見たのは手練《てだ》れの奇術師《イリュージョニスト》の仕事だったのだろうと、トムは感じた。奇術における不変の条件のひとつに、観客は奇術師が見せようと思っているものを見ているだけだということと、そのあとは喜んで勝手に思いこむものだということを、彼は知っていた。実際に起きていることは、それとはまったく別ものなのだ。手紙の記述はトムに、これはそういう類の奇術だと思わせるに足るものだったが、その実演の詳細がもどかしいほど欠けていた。

その後の新聞には、ほかの読者から寄せられた手紙が次々と載った。トムとおなじように興味をそそられたと告げるだけのものもあったが、投書子本人の奇談が書かれているものも何通かあった。そしてとうとう、自分もパネロンのその奇術を見たと言う手紙が送られてきた——その人もすっかり眩惑されていたが、最初の投書子とはちがい、実演のくわしい描写が書かれていた。

このさらなる詳細な描写のおかげで、トムはこの奇術がどのようなものだったのか、論理的に推測することができた。あらゆる舞台奇術《ステージ・マジック》は少しずつ進化してきた。社会が変化するにつれ、新たなテクノロジーが使用できるようになるにつれ、トリックは改良されていく。だが、どの奇術も元は、何世紀ものあいだ変わっていない五つほどの原理をもとにしている。まったく新しい構想や革新に思えるものも、実際のところは観客を引きつける腕前の結果、もしくは古い構想を新奇なやりかたで提示しただけにすぎない。

トムは上演するのに必要な道具一式の設計に取りかかり、大陸のグローン・シティの通販業者に、自分では作れない重要な装置を発注した。それは特別に製造された工業用大索で、主に海底探査に使われるものだが、これが彼の目的には理想的なのだった。

二、三週間後、彼は準備に取りかかった。レストランの上にある宴会場を借り、リハーサル室兼作業室として使うことにした。ブラインドをすべて下ろし、内側の扉を施錠して、新たな舞台用マジックの創作と試演《リハーサル》を重ねた。

9

これとだいたいおなじころ、トムは見張られている、もしくは尾行されていると感じるようになってきた。見かけは温和ではあるが、プラチョウスは嫌疑、疑惑、妨害の場所にもなりうる。ほとんどの人はそれぞれの暮らしにいそしんでいるふりをしているが、現実には、プラチョウス人は全員、隣人たちがなにをしているか、していないかといったことを、不安げな思いで知りたがっている。その結果、つねに注意深くなり、もしなにかあれば——たとえまったく無害なことであっても——自分だけの秘密にしておきたいと考えるようになる。トムの場合は奇術師なので、準備中にやっていることを秘密にしたいと感じるのはいつものことだった。

毎朝、街の中心部をつっきってリハーサル室に歩いていく途中で、トムはたいてい、ビサーンの中央広場にあるオープンカフェに立ち寄っていた。菓子パン《ペストリー》かか小ぶりのカットケーキをひとつ買い、テーブル席にひとり座って、コーヒーを二杯飲みながら、その日の新聞を読む。まわりでは、ほかの大勢の人々がおおむねおなじようなことをしている。広場の大きな木々の陰に座り、ほかの人々のおしゃべりや通りすぎる車の音に耳を傾け、職場や家や、広場の反対側にある大学に向かう人々をなんの気なしに眺めるのは、快いものだった。

ほかの客に注意が向くことはめったになかったが、ある朝彼は、ある若い女性がそれほど離れていないテーブルにまた座っていることに気づいた。まえにもその女性に気づいていた——若く、人の関心を惹く容貌で、いつもいい服装をしているが、表情にも態度にもなにか根の深いストレスのようなものが表れていた。

けっしてリラックスできないようだったが、いつも前方に座り、軽く背を丸めて通りの向こう側をじっと見つめている。しばしば顔をしかめてもいた。満ち足りている人々の街で、彼女はよそ者のように見えた。彼女はいつも、トムがウェイターに注文をすませたあとにカフェにやってきて、トムが立ち去るときもまだそこにいる。テーブルが空いていれば、いつもトムからおなじ距離をとって座っていた。近すぎもせず、遠すぎもしないところに。いつも彼から見てななめに座るのだ――顔が向き合うこともなければ、背中を見せることもなしに。

彼女が直接彼を見たことはなかったが、トムが彼女に特別な興味を抱いた朝、不意に新聞から顔を上げたときに目が彼女のほうに向いた。そのとき彼女はトムを見ていたが、彼が見ていることに気づいた瞬間、彼女は目をそらした。それまでトムは彼女のことを、カフェで見かけるほかの客とおなじくらいにしか思っていなかったが、それ以後は彼女に気をつけるようになった。

それはトムにとって、ルールのない静かなゲームのようなものになった。毎日ちがうテーブルを選んで座るようになったが、そのたびに若い女性はおおむねいつもとおなじ距離にあるテーブルに座った。ある朝、トムはわざと混みあっているあたりでひとつだけ空いているテーブルを選んだ――若い女性はカフェエリアの向こう側に座るしかなかった。またあるときは、カフェの屋内にあるテーブルを選んだ――彼女は外のテーブルに座ったが、それは彼の姿が見える窓のそばにあった。だが、彼女は直接トムを見ることはないようだった。

数日後、カフェのあとリハーサル室まで歩いていくときに、たびたび彼女につけられていることに、トムは気づいた。彼女の尾行は上手だった。かなりの距離を置いてトムを尾行していたため、彼女が自分をつけているのだとトムが確信するまでにしばらく時間がかかった。

彼女が何者なのかはわからなかったが、そのふるまいが彼に魅かれているという気持ちの奇妙な表れではないと確信できたし、彼のほうもこのときは新たな人間関係を築きたいという気持ちはなかったので、彼女の行動の裏に潜んでいるのはなんなのだろうと考えはじめた。唯一彼女の動機として考えられるのは、彼がなにを企んでいるのか見つけだそうとしているというものだった。彼がリハーサル室でなんの準備をしているのかを。

一年か二年まえに大道芸人の仕事をしたときに、この街が慣例に従わない活動にどのような仕打ちをするかについては、貴重な教訓を学んでいた。街頭に立ってギター芸をしていたとき、最初の数回は警官がやってきて礼儀正しくはあるが有無を言わさず、彼を立ち退かせた。ほどなく彼はやむなしと悟り、大道芸人の免許を申請し、すみやかに取得した。そのあとは、放っておいてもらえた。

ある日の午後、例の女性のふるまいがなぜかこれまでになく気に障ったので、トムは地元の警察署に行き、別の免許を申請し、すみやかに取得した。それはライブショー上演とリハーサルのための免許だった。その書類のなかで、〝上演内容〟を記載しなければならず、彼は奇術師《マジシャン》と書きこんだ。それから、あらゆる可能性を網羅しておきたいと思い、さらに書き加えた——奇術師《イリュージョニスト》、手品師《コンジュラー》、魔術師《プレスティディジテーター》、奇跡師《ソーマチャージ》、魔術使い《ウィザード》、その他思いつくかぎりの類義語を。これで、あの女性に彼を見張らせているだれかも、自分をそっとしておいてくれるだろうと考えた。

だが一週間後もまだ、彼女は彼を尾行していた。そしてそのころには、トムは解決しなければならない別の問題を抱えていた。

10

新しい大掛かりな奇術《イリュージョン》を上演するにはアシスタントが必要だった。実際、アシスタントはイリュージョン上演に必要不可欠な存在なのだ。今回必要なのは少年か少女、もしくはとても若い男性か女性で、舞台奇術師のいろんな変わった指示を受けて喜んで働けるだけでなく、なによりもたくましく、柔軟で運動神経がよくなくてはだめだった。このトリックのマジック的効果のほとんどは、アシスタントのアクロバティックな技能によって得られるものだからだ。

　トムは求人広告を出した。ビサーンにいる知り合いたちに訊いてまわり、モデル事務所や俳優協会にも連絡してみた。

　応募者はごくわずかで、しかも適している者はなかった。トムはじっと待ち、ふたたび求人広告を出し、また訊いてまわった。イリュージョンのリハーサルのほうは、ひとりでできる部分はすべてやった——アシスタントができるまでは、それ以上できることはなにもなかった。またしても彼は、この場所で奇術師としてのしあがろうとするのは賢いことなのだろうかと疑問に思いはじめていた。

　ある朝、たまたま寝坊をしていた彼は、ドアのノックで目を覚ました。くしゃくしゃの髪にほとんど服を着ていない状態で、トムはジェレス・ハーンと名乗る男の挨拶を受けた。ハーン家はビサーンで非常によく知られた家系で、この街にいくつもある領主税の徴税代理業者たちの統轄管理者だった。

　ハーンは娘を連れてきていた。十八歳の奨学生で、ビサーン多技能大学《マルチテクニック》にこれから通い、身体緊張応用《ボディ・テンション・アプリケーションズ》学を専攻しようとしている少女だった。名前はルルベット。この仕事に就くとしたらどういう資質が求められるかという話を大人ふたりがしているあいだ、彼女は父親の横で静かに立っていた。父親が言うには、いろんな運動競技やその他さまざまな身体活動を娘は生きがいにしているということで、ルルベット本人もすぐにそのとおりだと認めた。彼女はトムが最初に出した求人広告を見ていたが、いまやっと、過保護な父親を説得してそれに応募することを許してもらったのだった。

むろんのこと、トムは熱心に説明した。彼女にしてもらいたい仕事はふつうとは言えないが完璧に安全であること、それほど長い時間が要求されるわけではないこと、彼女の両親が出す特別な条件はなんでも呑むこと、それからもちろん、報酬は定期的に、遅滞なく支払うこと。

ルルベットの容姿にも性格にも、あらゆる点で満足したトムは、即座にリハーサル室を見せようと申しでた。トムが急いで服を着ると、三人は陽射しに照らされた通りを歩き、レストランの建物に向かった。その途中で、大学まえの広場をつっきった。いつもならトムが朝のコーヒーを飲みに立ち寄るところだ。このときは、いつもの時間よりもちょっと遅かった。彼をつけているあの女性がいるだろうかとトムは思ったが、三人が通りすぎたときには彼女の姿は見当たらなかった。

天井の高いリハーサル室はひんやりと涼しく、窓にはすべて木製ブラインドがかかっていた。

「この金属棒《ポール》を登ってもらえるかな」なかに入って扉をロックすると、トムは言った。ポールは床と天井の梁のひとつを繋ぐように、しっかりと取りつけられていた。ルルベットにはじめる許しを出すまえに、父親が徹底的に調べ、きちんと確実に取りつけられていることを確認した。

それからルルベットは、ものの数秒でするするとよじ登った。その身体の動きはなめらかにして優雅で、てっぺんに着くと彼女はポールのまわりをくるりとまわってみせ、片手を上げて優美な敬礼をした。

「娘がやらなきゃならないのはあれで全部かね?」ジェレス・ハーンが言った。

「リハーサルにもお嬢さんが必要なんです」トムは答えた。「何日か集中して訓練することになります。公演のまえの準備運動になる訓練です」

「リハーサルにも満額の報酬が出るかね?」ハーンは言った。

「もちろんです」と、トム。「ルルベット本人かあなたに保証書をこしらえてもいい——もしルルベットが望むなら、その証書をマルチテクニック大学のボディ・テンション学部に出してもいいですよ。ルルベットには、客を入れておこなうすべての公演に対しボーナスも保証します。最初の公演の予定はまだ決まってはいませんが、わたしはこのイリュージョンを上演したくてたまりません。ルルベットが協力してくれるとなったいま、このビサーンの劇場で安定した出演契約が得られるという確信があります。そのあとどうなるかは——だれにわかるでしょう?」

「ルルベットには学業に専念してもらいたいんだが」

「よくわかります。わかっていただきたいんですが、わたしは彼女に最大限の注意を払うつもりです、彼女がこの先の人生に望むことがなんでもかなうようにです。この経験はマルチテクニック大学での彼女の学業にも役に立つと思いますよ。それにもちろん、彼女には充分な報酬を支払います」

ふたりが話をしているあいだに、ルルベットは優美にくるくるとまわりながらポールを滑り降り、軽やかに床に降り立った。そして見えない観客に向かって感謝するように手を振り、輝くような笑顔で軽くお辞儀をした。

11

地域《コミュニティ》運営劇場の運営管理者は、トムの新しいショーを上演するのに乗り気ではなかった。担当の女性との意気をくじく面談に、彼は耐え忍んだ。担当女性は何日も彼を避けたあげく、ついにトムが彼女の居場所をつきとめたときに、はっきりとしぶっている態度で、観客はマジックショーにはうんざりしているのだと言った。このまえ〈イル・パラッツ〉で上演したマジシャンは最初の週なかばで契約を打ち切られたのよと、彼女は言った。

彼女が言っているマジシャンは、トムも知っていた——旧弊な手品師で、トリックのレパートリーはトランプとハンカチと火のついた煙草だけしかない——が、トムが新しく考案したエキサイティングなイリュージョンについてどれほど熱く語ってもむだだった。

そのあと、トムはパネロンの奇術について掲載した新聞の編集人を訪ね、リハーサル室に来てその目で演目を見てほしいと招待した。その編集人の記憶では、かつて短い期間ながら投書欄でおこなわれた手紙のやりとりはすっかり薄れていたため、かつて大勢の人々が言及していた変わった催し物のことを、トムは何度も思いださせなければならなかった。

その古参の編集人は、石橋をたたいて渡るようなものの見方と読者層の掌握とで経歴を揺るぎないものにしてきた生粋のプラチョウス人だったが、最初の約束はすっぽかし、二度めには見習い記者を寄越した。が、トムが再度出向いていっそうくどくどと説得したあと、ようやく姿を見せたのだった。

トムといっしょに公演用に選んだ、きらきらと輝くエキゾチックな衣裳に身を包んだルルベットが、トムがグローンから輸入した特殊なロープをするすると登っていき、トムが唱える神秘的な呪文とともに跡形もなく消え失せた。

「もう一回やってくれ」彼女が消えたあとの煙が広い室内に漂うなか、年老いた新聞編集人は言った。

「腕のいいマジシャンはトリックの再演は絶対にしません」トムは答えた。

「いったいあの子はどこに行ったんだ？　いまはどこにいるんだ？」

「あなたは彼女が消えるのをご覧になった。その理由ひとつだけをとっても、いまのイリュージョンを再演することはできません」

しぶしぶながら、編集人は言った。「わかった。驚くべきものだった」

「ありがとうございます」

トムは両手を打ち鳴らした。ルルベットが両腕を大きく広げ、満面の笑みを浮かべて、部屋の向こう端のクロークルームからしなやかに走りでてきた。編集人に深々とお辞儀をすると、一言もしゃべらずに急いでクロークルームに戻っていった。

編集人が少女を追おうとするのを、トムは止めなければならなかった。編集人はルルベットにインタビューをしたがった。部屋のある場所から別の場所に目に見えずに移されることを彼女がどう思っているか訊きたがった。が、トムは断固たる態度で彼を戸口に連れていった。

「さあ、たったいまご覧になったのは驚くべきことだったとお認めいただけますね？」

「そのようだな」

「それじゃ、あなたがいま見たことについて講評《レビュー》を書いていただければ、そして〈イル・パラッツ〉の経営委員会にでも嘆願して下されば、われらが街の人々もこの体験を分かち合うチャンスが得られますよね？　これはわたしがお見せできるたくさんのイリュージョンのひとつにすぎないんです」

「まあ、わたしになにができるか見てみよう」編集人は言ったが、あまり熱意は感じられなかった。

12

記事が出たのは二週間も経ってからで、トムがすべてのなりゆきに絶望しかけていたころだったが、紙面に印刷された記事はこれ以上ないほど褒めちぎってくれていた。謎、熟練の技、驚くべき不可能、すばらしい若い女性、悪魔めいた技を使う魔法使い、次々と展開する目もくらむような衝撃の光景。

トムがその記事の切り抜きを持って〈イル・パラッツ〉に急ぎ、あの女性担当者に考えを変えてくれないかと頼みにいこうとしたとき、その女性本人が彼の部屋の戸口にあらわれた。

それからほどなくして、街じゅういたるところに不気味な色合いのポスターが出現した。『奇跡師トムとすごす夕べ！』そのひと月後、トムは大成功をおさめた初日の夜を満喫していた。

多彩な演目を取り合わせたプログラムのなかで、彼はふたつの見せ場を与えられていた。比較的簡単なイリュージョンをいくつか続けて休憩まえの前半を締めくくるのと、第二部の終わりにふたたび舞台に出てフィナーレを飾るのと。ルルベットを使った消失トリックはクライマックス用にとってあった。その週のあいだずっと、公演は大成功だった。

日常的に劇場に入り、使用するようになると、その物理的な状態にトムは不満を覚えるようになった。劇場そのものは全体的に改装されていたが、トムの気にかかるのは舞台装置の機械の状態だった。特に電気配線が古びているのに、彼は気づいていた。舞台照明のほとんどはちゃんと点くようだったが、主要なスポットライトが点灯したときに断続的に光が揺らめくのが気がかりだった。舞台装置リハーサルでマイクスタンドに手を触れたとき、トムは電気ショックを感じた——あとで技術スタッフのひとりがスタンドに絶縁テープを巻きつけ、これで安全になったと宣言したが、トムはスタンドに触れるたびに静電気が走るのを感じていた。それ以後、彼はなるべくマイクスタンドに触れないようにした。

ショーの前半にトムが組みこんだイリュージョンのひとつは、舞台上のせりを使う必要があるのだが、舞台装置リハーサルの最中にせりが動かないことが何度もあった。またもや技術スタッフが助けにやってきて、すぐさま問題は解決したと宣言した。彼らの働きを見ていたトムは、この一見熱心そうな技術者たちが小さい不調の多くの原因だという結論に至った。彼らのほとんどは無報酬のボランティアで、熱意たっぷりだが、彼らについて言えるのはそれがせいぜいだった。生まれてからずっと劇場で働いてきたと豪語する一団の責任者はふたりいたが、ふたりとも老人で、そのうちちょっとだけ若いほうが毎日午後なかばには酔っ払っているのだ。せりが修理された（と称された）あとも、トムはそれを確実に動くようにすることはできず、結局レパートリーからそのトリックを外すことになった。

できるかぎり目立たないように、舞台の天井にある仕掛け場をくまなく探り、麻縄や昇降機をチェックした。マジシャンたるもの、なににおいても少しの危険も冒すようであってはならない。最初の舞台装置リハーサルでは、あまりに多くのものがうまくいかなかったので、彼は憂鬱になった。が、二度めのリハーサルはましになっていた。

そして公演の週がはじまると、すべてがうまくいった。初日の夜は質のいい観客がおり、そのあとは客数はちょっと減ったが、週の後半になると客数は着実に増えていった。

最初のさまざまな催し物のあと——何年かまえに人気があったＴＶ芸人、女性歌手、舞踊団、ピアノ二重奏——では、トムの単純だが頭を悩ませるトリックは受けがよかった。トムはトランプを使ったマジックからはじめ、それからペジュマン・イリュージョンとして知られているトリックを披露した。これはカーテンをめぐらせた輿《こし》を使うもので、カーテンを垂らして仕切りを隠した輿を車輪に載せて転がし、舞台に押して出る。カーテンが開かれると、なかが空っぽなのが見えるが、トムがふたたびカーテンを閉めるやいなや、カーテンが内側からさっと開かれ、ルルベットが意気揚々と登場するのだ。そのあと、一輪車に乗って手品とアクロバットの離れ業をいろいろとやってのけ、最後にもっと複雑なイリュージョンで締めくくる。そのなかには、鋭い本物に見えるナイフの列が上にぶら下げられ、彼に向かって落ちてきそうだという脅威の下で金属の檻から脱出するものも含まれていた。

目玉の催し物はもちろん、ショーを締めくくるイリュージョンだ。

このイリュージョンのために、トムは魔法使いに扮《ふん》し、たなびくガウンを着て舞台に現れた。顔は邪悪かつ不可解に見えるようにメイクをし、舞台上を動きまわる際には両腕をずっと組んで頭をのけぞらせ、しなやかにすべるような動きをした。

古代の魔法の数々の驚異について大げさな調子で語ったあと、トムはメインの小道具を露わに見せる。舞台の中央に置かれた大きな籠だ。ここから太いロープを一本ひっぱりだす。観客のなかからふたりが舞台上に招待されてロープを調べ、いやおうなしに、あらゆる点でふつうのロープだと確認する。だがもちろんそうではない――それはトムが水産業専門の納入業者から取り寄せた最新の高度な品質の大索だった。そのロープは――メタルとカーボンファイバーで補強されているが、訓練されていない目にはそうとわからない――ひとりでに硬化する特質を備えていた。あるやり方で使用すると、鋼鉄の棒とおなじ強度と硬度になるのだ。

ボランティア技術者たちが舞台から出ていくと、トムはこのイリュージョンでもっとも難しく、肉体的に鍛錬を必要とする部分にとりかかる。ロープを天井の仕掛け場に向けて、ひとりでに硬化させるやり方で投げ上げる。これは何週間も練習を重ねて、少なくとも三回に二回は成功するようになっていた。だがそれでも、効果を狙って、彼はいつもわざと二、三回は失敗してみせる。そうすることでロープがごく〝ふつうの〟品だと強調できるうえ、重たいロープが彼の上に落ちてきて難儀させているように見せられるという、劇的な光景も作れるからだ。だがとうとう彼は成功し、ロープは魔法がかかったように直立する。観客には見えないが、ロープの根元はがっちりと組みたてられている籠のなかでがっちりと固定されている。そのため、いったんロープが直立すると、トムが崩したいと思うまで、もう崩れることはないのだ。

このあいだずっと、ルルベットはもちろん、籠のなかに隠れている。トムが魔法で少女を出現させると、ルルベットは美しい羽毛で飾られた鳥のように籠から立ちあがる。トムは彼女を深い催眠にかけたように見せ、彼女はロープをてっぺんまで登っていく。本当のてっぺんではなく、観客のみんなから彼女が見える高さまでだ。

ルルベットがそこにたどりつくと、トムはたくさんのフラッシュとやかましいシンバル音のなかで彼女を消す。ロープはトムに下から密かにコントロールされ、ふたたび舞台上に落ちてくる。ロープのほとんどは籠のなかかそのまわりに落ちることになる。

観客にいま見たことに驚嘆する時間が与えられ、そののちルルベットが不思議にも、劇場内のほかの場所に現れて、トムといっしょに最後のお辞儀をする。

一週間の公演の最中に、ふたりはこれを六回やってのけ、すべてうまくいった。そして、千秋楽がやってきた。

13

千秋楽の夜、劇場は満員ではなかったが、一階正面の特別席はすべて埋まっていた。遅れてきた客は天井桟敷に向かっていた。このショーについての口コミの評判が好評だったため、みんなトムのマジックを見たくてたまらなかったのだ。

その日の午後、トムとルルベットは例のイリュージョンのリハーサルをもう一度おこない、効果を高めるためにできるかぎりたくさん、ちょっとした見せびらかしを加えていた。

開演の直前、ルルベットがトムに、父親が見にくることを伝えた。父親は舞台にできるだけ近い席を見つけると決めていた。トムは一抹の不安を感じた――

演者《パフォーマー》にとって、観客がみな見知らぬ人々であると思っているおかげで、共感の絆《ラポール》という幻想を膨らませることができる。観客のなかに知人がいるということは、気を散らす原因になりかねない。

ショーがはじまると、トムは舞台袖から最初のほうの催し物を見守り、観客の様子をつかもうとした。観客は反応がよかった。これが、トムに相反する気持ちを感じさせた。プラチョウス人はあまり要求の多くない観客だが、コメディアンの面白くもない軽口に大笑いするのを見ると、失望を禁じえなかった。トムは懸命に舞台に取り組んできたのだ。受ける拍手はすべて、正当に受け取ったものだと感じたかったのだ。

そして彼の出番が来た。ショーの前半を締めくくりに導くカードマジックは滞りなく進んだ。ペジュマンの輿のなかからルルベットが思いがけなく登場すると、観客は盛大に拍手した――ルルベットの父親が立ち上がって拍手を送るのを、トムは目にした。そのあとは、ナイフの下がる死の檻から劇的に脱出し、それが前半の締めくくりだった。休憩時間を示す小型の垂れ幕が下ろされたあとも、拍手は続いていた。

休憩のあいだに、技術スタッフのふたりが配線の接続箱のひとつをいじっていることに、トムは気づいた――それはメインの緞帳を上げ下げするための電気を送っているものだった。ふたりは急いで修理をしていた。ひとりが急いで離れていき、二、三分して絶縁テープのロールを持って戻ってきた。

トムはそちらに歩いていった。

「なにか故障でも？」トムは訊いた。

「あなたに関係することはなにもありませんよ」男はむきだしのケーブルの一部に絶縁テープを巻きつけようと苦労していた。「われわれにまかせてください。フィナーレのメインの緞帳は手動で下げなきゃならなかったんですが、いま直しました。あなたはそれで差し支えありませんよね？　あなたは熟練したプロですからね」

　トムが最初のころに批判したせいで、彼と技術スタッフとのあいだの感情はすでにこじれていた。そこでトムは引きさがった。楽屋に行ってひとりきりで座り、しばらく考えごとをしていた。それから、最後の大仕掛けイリュージョンのための魔法使いの大仰なメイクをはじめた。ルルベットも廊下の先の専用の楽屋で準備をしているとわかっていた。

　とうとう、そのときが来た。最前列の幕のまえで密集和声カルテットが歌っているあいだに、トムは籠が舞台上の正しい位置に置かれているか、そしてちゃんと固定されているか、ロープ安定器はしっかり機能しているかを確認した。それから舞台上に、効果を出すために遠隔操作で爆発させる花火カプセルを置いてまわった。そのあと、籠のなかの狭苦しいスペースにルルベットが潜りこむのを手伝い、トリックがはじまるまで無事にそこにいられることをたしかめた。

　音楽が盛りあがり、幕がさっと引かれてスポットライトが彼をとらえた。トムはいつも以上に自信たっぷりに魔法使いのスピーチをはじめた。しゃべりながら、ときどき天井桟敷のぼんやりとしか見えない遠くの人々に目を向けた。

　それからロープを取りだし、表情豊かに客席に向けて掲げ、ごくふつうのロープとおなじようにぐにゃぐにゃしているところを見せた。客席から志願者を見つけ、舞台上に上げると、彼らはロープがありきたりの品だということを勝手に納得して座席に戻っていった。トムは最初の試みをはじめ、わざと失敗するようにロープを真上に投げ上げた。ロープは舞台の、彼のまわりに落ちた。

　ロープをひろって腕に巻きつけたとき、静電気がピリッとくるかすかな痛みを感じ、トムはまごついた。ある考えを脳裡に押しやり、舞台上を端から端まですべるように歩きながら、過去にこのイリュージョンをやろうとして失敗した魔法使いや魔道士たちの話をとうとうと述べ立て、このトリックが難しいだけでなくいかに危険かを説明した。ロープのある部分に触れるたびに、かすかにピリッとくる感覚が起きていた。

トムは二度め、ふたたび投げ上げた——またしてもロープは舞台上に落ちた。トムはまた投げた。今度はうまく行かせるつもりだったが、つきはなかった。ロープは不吉な感じで彼のまわりに落ちた。

ロープをひろい集めたとき、またもや静電気のピリッとする音が感じられた。実害はなさそうだ——このイリュージョンで使われる電気はロープの安定器内だけで、安定器の絶縁についてはトムが自分で念入りにチェックしてあったからだ。トムは気持ちを引き締め、ロープを頂点まで高く投げ上げるのに必要な大きなスイングをするべく集中した。高さだけでなく、籠の真上の適切な位置——ロープのファイバー内部に埋められている何十という極微の硬化用中継ぎ器が一気にはまってロープを直立させる位置に投げなくてはならないのだ。

それは四度めの試みだったが、今度はうまくいった。ピットにいるオーケストラがそれを合図に勝利の和音を奏でた。

ロープはぴんと垂直に立ちあがり、かすかに左右に揺れた。客席から自然と拍手がわきあがった。魔法使いらしい横柄さでトムはこの反応を無視して、尊大な足取りで舞台上を歩きまわりながら、設置しておいた花火カプセルに向けて荒々しく手を振りたてた。計画どおり、次々とカプセルがはじけた。あざやかなオレンジ色と白と黄色の火花を散らしながら炎が炸裂し、やかましい音と盛大な煙が噴きだした。

この煙の渦とあちこちではじける光のなかで、トムは籠のところに行き、魔法でルルベットをなかから立ちあがらせた。またもやピットのオーケストラが勝ち誇った和音を鳴らした。スポットライトがルルベットに集中し、きらめく衣裳が華やかに輝いた。ルルベットはかわいらしくトムを中心にぐるりと走り、観客に挨拶した。

いかにも恐ろしげな、極悪非道な表情になり、トムはルルベットに催眠をかけた。ほどなく少女は彼のまえで立ち上がった。頭はまえに垂れ、両腕は両わきにだらりと下がっている。トムはパントマイムで彼女にロープを登るように指示した。ルルベットはくるりと向きを変え、籠の縁によじ登ると、よくなじんだ品のある軽い動きでゆっくりとてっぺんまで登っていった。

登っていくあいだ、彼女は二回止まった。ロープにからませた片脚と片手でつかまり、ロープを中心にくるりと回転してみせ、空いているほうの手を高く掲げて振り、ゆっくりとちょっとだけずり下がった。てっぺんまで三分の二ほど登ったところで、彼女はもう一度これをやった——二回とも、観客は彼女の技能と優美な身のこなしに大きな拍手を送った。

とうとうルルベットはてっぺんに着き、もう一度ロープから上体を離してバランスをとってみせ、拍手喝采を浴びた。

トムは両足を踏ん張り、彼女を消す——少なくとも消えたように見せる——魔法をかける仕草をした。両腕を高く掲げ、頭をのけぞらせる。彼はルルベットの真下にいた。

音楽が大きく盛りあがり、テンポが速くなるとともに、ルルベットはもう一度片手を高く上げた。その一瞬、災厄が起きた。青白色の恐ろしい光とジュッという爆発音があがった。ルルベットの身体が苦悶にひきつり、背中が極端にのびきって、ロープから手が離れた。痙攣《けいれん》の不随意運動により彼女の手が投げだされ、またもや閃いた放電が彼女を灼《や》いた。

彼女は落ちた。

トムはあわてて飛びすさり、ルルベットは彼のすぐ横の舞台に激突した。仕掛け場のなにかに触れたのにちがいないとトムは察していた。おそらくは絶縁していないケーブルに。彼女は頭と肩から落ちていた。身体が床板にぶつかった音以外は、なんの音もしなかった。彼女の両手と両腕と片脚と首のうしろの皮膚が真っ赤に腫れているのが見えた。彼女のまわりを濃い煙が瘴気《しょうき》のように取り巻いていた。パニックに駆られて、トムはとっさに上を見た。

螺旋の形に渦巻く黒い煙が、彼女の恐ろしい落下の痕跡を見せつけていた。

オーケストラの音楽がやんだ。客席では大勢が衝撃を受けて立ちあがっていた。トムは必死の形相で彼らを見やり、それからルルベットのねじ曲がった身体のかたわらにひざまずいた。かぶっていた馬鹿げたとんがり帽子をかなぐり捨て、ローブのふくらんだ袖をまくりあげる。客席の照明がつき、ちかちかと明滅した。警報が鳴り響いていた。男が三人、舞台に駆けあがってきた。ひとりは消火器を持っている。みんながどなっているようだった。

トムはルルベットにかぶさるようにして彼女の顔に手をあて、顔が見えるように頭をこちらに向けさせようとした。落ちたときに頭がなぜかのびすぎたかのように、恐ろしい角度で胸の片側のほうに曲がっていた。トムの指に彼女の呼気はまったく感じられなかった。彼女の肌はちぢれて、触れると熱く、炭化していた。走ってきた男たちがトムをうしろにひっぱって、彼女の身体から引き離し、邪魔だどけとトムにどなって、彼女に人工呼吸をするスペースをつくった。男たちは懸命に彼女に救急蘇生法をおこなった。ひとりが彼女を無理やり仰向けにして、胸の触診をはじめた。彼女の頭ががくんとうしろに垂れ、いまにも首からはずれそうに転げた。彼女の目は白く濁って、焦点がなかった。

ルルベットの胸を押している男の脚の片方が、力がこもるにつれてうしろに突き出され、イリュージョンの籠の縁に当たった。籠の上でその瞬間まで直立したままだったロープが横に揺れた。隠された中継ぎ器がゆるみ、重たいロープがもんどり打つようにして全員の上に落ちた。弾力のない死重、動かざる黒い大蛇のように。

ロープの一部はトムの後頭部を強打した。トムは這うともよろめくともつかぬ足取りで離れようとしたが、それからまえに倒れ、ルルベットの身体の横にうつ伏せに横たわった。

14

「あれは事故だ」トムは必死で言った。「責任は劇場側にある。舞台の上に絶縁されてない送電線があったにちがいないんだ。そんなものがあるなんて、だれも警告してくれなかった。あの建物は適切に保守されてないんだ。管理責任者に言って、安全証書と防火証書を見せてもらってくれ」

「黙れ。おまえを逮捕する」

トムは舞台の中央に、客席のほうを向いて立っていた。彼のイリュージョンの道具の残骸が彼の背後の舞台に横たわっていた——床板の上に長々とのびたロープの一部は籠の上にかかっている。トムは衣裳の外側——馬鹿でかくふくらんだ袖の魔法使いのローブとだぶだぶのズボンを脱いでおり、その衣裳が床の上にまとめて置かれていた。彼は舞台用の下着姿で立っていた。オフホワイトのベストに、サスペンダーで吊ったズボンという姿で。顔はまだ、鮮やかな青と派手な緑で模様を描いた魔法使いメイクのままだ。

観客のほとんどは、ルルベットの遺体が運ばれたあと、そそくさと劇場から出ていたが、百人以上がまだ残っており、オーケストラ・ピット付近や舞台のそばに群がっていた。そのなかに、ルルベットの父親がいた。ピットのカーテンのかかった低い壁に寄りかかって立っていた――顔を憤怒と苦悩にゆがめて。ほかにもいくつか、トムの知っている顔があったが、現状が切羽詰まっているのと、不幸と悲しみの波が全身に洪水のようにあふれているせいで、きちんとだれなのか判別することはできなかった。この街の人々やトムの近所の人々がおり、ほかにもときどき見かけていた人たちがいる。それから、おそらくビサーンで暮らしていた何年かのあいだに話をした人々も――もしかするともっとずっと昔、放浪していた時代だったかもしれない。彼らはどのみち、なにが起きているのかを必死で理解しようとしている彼の視界の縁でぼやけていた。

ふたりの警官が、ルルベットの遺体を運び去るために呼ばれた救急車といっしょにやってきた。警官のひとりは、いま、トムの横に立ち、手錠をかけていた――ふたりの手首が、仲良しという概念のよこしまなパロディのように、いっしょに繋がれていた。もうひとりの警官は舞台の袖に立ち、下の人々に背を向けてトムのほうを向き、責めたてていた。

「法令では、どんな上演をするときにも取らなければならない予防措置があることになってるんだぞ。あんたはそれを知ってたのか、ちゃんと守ってたのか？」

「わたしは知ってたさ」トムは弱々しくいった。「だが劇場側はどうやら知らなかったようだ。ここにあるなにもかもがまともに保守されちゃいない」

「舞台の上にむきだしの送電線があるとは知らなかったというんだな？」

「そんなものがあっちゃいけないんだ。それにだれも警告してくれなかった」

「だがおまえが仕掛け場にいたところを目撃されてるぞ」

「麻縄の、ロープのチェックをしてたんだ。電気関係は技術スタッフの責任だ」

「彼らは不良箇所があるとおまえに言ったと言ってるぞ」

「彼らは緞帳の巻き揚げ器《ウインチ》に問題があると言ったんだ」

「だが、彼らに不良箇所があると警告されたんじゃないか？」

「いいや」休憩時間のあの短いやりとりで正確になんと言っていたのか思いだそうと、トムは必死になっていた。「なにがまずいのかと彼らに訊いたんだが、彼らはわたしには話してくれなかった」

「彼らは、あんたが彼らの仕事ぶりに文句を言ってたと言ってる」

「ああ。あいつらは無能だからな」

「だがそれでもあんたはショーを続けた。若いアシスタントの生命を危険に晒したんだ」

「ちがう。安全な作業環境を提供しなかった劇場側の責任だ」

「それじゃおまえは、自身で安全チェックをしなかったことを認めるんだな。それはやり方を知らなかったからか？　それともわざわざする手間を惜しんだからか？」

「わたしは契約書に署名をしたぞ。ごく標準的な取り決めだった。そのなかには安全と公共責任の保証が入ってたぞ」

「上演しているときのおまえは公共には入らない」

「そんな」

訊問は続いたが、頻繁にまえとまったくおなじことをくりかえすことになった。

その警官は地元の男で、領主警察の巡査部長であり、民衆本位の信頼できる男と思われ、プラチョウス人に好かれていた。トムもプラチョウス人だった――なにが起きているかわかっており、次にどうなるかも予想がついていた。この危うい状況と、自分に有利な方向に向けることができそうもないことにすっかりおびえ、完璧に絶望していた。なによりも、ルルベットの突然のすさまじい死に方に、うずくようなうしろめたさと悲嘆を感じていた。ルルベットは本当に若くてきれいで、頭もよく、生きる喜びにあふれ、自分のやりたいことをよくわかっていた。トムは心の底から彼女を敬愛していた。彼女の世界に彼が侵入するのは一時的なものにするつもりだった。彼女にとっては必要のない、ほかにいろいろと彼女が抱いていた計画からのつかの間の気晴らしにすぎなかったのだ。だが、彼女に死をもたらしたのはトムだった。若い女の子の人生があんなふうに終わっていいものだろうか、あんなに無作為に、突然に、決定的に？　彼女のせいでは一切なく、彼女の実生活にも一切関係していなかったというのに。

「もっと言うことはないのか？」

トムは顔を上げた。でっぷりした巡査部長の巨体の向こうにかたまって立っている人々を見ようとした。

「申し訳ない」トムは言った。「本当に申し訳ない。あれは事故だった。あんなことが起きるなんて予測できなかった。わたしはあらゆる措置を講じてたんだ。ルルベットは愛らしい少女だった――あの子に危害が起きてほしいなんて思うものか。わたしはできることはしたんだ」

彼の横に立っていた警官は手を伸ばし、トムの手首の手錠を外した。そして離れていき、舞台の上をきびきびとつっきって、舞台横手の客席に降りる木の段のところに行った。

巡査部長は言った。「これは警察の管轄外だ。民事問題になるな」そして舞台の袖まわりにかたまっている人々のほうを向き、いっそう静かな口調で言った。「法令では、市民の報復の場に警官がいてはならないとなっている」

それからもうひとりの警官に続き、足早に段を降りた。ふたりはそろって客席を貫く中央通路を歩いていった。トムは舞台上にただひとり残された。不安定にちらつく強烈なライトに照らされ、マジックの道具のみじめな残骸が飛び散っているなかに。

ふたりの警官が客席のうしろのカーテンのかかった扉を出て見えなくなるのをトムは見送った。数秒後、扉が閉まる音が大きく響いた。

人々の反応は瞬時だった。

大勢が叫んだ。「やつにこの償いをさせよう！　やつをつかまえろ！」

群集が押し寄せ、ルルベットの父親を含む何人かがオーケストラ・ピットの低い壁を乗り越えてまっすぐ舞台に向かってきた。さらに大勢が、舞台左右の脇にある短い木の段のほうに移動する。なにをされるかと戦慄してトムはあとずさり、不安げに舞台の袖に目を向けた。そこには舞台裏の技術スタッフが何人かいて、故意に彼の逃げ道をふさいでいた。

群集の先陣が舞台にたどりつき、ぐいぐいと彼のほうに進んできた。トムは身を守ろうとするように両手を上げたが、望みはないことをすでに知っていた。彼らが伝統的な決着を行使するのを止めるために彼にできることはなにもないのだ。彼らになにか言うことも懇願することも反論することもできない、理詰めで説得することも、ふたたび謝ることもできなかった。

最初にトムにたどりついたのは若い女性だった。断固とした動きですばやくほかの人々のまえに出て、トムのほうに走ってきた。トムはすぐに気づいた。あの広場のカフェで毎朝見ていた女性だった。なんの理由でか彼をつけまわしていた女性だ。

彼女はくるりと背を向けてほかの人々のほうを向き、ぐいぐい進んでくる人々に向かって両腕を掲げた。そして身を守ろうとするように背中をトムに当て、寄りかかった。

「お願い！」彼女は叫んだ。「いまはだめ。こんなことはやめて！」

「邪魔だ、どけ！」

「だめ――聞いて！　あなたたち、なにが起きたのか見てたでしょ！　あれは恐ろしい事故だったのよ！」

彼女の声はほかのみんなの騒がしさのせいでほとんど聞き取れなかった。トムには聞こえたが、ほかに聞こえた者はほとんどいないと思えた。いまや彼らはトムを取り囲み、女性はトムに押しつけられていた。トムの背後にいた男がトムの肩にぶつかった。何人かがこぶしを振り上げた。だれもかれもがいっせいに叫んでいた。どんどん高まりつつあった――群集の狂気が。

「この人の言い分を聞きましょう！」若い女性が叫んだ。「こんなのフェアじゃないわ！」

「そいつの言い訳は聞いたぞ！」

「いますぐ殺せ！」

ほかのだれかがものすごい力で人々を押し分け、トムのほうに出てきた。それも女性だった。がっちりした強そうな体格で、よく目立つ面立ちをしていた――高い頬骨に広い額。トムがこれまでに見たことのない女性だった。彼女の存在は群集に対していくらか効き目があった――トムからたくさんの人々を押し離していたからだ。トムのうしろの人々はトムの両脚を蹴っていた。トムの後頭部に痛烈なこぶしの一打が当たった。

「落ち着きなさい！」女性は叫んだ。「この人をそっとしてやりなさい！」女性は右手を高く掲げた。一瞬、トムの目に革表紙の教典がちらりと見えた。「御言葉は平和と赦《ゆる》しを求めています！」彼女は宣言した。

いまや、トムと最初の女性はまわりの身体の圧力でたがいにきつく押しつけられていた。彼女の顔がトムの胸に押しつけられ、顔を背けることもできないようだった。いちばん近くにいる何人かのこぶしが彼女を通り越してトムの顔を殴っていた。教典を持った女性はどういうふうにしてか、そうしたこぶしをかわしていた。一部は両腕を掲げて防いでいたが、ほとんどはトムを彼らから引き離すことで防いでいた。修羅場にごた混ぜのまま全員がじりじりと舞台のうしろのほうに動いていった。背景幕のほうに。

トムは自分に押しつけられている若い女性に向かってどなった。「きみはどうしてわたしを助けようとするんだ？　きみはだれだ？」

「わたしはカーステーニャよ。あなたを愛してるわ、トム――」

またもやトムの頭の側面が強く殴打され、トムはくらっとした。教典を持った女性が力わざでこの騒ぎのなかを突き進み、幅の広い身体を使って片側からの攻撃を防いでいた。彼女に押し倒された何人かは床に倒れたが、すぐさままた立ちあがった。彼女の顔がトムの顔のまんまえにあった。彼女は振り向いて、男たちのひとりを脇にたたき飛ばした。だがその男は金属製のかたいなにかを持っていて、即座に彼女の頭の横側にすさまじい勢いで殴りつけた。彼女はふらふらと横に寄った。頭と鼻から血が流れていた。

襲いかかってくる人々はあまりに多く、トムに勝ち目はなかった。トムは包囲されていた。なぜかトムの言い分を聞き入れてくれた女性ふたりは彼に押しつけられ、トムとおなじような頻繁さと強さで蹴られ、突かれ、殴られていた。

みんながどなり、押し、こぶしで殴りつけていた。トムは顔と頭にたくさんの痛烈なパンチをくらっていたが、身体にはさらに多くを受けていた。彼は身をすくめてかわそうとしたり、両腕で頭をかばおうとしたが、ふたりの男に強く突かれ、うしろ向きに床に倒れた。舞台の上に落ちていた例の太いロープの一部に彼の背骨が激突し、さらなる痛みを引き起こした。トムを取り巻く人々は蹴りはじめた。

ふたりの女性も倒れ、トムの横の床にのびていた。もはやトムを守ることはふたりにもできず、いまや彼とおなじように床の上で身体を丸め、顔と首を腕で守ろうというむなしい試みをしていた。教典を持った女性がトムと顔を合わせ、なにかを詠唱していた——怒号の嵐のなかではよく聞こえなかったが、いくつかの言葉が述べられていた。一種の祈りのようなもの、聞く耳を持たぬ人々への絶望的な請願のように。若いほうの女性はトムに背を向けて倒れていたが、薄れる意識のなかでトムが見たのは、トムにたどりつこうとする熱意のままに人々が彼女を踏みつけている光景だった。ブーツの足がまともにトムの顔を直撃した。その一撃は全身の力をこめた強烈なものだった。

15

その夜、トムは舞台の上で死んだ——市民の報復というプラチョウスのしきたりによって。彼は——比較の問題だが——まだ運がいいと言えた。最初に頭を激しく蹴られてほどなく意識を失ったおかげで、そのあとについてはなにも知らずにすんだからだ——怒りにまかせた得手勝手な優先順位争いも、怒号も、だれがとどめを刺すべきかという言い争いも。

ぐったりしたトムの身体への蹴りはしだいに形だけの、象徴的、儀式的なものになっていった。女性たちは自分の番がきたとき、ルルベットの名前を叫んだ。トムはほとんどたしかに死んでいた、というか死の瀬戸際にいたが、そこに情けとも言うべきとどめの一撃が下された。ルルベットの父親ジェレス・ハーンがナイフで見苦しい首切りをおこなったのだ。

自分を助けようとした女性たち——御言葉を語って襲ってくる人々をかわそうとした女性と、カーステーニャと名乗る、ずっと彼を見張って尾行していた女性——が何者なのか知らないまま、トムは死んだ。ふたりの女性はたがいに知り合いではなかった。

ふたりの女性はこの騒動でひどいけがを負った。手足や肋骨を折り、切り傷やひどい打撲傷を負い、内臓にもダメージを受けた。救急隊がやってきたとき、ふたりは意識がなかったが、最終的には生き延びた。長期入院をしたあと、ふたりは帰宅を許されるぐらいに恢復した。ふたりには長い恢復期間が必要だったが、充分に恢復したとき、ふたりはやりすぎた復讐を対象とする規定により補償を求め、与えられた。

劇場でのあの夜以降、ふたりの女性は二度と会うことはなかった。ふたりとも、もうひとりはあの騒乱のなかで死んだのだろうと考えていた。ふたりはそれぞれに、プラチョウスから永遠に去る方法を見いだし、ついにそれを果たした。

16 閉鎖

プラチョウスには、島間もしくは大陸間を結ぶ航空機を扱える空港はひとつしかない。この空港はプラチョウス・タウンの外縁にあり、領主一族によって、その使用を慎重に制限されつつ運営されている。この島は対空ミサイルの多装ランチャーでしっかりと守られており、招かれもしない飛行機の到来は敵意ある応対を受ける。島への離着陸を許されている大型航空機のほとんどは貨物専用機だ。空港税は高率に設定され、運びこまれてくる珍味食材や電子製品その他の消費財の値段を押し上げている。旅客機の離着陸はめったになく、市民が飛行機を使おうとする場合、必ずあらかじめ当局と交渉しておかなければならない。ある種の旅行客はおおよそ邪魔されることなく空港使用を許される――これに含まれるのは、外交団のメンバーや軍隊幹部、プラチョウスで採鉱される希土類鉱物の分析者、そしてもちろん、領主族のメンバー及びその代理人、職員、代表者たちすべてだ。

それ以外の旅行客はみな、島間フェリーが定期的に運航している海港を使うよう命じられる。旅行に課される規制は似たようなものだが、港での規則遵守を監督する国境の役人たちは、プラチョウスへの出入りを許す相手についてかなり広範囲にわたる自由裁量を与えられている。国境検査所にあるこの実質的な抜け穴のおかげで、プラチョウスとその周辺の島々とのあいだでかなりの交流が進んでいる。

人口動態のコントロールを保持したいというプラチョウス人の強迫的な欲求は昔からのもので、何世紀もまえまで遡ることができる。航空機が発明されるまでは、海港ははるかに厳しく統制され、違法入島や出島の試みへの処罰は極度に厳しかった。このため、プラチョウスという名前は、ある島方言《ことば》では〝閉鎖〟という意味を持つ。現代プラチョウス人にとって、閉鎖という言葉は、彼らがこの島社会を理解して、この島の異邦者への態度や、ほかの島々からの文化的影響を拒絶していることや、あらゆる階層で出てくる社会保障の恒常的な必要性について説明をするときの定義づけとなっている。

プラチョウス島民にはたくさんの娯楽施設が開かれており、島全体が裕福なおかげでそうした娯楽は人気があり、よく使われている。とりわけ山岳地帯では、たくさんのリゾート施設や温泉《スパ》があり、通年営業をしている。ヨットセーリングは東側の海岸を除くすべての海岸で楽しまれている。プラチョウス人の子どもは幼いころから船の操縦術を教わるが、東岸の礁湖や潮の影響を受ける入江は危険なので船の操縦は無理だと考えられている。セーリングはすべて、河口や閉じた礁湖のなかか、もしくは海岸から五キロ以内の場所でおこなうよう規定されている。それより深い海には防衛用の機雷が設置されていると言われている。

チームスポーツは熱狂的人気を博している。

だがおそらく、いちばん人気のある娯楽は飛行同好会だろう。この島にはたくさんの小さな私設滑走路が点在しており、そのほとんどが野放し状態になっている。週末や休暇の最中には、何十という単発機や双発機が忙しく空を飛び交っている。当局にとっては飛行管制が問題となってきているが、熟練したパイロットたちは、空域での自主規制がもっとも理にかなっており、プラチョウスではもう何十年もそれでうまくやってきたのだと言っている。

プラチョウス島から飛んで出ていこうと試みる者はほとんどいない。ほとんどの滑走路での燃料供給量は限られており、どんな事情があれ、プラチョウス島の滑走路から離陸する許可を得ている飛行機はすべて、規制内の大きさの燃料タンクが取りつけられている。これには例外がある――たとえば、農業目的や群集整理目的で使われる飛行機についてはいろいろな自由が与えられている。

　プラチョウスは宗教をもたない島である。宗教的発言は大目に見てもらえるが、奨励されているわけではない。アジェイスントの新しい街にも、その近辺の地域にも教会はない。寺院やその他の宗教の礼拝所も一切ない。航空機はアジェイスント上空及びその近辺を飛ぶことを禁じられている。

17

看護師、伝道師、葦ノ原《リードランド》

　プラチョウスでの最初の数カ月のほとんどを、わたしはトマクという親しい友の居場所を探すのに費やした。戦争がはじまり、彼は予備兵に任命され、前線に送られた。そのときから連絡がとだえていた。離れ離れになるまえ、トマクはわたしが連絡をとりつづけられるように、知っていることを全部話してくれた。配属された部隊の名前、与えられた階級、配備されそうな地域を教えてくれた。わたしも彼も、彼が騎兵隊中尉なので、重厚に機械化された敵に立ち向かう軍隊では、彼は予備兵力として取っておかれ、前線での戦闘に駆りだされることはないだろうとわかっていた。だからトマクが極秘基地の警備勤務に配属されたと知らされたとき、わたしも彼も喜んだ。トマクの知識では、それはなにかの種類の科学的研究基地だということだった。そのため、わたしはしばらくのあいだ、トマクの心配はしていなかった。

だが、敵の勢力は圧倒的で、われわれの国は征服されて占領され、軍の将校に任命されて生き残っている者は全員、一堂に集められた。そのときわたしは空軍付きの文民で曖昧な立場にあったのだが、捕まるまえにどうにか逃げだしたのだった。

のちにわかったことだが、トマクは戦闘中に負傷して、プラチョウスのどこかにある病院に運ばれていた。生命に別状はないと言われたものの、彼には手術と大規模な術後治療が必要だった。もしこれが本当なら、彼は仲間の将校たちの大半よりは運がよかったことになる。一堂に集められたあと、彼らはまとめてカーシンという名前の小さな無人島に移送された。そしてそこで――噂によると――銃殺された。この件についてはっきりと知っている者はひとりとしていないが、根強い噂として残っている。大勢の若者が消えたという周知の事実がそれに信憑性を与えていた。

わたしはプラチョウス人ではないので、わたしが出会った人々からほとんどいつも、慇懃《いんぎん》ながら疑わしげな態度を向けられた。のちに、これがこの島ではふつうのことであって、特にわたしだけに向けられたものではないとわかったのだが、最初のうちはここはどうもいけ好かない場所だと感じていた。プラチョウスにやってきた方法――飛行機で飛んできて、南東部の海岸のそばの小さな私設滑走路に着陸したのだが、かなりあとになるまで、そうすることでいくつもの地域法を破ったということを知らずにいたのだ――のせいで、わたしはずっと、自分が何者で、この島でなにをしているのかを説明するのが難しかった。

最初の数日間、わたしは途方に暮れていた。自分のいる場所がわからないという方向感覚の喪失だけでなく、たどり着いた場所の明文化されていない規則や慣習や期待されていることを理解しようという努力のせいもあった。これほどまでによそ者、まったくの部外者だなどと感じたことはなかった。最初、長い飛行機旅に疲れ切って、ホテルでも民宿でも、その夜泊まれるところを探したのだが、出会った相手はみな、わたしの言っていることが理解できないようだった。この島ではホテルというものがほぼ知られていないことが判明した——海外からの訪問客がほとんどいないからだ。そのかわりにプラチョウス人は、島内を旅行してまわるときのために非公式の部屋交換制度を編みだしていたが、わたしはそんなことはまったく知らなかった。泊まる場所が必要だっただけでなく、お腹が空いて喉が渇いていた。しかもこののち、車を借りたり地図を買ったりしなくてはならないだろう。彼らの慇懃ながら疑うような態度やまったくの理解のなさを見ると、そうしたことをするのは不可能のように思えた。

最初の夜、わたしは乗ってきた飛行機に戻り、狭苦しいコックピットのなかで眠った、というより眠ろうとした。その翌日、滑走路が開いたとたん、この飛行機は押収されると当局者から言われた。飛行機は保税格納庫に引かれていき、わたしは大量の書類を渡された。飛行機を返してもらうための許可を得る手続きがこれではじまるのだ。最初の二枚に、即刻完全に記入するようにと言われた。

一枚めのいちばん上の欄に、名前を書きこまなければならなかった。これは予想されていた問題だった。わたしの名前は字面も発音も、この島の人々には異質に思えるだろうとわかっていたからだ。わたしは〝カーステーニャ・ロスッキー〟と書くしかなかった。もし身分証明を求められれば、わたしの持つ単独飛行免許証を含む書類はすべて、その名義になっているからだ。わたしは要求された基本情報を、拒絶されるだろうと思いながら差しだした。だが当局者はなにも言わずにそれを受け取った。

二日めの晩は、どうにか民宿を見つけ——実のところは徒歩旅行者のための避難所というか簡易宿泊所《ホステル》だった——ようやくこの島のしきたりについて学びはじめた。わたしが知るかぎりでは、貨幣は存在しない。島の住民は税を払わなければならず、わたしのような来訪客はほかのみんなとおなじように税を払うか、長期貸付金を受け取るという選択権を行使するかだ。その貸付金は島を出るときに清算すればいいだけだ。わたしは即座に貸付金を受けることに決めた。そうしないとわたしの飛行機を手放すことになるからだ。

さらにたくさんの書類仕事が続いたが、こちらはもっと簡単だった。求人に応募するときや預金口座を開くときに記入する書式のようなものだったからだ。貸付金はたまたま民宿の近くに住んでいた事務員により、即座に振り出され、それ以降、わたしの支出はすべて番号口座（番号のみ登録する銀行口座）の借方に記入すればよくなった。

いま思うと、そうした最初のころの日々ははるか遠くのことのようだ。プラチョウスで何週間か暮らしてとけこめるようになると、暮らしやすい場所だとわかった。共同住宅にしろ家にしろ、何十というなかから選べたし、食べ物は豊富で値段も安く、ほとんどの人々はいったんわたしになじむと礼儀正しかった。だがみんないつも好奇心というものがなく、自分のことを打ち明けてくれることはめったにない。いつも閉鎖的で、自宅に招待してくれることなど決してない。みな物質的には恵まれた市民であり、全員が浪費家だった。

18

住むための小さな共同住宅を見つけ、車を使えるように手配をすませるとすぐに、わたしは名前を変える法的手続きをはじめた。保護色をまとうようなものだ——わたし自身にも、わたしがしていることにも注意を惹きたくなかったからだ。プラチョウスの当局が違法移民と考える人々にどんなに厳しい仕打ちをするか、すでにわかっていた。ありふれたプラチョウス人の名前に変えることが、簡単で罪のない偽装の第一歩だった。書き留められるのを見たり人が言っているのを聞いたりすることが多い名前を選んだ。この場所にとけこめて、わたしの耳にも魅力的に響く名前——メラーニャ。メラーニャ・ロス。

友人も何人か作りはじめた。ほとんどはわたしとおなじ共同住宅に住んでいる人たちだ。彼らはいかにもプラチョウス人らしいふるまいをする——わたしはそれをまねしようとした。つまり、わたしたちはつねにたがいに愛想よくしあったが、それ以上立ち入ることはなかった。

こうした努力のおかげで、わたしがプラチョウスでやりたいことをやるための安全な拠点が徐々にできてきた。

わたしがこの島にいる唯一の理由は、やはりトマクを探すことだった。取り組まなければならない差し迫った問題はいくつもあった。たとえば、もし彼が入院しているとするなら、どこの病院なのか見当もつかない。病院は規模を問わずどの街にもある。もし彼が退院させられたとするなら、彼はいまどこにいて、身体はどういう状態にあるのだろう？　その場合はこの巨大な島じゅうを探さなくてはならない。車を使ったとしても、ぐるりと探してまわるのは大変だということははっきりしている。列車もあるが、沿岸部の開発された地域を結んで走っているだけで、内陸部は道路か空を使わなければ行くことはできない。飛行クラブのなかに島内の短距離フライトを手配してくれるところがあるのを見つけたので、それが解決法になるかもしれない。それで思いだしたが、やはり自分の飛行機を使えたらどんなにいいだろう――故郷でしていたように好きなところを飛べるようになるためには、解決しなければならない細かい問題がたくさんあった。

だが、おそらくもっとも大変な仕事は、プラチョウスのあらゆる階層で幅をきかせている無味乾燥なお役所仕事に入りこむ方法を見つけることだろう。もしトマクが、戦争で負傷した陸軍の将校であるトマクが、この峻烈に中立を保っている島で病院治療を受けているのなら、その記録を見つけるのはたやすいことではないだろう。近所の人や知り合いに情報や助言を求めてみたが、たいていは典型的なプラチョウス人の意見をもらっただけだった。曰《いわ》く、あれこれ訊ねたりしないほうがいい、いつだってそのほうがずっといい、それになにもしないでじっとしているなら、そのほうがいい。当局者たちはわたしに礼を失することはなかった。とりわけ、トマクはわたしの負傷した恋人で、わたしは彼を見つけて看護をしたいのだと彼らに言ったときには。だが同時に、彼らはいつも決まってなんの役にも立たなかった。

新しい共同住宅に落ち着けたと感じると、すぐにわたしはトマクを探しはじめた。まず、わたしが住むことにした街――沿岸部にあるビサーンという街の病院に行き、それから近くにある街の似たような病院をまわった。ほどなく、トマクがこういう病院にいる可能性はほとんどないことがわかった。そういう病院は主に、事故や救急、妊娠出産、日帰り手術などを扱っていたからだ。大きな病気やけがや外傷《トラウマ》の患者は、この島のあちこちにたくさん散らばっている専門病院に移されるのだ。

ネッケル・キャンパスと呼ばれる場所に火傷専門病院があることがわかった。そこは島をつっきって車で三日間走ったところにあり、これまで見たなかでもっとも荒れ果てた不毛の地を通り抜けた先にあった。トマクはネッケルにはいなかったし、それまでにいたこともなかった。職員のだれも、それ以上彼の居場所をたどるための情報を教えてはくれなかった。当然ながら、わたしは彼の血縁者でもないし、結婚しているわけでもない。わたしは社会のシステムから締めだされていた。

その旅行から立ち直ると、わたしはもう一度試みた。今度はSATUと呼ばれるところにあり、わたしの知るところでは、銃による傷やその他の外傷性創傷を専門に扱う病院だ。またもや、SATUに行くのは何日もかかる大掛かりで困難な旅になった。今回は広大な原生林地域のすそをまわりこんでいかなくてはならなかった。そしてまたしても、プライバシーと機密保持に関するプラチョウスの法規はほとんど難攻不落だと意識させられただけに終わった。わたしのトマクとの関係は、プラチョウス人的には、せいぜい友人か家族にすぎず、それでは充分ではないのだった。

島を突っ切って長々とドライブをしたおかげで、わたしはプラチョウスの変化に富んだ風景と絵のような美しさを知るようになった。島の大部分は砂漠に覆われ、残りの大半は亜熱帯林に埋もれているものの、自然美のあふれる地域がたくさんある。広々とした肥沃な田園地帯、壮麗な山岳地帯、荒れ狂う海とみごとな波の織り成す形との無数の異なる眺め。恋人を探す一心不乱の探索の途中、わたしは何度となく車を停めて風景に見入った。

どのハイウェイのそばにも、絶景を見るための駐車場所が設けられていた。とりわけ、丘陵地帯の沿岸部の高い場所、昼間の凶暴とも言える気温を遮る木陰と安堵を広葉樹林がもたらしてくれるところで、旅を中断して休憩するのが好きだった。車を走らせながら、わたしは次に停まる場所を楽しみにするようになった。道路は濃密に森が繁った丘陵を抜け、ときには浜や入江をまわりこみ、またときには目もくらむような高架橋を通ったり、螺旋のように山の高みに上っていく。海岸線よりはるか高いところから見ると、海は絶えず動いている。すばらしい群青《ぐんじょう》色をしているが、いたるところで点々と、岩にぶつかって砕ける波頭の白い飛沫が炸裂している。見飽きることがなかった。ただひとつ残念なのは、自分の飛行機に乗ってこの海岸線全体を空から見てまわることができないことだ。

　ほかにも大勢の人々がこうした展望台を利用していたが、こうした場所はどこも広いうえに非常にうまく配置してあるために、混み合っていると感じたことは一度もなかった。いつも中心部分から歩いて離れ、狭い小道や階段をたどって別のいい見晴らし場所に行くことができる。こうした場所のほとんどにいくつかレストランがあり、なかには宿泊もさせてくれるところがあることも、わたしは発見していた。旅の往路では、トマクを見つけることに意識を集中して、大きな主要道路を通って急いでいたが、なんの手がかりもなく、次になにをしようかという明確な考えもなしに戻ってくる帰途では、わざとのんびりして極力旅行を楽しんだ。

19

それが、わたしがプラチョウス流の暮らしにゆっくりと慣れるはじまりだった。それは、毎日の暮らしのそれとは気づかないくらいの気楽さと快適さのために、あらゆる責任から解放されているように感じられてくるという狡猾《こうかつ》な仕組みだった。それがプラチョウス人の暮らし方なのだ。そして抵抗せずに暮らしてみると、それはわたしの性に合っていた。ビサーンに腰を落ち着けてしばらくすると、わたしは生まれてはじめて安全で幸せだと感じていた。

トマクを見つけなければという内なる衝動はしだいに小さくなっていた。そんなことが起きるなどと考えたこともなかったが、やる気をくじくような実際の諸問題を乗り越えなければならないことや、新たにわかることなどないのではないかという疑いが、毎日の気楽で穏やかな暮らしとあいまって、ほどなく鎮静作用をもたらすようになった。旅行に出る間合いが長くなり、何カ月かたつうちにその間合いはどんどん長くなって、わたしの決意は弱くなっていた。

この意志が弱ってきたのは、隣の部屋に住んでいる女性がうっかり漏らしたひとことからはじまった。彼女の名前はルースといった。ほとんどのプラチョウス人とおなじで、ルースは偶然出くわしたりしたときにはうわべは愛想がよかったが、自分のことをわたしに知らせるようなことはまったくしなかった。名前にしても、しばらく経つまで知らなかったぐらいだ。廊下で出会うといつもちらりと微笑を交わすが、それ以上のことはなかった。

だがある晩、一日ずっと車を運転したあとで、わたしは共同住宅に帰ってきた。トマクを探しに南の海岸をずっと遠くまで行ったところにある病院を訪ねたのだが、これまでとおなじようになにも得るものはなかった。ずっとハンドルを握り、道中のほとんど容赦ない陽射しを浴びながら運転した長い一日を終え、わたしは疲れ果てていた。たまたまこのとき、ルースがわたしとまったくおなじタイミングで共同住宅に戻ってきたのだ。

わたしの見るからにくたびれた状態を見て、ルースは同情的な言葉をかけてくれた。わたしは彼女に、一日じゅう車を走らせていたのだと言い、病院のことと、そこで友人が見つかるかもしれないという希望について話した。これまでに何度も試みたことも話した。ルースは興味を示し、関心を抱いたようだった。彼女はわたしに名前を教え、わたしも彼女に名前を教えた。いったんトマクのことを話しはじめると、止まらなくなった。この島で話をする相手もごくわずかしかおらず、わたしは本当に孤独だったのだ。

不意に、彼女は言った。「アジェイスントに行ってみた？　あなたの友人はそこにいるかもしれないわ」

わたしにはなんのことだかさっぱりわからなかったので、彼女は説明してくれた。きょろきょろとあたりに目を走らせながら、声をひそめ早口で話した――まるで言っていることをだれにも立ち聞きされていないことを確認するように。彼女は言った。「プラチョウスに違法に入島しようとする人たちが絶えないのよ、だから当局が大きな収容所をつくったの。入ってきた人たちはそこに送られる。あなたの友人もそこにいる可能性があるわ」

「そこにはどう行けばいいんですか？」

「海岸ぞいのどこかにあるわ、ビサーンの北よ。遠いわね。昔はとんでもなく広い沼地だったところの河口にあるわ。昔は葦ノ原《リードランド》と呼ばれてたけど、いまはもう葦はないわ。すっかり干上がって、仮設の建物が次々に建ってるんだって。わたしは行ったことがないのよ、あそこは閉鎖地域だから。一般の人々は立ち入りを許されてないの。それにどのみちわたしにはなんの関係もないところだし」

「それじゃ、彼がそこにいるかどうか、どうすればわかるんでしょう？」

「さあねえ」

「その場所はアジェイスントと呼ばれているんですね？」

「なぜなのかは知らないわ」上の階のドアが開き、踊り場をつっきる足音がした。一瞬後、男がひとり、足早に階段を降りてきた。わたしたちに目もくれずに通りすぎ、共同住宅の正面ドアから出ていった。「しゃべりすぎたかもしれない」男が出ていってから、ルースは言った。いまはさらに声をひそめていた。「アジェイスントのことを、わたしたちは知らないことになってるの」

「でもそんな秘密を守ることなんてできないでしょう」

「当局は守ろうとしてると思うわ。その名前もあなたに言うべきじゃなかった。公式にはほかの名前で呼ばれてるんだけど、それは領主の秘密でもあるの。わたしが言ったことは忘れてちょうだい、お願い」

「トマクは違法な入島者じゃない」わたしは言った。「戦争に出て負傷したの。病院に入るためにここに運ばれたのよ」

「それならあそこにはいないわ――わたしがさっき言ったところには」

「アジェイスント？」

「ごめんなさい――急いでるの」

彼女はわたしから離れていった。明らかに、わたしにその話をしたことを後悔していた。それ以後、彼女を見かけることはほぼなくなった。おそらく彼女がわたしを避けているのだと、だんだんわかってきた。

実際のところ、収容所について直接言及されるのをわたしが聞いたのは、そのときだけだった。トマクがそこに送られたかもしれないという可能性を考えて、当然わたしは調べようとした。だが、プラチョウス人のつねとしてわたしがすぐに学びつつあるように、いくら訊いても漠然と答えられるか否定されるか、ごまかされるかだった。

一度など、自分で場所をつきとめてみようと思い、車で海岸沿いにビサーンから北に向かってみた。どんな地図を見ても、アジェイストという名前の場所はないし、それと思しき場所も見つからなかった。手がかりになるのは、ルースの漠然とした説明だけだった。ルースが大雑把に言っていた河口のそばには、たしかにとても広い沼地が広がっていた。だがそれは地図上になにも記されていないか、未開発地と記されているかだった。陸路でたどりつくのは――やってみてわかった――不可能だった。洪水や陥没や壊れた橋等々についてのたくさんの警告看板のバリケードが行く手をふさいでいた。通じていそうに見える道路を一、二本試してみたあと、わたしはあきらめた。

プラチョウスに滞在していたあいだずっと、アジェイストと呼ばれる場所はこの島の虚ろな隙間のようなものだった――あるのにない、だれもが知っているのにだれも行ったことがない場所、だれもわたしにその話をしようとしない場所。

それはプラチョウスでの暮らしになじめるようになるための、わたしの初期の一歩だったが、完全に屈服はしないという意思表示も少しあった。わたしの両親は農民だった――わたしたちは貧しく頑なな田舎の僻地にある粗末な農場で暮らしていたが、父と母は厳格な理想家肌で、ブルジョワ的価値観を軽蔑していた。それはいくぶんわたしにも受け継がれていたが、わたしはビサーンでの豊かな暮らしにあっさりとなじんでしまった。何カ月かたつと、トマク探しは言い訳に――必要以上に長くプラチョウスに滞在することを正当化する材料になってきていると、自分でもわかってきた。

ある日、ビサーンの高くそびえる強化された港の壁に沿って歩きながら、目のくらむような陽射しと涼しい海風を楽しみ、ヨットやモーターボートのあざやかな色合いやきらめく海や遠くで砕ける波の終わりのない響きを味わっていたとき、突然、これまでの意思表示をがらりと変える自己再評価の瞬間に襲われた。

最後にトマクと会ってから、実に長い時間が過ぎていた。彼と親しく話ができたときから考えるとさらに長い時間が経っており、ふたりきりでいくばくかの時を過ごしたときからはさらにさらに長い時間が経っていた。わたしと彼は十代のはじめのころから親しかったし、戦争で引き裂かれたときも、まだ若かった。侵攻が起きて、わたしたちのまわりが火災や爆発やビルの崩壊で大混乱に陥ったとき、わたしはほんの一瞬、トマクと話をしただけだった。トマクはあの戦争に面と立ち向かうために行ってしまった——わたしは逃げたのだ。

あの草深いプラチョウスの滑走路に飛行機を着陸させてから——キャブレターに送りこまれる燃料が最後の数滴になり、エンジンが咳きこみ、エンストを起こしかけていた——何カ月も経っていた。わたしは多くのことを経験し、たくさん成長し、成熟し、変化した。トマクへのわたしの愛が未成熟だったというわけではないが、当時わたしだった人物は、いまのわたしから見てもはるか遠く隔たっていた。わたしが知っていた世界、彼といっしょに暮らしていた世界は、もはや存在しない。おそらくトマクもまた、わたしにとってはもう二度と存在することはないのだろう。

20

　わたしは引っ越しをして、友人を増やした。丘の上の一軒家が空いたので、交渉してそこに移ったのだ。気に入った家具を次々に入れ、壁には絵画を飾り、本棚には本やレコードを詰め、雑草が繁った庭をきれいに造園するという気の長い仕事にとりかかった。わたしの番号口座の貸付金の額は着実に膨らんでいった。

　仕事を探し、ほどなく見つかった。わたしはこれまでにちゃんとした職に就いたことがなかったが、裕福なプラチョウス人のほとんどにとっては、仕事を探すことは絶対に必要なことではなく、選択肢にすぎない。それは税の負債額を減らすひとつの方法だが、それ以外には実質的な利点はなにもなかった。わたしが使っている貸付金は無期限に延長できるタイプのものだということが判明していた。わたしが返済することを選ばないかぎりは、プラチョウスを去りたいと思ったときに支払うことになるか、わたしが死んだときに没収される――わたしの住居にある資産すべてを領主が没収するのだ。

　自分にできる仕事を見つけるのはしごく簡単だった。わたしはしばらくのあいだ、書記官助手の仕事をした。週に三日の軽い仕事で、特に興味を覚えたからではなく、ビサーンのごくふつうの商業的な暮らしになじむ助けになるかと思ったからだった。

　その仕事はわたしの自由時間に食いこむことはほとんどなく、わたしは車での観光がてらの遠出を続けた。そして、ビサーンの街の北にある山岳地帯の高い部分に設営されたユニークなケーブルカー網を見つけた。この非常に高いところをちょっとしたスリルを味わわせながら運んでくれる乗り物は、ビサーンのあらゆる人々に人気だった。街や海岸や周囲に広がる田園地帯の息を呑むようなすばらしい眺めを堪能させてくれるからだ。ほとんどの週末、わたしはケーブルカーに乗り、とりわけこの連なる山々の頂上付近の冷たい空気を堪能した。また、地元のスポーツジムに入会し、週に三度は空いている時間に運動をした。同僚が折りたたみ自転車をくれたので、それを車のうしろに載せ、この島のちょっと行きづらい場所に車で行き、でこぼこした未開の地を自転車で乗りまわせるようになった。地元の読書愛好会にはいり、ダンスを習いはじめ、地元の劇場〈イル・パラッツ・デュカト・アヴィアトール〉――〈偉大な飛行士の宮殿〉――の支援者になった。この劇場が大好きになったのは、ここの意匠《ロゴ》のためだ――革の飛行帽とゴーグルをつけた、意匠化された飛行士の背景にリアルなプロペラ機が描かれている。

この劇場のボランティア支援者として、交替で舞台裏の雑用を引き受けるけっこうな数の人々の一員になった。わたしの仕事は衣裳部の手伝いで、公演後に衣裳を集めてクリーニングに出すことだった。街に劇場が契約しているクリーニング店があった――わたしはただ、衣裳を車でこのクリーニング店に運び、作業をしているあいだ待っているか、あとで引き取りにいくかすればいいだけだった。

もっとも暑い季節のある午後、わたしはいつものようにその週の洗濯物を集めに〈イル・パラッツ〉に向かった。劇場の裏に車を駐めたあと、通用口に向かって歩いていると、くしゃくしゃにもつれた髪をして黒い服を着た背の高い若者が、戸口から狭い路地に出てきた。劇場は奥行きが広い建物で、表側の道路からはずいぶん奥までのびている。わたしは駐車場所から路地に入ったばかりだったので、その若者とはかなり離れていた。彼はわたしのほうには目もくれなかったが、その容姿のあらゆる雰囲気がわたしをぞくりとさせた。彼は背を向けて足早に建物の正面に向かって歩いていった。そちらには正面入り口がある。

わたしはショックのあまり立ちすくみ、彼を目で追った。彼を目にしたせいで、凍りついたように動けなくなっていた。あれはトマクだ！

わたしは即座に彼の名を呼び、急いで追いかけた。彼はわたしの声が届かないほど離れていたので、もう一度名前を呼んだ、ずっと大きな声で。わたしの声は興奮のあまりうわずっていた。彼は角を曲がり、劇場から離れる方向に道路を歩いていった。彼にはわたしの声が聞こえていたように、わたしには思えた。一瞬、彼の頭がわたしのほうを向いたからだ。だがほとんどすぐに、彼は高い生垣の向こうに消えた。彼の顔がちらりと見えた！　わたしは急いで路地を歩いた。彼が立ち止まるか、わたしを振り返るかするのではないかと思ったのだが、そうではなかった。

わたしは残りの距離を走った。だが、彼を追って道路に出たとき、彼が車の助手席側のドアを開け、乗りこもうとしているところが見えた。彼は運転している人になにか言っていた。わたしはもう一度彼の名前を呼んだ。今度は恐ろしかった——彼はなにかの理由でわざとわたしを無視しているのではないかと思えたからだ。彼はまたもやわたしを振り返った。だが、それから車に乗りこみ、ドアを閉めた。すぐに、車は走り去った。

すっかり混乱し、不意に興奮が高まってくるのを感じながら、わたしはどうしていいかわからなかった。必死でいま見た車について思いだそうとしたが、よくありがちな灰色の、ありふれた車種だった——ビサーンの通りにそういう車は何千台もいた。もちろんナンバープレートがついていたのだろうが、わたしはナンバーを見ることは思いつかなかった。灰色の車はすでにはるか遠くに行っていた——港のほうに下ってゆく道路との交差点で車が停まったのが見えたが、それからまた車は動き、海岸から離れる方向に向かった。そしてそれ以上は見えなくなった。

わたしは急いで劇場に入っていった。あの男がだれなのか、どうすれば連絡が取れるのか知っている人がいるのではないかと願って。その日は昼興行《マチネ》はなかったので、建物の内部のほとんどは暗かった。技術スタッフは夜のショーまでは劇場にはいない。フロント担当のマネージャーを見つけたが、彼はだれかが出入りしたことに気づいていなかった。舞台裏で大道具係ふたりと出会った——ふたりとも昼食から戻ってきたばかりで、顔見知りでない人間はだれも見ていなかった。いつもわたしといっしょに仕事をしている衣裳担当のエルスもおなじだった。広報担当のマダム・ウォルステンがだれかにインタビューしているのは知っているが、それ以上くわしいことはわからないと、彼女は言った。マダム・ウォルステンはすぐに見つかったが、この街のマジシャンが出演契約をもらおうとして訪ねてきたと言うだけだった。この建物から出ていくのをわたしが見た男はそれだったのだろうか？　マダム・ウォルステンは興味を失い、肩をすくめた。

わたしはクリーニング店の用事をすませ、仕上がった衣裳を劇場に届けて、家に帰った。思考と感情がまだ激しくわきたっていた。あの若者はトマクだった！　だがトマクであるはずがなかった。彼はいかにもトマクのように見えたが、わたしがこの島にやってくるまえにもらった情報では、トマクは頭と両肩に火傷を負っていた。このことを知って、わたしは急いで彼を探しはじめたのだ。劇場の外でちらりと見た男は、火傷を負った気配もなかった。

それに、もしあれがマダム・ウォルステンの言っていたマジシャンだとしたら、もちろんトマクではない。トマクと彼が同一人物というのでなければ——なにか不可解な理由でトマクが舞台芸人に、奇術師になったというのでなければだ。それは本気で考えるにはあまりに奇想天外な話だった。

長いあいだ頭の奥に追いやられていたトマクが、またもや頭から離れなくなった。彼がわたしとおなじ街で暮らしている——生きているだけでなく、見たところけがもしていないで——というのは、とても無視できない考えだった。その夜、わたしは何時間も横になって、どうしたらいいだろうと考えた。頭のなかの完全に切り離された一部が、これはただの偶然の一致だと言い張っていた。あの若者はトマクに似ているだけの別人だ、トマクではない、トマクではありえないと。

次の日、わたしは市街地に行き、いちばん人の多い場所をうろついて、行きかう男の顔を見てまわった。暑いなか汗だくになりながら何時間もゆっくりと通りを歩きまわり、必死で彼を探した。

わたしにわかっている——とはいえまったくの確信があるわけではないが——のは唯一、劇場から出てくるのを見たあの男はほぼ確実にマジシャンだということだ。彼はきっと、この街のどこかに暮らしているにちがいない。

わたしはあちこち訊ねてまわり、連絡をとった相手でビサーンのマジシャンについてなにか知っているか聞いたことがある人がいないか、見つけようとした。だれもいなかった。それから、プラチョウス・タウンのプロの手品師協会に連絡をとってみたが、ビサーンにいる唯一の会員手品師はいまは年老いてなかば隠居の身だということだった。

ほとんどの日、市街地の中心部を歩きまわるのが習慣となり、ときどきはちょっと遠い郊外にまで出かけるようになった。すべては彼を見つけたい一心からだった。なにもないまま数週間がすぎたが、やがてついにまた彼を見かけた。

21

ビサーンの中心付近に、木がいっぱい生えている気持ちのいい方形広場《スクエア》がある。歩行者や、屋外で静かに食事をしながらのんびりとくつろぎたい人々のためにつくられたもので、歩行者専用エリアに面してたくさんのレストランがあり、カフェバーも二軒ある。広場は実質的に車輌を締めだしており、車は広場の一辺を通る狭い道路を走るにとどめられている。この平和で魅力的な場所はマルチテクニック大学の本校舎のまえにあり、自然に人々が集う場所になっている。何百人とそこに集う学生だけでなく、学生以外のだれにとってもだ。

定期的にトマクを探しに出かけていたとき、わたしはほぼいつもこの広場を通っていた。彼がいる可能性が高そうな場所のひとつだと思っていたからだ。

そして、それが当たっていたことがわかった。ある朝、職場に歩いていくとき、その広場を通った。実を言うとその瞬間はトマクのことを考えていたわけでもなく、彼を見つけようとしていたわけでもなかった。そのとき、見たのだ。彼はふたり掛けのテーブルにひとりで座っていた。まえに新聞を広げ、片手にペンを持ってなにかのパズルを解いている。もう一方の手にはコーヒーのカップがあった。その手の横には、なにか食べたあとのくずが残っている皿が置かれていた。

もちろん、わたしは足を止め、彼を見つめた。彼はわたしには気づかず、ときどきペンを持つ手をまえに出して、新聞に印刷された四角い文字のマスに印をつけている。とっさに彼のところに行きたいという衝動を感じたが、劇場で彼を見かけてから数週間が経っていたので、慎重にしたかった。

わたしはそのカフェのまえを通りすぎ、それから向きを変えて、歩いて戻った。彼はウェイターになにか注文していたので、彼が注文をすますまで、わたしはじっと立っていた。彼があたりを見まわしてわたしに気がつくかもしれないと思ったのだ。彼は見まわさなかった。ウェイターが彼の注文した二杯めのコーヒーを運んでくるまで待ち、わたしは空いているテーブルのひとつに向かった。ウェイターがやってくると、コーヒーを注文した。

わたしがトマクだと思っている男は、わたしに気がついていたとしても、それらしいそぶりは見せなかった。もしトマクなら、絶対にわたしだとわかるはずではないか？　わたしはテーブルにじっと座り、じろじろと見ないようにしつつも絶えず彼に注意を向けた。彼はいったいだれなのだろう？　トマクでないとしても、彼は戦争がはじまったときに別れたあの若者にそっくりだった。マジシャン？　そうなのかもしれないが、わたしにわかるのは、この男があらゆる面でトマクを思わせるということだった――顔が薄気味悪いほどそっくりだということを除いても、髪の毛も色もまったくおなじで、新聞の上にかがみこんでいる様子もわたしにはすっかり見慣れたものだった。

彼は支払いをすませ、新聞をたたんでカフェの正面ドアの脇にあるゴミ箱に投げこんだ。それから広場に出ていった。わたしのテーブルのすぐ横を通ったわけではなかったが、近くを通った。かなり近くを。

この遭遇にすっかり動転していたため、彼が人でいっぱいの広場に出ていったときも、あとをつけるという発想は浮かばなかった。それに思い至ったときには、彼はもう雑踏のなかに消えていた。

その次の朝、わたしはおなじ時刻におなじ場所に行った。ほっとしたことに、彼はまたいた。わたしはカフェの屋外席の遠い側のテーブルに座った。そこからなら、あからさまでなく彼を見ていられるからだ。クロワッサンとブラックコーヒーを頼み、それをつつきながら、この男によってもたらされたジレンマについてもう一度考えた。いまや、それは心と頭のあいだの葛藤なのだと気づいていた。

もしも本当にトマクなら——わたしがよく知っていて愛していた男だとしたら、彼はなぜわたしだと気づかないのだ？　それになぜ、権威ある機関からあれだけはっきりと知らされたショッキングな情報にあった負傷の痕跡が皆無なのだろう？　もちろん、わたしを知らないふりをしているのかもしれないが、なぜ彼がそんなことをするのかという理由はひとつとして思い浮かばなかった。でなければ、もうひとつの可能性——彼が負った傷はわたしが聞かされていたのとはちがうものだったのかもしれない。もしかしたら彼は外傷性の記憶喪失になったのかもしれない。だから過去のほとんどを忘れているのではないだろうか？

その反面、わたしの冷静な頭はこう告げていた——あれはトマクなんかじゃない、トマクであるはずがない、ただの驚くべき偶然の一致だ。しばしば乱れている黒い髪も偶然おなじなだけ。大きな目も、高い頬骨も、広い肩幅も、くつろいだ座りかたも、偶然おなじなだけ。男が笑ったとき、それはトマクの笑みに見え、わたしは内心硬直した。幸福感を思いだして高揚すると同時に、捨てばちな気持ちになって身をひそめた。

本当のことを知る方法はひとつしかないのはわかっていた。彼に直接話しかけて、この疑問を解決しなければならない。わたしは食事代のサインをしてから立ちあがり、カフェの屋外席をつっきりはじめた。不意に神経が昂ぶってきて、心臓がどきどきしてきた。そのとき、若い女性が広場をつっきって、手を振りながら彼のほうに急いでやってきた。彼女はテーブルのあいだをうねうねと縫うように進んでまっすぐ彼に向かい、身をかがめて彼の両頬にキスした。そして笑いながら、彼の向かい側に腰を下ろした。彼はテーブルの上で彼女の手をぎゅっとにぎった。笑いながら。

わたしは足を止めた。あとずさった。

カフェの屋外席エリアの縁に立ちつくし、じっと見ていた。彼女はだれだろう？　若かった──まだ十代だろう。ようやく子ども時代を抜けだし、大人の女性になろうとしているところだ。大学の学生だろうか？　そちらの方角から広場をつっきって、やってきていた。彼女は若さで輝いていた。ほっそりした軽やかな身体、長く繊細な手。金髪はうしろでポニーテールにまとめてある。ぴったりした白いジーンズに、大きめのゆるいジャケットを合わせていた。頭の上にサングラスをのせている。トマクといっしょに座り、脚を組んだりほどいたりしながら勢いよくしゃべり、彼を笑わせている。彼女が彼から目をそらすことは、ほぼなかった。彼は彼女の初恋の相手なのだ。この恋をこれからの生涯、彼女は忘れることはないだろう。わたしがこの先ずっと忘れることがないように。

ウェイターが彼女に氷の入ったソフトドリンクを運んできた。彼女はそれをすすり、グラスの縁ごしにトマクを見つめる。彼がなにか言っている、表情豊かに両手を振りたてながら。その仕草をわたしは知っていた。彼の癖すべてを、わたしは知っていた。

彼女は、彼の娘にしては大きすぎた──彼はその年齢の娘を持つにしては若すぎる、とも言える。それでは、ふたりは恋人同士なのだろうか？　彼女は彼より、少なくとも七歳か八歳は若いように見えた。ふたりはたがいによく知っているようなふるまいかたをしていた。親友か、とても親密な友人同士のように見えたが、いったん彼女が向かい側に座ると、彼は彼女の手を放し、気軽なおしゃべりをするだけで満足しているようだった。ふたりともよく笑い、少女は両手で飲み物を持ってテーブルに両肘をつき、彼のほうに身を乗りだしていた。

わたしは立ち去ることができなかった。何本かの小道が芝生の繁る公園部分とレストランやカフェが広げている屋外席のテーブルのあいだにのびている広場の縁に、立ちつくしていた。こんなふうにじっと立ちつくし、はっきりと向こうのカフェ席を見つめている姿は、おそらく目立ってしまうだろうとわかっていた。だが、彼に若い友人がいることを知ってしまったせいで、麻痺したようになっていた。

少女と話をしながら、トマクはときおり、表情たっぷりにあたりを見まわし、一度か二度、その視線がわたしのほうに向けられた。彼はわたしに気づいたにちがいなかった。だがどういうわけか、わたしがだれだか、まだわからないようだった。

ふたりはテーブルから立ちあがった。椅子をうしろに引き、それからまっすぐ直して、歩きはじめた。彼は少女を先に行かせた。ふたりはわたしの横を通りすぎた。まえの日にトマクがカフェから出るときに通ったのとおなじくらい、わたしのすぐそばを。公園部分に入ると、彼は少女の横に並び、両腕をわきで振りながら歩いた。ふたりはたがいに触れあってはいなかった。

ふたりをだいぶ先に行かせてから、わたしはあとをつけた。かなりの距離を保っていたが、ふたりがたがいに夢中なのか、あまりにもゆっくりと歩いていたせいで、じきに追いついてしまった。わたしは歩みをのろくした。長いあいだふたりのうしろをぶらぶらと歩いた。ふたりともつけられていることに気づいているにちがいないと確信できたが、ふたりはたがいのことで頭がいっぱいのようだった。わたしは困惑し、つらい気分になったが、同時にばつの悪い幸福感のようなものに満たされていた。

背を向けて家に帰るべきだとわかっていた。この屈託のない、たがいにのぼせあがっている若いふたりをそっとしておいてやるべきだと。だが、そうはできなかった。わたしがこうしてこの島にいる理論的根拠はトマクなのだ。そしてある不可思議な、充分とは言えないが否定できない形で、わたしはとうとう彼を見つけたのだ。立ち去るという選択を自分がとれるとは、とても思えなかった。

ふたりは街のショッピングエリアをゆっくりと通り抜け、ある狭い通りに入っていった。両側に高さのある家が並び、深く濃い影が落ちている場所だった。彼は少女を、ある古い建物のドアに導いた。かつては一階にレストランがあり、その上に何階もある建物で、窓は全部、煉瓦で封じられていた。トマクはドアの鍵を開け、少女は彼のまえに立って入っていった。彼は続いて入っていき、ドアを閉めた。鍵がかかる音が聞こえた。

わたしは急いで家に帰り、車を出した。二時間ほどたってふたりがあの秘密めいた建物から出てきたとき、わたしはその通りの向こう端に、目立たないように駐車していた。

ふたりから距離を保ってうねうねと車を走らせ、様子を見ながらつけていって、わたしはついにトマクが住んでいる場所を見つけた。

22

それから起きた一連のできごとは、わたしが誇れるものではないし、あのときに誇れたものでもなかった。だが、トマクへのわたしの想いはきわめて激しかったので、ほかの行動をとることはできなかっただろう。空いている時間すべてをかけて、わたしはこの男が提起したわたしだけにわかる深遠な謎を解こうとした。彼がかきたてた荒れ狂う感情と、彼を取り巻く謎について、多少なりとも理解のようなものを得ないではいられなかった。

ほどなく、この街での彼の日常の動きがわかってきた。彼のお気に入りのバーやレストランがいくつかあり、彼がときどき訪れる家や共同住宅があった。彼はどこに行くにも歩いていた。車などの乗り物は持っていないのだ。一度、以前に劇場のまえで見かけた小さな灰色の車を持っている友人に、彼がまた乗せてもらっているところを見かけた。

彼があの若い連れに会いにいくたびに、わたしはあとをつけた。週に一度か二度、彼は必ずあの大学まえの広場のカフェで彼女と会い、うちとけた会話をしたあと、ふたりであの大きな古い建物に歩いていき、なかに入って鍵をかける。ふたりがまた出てくるまで、わたしは悲しみや嫉妬の感情と戦いながら待っていなければならなかった。ふたりはなんの憂いもない暮らしをいっしょに送っているように見え、それが妬ましかった。

日が落ちると、彼が彼女に会いに出てこなかったときには、わたしはいつも彼の共同住宅に行き、建物のまえの暗い通りから共同住宅の入り口を見張った。

あるひどく蒸し暑い晩——煮えたぎるような島の内

部からの熱波が市街地に流れこんでいた――わたしは彼の共同住宅のそばの、安全だと信じている場所に陣取った。沖のほうで雷がごろごろ鳴っていた。わたしは暗がりのなかの、窓が見える場所にいた。夜にはカーテンが引かれていないことがたびたびあった。共同住宅の正面ドアも見ることができた。彼が出かけるのも、帰ってくるのも見ることができた。その明かりのついた窓は部屋の窓ではなかった――廊下かなにかの通路の窓だ。部屋のあいだを行き来しているときを除いて、彼の姿をその窓に見ることはめったになかった。だがそこを見ているかぎり、彼があの若い彼女を共同住宅に連れてきたことはないとほぼ疑う余地なく信じることができた。だがわたしが異常なほど興味を抱いているのはあの少女ではなく、かつてトマクだった男のほうだった。

街が冬眠しているように静まりかえっているのが意識された。苛酷な天気が家々を抑えつけ、人々を屋内に封じこめていた。嵐はもう海岸に迫っているようだった。ときおり、ずっと東のほうで稲妻が閃くのが見えた。遠くのほうでは車が走っていたが、わたしのまわりの街路には車は一台もなかった。通常、都市がたてるさまざまな騒音が静まり、消えたように思えた。鳥たちも静かだった。のろのろと熱風が吹くたびに、頭上で木の葉がそよぐ音がした。木立ちや灌木の茂みのなかで虫がかん高い摩擦音をたてるのが聞こえた。むきだしの腕が身体のわきにふれるたびに、逃れようのない熱さが燃えるように感じられた。街は嵐がはじまるのを待ち受けていた。浄化をもたらす土砂降りの雨をいまかいまかと待っていた。

「きみはだれだ、いったいなぜわたしをつけている?」

まったくなんの前触れもなく、彼がそこにいた。別のドアから共同住宅を出て、建物の裏手にある庭園だか裏庭だかを抜けてやってきたにちがいなかった。わたしがいつも立っている場所のそばの、門のついた出入り口からあらわれたのだ。

わたしはショックのあまり口がきけなかった。見つかったことに困惑していた。彼がなにをするかと恐ろしかったが、なによりも彼がすぐそばにいることが電気のようにぴりぴりと意識された。

「きみはわたしをつけまわしているだろう。なぜだ?」彼の声は怒りでうわずっていた。

わたしはよろよろとあとずさって、彼から離れた。だが、わたしの背後には鑑賞用の低木があり、囲み塀の上から通りのほうにせり出していた。いつもはその木の葉が姿を隠してくれるとあてにしていたのだが、いまはそれが逃げ道をふさいでいた。

明かりがつき、目がくらんだ。彼が懐中電灯の光をわたしの顔に向けたのだ。

「顔を見せろ!」

とうとうわたしは言った。だがか細い声だった。

「トマク? あなたなんでしょ?」

「だれに送りこまれたんだ? 脅迫か? ネタはなんだ?」

とうとう彼がしゃべる声が聞けた。怒ってはいるが、彼の声はわたしの記憶にあるものとまったくおなじだった。だが、いま彼がしゃべっているのはプラチョウスの民衆言葉だった。この島で生まれた人々がふつうに使っている言葉だ。わたしは民衆言葉を聞けばわかるが、しゃべるのは難しい——まえもって言いたいことについて考える時間があれば別だが。

そしていま、わたしはこう言った。「トマク! お願い! わたしを覚えてないの?」

「きみには悪気はないように見える。なぜわたしをつけまわしているんだ? ルデベットの父親か? 彼がきみにこんなことをさせてるのか? 彼にお金をもらってるのか? わたしたちのなにを見つけようとしてるんだ?」

「その光を目にあてられてちゃ、あなたが見えないわ！」わたしは叫んだ。懐中電灯の光で目がくらんでいた――彼は黒っぽい形でしかなかった。「わたしはあなたを探してたのよ、トマク。あなたが怪我をしたと聞いたの、ひどい火傷を負ったって。だからあなたを見つけにきたの。わたしたちがした約束、覚えてるでしょう」

「きみがやっていることは違法だ。わたしが気づいていないと思ってるんだろうが、きみは街じゅうわたしをつけまわしていた。ルデベットもだ。いったいどういうつもりだ？　あの子はただの無垢な女の子だ。犯罪だぞ――わかってるか？　つけまわすのは民間の復讐を受けるに価《あたい》する罪だ。近所の人を呼ばれたいか？」

「お願いだからわたしの言うことを聞いてちょうだい。わたしたちがいっしょにいたとき、わたしの名前はカーステーニャだった。ここに住むようになってから名前は変えなきゃならなかったけど、わたしはカーステーニャだったの。覚えてない？　カーステーニャ・ロスッキーよ。わたしたちは兄と妹のように育ったけど、大きくなってから愛しあうようになった。それから戦争がはじまって、わたしはあなたを見つけるために故郷に飛んで戻ったの。そしてあなたを見つけた、わたしたちが住んでいたところの近くで。あなたは軍の分隊といっしょになって、家屋内に閉じこめられた人々を救出しようとしてた。鎮火もしてた。いたるところに砲弾が落ちてきてた。あちこちで恐ろしい爆発が起きてて、わたしたちの上には飛行機が飛んでた。急降下爆撃機よ！　あの恐ろしい爆撃機を覚えてないの、トマク？　都市まるごとが燃えてるみたいだった。あなたといっしょに逃げたかったけど、あなたはわたしに、逃げられるうちに逃げろって助言した。わたしの飛行機がまだあるうちにって。陸軍と空軍を再編する計画があるって、あなたはわたしに言った。あなたはわたしに行けって言った、侵攻よりずっと南にある街へ行けって」

「きみの名前は？　通報するぞ」

「わたしは別の街に飛んでいった。でもどんなに待ってもあなたはやってこなかった。わたしはどんどん進みつづけなければならなかった。着陸するたびにあなた宛てのメッセージを残してきた、逃げなきゃならないと言われたから。わたしは正規のパイロットだから――あなたも知ってたでしょ。わたしは必要とされてたの、統轄する将軍たちに。どんな手段を使ってでも、わたしは逃げた。それから何週間か経って、やっと安全になったときに、わたしたちの軍の将校たちは敵に包囲されて孤絶した場所に送られたって聞いた。どこかの森だか、無人島だかに送られて、それから大量虐殺されたって。あなたもそのなかに入ってたんじゃないかって、恐ろしかったの」

「最後のチャンスをやろう。こういうことをするのはやめると約束するなら、きみのことを警察に通報しないでおいてやる」

「わたしはただ、もう一度あなたに会いたかっただけなの。わたしを覚えてないの？」最後の言葉は叫び声になっていた。自制が飛んでいた。「わたしたちが子どもだったころも、そのあと大きくなってからも。飛んだでしょ！　覚えてるでしょ？　あなたのお父さんは空の覇王だった。わたしたちはいっしょに、いろんなレースや航空ショーに出たじゃない」

「わたしに近寄るな。わかったな？　それから、ルデベットの父親に会ったら、あんたの知ったことじゃないと伝えてやれ」

「やめて、トマク――お願いだから！　ごめんなさい。危害を加えるつもりはなかったの」

彼はやはりわたしに手を触れようとはせず、わたしから距離を置いたままだった。だがようやく、懐中電灯のスイッチを切った。

「どうしてわたしの名前を知ってる？」急に、彼の声がぐっと静かになった。敵意もそれほど感じられなくなっていた。

いまは、彼の顔がよく見えた。わたしの背後のどこかにある街灯に半分照らされているからだ。それはトマクだったが、彼ではなかった。見た目は驚くほどよく似ていた。

「ごめんなさい、こんなことをするべきじゃなかったわ。もう二度としません」

わたしは鑑賞用低木を乱暴に押しやって彼から離れようとした。だが、彼に背を向けるのが恐ろしかった。突然雷が轟いた。これまでよりもはるかに大きな、恐ろしい音だった。物理的に殴りつけてきたようだった。トマクは見知らぬ人になっていた。わたしが見つけたいと願っていた男ではなくなっていた。だがそれでも、葛藤は残っていた。頭と心の葛藤が。心が頭に逆らっていた。絶対に彼でなければならないのに！　この男のすべてが見知らぬもので、恐ろしかった。でもその恐ろしさは彼から来ているのではなく、わたしの愚かな行動が招いたものだ。トマクはいつもわたしには優しかった。

自分がなにをしていたかに気づき、わたしは悲しみに満ちた罪悪感に襲われた。彼の目に見えているにちがいない自分の姿が見えた。

わたしたちのあいだに、なにかが横たわっていた。それは実体のない、説明のつかないものだった。わたしたちはまるで、境界線をはさんでどなりあっているようだった。たがいにはっきりと見えていて、物理的にもすぐ近くにいて隣接しているのに、誤解や生き方のちがいや記憶の食い違いによって隔てられているようだ。トマクがわたしを忘れたなんて、どうしてそんなことが起こりうるだろう？　そんなことはありえない。この男はだれなのだ――わたしの恋人でないのなら？

彼はわたしを引きとめるそぶりはまったく見せなかった。そこで、恥ずかしさが押し寄せてきて、わたしは彼に背を向け、走りだした。急いで彼から離れようと、薄暗い明かりしかない道を走った。一度振り返った――彼はわたしたちが立っていた場所に立っていた。闇のなかに長身の姿があった。わたしは本当にみじめだった。罪悪感に打ちのめされていた。

わたしはどんどん道を走った。わき道に曲がり、そこをずんずん走り、また別のわき道に曲がった。恐ろしい一面の稲光が閃いた。四度か五度、青白い輝きを明滅させ、わたしのまわりの道と家並みを照らしだした。夜のなかで、わたしはひとりきりだった。闇におびえ、いまは嵐の獰猛さにおびえて、よろめきながら走りつづけた。頭上でまたもや雷が、耳を聾する轟音を立てた。ようやく幹線道路に出て、そこから静まりかえった通りを引き返して、車を駐めた場所を見つけることができた。そこにたどりついたときに雨が突然降りだした。わたしはドアを開け、なかに転がりこんだ。ワンピースはすでにぐっしょり濡れ、腕や脚が濡れてうっすらときらめいていた。運転できそうな気分になるまで、何分間か車のなかで座っていた。わたしは小刻みにがたがた震えていて、激しい嵐のなか、たったひとりだった。激しい雨が降っていた。見渡すかぎり水浸しになり、たくさんの巨大な手が車の屋根をどんどんどんと殴りつけていた。外の通りでは、あふれた水が滝のように流れている。車が流されるのではないかと恐ろしくなった。エンジンをかけ、車を道路の中央に出した。そこではあふれた水もそれほど深くはなかった。乾ききった猛暑が何週間も続いたあとのこの天気の崩れはほっとするもので、歓迎できた。だがわたしの内面はこれまでとおなじように息が詰まりそうで、なにも決められなかった。わかっていた――わたしはなにもかも失った、わたしの探索は終わったのだ。わたしはトマクを探すことをわたしの人生の中心に置いてきた。でもいまはもう、それを忘れなくてはならない。

とうとう車のギアを入れ、ゆっくりと家に戻りはじめた。道路には落ち葉や枝が散乱し、雨は流れ落ちつづけ、通りでは水がざぶざぶとはねていた。丘の上の家まで上がっていくあいだに嵐は移動し、雷の轟きは遠く離れていった。わたしは車を駐め、それから庭を歩いて家に向かった。雨に洗われた空気に祝福されたような安堵を感じ、水を滴らせる木々とぬかるんだ地面にいっときだけの涼しさを感じた。

23

その次の日、わたしは車を替え——おなじ車だとトマクに気づかれないように——ちがう服に着替えて、外見を変えた。髪形を変え、サングラスをかけ、首にスカーフを巻いた。馬鹿げているような気もしたが、わたしのことを通報するという脅しを彼が実行する危険もつねにある。とはいえ、嵐の昨夜にあんなことがあったにもかかわらず、それでよしとすることはできなかった。わたしはじりじりと、好奇心に取り憑かれているというよりは精神的に危険な領域に足を踏み入れているという自覚はあったが、自らつくりだしたジレンマに囚われていた。

やがて、わたしに終わりをもたらす事態が起きた。

それはおそらく、わたしをわたし自身から救ってくれる、いいタイミングの介入だった。

わたしは新しい車に乗り、トマクと若い女友だちが会っているときはいつも行くあの古いレストランの建物を見張っていた。何分かまえに、広場のカフェでふたりが会っているのを見たので、次に行く場所を予想したのだ。そしてそれからほどなく、二人があの高い建物に入っていくのが見えた。ふたりがなかに入っていくと、わたしは車から出て二本ほど離れた通りにある小さなカフェに行って、冷たい飲み物を買った。ふたりはいつも、少なくとも二時間は建物のなかにいる。だから時間をつぶさなければならなかった。キャンバス地の天蓋の下のテーブルに陣取り、日刊紙に目を通した。一時間後、ぶらぶらと歩いてあの古いレストランの建物のほうに戻った。車の流れる交差点の、その建物のドアが遠くからよく見える場所に立つつもりだった。木の下に立ち、本を開いて読みはじめた。

だれかがわざわざわたしに近づいてきていることに気づいた。車の流れる道路を突っ切ってくる。車の流れが通りすぎるのを待ち、それからすばやくまえに踏みだしている。わたしは本から目を上げなかった。心臓をどきどきさせながら、きっとトマクだと考えた。だが目を上げると、そこにいたのは老人だった。シャツとショートパンツというカジュアルな服装で、わたしのほうに歩いてくる。その物腰はカジュアルとはほど遠かった。老人は片手を上げ、人差し指をわたしに向けた。

「わしの娘を待っているのか?」老人は言った。率直な態度だったが、脅迫的ではなかった。

わたしは首を振った。なんと言えばいいかわからなかった。「いいえ——友人を待ってるんです」

「あのマジシャン、奇術師だろう。まえにもあんたを見たぞ、あいつをつけまわしてただろう。あんたはずっとあいつをつけてる」

そんなことはこの見知らぬ男の知ったことではないと思ったので、わたしはもう一度、ただ首を振った。老人はわたしのすぐ横に立ち、わたしの腕をやさしく取った。

「あんたの名前は知らん」老人は言った。「だがあんたとわしは利害が共通している。ぜひとも話をしよう。どこか、車の音に負けないようにどならずにすむ場所に行こうじゃないか？」

その交差点のそばに公園があった。わたしは老人に失礼とは言えない態度で導かれるがままに、錬鉄製の門を抜け、その向こうの刈り取られた芝生と花壇のエリアに入っていった。ゆるやかな斜面に植えられた木立ちの陰に向かって、わたしたちは歩いた。木々のあいだを公園の縁に向かって小川が流れていた。

立ち止まった場所からでもあの建物のドアが見えることを、わたしは確認した。いまやずいぶん遠ざかっていたが、それでもちゃんと見えた。

「わしがだれか、あんたも知っておいたほうがいいだろう」老人は言った。「わしの名前はジェレド・ハーンだ。いまあの建物のなかにいる若い娘はわしの子ども、わしのひとり娘だ。名前はルデベット」

プラチョウスの習慣で、老人はポケットからプラスチックのIDカードを出し、わたしに見せた。わたしもおなじことをした。

「わたしはメラーニャ・ロスと言います」

「わしはあんたの友人がわしの娘に及ぼしている影響が心配なんだ。あんたの助けが必要だ」

「あなたの娘さんのことはなにも知りませんが」言いながら、わたしはこっそり、あの少女とトマクの関係を疑いながらあれこれ想像をたくましくして何時間も過ごした事実を頭から追いやった。

「あの子があんたの友人といっしょにいるところを見たんなら、あの子がまだほんの子どもだってことを知ってるだろう。実際、まだ十八歳で、もう二カ月もすれば大学がはじまるんだ。あの子は頭のいい、才能にあふれた娘なんだ。学問的に高度なうえにスポーツへの愛も発揮させてくれる学部に合格したんだぞ。わし自身、かつてはスポーツマンだったし、わしの妻もそうだった。妻は、残念ながら三年まえに死んだがな。ルデベットはいまやわしのたったひとりの家族なんだ。わしはあの子がだまされるんじゃないかと心配なんだ。あの男、あの怠惰なマジシャンはあの子よりも何歳も年上だ。それにやつがなにをしてるのかも、わしは知らん」

「わたしになにができるのかわかりません」そう言ったものの、老人の気持ちはよくわかり、共感のようなものが芽生えてきた。利害が共通している——たしかに。

「あんたの友人について知ってることをなんでも教えてくれ。やつはつい最近この街に引っ越してきたんだ。おまけにろくに人づきあいをしていない」

「ずいぶんこみいった話になるんです。わたしは彼が友人だと思っていましたが、まちがってたんです。わたしはてっきり、彼はほかのだれか、わたしが過去に知っていただれかだと思っていました。でも恐ろしいまちがいだったんです。他人の空似だったんです。わたしは彼の名前すら知りません」

「それはわしが教えてやろう。やつは奇跡師と名乗っている。やつの名前はトム《Tom》だ、いや、たしかトム《Thom》だ」彼はト《th》の音をやわらかく発音したが、それから訂正した。

「それはトマクの短縮形じゃありませんか？」わたしは言った。

「いや、わしはそんな名前は聞いたことがない。トム《Tom》かトム《Thom》だ。だがやつはセカンドネームを使うことすらない。やつについてなにか知っていそうな人はほとんどいない。やつはだれなんだ？　どこから出てきたんだ？」

「それはわたしには答えられない質問です」

「わしが悪かったんだ」ジェレド・ハーンは言った。「ルデベットに、おまえこそこの仕事にふさわしいんじゃないかと言ったのはこのわしだった」

「仕事？」わたしは言った。

「舞台でのやつのアシスタントだ、やつがマジックを演《や》るときのな。学校がはじまるまで何週間か待たなきゃならなかったし、あの子が興味をもつかもしれないと思ったんだ。それに多少の箔もつくかもしれないと。まさかあの子が感情的にやつに入れこむことになるとは、思いもしなかった」

「本当にそうなんですか？」その思考の性急さに自分でも驚いたが、わたしはいっしょにいるときに見たふたりの様子を思いだしていた。ふたりはたがいに愛情深く接していたが、それは友人どうしの愛情であって、恋人どうしのそれではなかった。このことにわたしは頭を悩ませていた。なぜならふたりは明らかにふたりきりになれる場所へと向かったからだ。つまりそれは、もっと肉体的な行為がおこなわれていることを示唆しているからだ。だが外でのふたりのふるまいは、そういうことはまったく感じさせなかった。「どういう仕事なのか、あなたはご存じなんですか？」

「一度仕掛けを見せられた。そこの向かいの通りにある建物のなかに据えつけてるんだ」

「それじゃ、あのふたりはそこをリハーサル室として使ってるんですね？」

「そう、ルデベットはそう呼んでる」

「ふたりはあそこでリハーサルをしてるんですか？　なのにふたりが恋人どうしになるなんて、どうして思うんです？　それをあなたは恐れているんでしょう？」

「最近のあの子の行動だ。あの子は秘密が多くなってきた、わしがあれこれとたくさん質問すると怒るんだ。わしはあの子を失いかけてる。もうこれ以上なにも、できることも言えることもない。わしらはずっと、本当に親密だったんだ。なのにいま、それが変わってきている」

「お嬢さんが十八歳というのなら」わたしは言った。「もう大人です。なにをしようと問題ないでしょう」

「ああ、だがあの子はわしの娘で、まだわしといっしょに暮らしてるんだ」

わたしはしばらくのあいだ、黙って座っていた。自分もまた誤解していたのだと考えていた。トマクを見つけなければと一心不乱になるあまりに、いろいろと推測をたくましくしてしまったのだ。ふたりがいっしょに仕事をしていたとは思いもしなかった。ジェレド・ハーンが好きになった——彼はまっとうな男に見えた。ただ、娘に過保護というだけだ。だがおそらくそれは娘への関心が必要以上に大きいというだけだろう。この短い会話のおかげで、あの若い女性への見方がすでに変わっていた。そしていまや、ルデベット本人はどう思っているのだろうと想像しはじめていた。わたしたちは芝生の上に並んで腰を下ろし、長いあいだ話をした。少しずつたがいの存在に慣れてうちとけ、腹蔵なく話をした。わたしは彼の娘がこのちょっと年上の男になにを見ているのか、女性の視点から説明しようと試みた。しゃべりながら、自分がもはやあの男をトマクだとは考えていないことに気づいていた。どういうふうにしてか、あれは別人だと——トム《Thom》だかトム《Tom》だか知らないが、奇跡師トムなのだということを受け入れていることに。わたしの頭がついに、心が抱いているジレンマを解決したのだ。ルデベットの大学がはじまってしまえば、いまはどのようなものであれ、ふたりの関係はきっと自然に終わりとなりますよと、わたしは指摘した。だから当面はなんの害にもならないでしょう、と。

「わかってくれるかね、ルデベットとわしはたがいに心を割って話すのは難しいんだ」

「お嬢さんは成長してるんです」わたしは言った。

「娘が大人の女性になろうとしていることに簡単に適応できない父親は大勢います。でもなにごとも変わらなきゃならないんです」

「やつは、なにかの方法であの子を消すんだと言ってた」

「それで悩んでるんですか？　彼はお嬢さんといっしょに駆け落ちしたりはしませんよ」

「そんなことを考えてるわけじゃない。だがそうだ、なぜかはわからないが、あの子を失うかもしれないと思えてならないんだ」

「でも彼は奇術師なんでしょう？　彼がなにをしようと現実のことじゃないのでは。マジシャンの仕事ってそういうものなんでしょ」

「ああ、そのようだな」

わたしはずっと、公園の境界線のはるか向こうにあるドアから目を離さなかったが、ドアは閉じたままだった。こっそりと見張っていたのだが、ジェレド・ハーンといっしょに座っているうちに、そうするのはもはや本当に見張りをつづける必要があるからというより、習慣になっているからだと思えてきた。わたしはルデベットを弁護してマジシャンとの関係を説明し、これまで理解できていなかった現実を事実として、ほとんど受け入れていた。おそらくいままでは、わたしはあまりに長いあいだひとりぼっちだった、トマクを見つけるための探索はあまりに一方的だった。わたしはこれまでだれにもなにも打ち明けてこなかった。だがいま、その機会がめぐってきたものの、役割が思いがけなく反転してルデベットの父親に不安を打ち明けられていた。おかげでわたしは強くなり、自分自身から距離を置くことができた。

「きっとふたりはただリハーサルをしてるだけですよ、あなたが言ってたように」わたしは言った。「一度仕掛けを見せてもらったと言いましたよね」

「ああ。だがあんたも、ふたりがいっしょにいるところを見ただろう。どんなだかわかってるはずだ。あいつは目に見えて、ルデベットにぞっこんなんだ」

「そしてお嬢さんは彼にぞっこんね。でも、ふたりがいっしょに働いてるっていう事実に変わりはない。彼ははじめたときに約束したとおりのものをお嬢さんに支払ってるんでしょう？」

「ルデベットはそう言ってた」

「マジシャンっていうのは、通常リハーサルを秘密でおこなうものなのでは？」

それから、わたしたちは別れた。突然、たがいにひどく気づまりになったのだ。まるでプラチョウス人らしくなく、あまりに多くを打ち明けあってしまったというように。双方が内なる不安をいくらか打ち明けたのだが、わたしよりもジェレド・ハーンのほうがたくさんしゃべっていた。だがこうして会ったことは、わたしたちのどちらにも新たな事実を与えてくれた。わたしはトマク——いえ、トムと言うべきか——をちがう目で見るようになり、ルデベットのことをこれまで以上に理解でき、自分の行動が極端かつ根拠のないものだったと気づきすらした。わたしは自分を恥じたが、そのことはジェレドには一切言わなかった。いまは彼を知っていたからだ。だがジェレドはおそらく、わたしの内なる変化に気づいていただろう。あの木陰の丘でならんで座り、わたしたちを締めだしているあのドアを見下ろしていたあいだも。

わたしにとってはそれが締めくくりだった。なにかに駆りたてられたかのような行動からの解放だった。

その晩、わたしは車に戻り、まっすぐ家に帰った。わたしの飛行機が押収されている飛行場に問い合わせ、飛行機を返してもらうためになにをしなければならないか、ふたたび空を飛べるようになるまでにどれくらいかかるか訊ねた。

24

何日かあと、ジェレド・ハーンから〈イル・パラッツ〉のショーのチケットが送られてきた。奇跡師トムが出演契約を獲得していたのだ。プログラムにはマジックショーの記載があり、次の週末からはじまるということだった。

わたしの感情はすっかり変化していたので、封筒を開いて中身を見たとき、そもそもわたしはそのショーをわざわざ見にいくべきなのだろうかと一瞬考えたくらいだった。ジェレドが同封していた宣伝ビラには、あいまいだが熱狂的な言葉づかいで、上演される予定の数々の驚異が描かれていた。

ジェレドはわたしへの手紙も書いていた――『わたしは一週間の公演を全部見にいくつもりだが、きみには最終日のチケットがいいだろうと思ってね』

上演されるその週のほとんどを、わたしは押収された飛行機の状態をはっきりさせることに使うつもりだった。とりわけまだ空を飛べそうかどうか――少なくとも飛べると思われるかどうかということを知りたかった。飛行中にはまったくなんの問題もなかったのだが、使われないまま一年近く放置されていたのだ。そのため、徹底的なテクニカル点検《チェック》を受けなくてはならないだろう。いまはまだ押収保管されているので、わたしは飛行機が置かれている格納庫に行くこともできない。

トマクだと思っていた男のことで頭がいっぱいだったあいだに、わたしの知らないところで新たな難題が持ちあがっていた。わたしが飛行機への興味を失っているように思われたせいで、領主制役所のある官僚が、型式の認定はできないが軍用機のように見られるわたしの機はこの島の中立性を侵害するものであるから没収しなければならないという裁定を下していたのだ。実際のところは、わたしの飛行機はいまもまだおなじ格納庫に入っているのだが、いまや閉塞的な官僚主義の壁がさらに一枚増えていた。飛行機がれっきとしたわたしの所有物であることを立証しなければならなかった。それがすめば、次は法廷でおこなわれる正規の中立性審問会に出て、軍用機をプラチョウス領空内に乗りつけてなにをしていたのか説明しなければならない。

わたしが持っている唯一の書類は、元々の飛行命令書だった——何度となく議論を交わした結果、それらの書類は飛行機が正当にわたしのものであるという事実を証明してくれたのだが、中立性審問会が依然としてわたしのまえに立ちはだかっていた。

とはいえ、諸問題はささやかながら改善に向かいはじめていた。思いがけないことに、飛行場の人たちが領主制役所の別部署からの手紙を転送してきた。それには、飛行機が点検を受け、飛行できると判断されたと記されていた。最初はいい知らせのように思えたが、よく見てみるとその手紙の日付はわたしがこの島に到着してからちょっとあとのものだった。離陸許可をもらうためには、もっと新しい対空証明が必要だということがわかった。その手紙には二度めの正規の点検を受けるための手続きの詳細が書かれていたので、わたしは即座にその手配をした。飛行機は新品同様で、工場での早期性能試験飛行を除けば、プラチョウスまでの長距離飛行が唯一の飛行だった。着陸したときに、潤滑剤も冷却液も油圧油もすべて使い切ったことを確認していたので、それらは補充しなければならない。エンジンと操縦翼面は点検しなければならない。

準備中に、エンジンの修理及び点検と、補助装置とメインの燃料タンクに百オクタンの航空用ガソリンを入れることを要請した。

わたしの愛機が軍用機と宣言されたことが気になった。基本的には戦闘機仕様の設計だが、本来は長距離・高高度飛行の偵察機なので、戦闘装備は一切していない。とはいえ、腹部に高価なカメラが搭載されている。カメラはわたしにとってはなんの役にも立たないが、もしだれかがそれを取り外すとしても自分でそれをやりたくはなかった。銃はないが、強力なカメラなので役人たちはこれをもって軍用機と判断したのかもしれないと思わざるをえなかったからだ。

飛行機のことにあまり注意を払わないまま何カ月もすごしてしまったのだが、すべてが急速に変わってきていた。突然わたしは、できるかぎりすぐにプラチョウスを去りたいと思うようになった。ルデベットといっしょにいるのを見た男はトマクではないと納得できたのだ。この島はわたしにはもはやなんの意味もなくなり、そろそろここを去るころあいだった。びっくりするほど穏やかでのどかなプラチョウスの暮らしはもう充分長く、体験した。わたしとトマクを引き離した戦争がまだ続いているのかどうかさえわからなかったが、故郷に帰りたかった。

もう一度愛機を手にするための実際的な準備をする一方で、わたしの家に引っ越し、おそらくはわたしの車も引き取って、庭も守ってくれる人を探すこともはじめた。持っていけない私物の処分もしなければならなかった。少しずつ、プラチョウスでの暮らしへの関わりが小さくなっていった。

そしてまだ、あの劇場の夕べの件があった。薄気味悪いほどトマクのように見える男の舞台マジックの上演が。これについては興味があり、上演の週の日が進むにつれて、興味はつのっていった。ショーがすばらしいという評判は聞こえてきていた。偉大な技能をもつ奇術師が不可思議な驚異を次々にくりひろげるという評判だ。ジェレド・ハーンがチケットを送ってこなかったら、わたしは劇場に行くことなくビサーンを去っていただろう。だがそういうふうにはならなかった。その存在にかくも長いあいだ翻弄され、危うく狂気の瀬戸際に追いやられかけた男を見るのはこれが最後のチャンスかもしれないと、わたしは思ったのだ。その上演がすむまでは帰郷はしないでおこうと、わたしは決めた。

25

劇場はショーを見る客で満杯だった──マジックのライブショーはビサーンでは珍しいのだ。この劇場のために働いたおかげで、わたしはここが大好きになっていた。それで、ロビーやバーや階段や通路に群がっている人々の多さにわくわくした。これだけのチケットの売り上げがあれば経営委員会に、もはや旧式になっているのにまだ使われつづけている舞台装置の買い替えを注文できることも、閑散期の何カ月間かのあいだに客席を改装するつもりだと経営者が言っていることも知っていたからだ。ピットにいるオーケストラはこのショーのために雇われたものだった。客席に入っていくと、観客の興奮と期待で客席全体が活気に満ちていた。オーケストラはすでにチューニングをはじめていた。

　わたしが着席してから、ジェレド・ハーンが急いでやってきて、わたしの隣の席に座った。わたしたちはにこやかにあいさつした。

「見にきてくれてうれしいよ、メラーニャ」彼は言った。

「チケットを送って下さってありがとうございました」

「このショーは楽しめると思うよ。わしは今週、本当に何回となく見てきたが、いまだにルデベットとマジシャンがやってることを楽しめてる。あの男がどうやってこんなことをやってのけてるのか、想像もつかん。毎晩、やつの行動は少しずつちがうんだが、毎回あっと驚かされる」

　ほどなく、オーケストラが序曲を演奏しはじめ、幕がさっと開いて舞台に大勢のダンサーと歌手があふれた。わたしは腰を据えて鑑賞をはじめた。お定まりの幕開けダンスのあと、コメディアンがショーの開幕を告げ、催《だ》し物を順に紹介していった。コメディアンのジョークは面白くもなくやかましかったし、あまりに長すぎた。やがて調子っぱずれの歌まで歌いだした。わたしの隣で、ジェレドは楽しんでいた。どのジョークにもやかましいくらいの大声で笑っていた。そのあと歌手グループが登場したときには、彼はメロディーに合わせてハミングをした——アクロバット芸人が皿やナイフのジャグリングをしたときには、熱狂して喝采していた。

　わたしたちの周囲の観客たちも、笑い声と拍手から判断するに、みなジェレドとおなじようにあらゆる催し物を楽しんでいるようだった。わたしは席に身を沈め、マジシャンの登場を待った。

　チラシでは、彼の登場は二度だと説明されていた。ショーの前半を締めくくる短いひと幕があり、それからフィナーレを飾る。前半のほかの演目は永遠に続くかと思われた。ほとんどの演目が音楽や歌や肉体を酷使するものでどれも騒がしく、目を瞠《みは》るような眺めを作りだそうとしていたが、わたしは入りこむことができず、だんだんうわの空になってきた——早くこの島を離れて本来の自分の暮らしに戻りたいと考えていた。できるだけさっさと愛機で飛び立つつもりだったが、それについての心配があった。飛行機はまだ安心して飛べる状態なのだろうか？　どうやって操縦すればいい？　出発するまえに正確な天気予報をどうやって入手すればいいのだろう？　それから、例の法廷での中立性審問会はどうすればいい？　その言い方は気に入らなかった。プラチョウス当局がプラチョウスの中立性を実際に脅かすものや侵害すると思われるものに対してどういう仕打ちをするか知っていたからだ。たいしためんどうも邪魔立てもなく飛び立つことができ、無事に飛行できたとしても、もしあの戦争がまだ続いていたら、いったいどういう状況のなかに戻ることになるのだろう？　そういうことは考えるだに恐ろしかったが、いまやこれ以上長くプラチョウスにとどまるわけにはいかないことは、はっきりしていた。トマクを探して費やした——むだにした時間を、わたしは苦々しい思いで悔やんだ。また、そのために自分がとった行動も悔やまれた。うっかり本音が出てしまったような気がしていた。かつてトマクと築いていた信頼と愛という関係を裏切ってしまったような気さえした。いまのわたしは、トマク探しの旅はおおむね否認からはじまったのだと自覚していた。陸軍の将校たちが大量虐殺されたという知らせを聞いたとき、わたしはただ単純に、おそらくそのなかにトマクがいたということを信じたくなかったのだ。

そろそろこのすべてを終わりにするころあいだ。

考えているうちに、奇跡師トムの演目を知らせるアナウンスを聞き逃していた。彼の出番だと気づくまえに、奇跡師トムが舞台に出ていた。異様に濃い化粧をして、光沢のある生地でつくられた派手な色あいのゆったりした衣裳を着ている。頭に巻いたバンダナが顔の片側を部分的に隠していた。

彼がトランプを使ったマジックをいくつか、速やかに披露するのを、わたしは魅せられたように見ていた。それから彼は側面にカーテンを垂らした車輪つきの輿を出してきた。それの下を見ることはできたし、トムが輿のうしろに歩いていったときには、輿の細い脚のあいだに彼の身体が観客に見えた。なるほど、そのあと彼は後部のカーテンを開け、くるりと輿をまわしてわたしたちになかを見せ、いまはうしろになっているところのカーテンを開けて輿の内部をすべてさらけだした。それから輿に飛び乗るとそのなかを這って通り抜け、輿のわきに立った。それから迅速な動きでもう一度輿をくるりとまわし、彼のまえを通るカーテンをすばやく閉めていった。まだまわりつづけている輿のカーテンが内側から外になびき、ルデベットが現れた。

少女は舞台に飛び降りた。まとっているきらめくスパンコールの衣裳がスポットライトを浴びてきらきらと輝いた。彼女が深々とお辞儀をして袖に走りこむあいだも、拍手は鳴り響いていた。わたしの横でジェレドが立ち上がり、両手を頭の上に掲げて拍手をしていた。

次にトムは、器用に一輪車に乗りながらアクロバティックなマジックをいくつかやってのけた。それから、ルデベットがまた出てきた。今度は衣裳を変えていた。フリルで飾られ大きな袖のついたゆったりしたドレスだった。トムは舞台の中央に大きな籐編みのバスケットをひっぱってきて、ルデベットがそのなかに入りこむのを助けた。ドレスが彼女のまわりでやたらにふくらんでスペースをつぶしているように見えるせいで、なかに入るのは難しかったが、ついに全部なかにおさまり、トムは上にふたをのせた。トムはバスケットのまえとうしろと左右にある小さな隙間から、長くていかにも切れ味が鋭そうに見える三日月刀を次々と突き刺していき、最後に長い広刃の剣をふたの上から真下に突き刺した。バスケットをまわし、すべての部分を刃が貫いているのをわたしたちに見せ、それからすばやい動きで剣を次々と抜いては放り投げた。投げられた剣はガチャガチャとぞっとするような音をたてた。剣がかたく頑丈な素材でできていることは疑う余地がなかった。最後の一本が取りだされたとき、ルデベットが内側からふたを押し上げ、優美な動きで舞台に降り立った。少女はまったくの無傷だっただけでなく、全然ちがうドレスを着ていた。

ルデベットがお辞儀をしたとき、ジェレドはまたもや立ち上がった。今回はほかにも大勢の観客が立ち上がっていた。

幕が下り、休憩時間になった。

なるべくすぐに、わたしは客席から出た。旧式の冷房装置は熱帯夜の大勢の観客のまえではほとんど役に立っておらず、建物の裏手にある小さなバルコニーに出ると、ほっと息がつけた。ここからは駐車場が見渡せ、海もちらりと見えた。真っ暗な海ではちらちらと光がゆらめいている。街では港のほうに向かってたくさんの人々が夜の散歩をしているのが見えた。人々はレストランやナイトクラブが立ち並ぶ、まばゆい照明に照らされた広い大通りをぶらぶらとそぞろ歩いている。きょうも熱帯夜だったが、海風のおかげで屋内にこもっているよりはまだ耐えやすかった。

休憩中はジェレドを見ないようにしていたが、ジェレドはわたしを追って出てきた。バルコニーでわたしのうしろにいる人々を押しのけて、よく冷えたビールのグラスをわたしに差しだした。実際、それはありがたかった。わたしは大きくふた口、ビールを飲んだ。わたしたちは横に並んで、下に至近距離で駐車している車を眺めた。ジェレドはわたしに、この一週間でトムとルデベットがやってのけたバスケットのマジックにどんなバリエーションがあったか、話そうとしていた。ちがうドレスに着替える、剣の代わりに燃えている松明を使う、等々。それから、娘がそういう恐ろしい目に遭わされているのをはじめて見たときにはどれだけ恐ろしかったか、だがあのショーにプロ精神を見てどれほど娘を誇らしく思ったかも。

わたしは彼の話を聞き流そうとした。この場所はもうすぐわたしの過去に埋もれてしまうだろうと、ほとんど切なそうな思いで考えていたからだ。いまは有限の期間にすぎない、ひとつの生き方から次の生き方への移行期間にすぎないと。いますぐそれを終わらせたかった――ここから離れたくてうずうずしていた。わたしは夜の暗い街を見渡した。いまではすっかり慣れ親しんだ眺めを。空気は夜に香る花の芳香でうっとりするようだった。いつかこの場所をなつかしく思うかもしれない、と考えていた。わたしは耳を傾けた――絶え間ない交通の音に、近くのどこかの開け放った戸口から流れてくる音楽に、そしてそれらすべての裏でずっと続いている虫の羽音に。

建物のなかでベルが鳴り、観客に席に戻るようにと告げた。ジェレドはバルコニーの手すりの上にビールのグラスを置いた。半分も飲んでいなかった。

「舞台の上のルデベットはきれいに見えただろう?」

屋内に戻ろうと背を向けながら、彼は言った。ほかの人たちといっしょにゆっくりと歩いていく。

「きれいなお嬢さんね」わたしは言った。

「妙な気分だよ、いまこの瞬間にこの建物のどこかにルデベットがいるなんて。あの子を見ることもできんし、話をすることもできんとは――あの子はスターだ。けさ、キッチンで並んで座っていっしょに朝食を食べたのに」

「ショーのことでルデベットはあなたになにか言ってましたか?」

「あまりないな。だがあんたと話をしてから──だいぶやりやすくなった。わしはあの子にショーのことは訊かないし、あの子もあまり話はしないが、わしらはいま、以前よりもずっと穏やかにいられるようになった。ほぼ昔のようにな。あんたには本当に感謝してるよ、メラーニャ」

「わたしもあなたに感謝してます」わたしは言った。「いろんな理由で」

どういう理由なのか、ジェレドは訊かなかった。わたしたちは人の流れについて暑い屋内に入っていき、ふたたび席に着いた。わたしたちは客席のまえのほう、舞台から三、四列のところに座っていた。わたしはプログラムで扇いでいた。ジェレドはわたしのすぐ隣で、彼の腕がわたしの腕に触れあっていた──やわらかく温かかった。わたしはそっと腕を離そうとしたが、座席が狭いうえに、わたしもまた反対側に座っている人を押すことになっていた。

ショーの後半は大音響のドラムロールと金管楽器のファンファーレではじまった。ダンサーたちがふたたび現れ、あのコメディアンが出てきた。わたしが見たいのはマジックだけだったので、だんだん苛立ってきた。わたしの周囲の人々はみな、風の通らない熱気のなかで、扇いでいた。ひとり芝居があり、ピアノの連弾が何組か出てきた。密集和声カルテットが出てきて、幕のまえで歌いはじめた。そのうしろで、次の演目の準備をする動きがあるのが感じられた。

コメディアンが戻ってきた。ありがたいことにジョークを飛ばそうとはせずに、次は今夜のみなさまのお目当ての演目がまた登場しますと宣言した──奇跡師トムです!

カーテンが開くと同時に、大きなボンという音と閃光があがり、舞台上にオレンジ色の煙のキノコ雲が出現した。煙のなかからトムがあらわれた。両腕と手を謎めいたふうに振りながら、すぐさま次々と小ネタのマジックを繰りだし、炎や繋がったハンカチ、蠟燭やビリヤードのボールや紙の花のブーケを出してみせた。すべて、なにもないところから出てきたように見えた。ひとつひとつのマジックに観客はどっと笑い声を上げた。彼の口のなかから火のついた煙草が出てきて、不意に煙が彼の頭のまわりにあふれ出した。彼はてきぱきと熟達した動きを見せ、まもなくテーブルの上いっぱいに、出現させた色とりどりの物体がすべて並んだ。彼はずっと無言で動き、ときおり無表情な視線を観客に向けた。マジックがひとつ終わるごとに彼は笑みを浮かべる。まるで、自分がしていることへの自身の喜びを観客に伝えようとしているかのようだった。わたしたちは盛大に拍手を送った。

彼の衣裳はわたしたちがさっき見たとおりのものだった。宝石をちりばめたきらめく衣裳に反射する光の輝きで、めくるめくあざやかな色彩がつくりだされていた。顔には色つきドーランで分厚い縞模様が引かれていたが、わたしにはその下がたやすく見てとれた。本当にトマクにそっくりだった！　それについて、わたしは深くは考えなかった。

ショーのクライマックスは、それほど長く待たされることはなかった。舞台係がふたり現れて、いろんなものの載ったテーブルを舞台の外に運びだし、それからトムの合図で半分カーテンに覆われた舞台奥がせり上がって、まえに見た籐のバスケットがあらわれた。舞台係が重いバスケットをまえに引きだし、舞台中央のトムが指示したとおりの場所に置いた。ふたりの男は舞台から出ていった。

ひとりきりになったトムはフットライトのそばを大股で行ったり来たりしはじめた。下から照らされた不気味な姿は色つきライトでくっきりと明暗がつけられ、舞台を歩きまわるにつれて、謎めいて見えるかと思えば邪悪そうにも見える。彼はこれからなにをしようとしているかを説明するスピーチをはじめた――くわしいことは一切語らなかったが、これからお見せするものの準備として何年もの集中と瞑想を必要としたこと、この上演には危険がつきまとうこと、これはほかにない独創的なイリュージョンであることを強調し、正確無比な動きと物理的なバランスが非常に重要なので、上演中は静かにしていてほしいと観客に頼んだ。

オーケストラ・ピットでドラマーが静かながらとぎれないドラムロールを打ちはじめた。観客のあいだに緊張が広がっていくのが感じられた。みな、これから起こることへの期待と好奇心をつのらせていた。

トムはバスケットの口に手をつっこみ、いかにも強靭そうに見えるロープを引っぱりだした。ロープは見るからに重そうだったが、トムはそれを腕にぐるりと巻きつけて、ふつうのロープにすぎないことを示した。ロープのほとんどをバスケットからひっぱりだすと、トムは両手でロープを持ち、両腕をさっと広げる仕草をして力強くロープを上に放り上げた。

それからすばやくうしろにさがり、重いロープがくねりながら落ちてくる下で頭と首をかばった。

ふたたびロープを集めながら、トムは控えめな声で観客に、マジックのなかには一回ではうまくいかないものもあるのだと告げた。それに応えて客のひとりがちょっとうわずった笑い声を上げた。ほとんど安堵に近い笑いだったが、トムは警告するように手のひらを上げてみせ、沈黙と意識集中が必要だとわたしたちに思いださせた。

そして二度め、ロープを投げ上げた――またもや、ロープは落ちた。

三度めでロープは一瞬垂直になってかたまったように見えたが、すぐに揺らいで、また舞台に崩れ落ちた。

トムのオーケストラ・ピットへの合図で、ドラムロールがいっそう速くやかましくなり、それからまた弱まった。トムが放り上げた四度め、今度はロープはなにか魔法の働きによって垂直に立ったままになった。

かすかに揺れているものの、上から照らしている照明を浴びてしっかりと突っ立っていた。

トムは舞台の上をすばやく動きまわった。不思議にもぴんと立っているロープに向かって手を振ってみせ、観客に向かってお辞儀をした。この驚くべき光景にわたしたちみんなが拍手をすると、彼は満面の笑みを浮かべた。

わたしたちの拍手が消えると、トムはバスケットのところに戻り、ふたたび上から手を差し入れた。バスケットのなかからルデベットが顔を出し、ほっそりした体をくねらせながらのばして、まっすぐ立ち上がった。トムが手を貸し、少女はバスケットから外に出た。トムが少女の手を握って掲げ、ふたりはフットライトのほうに歩いてまたもやお辞儀をした。

ドラムロールがいっそう性急なテンポになった。いまはじめて、わたしはルデベットを間近ではっきりと見ることができた。彼女の姿を見て思いがけなくわきあがってきた強烈な感情の波に、頭がくらくらした。その感情を抑えることができなかった——わたしは彼女を、わたしから恋人を奪い去った若いライバルとして見ていた。それはここ数日のあいだわたしが考えていたあらゆることに反していたが、そう感じずにはいられなかった。わたしの目には彼女が、わたしではないものすべてを体現しているように映った。彼女は本当に優美でしなやかで美しく、人生の恩恵に満ちて、まばゆいライトと盛りあがっていく音楽を一身に浴びて微笑んでいた。ドラムにはいまや、心臓の鼓動よろしくずんずんと響くコントラバスの伴奏がついていた。ルデベットは軽やかに舞台を一周するように走った。片手はつねにトムのほうにさしのべられ、顔にはうれしそうな笑みが浮かんでいる。わたしは彼女が妬ましかったが、同時に彼女を賛美してもいた。彼女のことを知りたかった。もしかすると彼女を好きになって、わたしと彼女にどんな共通点があるか見つけられるかもしれない。わたしは彼女から目を離すことができなかった。

イリュージョンは次の段階に移った。トムはぴんと垂直に立ったロープをつかむとまえに身をかがめ、両手を使ってロープを試した。バスケットの首の付近まで低く押し下げ、もう一方の手をロープの高いところにのばす。彼はロープを曲げ、そのかたさを試した。ロープのてっぺんがくるりとまわって小さな円を描いた。

ルデベットは両手に白い粉のようなものをはたくと、ぱんぱんと打ちあわせ、余分な粉をふっと吹き飛ばした。粉は雲のようになってスポットライトの輪から梁のひとつに向けて漂っていった。

ルデベットが自信に満ちたスポーツ選手のような動きで舞台の上を歩いてくると、トムが両手でロープをつかんでいるところまで身をかがめ、ロープを両手でつかんだ。それから優雅に、両腕で体重を支えて体を引き上げた。

ものの数秒で、ルデベットはロープを半分ほど登り、すでに両手でロープを支えているトムの上に来ていた。片方の膝をしっかりとロープにからめ、もう一方の脚を振り上げて次に行く位置まで身体を引き上げている。

トムはロープから手を離し、あとずさった。いまやルデベットにはなんの支えもなかった。すぐ横でジェレドが緊張しているのがわかった。彼の両手はこぶしにかためられ、白くなっていた。わたしは彼の手の上に手を重ねた。双方の手に汗が浮いているのを感じ、わたしたちの肌の不快なほどの熱さを感じた。

ルデベットはバランスを保ったまま、少しずつロープをよじ登っていた。身体はロープにからめていたが、顔はすばやくまわしてずっと観客に魅力的な笑顔を向けていた。

トムは彼女の下に立っていた。ほとんど真下で、バスケットの横で両腕を高々と掲げて指をのばしている

──まるで彼女になにかの魔法をかけているかのように。実際のところ、この若い女性は機敏で力強い天性のスポーツ選手で、ロープを登っていくのに魔法の助けなど一切必要ないのは明白だった。

音楽は着実に大きくなっていた──いまやシンセサイザーのとげとげしい不気味な調べが流れていた。突然、舞台照明の色が変わった──ルデベットにはまだまばゆい白のスポットライトが当たっていたが、舞台のほかの部分は緑色の輝きに包まれていた。

トムは彼女から離れて観客のほうを向き、一瞬ルデベットに背中を向けた。その一瞬に、災厄は起きた──ロープの安定になにか不具合が生じたのだ。ルデベットの下でロープががくんと曲がって崩れはじめ、くねくねと落ちていった。ルデベットは舞台の床に激突した。頭あるいは肩がひどくたたきつけられ、身体がねじれてのたうちまわった。少女は不随意運動で恐ろしい叫び声だか悲鳴だかを上げ──音楽をしのぐ大きさだった──静かに横たわった。

音楽が消えた。ドラムロールがやんだ。

ショックで客席が静まりかえった──最初に突然大きく息が吸いこまれ、それから意味の聞き取れない、うめき声とも叫び声ともつかない言葉が口々に発せられた。ほかの人たちとおなじようにわたしも立ちあがり、通路までの席にいた二、三人を急いで押しのけた。

トムがルデベットの動かなくなった身体に駆け寄り、上にかがみこんで両腕をさしのべるのが見えた。

わたしは叫んだ。「その子を動かさないで！　そのままにして！」トムにはわたしの声が聞こえないようで、わたしはもう一度叫んだ。「わたしがやり方を知ってるわ！　その子に触らないで！」

客席からほかの人々がすでに舞台に向かっていたが、わたしは不意に揺るがぬ決意をかためた。肘で人々を押しのけ、オーケストラ・ピットの横を目指した。そこには舞台に上がる短い階段があるのだ。両袖からふたりの男が舞台に走りでてきた。わたしはルデベットに触るなと男たちに叫びながら、そちらに急いだ。ようやく舞台にたどりつき、最後の段の上でつまずいて、不格好によろめきながら、うつ伏せになったルデベットのところにたどりついた。

トムはルデベットの片方の手を握っていた。

「下がって！」わたしは叫んだ。「わたしにまかせて！　わたしは看護師よ」

わたしはトムのまえに身体を押しこんで、彼をブロックしようとした。ルデベットの身体の上にかがみこむ——彼女はまだ息をしていた。わたしが名前を呼ぶと、彼女のまぶたが震えた。ルデベットはふたたび目をかたくつむった。わたしのまわりではすでに大勢が押し合いへし合いしていた。もう一度わたしはみんなに、ここを空けてと叫んだ。ルデベットの頭はかすかに片側に傾いていたが、首が折れているようには見えなかった。血も見えなかったし、目だった傷もなかった。

「救急車を呼んでください、いますぐ！」まわりに群がっている人々に、わたしは言った。

「もう呼んだ」だれかが言った。「こっちに向かってるところだ」

それから別の声が言った。「わたしは医者よ！　道を空けてちょうだい！」

わたしは顔を上げた——それはがっちりした体格の背の高い女性で、がっちりしたあごと広い額をしていた。そして全身白ずくめの服装をしていた。

「下がって、お願い！」彼女はわたしに言った。

「わたしは看護師よ」わたしは言った。

「よかった。その子を診させて」

女性医師はわたしの横に膝をつくと、ルデベットの頭と首と肩に両手で軽くふれていった。それから慎重に両腕と両脚を試していった。ルデベットが苦痛の喘ぎ声をあげた。開いた口から唾液が滴った。

「ほかのみなさんはどうか舞台の外に出てくださ
い！」医師は言い、両手を慎重かつ的確に動かして診
察を続けた。
「腰骨が折れてるけど、頭を打った様子はないわ」医
師は静かにわたしに言った。「肩が脱臼してるし、腕
も折れてるみたい。肋骨もダメージを受けてるかもし
れないわね。内出血しているようには思えないわ。あ
なたも同意する？」
「ええ」わたしがルデベットにした触診ははるかに表
面的なものだったが、わたしはそう言った。
「毛布を持ってきて」医師は舞台係のひとりに言った。
「この子にはだれも手をふれないで。この劇場にモル
ヒネは置いてる？」わたしに言う。
「救急戸棚にあるわ。施錠されてるけど、わたしが鍵
を持ってる」
わたしは立ち上がって、舞台の袖に向かおうとした。
ジェレドが人の群れをかきわけてきて、ルデベットの
ほうに向かっていた。
「どうか近寄らないで」医師が叫んだ。「うしろにさ
がって！」
「この子はわしの娘だ」ジェレドが言った。
わたしは言った。「本当よ。わたしはこのご家族を
知ってるの」
「わかりました」医師はジェレドに言った。「あなた
の娘さんはひどいけがをしてるけど、生命の危険はな
いと思います」
わたしはすでに救急セットを探しに向かっていた。
施錠された戸棚の鍵はまだわたしのキー・リングにつ
いていた。そうしていると気づきもしないうちに、わ
たしは鍵を取りだしていた。楽屋裏の闇のなかに走り
こみ、戸棚を見つけて救急用モルヒネの密閉された紙
箱を取りだした。
急いで戻ると、舞台の横手にトムが立っていた。舞
台衣裳のほとんどを投げ捨てていたが、顔はまだけば

けばしい舞台化粧を塗ったままだ。彼は必死にすがるような目でわたしを見たが、わたしは彼のわきをすり抜けた。

ルデベットにモルヒネを射った。ルデベットは苦悶の悲鳴をあげた。それは耳に恐ろしく響いたが、ほどなくルデベットの呼吸がふたたびしっかりしてきた。そのとき、救急隊が到着した。わたしはうしろに下がり、彼らに仕事をさせた。女性医師に注意深く見守られて、ルデベットは車輪つきストレッチャーに載せられ、運び去られた。ジェレドがストレッチャーのわきに軽く手をかけ、同行した。彼はわたしを振り返りもしなかった。ルデベットは眠っていた。

26

女性医師はわたしに、舞台のルデベットが落ちた場所のそばで待っているようにと言い、電話のところに行って病院の救急病棟にまえもって連絡し、自分の診断を伝えていた。トムは見当たらなかった。劇場スタッフがみんなを外に誘導し、いまは客席はからっぽだった。舞台照明はすべて消され、天井高くの客席用照明がついていた。わたしの背後か頭上のどこかで冷却ファンのうなり音がしていた。わたしは薄暗い舞台の上にひとり立ち、トムの籐のバスケットと落ちたロープを見下ろしていた。起きたことに責任を感じずにはいられなかった。トマクと、彼のルデベットとの関係についてのわたしの思いこみが、どういうわけかこの事故を招いたのではないかと思えてならなかったのだ。もちろん、ルデベットはわたしが彼女の存在を意識するまえにトムとの仕事をはじめていたし、このショーもこのイリュージョンもこの事故もすべて、わたしがここにいようがいまいが起きていたということはわかっていた。だがそれでも、自分が共犯関係にあるような気がしてならなかった。

医師が戻ってきた。その顔が汗で光っているのが見てとれた。簡素な白い服はぐっしょりと湿り、わきの下と胸まわりの身体に張りついていた。彼女は近づいてきながら、問いかけるような眼差しをわたしに向けた。わたしの感情を読みとろうとしているようだった。

「大丈夫?」驚くほどぬくもりのこもった声で、医師は言った。

「ええ」わたしは言った。「あの子のけがが重篤なものでなくてよかった。患者さんを知ってると、いつもつらいものなのよ」

「あなたの反応はとてもすばやかったわ」

「必要になると昔受けた訓練が勝手に発動する。あなたがここにいてくれてほっとした」

「わたしは客席のうしろのほうにいたの。だからまえに出てくるまでに時間がかかったの」

「あの子は大丈夫だと思う?」

「ひどく痛くて苦しいでしょうね。腰骨が治るには長い時間がかかると思うけど、長期にわたる障害は残らないでしょう。あの子はひどい落っこち方をしたのよ、それだけ」

「あの子はスポーツ系の学生だってだれかから聞いてる?」

女性医師はむっとしたような顔をした。「いいえ。それはあの子にとって問題となるかもね。でも——あの子は若いし、強い。適切な治療を受けて、予後のリハビリをすれば、完全に恢復するはず」

彼女はわたしの手をとって、わたしを元気づけようとした。わたしたちはその場にいっしょに立ち、緊急事態の余波にひたっていた。わたしはまだ動転していたが、それは特にルデベットの事故のせいというわけではなく、さっき起きたことにいわれのない責任をずっと感じていたからだった。この医師の存在は安心をもたらしてくれると同時に威圧的でもあった――彼女は威圧的な女性で、口調は穏やかだったが、めったに笑みを見せなかった。不意にわたしは息を吐きだした。もはやすすり泣きの声が漏れるのを防ぐことができなかった。

そのとき、彼女が言った。「予防措置として、あなたとわたしは連絡先を交換して、くわしく連絡をとるほうがいいと思うの。あの子があんなことになって、だれかが正義を求めるべきだと言いだすかもしれないでしょ。わたしたちも巻き込まれる可能性があるわ」

「でもあれはどう見ても事故だったわ。だれが復讐なんてしようとするの？」

「まえに出てきた男はあの子の父親だって言ってたでしょ。あの男がするかも」

「ジェレドはしないわよ！　彼はそんな人じゃない」

「だれだってそう、法律の使い方を見つけるまではね。仕事中の事故についての法規は複雑なの。あの父親は復讐なんて望まないかもしれないし、そんなことを探すなんて考えもしないかもしれない。でもね、代理業務を申してる会社がいろいろあるの。そういうところが訴訟をはじめて、そのあとからほかの輩が乗っかってくる」

「わたしはそんなことに関わりたくないわ」わたしは言った。

「わたしだってそうよ。でもだれかが訴訟をはじめちゃったら、選択の余地なんてなくなるの。あなたの名前はなんていうの、どこに住んでるの？」

「メラーニャ・ロスよ」わたしは言った。「この街に住んでるけど、もう何日かしたら出るつもり――」

「わたしの名前はマリン。フィレンツァ・マリン。ビサーンのすぐ外側の村に住んでる」

「ドクター・マリン？」

「わたしはドクターと名乗ったことはありません。プラチョウスにやってきて以来、医師の仕事はやめて、信者になったの。わたしはプラチョウス出身じゃないし、再教育を受けないと開業医の免許は得られない。いまは伝道師をやってるわ」彼女はトムのイリュージョンの残骸を見まわした。「もしこのことがばれたら、きっとわたしがさっきしたことのために医療審議会とめんどうなことになる。あなたのほうはどう？　あなたもプラチョウス人じゃないでしょ」

「そのとおり」

彼女はわたしの手を握ったまま、奥まった目でわたしを見つめた。

そして言った。「次に会ったときはわたしを名前だけで呼んでちょうだい。わたしはフィレンツァ。この事件でこれ以上なにも起こらないことを願うけど、この島じゃどんなことが起きるかわからない」

わたしはなるべくすぐにプラチョウスを出てもう戻ってこないつもりだと説明したかったが、よくわからなくなった。復讐という行為がどういうふうにおこなわれるのか、わたしにはわからなかった。奇跡師トムに対しておこなわれるのだろうか？　わたしは強制的にそれに加担させられるのだろうか？　わたしは、そしてこの女性は、どういうふうに巻きこまれるのだろうか？　事故の目撃者として？　それとも若い女性に一次救急をおこなった加害者として？

わたしがなんと言おうかと迷っていると、突然フィレンツァ・マリンがまっすぐわたしのほうを向き、わたしたちは抱きあった。力強い両腕がわたしの肩を守るように包みこむのが感じられた。頬と頬がつかのま、ぎゅっと押しつけあった。彼女のあごが感情に駆られて張りつめるのが感じられた。わたしたちはたがいにうしろにさがり、一瞬、彼女の目にうっすらと涙がにじむのがちらりと見えた。それ以上なにも言わずに彼女は背を向け、舞台から出ていった。そのまま客席を通り抜け、カーテンのかかった扉から出ていった。わたしはひとり立ちつくしていた。

事故を引き起こした仕掛け入りロープはまだ、舞台の床にぐるぐると曲がりくねって横たわっていた——その一部分がわたしの足のあいだにのびていた。見えないほうの端はまだ籐のバスケットのなかにあった。トムの気配はどこにもなかった。わたしの頭上でまわっていたまったく効かない冷却ファンの静かな音が、突然止まった。

27

わたしは家を引き渡し、飛行場に車を走らせた。旅は四時間ぐらいかかった。つまり、役所の諸問題が消えたとしても、離陸をはじめるには遅すぎるということだ。なるべく明るいうちに飛びたかった。

最初にわたしが到着した飛行場はなだらかな牧草地の丘陵にあった。森ではないが、成木がたくさん繁っていた。そこは島の南東部にあった。そこを見つけたのは偶然だった。黄昏が深まるなか、燃料が切れかけている状態でプラチョウス上空を飛びながら、必死でどこか着陸できそうなところを見つけようとしていたときに見つけたのだ。

着陸のあと、わたしはプラチョウスでの日常生活について学ぶこと——特にトマクを探すこと——に専念し、まもなく、長距離飛行の冒険の記憶は薄れていった。生まれてからこれまでにわたしは何度となく空を飛んでいたが、その飛行は特別だった。この島を出るという意志がかたまるにつれ、わたしは何度もその飛行場に行って、わたしがひとりで作りあげたさまざまな困難の迷路から脱出しようとしていた。そこの職員ともいまでは顔見知りになっている。いったん飛行機が抵当から離れれば、わたしはそれに乗って飛びたくなるだろうということに、彼らははっきりと気づいていた。

海から高くそびえる丘陵の上は快適な気温の気候だった。わたしはこの訪問を楽しんでいた。市街地の蒸し暑さからの逃げ場になっていたからだ。地元の人々が軽飛行機で飛行場に出入りするのを見てちょっとうらやましいとも思ったが、保税格納庫にしまいこまれているわたしの飛行機はこれまでつくられたなかでもっとも美しく力強いものだとわかっていた。もう一度飛ばしたくてたまらなかった。

そうやって飛行場を訪ねたときには、わたしは飛行場の端の長くのびた芝生に寝そべり、航空エンジンが離陸のために回転数をあげる聞き慣れた音と臭いにひたってすごす。航空エンジンの振動とプロペラの後方から送られてくるスリップストリームの圧力を感じたくてたまらなかった。安全規則では、あまり近づきすぎてはいけないのだ。そうやって訪問した際に一度、いかにも脆そうな造りの管制塔に招待されたことがあった。管制塔はまさにわたしの飛行機が保管されている格納庫の上に立っていて、風向きや高度や進入経路についてパイロットたちと交わされる短いながら礼儀正しいやりとりに、わたしは痛いほどなつかしい思いで耳を傾けた。

その飛行場にたどり着くと、いい知らせがあった。徴税代理業者がわたしの財務状況を調べていたのだが、わたしの借入金勘定の信用格付けはわたしの飛行機の査定額の十二パーセントに等しいことが明らかになっていた。それがどういうことなのか、わたしにはさっぱりわからなかったが、飛行クラブの会長がわたしの横に座って計算のしかたを説明してくれた。相変わらずよくわからなかったが、彼と当局に言わせれば、押収されている飛行機の税額をわたしは払えるということのようだった。そもそも飛行機が押収された主な理由はこのためだったということがわかった。わたしは中立性の侵害について訊ねたが、会長はそれについてはなにも知らなかった。彼が言うには、わたしがこの島の領空から出ていこうとせず、戻ってきてふたたび飛行機を引き渡すなら、審問会の結果に影響することはないだろうということだった。

　結局、税のための担保は真夜中に取り下げられ、朝いちばんに飛行証明のための短いフライトをすることが許された。

　わたしは格納庫に入ることを許された。そこではふたりの整備士《メカニック》が計器や配線、操縦面の最終チェックをおこなっていた。エンジンの状態は良好だとふたりは言った。というか、ふたりの考えではそのようだった。この機は彼らにはなじみがなく、ふたりはわたしにこの機の技術的明細事項についてあれこれと質問をしたが、どれひとつとしてわたしには答えられなかった。飛行機に触れたかった、ほっそりした機体に腕をかけてもやりたかったが、メカニックたちはわたしを近づけないようにとはっきり言われていた。

　わたしが指定した燃料の量についても、いろいろと質問に答えなければならなかった。百オクタンの航空用ガソリンは広く使われているものなので入手可能だったが、整備班は当然のことながら、機体後部にある予備タンクを発見した。わたしが頼んだ燃料の総量について、彼らは関心を抱いていた。本番のフライトのためには両方のタンクの容量いっぱいに燃料を入れる必要があったが、わたしの目的地について疑いを招きたくはなかったので、最初のうちは、短い証明飛行のために足りる量が必要だと言ってあった。だがそれがうまく行ったら、この島の海岸に沿ってまわるもっと長いフライトをするつもりだった。そのために余分に燃料が必要だった。

わたしはこの飛行場に来ていた最初のころに泊まっていた家に行き、わくわくと興奮していたわりにぐっすりと眠り、朝のできるかぎり早い時間に飛行場に戻った。すでに働いている整備員が何人もいたが、パイロットはわたしひとりだけだった。わたしは気象庁に天気予報を聞きに行った。きょうも晴天で、島の東部上空では高気圧が安定しているということだった。島の北部と西部では嵐の確率が七十パーセントだった。視界は優良。すべての高度帯に弱い風あり。嵐の警告は気にならなかった――嵐がやってくるころにははるか彼方にいる予定だったからだ。

わたしは飛行用ジャケットを着てヘルメットをつけ、保税格納庫に歩いていった。メインの扉が開いていることに、すぐに気づいた。飛行機のプロペラと着陸装置と垂直尾翼につけてあった保税の公式タグははずされていた。メカニックのひとりがわたしに陽気に手を振った。それは万事良好という意味だとわたしは受け取った。少し待ったあと、飛行機はクラブのトラクターによって引きだされ、向きを変えた。車輪が車輪止めで留められた。

わたしはコックピットによじ登った。もう百回もやっているようにふるまおうとしたが、実際はこのスピットファイアに乗ったのはたった二回だった。一度はここに来るフライトで、次は到着したあと、泊まるところがなくてコックピットで夜を明かさざるをえなかったときだ。いま、わたしはキャノピーを大きく押し開けたコックピットの縁に片脚をかけてお尻をかたいシートまで下ろし、両脚を操縦桿の両側に押しこみ、方向舵を見つけて、身体をよじらせて正しい位置におさまるようにした。

これから適性が証明されるのは飛行機なのだろうか、それともわたしなのだろうか？　わたしのしていることは注目を浴びていた。整備員は全員、格納庫からスピットファイアについてきており、いまはわたしがエンジンをかけるのを見守っている。首をのばして管制塔を見上げると、五、六人が窓ぎわに立ち、わたしを見下ろしていた。わたしは落ち着いているように見せようと、操縦席点検をはじめた。

手順は慣れたものだった——飛行前点検はすべておなじようなものだったし、スピットファイアのバリエーションについては前年に丸暗記していた。着陸装置は下ろしてロックされ、緑色のライトが確認できた。フラップは上がっている。ランプも上向きになっている。燃料のコックレバーは両方ともオンになっている（すばやく第二燃料のコックを探さなければならなかったが）。スロットルは指一本幅で開いている。その隣の、エンジン内のガソリン混合スイッチの表示は、濃《リッチ》。操縦席点検はごく自然な、慣れたものに思えてきた。プロペラ制御は、バック。ラジエーターシャッターは、開。すべてOK。次は右側にあるプライミングポンプだった。わたしはコックピットから頭を両側にひねり、プロペラのそばにだれも立っていないことを確認して、イグニッションのスイッチを入れ、プライミングポンプのハンドルを引くと、スターターボタンを押した。

プロペラがまわり、エンジンがかかった。エンジンがなめらかに回転するようになるまで、スターターボタンを押したままにし、それからプライミングポンプをゆるめた。

両手が安堵のあまり震えていた。エンジンが温まると、わたしはすべての計器を見て、すべてが作動し、ゼロを指していることを確認した。シートの位置はだれも動かしていなかったので、両脚は自然に方向舵ペダルの位置におさまった。

　エンジンがかかると、緊張がほぐれてきた。わたしはごくふつうの暖機運転の手順を踏んでいった。ブレーキ圧は、正。キャノピーは、オープンロック。スロットルは、弱混合で開。プロペラピッチ作動は、ＯＫ。スロットルをバックにし、濃混合《リッチ》を選び、スロットルを最大ブーストにする。点火用発電機《マグニートー》をチェックする。すべて作動している。万事ＯＫ。

　管制塔に話しかけ、離陸許可をもらう。オープンしたコックピットから片手を振ると、メカニックふたりが走ってきて車輪止めを外した。

　わたしのスピットファイアは前進しはじめた。スロットルをオープンにすると、機体は標準的《ノーマル》スピードでタキシングをはじめた。

　スピットファイアは尾輪が低いために、地上にいるときはつねに機首が上向き《ノーズアップ》姿勢をとっている。つまり、前方はまったく見えない。また、ローウィングのために左右の視界はごく限られている。まえにこの飛行場を訪れたときに、わたしは滑走路に沿って歩いて往復することで、できるかぎりこの滑走路のことを知ろうと努めた。ここは草地の飛行場だが、草は短く刈ってあり、少ないながら地面のこぶや急な傾斜があって、飛行機が充分な対気速度を得るまえに空中に投げだされる危険があった。

　わたしはもう一度風向を確認し、それから機体を滑走路にだした。位置に着くや、最終チェックをする。昇降舵をニュートラルから一クリック下げ《ダウン》、方向舵は右いっぱいで離陸のためにバランス調整、混合比は濃《リッチ》、プロペラピッチはファイン、燃料オン、フラップ上向き《アップ》、ラジエーターシャッター開。

　スロットルを開き、マーリン・エンジンはスムーズに全速に入った。機は前方向に加速した。

　数秒後、わたしは飛んでいた。地面がぐんと落ちていき、下方で木々と草原が傾いている。上方には白い雲、マーリン・エンジンのわくわくするような轟音、オープンにしたキャノピーを吹き抜ける猛烈な気流。わたしはキャノピーを閉じた。

28

わたしは飛行場をぐるりと長く一周するように、慎重にスピットファイアを飛ばした。空高く上がったので、はるか南に海が見え、中央大砂漠の一部もちらりと見ることができた。砂漠はそれほど遠く離れてはおらず、丘陵地帯のすぐ向こうから西に広がっている。だが、景色を見るために上がってきたわけではない――わたしはこの機に、基本的な飛行テストをひとわたり施した。上昇、旋回、急降下、第一失速。着陸装置の上げ下ろし。スピード、方向、高度を変えながらの各計器の表示読み取り。計器が旧友のように思えた――人工水平器、高度計、速度計、燃料計。

このすばらしい飛行機のすべてが正常に作動してい

た。きょうがどういう一日になりそうかわかり、一瞬、興奮のあまりめまいを覚えた。無線で管制塔にこちらの意図を伝え、着陸の許可をもらい、着陸進入《アプローチ》の承認を得てから、滑走路に向かって降下した。折り返し点に向かって飛行場の上空を通過しているときに、エンジンの可能性《ポテンシャル》を試してみたいという思いに抵抗できなくなった。わたしはスロットルを開き、加速の短い反動を感じた。プラチョウスのこのあたりの田園風景があっという間に下方に遠のき、緑と茶色にぼやけた——この島への用がなくなったいま、わたしはただ宙に飛び立ち、故郷を目指したかった。

わたしは着陸して、職員がわたしのフライトについて必要な詳細を記録するのを待った。わたしが管理事務所に向かっているあいだに、給油車が出され、タンクに給油をはじめた。

わたしは飛行計画《フライトプラン》を提出した——それは本当の目的を隠すためのおとりだった。海岸沿いにビサーンまで飛び、それからちょっとのあいだ中立海に出るというプランを書いていた——それは法律への配慮で、実際はビサーンから引き続き海岸沿いに飛んで、アジェイスントと呼ばれる公式には存在しない地域に入ってみるつもりだった。このルートは申告では、それから海岸をよぎってさらに北に向かい、砂漠の一部をよぎって南の浜辺に向かったあと、海上で高高度ダッシュをしてから旋回して飛行場に戻ることになっていた。

偽りのフライトプランを提出するのは違法で危険なことだが、燃料を満タンにする理由づけのために必要だった。本当にやるつもりのプランでは絶対に許可は出ないだろう。このフライトプランは冷静に受理され、記録された。わたしは離陸の許可を得た。

わたしは自分の車に戻って私物をまとめ、狭いコックピット内部とシートのうしろの空きスペースに詰めこんだ。太陽が高く昇り、スピットファイアの翼の上に立って機体内部に身をかがめているわたしの背中に熱気が打ちつけてきた。わたしの両手は汗ばみ、心臓は早鐘のように打っていた。苦労して、表向きには冷静を保っていた。地上の整備員と握手をし、管制塔に手を振ってから、ついに小さなコックピットに乗りこみ、両肘を胴体の両側に押しつけた。もう一度操縦席点検をして、滑走路の端まで走らせた。わたしはキャノピーを一部だけオープンにしていた。押し寄せる空気を感じ、マーリン・エンジンの崇高な轟音を聞きたかったのだ。あと何度、この飛行機を飛ばすという類まれな経験を楽しむことができるだろうか？

一分後、わたしは空を飛んでいた。エンジンが猛り、プロペラ後流が開いたキャノピーを通ってわたしの頭を打ちつける。上には蒼穹《そうきゅう》、下にすべり落ちていく緑の大地。わたしは急上昇した。スピットファイアを北東に向ける。提出したフライトプランからの最初の逸脱だ。滑走路はすでにはるかうしろに飛び去っていた。雲底とおなじ高度で飛んだ。急速に熱せられた下の大地からの上昇気流に乗って、巨大な白い積雲がもくもくとわいてきていた。わたしはキャノピーを閉じ、プロペラのピッチを調整して、燃料の弱混合をセレクトした。スピードは二百ノット（時速三百七十キロ）に保つ。わたしは史上最高に美しい航空機に乗っていた。その一部となり、それと結びつき、それによって飛んでいた。エンジンの容赦ない推進力が感じられた。エンジン音は、巡航に入ったいまは堅実な単調低音になっていた。極限まで無駄を排した機体《マシン》の内部に振動はほとんどなかった。白い雲のそばをよけて飛び、その次の雲にわざと飛びこんで、内部の乱気流のキックを感じつつふたたび青空に出てくる、そのあいだもずっと着実に上昇をつづけていた。下の地面の痕跡をすべて置き去りにしたくて、わたしは別の雲のわきを通って舞いあがった。キャノピーをしっかりと閉じて、与圧のスイッチをオンにした。周囲に広がる大空を、はるか下の大地を、遠くにちらちら見える群青色の海と、白く縁どられて散らばる島々を、わたしは魅せられたように見つめた。

29

高度六千フィートに達すると地面がよく見えるようになるが、同時に、わきあがる雲の上に出たことにもなる。わたしはこの高度に最適の状態に機を調整した。エンジンスピード千七百五十回転／分《rpm》、弱混合、ピッチはコース——対気速度は百六十ノットぐらいだ。長距離フライトになりそうだが、燃料は節約しなければならない——わたしにとってこの機で飛べる距離はそれにかかる時間よりも重要だった。推測航法によって機首方位を三十五度に保っていた。洗練されていないうえにしばしば信用もおけない航法だが、粗悪な地図——ビサーンではこれしか手にはいらなかった——しかない現状では仕方がなかった。地図がないことはプラチョウスではつねにある問題だった。ピクニック場や安全に泳げるビーチや文化的な芸術品を鑑賞できる歴史的建造物を見つけたいと思うなら、プラチョウスの地図は一流品だ。だが、わたしが何度も発見したように車で真剣にあちこちまわろうとしたときや、今経験しているように飛行機で飛びまわりたいときには、信頼できる海図や地図は単純に存在しないのだ。というより、少なくとも公開市場では入手できない。

わたしはなるべく地上をよく見て、大まかな場所の目安になるランドマークで知っているものはないかと探した。この地図なしフライトの準備としてしょっちゅう島じゅうを車で走りまわっていたときに、目印になるものを頭に入れておいたのだ——いろんな湖や川、河口域、山脈、高層ビルの集まり。スピットファイアのコンパスが正しい針路の保持を助けてくれたが、海岸のわたしが行きたい部分までのわかっている距離は、航空機のスピードですぐに消化されてしまう。

前方の地面を見渡すと、海岸線が視界に迫ってきた。プラチョウスの荒れた波の白いすじが入ったあざやかな青い海。太陽はいまはいっそう高くなり、遠くの沖の深みに金色のハレーションを飛ばしている。市街地に住んでいたあいだに、目印になるものを探してビサーン周辺の田舎をまわっていたときに、南にのびるふたつの岬を見つけていた。このふたつは沖合いにある小島群を示しており、幾何学的にほぼ正確な半月形のカーブを描いている湾も含まれていた。ここからだと、当然ながらビサーンそのものを見つけることができるだろう。その全体の形と位置は、わたしが以前に測定して自分で地図にしていたからだ。

海岸を見つけ浜辺と平行に沖合いを飛びはじめてまもなく、岬のひとつが見え、そのとたんに自分がどこにいるかがわかった。少しばかり針路を修正して、速やかに海岸に沿って進む。郊外に向けて住宅地がのび広がっているビサーン市街にやってきていた。朝の陽射しを受ける空気はきれいに澄みきっていたので、市街を見つけるとほぼ同時に、当地のランドマークが見てとれた。セントラルパーク、港がある河口、わたしの家があった地域、そして〈イル・パラッツ〉劇場まで。

自分の居場所がわかったいま、わたしはまっすぐ北の山岳地帯を目指した。ビサーンで暮らしていたあいだ、街の高さから見上げるこの山々は市街地を断ち切る堅固な障壁のように思えていた。だがいま飛んでいる高さから見ると、そのおなじ峰々が取るに足りないもののように見えた。スピットファイアの下を、少なくとも千フィートは余地を残して流れていく。山岳地帯の全容を視界におさめることができた——はじまりの斜面ははるか内陸、砂漠の縁にあった。峰々は海に近づくにつれて高く険しくなっていた。

山岳地帯の上を飛んでいると、下のほうの斜面に大きな敷地を持つ家々や、山頂に上る大規模なケーブルカー網が見えた。風上斜面からの強い上昇気流がスピットファイアに吹きつけてくる。機体は安定していた——まるで機械《マシン》そのものに空や気候の不測の変化に喜んで対処する知性が備わっているかのように。

山岳地帯を通りすぎると、わたしはできるかぎり前方遠くに目を凝らした。アジェイスントと呼ばれる貧民街が含まれる閉鎖地域をひと目見たくてたまらなかった。探しているのはもうひとつの河口だった。ビサーンのそばにあるものよりもはるかに広くて複雑な、小さいながら入り組んだ三角州をふくむ何本もの分流が通っている河口だ。この河口域の北側の岸に、わたしが昔の地図で見た葦ノ原《リードランド》地区があるはずだった。

わたしは高度を下げた。生垣や石壁で区切られている小さな畑が並ぶ農業地帯の上を抜ける。前方に沖積平野があった。近づいていくと三角形が見てとれた。広い砂州と浅い海に流れていく何本もの水路がある。わたしはスピットファイアを百ノットちょっとまで減速した。燃料満タンでの失速速度よりは速いとはいえ、それほど余裕はないというスピードだ。スピットファイアをこんなに低速で飛ばしたくはなかったが、地上になにがあるのかよく見えるようにしたかったのだ。

三角州の上を縦断すると、その向こうには広大な沼地と排水されていない氾濫原があった。長く生い茂った葦は淡いベージュの森のようで、どの茎の先にも黒っぽい種子の莢《さや》がついている。葦の森は絶えず波打っていた——風に吹かれて葦がいろんな方向にたわみ、絶えず変わる模様が刻まれていた。わたしは千フィート前後の高度にとどまった。それより下げるのは危険だった。高度が低いと高度計が正確な表示を出していると信頼することができないうえに、絶えず動いている葦のせいですでに肉眼だけで高度を見積もるのが難しくなっていたからだ。

人が住んでいるしるしはまったく見当たらなかった。実際、大規模排水と防潮堤の建設をしなければ、この地に人が住むのは不可能だと思えた。これほどのろいスピードでも消費されていく燃料を絶えず気にしながら、五分ほどそのあたりを飛んだ。プラチョウスのアジェイスント地区の存在は、わたしにとって、まだ解明できていない問題だったのだ。

黒い地面の上をわたしは飛んでいた——それがなんなのかわからないままに。ずっと前方を見ようとしていたのだが、不意に右側に現れた地域の上を通りすぎた。だがそれは、わたしがそちらを見たとたんにちらついて消えたように思えた——なにかを見逃したような感じだった。黒い欠落とでもいうような。

わたしは旋回し、少し高度を上げた。引き返したときに、さっき飛びながらなぜか見過ごしたものの全体像が見えた。地面に深く刻まれた暗黒の地域があった——真っ黒だった、まるであらゆるものが破壊の極致と言えるまでに焼き尽くされたかのように。それは植物が燃えたとか、以前にそこにあったなにかの残骸というようには見えなかった。荒廃というか、欠落というか、負の土地の断片というようなものだった。

それの上を飛びながら、わたしは目にしたものに心の底から困惑した。ふたたび葦の繁る平原に出たとき、高度を上げて旋回し、もう一度見てみようとした。今度はその黒い地面に向かって飛びながら、その広がりを見ることができた。それは広大な面積で、右側の遠くに広がっていき、左側にもそこそこのびていた。その黒い欠落の印象部分と葦原の縁になる土手とのあいだに境界線が見てとれた。それは明確な線に見えた。まるで巨大なナイフで切り分けたかのようにまっすぐだった。

わたしはスピードを上げた——あまりにゆっくりと飛んでいると、無防備な感じがするのだ。高度をさらに五百フィート上げ、もう一度旋回した。この高さだと、黒い地域全体を視界におさめることができた。いまはそれが葦原に穿《うが》たれた正確な正三角形であることが見てとれた。それは何マイルにもわたり広がっていた。

わたしはそれに向かった。だが、それにあるなにかが恐ろしくてならず、本能的に近寄るまいと腰が引けた。その陰画のような光景にはなにか恐ろしいものがあった。まるで、近寄りすぎるとわたしの存在まるごとが否応なしにそのなかに引きこまれるのではないかというような。わたしは機をバンクさせ、向きを変えたがそのときに気が変わって、ターンの途中でまたしても引き返してもう一度見ようとした。

三角形は消えていた。

一瞬、方向感覚を失ったのかと思ったが、ずっとコンパスに従って飛んでいたし、いまは黒い目印があったところに向かってまっすぐ引き返していたのだ。

わたしの前方には建物群があった。

三角形があったところは、いまは街の一部のように見えていた。たくさんの家や街路、緑色の公園区域、教会の尖塔が見えた。動いているものはなにひとつなかった。道路を走る車はなく、人の姿もまったく見当たらない。ただ建物と道路と、近代都市の堅牢な外骨格があるだけだった。まばゆい陽射しが投げかけている影が見てとれた。

この街の眺めもやはり、葦原に穿たれた正三角形をしていた。大きさもおなじだ——各辺が等しく、少なくとも二マイルの長さがある。

わたしはその上を突っ切って飛び、バンクして百八十度機を翻すと引き返した。さっきはどうしてあれに気づかなかったのだろう？ 今度は、コンクリートとガラスでできた高層ビル群がごくふつうの家々と通りの上にそびえ立っているのが見えた。家が立ち並ぶ細長い高台がいくつも見え、戸外に駐まっている車が見えた。道路の多くは両側に成木の並木がある。直線の街区の一辺とおなじ長さでのびている公園にもたくさんの樹木と小さな湖があり、芝生を突っ切っていくつかの小道が配されていた。

わたしは上空を飛んで過ぎ去ると、またバンクしてそちらに戻った。

街は消えていた。黒い虚無の三角形がその場所に戻っていた。

またもや下にあるものがそら恐ろしく思えてきた。それが現実のものではないおとりか罠で、見たり知ったりするのも危険なもののような気がしていた。だが、この飛行機に乗っていると、外になにがあろうと安全に守られているように思えた。わたしはぐっと自分を抑え、どうするか決めようとした。それを考えるあいだ、もう一度その地帯の上をつっきり、海のほうに向かった。心が決まった。

スピットファイアを急旋回させ、三角形があった場所に向かって飛んだ。今回はその上を突っ切って飛ぶのでなく、巨大な三角形が見える距離まで近づいて、長い三つの辺の外側をたどってぐるりとまわるつもりだったが、あれがわたしの心の深奥に呼び起こす恐怖に囚われるほど近寄るつもりはなかった。

左側に黒い三角形を見ながら、反時計まわりに飛んだ。一定のスピードと安全な距離を保ち、飛行機は巡航していた。辺に沿って飛びながら、わたしは三角形のほうをじっと見ていた。

それは変化した。

ある点で、ある角度から見ると、三角形のなかには都市のビル群があった——だがほかの点から見たときは、ふたたび色のない、暗黒の虚無という恐ろしい場所になった。三角形の六十度の頂角の頂点に近づくと、見えている光景がどんどん速さを増しながらちらつきはじめる。頂角に沿って飛行機をバンクさせると、二辺にはさまれた部分の変化はめまぐるしくなり、一瞬、葦原の一部にしか見えなくなった。だがそれから、三角形の次の辺に沿って進むにつれ、二辺のあいだの変化は徐々にゆっくりになり、辺の半分ほどのところではくっきりと揺るぎない景色が見える——ある辺の上からは、なにも存在しない暗黒の三角形が見えるが、別の辺の上からはふたたび都市の姿が見えた。

この不可解な光景がいったいどのような論理で変化しているのか見つけようとしながら、その区域を四周した。だが、五周目に入ったとき、はっとわれに返った。このフライトにはもっと大きな目的があったのだ。そのうえ、貴重な燃料をとんでもなく浪費している。

わたしはその区域を最後に横断することにした。今度は、この長距離フライトの残りのためにスピットファイアを本来飛ぶべき高度にまで持っていかなければならないとわかっていた。その高度なら、もっと速く飛びながら残っている燃料をもっと効率よく燃やせるからだ。わたしは最後の旋回をしてスロットルを開き、最速で上昇しながら、アジェイスントと呼ばれる区域をまっすぐつっきった。そうしながらまえに身をかがめ、このときまで触れたことのないスイッチを押した。

機体の腹部に搭載されている強力な偵察用カメラを作動させるスイッチだ。わたしはそれを、二秒ごとに一枚撮影する自動撮影に設定した。

サーボモーターがまわりはじめる音を聞き、その振動を感じながら、わたしは暗黒の三角形のもっとも近い辺を横切った。数秒後、操作ボックスのライトが点滅をはじめ、撮影画像が次々と映しだされるのが見えた。

わたしはカメラを作動させたまま偉大なマーリン・エンジンをフル回転させ、スピットファイアは広い大空のいつもの高さへと猛スピードで昇っていった。

30

一時間後、わたしは機首方位二百六十度で進んでいた。ずっとまえにプラチョウスの領空から無事に出ていた。空には上層雲がうねり、はるか下の海にはたくさんの島が見えた。いくつかの大きめの地面のかたまりが諸島に向けて押しだしているのが見え、この針路に乗っていればほどなく大陸塊の上に入り、このフライトの残りのあいだ進んでいけるとわかった。現在いるのは高度二万五千フィートのちょっと上、スピットファイアの偵察パイロットが通常飛ぶ上昇限度よりはずっと低いところだが、この高度で飛行機は弱混合で高速巡航していた。地図を持たずに飛んでいるので、ときどき地面が見えるようにしなければならなかった。

コックピットのヒーターが暖かい空気をやさしくわたしに吹きつけていた。

前方に重量のある雲の巨大な柱があった。鉄床《かなとこ》型の雲頂は目もくらむように白かったが、雲底は嵐をはらむどす黒さだった。それがなんなのかはわかっていた。避けるべきだということもわかっていたが、わたしは地面を見て推測航法で進もうとしていた。鉄床の長くたなびく棚がすでにわたしの頭上に来ており、激しい雹がシャワーのように降ってきた。ドラムを打つように恐ろしい勢いでスピットファイアの翼と機体を打ちつけ、キャノピーを殴りつけた。前方の空いっぱいに積乱雲が広がっていた。そのときにわたしに残された唯一の選択肢は、その上に上昇しようとすることだった。わたしは機首を上げたが、まだ上昇している最中に雲の壁につっこみ、そのなかに渦巻く暗黒に頭から落ちていった。

31

半時間近く、わたしは濃密な雲のなかを必死で飛んだ。周囲には稲妻の光条が閃き、猛烈な上昇気流と下降気流が機体を翻弄した。間断なくたたきつける雹の粒は弾丸のような衝撃をもたらした。わたしはキャノピーや機体に何度もたたきつけられた——一度など、かたい障害物に頭から激突したような衝撃があった。わたしはシートからまえにがくんとせり出して操縦桿にぶつかり、必要もない急降下をしてしまった。雲のなかにつっこんだ瞬間から、方向感覚を保ちたいという望みは失われた。雲内の気流はきわめて暴力的で予測不能のため、飛行機が分解せずにまとまったまま、エンジンが止まりもオーバーヒートもしないことを願うのが関の山だったからだ。飛行機がまだまっすぐだという確信すらもてないことも、ときおりあった。わたしの単独飛行史上、コントロール不能になって墜落の危険を感じたのはこれがはじめてかつ唯一だった。何度も、もう死ぬと確信した。わたしにできるのは操縦桿にしがみつき、片手でスロットルをあやつりながら空中で機体を守ろうとするぐらいだった。

雲につっこんだときとおなじぐらい唐突に、わたしは雲から出た。多少なりともまっすぐな状態で飛びでていた——ものの数秒で、恐ろしい上昇気流から穏やかで静かな空気のなかに。周囲はひたすら青かった。まばゆい日光に頭がくらくらした。

即座に計器をチェックし、エンジンや翼面や油圧系統、燃料系統が深刻なダメージを被《こうむ》っていないかを知る手がかりを探した。すべて無事のように見えたが、本当のところを知ることは不可能だった。わたしは混合比率を調整し、エンジンの安心をもたらしてくれる単調低音が再開した。飛行機はまだ飛んでおり、操縦桿と方向舵ペダルを動かすわたしの動きに反応した。高度計を見ると、嵐雲のなかにいたあいだに五千フィート近く上昇していたことがわかった。わたしはもといた高度まで機を下降させた。機首方位をチェックして方角を調整し、できるかぎり静かに飛んだ。そのあいだも、いまの体験にひどく動揺しているのを感じていた。それ以後、ああいう嵐雲がもうないかどうか、しっかりと警戒の目を開いておくようにした。

長い一日は続いた。コンパスだけを頼りに、やみくもに飛びつづけた。いまどこにいるのか見当もつかなかった。下の地面はとぎれ目のない田園地帯だったが、この高さからではなんの特徴も見てとることができなかった。見渡すかぎりどの方向にも、特徴のある目印はまったくなかった。山もなければ都会的な建物群もない。海岸線も、川すらも見えなかった——形や位置でなにかを教えてくれそうなものはなにも。わたしが固持できるのは二百六十度の機首方位だけだった。それがわたしの唯一のルート、わたしが故郷と考える場所に向かう唯一の方法だった。

右側の空で、なにかがきらりと光った。それは一瞬のことで、もっとよく見ようとそちらを向いたときには消えていた。わたしは飛びつづけた。やがてまたそれが光った。今度はそれが単発機だとわかった。明るい空を背景に黒く見えるが、左右に揺れつづけるその飛行機の翼に日光が反射していたのだ——それは戦闘機のパイロットが下を見るためにやっていることだった。わたしはふたたび恐怖につかまれた。いまや二機めの戦闘機が一機めに合流しようと、下からぐうんと急上昇してきた。この戦闘機は敵なのだろうか、味方なのだろうか？　わたしからは遠く離れているためにはっきりと見定めることはできないが、ほぼ疑う余地なくドイツ機だとわかった。わたしが乗っているのはよりによってもっとも特徴的な英国の軍用機だが、武装はしていない——いずれにせよ、飛びながら戦うなどどうすればいいのか見当もつかないから、戦うという選択肢はありえない。二機の戦闘機は後方に離れていき、わたしのうしろのどこかで位置を定めた。おそらく高度を上げたのだろう——わたしを攻撃できるように。

数秒後、熾烈な弾丸がわたしのキャノピーのすぐ上をかすめ、わたしの前方のどこかに消えた。なにかがスピットファイアに激突した——コックピットのうしろに。飛行機はがくんと揺れたが、傷を負いながらも昇降舵にはあまり影響を感じることなく飛びつづけた。攻撃機の片方がぐんとそばを通りすぎ、二秒ほどはっきりと見えた。即座に認定できた——わたしは飛んでいる既知の飛行機すべてを、敵か味方か見分ける訓練を受けていた。この機はフォッケウルフFw190、スピットファイアに匹敵しうる唯一の高性能ドイツ戦闘機だ。機体上面の斑点のついた暗緑色迷彩と、くっきりしたドイツ空軍の黒い十字と、垂直尾翼にペイントされた不吉な鉤十字《スワスチカ》が見えたのだ。フォッケウルフはわたしの機のすぐ上で轟音を上げ、わたしはそれを避けようと操縦桿を横に振った。ドイツ機はバンクしてわたしから離れていった。第二のドイツ空軍機がそれに続いたが、わたしを撃ってくる気配はなかった。

戦うことができないので、逃げる努力をするしかない。こちらの利点と言えば、このスピットファイア・マークXIの優れた飛行性能に加え、いまは燃料が軽くなっているのと、もちろん両翼に埋められている重い機関銃の死重がないことだ。わたしは機首を下げ、スロットルを一気に開いて地面に向かい急降下した。それから向きを変えて水平になり、ふたたび急降下する。対気速度は四百ノットを超えていた。

ドイツ機は見えなくなったが、どこか近くにいることはわかっていた。わたしは空を見渡したが、太陽が西に沈みかけていて空があまりにまぶしく、はっきりとは見えなかった。さらに二機の飛行機が見えた――さっきの二機かもしれないが、そうだとしてもなんのちがいもなかった。敵機は真正面からわたしに向かってきて、わずかに横にそれた。翼に埋められた機関銃が一瞬揺らいで見えたが、双方のスピードが合わさるためにこの二機が見えるのは二秒ほどでしかなかった。二機は急上昇してわたしのわきを通り抜けた。片方はわたしのスピットファイアの間近を飛んでいたので、わたしは正面衝突を覚悟した。だがその機はわたしのすぐ上に向かい、乱暴な航跡でスピットファイアを揺らした。

それ以上のダメージを受けることなく、わたしは飛びつづけた。

地面が近づいてきたので、機体を水平にしながら、このすばらしいスピードを保とうとした。これほど速い飛行機には乗ったことがなかった。純粋にわくわくする高揚がドイツ機に撃たれるという恐怖よりも勝っていた。速いスピードがわたしに安全をもたらしていた、わたしを安全な気分にさせていた。わたしは飛びつづけた。何時間も操縦を続けたあとですっかり疲れていて、ほとんど本能だけで飛んでいた。わたしはこの機を愛していた。それは口では言い表せない——自分に対してさえも。この機はわたしが動きを起こすまえにそれを予期しているようだった。ときにはわたしがそうしようと考えるまえにすら。この機はわたしの本能の延長のようなもの、翼をもつわたしの意識の一部なのだ。わたしはまだおなじ場所にいた。欧州のどこか、おそらくドイツ本国か、ことによると占領地域の一部の上に。

わたしは敵国の空にただひとりいた。前方の地平線に太陽が沈みつつあった。故郷に帰りたかった——こんなことから離れて、過去から離れて。わたしの人生は前方に、未来にあった。突然海岸が現れ、わたしは砕ける波の上を飛んでいた。いまはかなり低空に下りていた——二千フィートあたりに。沖合いに停泊している船に搭載された対空砲が、飛び過ぎようとするわたしに砲火を噴いた。夕暮れの空に次々と曳光弾がまばゆい弧を描き、わたしに届きもしないところに落ちていくのが見えた。数秒で、その射程範囲から出た。あたりはどんどん暗くなっていく——この夏の宵に、暮れていく光で安全に飛べるのはあと一時間ほどだとわたしは考えた。必要なのは滑走路の、まっすぐで平坦な滑走路の視認だ。わたしはさらに高度を下げ、海面からわずか二百フィートほどのところまで下りた。計器ではこの高度は保てないので、肉眼で前方の海を見つめた。海はこちらに押し寄せてくるように見え、その堅実さと、とどめようのない襲来の感覚は催眠効果をもたらした。わたしはあくびをしていた。口がからからで、全身の筋肉が疲弊していた。絶えずまぶしい空にじっと凝らしていたせいで、目もずきずきしていた。わたしは飛びつづけた。どこにいるのかも、どこに向かっているのかもまったくわからずに。いま飛んでいる海が思っている海とちがうか、この機が思っている針路からずれるかしていれば、この波の上をいつまでも飛びつづけることになるだろう――燃料の最後の一滴を使いきるまで。だがやがて、前方の水平線の上に低く、陸地が見えた。千フィートあたりまで上昇し、前方に目を凝らす。明かりのない真っ黒な海岸がこちらに迫ってくるのが見えた。防護物もほぼ備えていない海岸だ。それはひどく無害そうに見えた。戦時の小島の端としては、暮れてゆく薄明のなかでいかにも無防備に。わたしはスロットルを少ししぼり、スピットファイアは減速した。ほぼその海岸まで来ていて、浜を縁どる白い波頭が見えた。英国の静かな浜辺だ。ここここそが、わたしが故郷と考える場所、ほかのどこにも行く場所がなかったわたしを抱きとってくれた島だった。わたしが愛するようになり、守りたいと思うようになった島国だ。英国のタイドライン（満潮で海岸が一番狭くなったときの海岸線）を越える。眼下に砂丘地帯とその横の小さな町が見えた。そしてその向こうの静まりかえった農地と大きな木々が。わたしは傷を負った美しい愛機をさらに減速し、薄暮にまぎれる田園地帯の上を慎重に飛んだ。安全に着陸できる飛行場を探して。

第八部　飛行場

1

帰還

ティボー・タラントは、メブシャーが見えなくなるだけではなく、タービンが奏でるかん高い特徴的な音が聞こえなくなるまで待った。人員運搬車は東に向かって走り去った。そちらの方角は、いまのところ風が吹いてくる方角だった。リンカンシャー丘陵《ウォルズ》の高地を吹き抜けてくる冷たい風に運ばれて、しばらくのあいだ、メブシャーのエンジン音が途切れ途切れに聞こえていた。メブシャーが遠ざかれば遠ざかるほど、エンジン音は風に歪められ、タラントには、距離が延びるにつれ、エンジン音が不気味なこの世のものならぬうめき声になっていくように聞こえた。真っ昼間近くになっており、太陽は空を翔ける雲のあいまからときおり覗いていたが、はるか遠くから聞こえるうめき声が夜を思わせた。とりわけ、トルコの夜を。人々が野戦病院にきたものの、治療を受けるにはあまりにも遅い時間であったため、閉ざされた敷地の外で待たざるをえず、埃っぽく、体力を奪うアナトリアの夜の熱気に死んでいく際の苦痛のうめき声に満ちた夜を思わせた。暗闇の時間を生き延びることがなかった者たちの死体を回収するのが病院の雑務職員たちの朝の定例業務だった。

遠くでタービンの音を鳴り響かせているあのメブシャーは、遺体の運搬車になってしまった。死によってその姿が倍になっている人々の。タラントはあの灰色の鋼鉄の乗客区画に閉じこめられているルー・パラディンのことを思った。死んでいるとタラントにはわかっている人々といっしょにいる。彼女の隣に座っているのはだれだろう？　おなじカメラ、おなじ顔と、まちがいなくおなじ名前を持っているあの男か？　なにが起こったのか、どうすれば彼女に説明できるというのだ？

タラントはそのことを考えられなかった。想像してみることもできなかった。なぜならそれを口で、あるいは視覚で説明する語彙がなかったからだ。

メブシャーはついに音が聞こえないところまで移動した。沈黙がつづき、屋外の部分的な静けさがやってくる――風やなにかの動き、木の葉や枝の動きだけが聞こえる。ここでは鳥は啼《な》いていなかった。風は激しい寒さに縁取られていた。冬が早く訪れる悪い前兆だ。タラントは寒さを感じた。風がもたらす寒さだけではなかった。

彼はウォーンズ・ファームの方形の中庭のなかでひとりきりだった――閉ざされた建物を警護していた男たちですら立ち去っていた。だれも止める者がいないので、タラントは死体の身元を確認したコンクリート製の建物の写真を何枚か撮った。カメラを交換し、いちばん自分にフィットしていたキヤノンを脇に置き、ニコンを取りだした。すぐにメインゲートのそばにある黒い塔を立て続けに撮影し、ラボのメモリーに入っていることをオンラインで確認すると、その建物に近づき、クローズアップ写真を数枚撮影した。鳩が塔に侵入し、窓敷居にうずくまっていた。積まれた煉瓦と漆喰の下塗りに開いた数多くの裂け目に苔が生えていた。はじめて、タラントは塔の基礎部分にあるドアに標示がかかっているのに気づいた。この建造物は不安定であり、だれも入ろうとしてはなりません、と警告していた。塔の直近の周囲は、ヘルメット着用ゾーンに指定されていた。

またしてもタラントはニコンで撮影した画像が受け取られ、アーカイブされていることをオンラインで確認した。

鞄を置いてきた中庭に戻り、戸口の内側の風雨に比較的晒されない位置に移動させた。鞄のラベルには彼の名前がはっきり示されており、海外救援局《OOR》の規則がそのあとに書かれていた。

メブシャーが到着するまえにやるつもりだったことを終えるまで、ウォーンズ・ファームを離れようとしてはならない、とタラントは決心した。三台のカメラを全部持って、居住用建物の一階の通路を通って戻り、フェンスに繋がっている砂利敷きの歩行路を通った。通過したすべての扉や柵は、IDカードがまだ有効であることをタラントに確信させた。フロー・マリナンにパスポートを無効にされた横柄なやり方に、タラントは閉めだされることを懸念していたのだが、IDカードはまだ役に立った。

タラントはメインゲートを通り過ぎた。自分の身分証がまだ有効であることを確認し、再確認した。そして外へ出た。振り返り、ゲートとフェンスとそこに貼られている注意書きや警告の写真を何枚か撮影した。ウォーンズ・ファーム施設の全体像も写真に収めた。ここの少し地面が隆起しているところから、木々のあいだを縫って見えている様子を。

稜線に向かって坂をのぼっていると、タラントは、当初、何者かがトラクターか土木作業用の重機でやってきたにちがいないと思った。前回ここに来たときにあったと記憶にある、嵐で根こそぎにされた倒木がなかったからだ。とりわけ、小道に張りだしていた土を巻きこんで球状に固まった根《ルートボール》がひとつあったのだ。その倒木――ブナの巨木――だけで、一チーム分の男たちがチェーンソーで何時間もかけて片付けなければならなかったはずだ。

前回ここにきてからどれだけ経っているのかタラントは思いだそうとした。メブシャーが到着するまえだ。ルーといっしょに待っていた。一時間かそこら？　そんな短時間であれだけ多くの倒木をどうやって片付けられるのだろう？
稜線の頂点に近づくにつれ、タラントは小道を離れねばならなかった。小道はカーブを描き、稜線から遠ざかっていたからだ。そのため、タラントは下生えを抜けて、斜面をよじのぼった。クロイチゴやツツジの木立ちがたくさんあり、頂点近くなるとハリエニシダがもつれあっていた。タラントは小枝や棘のある茂みを突き進んだ。ひょっとしたら、まえは稜線の違う箇所をのぼったのかもしれない。こんなに下生えが濃い覚えがなかったからだ。

しかしながら、ようやく突っ切ってみると、以前とほぼおなじ場所に、おなじ理由でいることがわかった――小道の一番高い箇所から稜線にたどり着いたのだ。

メブシャーに隣接性攻撃が起こったのを目撃した広い畑を見下ろしていた。消滅した土の三角形が地表を焦がしていたのだ。嵐が来るまえ、二日まえの出来事だったか？　それとも三日まえ、四日まえだった？

タラントはその間の日数を忘れていた。だが、どれくらいの時間だったにせよ、その痕跡はなくなっていた。攻撃が起こった場所ははっきり覚えていた――畑のほぼ中央だった。地面に残された黒い三角形の印は、見失いようのないものだった。だが、作物がなにも邪魔されずに育っていた。

またしてもまごついて、タラントは長いあいだ見つめ、自分はいったいなにを見たんだろうと訝り、あるいは記憶に間違いが生じてすらいるのだろうかと思った。吸収しなければならない矛盾があまりにも多くあり、辻褄を合わせようとしなければならないことがあまりにも多くあった。

ひとつの案が浮かんだ。タラントは、ニコンのスイッチを入れ、ビューワーの赤外線モードを選んだ。電池を食うので滅多に使わないオプション機能だった。量子レンズを望遠に設定して、ビューワー越しに、メブシャーが隣接性攻撃の直前にいたと確信している畑の部分を注意深く眺めた。大半の映像は、なんの変哲もなく映ったが、一カ所、隣接性攻撃の印があったと思っていたところより若干逸れたところに、正反応を示しているところがあった。

それは小麦が育っている地面の場所で、おおまかに三角形をしていた。最大、十メートルから二十メートルの幅があるかもしれない。タラントは感度を上げた——映像はより鮮明になった。なにかがそこにあった。たとえタラントが探し求めているものではなくとも。以前におなじ痕跡を見たことがあった。通常、航空機あるいは偵察ドローンが上空から撮影した映像だった——歴史的な採掘場跡や、古代の道路あるいは建物の基礎であることがしばしばあった。あるいは、もっとも一般的なのは、爆発の痕や、航空機が墜落した場所のような、激しい衝撃があった場所だった。

赤外線モードを使ったあとでニコンのバッテリーがあがったので、タラントはオリンパス・ステルスを取りだし、キヤノンは予備のまま置いておいた。畑の写真を何枚か撮影し、古い跡があった場所も数枚望遠で撮ったが、肝腎の隣接性攻撃の傷痕は、依然として謎のままだった。

タラントは踵を返し、ウォーンズ・ファームに戻ろうとした。上着を着ていたので温かかった。メブシャーを探しに外出する際に着てきたのだ。不安定な現在の気候では、突然の気温変動は、まれなことではなかったが、突然の寒気が訪れるほうが普通だった。まわりで空気はずいぶん温かかった。子どものころ覚えていたような感じだ。日中蒸し暑く、日没後も空気がまだ温かいままでいるときの静かな夕べのような。

光も変わっていた。メブシャーがファームにいたのは、正午前後だった。涼しいが、よく晴れた昼間だった。強風に雲が千切れ飛んでいた。タラントは木陰を選んで、木々のなかをのぼってきたのだった。いまや、空気は落ち着いていて、夕方になっていた。西の空が明るくなっていた――空高くにある巻き雲が沈む夕陽に照らされていた。

どれくらい時間が経ったのだろう？　それにどんなふうにこんなに時間が過ぎてしまったのだ？

タラントは上着を脱ぎ、カメラケースをシャツの上にかついで、ハリエニシダとツツジのなかを分け入り、その下の小道を見つけようとした。枝の下のほうでユスリカの集団が飛び交っている木々の下にくると、どういうわけか、まったく異なる場所に入りこんでしまったとタラントは思った。木々が少なかったはずの丘肌に濃く木が生えていた。あらゆる樹齢と大きさの木が生えており、その下の分厚いローム土壌には葉っぱや小枝やほかの植物がこんもりと育っていた。嵐がもたらしたひどい被害をありありと脳裏に浮かべた。それは数多くの倒木と折れた枝があり、大量のチョーク土と土塊が剝きだしになっていたのだった。

タラントは暮れなずむ空の下、斜面を降りつづけ、例の小道を見つけた。それは少なくとも見覚えがあり、予想したとおりのところにあった。タラントはウォーンズ・ファーム複合施設に向かって戻っていき、ゲートとフェンスを探した。頭をくらくらさせる臭いが、甘く、酔わせるような臭いとすらいっていいものが、木々のあいだを抜けて、タラントのところまでのぼってきた――ガソリンの臭いだ。

2

夕方の薄明かりのなか、タラントはゲートがあった場所をそれと知らずに通り過ぎた。木々のあいだを通り抜け、ウォーンズ・ファームの建物を見ようとまえを見、木々について困惑まじりに考えた——いったいこの木々はどこから生じたんだ、全部なぎ倒されたはずなのに？ 小道のいちばん低い地点にたどり着いたことに気づく。そこから居住ブロックの通路を通って、施設内を横断するはずなのに、それらはどこにもなかった。

振り返ると、フェンスがどこにも見えなかった。ゲートもまったくない。明かりが急速に衰えていたが、それらの痕跡がまったくなくなっているのがわかるくらいには見えた。

タラントは木々のあいだを通り過ぎた——いまや見慣れていた建物はまったくなくなっていた。ウォーンズ・ファーム施設は消えてしまった。すでに精神的に不安定な状態に陥っているタラントは、パニックに陥らず、説明を見つけようとせず、理解しようともしなかった。稜線までのぼってきたあとでまだ汗をかいており、いま経験している変化に混乱していたが、長年、みずからの行動を、見て観察することに制限するよう自分を鍛えていた。写真はたまたまカメラでしかおこなえないものだが——真の写真はカメラマンの目ではじまるものだった。

メラニーはそれと同趣旨のことを言った。写真は受動的アートである——創造的な干渉や創造的な製作のアートではなく、受容のアートである、と。タラントは、フォトジャーナリストとして、巻きこまれないことを学んできた——街頭暴動や、ナイトクラブやバーの外での喧嘩の現場にいたことがある。政治集会で膨れあがる群衆に囲まれていたことや、戦争や自然災害で懸命に逃げている人々のかたわらを走ったことがある。カメラマンの仕事は、けっして自分がしたことではなく、自分が見たものにまつわる。

タラントが動きまわっている世界は、彼が理解していない形で変貌を遂げていたが、翳りゆく陽の光のなかですら、その世界は自分が見なければならないものであることを、見続けなければならないものであることを知っていた。それ以外のなにも意味をなさない――タラントのカメラが唯一現実への足場だった。あるいは少なくともカメラは自分が理解できると感じている現実を表しているものだった。

タラントはオリンパスの受光器をクリックして、夜間感度にした。目のまえにあるものを見まわしながら、タラントはケースのなかに入れていたキヤノンに手を伸ばし、慣れた感触だけでそれも夜間使用モードに切り替えた。

目のまえには白くペンキで塗られている玉石に囲まれた芝生の小さな一画があった。その向こうにタールマカダム舗装路と、広大なコンクリート地面、最近植えられたばかりの若木が少しと、（二、三棟の）目立たぬ外見をした平屋根の二階建てオフィスビルがあった。タラントの左側に同様の建物があった。いずれもロング・サットンに一泊した際に見かけた、古い防衛省の建物に似ていた。タラントは建物の写真をいくつか撮影した。カメラによってデジタル補正が入った写真になる。ふたつの建物のあいだには道路が走っており、そのずっと先にあらたな道路が交差するように走っていて、同様の機能構築の建物がさらにあるのが見えた。道路沿いに三台の車が駐まっていたが、例外なく、タラントの見覚えのないモデルの車だった。時代遅れのデザインの箱形をした車で、たぶん前世紀の中頃に生産されたものだろう。三台ともおなじ色をしていた――ツヤ消しの黒い塗装なのか、黄昏時のあまりハッキリとしていない光のせいで、ダークブルーの色が黒く見えているのかもしれなかった。タラントの最寄りの車以外は、無人だった――最寄りの車には、軍帽をかぶった若い女性がハンドルのまえに座って、じっと前方を見つめていた。タラントは望遠でさらに夜の写真を撮った――車に乗っている女性は写真を撮られていることに反応を示さなかった。あるいは反応を示さないことにしているのかもしれないし、タラントに気づいていないのかもしれなかった。

作業着姿のふたりの若者がタラントのそばの建物から出てきた。両手で温かい飲み物が入っているらしきマグカップを抱えている。ふたりはタラントのそばを通り過ぎた――タラントはさらに何枚か撮影した。ミルクティーの香りがした。思いがけず美味しそうな香りだった。若者たちは歩きつづけ、隣の建物に入った。ドアが開くと、内部からやかましい音が聞こえた。だれかがハンマーを振るい、なにかほかの物がドリルをかけられていた。いったんドアが閉じられると、タラントはその建物自体を撮影した。

右側を見る。ウォーンズ・ファームの唯一見覚えのあるものが立っていた――あの背の高い黒い塔だ。教会の塔にわずかに似ていた。夕暮れの空を背景にしてシルエットが浮かんでおり、いっそう黒く見えていたが、以前は、いまにも倒壊の危険性があり、修復の必要性がひどくある状態だったのに、いまは最近建造されたばかりのように地面にどっしり腰を据え、頑丈に建造されたもののように見えた。タラントのいる側から見えるふたつの面にそれぞれ三枚ある背の高い窓枠にはガラスがはまっていた。

タラントは塔に近づいた。もっと写真を撮ろうとして。だが、ふいに喉の奥から唸るような騒音がどんどん大きく、どんどん近づいてくるのに気づいた。次の瞬間、一機の航空機が頭上を低い高度で飛んでいった。

空を背景に黒い影を浮かべている。四発プロペラ機で、長い胴体としっかりした翼を持つ堅牢な造りをしていた。機首と尾部に銃座があった。車輪が下ろされていた。そのエンジンがすさまじい咆哮《ほうこう》を上げ、タラントは顔と胸が震えるのを感じた。するとその飛行機は飛び去った。地面に向かって高度を落としていき、あまりに高度が低くなって建物と木々の向こうに見えなくなった。

タラントはその航空機を認識できた――第二次世界大戦期の爆撃機だ。もしかするとハリファックス爆撃機かもしれないし、あるいはランカスター爆撃機かもしれない。あまりに速く、また思いがけず頭上を通過したので、どっちかはわからなかったが、タラントは少年のころ、その時期のすべての英国戦闘機を識別しようと取り憑かれたように学んでいた期間があった。

オリンパスの裏蓋のLED画面を使って、タラントは撮影したばかりの写真をすばやく確認してから、アップロード・キーを押した。ほぼ即座にカメラは赤い警告灯を示した。けっして歓迎されないなじみの言葉がディスプレーに表示された――『ネットワークに繋がらないか、オフラインです』。写真がラボのアーカイブにアップロードされるまで、撮影した写真が確保されていると思えた例《ためし》がなかったので、すぐにもう一度アップロードを試みたが、結果はおなじだった。アナトリアの野戦病院での最悪の日々のことを思いだす――あらゆるものから隔絶されていた。自分のアーカイブからも。

三度アップロードを試みてうまくいかず、カメラを替えることにした。三台のカメラはすべておなじアーカイブを使っていたが、なかの一台がほかの二台よりも確実にアーカイブにアクセスできることがままあった。あるいはそのように思えた――アクセス状況はさまざまであり、たぶんカメラごとの違いはないのだろう。タラントはキヤノンを試してみたが、すぐに同種のエラー・メッセージを受け取った。

　陽が沈み、暗闇がほぼあたりを包んだ。建物や小道や道路には照明が灯っていなかったものの、空には若干の明かりがあった。月のせいかもしれなかった。いまのところ低い高度にあるため、見えないか、あるいはいま現在は雲に覆われているのかもしれなかった。

　タラントは男たちが入っていくのを見た建物のほうに向かって歩いていった。途中で立ち止まり、カメラの暗視機能で建物を見た。デジタル補正された映像を色つきで表示できる機能だった。それによって、タラントは建物が航空機の格納庫であると知った。第二次大戦を題材にした映画やTV番組で見慣れたように偽装をほどこされていた——ダークグリーンと茶色の波模様が壁と、正面の鋼鉄製の扉に塗装されている。

　タラントは、若者たちが使っているのを見た出入り用のドアを恐る恐る押し開け、なかに入った。眩い照明が頭上から照って、おおぜいの目的を持った行動を照らしだしていた。少なくとも二十名の空軍兵たちが作業にあたっていた。とりわけ、建物のメインフロアは、二機の四発航空機で占められており、今回、タラントはランカスター爆撃機だと識別できた。二機とも部分的に分解され、数多くの作業が集中していた。一機のほうは、四つのエンジン室《ナセル》がすべて開かれ、なんらかの検査あるいはパーツの交換がおこなわれていた。もう一機は、明らかに砲撃か、対空砲のニアミスによる損傷を受けていた——翼の外皮、水平尾翼、そして胴体の一部がボロボロになっていた。尾部銃座も取り外されており、格納庫の床に新しい銃座が置かれていて、交換品としてまもなく取り付けられるのだろう。

　タラントはそこに立ち、目を凝らし、理解しようとした。参加者ではなく観察者としてふるまいつづけようとした。すると、男たちのひとりがタラントのほうをキッと向いて、腹立たしげにドアに向かってツカッカと歩きだした。

「だれがくそいまいましいドアを開けっぱなしにしたんだ？」男は叫んで、ドアを叩き示した。「貴様か、ロフタス？」

「そうじゃありません、軍曹」空軍兵のひとりが言った。バーミンガム訛りが濃い。「おれはちゃんと閉めましたよ」

「灯火管制がかかっているんだぞ」

男たちのふたりが声を揃えてもぐもぐと言った。

「すみません、軍曹」

仕事が再開された。

　格納庫の環境光を利用して、タラントは二機のランカスター爆撃機をつづけざまに何枚も撮影し、いつなんどき怒鳴りつけられたり、手荒な目に遭ったり、この場所に適用されている規則を侵害したかどで脅されたりするのを予期していた。だが、まるでタラントはこの場にいないかのようだった。だれもが彼を無視していた。タラントは作業中の男たちの一部に近づき、彼らがしていることを間近で撮影した。男たちはタラントを無視しつづけた。飛行機は、斜めの角度をつけてメイン着陸装置と尾輪とで地面から高く横たわっていた。機体の大半はツヤ消しの黒で塗装されていたが、下から見える胴体の上半分の細長い区画はダークグリーンの迷彩に塗られていた。翼のうしろ、胴体の側面にPDとSの識別文字が塗られており、あいだには英国空軍《RAF》の円形紋が塗られていた。操縦席の天蓋の下には、黒いペンキに爆弾の絵がステンシル刷りされていて、現在までに完了した出撃回数を示していた。

　タラントは見たものすべての細部を収めた接近写真を撮影した。

　ようやくタラントは後退し、ふたたびドアのそばに立った。ネットワークはまだダウンしていたので、キヤノンのスイッチを切り、保護ポーチに滑りこませた。

　道理にまったく反していた。論理にまったく反していた。合理的なあらゆることに反していた。だが、タラントは、どういうふうにしてか、自分が戦時の作戦行動中の英国空軍《RAF》基地にさまよいこんだのを知った。百年まえの古い、ほぼ忘れられている戦争に。どうしたらそんなことが可能なのか？

　タラントの理解力を超えていた。いま起こっていることに対する反応としてタラントができるのは、見て、素直に受け止め、観察して、写真を撮ることだけだった。メラニーに不公平だが正確に批判されたあの忌々しい受動的態度が、唯一の方策になった。考えようとしたり、なにかべつのことをやろうとしたりするのは、いまのところ、負いかたのわからないリスクだった。

　タラントはこれが突然終わることを期待した。この見えているものが、この経験が、遠い過去がかいま見えるこれが、この夢が、この幻覚が終わることを——これを自分に対しても、どう表現したらいいのかまだわからずにいた。これが終わるまで、この不合理なことが逆転するまで、知っているものにしがみついていなければならなかった。

　タラントはふたたびキヤノンを取りだした。既知の現実のお守りだ。スイッチを入れ、いつも通りバッテリーのレベルを確認して充分残っていることを確かめ、極端に露光が少ないときに写真撮影するデフォルトの設定をチェックしてから、プロセッサ・チップの自動ダスト・クレンジングがすばやく実行されるのを見つめた。その手続き全部にかかった時間は二秒足らずで、聞き慣れた電子的ビープ音がして、起動が正常におこなわれたことを請け合った。

　この場所にやってきてから撮影した写真を再生した。その写真はすべてカメラのメモリーに保存されていた。ネットワークは依然として繋がらず、それゆえにアーカイブにもアクセスできなかった。もう一度繋いでみようとした。さらに試みる。

　格納庫の内部は暑かったので、タラントは外に戻った。今回は、ドアを後ろ手にきちんと閉めるのを忘れなかった。穏やかな夕方の空気は、ガソリンとゴムとペンキの悪臭に最近刈られた草の匂いがまじっており、日没後もまだ暖かかった。戸外に出て、格納庫の巨大な金属製扉から遠ざかれば、ネットワークの信号が恢復するかもしれないと考え、タラントはもう一度ラボにアクセスしようとしたが、うまくいかなかった。

照明の灯る格納庫を出たあと暗闇に目が慣れるまで少し待ってから、先ほど気づいたほかの建物のほうに足を踏みだした。明らかに灯火管制がかかっていて、明るい光はまったく見えていなかったものの、建物には少しの明かりが漏れている多くのドアと窓とほかの開口部があった。

ほんの少し歩いて、タラントは最初に到着したときに気づいた二階建ての建物のひとつにたどり着いた。多くの声がなかから聞こえた。建物のなかに入ると、短い廊下があり、その先が左右に分かれていた。分かれ目に両開きのドアがあり、『搭乗員室』という標示が付けられていた。タラントはドアを通り、後ろ手で静かに閉めた。

細長い部屋だった。搭乗員でごった返している。煙草の煙が濃く漂っていた。タラントは一呼吸すると、あえいで、退散した。踵を返し、ドアをもう一度開け、激しい咳の発作に襲われた。これまで生きてきて、こんなに喫煙者がいる場所に来たのははじめてだった。目が潤んだ。外に戻り、気分がましになるまで夜の空気を吸った。それから、さらに警戒感を強め、部屋に戻った。

搭乗員たちはみな飛行服を着ており、何ダースものアームチェアにくつろいでいるか、小グループずつ立っているかしていた。カップや皿、煙草の吸い殻でいっぱいになっている大型灰皿がどのテーブルの上にも散らばっていた。ラジオがダンス音楽を奏でていたが、だれも耳を傾けてはいないようだった。部屋のムードは、陽気ではなかったが、騒がしく、好意的で、がやがやとした音の大半は、会話から生まれたものだった。大勢の男たちが立って、なにかを手にしていた――飛行用ヘルメットや地図、ライフジャケット、魔法瓶、革手袋。その部屋の奥には、北ヨーロッパの大きな地図があった――大英帝国の一部は、上部の左側に見えていたが、地図の大半はヨーロッパ本土を示しており、西端はフランス、東端はチェコスロバキア、南端はイタリアだった。二本の長いリボン、一本は赤く、もう一本は青いものが、地図上に画鋲で留められ、リンカンシャーから北海を横断してドイツにいたる二本のルートを示していた。赤いルートは、もう一本のルートのやや南側をたどっていたが、両方ともおなじ場所に繋がっていた――ドイツ北西のある町に。

タラントは写真を撮りはじめたが、またしてもだれも彼にまったく気づかなかった。タラントはどんどん大胆になり、男たちの顔のクローズアップを何枚も撮った。彼らがひどく若いのを知って、タラントは衝撃を受けた――彼らの大半は、ようやく十代を脱した程度だった。タラントはすばやく動きまわり、男たちの表情を捕らえた。話をするときの彼らの手の使い方、彼らのごわごわした軍服、まるで映画から拝借したかのような気取った煙草の吸い方や帽子の角度の付け方を。

ふたりの将校が通用口から入ってきて、地図のまえにある低い演壇についたとき、タラントは壁に地図がぶら下がっている部屋の奥に移動した。沈黙が訪れ、兵士たちは全員起立した。だれかがラジオを切った。将校のひとりの合図で、全員が着席した。

指揮官らしき将校が口を開き、部屋にいる者たちに呼びかけた。

「諸君には充分に説明した」将校は言った。「だから、諸君がすでに知っていることを繰り返すつもりはない。諸君の航空士たちは航路を詳細に把握しており、今夜の識別コードは機内にある。今夜の攻撃目標は、戦術上の拠点である。ドイツ空軍とドイツ陸軍がその依存の度合いを強めている合成潤滑油を製造している工場だ。質問はあるか？」なんの返事もない。タラントはまえに進みでて、将校のもとに近寄り、彼ともうひとりの将校の写真を撮りはじめた。ふたりとも胸に勲章をつけていた。「よし。諸君は自分たちに期待されていることがわかっている。今宵は正確な爆撃が必要だ。そのため、諸君の数分まえに先導機《パスファインダー》が飛ぶ。目標の天候は曇りが予想されているが、正確に爆撃できないほど厚い雲はかかっていない。目標に到着したらなにをやるべきか、わたしが言わなくてもいいだろう。だが、諸君にふさわしい幸運と、安全な帰還を願わせてくれ」

将校は敬礼をし、すぐに踵を返した。彼は部屋を出ていき、搭乗員たちは全員また起立した。もうひとりの将校が時計を指し示し、それに腕時計の時間を合わせるよう、兵士たちに伝えた。それが済むと彼もきびきびと歩み去った。搭乗員たちはあちこち動きまわりはじめ、それぞれの装備を手にし、ドアに向かった。

タラントは間近で地図を見た。そこに示されている攻撃目標は、ルール地方の北部にあるシュテルクラーデの町だった。タラントはその町のことをいままでに聞いたことがなかった。自分がその場にいることにだれも気づいていないので、タラントは地図の写真も数枚撮り、演壇から見た部屋の様子も撮影した。

椅子やテーブルの上に数多くの新聞が放っておかれており、タラントは歩いていくと、そのうちの一紙を手に取った。それは《デイリー・エクスプレス》紙だった。日付は一九四四年六月一六日金曜日になっていた。その一面と最終面の写真をタラントは撮った。立ち止まって紙面に目を通そうとはしなかったが、ドイツ軍がロンドンに発射しようとしている新型兵器に関する大見出しがあるのに気づいた——ロンドン市を手当たり次第に攻撃して、大被害を与えるため設計された、爆薬の詰まった無人航空機。

男たちの最後のひとりが部屋を出ると、タラントは彼らのあとにつづいて外に出た。たくさんのトラックが男たちを移送するため待機していた。一台ずつ、荷台に立ったりうずくまったりしている男たちを載せたトラックは飛行場を横切っていった。なかにはトラックの尾板に座って、足をぶら下げている連中もいた。タラントが建物のなかにいるあいだに月が出ており、建物の形や飛行場の広さを見分けるのが容易になっていた。搭乗員たちを運んでいるトラックはさまざまな方向へスピードを上げて走り去っており、月明かりに、一機ないし二機のランカスター爆撃機の姿が遠くにかろうじて見えた。飛行場の外れ近くに駐機している。

思いがけず、ほんのすぐ近くで大きな破裂音がした。タラントはその音がなんなのか確かめようと振り返った。ロケット花火が空に打ち上げられたようなものが見えた。その上昇の頂点で真っ赤な光が現れ、地上に赤味を帯びたはっきりする光を投げかけた。

それはタラントの頭上だった。たちまち警戒感を惹き起こす偶然だった。フローは言っていた。隣接性攻撃はかならず眩い上空の光が関わっているのだ、と。

だが、この光は、シューシュー、パチパチと音を立てて、消えずに、風に乗ってタラントから遠ざかりながら落ちてきた。たぶん飛行場のまんなかのどこかで地面に当たるまえに燃え尽きるようになっているのだろう。

ふたりの空軍兵がべつの建物から姿を現しており、タラントのそばを歩いていた。ひとりが話すのが聞こえた。「あのヴェリー式信号灯はなんのためなんだ？」

「よくわからん。だが、たったいま、スキャンプトンの空軍基地のだれかから電話がかかってきたんだ。そこのレーダーに侵入機かもしれないと連中が考えているものがふたつ映っているそうだ」

ふたりはタラントのそばをまっすぐ通り過ぎていった。あまりに近かったので、タラントはヴェリー式信号灯の赤い輝きが弱くなっているなかでも、ふたりの顔の特徴がよく見えた。ふたりとも若者だった。先ほど見た搭乗員たちとおなじ若い顔つきをしている。またしても彼らはタラントがそこにいることに気づいた様子を見せなかった。タラントはふたりといっしょに歩いて、彼らの言葉に耳を傾けることにした。

「スキャンプトンがなにか見たからと言って、普通は信号弾を打たないだろ」

「ひょっとしたら、侵入機の一機はこっちへ向かっているんだろうか？」

「おまえがここに配属になるまえ、ある夜、ユンカース爆撃機が一機、飛んできた。おれたちのランカスター一機を破壊していった」

「見たのか？」

「いや、だけど、翌日、残骸を片づける手伝いをしなきゃならなかった」

「単発戦闘機が一時間ほどまえに飛んでくる音が聞こえたぞ」

「それはスピットファイアだ。おれも耳にして、外に出て、着陸するのを見た。乗っていたのがだれであれ、ここにやってくるとは、迷ったにちがいない」

「じゃあ、ドイツ機じゃなかったんだな？」

「あれはちがっていた」

遠くで、飛行所のさまざまな末端で、ランカスター爆撃機のエンジンがかかりはじめていた。ふたりの若い空軍兵は立ち止まった。タラントは彼らとともに暗闇に立った。

「陸海空軍協会《NAAFI》の食堂になにか食べにいくつもりだ。おまえもくるか？」

「滑走路のはじまで歩いていき、連中が離陸するのを見てこようと思ってたんだ」

「わかった。じゃあ、明日の朝、会おう」

「たぶん会わないだろう」相手は言った。「おれは朝一番に出ていくんだ。二日まえに転属命令が届いた」

「そりゃ残念だな、フラッディ。べつの飛行中隊にいくのか？」

「再訓練を受けて、そのあとイタリアに派遣される。アメ公の飛行機をまかされるようだ」

「ろくな造りじゃないだろうな、賭けてもいい」

「たんにアメリカ製だからか？」

「もちろんだ。うちの飛行機の半分ほどの出来だぞ」

「わかった、じゃあ、戦争が終わったら会おう！」

「ああ、そうだな。幸運を、フラッディ」

「おまえもな、ビル」

3

フラッディと呼ばれていた男は、友人が建物の主に集中している方向へ歩み去るのを眺めていたが、やがて踵を返し、格納庫のほうに向かって足早に歩いた。タラントはその場に留まった。すぐにフラッディはまた姿を現し、片足を自転車に投げ上げてまたがった。タラントは月の薄明かりのなか、フラッディが懸命にペダルを漕いで、歩道を進んでいくのをかすかに見た。こんなに明かりが乏しいと危険な行為に見えたが、どうやらフラッディは道をよく知っているようだ。

ランカスター爆撃機のエンジンはいまや途方もない大音声を立てており、数多くの巨大な飛行機が飛行場周辺をゆっくりと地上滑走《タキシング》していた。そのようなものを目にするのはタラントにとってはじめてだった。暗闇のなかを大量に積荷を搭載した爆撃機が、遠くの離陸ポイントを目指して進んでいく、不格好な行進だ。フラッディはそちらの方角に自転車を漕いでおり、タラントはあとにつづいた。さらなる爆撃機が駐機していた場所から移動しており、飛行場を滑走していた。騒音がますます大きくなった。

あらたなヴェリー信号灯が打ち上げられた。巨大な飛行場の中央付近から発射される。またしてもタラントには、その炎が自分のほうに向けて放たれたような気がした。タラントの真上に来たときに最大の花を咲かせた。この二発目のヴェリー信号灯は、風向きに逆らう形で発射されており、弧を描かず、タラントの頭上に留まり、ゆっくりと地上に向かって落下した。明るく赤い輝きは跡をたなびかせ、いまにも消えそうなくらい細々と燃えていた。

タラントはそれを怖れなかった——この空軍基地で起こっているあらゆることがますますタラントにとって、非現実の夢のような感覚をもたらしていた。すぐに信号灯の炎はパラパラという音を立て、残っているものがあったとしても、地面に落ちて見えなくなり、害をおよぼさなかった。タラントはそれに影響を受けなかった。ほかのあらゆることに影響を感じなくなっているように。たとえどこにタラントがいこうと、なにをしようと、だれも彼を見ることができなかった。それでも彼はそのどれも空想しているわけではなかった——夏の夜の暖かさを心地よく感じることができており、そよ風の軽い圧力を感じ、空気に漂う匂いや香りを味わえた。彼は触れ、聞き、見ることができた。ドアを開け閉めできた。部屋を満たしていた煙草の煙にむせることができた。ランカスター爆撃機の強力なエンジン音を聞けた。身をかがめて、自分が歩いている硬い芝生の葉を数枚むしり取ることができた。写真を撮ることができ、その画像はマイクロチップに記録された。たったひとつを除いて、あらゆる意味で、タラントが経験していることは現実だった。

その唯一の例外は、これらのいずれもが現実に起っているはずがないということだった。

タラントは片手でカメラを持っていたが、まるでそれがいまの状況の非現実さからどういうわけか自分を守ってくれるかのようだった。自分のまわりで起こっていることを怖れはしていなかったし、それを少しも理解していなかった。自分の存在、この影のような存在が、自分の見ている出来事になんの影響も与えていないし、自分のために用意されたものでもないと感知していた。彼はここにいた。彼は目撃した。彼は出来事が繰り広げられるのを見た。もし彼がここにいなくても、おなじ出来事が変わらずに起こるだろう。

フラッディは自転車に乗ってふらつきながら見えなくなった。夜の闇に消えていった。飛行場を見渡し、タラントの目に中隊の建物が見えたが、これくらい離れていて、あまり光のない状態だと、建物はただの黒い影にしか見えず、あるいはまとまってひとつの存在に見えていた。タラントは歩きつづけ、フラッディが向かったおおよその方角に歩いていった。

数分後、突然明かりが灯った。照明は地上に置かれており、タラントが歩いている脇の二百メートル先に、二列に平行に置かれていた。明るくはなかったが、幅広くあいだを取って置かれていた。二本の線は、飛行場のほぼ端から端までつづいていた。タラントがその役割について考えていると、その機能はほぼ即座に明らかになった——遠くのほうから、一機のランカスター爆撃機がいきなりエンジンを噴かし、凄まじい咆哮とともに、滑走路の上を加速しはじめた。滑走路は照明でできた光の道でくっきりわかるようになっていた。タラントが見ていると、巨大な爆撃機が轟音を上げて自分に迫ってきた。そばを通り過ぎる際、爆撃機はまだ地上と接触していたが、尾部は持ち上がっていた。

一瞬ののち、積荷を大量に積んだ航空機は地上から持ち上がった。エンジンが重量に耐えていた。エンジン音がタラントにぶち当たった。途方もない力を持つ機械が立てる、ぞくぞくさせられる、魂を震わせる音だ。

ランカスター爆撃機がかろうじて浮き上がった瞬間、滑走路の遠い端にいた二番めの爆撃機が、フルスロットルの咆哮を上げ、離陸のための滑走を開始した。これまでに知っていたどんなものともちがっているこの経験に魅了され、死をもたらす不格好でありながら、どこか優雅さも備えている戦闘機の物理的な存在にひるみつつ、タラントはその場に留まった。

二機めのランカスター爆撃機は、タラントがいるところを通り過ぎる際にはすでに宙に浮かんでいたが、まだ滑走路上空を低く飛んでいた。次第に高度を上げ、最初の機が取った方角へ飛び去った。すぐにタラントには見えなくなった。

照明路の明かりがすぐに消えた。

飛行場の周辺部では、ほかのランカスター爆撃機が離陸滑走路の端に向かってタキシングしていた。そのエンジン音が、きまぐれに方向を変えている風に乗って、途切れ途切れにタラントまで届いた。

タラントは歩きつづけた。最後の航空機が飛びたつまえにあちらの地点にたどり着けることを期待して。すぐ近くから離陸滑走のはじまりを経験したかったのだ。

一分かそこらして、照明路の明かりがまた灯り、つづけざまに二機のランカスター爆撃機が滑走路を轟音とともに走っていき、離陸した。タラントはまたしても立ち止まって、二機の様子を見つめた。

照明路の明かりが消え、さらなるランカスター爆撃機が遠くの離陸ポイントに向かってタキシングした。

明かりがまた灯り、次の離陸の用意が整ったが、すぐさまヴェリー信号灯が空高く打ち上げられた。即座に照明路の明かりが消された。

またもタラントは、その赤い光の爆発的な炎が自分の真上にあるような気がした。一度や二度は偶然かもしれない、だが、三度めとなると……？　パラパラと音を立てながら徐々に弱まっていく明かりが地面に漂い落ちてくる様をタラントは心配そうに見つめた。今回、信号灯の煙の残滓《ざんし》を嗅げた――子どものころの花火の思い出が蘇った。

待機しているランカスター爆撃機は、二列になって留まっていた。周辺道路のふたつの駐機場から、滑走路の末端目指して一点に集まってきていた。

あらたなエンジン音が聞こえた。ランカスター爆撃機のものとは異なるピッチで、より鋭く、より高い音だった。その音は低空を急速度で飛んでいる航空機から聞こえてきた。

だしぬけに、飛行場の奥に設置された地上機銃が火を噴いた。その曳光弾《えいこう》が空に弧を描く。侵入してきた航空機のエンジン音が増し、一瞬、タラントはずんぐりした機体の双発航空機をかいま見た。地上すれすれでバンクして、飛行場から遠ざかっていく。それが東に向かって飛行場の外れをすばやく横切ろうとすると、第二の高射砲が地上から砲撃をはじめた。その曳光弾は、ほかの高射砲から放たれた弾と交差したが、あまりに高いところを狙い、あまりに的が遠くにあり、なんの効果も与えなかった。

照明路の明かりは消えたままだった――奥のほうでランカスター爆撃機はエンジンを回転させながら、待機していた。

あらたなヴェリー信号灯が発射された――またしても、タラントのいる場所の真上の空で炸裂する。タラントはそそくさと片側に寄った。あの信号灯はどういうわけか自分を狙っているような気がしだしていた。炎の熱い残り火が自分の上に落ちてこないようにと願う。しかしながら、この信号弾は真剣な目的を持っていた――最新のヴェリー信号灯がゆっくりと地上に向かって落ちてくると、双発の侵入機がふたたび姿を現した。またも咆哮を上げて飛行場の上を通過し、今回はさらに速度を増し、ランカスター爆撃機が使用している離陸滑走路の上を低く飛んでいた。その機は、爆撃機が離陸のため並んでいる地点をまっすぐ目指していた。タラントは太めの翼に取り付けられた機関砲が待機している航空機に向かって致命的な火を放つのを目にした。

飛行場の両サイドにある対空機関砲が発砲を開始し、曳光弾がタラントの頭上低く、弧を描いて、侵入してきたドイツ戦闘機をまっすぐ目指した。侵入機が芝生にしゃがみこんでいるタラントから百メートルしか離れていないところを高速で通過していくと、彼の後方にあった対空機関砲の曳光弾が戦闘機の側面に激しく衝突するのが見えた。

その反応は即座だった。当たった側のエンジンが金切り声を上げ、ドイツ機は片側に鋭くバンクすると、攻撃飛行を劇的に中止して遠ざかった。まだ断続的に悲鳴を上げているエンジンを抱えながら、侵入機は水平飛行に移り、東に向かって飛び去った。飛行場の機関砲から放たれる曳光弾がドイツ機を追ったが、相手はすでに遠ざかっていて、二度と命中しなかった。いずれにせよ、ドイツ機がもはや地上のランカスター爆撃機の脅威ではないことは明白だった。

もう砲撃がないだろうと確信すると、タラントは立ち上がった。メイン滑走路の端に向かって歩きつづける。そうこうするうちに照明路の明かりがふたたび灯り、二機の大量に積荷を積んだランカスター爆撃機が、重そうな体を揺らして進みつつ、夏の夜に無事飛びたっていった。

4

目のまえにタラントは二棟の小さな建物の暗い外形を見た。両者は、飛行場の横にあり、外周道路に近かった。タラントは丈の伸びた芝生を横切って建物にいこうとしたが、外周道路自体をたどって残りを進むことにした。月明かりがまだ照っており、月がさきほどより高くのぼって心なしか明るくなっていたものの、タラントは地面の小さな目に見えない障害物に二、三度つまずいた。両手でキャノンを抱えており、それを手から落として、傷つけるのをひどく警戒していた。保護ポーチにカメラを滑りこませたほうがずっと安全なのだろうが、タラントにとって、キャノンは現実の証のような気がまだしていた——これを手にしていつでも撮影できるようにしているかぎり、少なくとも自分の人生のその部分は支配下に置けていた。

建物に近づいていくと、さらに二機のランカスター爆撃機が遠くのシュテルクラーデ襲撃に向かって、咆哮を上げながら通り過ぎていった。今回の襲撃のまえに、搭乗している乗組員のだれかひとりでも、目標の町の名前を知っていただろうか、とつかのまタラントは思った。照明路がふたたび暗闇に沈み、滑走路の末端ではさらに二機の爆撃機が離陸位置につこうとしていた。待機中の爆撃機のエンジン音がはっきり聞こえるくらい離陸ポイントにタラントは近づいていた。

タラントはふたつの建物の正面にあるコンクリート製の舗装広場《エプロン》にたどり着いた。そこに駐機して、タラントが向かおうとしている進路を部分的に遮っているのは、小型の航空機だった。流線形で、翼が後方についている単発機だった。重爆撃機の巨体を見たあとでは、ミニチュアのように見えた。タラントは立ち止まり、カメラを掲げ、よりはっきり見ようとしてカメラの暗視機能を使った。

その飛行機の写真を立て続けに三枚撮影し、キヤノンが露光の少ない対象像をデジタル補正してくれるのを信用した。

その飛行機は翼にRAFの円形紋がついているほかは、くすんだ緑と茶色の迷彩色に塗られていた。飛行機の向こうにだれかが立って、翼に寄りかかっていた。暗視機能を通すと、分厚い裏地がついて、くしゃくしゃになっている茶色い革の飛行服しか見分けがつかなかった。

タラントはカメラを下げた。その人物は女性だった。

飛行機をまわりこんで近づくと、女性はタラントのほうを向いた。彼女は革製の飛行ヘルメットをかぶっており、それを彼女は外して、片方に投げた。

「あなたなの、ティボー？」彼女は言った。「ここでなにをしてるの？」

彼女の声には聞き覚えがあった。はっきりとわかる。だが、そんなことはありえ——

「メラニー？」

ふたりは信じられない思いで、怖がっているとも言っていいくらいの様子でたがいに向き合った。どちらも動こうとせず、衝撃をこらえていた。

「あなたは死んだと思ってた」メラニーが言った。

「きみは殺されたと思ってた」

「いいえ——そんなことは起こらなかった。あなたはメブシャーに乗っていて吹き飛ばされたという話だった」

「だれがそんなことをきみに言ったんだ？」

「なに？」

ふたりは声を張り上げなければならなかった。タラントが飛行機を回りこむと、あらたなランカスター爆撃機が滑走路を加速しはじめていた。あまりに近く、騒音は耳を聾さんばかりだった。

「聞こえない！」

「こっちへ」

ふたりは両腕を伸ばして、たがいに近づいた。そっと、恐る恐る、タラントはメラニーに手を伸ばした。手の下に分厚い革の飛行服を感じるものと思っていたが、実際にはむきだしの腕に触れ、ついで、彼女が着ている薄いドレスに触れた。生地を通して、彼女の背中を、背骨を感じることができた。

「どうやってここにたどり着いたんだ？」タラントは訊いた。

「どうやってあなたは？」

「わからない」

「あたしもわからない。まったく、あなたがいなくて寂しかったわ！」

「メラニー！」

タラントは彼女を引き寄せた。彼女の腕が自分の背中にまわされ、ぎゅっと抱き締めてくるのを感じた。彼女は頰をタラントの頰に押しつけてきた。記憶にあるのと寸分違わぬその懐かしい感触。

メラニーはタラントの耳になにか言った。柔らかな言葉を一言、二言。だが、二機めのランカスター爆撃機が滑走路を走りだし、ほかのあらゆる音をかき消した。

爆撃機が通り過ぎ、尾部が滑走路から離れると、メラニーは言った。「ティボー、あたしたちはどこにいるの？」

「よくわからない。ほんとになにも知らないんだ」

ふたりのどこかで大きな破裂音がして、あらたなヴェリー信号灯が空に打ち上げられた。タラントはその音に慣れてしまったので、ほとんど顔を起こさなかったが、メラニーは見ようとして上を向いた。すると、タラントも上を見た。上昇の頂点で、赤い炎が明るく燃え上がった。

またしてもそれはタラントの真上だった。明るい火花を撒き散らしながら、ふたりに向かって落ちてきた。するとその光が白くなった。明るさを増した。あまりに明るくて、直視するのは不可能なくらいの光の点になった。

その光点は地面の広い範囲に光の箭を投げかけた。ティボーとメラニーはその中心にいた。

タラントは気配を感じて振り返った。ふたりから離れたところ、光の周辺部のどこかを。背の高い若い男が自転車に乗って、通り過ぎた。頭を下げ、ペダルを必死に漕いで、ハンドルの先を一心に見つめている。若者はふたりに気づかず、周囲に降りてきた強烈な光にも反応しなかった。彼はペダルを踏むのを止め、惰性で進んで暗闇に姿を消した。

上空の光は明るさを増した。ふたりに向かって降りてくる。地上では、光の範囲がだんだん狭まり、まとまって正三角形を描いた。

またしても信じられないくらい光が強くなり、ふたりの目をくらまし、ふたりを無感覚にし、ふたりを消滅させた。

次の瞬間、光は消え、暗闇だけが残った。

タラントは妻を両腕に抱き締めていた。そうするのはとても奇妙なことに思えたが、とても正しいことにも思えた。疑問の余地なく正しいことだった。彼女は昔のように、いつもそうやっていたように、彼を抱き締めていた。ふたりがまだ若かった当初からそうしていたように。ずいぶんあとになって、ふたりきりの時間が見つかったときにはいつも、まだ愛していたときはいつもそうしていたように。

まわりを陽の光が包んだ。朝の早い時間で、空気は涼しく、パリッとしていた。ふたりは叢《くさむら》に立っていた。丈が長く、夜露で濡れている草がふたりの足首を湿らせていた。太陽は東の空に低く出ていたが、地平線から全身を現していて、あまりに明るく、直接見ることはできなかった。近くの少し離れたところに木々が並んでいたが、幹が薄靄《うすもや》に覆われ、緑色の葉が靄の上に姿を見せていて、まるで地面から木々が浮かんでいるかに見えた。牧草地には牛がいた――草の上にうずくまり、ゆっくりと草を反芻《はんすう》している牛もいれば、すでに起き上がって草を食んでいるものもいた。一頭がふたりの近くにいた――大きな目でふたりを見ていたが、食べるのは止めずにいた。

「飛行機はどこにいった？」タラントは言った。「夜だった。一種の基地だった。一九四四年だった……新聞で見たんだ」首からかけた紐にぶら下げていたカメラを摑む。「一面の写真を撮ったんだ。見せよう」

タラントはスイッチをまさぐり、キヤノンの電源を入れようとした。過去に何度となくやってきたことだったが、きょうは、このときは、指がうまく動かず、どうしてもスイッチを入れられなかった。メラニーが手を伸ばし、タラントの手首を摑んだ。

「いまはいいわ。あとで見せて、ティボー」

彼女は片腕をタラントの背にまわしたまま、体の向きを変え、ふたりはゆっくりと牧草地を歩きはじめた。湿った草を感じ、朝日のまばゆさに目をしばたたいた。草原は無辜《むこ》の過去を示していた。共通した願いを呼び起こし、単純にわかちあった経験を示していた。だが、タラントの耳にはいまでもランカスター爆撃機の離陸する音が聞こえた。まるで記憶を耳にしているかのように。戦時の飛行場の光景と臭いも感じられた。暗く、現実感がある、死をもたらす戦争。自分があの場にいたのはわかっていたが、いったいどういうふうに、どういう手段で、なぜなんだ？

「ぼくらがどこにいるのか知ってるかい？」タラントは訊いた。「ここはぼくがいたところじゃない。ぼくはトルコから戻ってきた。政府の施設に連れていかれ――」

「あたしはここならあなたが見つかると言われたのでここに来たの」

「だけど、どうやって旅をしたんだ？　すべての旅行は禁じられて――」

「あたしは車で来たの。だれかが貸してくれた。農場に駐めてあるわ」

「農場？」

「知ってるはずよ。ここはハルからそれほど遠くない丘陵地帯《ウォルズ》のなかの、リンカンシャーにある農場。どうしてあなたがここにいるはずなのかわからなかったけど、彼らの言うとおりだったわ」

「彼らとは？」

「病院のスタッフ。あなたがイングランドに戻ったと管理部門のスタッフに言われて、あたしはあなたを見つけにここに来たの」

「このリンカンシャーの農場《ファーム》に？」

「ええ」

「ウォーンズ・ファームに？」

「ええ、もちろん」


ふたりは歩きつづけ、ゲートにたどり着き、タラントはそれを開けて、また閉め、牧草地の獣たちが逃げていかないようにした。ゲートの向こうには道があった。狭い田舎道だ。道の縁に生えている草は、丈が長く、道沿いの生垣の葉は春に向けて芽吹いて濃く繁っていた。土と湿気と草と泥の臭いをタラントは嗅げた。空気はまだとても静かだ。

「きょうの日付はいつなんだ？」

「三月のいつかだと思う」メラニーが言った。

「思う？」

「もういつなのかはっきりしないの」

「いま何年なのか知っていたりする？」

「いいえ」

「どうして？」

「ティボー、わからないの。なにもはっきりとしない。ただこれがあるだけ。それで充分じゃない？　どうして日付や何年なのか、あたしに訊かないといけないの？」

「ぼくは日々のことや日付を忘れつづけているんだ」

ふたりのまえに、農家の建物が見えてきた。小高い稜線の斜面に集まりあっている。そのなかに目立っているのは、煉瓦造りの背の高い塔だった。教会の塔のようだ。タラントはキャノンをふたたび取りだし、スイッチを入れ、起動するのを待ってから、量子レンズを最大の焦点距離にして塔に焦点を合わせた。塔は荒れ果て、安定していないように見えた。大昔の時代の暗く、安全ではない遺物だ。タラントは、シャッター・リリース・ボタンをクリックした。メラニーがまえに進みでて、タラントと農場の建物のあいだに立った。ビューファインダーのなかで、彼女はピントのぶれたぼやけた映像になったので、自動焦点調整に任せたところ、彼女の姿はピントが合ってくっきりした。彼女を愛することを止めたことは一度もなかったが、彼女がこんなにも綺麗なことを忘れていた。自分が彼女を見ているのがどれほど好きだったかを忘れていた。彼女を写真に撮るのがどれほど好きだったかを忘れていた。タラントはシャッター・リリース・ボタンをクリックし、彼女がほほ笑んでいたので、さらに二度クリックした。

訳者あとがき

本書は、いまや現役の英国SF界の重鎮のなかでは最長老格になった、クリストファー・プリーストが二〇一三年に著した長篇 *The Adjacent* の全訳です。翌年のアーサー・C・クラーク賞最終候補作六作のなかに入り、惜しくも受賞は逃しましたが（受賞作はアン・レッキー『叛逆航路』）、ほかにも数多くの賞の候補に入るなど、二〇一三年の収穫として高く評価された作品です。

原題は、昔からプリーストが長篇の題名に使っている〝The＋一語〟タイプのもので、adjacent は、「隣接している」「隣り合っている」「付近にある」などの意味の形容詞で、直訳すれば『隣接しているもの』くらいの意味。例によってそこに何重もの意味が重ねられているのですが、語呂の良さを考えて、『隣接界』としました（必ずしも「隣接界」なるそのものズバリが出てくるわけではありません）。

さて、通常の訳者あとがきならば、ここで作品の内容紹介をおこなうところなのですが、ここで前作『夢幻諸島から』の訳者あとがきで触れた本書に関するプリーストのインタビューを引用致します

――「さかのぼること一九七一年、ジョン・ファウルズの『魔術師』をペーパーバック版で読んだんだけど、表紙が破り取られていて（その本を貸してくれた友人が表紙に顔の載っていたマイケル・ケインが大嫌いだったんだ）、本の中身がどんなものなのかさっぱりわからなかった。そんなふうに小説を〝目かくし〟して読むのは、忘れがたい経験になるんだとわかった。だから、読者がそれとおなじように『隣接界』を発見してほしいんだ」

すなわち、読者のみなさんには、いっさい予備知識を抱かずに本書を繙《ひもと》いていただくのが、著者の希望なのです。ですから、訳者もストーリーについては触れません。できれば、ここで訳者あとがきを読むのを止めていただいたほうがいいくらいだと思っています。クリストファー・プリーストの新作長篇。それ以上の「情報」が必要でしょうか！

とはいえ、いくらなんでもそれでは不親切だと思われかねないので、若干の蛇足を加えます。

本書は、これまでのプリースト作品を読んでこられた方にはおなじみのモチーフがこれでもかというくらい詰まっています。手品（『奇術師』）、テロの被害者と不可視性（『魔法』）、第一次世界大戦とH・G・ウエルズ（『スペース・マシン』）、第二次世界大戦と飛行機乗り（『双生児』）、謎の象徴的建物（中篇「奇跡の石塚《ケルン》」）……そして、例のあの架空世界。全体を通して出てくる現実認識の齟齬は、いままではプリースト作品に不可欠の要素でしょう。『双生児』の主人公（のひとり）まで、ちらっと顔を見せているのは、作者のお遊びでしょうか。いかにも集大成的な作品に仕上がっており、原書が出た当初、一読して、そのあまりのてんこ盛り具合に、最後の作品のつもりかな、と思ったくらいでした（それは幸いにして杞憂に過ぎなかったのですが）。

また、仕掛けのわかりやすさが本書の特徴でもあります。レイヤーの重なり具合が少ないとでも言いましょうか。「隣接（性）」という本書のキーワードを一種のデウス・エクス・マキナと見なして、それによって主人公（たち）の「ズレ」が生じたと考えると、物語の辻褄を合わせやすく、ある意味、読む側にとって親切な構成になっています。どこへ連れていかれるのか先が見えず、もっと不安になりたいと、物足りなさを感じる向きもおられるでしょうが、これだけ分厚い本になると（四百字詰め原稿用紙換算千百枚以上）、体力的にこのくらいの複雑さでいいかなと訳しながら実感しました。そのおかげで、読み応えは充分ながら、さくさく読める作品になっていると思います。

冒頭で、最長老格と書きましたが、まさにその名に相応しかったブライアン・W・オールディスが今年（二〇一七年）八月に九十二歳で亡くなったあと、出す作品出す作品ことごとく評判になる〝現役感〟のある作家としては、一九四三年生まれのプリーストが圧倒的に最年長と言えましょう。その健筆ぶりは、本書ではもちろんのこと、現時点での最新長篇 *The Gradual* (2016) でも、いかんなく発揮されています。この作品も、当叢書の第四期で翻訳が予定されておりますので、ご期待下さい。

なお、本書の翻訳にあたって、第一部から第四部まで、および第八部を古沢が訳し、第五部から第七部までを幹遥子さんに訳していただき、全体の統一は古沢が担当しました。

古沢嘉通

二〇一七年十月

A HAYAKAWA SCIENCE FICTION SERIES No. 5035

古《ふる》沢《さわ》嘉《よし》通《みち》

1958年生
1982年大阪外国語大学デンマーク語科卒
英米文学翻訳家
訳書
『夢幻諸島から』『奇術師』クリストファー・プリースト
『紙の動物園』『母の記憶に』（共訳）ケン・リュウ
（以上早川書房刊）他多数

幹《みき》　遙《よう》子《こ》

英米文学翻訳家
訳書
『ミッドナイト・ブルー』ナンシー・A・コリンズ
『異種間通信』ジェニファー・フェナー・ウェルズ
『母の記憶に』（共訳）ケン・リュウ
（以上早川書房刊）他多数

この本の型は，縦18.4センチ，横10.6センチのポケット・ブック判です.

〔隣《りん》接《せつ》界《かい》〕

2017年10月25日初版発行　　2018年2月15日再版発行

著　者　クリストファー・プリースト
訳　者　古沢嘉通・幹　遙子
発行者　早　川　浩
印刷所　株式会社精興社
表紙印刷　株式会社文化カラー印刷
製本所　株式会社川島製本所

発行所　株式会社　早川書房
東京都千代田区神田多町2－2
電話　03-3252-3111（大代表）
振替　00160-3-47799
http://www.hayakawa-online.co.jp

（乱丁・落丁本は小社制作部宛お送り下さい
送料小社負担にてお取りかえいたします）

ISBN978-4-15-335035-9 C0297
Printed and bound in Japan

ジャック・グラス伝

—宇宙的殺人者—

JACK GLASS（2012）

アダム・ロバーツ

内田昌之／訳

稀代の犯罪者ジャック・グラス。彼が起こす犯罪は、不可能にして宇宙的。絶対に解けない事件の謎解きにミステリマニアの令嬢ダイアナが挑むのだが!?　英国ＳＦ協会賞＆ジョン・Ｗ・キャンベル記念賞受賞作。

新☆ハヤカワ・ＳＦ・シリーズ